卡拉馬助夫兄弟們

Братья Карамазовы

上

Федор
Михайлович
Достоевский

杜斯妥也夫斯基

耿濟之——譯

Wasilija Pierowa 繪，1872 年

「我只擔心一件事，我怕我配不上自己所受的苦難。」

卡拉馬助夫兄弟們或歐洲的沒落：讀杜斯妥也夫斯基有感

——赫曼．赫塞（Hermann Hesse）

「其外無物，其內無物；外境即自心之故也。」[1]

要我以一氣呵成而討喜的形式在這裡暢談我的想法，實在是不可能的事。我既沒有那個本事，也覺得如果一個作者僅僅憑著若干感想就寫成一篇讓人感覺完備而一致的文章，然而其實只是空言虛語而沒有什麼真正的想法，那樣子未免太狂妄自大了。不，我相信的是「歐洲的沒落」，而且是歐洲思想的沒落，完全沒有理由要以我覺得是偽裝和謊言的形式東拉西扯。正如杜斯妥也夫斯基在《卡拉馬助夫兄弟們》末篇裡所說的：「然而我想我大可不必道歉，我將盡我所能的去做，讀者自己會明白我只能做我所能做的。」[2]對我而言，我所謂的「歐洲的沒落」，在杜斯妥也夫斯基的作品可以看到形容盡致的表現和預言，尤其是集中在《卡拉馬助夫兄弟們》。在歐洲，尤其是德國，年輕人心目中最偉大的作家，既不是歌德也不是尼采，而是杜斯妥也夫斯基，我認為那是冥冥中的定數。於是，近來的文學作品裡處處可見杜斯妥也夫斯基的影子，即便只是東施效顰而顯得相當天真。卡拉馬助夫的理想，一個古老的、亞

1 譯註：語出：Goethe, Epirrhema, 1827；原詩作「其內無物，其外無物；自心即外境之故也。」(Nichts ist drinnen, nichts ist draußen: Denn was innen das ist außen.)

2 譯註：見本書頁928。

洲祕教式的理想，開始變成了歐洲的理想，開始把歐洲的精神消耗殆盡。這就是我所說的「歐洲的沒落」。這個沒落是回到母親懷裡，回到亞洲，回到源頭，回到《浮士德》裡的「母親們」[1]，當然，那就像是人世間的生死相續不斷。

我們現代人感受到的「沒落」，就只是這些歷程，正如在離開古老而心愛的家鄉時，只有老人才會感到悲傷以及不可挽回的流離失所，而年輕人只看到新天新地，只看到未來。

然而我在杜斯妥也夫斯基身上看到的「亞洲的」理想，一個準備要席捲整個歐洲的理想，那究竟是什麼東西？

簡言之，那是為了一種全知，一種放任一切，一種嶄新的、危險的、恐怖的神聖性，而捨棄我們深信不疑的所有倫理和道德，正如曹西瑪（Sosima）長老的預言，正如阿萊莎（Aljoscha）的信念，正如特米脫里（Dmitri）甚至是伊凡（Iwan）頭腦極為冷靜的陳詞。

在曹西瑪長老心裡，正義的理想依舊至高無上，無論如何，他是善惡分明的人，只不過他更喜歡以德報怨，用愛對待壞人。在阿萊莎身上，這個新的神聖性更加自由奔放，他以一種幾近敗德的中立態度經歷了周遭的所有穢物和淤泥，他不時讓我想起查拉圖斯特拉（Zarathustra）至為尊貴的誓言：「我曾經發誓棄絕一切的可厭者。」[2]可是你們瞧，阿萊莎的兄弟們踵繼了這個思想，他們更堅決地走上這條路，往往似乎不顧一切地這麼做，彷彿卡拉馬助夫兄弟們的關係在這三大部的書裡慢慢翻轉，漸漸地，所有堅定不移的事物，現在都變得可疑了，漸漸地，聖潔的阿萊莎變世故了，世故的兄弟們變神聖了，

1 譯註：《浮士德》，錢春綺譯，頁324，商周出版，2021：「（梅菲斯特：）我真不願洩漏崇高的祕密。——女神莊嚴地君臨寂境之間，周圍沒有空間，也沒有時間，談論她們，也會惹起麻煩。她們叫母親」這裡的「母親」指的是異教的母神信仰。

2 譯註：尼采《查拉圖斯特拉如是說》頁120，林建國譯，遠流出版公司，1989。

而最叛逆而放蕩不羈的兄弟特米脫里，變成了一種新的神聖性、一種新的道德、一種新的人類最聖潔的、體貼的、真誠的先知。這太奇怪了。卡拉馬助夫的故事越是展開，越是墮落而爛醉如泥，越是放浪形骸而野蠻凶殘，新的理想的光芒就越加要從這個野蠻的現象、人和行為的軀殼裡穿透出來，他們的內心越加屬靈也越加聖潔。相較於特米脫里這個酒鬼、殺人犯和惡棍，以及伊凡這個憤世嫉俗的知識分子，那些規矩正直的檢察官以及其他陪審員，表面上雖然趾高氣昂，卻顯得越加卑鄙、空洞而低劣。

所以說，威脅著歐洲精神的根柢的這個「新理想」，看起來是離經叛道的思想和情操，那是一種能力，一個人再怎麼無惡不作、再怎麼醜陋，這個能力都可以在他身上感受到神性、必然性和命運，推崇他，敬拜他，是的，特別是他。檢察官在滔滔雄辯當中試圖誇大諷刺卡拉馬助夫一家子，讓陪審團對他心生鄙夷而訕笑他，然而那其實一點都不誇張，甚至太溫和了。

在這篇陳詞裡，作者以中產階級的保守派觀點描寫了現在已經成了口頭禪的「俄羅斯人」，危險的、感人的、不負責任的、卻又不昧良心的、軟弱的、耽於空想的、殘暴的、天真無邪的「俄羅斯人」，到現在大家還是這麼稱呼他們，儘管我認為他們早就準備當歐洲人了。因為這正是「歐洲的沒落」。

我們必須思考一下「俄羅斯人」。這個說法比杜斯妥也夫斯基老得多，然而是杜斯妥也夫斯基讓它在世界面前粉墨登場，並且賦予它豐富的意義。「俄羅斯人」是卡拉馬助夫，是費道爾・伯夫洛維奇（Fjodor Pawlowitsch），是特米脫里，是伊凡，是阿萊莎。這四個人儘管看起來天差地遠，卻又殊途同歸，他們加起來就是卡拉馬助夫，他們加起來就是「俄羅斯人」，他們加起來就是不久就要面對歐洲危機的人。

此外，我們也注意到一個相當奇怪的現象，也就是伊凡如何在陳詞的過程當中從一個文明人變成了一個卡拉馬助夫家族的人，從一個歐洲人變成一個俄羅斯人，從一個形式明確的歷史類型變成形式不確定的未來材料！伊凡從他原本的風度、理性、冷靜和學識的靈光滑落，這個看似正派的卡拉馬助夫，漸漸地、憂心忡忡地、極為緊張地飛掠到歇斯底里的、俄羅斯人的、卡拉馬助夫家族的性格，那簡直像夢境一樣難以置信！偏偏就是他，這個懷疑論者，到頭來和魔鬼交談的就是他！我們等一下會回頭談到這點！

所以說，「俄羅斯人」（我們德國早就有這種人）既不是指「歇斯底里患者」，也不是指酒鬼或罪犯，也不是什麼作家或聖人，而只是所有這些性格的相續和俱起。「俄羅斯人」，卡拉馬助夫，既是個殺人犯也是法官，既是個惡霸也是最溫柔的靈魂，他既是拔一毛以利天下而不為的利己主義者，也是摩頂放踵以利天下的英雄。就一個歐洲的、穩定的、道德的、倫理的、信理的觀點而言，我們和他們應該會難以相處。在這樣的人的心裡，外在和內心、善與惡、神和撒旦是在一起的。

正因為如此，這個卡拉馬助夫心裡一再吶喊著渴望一個和他的心靈相符的至高符號，渴望著一個既是魔鬼的神。於是，杜斯妥也夫斯基筆下的「俄羅斯人」就改寫成這個符號。這個神既是魔鬼也是太初的造物神（Demiurg）。他是自太初即存在的，唯有他才超越對立，沒有白天黑夜，也沒有善惡。他既是虛無也是一切。我們對他一無所知，因為我們只認識對立的事物，我們都是個體，有白天和黑夜，有溫暖和寒冷，需要一個神也需要一個魔鬼。唯有造物神才超越對立，在虛無和一切裡，他是萬事萬物的神，無善無惡。

關於這點還有很多可以談的，不過我想這就夠了。我們認識了「俄羅斯人」的本質。他是一個超越了對立、性格、道德的人，一個準備要瓦解而回到幕後，回到原理（principium）和個體化（individuationis）後面。這個人什麼也不愛，卻深愛一切，他什麼也不害怕，卻敬畏一切，他無為而無不為。這個人回到原質，是沒有賦形的靈魂質料。他沒辦法在這種形式裡生存，他只能沒落，他只能一閃而逝。

杜斯妥也夫斯基召喚出來的，正是這個沒落的人，這個可怕的幽靈。時常有人說，幸好他的卡拉馬助夫兄弟們沒有完成，否則不僅是俄羅斯文學，甚至是俄羅斯以及全人類都會爆炸而灰飛煙滅。

但是說出去的話是沒辦法收回的，儘管說話的人是無意的。既存的事物，浮上心頭的想法，可能的事物，再也不會被熄滅。「俄羅斯人」早就存在了，他們早就存在於俄羅斯之外，他們統治了半個歐洲，而人們害怕的爆炸，有一部分在過去幾年來已經震耳欲聾了。事實證明，歐洲累了，它想要回家，想要休息，想要重塑、重生。

我們在這裡想到了一個歐洲人的兩則名言，對我們而言，他無疑是舊時代的代表，一個屬於過去的人，意味著一個現在沒落了、或者說變得可疑的歐洲人。我說的是德皇威廉二世，其中一句話是他以譬喻的方式寫下的，他警告歐洲各國要為了他們「至為神聖的資產」而對抗來自東方迫在眉睫的危險。

威廉二世當然不是先知先覺而深思熟慮的人，可是身為舊時理想的崇拜者和守護者，他卻擁有嗅到威脅著這個理想的危險山雨欲來的天賦。他算不上什麼有識之士，也不喜歡讀書，而且太熱中政治。所以說，這個為歐洲各國敲響警鐘的譬喻，當然不是如人們所想的讀了杜斯妥也夫斯基的書，而是因為對於東方人民隱隱然的恐懼，擔心他們可能由於日本的野心而和歐洲打對台。

其實威廉二世對於他自己所說的東西所知相當有限，卻是持平之論。他當然不知道《卡拉馬助夫兄弟們》，他討厭任何深刻的好書。然而他的預言卻一語中的。他感到的危險是千真萬確存在的，而且日復一日在逼近的。他害怕的正是「卡拉馬助夫兄弟們」。那是取徑自東方而席捲歐洲的傳染病，那意味著疲憊的歐洲文化步履蹣跚地回到亞洲母親的懷抱，而威廉二世的擔憂是有道理的。

我想到的威廉二世的第二句名言，以前讓我感到莫名的惶恐，他是這麼說的（我不知道他是否真的說過，或者只是謠傳的）：「唯有更加沉著冷靜的國家才能贏得戰爭。」我在大戰初期聽到這句話時，覺得它就像是地震隱隱然的預兆。當然，威廉二世不是這個意思，他原本只是要說一些討好德國人的話而已。他自己或許真的臨危不懼，他在狩獵或閱兵時的同伴或許也是如此。他既知道關於荒淫無恥的法國以及勇敢而天真的日耳曼人的那種陳腔濫調的童話，而且深信不疑。然而所有其他人，有識之士，高瞻遠矚的人，鑑往知來的人，他們要是聽到這句話，應該都會膽戰心驚吧。因為他們都知道德國人絕對沒有西方的敵人那麼處變不驚。所以說，從當時國家領袖嘴裡講出來的這句話，聽起來就像是一種可怕而命中注定的傲慢，它會盲目地自取滅亡。

不，相較於法國人、英國人和美國人，德國人並沒有那麼臨事鎮定。因為「焦慮不安」（schlechte Nerven haben）正是歇斯底里和神經衰弱症的通說法。它也指涉「悖德症」（moral insanity）[1]以及人們評價不一的所有可鄙的事，可是它們整個來說和「卡拉馬助夫兄弟們」都是同義的。除了奧地利以外，相較於歐洲其他國家，德國人更加張開雙手歡迎「卡拉馬助夫兄弟們」，也更加沒有抵抗力。

於是，威廉二世用他自己的方式兩次預感甚至預言了歐洲的沒落。

可是現在有個迥然不同的問題，那就是我們該如何評斷舊時歐洲的沒落。大家對此則言人人殊。堅定的守舊派，對於一個神聖而高貴的形式和文明的忠實信徒，傳統道德的騎士，看到它的沒落，他們只能試圖阻止這個沒落，或者是絕望地潸然淚下。對於他們而言，這是個終點，然而對其他人而言卻是個開端。在他們眼裡，杜斯妥也夫斯基是個罪犯，在其他人眼裡，他卻是個聖人。他們認為歐洲及其精神

1 譯註：一八三五年由普里查（James Cowles Prichard）提出，是指因為情緒太強烈而導致的行為異常，患者無法控制情緒情感，或者在無意中犯罪，例如偷竊癖（kleptomani）。

是獨一無二的、結構穩定的、不可侵犯的，是堅固的、既有的東西；其他人則認為它是有生住異滅的、變化無常的、永遠可以蛻變的。

正如世上任何事物，對於卡拉馬助夫的元素、亞洲的、混沌的、野性的、危險的、道德敗壞的事物，我們也會有正反兩極的看法。對於這整個世界、這個杜斯妥也夫斯基、卡拉馬助夫家族、俄羅斯人、亞洲人以及造物神的幻想，如果人們嗤之以鼻或是咒罵它，莫名其妙地害怕它，現在應該在世界裡難以立足，因為卡拉馬助夫越來越主宰一切。然而他們犯了一個錯誤，那就是他們以為那只是一個事實、可見的事物、質料而已。他們把「歐洲的沒落」看作一個鼙鼓雷鳴的可怕災難，要不是腥風血雨的革命，就是犯罪、貪腐、盜竊、殺人和所有惡行的猖獗氾濫。

所有這些都是可能的，都存在於卡拉馬助夫的心裡。我們永遠不知道一個卡拉馬助夫在下一刻會作出什麼駭人聽聞的事。也許是一樁殺人案，也許是對於神的感人歌詠。其中包括了阿萊莎和特米脫里、費道爾和伊凡。如我們所見，他們的特色不在於種種性格，而在於他們隨時可以表現出任何一種性格。

然而更讓人驚疑不定的是，這個捉摸不定的人在未來（現在就存在了！）可能為善也可能為惡，可能建立神的王國也可能建立魔鬼的國度。人世間的興廢，卡拉馬助夫們並不怎麼在意。他們的祕密在別的地方，他們的敗德生活的價值以及豐富性也是如此。

相較於其他人，舊時的、守規矩的、靠得住的、頭腦清醒而正直的人，卡拉馬助夫們的不同之處，基本上只是在於他們既會馳騁於外也會返照自心，他們一直在和自己的心靈糾纏不清。卡拉馬助夫們有能力犯下任何罪行，可是只有在例外的情況下才會真的那麼做，因為他們大多只要心存犯罪的念頭，夢想著它，想像它的可能性，那就夠了。這就是他們的祕密，我們試著找出它的公式。

人類的任何開物成務，任何文化、文明、秩序，都是以對於可為和不可為的一致意見為基礎的。處於動物以及未來的人類之間的我們，有太多東西壓抑、藏匿、隱瞞在心裡，才能夠做個正正當當的人，才有辦法在社會裡立足。人的心裡充斥著獸性、原始世界，充斥著一個獸性而殘忍的、巨大而難以馴服的自私驅力。所有這些危險的驅力一直都存在，可是文化、協議、文明，卻把它隱藏起來，人們不會顯露它，人們從小學會隱藏且否認這個驅力。可是任何驅力遲早有一點都會重見天日的。任何驅力都會持存著，不會被消滅，沒有任何驅力可以持續地、永久地變形或美化。所有驅力本身都是好的，沒有優劣之分，只是每個時代和文化都會比較害怕或壓抑其中某個驅力。只要這些驅力被喚醒，變成一種無法擺脫的、只能在表面上想盡辦法馴服的自然力，只要這些驅力再度咆哮奮起，伴隨著被壓抑且鞭笞很久了的奴隸的控訴，以及它的自然性的遠古餘燼，卡拉馬助夫兄弟們就會出現。只要一個文化，人類馴化的實驗感到疲倦而動搖了，那麼就會有越來越多的人行徑怪異，變得歇斯底里，會產生種種怪誕的欲望，就像是青春期的孩子或是懷孕的婦人一樣。人們心裡會燃起種種不知名的渴望，在古老的文化和道德裡被譴責的渴望，可是它們可以用如此強烈、自然而天真的語氣說話，使得所有善惡都變得可疑，所有法律都搖搖欲墜。

卡拉馬助夫兄弟們就是這種人，在他們看來，任何法律都是約定俗成的，任何義人都是市儈，他們過度重視自由和獨特性，著迷於傾聽自己心裡的種種聲音。

可是這個靈魂的混沌裡不一定會孳生犯罪和混亂。只要可以重新導引、命名且評斷破繭而出的原始驅力，它就會變成下一個文化、秩序和道德的根基。因為所有文化都是如此：我們沒辦法殺死那原始的驅力，我們心裡的動物，因為我們自己會跟著它們一起死去——可是我們可以疏導它們、安撫它們，用之於「善道」，就像為桀驁難馴的賽馬套上堅固的車軛一樣。只不過這個「善道」的光芒有時候會老舊而黯淡，驅力再不相信它，也不想被套上車軛。於是文化就會瓦解，大多數是漸漸地沒落，就像我們所謂的「古代」，歷經數百年才殞滅。

而在舊時的、垂死的文化和道德被下一個文化和道德取代之前，在這個駭人的、危懼不安的階段，人必須重新審視他的心靈，重新觀照在心裡湧起的動物，重新承認原始力量在其自身的既存性，它是超越道德的東西。為此而遭到譴責、排擠的人，為此而成熟且預定的人，他們就是卡拉馬助夫家族。他們既歇斯底里而又危險，既容易變成罪犯，也有可能變成苦行者，他們什麼也不相信，而只是瘋狂地懷疑任何信仰。

任何記號都有上百個意思，每個意思都可能是對的。而卡拉馬助夫也有上百個意思，但是它只會意指其中之一，上百個意思其中之一。在這部寫於巨變前夕的作品裡，人類為自己創造了一個符號，樹立了一個形象，正如個人在其夢境裡為他心裡自我壓抑而抵銷的種種驅力和力量創造了一個映像。

一個人居然可以寫出《卡拉馬助夫兄弟們》，那簡直是個奇蹟。既然這個奇蹟已經出現了，我們就沒有必要再解釋它了。可是現在有個需要，一個深層的需要，我們必須詮釋這個奇蹟，盡可能全面性地解讀它璀璨奪目的魔法。我的這篇短文就只是這樣一個看法、一個分享，一個突如其來的念頭，如此而已。

大家不要以為我預設杜斯妥也夫斯基自己早就知道我對於這部作品會提出這些看法和念頭！相反地，任何先知和作家再怎麼偉大，也沒辦法徹頭徹尾地解析他自己的面目。

最後我要指出，在這部不可思議的小說裡，在這個人性的夢境裡所要表現的，不只是歐洲所要跨過的門檻，不只是在虛無和一切之間搖擺的可怕而危險的時刻，它更要訴說我們如何感覺和預知新天新地的豐富可能性。

就此而論，伊凡的角色就相當讓人駭異。在我們的認知裡，他就像是現代的、和光同塵的、有教養的人，有一點冷淡，有一點絕望，有一點懷疑論，有一點疲憊。可是漸漸地，他更加年輕了，更加溫暖，更加意味深長，更加卡拉馬助夫。他寫了題為「大宗教裁判官」的史詩[1]，對於凶手（他認為就是他哥哥），他極為厭惡而不屑，到頭來卻充滿了罪惡感而自責不已。在他心裡以最清楚而怪異的方式上演了和潛意識（的確，一切都和它有關！這就是整個沒落的意義，也是整個新生的意義）的對抗的心理歷程。小說的第十一部是最奇怪的一章，他離開司米爾加可夫（Smerdjakow）的農屋回到家裡，看到魔鬼坐在起居室的沙發上，和他整整談了一個鐘頭。[2]這個魔鬼不是別人，就是伊凡的潛意識，那沉沒已久的、看似被遺忘的心靈內容，現在被喚醒了。伊凡心裡很明白，他也清楚地把它說出來。然而他是在和魔鬼說話，他相信魔鬼——因為自心就是外境！——可是伊凡對他大發雷霆，攻擊他，甚至用杯子砸他，儘管伊凡知道他就在自己心裡。沒有任何作品如此生動鮮明地描寫一個人和自己的潛意識的對話。而這個對話，對於魔鬼的這個理解（儘管佛恚不已），正是卡拉馬助夫要對我們指引的道路。在這裡，在杜斯妥也夫斯基的小說裡，他把潛意識形容成魔鬼。那是有點道理的，因為在溫馴的、有教養的、道德的自我省察當中，我們心裡所有被潛抑的事物都是邪惡而可憎的。然而伊凡和阿萊莎的組合或許會得到一個更高的、更有收穫的觀點，它應該是未來世界的土壤。到那時候，潛意識就不再是魔鬼，它既是神也是魔鬼，它是造物神，祂一直存在著，萬物也自祂而生。重新定義善與惡，那不是永恆者、造物神的事，而是人類及其次神們的事。

關於第五個卡拉馬助夫，其實應該另闢一章描寫他，儘管他總是若隱若現，在作品中卻扮演舉足輕重的角色。他就是司米爾加可夫，卡拉馬助夫家族裡的一個私生子。他才是殺死父親的凶手。他是個相

1 譯註：見本書頁378-400。
2 譯註：見本書頁897-918。

信神的無所不在的凶手。就連博學多聞的伊凡，司米爾加可夫也會教導他最神聖而神祕的事物。他是卡拉馬助夫家族裡最沒有用的人，卻也是個先知。可惜我沒有足夠的篇幅來思考這個神祕莫測的人。

杜斯妥也夫斯基的作品總是難以完全領會。我可以終日找尋新的特點，而它們都指向同一個地方。我還想到一個美麗而迷人的特點：那就是霍赫拉闊瓦（Chochlakow）母女的歇斯底里症。我們在這裡看到卡拉馬助夫的元素，這兩個角色感染了所有新興的、病態的、醜惡的元素。母親霍赫拉闊瓦夫人只是有病在身。她的性格是根植於墨守成規的傳統習俗，她的歇斯底里只是個疾病，只是因為軟弱和愚笨。可是美貌出眾的女兒，在她身上蛻變且表現為歇斯底里的病因並不是疲憊，而是洋溢的熱情，是對於未來的苦惱。她正值兒童期和青春期之間的困境，比起無足輕重的母親，她在心裡生起的念頭和遐想更加邪惡。可是在女兒身上，再怎麼讓人吃驚的、邪惡的、無恥的念頭，都擁有一種指向一個不可限量的未來的天真和力量。母親霍赫拉闊瓦夫人是歇斯底里症患者，應該住進療養院，如此而已。但是女兒患的是神經衰弱症，她的疾病只是最高貴的、卻被壓抑的力量所引發的症狀。

可是這些在心裡虛構出來的小說角色的種種事件，難道就是意味著歐洲的沒落嗎？的確如此。它們確實有此意涵，正如欣喜的眼睛看到的春天的嫩芽意味著生命及其永恆，十一月裡枯萎的葉子意味著死亡及其必然性。整個「歐洲的沒落」有可能「只是」在內心世界裡上演，只在一個世代的心靈裡，只是陳腔濫調的符號的舊瓶新裝，只是心靈價值的重估。所以說，古代世界，歐洲文化的第一個輝煌印記，並不是毀於尼祿王，不是毀於斯巴達人，也不是毀於日耳曼人，而「只是」毀於源自亞洲的思想種子，它其實就存在了，只不過當時是以基督的教義形式被接納。

當然，我們也可以把「卡拉馬助夫兄弟們」當作文學，當作「藝術作品」。如果一整個大陸、整個時代的潛意識，都被壓縮到一個有如先知一般的做夢者的夢魘裡面，如果它以低沉的可怕吶喊洩漏出來，那麼我們當然可以從音樂老師的角度去思考這個吶喊。杜斯妥也夫斯基當然也是個才華橫溢的作家，儘管在作品裡充斥著讓人反感的事物，在諸如屠格涅夫（Turgenjew）之類正派的純文學作家那裡是不會有這樣的東西的。以賽亞也是個真正的天才作家，可是那重要嗎？在杜斯妥也夫斯基那裡，尤其是《卡拉馬助夫兄弟們》，偶爾可以看到浮誇不實的低級趣味，那是藝術家不屑為之的、只有在藝術領域之外才看的到的東西。無論如何，這位俄羅斯的先知已經證明自己是個世界一流的藝術家，而我們也覺得很納悶為什麼在杜斯妥也夫斯基完成其所有作品的那個時代的歐洲眼裡，其他大相逕庭的藝術家才算得上是偉大的歐洲作家。

可是我走到一條叉路上。我要說：這部世界名著越是算不上藝術作品，它的預言或許就越真實。然而，即便「小說」、寓言、「卡拉馬助夫兄弟們」的「虛構故事」說了再多，即便它說出了什麼意味深長的東西，但是在我眼裡，那並不是故意的，不是一個人虛構出來的，也不是文學作品。舉例來說，整部小說的重點一言以蔽之就是：卡拉馬助夫一家子都是無罪的！

卡拉馬助夫家族，一共四個人，父親和兒子們，都是不可靠的、危險的、難以捉摸的人，他們的情緒反應相當怪異，他們的良心也很奇怪，他們的任性妄為相當荒誕，一個是酒鬼，一個是登徒子，一個是充滿幻想的避世者，一個是在暗地裡寫了許多瀆神作品的作家。這些行跡怪誕的兄弟們，他們都是危險人物，他們扯別人的鬍子，揮霍別人的錢，威脅要對別人行凶——可是他們都是無罪的，他們並沒有真正犯下什麼罪行。整部冗長的小說都在講殺人、強盜和犯罪，可是裡頭唯一的凶手，唯一的殺人犯，卻是檢察官和陪審員，他們是舊時的、美好的、歷經考驗的秩序的代理人，他們是公民，是無可指摘的人。他們判定無辜的特米脫里有罪，他們嘲笑他的清白，他們是法官，他們依據自己的法典去評斷神和世界。而他們誤判，犯了可怕的錯誤，他們成了凶手，成了心胸褊狹、恐懼、見識淺薄的凶手。

這不是虛構的東西，也和文學無關。那不是偵探小說家（杜斯妥也夫斯基的確算得上）沾沾自喜的創作欲望，也不是一個藏在暗處扮演社會批評家角色的狡猾作者的諷刺性幽默。我們很清楚那是什麼，也很孰悉那個語調，也早就不再相信它了。然而，杜斯妥也夫斯基筆下的犯罪者的無辜以及法官的罪行，絕對不是什麼狡猾的構思，它是如此的可怕，如此隱密地生成，深藏在地底下，一直到作品的尾聲，我們才驀地面對事實，就像面對一堵牆，面對整個世界的不幸和荒謬，面對人類的所有痛苦和誤解！

我想說的是，杜斯妥也夫斯基其實不是什麼作家，或者只是兼差的作家。我會把他叫作一個先知。我很難說一個先知是什麼意思。對我而言，那差不多就是：一個先知是個病人，正如杜斯妥也夫斯基其實是個歇斯底里症患者，也差不多是個癲癇症患者。一個先知是這樣一個病人，他喪失了對於自我保存而言健康的、有益的感覺以及公民應該有的一切德行。這種人不可以太多，否則整個世界會土崩瓦解。這類的病人，現在叫作杜斯妥也夫斯基或者卡拉馬助夫，他擁有罕見的、神祕的、病態的、神性的能力，其可能性是亞洲人在每個瘋子身上讚嘆的。他是個靈視者，是個先知。那意味著一個民族、時代、國家或大陸在他身上裝置了一個器官，一根觸角，一個罕見的、極為柔軟的、高貴的、活躍的器官，那是其他人所沒有的，或者是幸好已經萎縮了的器官。這根觸角，這個預言性的觸覺，差不多可以理解為一種愚蠢的心電感應和巫術，儘管它當然也可以在這些故弄玄虛的形式裡展現天賦。我們倒不如說，這類的「病人」會把他自己的心理活動重新詮釋成普遍的、人性的東西。每個人都有靈視，每個人都有幻想，每個人都有夢。而一個人的每個靈視，每個夢境，每個想法和念頭，在從潛意識浮現到意識的路上，都會有成千上萬個詮釋，每個詮釋也都正確。靈視者和先知不會就個人的角度去詮釋他的面相，侵擾他的夢魘也不是要讓他想起個人的病，想起個人的死亡，而是要提醒他全體的死亡，而他只是全體的一個器官，一個觸角。這個全體有可能是一個家庭、政黨、民族，也可能是全人類。

在杜斯妥也夫斯基的心靈裡所謂的歇斯底里症，它有人類的某種疾病以及忍耐力，那是個器官、路標和氣壓計。它也準備要記錄下這點。半個歐洲，至少是半個東歐，就要陷入混亂，以神聖的瘋狂醉醺醺地走沿著深淵且歌且行，像特米脫里一樣醉醺醺地吟詠著讚歌。民眾嘲笑這些歌曲，聖人和先知聽了卻潸然淚下。

（林宏濤譯）

費奧多·杜斯妥也夫斯基及其《卡拉馬助夫兄弟們》

——毛姆（W. Somerset Maugham）

費奧多·杜斯妥也夫斯基（Fyodor Dostoevsky）生於一八二一年。他的父親是莫斯科聖馬利亞醫院的外科醫生，出身貴族世家，我們的這位小說家似乎很重視這點，他當時因為被判刑而廢黜爵位，使得他抑鬱寡歡，一獲釋後就找有辦法的朋友關說恢復爵位。可是俄羅斯的貴族階級不同於歐洲其他國家，只要在政府裡擔任一個低階官員就可以獲得爵位，其意義也只是讓你有別於農民或商賈，讓你自詡是鄉紳世族罷了。其實杜斯妥也夫斯基的家族屬於職位卑下的白領階級。他的父親是個硜硜自守的人，不僅自奉甚儉，甚至為了讓他的七個孩子接受良好的教育而撙衣節食。他在孩子小時候就教導他們要吃苦耐勞，以後才能擔負起生活的種種責任和義務。他們一家子擠在醫院兩到三房的宿舍裡，父親不准他們單獨外出，他們沒有零用錢也沒有朋友。父親除了醫院的薪水以外，也會兼差看診，後來在莫斯科數百英里外的地方買了一小塊地，母親和孩子夏天會住在那裡。那是他們第一次嚐到自由的滋味。

杜斯妥也夫斯基的母親在他十六歲的時候安息主懷，父親把他的兩個大兒子米迦勒和費奧多送到聖彼得堡工兵學校。哥哥米迦勒因為體檢不合格而沒有被錄取，費奧多只好和他唯一關心的親人分隔兩地。他既孤單又鬱鬱寡歡。父親既不想也沒有能力寄錢給他，費奧多也沒辦法買像是書本或靴子之類的生活用品，就連固定的學費也沒有著落。父親先是安頓了大兒子，又把三個孩子託付住在莫斯科的一個阿姨，辭掉工作，和兩個小女兒住到鄉下。他成了酒鬼。他對孩子一直很嚴厲，對農奴也很苛刻，有一天，他們把他打死了。

那是一八三九年的事。費奧多的功課很好，雖然對課業沒什麼興趣，軍校畢業後，他被分發到國防部工兵處，他分到了父親的土地，加上他自己的薪餉，每年有五千盧布的收入。他租了一間公寓，喜歡上所費不貲的撞球，揮霍無度，一年後他就退伍了，因為他覺得在工兵處服役「像馬鈴薯一樣無聊」，這時候的他已經債台高築。他終其一生都是處於負債狀態，是個不可救藥的敗家子。他因為揮霍無度而身陷困境，卻從來都不知道要自制以抵抗他的貪慾。他的一個傳記作家認為他的缺乏自信正是他習慣揮金如土的原因，那會讓他暫時嘗到權力的快感，並且滿足他的虛榮心。我們在下文會看到他的不幸缺陷如何使他一生偃蹇困頓。

杜斯妥也夫斯基還在軍校時就開始寫小說，他決定以筆耕墨耘為業，於是把它寫完了——那就是《窮人》。他在文學圈沒有熟人，除了一個叫作葛利果維奇（Gregorovich）的，他也認識詩人涅克拉索夫（Nekrasov），他正要籌辦一本雜誌，鼓勵他在他的雜誌上發表他的作品。有一天，杜斯妥也夫斯基很晚才回家，他整個晚上都在為一個朋友朗讀他的小說並且和他討論。直到凌晨四點才走路回家，他覺得睡不著，於是坐在窗前看著夜色。一陣門鈴響起，把他嚇一跳。「是葛利果維奇和涅克拉索夫！他們衝進屋子一再擁抱我，眼淚幾乎要奪眶而出。」他們輪流大聲朗誦他的作品，讀完了以後，儘管已經很晚了，還是決定去找杜斯妥也夫斯基。「不管他睡了沒有，」他們對著彼此說：「我們都要把他叫醒。這件事比睡覺重要多了。」翌日，涅克拉索夫把稿子拿給別林斯基（Belingsky），他是名重一時的評論家，他和其他兩個人一樣興奮。小說刊行在雜誌上，杜斯妥也夫斯基一夕之間聲名鵲起。

成名讓他不是很自在。有個叫作帕涅夫．哥洛瓦契夫（Panaev-Golovachev）的貴婦形容他來到她的寓所時給她的印象說：「第一眼就看得出來這個文壇新秀是個極為神經質而且性情敏感的年輕人。他又瘦又小，一頭金髮，體格孱弱，灰色的細小眼睛不自在地到處張望，蒼白的嘴唇不住地抽搐。屋裡的每個人他幾乎都認識，可是他看起來忸怩不安，也不和大家寒暄，儘管大家接連著找他說話，讓他不要那麼退縮，而覺得自己是我們圈內人。過了那個晚上，他就時常來找我們，也卸下了心防。他甚至會……找人抬槓，他好辯成性，喜歡抓人的語病。其實是他年少氣盛加上神經質，才會不知自制，自詡為作家而驕矜自負。也就是說，他在文學圈一夕成名，被圈內名人的賞識沖昏頭，就像大多數敏感的心靈，他沒辦法隱藏自己相對於平庸的文壇新秀的洋洋得意。他喜歡強詞奪理，語氣傲慢，顯示他自認為鶴立雞群，其他同儕都難望其項背。杜斯妥也夫斯基尤其疑神疑鬼，覺得別人對於他的才華不屑一顧，每一句誠實的話，他聽在耳裡都覺得是在貶損他的作品，是在侮辱他的人格，滿腔憤懣的他到處和人針鋒相對，使得他每次來我們家都一副忿忿不平的模樣，要把滿腔怒氣都發洩在他自己想像的中傷者身上。」[1]

一個難搞的客人，性格也很討人厭。他水漲船高，簽了許多出版長篇和短篇小說的合約。一拿到預付金，他就生活放蕩，使得他的朋友都忍不住要抱怨他。他便和他們起了口角，就連大力拔擢他的別林斯基也不例外，因為他不相信對方是「真心欣賞他」，因為他自以為是個天才，是俄羅斯最偉大的作家。他欠的債越來越多而不得不趕稿寫作。他一直患有不知名的神經症，現在病情加劇，他擔心自己會發瘋或是得了肺癆。在這種情況下創作出來的短篇故事一塌糊塗，小說也難以卒讀。原本熱情讚賞他的人現在群起而攻之，一般都認為他已經文思枯窘了。

1 引自：Soloviev, *Dostoievsky, His Life and Literary Activity*, tr. By C. J. Hogarth。

但是他的文學生涯突然中輟。他和一群年輕人為伍，他們醉心於盛行西歐的社會主義思想，致力於若干改革，特別是解放農奴以及廢除審查制度；他們人微言輕，只是每個禮拜聚會高談闊論而已，但是警方一直在監控他們，有一天，他們遭到逮捕，被監禁在彼德保羅要塞（Peter-Paul Fortress）。他們接受審訊並且被判處槍決。就在執行槍決的冬天早晨，信使傳來諭令說他們獲得減刑，改判流放到西伯利亞服外役監。杜斯妥也夫斯基被判四年徒刑，流放到鄂木斯克（Omsk），接著又轉充常備兵。當他被遣送回彼得保羅要塞，他致封哥哥米迦勒說：

「今天，十二月二十二日，我們被押到賽美諾夫斯基刑場（Sememovsky Square），在那裡被宣判死刑，他們要我們親吻十字架，刀斧懸在我們的頭上，我們的喪服（白衣）也已經備妥。我們三個人被押到拒馬前面，準備要行刑。我排在第六名，三人一組赴刑，所以我是第二組，沒有多久可以活了。我想到你，哥哥，以及關於你的種種，在臨刑的那一刻，只有你浮現在我心頭，直到那個時候，我才知道我有多麼愛你，我親愛的哥哥。我還有時間擁抱站在我旁邊的普列契夫（Plestcheiv）以及杜洛夫（Dourov），接著就宣讀皇上免我們一死的諭令，宣讀到最後幾段話，只有巴爾姆（Palm）獲判無罪開釋，恢復軍階，歸建到所屬部隊。」

杜斯妥也夫斯基在其嘔心瀝血的作品裡描述過他在監獄裡的悲慘生活。有一點值得一提。他提到說，受刑人入獄兩個鐘頭內就會和其他囚犯混得很熟，獄中生活沒有差別待遇。「可是仕紳貴族就不一樣了。他再怎麼謙虛識相，再怎麼聰明世故，大家還是會厭惡他，瞧不起他，也永遠不了解他，更不會信任他。沒有人會把它當作朋友或同志，或許過了幾年，他不再是被大家侮辱的笑柄，但他在獄中的生活還是很弱勢，無法擺脫孤單的感覺或是被當作外人的苦惱想法。」

杜斯妥也夫斯基算不上是什麼名流仕紳，他的出身和他的生活一樣卑微，除了短暫的風光日子以外，他一直是窮途潦倒的。然而他的朋友和獄友杜洛夫卻深受眾人喜愛。杜斯妥也夫斯基的孤獨以及它造成的煩惱，至少有一部分是因為性格的缺陷，因為他的驕矜自負，他的自我中心，他的猜疑，以及好辯成性。儘管朋友無數，他的孤單使他回到自己，「由於這個心靈的孤立，」他寫道：「我有機會回顧我從前的生活，一片片解剖它，檢驗我至今的存在，嚴格而不留情面地評斷我自己。」新約聖經是唯一准許擁有的書，他不斷地讀它。它對他的影響相當深遠。他自此開始傳教（在他的固執本性許可之下），學習謙卑並且認識到壓抑人類欲望的必要性。「謙卑是最重要的事，」他寫道：「想一想你從前的生活，想一想你未來要做什麼，想一想有多少卑鄙、吝嗇和邪惡的念頭潛伏在你的靈魂深處。」監獄馴服了他狂妄自大、專橫跋扈的心靈。出獄了的他不再是個革命份子，反而成了王權和舊有秩序的堅定擁護者。出獄了的他也成了癲癇症患者。

當他服刑期滿，他被轉送到西伯利亞的邊境駐防地服役。那裡的生活極為艱苦，但是他把苦難視為對於他的罪行應有的懲罰，因為他認定他主張改革的和平運動是有罪的，他寫信給哥哥說：「我本沒有什麼好抱怨的，這是我的十字架，我罪有應得。」一八五六年，由於軍校同袍的求情，他獲得晉階，生活也比較差強人意。他結交朋友，墜入情網。他的對象是瑪利亞·依賽耶娃（Maria Dmitrievna Isaeva），她是政治流刑犯的妻子，丈夫由於酗酒和肺病而性命垂危，他們有個小兒子，她被形容成一個中等身材的金髮美女，相當苗條，熱情而活躍。關於她，我們所知不多，除了說她和杜斯妥也夫斯基一樣生性猜疑、是個醋罈子而且會自尋煩惱。他成了她的情人。可是過了一陣子，依賽耶娃和丈夫從杜斯妥也夫斯基駐防的村子搬到四百英里外的另一個駐地，並且在那裡過世。杜斯妥也夫斯基寫信給她並請求婚。這位寡婦猶豫不決，一方面因為他們倆在經濟上都很拮据，另一方面則是因為她愛上了一個叫作佛根諾夫（Vergunov）的「志向高潔、惹人憐愛的」年輕老師，成了他的情婦。杜斯妥也夫斯基身陷情網，因嫉妒而失心瘋，但是由於自殘的強烈傾向，或者是由於小說家熱中於把自己想像成小說人物，他做了一件相當獨特的事。他宣稱佛根諾夫是他比兄弟還要好的朋友，央求他的朋友們寄錢給他，好讓瑪利亞和她的情夫結婚。

雖然他可以扮演一個為了愛人而犧牲自我的傷心男子的角色，不過故事卻沒有下文，因為這位寡婦相當勢利眼。因為佛根諾夫雖然「志向高潔而惹人憐愛」，但是他身無分文，而杜斯妥也夫斯基現在已經當上軍官，不久以後也會獲赦，他沒有理由不會再次寫出成功的作品。兩人於一八五七年結婚。他們沒有錢，杜斯妥也夫斯基舉債度日，直到再也借不到錢為止。他再度回到文學，但是身為更生人，他必須獲得許可才能出版作品，而這不是容易的事。婚後的生活也不輕鬆，其實應該說是相當不美滿，杜斯妥也夫斯基把不幸歸因於妻子多疑而胡思亂想的天性。但他沒有注意到的是，他就像自己初試啼聲時一樣的沒耐心、易怒、神經質而且沒自信，他開始寫作各種類型的小說，把它們擱下，又另起爐灶，到頭來只完成了少量不重要的作品。

一八五九年，由於他的請願以及朋友的關說，他終於得以回到聖彼得堡。西門斯（Ernest Joseph Simmons, 1903-1972）在他關於杜斯妥也夫斯基的著作裡相當持平地說，他用以重獲自由的手段其實很下流卑鄙。「他寫了許多愛國詩，其中一首是祝賀皇太后亞歷山德拉的生日，還有一首是歌頌亞歷山大二世的加冕大典，還有一首是哀悼尼古拉一世的逝世。他的請願信是寫給當權者以及新任沙皇本人的。他在信中辯稱他有多麼景仰新王，把他形容成太陽，遍照一切義人與不義之人，並且宣稱他隨時願意為皇上奉獻生命。他為了自己所犯的罪表示懺悔，可是堅持說他已經悔改了，現在正為了他已經放棄了的主張吃盡苦頭。」

他和妻子以及繼子定居在王城，和哥哥米迦勒辦了一份叫作《時代》的文學雜誌，並且發表了他的

《死屋手記》和《被侮辱者與被損害者》。作品相當成功，接下來的兩年裡，他的生活闊綽許多。一八六二年，他把雜誌交由米迦勒經營，自己則到西歐遊歷。他並沒有玩得很開心，他覺得巴黎是「最無聊的城鎮」，而且那裡的人都視財如命，識見短淺；倫敦窮人的悲慘生活以及有錢人虛偽的正派形象更是讓他舌撟不下。他到義大利，但是對於藝術興趣缺缺，他在翡冷翠住了一個禮拜，讀了雨果（Victor Hugo）四大冊的《悲慘世界》（*Les Misérables*）。他沒有造訪羅馬或威尼斯就直接回俄羅斯。而他的那位妻子，得了肺結核，現在成了慢性病患。

杜斯妥也夫斯基出國的幾個月前，時年四十的他認識了一個年輕女子，她想要投稿一篇短篇小說在他的雜誌上。她叫作寶琳娜．蘇斯洛娃（Paulina Suslova），是正值雙十年華的大家閨秀，為了證明她的思想很前衛，她剪了一頭短髮，戴了一副黑框眼鏡。杜斯妥也夫斯基回到聖彼得堡之後，他們就成了戀人。後來雜誌因為一篇言論不當的文章而遭到當局勒令停刊，於是他決定再次出國。他的理由是要治療他的癲癇症，有一陣子的確病症加劇，然而那只是藉口而已，他其實是想要到威斯巴登（Wiesbaden）賭博，因為他想出了一套打敗莊家的系統，也是為了和寶琳娜相約在巴黎見面。他跟「貧困作家基金會」借了一筆錢就啟程了。

他在威斯巴登把身上的錢都輸得差不多了，之所以願意離開賭桌，只是因為他對於寶琳娜的激情勝過賭癮。他們原本規劃要一起到羅馬，可是在等待他的那一陣子，這個狂放不羈的年輕女子邂逅了一個西班牙的醫學院學生，更在不久就被他拋棄，這讓她憤憤不平，沒有任何女人可以對於這種分手方式淡然處之，而她也不想和杜斯妥也夫斯基重修舊好。無可奈何的他提議以「兄妹的關係」到義大利遊玩。反正閒著也是閒著，她也就答應了。由於阮囊羞澀，他們偶而還得典當身上的小玩意兒，使得這趟旅行難以盡興，經過幾個禮拜的「裂痕」，他們總算分手了。杜斯妥也夫斯基回到俄羅斯，他的妻子已經氣息奄奄，六個月後，她過世了。他寫信給一個朋友說：

「拙荊一直仰慕著我，而我也愛她至深，日前她在莫斯科離世」，她是在死於肺病的一年前搬到莫斯科的。我跟著她搬到這裡，一整個冬天都沒有離開她的床側……。我的朋友啊，她對我的愛無可比擬，而我對她的感情的回報也非筆墨所能形容，可是我們的結合並不幸福。哪天我們見了面，我再告訴你整個故事。可是現在我只想說，撇開我們在一起的生活並不幸福不說，我們對彼此的愛從未消失，生活越是困苦艱難，我們越是如膠似漆。你或許很納悶，然而我說的是實話。她是所有我認識的女人當中最善良的、最高貴的。」

杜斯妥也夫斯基有點誇大他的忠貞了。在那個冬天，他去了兩次聖彼得堡，處理他和哥哥一起創辦新雜誌的事。它不像《時代》雜誌那麼傾向自由派，沒多久就停刊了。米迦勒生了一場病，不久就離世了，留下了兩萬五千盧布的債務，現在杜斯妥也夫斯基必須照顧哥哥的遺孀和孩子、他自己的情婦以及她的孩子。他從一個富有的阿姨那裡借了一萬盧布，可是到了一八六五年，他不得不宣告破產。他簽的借據有一萬六千盧布，口頭借貸也欠了五千盧布。他的債主們都很難纏，為了躲債，他又向「貧困作家基金會」借錢，也拿到了一部小說寫作合約的預付金。身上一有了錢，他又跑到威斯巴登去試試他在賭桌上的手氣，並且和寶琳娜約會。他向她求婚，可是寶琳娜對他已經由愛轉恨。我們可以猜測說，她願意當杜斯妥也夫斯基的情婦，只是因為他是個知名作家以及雜誌編輯，這對她或許有些幫助，可是雜誌停刊了，而他更是其貌不揚，現在已經四十五歲，童山濯濯而又患有癲癇症。我們可以想像他在性愛上的需索無度讓她相當惱怒，沒有任何事比一個面目可憎的男人的性欲更讓女人不耐煩的，於是她丟下他獨自回巴黎去。他在賭桌上輸光了身上所有的錢，只好典當他的手錶。他不得不靜靜坐在房間裡，免得肚子咕嚕咕嚕叫起來的時候沒東西吃。他動筆寫另一部作品，據他說是情非得已的，為了生計，而且要趕時間。他身無分文，貧病交加。他在這種境況下寫成了《罪與罰》。

由於需錢孔急，他向每個認識的人伸手，甚至是和他有口角、他討厭又鄙視的屠格涅夫，他拿了他的錢做盤纏回到俄羅斯。在寫作《罪與罰》的時候，他想起來還有一部簽約的小說要交稿。根據他簽的不公平的契約，如果他沒有交稿，那麼出版商有權在未來的九年內出版他的所有作品而不必支付他一毛錢。有個聰明人建議他聘請一個速記員，他也照做了，於是在二十六天內寫成了一部叫作《賭徒》的小說。那個速記員才二十歲，只是中等姿色，然而她做事有效率、務實、有耐心、忠實又對他仰慕，一八六七年初，他娶了她。他的親戚們擔心他不再接濟他們，聽到他結婚的消息相當不高興，也對他的新婚妻子很刻薄，於是她說服他再度離開俄羅斯。而他也再次債台高築。

這次他羈旅了四年，起初，他的妻子安娜．格里戈里耶夫娜（Anna Gregorievna）覺得和著名作家一起生活很辛苦，他的癲癇症越來越嚴重，他暴躁易怒，不體諒人，且虛榮自負。他和寶琳娜恢復通信，可憐的安娜當然很不是滋味，可是蕙質蘭心的她並沒有大表不滿。他們一起去巴登巴登（Baden-Baden），他在那裡又流連於賭場，他再次輸掉所有的錢，也照舊寫信向每個人借更多的錢，而手裡一旦有了錢，又偷偷跑到賭場千金散盡。他們典當了身上所有值錢的東西，住宿的客棧一家比一家便宜，有時候還饔飧不繼。安娜懷孕了。以下是他剛贏了四千法郎時寫的信：

「安娜．格里戈里耶夫娜求我說，贏了這四千法郎應該見好就收了。然而這是個大好機會，輕輕鬆鬆就可以補償一切。例如說？除了一個人自己贏的錢以外，大家每天還會看到別人贏個兩、三萬法郎（沒有人會看到輸錢的人）。世上有聖人嗎？金錢對我比對他們更重要。我押的注不只是我輸的那些錢而已。我還輸掉我最後的憑仗，把我自己逼到絕境。我輸了。我典當了我的衣物，安娜也當了她所有的東西，她僅有的廉價首飾（真是個天使！）。在可惡的巴登巴登，我們投宿在鐵工廠樓上的兩間斗室，她是怎麼安慰我的，而她自己又是多麼疲憊！到頭來，什麼都沒有了，一切都輸光了。（那些德國人實在太下流了。他們都是放高利貸的，都是流氓、惡棍，沒有一個例外的。店家知道我們在拿到錢以前無處可去，於是不停地漲價。）到頭來，我們只能倉皇離開巴登巴登。」

他的第一個孩子在日內瓦出生。然而他還是沉迷於賭博。他懊悔因為自己的軟弱而輸掉了妻子和孩子急需的生活費。然而懊悔歸懊悔，只要口袋裡有法郎，他照樣回到賭場。三個月之後，孩子夭折了，讓他傷心欲絕。安娜再度懷孕，可是他覺得自己已經沒辦法像對他失去的小女兒那樣熱情地愛其他的孩子。《罪與罰》大受歡迎，當時他已經在寫另一部作品。它叫作《白癡》。出版商每個月支付兩百盧布給他，然而那只是杯水車薪，沒辦法使他脫離困境，他不斷要求更多的預付金。《白癡》沒有那麼討喜，於是他著手另一部中篇小說《永恆的丈夫》，接著又寫了長篇小說《附魔者》。在這期間，杜斯妥也夫斯基和他的妻女會視情況而到處棲居，我想所謂的情況指的是再也借不到錢的意思。可是他們思鄉情切。他一直很討厭歐洲，巴黎的文化和優越、德國的閒適和音樂、阿爾卑斯山的雄偉，瑞士湖泊深沉而微笑的美麗、托斯卡尼的優雅安詳、翡冷翠的藝術寶藏，他都無動於衷。他覺得西方中產階級文明既頹廢又腐敗，相信它不久就要解體了。「我在這裡越來越槁木死灰而識見狹隘，」他在米蘭寫信說：「也和俄羅斯失去聯繫了。我很思念俄羅斯的空氣和俄羅斯人民。」他覺得除非回到俄羅斯，否則絕對無法完成《附魔者》。安娜也歸心似箭，但是他們囊空如洗，而且杜斯妥也夫斯基的出版商已經溢付了太多預付金。走投無路的杜斯妥也夫斯基再次向他（出版商）求援。由於他的小說已經在雜誌上連載了兩期，出版商擔心從此沒了下文，只好寄錢給他們買車票。於是杜斯妥也夫斯基回到聖彼得堡。

那是一八七一年，杜斯妥也夫斯基時年五十，還有十年可以活。

他成了熱情的斯拉夫派（Slavophil），指望著俄羅斯拯救世界。《附魔者》佳評如潮，而它對於時下激進派年輕人的抨擊也使得作者在反動派圈子裡相當吃得開，他們認為他可以在政府和改革派的對峙當中充當馬前卒，於是以豐厚的酬勞請他擔任官辦的《公民報》的編輯。但他做了一年就辭職了，因為他和上司為了一個提案而產生衝突，儘管他成了反動派，卻還是難以接受那個提案。那時候天資聰穎而又實事求是的安娜也有了自己的出版事業，發行她丈夫的作品，獲利頗豐，讓他在晚年不虞匱乏。至於他的晚年如何，我想可以幾筆就帶過。他以《作家日記》為題在報上連載了幾期隨筆而傳誦一時，感到飄飄然的他也自詡為導師和先知。沒有幾個作家會拒絕這個角色的。他寫了一部小說叫作《少年》，最後則是《卡拉馬助夫兄弟們》。他的名聲如日中天，當他於一八八一年猝死的時候，許多人推崇他是當時最偉大的作家之一。他的葬禮據說是「俄羅斯首都最讓人動容的大眾情感的展示之一」。

我已經試著陳述杜斯妥也夫斯基的生平事蹟而不加評論。大家的印象或許會覺得他是個難以接近的人。虛榮自負是藝術家們的職業病，不管是作家、畫家、音樂家或演員，可是杜斯妥也夫斯基未免也太離譜了。他似乎不覺得別人會對於他絮絮叨叨地談論自己及其作品感到厭煩，除此之外，他更是極為欠缺自信，現在我們會叫作自卑情結。或許正因為如此，他才會如此公然地詆毀當時其他作家。一個有原則的人應該不會因為牢獄之災就變得如此奴顏屈膝，可是儘管他認為自己被判刑是因為和當局作對而罪有應得，但是他還是千方百計地請求減刑。這聽起來很不合邏輯。我在前文提到他在向當權者和有力人士請願時如何的羞辱自己。他完全欠缺自制力，可是那或許要歸因於一直困擾著他的癲癇症，在那種情況下，我們很難怪罪他。當他心志搖惑不定的時候，他會慌不擇路，也顧不得什麼人情事理。當妻子奄奄一息的時候，他居然拋下妻子跟著寶琳娜跑去巴黎，直到被這個放蕩不羈的年輕女子拋棄了，才回到妻子身邊。他的缺點尤其在賭桌上表露無遺。賭癮一再使他陷入絕境。在日內瓦，他必須借個五到十法郎為自己和妻子買東西吃。

讀者還記得他為了履行合約而寫了中篇小說《賭徒》。那不算是成功的作品，不過有趣的是裡頭的女主角波林娜．亞力山卓夫娜顯然是在影射寶琳娜．蘇斯洛娃，那是對於那種在愛裡交織著憎恨的女性類型的速寫，他在後來的著作裡有更詳盡的描寫。另一個有趣的地方是杜斯妥也夫斯基相當準確地捕捉到賭癮的不幸受害者的情感，那正是他切膚之痛，你們讀了就會明白，儘管賭博使他嘗盡世間冷暖和屈辱，使他自己以及他所愛的人生活窮困，使他做了丟臉的事（「貧困作家基金會」的錢是要讓他可以繼續寫作的，而不是讓他去賭博的），使他到處向朋友伸手求援，而他們早就不想再借錢給他了——儘管如此，他還是無法抵抗誘惑。他是個愛現的人，所有從事任何一種藝術的人，擁有創作本能的人，他們多多少少都很愛現，他生動地描寫了一連串的好運如何滿足這個不怎麼樣的癖好。眾人圍觀著這個時來運轉的賭客，宛如他是個什麼了不起的大人物，他們讚嘆他、欣羨他，他是眾人矚目的焦點。對於一個困擾於病態的欠缺自信的人而言，那是極大的安慰，贏錢會使他產生一種醺醺然的權力快感，他覺得自己是命運的主人，多虧他聰明絕頂，直覺準確無誤，他才可以掌握機會。

「我只要穩定地把握這一次，而我可以在一個鐘頭之內把我一生的命運改變！」他讓他的賭徒大叫說：「重要的意志的力量。我只要記取七個月前在羅勒亭堡的事件就可以了。噢！那是個顯示極大決心的時刻：我輸掉了一切，一切……。當我走出車站，我找——結果在我背心的口袋裡找到了一盾。『啊，那麼說，我還有一頓飯可以吃了！』我想，但是當我大約走了一百步的時候，我變了主意，回去。我把這個盾押在……那時真有一種特別的感覺。我贏了，結果二十分鐘之後我離開車站時口袋裡有一百七十盾。這是事實！你看出來，一個盾有時是什麼意義！而那時，如果我失去了勇氣，如果我不敢下決心，那又會是怎麼樣！」[1]

杜斯妥也夫斯基的一個老朋友史特拉科夫（Strakhov）為他寫了一部傳記，他為此還致信托爾斯泰，這封信收錄在艾爾默．莫德（Aylmer Maude）自己寫的杜斯妥也夫斯基傳記裡，我摘譯如下：

「我在寫作期間每每要和一種噁心的感覺對抗，試著壓抑我的厭惡感……我沒辦法把杜斯妥也夫斯基當作一個善良或快樂的人。他人品卑下、行為不檢，又是個醋罈子。他終其一生都被激情折磨著，如果他沒有那麼聰明，心腸沒有那麼壞，也不落到如此荒誕而不幸的下場。我在寫作他的傳記時的這些感想至今記憶猶新。在瑞士的時候，他當著我的面百般刁難他的傭人，使得那個人心生反感說：『我也是個人哪！』我還記得在盛行人權觀念的自由瑞士裡說出的那句話、而且是對著一個宣揚人道情操的人講的，聽在耳裡讓我有多麼震驚。這樣的場景頻頻上演，他沒辦法控制他的脾氣……最不堪聞問的是，他從來不為自己的齷齪行徑感到懊悔，更為此洋洋得意。齷齪的行徑對他有吸引力，而他也以此自豪。韋斯科瓦托夫（一個教授）告訴我說，杜斯妥也夫斯基如何對他吹噓在廁所裡性侵一個和家庭女老師一起來看他的女孩子。……儘管如此，他還是一肚子令人作嘔的濫情以及大吹牛皮的人道夢想。這些夢想、他的文學寓意以及作品傾向，使得我們對他趨之若鶩。簡單說，所有這些作品都是在為它們的作者脫罪，它們證明了再怎麼令人髮指的惡行都可以和最高貴的情操共存。」

「他的濫情的確令人作嘔，而他的人道主義也空疏寡實。相對於知識分子，他認為『人民』才是俄羅斯重生的希望，可是他根本不認識他們，也不怎麼憐憫他們艱辛而痛苦的命運。他猛烈抨擊那些意欲解其倒懸之苦的激進派。對於窮人的悲慘處境，他的解決之道竟然是『把他們的苦難理想化，變成一種

1 譯註：引文中譯見：《賭徒》，頁180-181，孟祥森譯，遠景，1981。

生活方式』。他不思實際的改革，反而要他們在宗教和神祕主義那裡尋求慰藉。」[1]

性侵小女孩的故事一直讓欣賞杜斯妥也夫斯基的人們情何以堪，於是斥之為無稽之談。史特拉科夫的說法顯然是基於傳聞，但是有個報導或許可以作為佐證，悔恨不已的杜斯妥也夫斯基對一個老朋友提到這件事，那個人則勸他說，如果他想要贖罪的話，可以找一個世上最討厭的人告解，於是杜斯妥也夫斯基就對屠格涅夫說了。儘管如此，這個故事也可能不是真的。當然，在他的作品裡，這類的主題層出不窮，在《附魔者》遭到查禁的章節裡，據說就是在處理這個題材。但是這並不能證明他真的犯過這個汙行。它有可能是和癲癇症有關的幻覺，由於幻覺太鮮明了，而讓他充滿了罪惡感，或者是說，就像其他小說家一樣，他創造了一個角色，讓他犯下作者想做而不敢做的罪行。[2]

杜斯妥也夫斯基驕矜自大、猜忌多疑、好辯成性、卑躬屈膝、自私自利、自吹自擂、不可靠、不體貼、心胸狹隘而不寬容。可是這並不是全部的真相。他在獄中體認到，就算一個人犯了殺人罪、性侵害或偷竊罪，還是可能擁有勇敢、慷慨和憐憫他人的德行。他認識到沒有人是完美的，而是高貴和卑鄙、惡習和德行的大雜燴。杜斯妥也夫斯基並不是個吹毛求疵的人，他其實是個宅心仁厚的人，他從來不會吝於接濟乞丐或朋友。就算他自己窮途潦倒，還是想辦法湊錢寄給他的大嫂以及哥哥的情婦、他那個一無是處的繼子、好吃懶做又酗酒的弟弟安德烈。他們仰食於他，正如他寄生於他人，而且他無怨無悔，恨不得身上有錢可以多接濟他們一點。對於他的妻子安娜，他又愛又敬又佩服，他認為她在各方面都優於他，羈旅四年期間，他一直擔心她只陪著他會覺得很無聊。他有一顆愛人的心，也渴望被愛。他簡直不敢相信此生居然找到一個不計較他的種種缺點（他太清楚自己了）而無怨無悔地愛他的女人。和安娜

1 *Simmon*, Dostoevsky。

2 另見：Yarmolinsky, *Dostoevsky: A Life*。

在一起是他一生中最幸福的日子。

他就是這樣一個男人，但也僅止於此。在男人和作家之間有個二分法，而我想沒有人比杜斯妥也夫斯基更嚴重。或許所有藝術家的身上都存在著這種二分法，但是在作家身上特別明顯，因為語言是他們的媒介，而他們言行之間的矛盾也就特別駭人聽聞。我們不妨把雪萊美好的理想主義、他對於自由的憧憬以及對於不義的憎惡以及他冷酷的自私以及對於造成別人的痛苦的漠不關心，就這兩個面向對比一下。我不會懷疑許多作曲家、畫家，也都和雪萊一樣自私而冷酷，但是他的音樂的美，他的畫作的美，使我們的感官陶醉，而不介意他的作品和他的行為之間的差距有多大。創作的天賦，童年和青少年稀鬆平常的能力，如果到了成年還持存著，或許就是個疾病，必須犧牲一般人的屬性才有辦法開展，正如甜瓜要施糞肥才會最甜，這樣的天賦只有在惡劣的土壤裡才會生長茂盛。

在杜斯妥也夫斯基身上，不僅僅是像傳記作者所說的那個虛榮的、易怒的、軟弱的自私鬼而已。在他身上還有一個可以創造出阿萊莎的人，他或許是所有小說裡最迷人、可愛、溫柔的人物；還有一個可以創造出如聖人一般的曹西瑪長老的人。阿萊莎被設計成《卡拉馬助夫兄弟們》的核心人物，作品裡的第一句話就表現得很明白了：「阿萊克謝意・費道洛維奇・卡拉馬助夫是我們縣裡的田主費道爾・伯夫洛維奇・卡拉馬助夫的第三個兒子。費道爾・伯夫洛維奇・卡拉馬助夫為了整整十三年前所發生的悲慘黑暗結局而聞名一時（現在我們還有人記得），關於這一段事容後另行詳敘。」[3] 杜斯妥也夫斯基是個老練的小說家，作品一開場就用一句話點出阿萊莎的重要地位。但是在我們看到的作品裡，相較於他的哥哥特米脫里和伊凡，他其實只是個配角而已。他在故事裡出場退場，對於其他角色而言似乎可有可

3 譯註：本書頁60。

無。他自己的生活則是和一群學童為伍，那些事件除了證明阿萊莎的魅力和仁慈以外，和劇情的發展其實沒有什麼關係。

有一個解釋是，賈奈特（Constance Garnett）女士長達八百三十八頁的《卡拉馬助夫兄弟們》英譯本，只是杜斯妥也夫斯基寫作計畫的一小部分。他原本想多寫幾篇以延續阿萊莎的故事，交代阿萊莎曲折起伏的一生，原本是構想要讓他犯罪而到頭來獲得救贖。但是杜斯妥也夫斯基的猝死使得他的計劃中輟，《卡拉馬助夫兄弟們》也就一直是未完成的斷簡殘篇。儘管如此，它還是史上最偉大的小說之一，只有其他少數小說差堪比擬，《咆哮山莊》和《白鯨記》是兩個情節緊湊的例子。它是一部題材豐富的作品，如果我試圖一言以蔽之，那也只會是管窺蠡測而已。杜斯妥也夫斯基構思很久的時間，儘管經濟拮据，他花費的工夫超越任何小說，置入了困擾著他的所有懷疑、被他的理性拒絕的熱烈信仰，以及對於人生意義的渴望。我只能告訴讀者們什麼是你們不要期待的，因為你們不能要求一個作者他沒辦法或不願意做的事。這不是一部寫實主義的書。杜斯妥也夫斯基的觀察力很有限，而他也不想要多麼逼真。人物的行為很難以常理度之。他們的行為讓人難以置信，他們的動機也都是雞毛蒜皮小事。他們不是你會在珍．奧斯汀或福樓拜的小說裡看到的那種人物，他們是激情、自尊、情欲、官能、仇恨的人格化。他們不是複製自生活，也不是作者以其生花妙筆創造出來的比現實生活更加鮮明的人物，而是折磨著作者的、扭曲的、痛苦不堪的情感的流露。可是儘管沒有那麼逼真，卻讓人感覺到生命的悸動。

《卡拉馬助夫兄弟們》有連篇累牘的冗長缺點，杜斯妥也夫斯基知道他的許多其他作品也有這個問題，可是他沒辦法自我矯正。即使是英譯者也感覺到他下筆草率隨便。杜斯妥也夫斯基是個偉大的小說家，卻是個差勁的藝術家。他的幽默感很有限。設計來插科打諢的霍赫拉闊瓦夫人也讓人很討厭。故事裡的三個年輕女子，麗薩、卡德鄰納．伊凡諾夫納、格魯申卡，三個人的個性都有點不知所云，三個人都歇斯底里，惡毒，壞心眼。她們都想要控制且折磨她們所愛的男人，卻又對他們百依百順，為他們吃盡苦頭。她們的行徑讓人百思不解。我在概述杜斯妥也夫斯基的一生時，對於另外兩個和他多少有點親密關係的女人略而不提，因為她們雖然成了他創作的題材，對於他的一生卻是可有可無的。他是個登徒子，耽於性欲，可是我不敢說他有多麼懂女人，他似乎把女人概分為兩類，一種是被威逼、虐待、強迫的、自我犧牲的女人，另一種是熱情洋溢、殘酷、睚眥必報的、傲慢而支配欲很強的女人，他心裡想的可能就是寶琳娜，他之所以愛她，正是因為她折磨他、羞辱他，而那正是滿足他受虐癖需求的興奮劑。

對於男性的刻畫，他就有把握得多。放蕩不羈的小丑老卡拉馬助夫在他筆下活靈活現。性格扭曲的兒子司米爾加可夫是惡棍中的惡棍，至於阿萊莎，我已經大略提過了。老混蛋另外有兩個兒子，再怎麼寬容的人，都會把特米脫里視為死敵，他是個粗鄙、酗酒、喜歡吹牛的流氓，縱慾無度，揮金如土，他的沉湎酒色活脫像個小學生一樣病態，他和格魯申卡喝酒狂歡的那段描述幼稚到荒唐的程度。他關於名譽這個東西的放言高論令人作嘔。他或多或少是書裡的核心人物，我認為是個敗筆。因為他是個一無是處的傢伙，你根本不會在乎他的下場如何。他應該對於女人很有一套，但是杜斯妥也夫斯基並沒有證明他到底魅力何在。在他的種種行徑當中，有一點我覺得寓意頗深。他把偷來的錢拿給讓他心旌搖曳的格魯申卡，要她嫁給最初勾引她的男人。這讓我想起杜斯妥也夫斯基到處借錢，讓他的未婚妻瑪利亞·依賽耶娃嫁給她所愛的「志向高潔、惹人憐愛的」年輕老師。他既把特米脫里描寫成和他一樣無情的自私鬼，又把他變成受虐癖。受虐癖是不是自我宣示的某種奇怪的方法呢？

到現在為止，我一直在挑毛病，讀者或許會問，既然我這麼不以為然，為什麼還主張說《卡拉馬助夫兄弟們》是世界上最偉大的小說之一呢。的確，它會讓人不忍釋卷。杜斯妥也夫斯基不僅是個偉大的小說家，也是個很老練的作家。一般說來，這兩者不一定會兼具。而且他有個了不起的本事，可以有效地誇大渲染一個情境。值得一提的是，他喜歡用一種手法，讓讀者心驚膽跳，因而產生懸疑的感覺。他會把故事裡的若干主要人物湊在一起討論某個令人髮指而難以置信的行徑，接著以加博里奧（Émile Gaboriau）[1]揭露犯罪謎底的技法讓你恍然大悟。這些漫長的談話相當扣人心弦，他以一個別出心裁的場景增加這個興奮感，人物的情緒比他們講出的話更加強烈，他形容說他們激動得顫抖不已，青筋暴露，或是臉色蒼白得嚇人，於是就算是很平常的一句話，都被賦予了讓讀者不明所以的意思，而他們也會被這些誇大的姿態搞得心神不定，就算是原本無動於衷的事情，現在他們也會大驚小怪。

然而這只是技法的問題而已，《卡拉馬助夫兄弟們》的偉大之處在於它的主題的波瀾壯闊。許多評論家都說其主題是對於神的追尋，我則覺得是在探討惡的問題。於是我要談一下伊凡，老卡拉馬助夫的次子，他是書裡頭最值得玩味的、卻也最不討喜的人物。有人說他是杜斯妥也夫斯基的基本信仰的代言人。那是在第五篇〈贊成與反對〉以及第六篇〈俄羅斯的僧侶〉裡，杜斯妥也夫斯基認為是他的小說的高潮，而它正是在討論這個主題。其中又以〈贊成與反對〉最震撼人心。伊凡在其中探討惡的問題，就人類的認知而言，它似乎和全能全善的神的存在扞格不入。他孩子們沒由來的苦難為例。大人必須為自己的罪受苦，聽起來很合理，可是無辜的孩子也在受苦，那就牴觸了人的情感和理性。伊凡並不在乎是神創造人類，或者說神是人創造出來的，他很想相信神的存在，可是他沒辦法接受祂創造出來的世界這麼殘酷。伊凡堅持說，無辜的人沒有理由要為罪人的罪受苦，他們若是受苦，而事實上也是如此，那麼神要不是邪惡的就是不存在。我不再多說了。讀者可以自己讀看看〈贊成與反對〉那一篇。杜斯妥也夫斯基從來沒有寫得比這一篇更鏗鏘有力。可是當他寫完了，卻對自己所做的事感到害怕。其中的論證相

1 譯註：埃米爾・加博里奧（Émile Gaboriau, 1832-1873），法國報紙連載小說家，他的《勒魯菊事件》（*L'Affaire Lerouge*）是史上第一部長篇推理小說。

當有說服力，但是結論卻牴觸了他的信仰，也就是說儘管世界上充滿了邪惡和苦難，但是因為它是神創造的，所以它還是美麗的。「如果一個人愛世上的一切生命，那麼這個愛就會證明苦難有它的道理在，而所有人也會分擔彼此的罪。為了他人的罪而受苦也會成為每個真正的基督徒的道德義務。」這是杜斯妥也夫斯基想要相信的。在寫完〈贊成與反對〉之後，他連忙寫了一篇反駁。他比任何人都清楚那並不成功。那一章太冗長了，而反駁也沒有說服力。

惡的問題仍然等待解答，伊凡．卡拉馬助夫的指控也一直沒有人可以答辯。

（林宏濤譯）

目次

上冊

下冊

第八卷　米卡

第九卷　預審

第十二卷　司法的錯誤

第十三卷　尾聲

附錄

譯者前記

譯完以後，照例想說兩句話，作一篇序文，對於所譯的書的內容和主旨多少加以解譯和說明。但是這部《卡拉馬助夫兄弟們》（Brothers Karamazov）裡包含了杜斯妥也夫斯氏哲學和宗教方面全部的中心思想，他的筆調下涉及各色各樣互相矛盾和對比的社會人物典型，需要巨冊的篇幅才能分析清楚。

這是文學研究家和批評家的任務，不是譯者所能勝任的。這裡也不過隨便填上兩句，作為介紹而已。

讀者當已知道，杜斯妥也夫斯基的一生在艱難痛苦中度過：他曾上過斷頭臺，嚐一嚐臨刑前的慘苦的滋味，他曾被流戍在寒冷的西伯利亞，度了幾年淒涼的、孤獨的生活，他曾被債主逼得走投無路，他曾在賭場上徘徊不捨，作孤注一擲的豪舉。他的生活是不平凡的、充滿冒險的。他的一生就等於一部 Roman d' aventures。

到了最後的十年（杜氏死於一八八一年），杜氏從國外倦遊歸來以後，他的生活比較安定，經濟狀況也大見舒適。他可以不必像以前似的，為了趕齊到期必須交出的文稿（《罪與罰》），不得不雇請速記員，口授腹稿。也不願自恃發明了一個賭錢必勝的祕訣，流連在維司巴登的賭場上，終於輸得精光，方才回家。他已底定了他的家庭的幸福家庭的生活（他身旁有愛妻和兩女兩男），他度著一個適合於作家的身分的單調的、家庭的生活。冬天在彼得堡，夏天在鄉下老羅薩地方，夏末則往埃姆司醫療肺病，這成為他每年照例的打發日子的方法。

就在這時期內，就在這環境內，他完成了《卡拉馬助夫兄弟們》——他的最後的鉅著。

他在這十年內，除去雜誌的論文和列入作家日記的範圍內的短篇小說以外，一共寫了三部小說：《附魔者》（在國外開始寫的）、《少年》和《卡拉馬助夫兄弟們》。這三部作品雖各有特殊的面目，大體上成為整個的敘事詩的三部曲。杜氏本預備寫一部長篇巨帙的小說，內分五個中篇小說，欲以五年的時間專心致力於此。結果是五個中篇變成了三部長篇，寫作的時間費去了最後的十載的生命。

在寫《白癡》的時候，杜氏已開始發願作一長篇，預備在這書內完全表現他的宗教和哲學問題的全部的見解。這部小說題為無神派，後又改為偉大的罪人的生活。這志願雖不斷在杜氏的腦筋內旋轉，究竟始終未見完整的形式。然而在上述的三部小說中，尤其在《卡拉馬助兄弟們》裡，——這基本的主旨已暴露無遺，可以說這三部小說就是偉大的罪人的生活的零段實現，亦不為過。

這基本的主旨是什麼呢？

杜氏在致瑪意闊夫和司德拉霍夫的信札內屢為述及。現在就拿他自己的話來作解釋吧。

「橫貫在全部小說內的一個主要的問題——也就是我一生有意識地，和無意識地煩惱著的——便是上帝的存在的問題。我的主角——在一生的持續間——一會兒是無神派，一會兒是信徒，一會兒是狂熱的信仰者和旁門的教徒，一會兒又是無神派。」

上帝的存在的問題，確實是橫貫在兄弟們裡的中心的主旨。書中曹西瑪長老的臨終訓言與伊凡的口中傳出的大宗教裁判官的理論是這個問題正和反的論點。在這兩種相反的思想的對比中，杜氏想表現出來的，一方面是心的宗教，無所謂教義，無嚴格的教會的儀式，信仰成為安慰人的生命的元素，是無奇蹟、無權威的信仰，處於教會的僧侶組織以外的。另一方面（宗教裁判官），則握有國家一切特權，將信仰設置於奇蹟、祕密和權威的方面。在這方面，教會成為國家，但在長老制方面，則只是一種精神的力量。兩方面都需要服從，完全地服從，拒絕自己的意志，違反服從的人不能被寬恕。然而兩者間的服從大有區別，宗教裁判官一面要求人們的服從，一面自己擔承下永恆的疑惑和無信仰的重累，使軟弱的人類脫卸羈絆，因為他們無力擔當自由和為自己負責的情感。這裡含有強者垂憐弱者的性質，這裡以服從作為奴隸的德性。在長老制裡——服從是自願的，自由地容納著的，由於信仰的共通而捉獲到的。

從這對比的思想的出發點上，全書展開了各色各樣的互相對照的典型，一方面是曹西瑪長老高超的、慈愛的印象。他曾經是一個反抗的心靈，在騷亂的生命的漩渦裡，曾經侮辱他人，也曾自受侮辱，而現在則在他所捉獲的最高的真理之中安身立命。受他的教義所影響的是他心愛的學生阿萊莎——虔信的、仁愛為懷的、靈魂向上的青年。如杜氏自己在這書的序言中所述，阿萊莎原是書中主幹的人物，基本的主旨在於敘寫他離開修道院，進入社會後的艱苦的行程，「怎樣使靈魂自行洗淨」的一個過程。現在已寫下而且刊行的兩卷，祇是「阿萊莎正傳」的前奏。可惜，天不假杜氏以餘年，使我們不能讀到第二半部的《卡拉馬助夫兄弟們》，真是世界文學史上的大缺憾。

另一方面是不信上帝、具有聰明和驕傲的性格、渴求生命的伊凡。由與他虛構出來的大宗教裁判官的理論上演繹出來的「既無上帝，則一切可任意妄為」的公式，成為私生子司米爾加可夫——一個具有奴性屈服的性格和怨毒的心情的人——犯罪殺人的道德上的動機。而這些兄弟們的父親，費道爾．伯夫洛維奇．卡拉馬助夫的身上，特別露出肉慾的元素，他代表著原始的「罪孽」，那種「卡拉馬夫性格」。他的後代全多少受這個性格的遺傳，連清白無邪阿萊莎的血裡，也免不掉染上了這運定的遺傳毒素。

米卡則介乎兩者之間，成為靈魂與肉慾搏鬥的戰場，他一面任憑情慾和僻好在他身上無拘束地馳騁，一面仍保持著他的心靈的、向上的、愛的性格。他心裡預感到靈魂對於肉慾的戰勝。但這祇是一個預感而已，如何分曉，作者尚未來得及告訴我們。暫時在我們看來，他是靈與肉交戰下的犧牲者。

伊凡和《罪與罰》裡的拉斯柯爾尼科夫不同之點是拉有所信，便起而行，但伊凡則僅說出他心中的思想。兩人的思想同屬於虛無主義式的、反抗的論調，一則聲明「犯罪是對於社會組織不正常的抗議」，一則謂「既無上帝，則一切可任意妄為」，後者的思想比諸前者似更直爽、更勇敢些。然而伊凡僅言而不行，倒是被司米爾加可夫捉到了，便實行犯罪，謀殺了老父親。在伊凡得悉他本人應對父親的被殺負思想上的責任以後，他的「本性」受不住他的「犯罪哲學」的的實踐結果的重壓，便實行反叛，因此發了瘋狂。而做了他的「哲學」的實踐工具的司米爾加可夫也懸樑自盡。

除去書中的主要角色以外，尚有一大批的二等人物、婦女、青年，甚至孩童，在錯綜複雜的故事裡，各現其個別的，和各自的身分相配的面目。杜氏又藉著兇殺案審訊的進程，表露他的巧妙的心理分析手段，在檢察官的訴詞和律師的辯護詞裡，極盡其人情和心理的細刻描畫之能事。在世界文學的作品裡，對於審案這樣完備的詳細的敘寫，尚屬創見之格。

我們應注意的是杜氏的作品結構中橫亙兩個基本的原則：即哲學思想的充分的表白和情節的引人入勝。這兩個原則可以說是在所有的杜氏的作品內都實施著的，而在《卡拉馬助夫兄弟們》裡則被運用到最徹底的地步。

一方面是道貌岸然的哲學思想佔了巨大的篇幅，另一方面則類乎通俗的偵探和冒險小說性質的、引人入勝的曲折情節，使讀者看得趣味盎然，不忍釋手。這兩種相反而實際上相成的筆法成為《卡拉馬助夫兄弟們》的結構的特點。

《卡拉馬助夫兄弟們》裡有哲學的、宗教的思想定於中心的地位成為一個圓軸，而各色各樣的、複雜的、錯綜的故事就順著這個圓軸而進行著。因此全書內積極活動著的、引人的複雜情節掩住了說教性質的哲學思想的枯燥。這種結構的要訣便在於用趣味生動的外面的情節，補償讀者對於哲理的篇頁累重而且沉悶地注意的損失，而作者在這方面是成功了的。

我譯杜氏的長篇小說，這已是第二次了。我在十年以前曾譯過《罪與罰》，全稿脫成後交某書局付排，但被一二八的砲火將譯稿全行毀去。因為沒有留副稿，而我又沒有再復譯一下的勇氣，只好聽它去吧。附誌於此，以示遺憾之意。

耿濟之（一九四一年六月）

重要人物介紹

阿萊克謝意・費道洛維奇・卡拉馬助夫（阿萊莎）——故事主角，費道爾・伯夫洛維奇・卡拉馬助夫的第三個，也是最年幼的兒子，約二十歲。性格慈愛、有禮、聰慧，對上帝有著忠誠的信仰。修道院學生，跟隨著曹西瑪長老。

特米脫里・費道洛維奇・卡拉馬助夫（米卡）——卡拉馬助夫兄弟中的長子，二十八歲，軍隊上尉退役。性格暴烈、放縱卻有著真誠的熱情。對未婚妻卡德鄰納不忠，愛上格魯申卡，與親生父親成了情敵。

伊凡・費道洛維奇・卡拉馬助夫——卡拉馬助夫兄弟中的次子，二十四歲。大學畢業，具有獨立、理性、邏輯思辯的心靈，對上帝抱持著懷疑的思想。

費道爾・伯夫洛維奇・卡拉馬助夫——卡拉馬助夫家族的族長，故事發生的小鎮裡的一名地主。五十多歲，性格粗俗、貪婪、好色，對他人蠻不在乎，只求能滿足自己的財富及欲望，也因此與長子成為仇敵。

阿格拉菲納・亞歷山大洛夫納・司魏脫洛瓦（格魯申卡）——年輕貌美，在被情人背叛後隨著薩姆騷諾夫來到這個小鎮。性格驕傲、剛烈且任性，是費道爾・伯夫洛維奇與米卡間激烈衝突的原因。

司米爾加可夫——麗薩魏達之子，並有可能是費道爾・伯夫洛維奇的私生子，在卡拉馬助夫宅邸內由格里郭里及其妻瑪爾法所養大，並在成人後服務於宅邸內。二十四歲。有著嚴重的癲癇病，性格中有著虛無的色彩。

曹西瑪——德高望重的修道院長老，阿萊莎的導師，有著高尚慈愛的心胸。

卡德鄰納・伊凡諾夫納（卡嘉、卡欽卡）——米卡在軍中的長官之女，原為米卡的未婚妻，但在之後遭拋棄。往往以犧牲與忍耐來對待發生在自己身上的痛苦與不幸。

霍赫拉闊瓦——一位在鎮上的富有地主。與卡拉馬助夫家族的成員們略有交情，是卡嘉的朋友，也是麗薩的母親。一個在故事中相對中立、無害的角色。

麗薩（Lise）——霍赫拉闊瓦太太的女兒，性格洶氣而反覆無常，喜愛著阿萊莎。

米哈意爾・渥西帕維奇・拉基金（拉基金）——和阿萊莎為神學院同學，阿萊莎視他為友，他卻暗自鄙視阿萊莎。自認聰明，對於阿萊莎的性格多有懷疑，內心相當渴望看見他的墮落。

彼得・亞歷山大洛維奇・米烏騷夫——年輕富有的地主，費道爾・伯夫洛維奇第一任妻子的堂兄，米卡在少年時期的監護人。自栩有著正確且啟蒙的政治立場，並且相當鄙視費道爾・伯夫洛維奇。

彼得・伊里奇・潘爾霍金——一位當地的年輕軍官，米卡的朋友，在費道爾・伯夫洛維奇遇害的那晚四處奔走，是本案關鍵人物。

庫齊瑪・庫齊米奇・薩姆騷諾夫——將格魯申卡帶來此地的老商人。

臭麗薩魏達——過去在小鎮上的精神障礙患者，生下司米爾加可夫後便死去。

費邱郭維奇——米卡的辯護律師，從莫斯科來到此地。

伊鮑里脫・基里洛維奇——審判米卡一案的檢察官。

費拉龐特神父——在修道院奉行嚴格苦行的僧士，對曹西瑪長老有著憎恨的心理。

尼古拉·伊凡諾維奇·克拉騷脫金（郭略）——一位膽大、聰慧的小男孩，約十四歲，在之後與阿萊莎成為好友。

伊留莎·司涅基萊夫——退伍上尉司涅基萊夫之子，體弱多病卻勇敢。曾目睹父親遭米卡暴力攻擊，試圖加以阻止；更勇於對抗霸凌自己的同儕。

格里郭里——費道爾·伯夫洛維奇的僕人。凶殺案中關鍵的目擊證人。

作者的話

在開始描寫我的主角阿萊克謝意．費道洛維奇．卡拉馬助夫的生活的時候，我感到有點惶惑。事情是這樣的：雖然我把阿萊克謝意．費道洛維奇稱作我的主角，但自己也知道，他並不是大人物，因此預先看出免不了有以下的問題提出的：你的阿萊克謝意．費道洛維奇有什麼特別的地方，使你選他作為主角？他做了什麼事情？誰知道他？出了什麼名？為什麼我（讀者）應該虛費時間，研究他的生活的事實？

最後的問題是最運定的，因為我只能回答：「也許你們自己可以從這部小說裡看到的。」如果讀完以後並未看到，對於我的主角的顯著的點並不同意，那便怎樣呢？我如此說，因為不勝悲哀的是我預先看得出來的。他對於我是顯著的，然而我實在疑心，我能不能對讀者證明這點。事情是他也許是一個事業家，不過是一個不確定的、沒有表現出的事業家。但是在我們這種時代要求人家明朗，未免奇怪。也許只有一樣是十分無疑的：他是一個奇特的人，甚至是怪物。不過奇特與怪癖不見得就能給予，反將損害注意的權利，尤其是當大家全努力在普遍的秩序散漫之中，聯合個別性，以尋覓這種整個的意義的時候。至於怪物在多數的事例上是個別與特殊，不是麼？

假使你們不贊成這最後的論題，回答道：「不然」，或「不盡然」，那麼關於我的主角阿萊克謝意．費道洛維奇的意義一層，我倒會放心下來的。因為不但怪物「不盡」為個別與特殊，而且時常也許他身上反具有整體的核心，而他的時代的其他的人們卻全像一陣什麼襲來的風一般暫時不知為什麼緣故和他脫離了……

然而我本可以不作這十分平庸無奇的、模糊的解釋，就這麼隨便開始，不加序言：只要有人喜歡——總要讀完的；但苦的是我這生活描寫是一個，而小說倒有兩部。第二部主要的小說，那是我的主角在我們的時代，那就是我們現在的時間，所做的行為。第一部小說發生於十三年前，差不多不算作小說，只是我的主角最初的青春裡的一個時代。叫我越過這第一部小說而不管是不可能的，因為這樣子，第二部小說裡的許多事情將成為不可瞭解的了。但因此我的最初的困難更加複雜起來：如果我，就是傳記家本身，認為一部小說對於這個謙卑的、不確定的主角也許還嫌多餘，那麼何必再來兩部，而且怎樣解釋我的方面這樣的驕矜呢？

我既難於解決這些問題，決定聽它去，不加以任何解決。眼光銳利的讀者顯然早已猜到我從開始的時候就傾向到這上面，只是恨我，為什麼我白白地費去無結果的話語和寶貴的時間。對於這，我可以確切地回答：我費去無結果的話語和寶貴的時間，第一是由於禮貌，第二是由於狡黠：「無論如何，我是預先警告過的。」然而遽然使我高興的是我的小說自然而然「在整體的實質的一致上」分為兩篇故事：讀者在第一篇故事熟識了後，可以自行決定：值得不值得再讀第二篇？自然，誰也沒有受什麼約束，可以從第一篇故事的第二頁上就扔棄書本，再也不去打開它。但是還有一類客氣的讀者一定要讀到底，為了不使無偏無倚的見解生出什麼錯誤；譬如說，所有俄國的批評家都是這一類的。在這類的人們面前，心是很輕鬆的，不管他們怎樣的勤謹與善意，我總可以給他們一個最合理的藉口，在讀頭一段小說裡就扔棄它。這篇序言就是這樣子了。我完全同意，它是多餘的，但因為它已經寫好了，也就讓它去罷。

現在言歸正傳。

獻給

安娜·格里戈里耶夫娜·杜斯妥也夫斯卡雅

我實實在在地告訴你們，
一粒麥子不落在地上死了，
仍舊是一粒；
若是死了，
就結出許多子粒來。

——〈約翰福音〉第12章第24節

第一卷　一個家庭的歷史

第一章　費道爾・伯夫洛維奇・卡拉馬助夫

阿萊克謝意・費道洛維奇・卡拉馬助夫是我們縣裡的田主費道爾・伯夫洛維奇・卡拉馬助夫的第三個兒子。費道爾・伯夫洛維奇・卡拉馬助夫為了整整十三年前所發生的悲慘黑暗結局而聞名一時（現在我們還有人記得），關於這一段事容後另行詳敘。現在要說關於這位「地主」的（雖然他一輩子差不多完全沒有在自己的封地內住過，但大家還是這樣稱呼他），只是說他是一個奇怪的典型，固然還是常見的典型，一個不但無用而且荒唐，同時也是無理解力的人的典型——但是這類無理解力的人卻會把自己的財產事件辦得十分妥當，大概也就這類事情是辦得好的。以費道爾・伯夫洛維奇做譬喻吧！他開始時差不多什麼也沒有，他是最小的地主，跑到別人家去吃白食，搶著做人家的食客，但是在他死的時候，卻積了十萬盧布的現錢。同時他到底一輩子繼續做了全縣最無理解力的狂士的一個。我還要重複說的；這裡並非愚蠢；大多數這類狂士是十分聰明狡黠的——而就是無理解力，這是一種特別的，民族本有的無理解力。

他娶過兩次親，有三個兒子——長子特米脫里・費道洛維奇，第一位太太生的，其餘的兩個，伊凡和阿萊莎謝意，第二位太太生的。費道爾・伯夫洛維奇的第一位太太出身於有貲財，名望貴族米烏騷夫，也是我們縣裡的地主的家中。一個富有嫁妝的女郎，而且是很美麗的，加上還是一個快樂的聰明人，我們現在這一代裡不稀少，但是在過去時候也已發生，怎麼竟會嫁給這種不值錢的「累贅物」，像大家當時稱呼他的，我也不必細細地解釋。我還認識一個女孩，也是屬於過去「浪漫派」一代裡的，在幾年來對於一位先生有了神祕的愛以後，本來可以用極安靜的方式嫁給他，結局是自己想出了無法戰勝的障礙，在一個狂風暴雨的夜裡，從像岩石形狀的高岸上投入很深、很急的河裡，因此喪了命，也就是為了自己的一種怪念。唯一地是為了模仿莎士比亞的渥菲琵亞[1]，而且假使她早就看定的、心愛的那個岩石並不如此地具有好景致，假使代替著它的是庸俗無奇的、平坦的岸，那麼甚至自殺也許不會發生。這是真正的事實，我們可以想到，在我們俄羅斯的生活裡，在最後的兩代，甚至三代的時間內，這類或和它同類的事實真也發生了不少。所以阿臺拉意達·伊凡諾夫納·米烏騷夫的行為無疑地是別人的流風的遺響，也是為被迷住的思想所引逗出來的。她也許想宣告婦女的獨立，反對社會的約束，反對自己宗族和家庭的專制，而巧於侍人的幻想使她相信，也許只在一剎那間使她相信費道爾·伯夫洛維奇雖然有食客的尊號，總是一個在轉移到一切良好裡去的時代裡最勇敢最好嘲笑的人，其實他只是一個惡毒的丑角，別的是沒有的。有滋味的是這事居然弄到了私奔的結果，這使阿拉意達·伊凡諾夫納引為十分榮幸，費道爾·伯夫洛維奇對於這類突然發作的行動，即使照他的社會地位而言，當時也是準備得十分成熟的，因為他深願建立自己的職業，用什麼方法都可以，扳到好親戚又能取得妝奩，是很可誘惑的一樁事情。至於說到雙方的愛情，大概是完全沒有的——無論是新娘方面，或是他的方面，雖然阿臺拉意達·伊凡諾夫納還有姿色。所以這個事件在費道爾·伯夫洛維奇一生中，以他那樣一輩子最為好色，只要女人一招手，就準備一下子拜倒任何一條石榴裙下的，也許可以說是唯一的，特別的一樁事件。而且只有這女人一個人在色情方面是不能使他引起任何特別的印象的。

1 譯註：莎翁悲劇《漢姆烈特》。

阿臺拉意達·伊凡諾夫納在出奔後立刻一下子看出她對於丈夫唯有賤蔑，並無別的。所以婚姻的結果異常迅快地發現了出來。雖然家庭裡居然很快地對於這事件相安下來，給出奔的姑娘分出一筆妝奩，但是夫婦之間開始了最無秩序的生活，和永遠的爭吵。有人講，年輕的夫人當時所表現的尊貴和崇高，是費道爾·伯夫洛維奇無從與之比擬的。現在才知道，他在她取得錢的時候，立刻一下子全部抓取了去，有二萬五千盧布之數，所有這幾萬塊錢從那時候起，對於她簡直就等於扔到水中一般。至於一個小鄉村，和一個很好的，城裡的房子，也是發歸她作嫁奩的，他許多時候拚命想藉著完全一種適宜的手續，轉移到自己的名下：只要憑著他無時無刻不使用的那種無恥的勒索與苦求，使自己的夫人引起了對他的賤蔑和嫌惡，憑著她精神上的疲勞的一點，只是為了讓他罷開手去——憑著這些，他原是可以達到自家的目的的。但是幸而阿臺拉意達·伊凡諾夫納的家庭出來干涉，才限制了強奪的行為。大家確切地知曉，他們夫婦之間時常發生兇毆，但是風聞出於毆打的不是費道爾·伯夫洛維奇，卻是阿臺拉意達·伊凡諾夫納，一個暴躁的，勇敢的，臉色微黑的，無耐性的，天生體力壯大的女太太。她終於拋棄了家庭，離開費道爾·伯夫洛維奇，同一個窮得要命的宗教學校的教員偷跑，給費道爾·伯夫洛維奇留下了三歲的米卡。費道爾·伯夫洛維奇一下子在家裡養蓄了整巢的女人，從事極放蕩的酗酒，在休息的時間內幾乎走遍全省，含著眼淚對一切人和每個人抱怨那離開他的阿臺拉意達·伊凡諾夫納，並且還說出一些細節，是做丈夫的羞於說出的關於自己的婚姻生活的細節。主要的是他對於在大眾面前扮演一個可笑的受了辱的丈夫的角色，甚至染加了顏色，以描寫關於自己所受恥辱的細節，竟似乎感到愉快，而且引為榮幸。有些好嘲笑的人們對他說：「人家要以為您取得了官爵，所以您不管如何悲痛，還是十分滿意。」許多人甚至說他喜歡以丑角的新姿態出現於世，為了增加笑聲，故意裝出樣子，不去理會自己的滑稽地位。誰知道呢，也許他那種樣子是出乎天真的。他後來發現了那個逃奔女人的蹤跡。這不幸的女人同她的宗教學校教員到了彼得堡，就在那裡無限制地實行起最完全的婦女解放起來。費道爾．伯夫洛維奇立刻張羅起來，預備動身到彼得堡去——為了什麼？——他自然自己也不知道。也許他果真當時會去的，但是在取了這樣的決議以後，他立刻認為自己有一種特別的權利，就是為了壯膽，在旅行之前，重新從事最無檢點的酗酒。就在這個時候，他的夫人的家中接到了她在彼得堡逝世的消息。她好像突然死去，就在一間閣樓上，有些人傳說是由於傷寒，另一些人傳說是由於饑餓。費道爾．伯夫洛維奇聽見他夫人死的時候正喝醉了酒，聽說當時跑到街上，開始呼喊，快樂得雙手朝天上揚著：「現在得恕了」，根據另一種傳說，——他痛哭一場，像一個小孩，而且聽說哭到甚至看著他都可憐的地步，雖然你對他懷著十二分的嫌惡。確乎也許兩種情形都有的，一面是為自己的被解放喜悅，另一面則為解放者痛哭，兩者兼而有之。在許多事例上，一般人，甚至惡徒，也是比我們一般批評於他們的，還比較率真些、坦白些。我們自己也是這樣的。

第二章　長子被摔脫了出去

自然可以想到的，這樣的人能夠成為怎樣的導師和父親。在他這樣父親的方面，應該發生的事情也就發生了，那就是說他完全拋棄了和阿臺拉意達·伊凡諾夫納所生的小孩，並非由於恨他，非由於什麼被侮辱的夫婦的情感，卻只是因為完全忘掉了他。在他用眼淚和訴怨使大家討厭，又將自己的住宅變為淫蕩的巢窟的時候，這三歲的男孩米卡由這家的忠僕格里郭里擔任照管，假使當時沒有他來關心，也許連替這小孩換襯衣都沒有人的。並且恰巧嬰孩的母系方面的親屬在最初時候好像也忘掉了他。他的外祖父，就是米烏騷夫先生，阿臺拉意達·伊凡諾夫納的父親，當時也已不在人世；他的守寡的夫人，米卡的外祖母，搬到莫斯科去居住，病得很厲害，姊妹們也已出閣，所以差不多整整的一年工夫，米卡只好留在僕人格里郭里那裡，住在僕人住的草房裡面。然而即使爸爸憶起了他來（真的，他是不能不曉得他的存在的），自己也會再把他放進草房中去的，因為嬰孩終究將妨礙他的亂行。但是結果發生了這樣的事：死者阿臺拉意達·伊凡諾夫納的堂兄彼得·亞歷山大洛維奇·米烏騷夫從巴黎回來了。他連著許多時候住在國外，當時還是一個很年輕的人，然而他是米烏騷夫一族中間特別的人物，很文明、有都市氣、外國派，而且一輩子是一個歐羅巴人[1]，晚年時成為四十年代、五十年代的自由派。他一面繼續做自己的職業，一面在國內外和那個時代許多思想最自由的人們發生關係，親身認識普魯東和巴枯寧[2]，特別愛回憶，並且講敘（那時已在流浪的終端的時候），四八年巴黎二月革命三天裡的情形，還暗示著說他自己也幾乎成為巷戰的參加者。這是他青年時代最快樂的一個回憶。他有獨立的財產，照以前的比例，大約有一千個靈魂[3]。他的佳良的封地就在我們的小城外面，和我們的修道院的田地作鄰。彼得．亞歷山大洛維奇還在最年輕的年歲，剛剛取到遺產的時候，就一下子和修道院開始了完結不了的訴訟，爭河中捕魚，或森林斫木的權利，到底是什麼我可不知道，但是和「牧師們」訴訟，他居然認作是國民方面的、文化方面的義務。在他聽了關於阿臺拉意達．伊凡諾夫納的一切——她是記得，甚至有一個時候注意到的——又打聽出還有米卡留下來以後，雖然他對於費道爾．伯夫洛維奇發生了新鮮的憤怒和賤視，立刻干涉起這件事情來了。他當時和費道爾．伯夫洛維奇初次相識。他對他直說，願意把這孩子收歸自己教養。他以後許久時候敘講著，當作一種特點，說他同費道爾．伯夫洛維奇提起米卡的時候，他有一個時候裝作完全不明白講的是什麼孩子的樣子，而且好像有點奇怪，在他的家裡還有一個小兒子存在著。假使彼得．亞歷山大洛維奇的敘述裡或許有點誇大，那麼總是應該有近乎真實的一點的。實際上，費道爾．伯夫洛維奇平生就愛做戲，忽然在你面前扮出一個出乎意料外的角色，主要的是有時並沒有任何的需要，甚至對於自己有損，譬如說，像現在那件事情一般。這類特性確是大多數的人，甚至是

1 編註：「歐羅巴人」即「高加索人」；但此處意思為彼得．亞歷山大洛維奇．米烏騷夫一輩子都過著一種歐洲式的生活，而與他的族裔無關。
2 編註：普魯東（1809-1865），法國思想家、無政府主義者；巴枯寧（1814-1876），俄國思想家、無政府主義者。
3 編註：意指以前領地價值的估算方式是以有多少農奴（靈魂）計。

十分聰明的人們所具有的，不僅費道爾．伯夫洛維奇如此。彼得．亞歷山大洛維奇熱心地進行著這件事情，甚至和費道爾．伯夫洛維奇在一起，充做嬰孩的監護人，因為母親身後總還遺留下小小的財產、房屋和封地。米卡確曾遷到這位堂叔家去，但是他沒有自己的家庭，又因為他自己剛剛辦妥，而且保障好了自己財產上的銀錢收益事宜，就立刻又忙著到巴黎去久居，所以嬰孩就委託給了他的一位堂嬸，莫斯科的太太。恰巧他在巴黎住得很久，竟忘記了這個嬰孩，尤其是在二月革命來臨的時候——那次的革命使他的想像大為驚愕，使他一輩子無從忘記。後來莫斯科的女太太死去，米卡轉移到她的已出閣的一個女兒手裡。大概他以後還會第四次遷移巢窟。對於這，我現在不再來敘述，況且還有許多話要講到費道爾．伯夫洛維奇的這位長子，現在只限於說一點他身上最必要的消息，沒有這類消息我是無從開始這部小說的。

在費道爾．伯夫洛維奇三個兒子中，唯有這個特米脫里．費道洛維奇一個人長大起來相信他總還多少有點財產，一到成年，便可獨立。他的幼年與青年無秩序地流去：中學沒有讀完以後就進入軍事學校，以後到高加索服軍職，因決鬥後降職，又服滿了軍職，時常酗酒，花去比較多的銀錢。在成年以後才從費道爾．伯夫洛維奇那裡取到錢，在這以前卻賒了許多債。第一次和他父親認識和見面，是在成年後特地到我們地方來和他父親弄清楚關於財產情形的時候。大概他當時對於父親並不喜歡；他住在他家內不久，便迅速地離開，只取到了一點點的款子，並且和他約好以後領取莊田收入的辦法，至於這莊田的收入和價值如何，他這次沒有從費道爾．伯夫洛維奇那裡取到確實的回答（這是一個堪注意的事實）。費道爾．伯夫洛維奇當時一下子就注意到（這也是應該記住的），米卡對於自己的財產抱虛誇、不正確的見解。費道爾．伯夫洛維奇很滿意這一點，因為他另有一種打算。他只看出這年輕人輕浮、暴躁、有熱情、不耐煩、愛放蕩，只要臨時抓得到什麼，他會立即安靜下去，固然時間是不會長久的。費道爾．伯夫洛維奇就開始利用這一點，用些小贈與，暫時的寄款打發他。後來終於發生了一件事情：米卡過了四年多，失去了耐性，第二次又到我們小城裡來，準備和他父親完全了清一切，但是使他萬分驚訝的是忽然發現，他業已空無所有，甚至都很難計算清楚，他早已向費道爾．伯夫洛維奇取盡了他的財產的全部價值，支完了錢款，也許他自己反欠他父親多少。又根據他自己某年某月自願簽訂的某件和某件契約，結果是他已沒有再要求任何錢款的權利。青年人很驚訝，疑心其中有不盡不實，和欺騙的情形，幾乎爆炸起來，好像喪失了神智。就是這樁事實引起了一個大慘劇，對於這慘劇的描寫將成為我這第一部序幕性質的小說的目的，或者不如說是這部小說的外表。但是在轉到這部小說的正文以前，必須還要先行敘講費道爾．伯夫洛維奇其餘的兩個兒子，米卡的兄弟，並且解釋他們是從哪裡出來的。

第三章　續絃和續絃所生的子女

費道爾·伯夫洛維奇將四歲的米卡脫出手去以後很快就續了絃。第二次的婚姻繼續了八年。他這第二位太太，也是很年輕的人物，騷菲亞·伊凡諾夫納，是從別省裡娶來的，他為了一樁包工的小事件，和一位猶太人結伴到那邊去了一趟。費道爾·伯夫洛維奇雖然荒淫、酗酒、鬧事，卻從不停止從事各項投資，永遠將自己的事情辦得順利，雖然差不多永遠帶點兒卑鄙。騷菲亞·伊凡諾夫納是「孤女」出身，從兒童時就失了雙親，一個黑暗的教堂執事的女兒，生長在女恩人，同時也是教養者、磨折者、有名望的老將軍夫人，伏洛霍夫將軍的寡妻的富有的家中。詳細情節我不知道，只聽說這溫良、靜淑、無惡意的養女有一次曾在閣樓的釘上繫繩上吊，被人家救了下來——可見她是如此難於忍受這位老婦人的任性和永遠沒完的責備，其實她並不見得惡狠，卻為了閒暇才成為使人受不住的專制女性。費道爾·伯夫洛維奇前去求婚，人家探聽了他的來歷，便把他趕走了。於是他又照第一次結婚的辦法，向孤女提議私奔。假使她當時對於他行為的細節知道得多些，一定也許她無論如何都不肯嫁給他的。然而因為是隔了一省，而且一個十六歲的女郎能明白得了多少事情，況且叫她留在女恩人的家裡，還不如去投河的好，因此這可憐的女人就把女恩人換了男恩人。費道爾·伯夫洛維奇這一次一個錢也沒有取到，只是貪圖這清白的女孩的非凡的美貌，主要的是她的天真無邪的態度使他這樣好色之徒，以前只是罪惡地愛好著粗魯的女性美的，為之驚愕不置。「這雙天真無邪的眼睛當時在我心靈上像剃刀般劃了一道深縫，」

他以後說，惡毒地、別致地嘻笑著。但是對於荒唐的人，連這也只是色情的衝動。他既未取到任何報酬，便和他的夫人不客氣，利用她在他面前有了「差錯」，幾乎是他把她「從吊繩上救下來」的，此外又利用她那種少見的靜謐和無責任的性格，居然一腳推翻了最尋常的夫婦間的禮貌。一些壞女人，就當著妻子面前，聚到家裡來，做出狂飲亂鬧的舉動。我要當作一種性格的特點報告的，是僕人格里郭里，陰沉、愚蠢、固執、好講理的人，嫉恨著以前的太太，阿臺拉意達·伊凡諾夫納，這一次卻站在新女主人的一邊維護她，用僕人們本不應有的方式，為了她，和費道爾·伯夫洛維奇相罵，有一次竟把狂飲亂鬧的場面拆散，把所有聚來的搗亂女人用強力趕走。這個不幸的，從孩提時代就嚇怕的年輕女人發生了類乎神經性的女人病的樣子，這種病時常在普通人中間，鄉下女人身上遇見，因此人家喚她們做歇斯底里病女人。她得了這個病，發作了兇險的、歇斯底里性的突擊，有時甚至失去神智。然而她還給費道爾·伯夫洛維奇生下兩個兒子，伊凡和阿萊莎謝意，第一個生在結婚的第一年，第二個生在三年以後。她死時阿萊莎謝意正四歲，雖然很奇怪，但是我知道他以後一輩子都記得母親，自然是像隔在夢裡一般。她死後兩個小孩的遭遇正和第一個小孩米卡一模一樣：他們完全被父親拋棄、遺忘，也落在那個格里郭里手裡，而且也是落到他的草屋裡去。專制老婦人，那個將軍夫人，他們的母親的女恩人和養母，就在草屋裡找到了他們。她還活在世上，八年來始終也不能忘記她所遭受的侮辱。八年來她手頭上握有關於「騷菲亞」的生活最正確的消息，聽到她生了病，而且有許多醜事包圍著她，曾經兩、三次對自己的女食客們朗聲說道：「她這是活該，這是因為她忘恩負義，上帝賜給她的」。

騷菲亞·伊凡諾夫納死後整整三個月的時候，將軍夫人忽然親自駕臨敝城，一逕到費道爾·伯夫洛維奇的住宅裡來，只在小城裡一共留了半點鐘，卻做了許多的事。她有八年沒有見過的費道爾·伯夫洛維奇出來見她時是喝得醉醉的。那時候在黃昏時光。有人傳說她剛看見他，不加任何解釋，就一下子給他兩下華貴的、響亮的耳光，三次把他的頭髮從上揪到下面，隨後也不說一句話，一直奔到草屋裡去看兩個小孩。一眼看到他們臉也不洗，穿著髒衣服，她立刻又給了格里郭里一記耳光，對他宣告這兩個小孩由她帶走，隨後就領他們出來，仍穿著原有的服裝，用大氅裹住，放在馬車裡，帶到自己的城裡去了。格里郭里受了這記耳光像一個馴順的奴隸，沒有敢說出一句粗話，還送老夫人到車旁，朝她齊腰鞠躬，恭敬地說，她「照顧孤兒將得到上帝的酬報」。「你總是一個木頭人！」將軍夫人臨走時對他喊。費道爾·伯夫洛維奇將這事情全盤考慮了以後，認為這是一件好事，所以對於孩子們歸將軍夫人教養，在形式上同意，他以後沒有一條敢駁回去的。至於說到所受的幾記耳光，他自己還走遍全城，加以講述。

恰巧將軍夫人不久就死了，在遺囑裡指定給兩個孩子每人一千盧布，「做他們的教育費。這筆款子必須用在他們身上，以夠用到他們的成年時為條件，因為對於這類孩子贈送這一點是很夠的了，假使有人願意，由彼等自行掏出腰包好了，等等的話」。我自己沒有讀到遺囑，但是聽說其中確實有點奇怪，而且帶著十分別致的辭句。老夫人的主要繼承人是一個誠實的人，那個省裡的紳士長，葉菲姆·彼得洛維奇。他和費道爾·伯夫洛維奇通了幾次信，當時就猜到從他那裡是擠不出他的孩子們的教育費來的（雖然他從不直接拒絕，遇到這類事情時永遠只是延宕著，有時甚至發抒出感情的話語），於是親自關心這兩個孤兒，特別愛上了最小的一個，阿萊莎謝意，所以他在他的家庭裡教養了許多時候。這一點我要請求讀者最先加以注意，如果問這兩個青年人所得的教育和學問應該一輩子感激何人，那麼應該感激這位葉菲姆·彼得洛維奇，最高貴而且有人道性的人，這類人是很少遇見的了。他把將軍夫人遺下的兩千款子保持不動，等到他們成年時候竟長上利息，每人有兩千之數，而用自己的銀錢教育他們，自然比每人一千的數額花得還要多。他們的童年和少年時代，我還是不去細講，只指出一些最主要的事實。關於大的伊凡我所要報告的只是他長大時，成為一個陰沉的，鑽在自己心坎裡的孩子，並不很畏葸，卻似乎從十歲起，就透徹瞭解他們到底是在別人的家庭裡生養著，他們的父親是那類連提起來都要害羞的人，等等。這個男孩很早時候，幾乎在嬰孩時代（至少是這般地傳說），就顯露了一種不尋常的，研究學問的才能。我不大知道底細，但是不知怎麼回事，他幾乎到了十三歲時才同葉菲姆．彼得洛維奇的家庭作別，轉入莫斯科的一個中學，又到一個有經驗的，當時極有名氣的教育家，葉菲姆．彼得洛維奇幼時的好友家中去住宿。伊凡以後自己講述這一切的發生是由於葉菲姆．彼得洛維奇的「勇於行善」，他獲得了一個觀念，就是有天才的兒童應該就向天才的教育家求學。但是當青年人中學畢業，進入大學的時候，葉菲姆．彼得洛維奇和這有天才的教育家全都不在人世了。因為葉菲姆．彼得洛維奇沒有吩咐清楚，那位專制的將軍夫人所遺下的孩子們自己的錢，已經利上加利每人增到兩千之數，竟為了我們這裡完全免不了的各種形式上的延擱，使他們遲遲地領不下來，所以青年人在大學的最初兩年內不能不吃點苦頭，他被迫著一面給自己掙飯，一面讀書。應該注意的是他當時連和他父親通一通信的嘗試都沒有做過——也許由於驕傲，由於看不起他，但也許是為了冷靜的、健全的考慮暗示於他，從父親那裡是得不到任何一點點正經的維持的。無論怎樣，這位青年人一點也不慌張，到底取到了工作，起初是每小時兩角錢的教課，以後就向各報館投送十行左右的小文章，講些街頭發生的事件，署名「目睹人」。這些小文章聽說編得永遠十分有趣而且佳妙，很快地風行了起來，就在這點上，這位青年人在經驗和智識方面全超越過了多數永遠受窮的、不幸的、一部分男女學生，他們在都市內照例從晨到晚踏穿報館和雜誌社的門限，除了永遠重複著關於翻譯法文或抄寫的一套相同的請求以外，想不出任何較好的辦法。伊凡．費道洛維奇和報館編輯部認識以後，就沒有同他們斷過關係，到了大學的最後數年，開始發表批評各種專門書籍的十分有才氣的文章，因此居然為文壇中人所知曉。但是只在最近的時間，他才偶然引起了在極大的讀者圈裡突如其來的、特別的注意，所以有許多人當時一下子留心到他，還記住了他。這是一個很有趣的事件。伊凡·費道洛維奇在大學畢業，預備用自己的兩千盧布到外國去一趟的時候，忽然在某大報上刊載了一篇奇怪的文字，甚至引起了並不是專家的注意，主要的是關於顯然他並不熟識的問題，因為他研究的是自然科學。這篇文字討論著各處都在研究著的關於教會法庭的問題。他一面批評幾種以前人家發表的關於這問題的意見，一面表示自己個人的見解。主要的是在語氣和結論的出乎意表。而且有許多教會中人簡直把他當作自己的人。但同時不但平民派，甚至反神派也都開始鼓掌稱快。終於有些聰明的人決定，全篇文字只是一個大膽的滑稽劇和嘲笑罷了。我特別提起這件事，因為這篇文字當時也曾達到我們市鎮旁的著名修道院裡去，裡面的人們對於大家提出的關於教會法庭的問題是十分注意的。這篇文字到了那裡，便引起了十分的惶惑。他們一看作者的名字注意到他就是我們城裡的人，「就是那個費道爾·伯夫洛維奇」的兒子。突然地，就在這當兒，作者親身到我們城裡來了。

伊凡·費道洛維奇當時為什麼到我們這裡來？——我記得就在那個時候還帶著一種近乎不安的神情給自己提出過這問題來的。這個運定的駕臨，造成了許多後果的開端——對於我，以後長久，而且幾乎永遠成為不可明瞭的事。就一般推斷，奇怪的是這青年人十分有學問，態度上十分驕傲而且謹慎，竟會忽然走進這樣不堪的家裡，去找這樣的父親，這父親一輩子不理會他、不認識他、不記到他，即使兒子向他請求，也自然無論如何，無論發生什麼事情都不會給他錢的，不但如此，甚至一輩子還生怕兒子們，伊凡和阿萊克謝意，也會在什麼時候跑了來，向他要錢。但是這個青年人竟搬進這樣的父親的家裡，和他住上一個月、又一個月，兩人住得不用提是如何的安謐。最後的一段不但使我特別地驚奇，而且許多別的人也為之愕然。我上面已經提過的彼得·亞歷山大洛維奇·米烏騷夫，是費道爾·伯夫洛維奇在第一位妻子方面的遠親，當時恰巧從業已久居的巴黎回來，又住在近城的一所莊園裡。我記得他就是驚奇得最厲害的一個人。他和這青年人認識以後，對他十分注意，有時不免帶著內心的痛苦，和他交換知識方面諷刺的話語。「他是驕傲的，」那時候他對我們談論著他，「永遠可以掙到錢的，現在他還有錢到國外去——那麼他在這裡做什麼事呢？大家都知道他到父親家來，並非為了金錢，因為無論如何父親是不會給他的。他並不喜歡喝酒，玩女人，然而老人卻離不開他，兩人住得真合適！」這是實在情形；青年人甚至對於老人具有顯明的影響；老人差不多有時似乎還會聽他的話，雖然偶然還要十分惡毒地發出固執脾氣來；他的行為甚至開始有時顯得規矩些……

以後才解釋出來，伊凡．費道洛維奇來到這裡，一部分是為了長兄特米脫里．費道維奇的請求，為了他的事情。伊凡跟特米脫里認識和相見，差不多就在他自己到這城裡來的那個時候，但是為了一件對於特米脫里．費道洛維奇關涉較多的重要事情，還在他離開莫斯科到此地來以前就通過信。那是什麼事情，讀者以後可以知道得十分詳細。雖然如此，即使在我已經知道了這個特別的情節的時候，我對於伊凡．費道洛維奇還是覺得像一個謎，對於他的降臨此地——到底認為無從解釋。

我還要補上一點：伊凡．費道洛維奇在父親和長兄之間當時做出一個調解人和斡旋者的樣子，長兄當時已和父親發生大爭執，甚至提出正式的訴訟。

再重複一下：這個小家庭當時在一生裡初次團聚，有幾個人甚至一生裡初次見面。只有幼子一人，阿萊莎謝意．費道洛維奇，住在我們那裡已有一年光景，比兩個哥哥來得早些。就是對於這個阿萊莎謝意，我最難於在引他到小說的正文上去以前，先來一次像現在這樣序幕性的敘述。但是必須也要寫一寫他的序言，至少是為了預先解釋一個很奇怪的節目，那就是我不得不將我未來的主角套上了沙彌的袈裟，從他的小說的檯面上介紹給讀者。是的，他住在我們的修道院裡已經一年，而且好像準備一輩子把自己關在這裡面。

第四章　幼子阿萊莎

他只有二十歲。（他的哥哥伊凡當時有二十四歲，長兄特米脫里二十八歲。）最先要宣告的是這個青年阿萊莎並非宗教的盲信者，至少據我看來，甚至還不是神祕主義者。我預行說出我的完全的意見：他只是一個早期的仁愛者，所以撞到修道院的路上來，只是因為那時候唯有這條路擊中他的心坎，代表著他的心靈從塵世的惡毒的黑暗裡掙到愛的光明上去的一個理想。這條路所以中他的心坎，只是因為他在上面遇見了據他看來非同等閒的人物——我們的著名的修道院長老曹西瑪。他對於長老在他的難於抑止的心裡發出熱烈的初愛。然而我不爭辯，他在當時就已經十分奇特，甚至是從搖籃時代開始的。再說，我已經提過，他在母親死時只有四歲，但以後卻一輩子記住了她，她的臉龐，她的和藹樣子，「正好像她活潑潑地站在我的面前一般」，大家都曉得，這樣子的回憶，即使在還早些的年紀，即使在兩歲時也會牢記住的，但是以後一生中現出來，只好像黑暗中光亮的斑點，又好像一張大畫面上撕下來的一角，當時這畫面除去這一角以外全都隱滅了。他的情形也是這樣：他記住夏天的一個靜寂的晚上，敞開的窗，落日的斜光（斜光記得最真切），屋隅裡一個神像，前面點燃著神燈，母親跪在神像面前，歇斯底里地嗚咽著，還帶著響叫和呼喊，兩手抓住他，緊緊地抱住，緊得發痛，為他禱告聖母，兩手把他捧著，伸到神像那裡，好像求聖母的庇護……突然地，奶娘跑了進來，驚嚇地把他從她手裡搶走。真是一個畫面，阿萊莎一下子記下了母親的臉：他說那張臉是瘋狂的，卻很美麗的，從他所能記下來的加以判斷。但是他不大愛將這回憶講給什麼人聽。他在童年和少年時不好動，甚至不大說話，但非由於不信任，非由於畏葸，或陰鬱的不善與人交，甚至相反，是由於一種別的情形，由於一種好像內心的思慮，親身的，和別人不相干，而於他很重要的思慮，使他為了這似乎忘掉了別人。然而他是愛人的：他好像一輩子完全信賴人，但是從來沒有人把他當作普通的，或幼稚性的人。他身上有點什麼，會說出，暗示出（以後一輩子也是如此），他不願意做人們的裁判官，不願意作主責備人家，也無論如何不責備人家的。他甚至好像一切容忍，毫不怨艾，雖然常很悲苦地發愁。不但如此，在這意義裡他甚至到了什麼人也不能使他驚奇、恐懼的地方，這情形在他最年輕的時候就發生的。二十歲上到了父親家內，一直走進齷齪的淫慾的洞穴裡，童貞、純潔的他，在看不下去的時候，唯有默默地退出去，沒有一點點賤蔑或責備任何人的神色。父親呢，曾做過人家的食客，所以是一個精細，而且對於受氣具有敏感的人。起初不信任並且陰沉地接待他，（「永遠沉默著，在自己心裡打主意」，）不久竟開始時常抱他，吻他，至少隔兩個多星期一次，固然是由於薄醉的情感作用，包著一腔醉淚，然而顯然是真誠地、深刻地愛他，像他這樣的人自然本是不會愛任何人的……

大家全都愛這青年人，無論他出現在什麼地方，甚至從他的兒童時代起就是這樣。他到了恩人和繼父葉菲姆・彼得洛維奇・博連諾夫家裡以後，這家裡所有的人都很愛他，把他全看作親生的孩子。他到這家去的時候尚在嬰孩時代，絕不能在嬰孩身上期待有計算心的狡黠、機詐、或諂媚、討好的藝術，使人家生愛的能力。所以這種引起人家對他生特別愛情的才能，是他包含在自己身上的，所謂出自天性，無虛假，無作為的。他在學校裡也是這樣，雖然他好像就是那類引起同學不信任，有時是嘲笑，或許是嫉恨的孩子們的一個。他從兒童時就愛躲在角落裡讀書，然而同學們十分愛他，簡直可以稱他為在校全部時間內大眾的愛人。他不大淘氣，甚至不大快樂，但是大家看他一眼，立刻看出這並不由於他心裡的陰沉，相反地，他的心情是平穩、明朗的。在和他年齡相差的人中間，他從來不愛顯出超越的樣子。也許就為了這緣故，他從來不怕什麼人，而男孩們也立即明白，他並不對於他的無畏懼視作驕傲的事，他的神氣好像不明白他勇敢無畏似的。他受了氣，從不記住。有時在受了氣惱一小時後就搭理讓他氣受的人，或是自己同他先講話，帶著那種信任和明白的神情，似乎他們之間並未發生任何事情。他並非裝出偶然忘掉，或故意饒恕氣惱的樣子，只是不把它當作氣惱，這卻使孩子們鎮降住了。他只有一個特點，能使他在中學校從低級到高級各班的同學們時常引起一種取笑他的願意，但並不由於惡性的嘲笑，卻因為他們覺得很高興。他這特點是一種野蠻的、瘋狂似的害羞和貞潔。他不能聽關於女人的某種話語，某種談話。不幸地，這「某種」話語和談話在學校內是根除不盡的。那些心靈純潔的男孩們，還幾乎是小孩已經時常愛在教室裡互相談論，甚至高聲講出這類的事情、圖畫和形象，這些東西連丘八們都不常說起，而且丘八們所知道、所明白的，還沒有比我們的知識階級和上等社會尚在幼年的兒童於這類情事早經熟稔的一切多些。在這裡，也許還沒有道德的敗壞，也沒有真正的犬儒性，腐敗的、內在的犬儒性，卻只是外表的，而這外表的一種就被他們時常認為優雅的、細巧的、勇敢的、值得模仿的行為。他們看見阿萊莎．卡拉馬助夫在大家談起「這件事」的時候，迅速地用手指塞住耳朵，便有時故意圍聚在他的身旁，強行將他在耳朵上的手奪去，朝他的兩隻耳朵裡喊進難聽的話，他掙脫著，蹲落在地板上，躺下來，伏著身子，老是不說一句話，也不罵一聲，默默地忍受恥辱。但是後來人家把他放了，不再用「小姑娘」的稱呼逗他，而且還瞧著他，露出惋惜。再說，他在功課方面永遠處於全班中優秀之列，卻從不跳到第一名的位置上去。

葉菲姆．彼得洛維奇死後，阿萊莎還在省立中學校讀了兩年的書。無可排遣的葉菲姆．彼得洛維奇的夫人，在丈夫死後，立刻帶著全屬於女性的整個家庭，到義大利去長期居住。阿萊莎卻到了兩位女太太的家裡。這兩位女太太他以前從未見過，是葉菲姆．彼得洛維奇的遠親。他到她們家去是根據什麼條件，他自己也不知道。他的性格方面的特點，就在於他從不過問他是靠誰的錢生活著的。在這點上，他和他的老兄伊凡．費道洛維奇完全相反——伊凡在大學裡的最初兩年受夠了窮，自食其力地生活著，並且從兒童時代，就悲苦地感到他受人家恩惠，吃別人的麵包。但是阿萊克謝意性格上這種奇怪的特點，好像不能予以十分嚴厲的責備，因為每一個人，只要稍稍地認識了他，在發生這類問題時，將立即相信阿萊克謝意一定是那類好像瘋僧似的青年人，只要忽然有許多貲財落在他的手裡，他會毫不為難地交了出去，就憑著人家初次的請求，或是拿去做一件善舉，或是也許甚至交給一個狡猾的壞蛋，假使他對他有所請求。總而言之，他似乎完全不知銀錢的價值，自然這話不是照字面上的說法。在人家給他一點零用錢的時候——他自己是從來沒有請求過的——他不是有好幾禮拜不知道如何用法，便是毫不加以珍惜，那錢一下子便消滅了。彼得．亞歷山大洛維奇．米烏騷夫，一個對於錢財和資產階級的信實十分看重的人，在注意地審視了阿萊克謝意以後，有一次對他說出以下的妙語：「也許他是世界上唯一的人，你可以不留一個錢把他放在一個有百萬居民的都市的廣場上面，他絕不會喪亡也不會凍死餓死，因為就有人一下子給他食物，一下子把他安排好，即使安排不好，他自己也會一下子給自己安排好的，而他並不須用任何努力，受任何屈辱，安排他的人也不感任何困難，相反地，也許甚至認為快樂。」

他在中學裡沒有畢業；還剩一年，他忽然對自己的女太太們宣告，他要到父親那裡去，為了鑽進他腦筋裡的一件事。女太太們很憐惜他，不願意放他走。車票不很貴，女太太們不許他典質他的錶——恩人的家屬到外國去以前給他的禮品——便很豐盛地給他盤費，還有新的衣裳和內衣。但是他將一半錢還給她們，說他決定願意坐三等車。到了我們的小城以後，對於父親的第一句問話：「沒有畢業，回來有什麼事情？」他沒有直接回答，據說露出凝慮的樣子，和尋常不同。不久發現他在尋找母親的墳墓。他當時甚至想自承就是為了這件事情來的。但是他回來的原因不見得就限於此。大概，他當時連自己也不知道，並且無論如何不能解釋：究竟是什麼東西忽然好像從他的心靈裡飛升起來，無法障礙地把他引到一條新的、不熟稔的、卻已經避免不掉的道路上去。費道爾·伯夫洛維奇不能給他指出，第二位夫人葬在何處，因為在棺材埋入土以後，他從未到她的墳上去過，又為了年代久遠，完全記不清她當時葬在何處……

帶著說幾句關於費道爾·伯夫洛維奇的事情。他許多時候沒有住在我們城裡。第二位妻子死後，過了三、四年，他到南俄去，最後到了渥臺薩[1]，在那裡連續住了幾年。據他自己說，他在那裡起初認識了「許多猶太鬼，猶太女鬼，猶太小鬼」，結果是受了「不但猶太鬼，且是猶太人的招待」。可以想到的是，他就在一生中這個時期內發展了賺錢、撈錢的特別才能。他重又回到我們城裡來久居，不過是在阿萊莎回來以前三年的光景。他的舊相識們發現他蒼老得厲害，雖然他還不是怎樣的老人。他自恃並不見得尊貴些，卻是多帶些領袖的氣味。譬如說，發現了無禮地對於以前的丑角的需要——那就是把別人裝作丑角。愛和女性胡纏，並不見得仍像以前那像，卻甚至好像更加討厭些。不久他成為縣裡許多新酒店的創辦人。顯然他也許已有十萬家私，或者也許稍微少些。有許多本市的，縣裡的居民立刻向他借貸，自然是有可靠的抵押品的。在最近的時候，他好像顯得衰弱，好像開始喪失了平穩和自行檢點的能力，甚至墮入一種輕浮裡去，做事有始無終，行動好像沒有一致，時常喝得很醉。如果沒有那個僕人格里郭里——那時候也已十分老邁，有時像師傅那樣服侍著他——也許費道爾·伯夫洛維奇不會活得沒有什麼特別麻煩的。阿萊莎的回來，好像竟影響到他的道德方面，在這早衰的老人心裡，好像有什麼東西

1 編註：渥臺薩（Odessa），又譯作奧德薩，一座現位於烏克蘭南部、黑海西北的都市。

從早就在他的心靈裡壓抑住的一切裡升了起來。「你知道不知道」他時常對阿萊莎說，注視著他，「你很像她，那個歇斯底里的女人？」他這樣稱呼自己的故世的妻子，阿萊莎的母親。「歇斯底里」女人的墳墓終於由僕人格里郭里指點給阿萊克謝意看。領他到我們城市的公墓上去，就在遠遠的一個角落裡，指出一個不貴的，卻還體面的鐵板，上面刻著死者的名姓職銜，年齡和死亡的年份，底下還刻著四行詩，是古體的，中等人家墓上常用的詩句。可驚奇的是這塊鐵板是格里郭里做下的。他自己把它安在可憐的「歇斯底里女人」的墳上。而且掏出自己的腰包來做的，在他屢次向費道爾．伯夫洛維奇麻煩著，提起這墳上的事情，而他不但搖頭不管這事，且揮手驅去自己一切的回憶，終於動身到渥臺薩去了以後做成的。阿萊莎在母親墳上並沒有顯露任何特別的情感作用；他只是傾聽了格里郭里關於建置鐵板鄭重其事、有條有理的敘述，垂頭站了一會，不發一語，走開了。從那時候起，也許甚至整年沒有到墳上來。但是這小小的一段事實也對於費道爾．伯夫洛維奇發生了很別致的影響。他忽然取出一千盧布，送到修道院去，以紀念亡妻的靈魂，但紀念的不是續絃，不是阿萊莎的母親，不是「歇斯底里女人」，卻是阿臺拉意達．伊凡諾夫納，捧打他的那個。那天晚上，他喝醉了酒，對阿萊莎痛罵僧士。他自己絕不是信宗教的人，這人也是從沒有把五分錢的蠟燭在神像面前插過。這類人物身上常會有突來的情感和突來的思想作奇怪的爆發。

我已經說過，他很衰弱。他的面貌在那時候有點可以清切地證明出他所過全部生活的性格和本體來。除了他的永遠傲慢的、善疑的、嘲笑的眼睛底下長而多肉的小麻袋以外，除了小而肥的臉上許多深刻的皺紋以外，在尖尖的下顎上面還掛著一個大喉核、厚肉，橢圓形，像一只錢袋，給他添上一種難看、色情的樣子。再加上一隻食肉獸形的長嘴，厚腫的唇，唇裡露出烏黑的，幾乎蛀盡的牙齒的小斷塊。他每次說話，唾沫亂濺。他自己也喜歡嘲笑自己的臉，雖然他對它大概是滿意的。他特別指出自己的鼻子，不很大，還很細，帶著凸出極高的駝峰。「真正的羅馬式的，」他說，「和喉核連在一起，就是式微時代古羅馬貴族的真正的面貌。」他似乎頗引為驕傲。

阿萊莎在發現了母親墳墓不久的時候，忽然對他宣告，想進修道院裡去，僧士們也肯收他做沙彌。他又解釋這是他的急切的願望，所以向他做父親的隆重地請求許可。老人早就知道，躲在修道院的庵舍裡的曹西瑪長老對於他的「安靜的男孩」引起了特別的印象。

「這位長老自然是他們那裡最誠實的僧士，」在默默地、凝神地傾聽了阿萊莎的話以後，他說著，對於他的請求幾乎完全沒有驚奇，「你原來想到那個地方去，我安靜的小孩！」他已有半醉，忽然發出長長的，半醉的，卻不失狡獪和醉後油滑腔調的微笑，「我早就感到你的結局會弄到這個樣子，你知道不知道？你就是張羅著想到那地方去！現在你大概還有兩千塊錢，這就夠你的出家資本。至於我也是永遠不會把你扔著不管的，只要那邊開口要多少，現在我就可以替你付出去。假使他們不開口要，我們何必自己送上去，對不對？你花錢就像金絲雀一般，一個禮拜吃兩粒米……唔。你知道，在一個修道院裡有一個市外的村鎮，大家都知道裡面住著的全是所謂『修道院的妻子』，我看，一共有三十多個妻子……我去過，你知道，那裡有一種特別趣味，自然是別致的意思。壞的只是帶著濃厚的俄羅斯味，完全沒有法國女人，本來可以有的，資本並不少。探清了路──便會來的。但是此地卻什麼也沒有，並沒有修道院的妻子，裡面卻有二百多名僧士。很純潔。吃素。我承認的……唔。那麼你確實要到僧士那裡去，是嗎？阿萊莎我真是捨不得你，相信不相信，我真是愛你……然而這也是合適的機會：你可以替我們有罪的人禱告，我們坐在這裡，犯了太多的罪。我時常想：將來誰能替我禱告禱告？世界上有沒有這個人呢？你這可愛的小孩。我對於這類事情是真愚蠢的，你也許不相信嗎？這真可怕。你看見不看見：我對於這件事情，無論怎樣愚蠢，總是思想，總是思想，自然是偶然的，不是永遠想的。我心想，我死的時候，鬼總不會忘記用鉤子把我拉去的。我又想：是鉤子嗎？他們是從哪裡取來的？什麼做成的？鐵的嗎？在哪裡鑄成的？他們那裡還有工廠嗎？修道院裡的修道僧一定以為，在地獄裡——譬如說——是有天花板的。我卻準備相信地獄是沒有天花板的。這樣顯得漂亮些、文明些，那就是說：照馬丁．路德的式子。實際上都不是一樣的嗎。有天花板或沒有天花板，假使沒有天花板，便沒有鉤子，假使沒有鉤子，那麼一切都橫倒著；這麼說來，又是想不透：究竟誰用鉤子拉我，那麼怎麼辦呢？世界上有沒有真理呢？這些鉤子Il faudrait les inventer（應該虛構出來）[1]特意為了我，為我一個人，因為你要知道，我是如何地無恥！……」

「在那裡是沒有鉤子的」，阿萊莎說，輕聲而且嚴正地看了父親一眼。

「是的，是的，只有一些鉤子的影兒。我知道的，我知道的。某法國人描寫著地獄說道：J'ai vu l'ombre d'un cocher qui, avec l'ombre d'une brosse, frottait l'ombre d'une carrosse.（我看見御者的影，他用刷子擦淨馬車的影）。怎麼會知道沒有鉤子？你到僧士那裡住幾天，就不會唱這調了。好了，你去吧，等你找到了真理，再來告訴我：如果你確乎知道是怎麼回事，你可以安心到那個地界裡去。你在僧士那裡比在我這裡體面些，我這裡只有一個醉鬼老頭子，和一些女孩子……固然對你這樣的安琪兒，是絲毫不動的。也許在那裡也不會動你的。我所以允許你，就是希望最後的一著。你的智慧不是鬼吃掉的。你發了一陣火焰，熄滅了，毛病治好，便會回來的。我要等候你：我覺得你是世上唯一的不責備我的人，我的親愛的小孩，我是感覺到的，我不能不感到！……」

他甚至痛哭了。他是充滿情感的。他心情惡劣，而同時充滿情感。

1 編註：與伏爾泰的名句有關：「如果沒有上帝，應該虛構一個出來」。

第五章　長老

也許讀者裡有人將猜想，我的這位青年人具有病態的、狂熱的、貧乏地發展的天性，是一個面容慘白的幻想家，瘠病形的、酒鬼樣子的人，然而相反地，阿萊莎在當時卻是態度威嚴，臉頰紅潤，目光熠爍，滿身是健康的十九歲的少年。在那時候，他很美麗、魁偉，中高的身材，褐色的皮膚，長得寬闊的眼睛，很深沉，顯然還很安靜。也許有人說，紅潤的臉頰是和狂信與神祕兩不相礙的，但是我以為阿萊莎甚至比任何什麼人都現實。自然，他在修道院裡深信奇蹟，但是據我看來，奇蹟是永不會使現實派驚訝的。並不是奇蹟使現實派傾向到信仰上去。真正的現實派，如果他沒有信仰，永遠會在自己身上發現同時不信奇蹟的力量，如果奇蹟立在他前面，成為不可推翻的事實，他寧願不信自己的情感，不去承認事實。即使予以承認，則認作一件自然的事實，在這以前只是為他所不知曉罷了，在現實派身上，信仰不是從奇蹟裡產生，而是奇蹟從信仰裡產生的。如果現實派一得信仰，則他為了自己的現實主義，勢必是認奇蹟。使徒多馬[1]聲明，他在未看到以前不能相信，但是看到以後便說：「我的神，我的上帝」，是不是奇蹟使他得到信仰？大概不是的，他所以相信，唯一地只是因為自己願意相信，也許在祕密的內心裡，已經完全相信，在他還說著：「未看到以前不能相信」的時候。

1　編註：英譯 Apostle Thomas，耶穌十二門徒之一，性格實事求是，從另一方面來看卻是多疑。

有人也許要說，阿萊莎性質呆鈍，智識不發展，學校沒有畢業等等的話。他沒有畢業，那是實在的，但是說他呆鈍，或愚蠢，是極大的不公。我只是重複說上面已經說過的話；他的走到這路上來，只是為了唯有這一條路使他驚愕，代表他的心靈從黑暗掙脫到光明的出路的全部理想。再加上他一部分已經是我們的最後的時代的青年人，那就是說他本性誠實，追求真理，尋覓它，又信仰它，一信以後便要求用自己的全部心靈的力量予以參加，要求一個迅快的功績，還帶著為這功績寧願犧牲一切，甚至生命的一定不移的願望。雖然不幸這些青年人時常不明白犧牲性命也許是在許多這類事情裡一切犧牲中最容易的一個，而譬如說，從沸騰著青年的生命之中，犧牲五、六年去從事艱難苦痛的學習，從事科學，哪怕只是為著增強自身的力量，以服務自己所愛的真理，和甘願完成的苦行——這樣的犧牲在許多人方面實在是完全力不從心的。阿萊莎是選擇了和大家相反的道路，但帶著同樣渴求迅快立功的心情。他剛剛嚴正地沉思了一下，對於靈魂不死和上帝存在的信念有所驚訝的時候，立刻自然地對自己說：「我願意為靈魂不死而生活，不承認一半的折衷。」同樣地，只要他一決定，靈魂不死和上帝是沒有的，立刻會成為無神派和社會主義者，（因為社會主義不僅為工人問題，或所謂第四種階級的問題，主要地都是無神派的問題，無神論在現代的具體化的問題，在無神上建築的巴比倫高塔問題——這高塔的建築不是為了從天上達到地上，而是為了使天降到地。）阿萊莎甚至覺得照以前那樣生活是奇怪而且不可能的。聖經上說：「你如願為完人，你就捨棄一切，隨我走來。」阿萊莎對自己說：我不能捨出兩個盧布，以代替「一切」，也不能止於做做晚禱，以代替「隨我走來」。從他幼年時代的回憶裡，也許還保存著關於我們的市旁修道院的一點影子——是他母親時常領他到那裡去的。也許神像前落陽的斜光發生了影響——是他的歇斯底里的母親把他高舉到神前面去的。沉思的他當時到我們這裡來，也許就為了看一看：這裡是否一切全有，或僅有兩個盧布——於是在修道院裡遇見了這位長老……

這位長老，我前面已經解釋過，就是曹西瑪長老。但是在這裡必須說兩句：我們的修道院裡的「長老」究竟是什麼，所可惜的是我感覺自己在這條路上是不夠內行和堅定的人。我來試一試用極少的話語，作浮面的敘述。第一點，專門的、內行的人們說長老與長老制度發現在俄國修道院裡尚不很久，還沒有到一百年，而同時在整個正教的東方，尤其是在雪南和阿芬那[1]，卻已存在了千年以外，有人說，在較古的時代，我們俄羅斯也有長老制度存在，或者一定是應該存在的，但是因為俄羅斯的災難，韃靼的侵略，叛亂，在君士坦丁堡被征服後和東方斷絕了關係，這個制度被我們遺忘，長老也中絕了。從上世紀末起，一個偉大的苦修者，人家稱呼他伯意謝・魏里慈郭夫司基[2]的，和他們的門徒們，重又恢復了這個制度，但是直到現在，甚至過了差不多一百年，不見得在許多修道院裡都存在著，甚至有時幾乎遭了驅逐，看作俄羅斯國內前所未聞的新鮮樣子。在我們俄羅斯國內，一個著名的廟庵郭再里司卡耶・渥布奇諾耶裡面，這制度特別發達。在我們的市旁的修道院內，什麼時候，而且是誰植立這制度的——我不能說，但是裡面已經數到了第三代的長老，而曹西瑪為最後的一個，然而他由於衰弱與疾病，已經差不多離死不遠，而代替他的還不知道是哪一個人。這是對於我們的修道院重要的問題，因為我們的修道院，直到那個時候為止，還沒有什麼特別著名的地方：裡面既沒有聖徒的骸骨，也沒有顯靈蹟的神像，甚至沒有與我們的歷史相關的顯赫的傳說，也數不出什麼歷史上的功績與對於祖國的勞動。它的發達，而且聞名全俄，就為了長老：香客們成群從全俄羅斯各地，幾千里外，聚到這裡來看他們，聽他們。你選擇了一位長老，便放棄自己的意志，完全聽從他，完全地自行絕棄一切。對於這個誘惑，對於這個可怕的生命的學校，自己定下命運的人是甘願接受的，希望在長久的誘惑以後戰勝自己，克制自

1 編註：此處意指Sinai（西奈，即西奈半島）與Athos（阿索斯，位於愛琴海的阿索斯山）一帶。
2 編註：英譯為Paisius Velichkovsky（1722-1794）。

己，便能藉著一輩子的苦行，終於達到完成的自由，那就是擺脫自我，避免那般活了一輩子，而未在自身裡找到自己的人們的命運。這個發明，即長老制，並非出於學理，卻由於東方千餘年的實驗而得。對於長老的義務，並非我們俄國修道院裡常有的普通「苦行」可比。這裡承認著一切就業於長老的人們永久的懺悔，約束者和被約束者之間不可摧毀的關係。說個譬喻，有人敘講，在基督教最古的時代，有一次，有一個苦行者，沒有履行他的長老讓他做的某種苦行，離開修道院，到別國去，從敘利亞到埃及去。在那裡，在修了長期的、偉大的勞績以後，終於熬盡了苦難，和為信仰而磨折的死。在教會把他當作聖者尊視，將他的軀殼下葬的時候，教堂執事正喊著：「被公佈受洗的人們，出來呀！」忽然那口棺材，連同躺在裡面的苦難人的軀體離開原地方，被推到教堂外去，這樣連來了三次。後來才知道這位神聖的情慾受苦者破壞了苦行，離開長老，現在沒有長老的解除，他是不能被恕免的，不管他有多大勞績。當原來的長老解除了他的苦行以後，這才完成了他的葬禮。自然，這只是古代的傳說，但還有一件最近的故事：現代的一個修道僧在阿芬那修行，忽然他的長老命令他離開阿芬那——這地方是他從心靈深處，當作聖地，當作安靜的隱身場所那樣愛戀著的——命令他先到耶路撒冷朝拜聖地，再回到俄羅斯北方，西伯利亞：「那邊是你的位置，不是這裡。」那個被憂愁所中，垂頭喪氣的僧士到君士坦丁堡去見總監督，求他解除他的苦行，總監督回答他，不但他，總監督，不能解除他，就是在整個世界裡，沒有，也不會有那種可以解除他的苦行的權力的——這苦行既由一個長老加在他的身上，那麼唯有這加上去的長老自己才有這種解除的權力的。所以長老制具有在一定情形內無邊涯的、不可思議的權力。在許多修道院裡，長老制所以幾乎遇到壓迫，就是這個原因。但是在民間，長老們立刻受到了很高的尊敬。說個譬喻，普通人和最高貴的人們全都到我們修道院的長老那裡，對他膜拜，向他懺悔自身的疑竇，自身的罪孽，自身的悲哀，請求他的勸告和訓示。反對長老制的人們看見這樣子，隨著別種的攻擊，喊嚷著說，這樣子是使懺悔的聖祕禮專擅地、輕浮地降了身分——雖然修行僧或俗人對長老不斷地懺悔自己的靈魂，是完全不能視作聖祕禮的。然而結果是長老制仍舊維持下去，漸漸地在俄國的修道院裡樹立了基礎。固然也許不錯，這種為使人道德上從奴隸再生到自由和精神完整方面而曾經試鍊過、已經用了千年的利器，會變成兩頭尖的工具，因此相反地，有的人竟會被引到魔鬼的驕傲上去，而得不到馴順與完全的克己功夫，那就是引到鎖鍊，而非引到自由。

曹西瑪長老六十五歲，出自地主家庭，在最早的青年時代曾充軍人，在高加索當過校官。無疑地，他的一種特別的、心靈的性格使阿萊莎為之驚愕。阿萊莎就住在長老的修道院裡——長老很愛他，讓他和自己同住。應該注意的是阿萊莎當時住在修道院裡，還沒有受什麼約束，可以整天任意出去，即使穿了袈裟，那是出於自願，為的是和院內的任何人不分區別。自然，他自己也喜歡這樣。也許不斷地包圍著長老的那種力量和名譽強烈地影響到阿萊莎年輕的想像。許多人都說曹西瑪長老許多年接待許多人到他那裡來懺悔自己的心臆，向他渴求忠告和醫治的話語——太多太多的剖白、痛悔、自承，接受到他的心靈裡面，使他終於取得了十分微細的慧性，只要朝來見他的不相識的人臉上看了一眼，就會猜出：這人是為什麼來的，需要什麼，甚至猜得出何種的痛苦割裂著他的良心。他在來見的人說出話語以前，先知道了人家的祕密，這使那人驚訝、懷慚，有時幾乎使那人害怕。但是阿萊莎幾乎永遠看到許多人，幾乎是一切的人，第一次到長老那裡去密談，進去的時候懷了恐懼與不安，出來的時候差不多永遠是明朗而快樂的，最陰鬱的臉會變成最幸福的臉。使阿萊莎異乎尋常地驚愕的是長老並不嚴厲，在禮貌方面是差不多永遠快樂的。僧士們說他的心靈就是依戀於犯罪最多的人身上，凡是作孽較別人多的人，他愛得也比愛別人深。甚至到了長老生命臨完的時候，僧士們裡面還有恨他、羨慕他的人，但是這類人顯得少了，他們沉默著，雖然在他們的行列裡還有幾個很著名的，在修道院中重要的人物，例如一個古老的修道僧，偉大的寡言者和不尋常的吃素人。然而大多數人到底無疑地保持在曹西瑪長老的一面，其中很多人竟用全心，熱烈而誠懇地愛他；有幾個人甚至近於狂信般地依戀著他。這類人直接地，但並不十分朗聲地說，他是聖徒，這是已經毫無疑義的事，因為預見他的接近死亡，期待即將顯示的奇蹟，而於最近的將來使修道院獲得偉大的名譽。對於長老奇蹟的力量，阿萊莎是無從置辯地相信的，正和他無從置辯地相信關於棺材從教堂裡飛出去的故事一樣。他看見有許多人帶來了有病的兒童或成人的親屬，懇求長老把手按在他們的頭上，讀著禱詞，後來很快地就回家了，有的人第二天早上就回來，含著眼淚在長老面前跪下，感謝他治癒了他們的病人。是不是果真地治癒，或只是病況的自然的改善——對於阿萊莎是不存在這個問題的，因為他已經深信師傅的精神力量，他的名譽似乎成為他自身的勝利。特別使他的心抖索、整個身體似乎發著光耀的，是在長老出來見普通人組成的一群香客的時候——他們等候在庵舍大門的出口處，是從全俄羅斯各處聚攏來，特意要見一見長老，求他的祝福——他們匍匐在他前面，哭泣、吻他的腳、吻他立過的土地，大聲哭喊，女人們把自己的孩子們伸到他的面前，把歇斯底里的女病人領來。長老同他們說話，讀簡短的禱告，為他們祝福，把他們打發走了。近來他受了疾病的侵襲，有時顯得十分衰弱，竟不大有力氣從修道室裡走出來，於是香客們有時好幾天在修道院裡等候他的出來。他們為什麼這樣愛他，他們為什麼在他面前匍匐，只要見到他的臉，便感動得下淚，對於阿萊莎是不成什麼問題的。噢！他也很明白，對於馴順的俄羅斯普通人的靈魂，被勞力和憂愁所磨折，重要地是被永遠的不公平和永遠的罪孽（自身的和世界的）所磨折，對於他們，獲得聖物或聖者，跪在前面膜拜，是一種再也沒有比這強烈的需要和安慰：「假使我們有罪孽，不真實與誘惑，那是一樣的：世上某處地方有一位聖者與高人，他有真理，他知道真理，那麼真理在地上不至於死去，將來什麼時候會轉到我們這裡來，在整個大地上佔到優勝，像預期的一樣。」阿萊莎知道，人民就是這樣感覺，甚至這樣推想的，他明白這一點，至於說在人民眼中，長老就是那個聖者，上帝真理的保持者——他自己絲毫沒有疑惑，正和那些哭泣的鄉人們，和孩子們向著長老伸過去的病女人們一般。長老圓寂後將使修道院得到非常的盛譽的一個信念，在阿萊莎的心靈裡主宰著，也許甚至比修道院內的任何人為強烈。總之，最近的時候，一種深刻的，火焰似的內心的喜悅，在他的心裡越來越強烈地燃燒著。對於這位長老站在他的面前，到底只是一個單位一層，不能使他絲毫動心：「一樣地，他是聖徒，他的心裡有使一切人更新的祕密，有一種力量，足以終於設定地上的真理，於是一切人都成為聖者，互相地愛，無富、無貧、無高、無卑，大家全是上帝之子，真正的基督的天國降臨了。」這就是阿萊莎的心中夢幻著的。

兩位兄長的回來似乎對於阿萊莎引起極強烈的印象——他們是他以前完全不認識的。他同特米脫里．費道洛維奇哥哥比另一位同母生的兄長伊凡．費道洛維奇說得投機些，相處得接近些，雖然特米脫里還回來遲些。他十分關心著和兄長伊凡相識，然而他已經住了兩個月，兩人雖常相見，但是怎麼樣還沒有合得上來；阿萊莎自己也是沉默寡言的人，似乎期待著什麼，似乎有點害臊，雖然阿萊莎起初也曾在自己身上提到兄長伊凡深長的、好奇的眼光，但是不久他好像甚至停止想到他來。但是阿萊莎還想著另外的一點心思：伊凡對他這般微少的好奇和同情也許是出於一點阿萊莎完全不知悉的原因。不知為什麼緣故，他總覺得伊凡有點忙，忙著一點內心的，重要的事情，努力趨赴一個目的，也許是很困難的一個目的，所以他沒有工夫管到他，而這就是他所以冷淡地看著阿萊莎的唯一的原因。阿萊莎也想到：其中有沒有什麼看他不起的地方，一個有學問的無神派看不起一個愚蠢的沙彌。他深知他的哥哥是無神派。對於這樣的賤視，假使是有的話，他本不能生氣，但他到底懷著一種自己也不明白的，驚惶的不安，等待兄長願意和他接近些的時候。兄長特米脫里．費道洛維奇持著極深的尊敬批評兄長伊凡，講到他時總帶著一種特別的情感。阿萊莎從他那裡得悉那件最近使兩位兄長發生非常密切關係的重要事情的細節。特米脫里對於伊凡的盛讚在阿萊莎的眼中之所以顯得特別，是因為特米脫里這人，和伊凡相比，差不多是完全無學識的，兩人放在一起，在個性與性格方面，顯然成為一個鮮明的相反，也許不能想到再比這兩人那樣互相不同的了。

就在這個時候發生了這個不齊整的家庭的全體份子在長老的修道室內相晤的情事，或者說得好聽些，開了一次家庭聚會，這聚會給予阿萊莎極深的印象。這次聚會的藉口，說實話是虛假的。就在那個時候，特米脫里．費道洛維奇和他父親費道爾．伯夫洛維奇關於遺產和財產上的帳目，雙方的不和諧顯已達到了不可能的焦點。關係尖銳化了，顯得無從忍耐。費道爾．伯夫洛維奇好像首先，又好像開玩笑似地出了主意，就是大家全聚在曹西瑪長老的修道室裡，雖然不必求他直接的調停，卻到底可以比較有禮貌地講開一切的話，並且以長老的職位和面子，也可以取到點暗示與和平了結的徵兆。特米脫里．費道洛維奇從未到長老那裡去過，甚至沒有見過他，自然以為他們想用長老來嚇唬他一下；但是因為他自己對於近來同父親爭論時所做的許多特別決裂的舉動，暗地裡深自責備，所以也接受了這邀請。另外應該注意的，是他並沒有住在父親家中，像伊凡．費道洛維奇那樣，卻另外住開，在城市的另一端。當時住在我們城裡的彼得．亞歷山大洛維奇．米烏騷夫特別抓住了費道爾．伯夫洛維奇這一個理想。一個四、五十年代的自由派，自由思想者和無神派，他也許為了厭悶或者也許為了輕淫的戲耍，積極地參加這件事情。他忽然想看一看修道院和「聖徒」。因為他同修道院還繼續著長久的爭論，關於兩方田地疆界，林中伐木，河裡捕魚的某種權利的訴訟還拖延著，所以他趕緊利用這點，藉詞說他願意自己和方丈談判，能不能設法和平了結這個爭論。一個具有這般好意的賓客，自然會受修道院裡的接待，比對普通的好奇的人注意些，而且有禮貌些。藉著這一切考慮，修道院裡可以將一點內部的影響加到有病的長老身上，因為近來長老差不多完全足不離修道室一步，為了疾病甚至拒見普通的訪客。結果是長老同意了，並且定好日子。

「是誰派我替他們分產的？」他唯有含著微笑對阿萊莎聲明了一句。

阿萊莎聽到會晤的事情，顯得十分不安。涉訟和爭論的兩造中對這聚會看得正經的，無疑地唯有兄長特米脫里一人；其餘的人是為了輕浮的，也許對長老方面可侮辱的目的而來的——阿萊莎這樣瞭解。兄長伊凡和米烏騷夫的來是為了也許是最粗魯的好奇，至於他的父親也許是為了一個丑角性的，優伶式的場面。唔，阿萊莎雖然不說話，卻已充分地、深刻地知道了自己的父親。我重複一句：這個孩子並不那樣心地樸實，像大家所公認似的。他懷著沉痛的情感，等候預定的日子。無疑地，他自己在他的心裡很關心要使這一切家庭間的不和從速了結。然而他最主要的關心還在於長老身上：他為他，為他的名譽發急，怕有人對他侮辱，尤其是米烏騷夫精巧的、有禮貌的嘲笑，和有學問的伊凡話語裡高傲的絃外之音，這一切都是阿萊莎在腦子裡想像著的。他甚至想冒昧地警告長老一聲，對他說幾句關於這些將行光臨的人物的話，但是想了一下，就沉默了。他只在預定日子的前一天託一個朋友轉達兄長特米脫里，說他很愛他，希望他履行預先答應的話。特米脫里沉思了一下，因為他一點也記不得他所答應的是什麼，只是回答一封信，說他將用全力自制，不做「低卑的舉動」，雖然他深敬長老和伊凡弟弟，卻相信其中必定為他設下了一種陷阱，或是不值一笑的喜劇。「無論如何，我寧願吞嚥自己的舌尖，絕不對於你所尊敬的聖徒有所冒昧怠慢。」特米脫里這樣結束了那張小簡。它並不很使阿萊莎膽壯些。

第二卷　不適當的聚會

第一章　到了修道院

遇到了一個暖和的、明朗的、良好的日子。那是八月底。約定了就在做完晚彌撒以後，大約十一點半時候，和長老會晤。然而我們的訪客沒有趕上彌撒，來到的時候恰巧散場了。他們乘了兩輛馬車：第一輛是漂亮的車子，套上一對貴重的馬，彼得・亞歷山大洛維奇・米烏騷夫坐在裡面，帶了一個遠親，很年輕的人，二十幾歲，名叫彼得・福米奇・卡爾干諾夫。這個青年人準備考進大學，不知為什麼原因，暫時住在米烏騷夫家內；米烏騷夫勸誘他一同出國，到蘇黎世或耶拿去進大學，完成學業。青年人還沒有決定。他好作凝想，似乎心神不定的樣子。他的臉是愉快的，體格堅強，身材十分高。他的眼神裡露著奇怪的呆板，好像一般心神不屬的人一樣，他有時盯看著你，看了半天，卻完全沒有看見你。他沉默寡言，舉止有點拙笨，然而有時候——一定在同某一個人面對的時候，他忽然開始十分好說話，舉動躁急，好嘻笑，有時候不知道他笑的是什麼。但是他的興奮迅快而且突然地熄滅下去，和迅快而且突然地發生出來一樣。他穿的衣服永遠講究，甚至優雅；他已經有了一點獨立的財產，還等待較多些的。他同阿萊莎是朋友。

一輛極舊的、震響著的，可是容積廣大的街馬車，套著一對灰紅色的老馬，落在米烏騷夫的馬車後面很遠，費道爾・伯夫洛維奇和他的兒子伊凡・費道洛維奇坐在裡面。頭一天就把時間和日子通知特米脫里・費道洛維奇，但是他還遲遲未到。賓客們把馬車放在圍牆旁邊的客店裡，步行走進修道院的大門。除去費道爾．伯夫洛維奇，其餘三人好像從未看見過任何的修道院，米烏騷夫也許有三十多年沒有進過教堂。他四面環顧，帶著一點好奇，而未失其裝出的瀟灑的神情。但是在他的善於觀察的腦筋裡，除了極平常的，教堂的和農產的建築物以外，對於修道院的內部是沒有一點概念的。最後的一群人從教堂裡出來，摘下帽子，畫著十字。平民裡面也遇到些比較上等社會裡的人，兩、三位女太太，一個很老的將軍；他們全住在客店裡面。乞丐立刻包圍我們的訪客，但是誰也沒有施捨。只有彼得．卡爾干諾夫從皮包裡掏出一角錢，不知為什麼緣故，慌忙地，而且顯出惶惑地，趕快塞給一個鄉下女人。迅速地說：「平分一下。」從他的同伴裡誰也沒有注意到這件事情，所以他也用不著惶惑，但是注意到了這層，他更加惶惑厲害起來。

這可是奇怪，照規矩應該有人等候他們，也許甚至多少表示一點尊敬。一位在不多時候還捐過一千盧布，另一位是首富的地主，極有學識的人，而且為了河裡面捕魚的問題，由於訴訟可以取到的結果，這裡所有的人全要受他的節制。但是在正式的人員裡沒有一個人迎接他們。米烏騷夫心神不定地望著教堂附近的墓石，想說這些墳墓大概是喪家花了很貴的價錢才取得了在這樣的「聖」地上下葬的權利，但是沒有說出來；普通的自由主義的諷刺在他心裡變成幾乎是憤怒了。

「鬼！到了這裡問誰去？在這莫名其妙的地方……這應該解決一下，因為時間快過去了。」他忽然說出口來，似乎自言自語似的。

忽然，一位禿髮的老先生走了過來，他穿著寬大的夏季大衣，帶著甜蜜的小眼睛。他舉起帽子，像吃糖蜜般囁嚅作聲，自己介紹他是圖拉的地主瑪克西莫夫。他一下子明白了我們這個旅行者所關切的事情。

「曹西瑪長老住在庵舍裡，幽僻的庵舍裡，離修道院四十步遠，通過小樹林，一個小樹林……」

「我是知道要通過個小樹林的，」費道爾・伯夫洛維奇回答他，「我們就是不大記得道路，長久沒有來了。」

他們走出大門，順著樹林出發。地主瑪克西莫夫，六十多歲的人，並不在那裡走路，還不如說幾乎在旁邊走道，帶著拘攣性的，近乎不可忍耐的好奇，審看他們大家。他的眼睛有一點龍蝦眼的樣子。

「您看，我們是為了自己的事情去見長老，」米烏騷夫嚴聲說，「那就是說，我們已經同『這一位』約好了進見的時刻，所以雖然我們對於您的引路十分感謝，卻不能約請您一同進去。」

「我去過了，去過了，我已經去過了……Un chevalier parfait（一個佳妙的騎士）！」地主的手指朝空中彈響了一聲。

「Chevalier是誰？」米烏騷夫問。

「長老，莊嚴的長老……修道院的榮耀和盛譽。曹西瑪。這位長老真是……」

但是一個小和尚，戴著頭巾，不高的身材，臉上慘白無色，身體羸瘦，追到旅行者們面前，打斷了地主的語無倫次的話。費道爾・伯夫洛維奇和米烏騷夫止步。僧士做了極有禮貌幾乎彎到腰際的鞠躬，說道：

「諸位到庵舍裡拜訪以後，住持神父敬請諸位先生到他那邊吃點東西。時間是一點鐘，不要過遲。請您也去。」他對瑪克西莫夫說。

「這是我一定可以辦到的！」費道爾・伯夫洛維奇喊出來，對於這邀請深為喜悅，「一定的！您知道，我們大家互相約定在這裡一切舉動要守著規矩……彼得・亞歷山大洛維奇，您去不去？」

「還能不去嗎？我到這裡來做什麼的，假使不看一看這裡一切的風俗。我只有一件為難的事情，那就是我現在和您在一塊兒，費道爾・伯夫洛維奇……」

「特米脫里・費道洛維奇還沒有來。」

「假使他失約，那更好了。你那一套玩意，還加上你本人，我看得還有趣嗎？我們會去吃飯的，請你替我們向住持神父道謝一下。」他朝小和尚說。

「不，我應該領諸位去見長老。」僧士答。

「既然這樣，我就到住持神父那裡去，我現在一直就到住持神父那裡去好了。」地主瑪克西莫夫嘰嘰咕咕地說。

「住持神父現在很忙，但是隨您便吧……」僧士遲疑不決地說。

「十分討厭的小老頭子。」米烏騷夫說得很響，在地主瑪克西莫夫跑回到修道院去以後。

「像芬莊[1]。」費道爾・伯夫洛維奇忽然說。

「你只是知道這類事情……為什麼他像芬莊？你自己看見過芬莊嗎？」

「看見過他的相片。雖然不是臉龐相像，但有一種不可解釋的相似之點。純粹的芬莊的副本。我只要一看見臉貌，永遠會認識的。」

「也許是的；你是內行。只是一樣，費道爾・伯夫洛維奇，你自己剛才說過，我們約好舉動做得體面些。你要記住。我現在對你說，請你自己忍著點兒。你如果又開始裝扮丑角，那我可不高興叫這裡的人把我和你同樣看待的……您瞧，他是這樣的人，」他朝僧士說，「我怕同他一塊去見體面的人。」

1 編註：此處提及的人物芬莊（von Sohn），指的是1870年代發生於聖彼得堡的一樁真實刑案的受害者。據稱芬莊為嗜賭好色之人，死去時的年紀也正與費道爾・伯夫洛維奇在故事中的設定相仿。費道爾・伯夫洛維奇知曉人們對自己的看法，也好於利用這一點，刻意以諷刺、詭辯的言行挑戰他人容忍的底線；他之所以在故事中屢次提及此人，可以從他如何看待與自己芬莊之間性格與命運的相似見得端倪。

在僧士慘白無血的嘴唇上現出柔細、沉默的微笑，不免帶點別致的狡獪，然而他沒有回答什麼話，他的沉默很明顯是出於自身的莊重情感。米烏騷夫更皺緊眉頭來了。

「鬼捉他們這些人去吧，一輩子唯有裝出來的外表，實際上全是騙術和胡說八道！」他的腦子裡轉著這念頭。

「我們走到庵舍了！」費道爾．伯夫洛維奇喊，「一座圍牆和關緊的門。」

他到畫在大門上面和旁邊的聖徒面前畫了大十字。

「帶著自家的教規是不到別家的修道院去的，」他說，「此地庵舍有二十五位聖徒修行，互相對看，嚼食白菜。沒有一個女人走到大門裡去，這是應該特別注意的。這確是如此。不過我聽說長老也接見女太太們，這是怎麼樣呢？」

「平民裡也有女性來的，您瞧那邊，在行廊旁邊躺著，等候著。還在行廊裡，圍牆外面，為上等的女太太們設備了兩間小屋，那幾個窗戶就是的，長老在健康的時候，從裡面的通路出去見她們，那麼總還是在圍牆以外。現有一位女太太。哈里可夫的地主夫人，霍赫拉闊瓦太太，帶著一個疲弱的女兒等候在這裡。大概他答應見她們，雖然他近來身子衰弱得不見得能出來見人。」

「如此說來，總歸有一道缺口，可以從庵舍通到女太太們那裡去的。神父，您不要以為我有什麼用意，我只是這樣說說罷了。您知道，在阿芬那您聽說沒有，不但不許婦女光臨，而且無論什麼女人，甚至無論什麼女性的生物，如母雞、雌火雞、母犢等等……是完全不許有的。……」

「費道爾．伯夫洛維奇，我要回去，把你一個人扔在這裡，你沒有了我一定會把你倒牽著手捽出去的，我預先對你講一下。」

「我妨礙你什麼，彼得．亞歷山大洛維奇。你瞧，」他忽然喊，走到庵舍的圍牆外面，「你們瞧他們住在多少美麗的玫瑰花叢裡面！」

果真，雖然現在並沒有玫瑰花，可是有許多稀貴的、美麗的秋花，只要可以栽植的地方，到處都是。顯然有熟練的手在撫育著。在教堂的圍牆裡、墳墓之間，設備了花壇。長老修道室所在的那所山房，木製的，單層的，門前設著走廊，也栽滿了鮮花。

「以前那位長老瓦爾莎諾菲意在世時，有沒有這些東西？聽說那位長老不愛美麗的東西，時常跳起身來，甚至用手杖打女性，」費道爾．伯夫洛維奇在步上臺階的時候說。

「瓦爾莎諾菲意長老確是好像有時近乎狂癲，說許多愚蠢的話。至於手杖是從來沒有用來打過人的，」小僧答，「現在，先生們，請等一會，我去通報一下。」

「費道爾．伯夫洛維奇，最後的一個條件，你聽著。請你自加檢點，否則我要對你不起的。」米烏騷夫趕緊又喃聲說著。

「我完全不明白，為什麼你這樣大著急，」費道爾．伯夫洛維奇嘲笑著說，「是不是你懼怕罪孽？聽說他一看眼睛，就知道那一個人為了什麼事情來的。你何必把他們的意見估得這樣高，你是巴黎人，前進的人士，你真使我驚奇，真是的！」

米烏騷夫來不及回答這冷語，已經有人來請他們進去。他進去的時候，有點惹惱的樣子……

「唔，現在我已經預先知道自己，我要生氣、爭辯……開始發出暴躁性子——把自己和觀念全降卑下去。」他的腦海裡閃了這個念頭。

第二章　老丑角

他們差不多和長老同時進屋，長老在他們發現時立刻就從自己的臥室裡走了出來。修道室裡比他們先等候長老出來的，還有兩位庵舍裡的修道司祭，一位執掌圖書的神父，還有帕意西神父是一個病人，雖不老，卻據說很有學問。此外，還有二十二歲樣子的一個年輕人站在角落裡候著（以後他老是站立著留在那裡）。他穿著禮服，是宗教學校的學生，未來的神學家，不知為什麼原因受修道院和教團的保護。他身材十分高，臉色新鮮，顴骨廣闊，還有一雙聰明的、注意的、細窄的栗色眼睛。臉上表露完全的恭敬，卻帶著體面，沒有顯然的阿諛的神情。他竟不對走進來的賓客們鞠躬歡迎，像和他們不平等，相反地，還是從屬的，受管轄的人的樣子。

一個沙彌和阿萊莎伴曹西瑪長老出來。修道司祭們立起來，深深地朝他鞠躬，手指觸地，祝福以後，又吻他的手，長老為他們祝福以後，也是深深地對每人鞠躬，手指觸地，並且向他們每人請求為自己祝福。全部的儀式做得十分正經，並不像日常的一種儀式，卻幾乎帶點情感。但是米烏騷夫感到這一切做作是具有故意的暗示性的。他站在一同進來的同伴們的最前面。應該是——他甚至昨天晚上就曾仔細想過——不等他有什麼觀念，只是為了普通的禮貌起見，（因為這裡的規矩如此）——應該是走近過去，請長老為他祝福，至少限度是祝福而不吻手。但是現在看見修道司祭們這一套鞠躬和吻手，立即變更了決意：他正經而且鄭重地還了一個很深的、世俗式的鞠躬，便走到椅子那裡去。費道爾．伯夫洛維奇很鄭重而且有禮貌地鞠躬，兩手也是放在褲子的線縫上面，卡爾干諾夫卻惶惑得完全沒有鞠躬。長老放下了正想舉起來祝福的手，又鞠了一次躬，請大家坐下。血奔到阿萊莎的臉頰上，他覺得慚愧。他不好的預感應驗了。

長老坐在十分古式的紅木皮沙發上，賓客們除了兩位修道司祭以外，都坐在對牆四只紅木製的，包著磨得很光的黑皮椅上，四個人並排著。修道司祭分坐一旁，一個在門邊，另一個在窗前。神科學生，阿萊莎和沙彌全站著。修道室不很廣寬，具有一種萎靡不振的樣子。陳設家具是粗糙的、貧窮的，還只是最必需的。窗上放兩盆花，角落裡有許多神像——其中一個是聖母像，面積極大，大概還在教門分歧時期以前許久的時候完成的。這神像面前有油燈點著。旁邊另外兩個穿鮮豔袈裟的神像，隨後在附近放著一些雕刻出來的天使，磁蛋，象牙製成的羅馬教式的十字架，還有抱著祂的Mater Dolorosa和幾幅上世紀偉大義大利美術家的外國雕版畫。這些美麗、珍貴的雕版畫旁邊，還掛了幾張極通俗的俄國石印聖徒、苦行者等人的像，是一切市集上花幾分錢，就可以買到的。還有幾幅俄國現代和以前的主教的石印像片，但是掛在另一面牆上。米烏騷夫溜看了這一切「官派」，便用凝聚的眼神盯看長老。他頗尊重自己的眼神，這弱點無論怎樣是可以予以饒恕的，因為他已經有五十歲，到了這個年齡一般聰明的、交遊廣的，有保障的人永遠要對於自身恭敬一點，有時甚至是不由己的。

初看一眼，他不喜歡長老。長老的臉上確有一種使米烏騷夫以外的許多人也不喜歡的東西。他身材不高、傴背、腿很軟弱，只有六十五歲，但是因為疾病顯得蒼老得多，至少老十歲。他乾澀的臉上佈滿了皺紋，眼旁特別地多。眼睛是不大的，明亮、迅快、閃光，有點像兩個發光的點。斑白的頭髮只保存在兩鬢上面，鬍鬚式樣小而疏稀，作楔形，時常發冷的嘴唇柔細得像兩條纜索。鼻子不見得長，卻尖得像鳥鼻。

「從一切的表徵上看來，那是一個惡狠的、狹窄而傲慢的靈魂，」米烏騷夫的腦海裡閃過這個念頭。總之，他很不滿意自己。

時鐘的敲打幫助了談話的開始。一只便宜的，帶著鍾擺的小壁鐘迅速地擊打了正正的十二下。

「恰巧是時候，」費道爾．伯夫洛維奇喊，「我的兒子特米脫里．費道爾洛維奇卻還沒有來。我替他道歉，神聖的長老！（阿萊莎為了這一些聲「神聖的長老」，全身竟抖索了一下。）我自己永遠守時間，一分也不差，明白守時是國王的禮儀……」

「但是你至少還不是國王。」米烏騷夫立刻按捺不住，喃聲地說。

「這是對的，我並不是國王。彼得．亞歷山大洛維奇，您瞧我自己也知道。真是的！我永遠說話這樣不對勁！尊師！」他帶著一種突襲而來的感憤神情喊起來：「您在面前看見的是一個小丑，真是一個小丑！我就自己這樣介紹。唉，那是舊習慣！有時候碰得巧，要扯點謊，那是具有用意的，意在博人們一笑，做一個有趣的人。應該做有趣的人，不是嗎？七年以前，我到一個小城裡去，有點小事，結識了幾個商人。我們去見警長，因為想求他一點事情，請他到我們那裡吃飯。警長出來了，一個高身的、肥胖的、金黃頭髮的、陰鬱的人，在這類事情上最危險的一種人物：因為他們有肝氣，肝裡的病。我一直走到他面前，帶著場面上的人那種瀟灑的樣子，說道：『警長先生，請您做我們的Napravnik好不好？』『什麼Napravnik？』他說。我一下子就看出事情壞了，他站在那裡，瞪著眼睛。我說：我是開一開玩笑，為了大家的快樂，因為Napravnik先生是我們俄國著名的樂隊導演，我們必須為使我們的企業和諧起見，也來一位樂隊導演……我解釋，而且比喻得很有理由，不對嗎？他說：『對不住，我是警長

（ISPRBVNIK），我不許人家把我的職位的名稱編造雙關語。』[1]扭轉身，走出去了。我在他後面喊：『是的，您是ISPRAVNIK，並不是NAPRAVNIK，』他說：『不，既然說了出來，那麼我就是NAPRAVNIK。』你猜怎麼樣，我們的事情竟因此弄糟了！我老是這樣，我永遠這樣。我這種客氣話一定會害自己！有一次，許多年以前，我對一個有勢力的人說：『您的夫人是一個優雅的女人』（Schekotlivaya），意思是指有貞節所謂道德的性格，但是他忽然對我說：『您還搔過她癢嗎？』（Schekotali）[2]我忍不住，忽然心想讓我來客氣一下，我說：『是的，搔過癢的。』但是他當時也搔了我的癢……不過這事已發生了很久，所以講出來並不害怕；我是永遠會這樣害自己的！」

「我現在還在這樣做，」米烏騷夫厭惡地喃語著。

長老默默地審看這兩人。

「是嗎！您瞧。我連這個也知道的，彼得．亞歷山大洛維奇，甚至你要曉得，我預先感覺得自己在這樣做，剛剛就要說出來；甚至你要曉得：我預先感覺得你會首先對我說出這句話來。尊師，在我看出我的玩笑話沒有效驗的當兒，我的下面齒齦上的兩頰開始發乾，差不多好像發了拘攣；情形我從青年時就有的，那時我在貴族家內充當食客，靠著依附他人餬口。尊師，我是一個基本的小丑，從出生日起就是的，就好比狂癲病的人一樣；我不分辯，我身上也許附些不潔的鬼靈，是不很大的角色，重要一點的或許會選擇另一所住宅，不過絕不是你的住宅，彼得．亞歷山大洛維奇，你知道你也是一所不重要的住宅，但我有信仰，我信仰上帝。我最近才起了疑惑，可是現在我坐在這裡，等待偉大的訓言。尊師，我好比哲學家狄德羅（Diderot）聖父，您知道不知道，哲學家狄德羅晉見女皇葉加德鄰時代總主教蒲拉東

1 譯註：俄語，警長（Ispravnik）與Napravnik相似，故成此雙關語。
2 譯註：亦係雙關語，俄語Schekotlivaya（優雅的）與Schekotali（搔癢）兩字的語根相同。

的情形。他一進去，立刻直說：『沒有上帝。』偉大的聖徒舉指回答：『連瘋子在心上也有上帝的！』狄德羅就在當地跪下來，喊道：『我信仰了，願意接受洗禮。』當時他就受了洗。公爵夫人達士闊瓦做了教母，鮑喬姆金是教父……」

「費道爾．伯夫洛維奇，這真是受不了！您自己也知道，您在說謊，這個愚蠢的故事是不實在的，您為什麼裝腔作勢？」米烏騷夫顫聲說，已完全克制不住自己。

「一輩子預感到是不實在的，」費道爾．伯夫洛維奇帶著感情喊，「諸位，我現在對你們說實話：偉大的長老！請恕我，最後那句關於狄德羅受洗的話是我剛才自己編出來的，就在剛才講話的時候，以前腦子裡從來沒有發生過。為了辛辣，編造出來的。彼得．亞歷山大洛維奇，我所以裝腔作勢，就是為了表現和藹可親些。但是有時候自己也不知道為了什麼。至於說到狄德羅，關於那句『瘋子』的話，在我少年時住在地主家裡的時候就聽見他們說過二十多遍；彼得．亞歷山大洛維奇，我也曾在令嬸瑪爾法．福米尼士納那裡聽到這話。他們大家至今還相信這個無神派狄德羅是到蒲拉東總主教那裡去辯論上帝問題的……」

米烏騷夫立起身來，不但喪失了耐性，甚至好像自己失去了控制。他處在狂怒的心情裡，感到自己也露出可笑的樣子。修道室內確已發生了完全不可思議的一點情形。在這修道室裡，也許已經有四、五十年，在以前的長老在世的時候，就有賓客會聚，卻永持著極深的景仰，絕無他種心情。請進去的人們走進修道室的時候幾乎全明白他們得了極大的恩惠。許多人在整個晉謁的時間內，匍匐在地上，不起來一下。許多甚至是「上等」的人物中，甚至極有學問的人們中間，不但如此，甚至有些抱自由思想的人們，為好奇或別種原因而來的，和大家同進修道室時，或單獨晉謁時，一律沒有分別地，都給自己立下了第一個責任，那就是在晉謁的全部時間應有極深的尊敬和禮貌，尤其是因為這裡無需乎金錢，一方面只是愛情和恩惠，另一方面是懺悔，渴求解決任何心靈上的困難問題，或自己的心的生命中困難的一個機會。因此，費道爾．伯夫洛維奇忽然發現出來，對於他所在的地方那種不恭敬的滑稽相使旁觀者，至少是其中幾個人生出惶惑和驚異。毫未變更面容的修道司祭用嚴正的注意觀察長老說什麼話，好像也準備像米烏騷夫似的立起身來。阿萊莎想哭出來，垂頭站立著。他覺得最奇怪的是他的哥哥，伊凡．費道洛維奇，是他唯一地希望著的，也唯有他一個人對於父親有能力加以阻止，現在竟坐在椅上，完全不動，眼睛低垂下去，顯然帶著一種竟是尋根究底的好奇心，等待這一切將有什麼結果。那個宗教學校學生拉基金，也是阿萊莎素來熟識，而且很接近的，阿萊莎連看也不敢看一下；他知道他的思想（固然全修道院裡知道的唯有阿萊莎一人而已）。

「請恕我……」米烏騷夫朝長老說，「也許您以為我也是這個不莊重的玩笑事情的參與者。我的錯誤是我相信了甚至像費道爾．伯夫洛維奇這樣的人在謁見如此尊敬的人物的時候，也願意瞭解自己的責任……我沒有考慮到，為了和他一同進來，我必須要道歉……」

彼得．亞歷山大洛維奇沒有說完，十分慚慚地正想離屋而去。

「請您不要著急——」長老忽然支著瘦拐拐的腿從座位上立起來，兩手拉住彼得．亞歷山大洛維奇，把他重新按坐椅上，「請您安心。我特別請您做我的客人。」鞠躬一下，轉身坐到自己的沙發上面。

「偉大的長老，請您說一句，我活潑的舉動是不是侮辱了您？」費道爾．伯夫洛維奇忽然喊起來，兩手抓住椅靠，似乎準備根據如何的答話，就要從椅靠那裡跳躍起來似的。「我懇求您不必著急，不要拘束，」長老帶著暗示對他說，「您不要拘束，就像在家裡一樣。主要的是不要羞恥自己，因為一切只是由此而起。」

「像在家裡一樣！就是說，露出本相嗎？啊，那是太過分，太過分，然而我是可以欣然接受的！您要知道，崇高的父，您不要叫我露出本相來，不要冒這險……連我自己也不敢走到露出本相的地步。我這警告是為了保護您。至於其餘的一切還蒙在未知數的黑影裡，雖然有幾個人願意糟蹋我。這話是對你說的，彼得．亞歷山大洛維奇，但對於您，神聖的生物，對於您，我唯有表示欣悅！」他立起來，舉手向上，出聲說：「懷你的肚腹和餵你的乳頭是有福的，特別是乳頭！您剛才對我說：『不要羞恥自己，因為一切只是由此而起。』您這句話好像戳進我的心裡，讀盡裡面的一切，我出外見人的時候，老覺得我比一切人都卑劣些，大家全把我當作小丑看待，所以『讓我來當真扮演丑角，不懼怕你們的意見，因為你們一個一個全比我卑劣得多！』因此我就成了小丑，由於羞恥而來的小丑，偉大的長老，由於羞恥而來的。我就為了一點疑心而來的。假使我能相信，我在進去的時候，大家把我當作極可愛極聰明的人看待，老天爺！我那時將成為如何樣的人！導師！」他忽然跪下來，「叫我怎樣做，才能承受永恆的生命？」

現在極難決定：他是開玩笑，或是真的處於感情洋溢的狀態中？

長老抬眼看他，含笑說：

「您早就知道應該怎樣做，您是很聰明的，不要耽於酗酒，和言語的不節制，不要縱淫慾，尤其不得保惜金錢，關閉您的酒店，如果不能全關，關兩、三爿也好。主要的，最主要的是不要說謊。」

「是不是關於狄德羅？」

「不，並不是關於狄德羅。主要的是不要對自己說謊，聽自己謊話的人會走到無論在自身裡或周圍都分別不出真理來的地步，因此引起了對自己和對他人的不尊敬。人既不尊敬任何人，便停止了愛，既沒有愛，而欲使自己消遣時光，便縱於淫慾，和粗暴的甜蜜事情，於是完全達到獸性的惡行的境界，這全是由於對人們，對自身不斷地扯謊的緣故。對自己說謊的人會在別人之先受到氣惱。因為有時受氣是很有趣的，不是嗎？他也知道並沒有人侮辱他，是他自己給自己想出了侮辱，為了美觀扯些謊，自己誇張著，造成一幅圖畫，好說大話，用一粒豌豆做成山——他自己也知道這個，卻還是自己首先受氣惱，受氣惱至於感到愉快，感到大快樂，於是就到了真正怨恨的地步……請您起身。坐下來，請求您，要知道這也是虛偽的姿勢。」

「有福的人，讓我吻手。」費道爾．伯夫洛維奇跳過來，迅快地吻長老的瘦手。「真的，受氣惱真是很愉快的。您說得真好，我從來沒有聽見過。真是的，我一輩子受氣惱到愉快的地步，為審美而受氣惱，因為做受氣的人不但愉快，而且有時很美麗——您忘記了，偉大的長老——確是很美麗！我要記在本子裡！是的，我說謊，完全的說了一輩子的謊，每一鐘點都說謊。我自己就是謊，說謊的父親！大概並不是說謊的父親，我將句子弄顛倒了，哪怕是說謊的兒子，也就夠了。不過……我的安琪兒……關於狄德羅有時是可以的！狄德羅沒有什麼害處，至於別的話是有害的。偉大的長老，偶然忘掉了件事情，我從前年起就決定到這裡來調查一下，真是想到此地來，打聽一下問一問：但是您不要讓彼得．亞歷山大洛維奇打斷我的話。我要問的是：對不對，在《聖者傳》裡有一段講到一位神聖的施奇蹟者為信仰受磨難，終於他的腦袋被人砍去，他當時立起來，撿起自己的頭，『親密地吻它，』又捧在手裡走了半天，『親密地吻它。』這話對不對，純潔的神父？」

「不，不對。」長老說。

「在所有的《聖者傳》裡絕不存在著這類東西的。您說，書中寫的是哪一位聖徒的事蹟？」掌理圖書的修道司祭問。

「自己也不知道是哪一位。不知道，也沒有打聽。有人說我受了騙。我聽人家說的。您知道是誰說的？就是彼得．亞歷山大洛維奇．米烏騷夫，剛才為了狄德羅生氣的人，就是他講的。」

「我從來沒有對您講過這話，我永遠不同你說什麼話的。」

「您的確沒有對我講過；但您是在許多朋友的團體裡面講的，我也在場，那是四年以前的事。我所以提起來，因為您這一篇可笑的故事動搖了我的信仰，彼得．亞歷山大洛維奇。您不知道，沒有去調查，而我懷著已被動搖的信仰回家，從此以後越來越動搖起來。是的，彼得．亞歷山大洛維奇，您就是使我大墮落的原因。這並非狄德羅可比！」

費道爾．伯夫洛維奇淒惻地興奮地來，雖然大家已完全明白他又在做戲。但這到底使米烏騷夫負了毒創。

「真是胡說八道，全是胡說八道，」他喃聲說，「我也許果真在什麼時候說過……卻不是對您說的，是人家對我講的。我在巴黎聽見一個法國人說，我們在晚禱時好像朗誦《聖者傳》裡的這段故事……他是一位極有學問的人，專門研究俄國的統計……在俄國住了許多時候……我自己沒有讀過《聖者傳》……也不會讀的……在吃飯時亂談的話還會少嗎？……我們當時正在吃飯……」

「您當時吃飯，我可是喪失了信仰。」費道爾．伯夫洛維奇逗他。

「你的信仰於我有什麼相干，」米烏騷夫想喊出來，但是忽然忍住自己，帶著賤蔑的神情說道：「您真是在蹧蹋著一切您所觸不到的東西。」

長老忽然站了起來。

「諸位，對不起，我要暫時離開你們，只有幾分鐘，」他朝全體賓客說，「還有比你們先來的人們等候著我。您無論如何不要說謊呀！」他說著，快樂的臉朝著費道爾．伯夫洛維奇。

他從修道室裡走出去，阿萊莎和沙彌奔去攙他下樓梯。阿萊莎喘息著，他很高興離開，還有高興的是長老並不生氣，還很快樂。他走到走廊那裡去為等候他的人們祝福。但是費道爾．伯夫洛維奇到底在修道室的門前阻擋了他。

「賜福的人！」他帶著感情喊，「請允許我再吻您的手！同您是可以說話，可以生活的！您以為我永遠說謊，裝扮小丑嗎？您知道我這是故意這樣裝腔，為了試探您。我老在試探著，可以不可以同您生活？以您的驕傲，有沒有給我這謙遜的人容身之地？現在我要沉默，永遠沉默。坐在躺椅上，沉默著。現在該您來說話，彼得·亞歷山大洛維奇，您現在成為最重要的人；在十分鐘以內……」

第三章　有信仰的村婦們

樓下，附近外圍牆上的木製走廊旁邊，這一次圍聚著的全是婦女，大約有二十個村婦。有人通知她們，長老快要出來，所以聚在那裡等候。等候長老的女地主霍赫拉闊瓦也到了走廊上來，卻在為上等賓客預備的房間裡面。她們是母女兩人。霍赫拉闊瓦夫人，一位有錢，而且永遠穿得漂亮的夫人，年紀還十分輕，姿色很美麗，有點慘白，有一雙活潑，且幾乎全黑的眼睛。她至多三十三歲，已經守了五年寡。可憐的女孩已有半年不能走路，在帶輪的長安樂椅上把她推來推去。一個美麗的臉龐，為了疾病稍見消瘦，卻是很快樂的。有一點淘氣樣在她長睫毛的巨黑眼睛裡閃耀。母親從春天起就預備把她帶往國外，但是夏天因為辦理地產的事情耽誤了。她們住在我們城裡已有一星期，大半為了事務，少半為了禱告上帝，但是三天以前已經見過長老一次。現在她們又忽然來了，雖然知道長老已經不能接見任何人，但仍舊堅決地懇求著，請再給一次「看一看偉大的治病者的幸福」。母親坐在椅上，靠近女兒的安樂椅旁，等候長老出來，離她兩步遠的地方站著一個老僧，不是此地修道院裡的人，是從遼遠的北方一個不很有名的修道院裡來的。他也想向長老祈求祝福。但是在走廊上出現的長老先一直去見眾人。一群人擠在三步階級的臺階旁邊，這臺階使低矮的走廊和外面空地相連。長老站在上面的階級上，戴了肩帶，開始祝福擁擠在他身旁的女人們。一個歇斯底里的女人被人拉著兩手牽到長老面前。她剛看到長老，忽然開始好像離奇地尖叫了一聲，喉嚨裡發噎，全身抖索得像產婦。長老將肩帶放在她的頭上，她立刻不響，安靜了下來。我不知道現在怎樣，但是在我做小孩子的時候，時常在鄉下和修道院裡看見還聽見這類歇斯底里病的女人。她們被帶去做晚禱，她們尖叫或狂吠，使整個教堂都聽見了，但是等聖餐取了出來，引她們過去的時候，「瘋狂」立刻停止，病人永遠會安靜一會。這使我在小時候很驚訝，而且奇怪。然而當時我就聽到有的地主們，特別是城市的學校教師回答我的盤問時說這全是裝假，為了不願工作，用相當嚴峻的手段永遠可以加以根治，並且還引了各種笑話故事，作為證明。以後我從專門醫學家方面驚悉這裡面並沒有任何裝假的地方，這是一種可怕的婦女病，足以證明鄉村婦女的悲苦命運（尤以我們俄羅斯為然）。——這種疾病是由於在痛苦的、不正當的，沒有一點醫學幫助的生產以後立刻做了累乏的工作而產生的；此外是由於無出路的憂愁，和挨了毆打，照普通的事例有的女人的性格總是不能忍受的。發狂著，抖顫著的女人只要一引到聖餐旁邊，就會得到奇怪的、突來的治癒，有的人對我解釋是一種裝假，而且幾乎是「牧師」們自己玩耍出來的戲法，其實大概也是在極自然的方式上面發生的，領她到聖餐那裡去的村婦們，主要的是病人本身，全十分相信，作為一種確定無移的真理地相信，盤據在病人身上的不潔之神，在病人被領到聖餐前面，使她俯身領用的時候，是永遠吃不住的。因此在這俯身就聖餐的那個當口，在神經性的、精神上也有病的女人身上好像一定永遠會發生（而且應該發生），整個機構上的震撼，一種由於期待一定會有的治癒奇蹟，而且深信這奇蹟即將成就而來的震撼。這奇蹟真是成就了，雖然只有一分鐘的工夫。同樣地，這奇蹟也就成就了，在長老剛剛把肩帶覆在病人身上的時候。

有許多擠在他身旁的女人流出由於一時的效果而來的充溢著情感和歡欣的眼淚，另一些人奔過去吻他的衣角。有的人在那裡嘆泣。他祝福著大眾，還同有些人談話。這個歇斯底里病女人他已經認識，是從離修道院不遠，只有六俄里路的鄉村裡領來的，以前也曾領她來過。

「哪位是遠方來的？」他指著一個還不太老的女人，她很瘦，臉上並非曬黑，卻似乎是真正的黑。她跪在那裡，用呆板的眼神望著長老。她的眼神裡有一點似乎瘋狂的樣子。

「遠處來的，老爺子，遠處來的，離這裡三百俄里。遠處來的，聖父，遠處來的。」女人像唱歌似的說，平穩地搖著腦袋，從這裡到那裡，手掌支在臉頰上面。她說話像在嘆泣。

平民中間有一種是沉默的，能忍耐的憂愁：它進入內心，沉默著。但也有的是裂破了的憂愁：它有一次從眼淚裡鑽了出來，從那時起便轉入了嘆泣。特別女人們是這樣的。它並不比沉默的憂愁輕鬆。嘆泣加以慰解，只是使心胸更加破裂和苦惱。這類的憂愁不希冀慰解的情感作滋養料。嘆泣只是不斷地刺激創傷的一種需要而已。

「是下市民階級嗎？」長老繼續說，好奇地審看她。

「我們是城裡的，聖父，城裡的，我們務農，卻是城裡的人，住在城裡。我來看看你，聽人家說起過你來，聽人家說過的。我葬了小兒子便走出來進香。到過三個修道院，有人對我說：『娜司達修司卡，你到這裡來，那就是到您這裡來。』我來了，昨天宿了一宵，今天到您這裡來了。」

「你哭什麼？」

「捨不得小兒子，差不多三歲，差兩個月三歲。我苦惱地想念這個兒子，聖父，真想念他。剩了最後的一個兒子，同尼基圖士卡生了四個孩子，老留不住他們。我葬了前頭三個，並不很可惜，把最後一個葬了，卻不能忘掉他。好像他就在我面前站著，離不開。把我的心靈弄得枯竭。看著他的小衣裳、小襯衫、小靴子，就哭一頓。我把他死後遺留下的一切東西全擺了開來，一面看，一面哭。我對丈夫，尼基圖士卡說，你放我出去進香吧，老闆。他做趕馬車的營生，我們不窮，用自己的本錢做生意，馬和車子全是自己的。現在我們要財產做什麼用？他沒有了我，便開始喝酒，這一定是這樣的；以前也是如此，只要我背轉身去，他就衰弱下去。現在我連他也不想。已經離家三月。我忘了，忘記一切，不願意去記它，我現在同他在一塊兒有什麼意思？我已經和他了結，一切都了結了。我現在不願意看到自己的房子，自己的財產，我什麼也不願意看到！」

「是這樣的，母親，」長老說，「有一天，一位古代偉大的聖徒在教堂內看見了一個和你那樣哭泣的母親，也是哭自己的獨生的嬰孩，他被上帝召喚去了。聖徒對她說：『你知道不知道，這些嬰孩在上帝的寶座前面如何地膽大？在天國沒有比他們再為膽大些的。他們對上帝說，主，你賜給了我們生命，我們剛剛看到了它，你就把它奪去，收回了。於是他們大膽地請求，上帝只好立刻賜予他們安琪兒的職名。所以女人，你應該快樂，不必哭泣。你的嬰孩現在也在上帝的安琪兒的一群裡住著。』這就是古代聖徒對一個哭泣的妻子所說的話。所以你要知道，你的嬰孩現在一定也站在上帝的寶座前面，快樂，歡喜，為你祈禱。所以你不必哭泣，應該歡喜。」

女人聽他的話，手支在頰上，垂下眼睛。她深深地嘆息一聲。

「尼基圖士卡也這樣安慰我，跟你說的話一樣：『你這無智識的人，哭什麼，我們的小兒子現在定同安琪兒一塊兒在上帝前面唱歌。』他對我說這話，自己也哭了，我看見他和我一樣地哭著。我說，尼基圖士卡，我知道，他一定在上帝那裡，不會在別的什地方的，不過在這裡，同我們在這裡，現在可是沒有他了，就在附近，以前坐的地方，現在沒有他了！哪怕只要讓我能看到他一次，只有一次讓我再看他一次，我可以不走近他的身邊，不發一言，在角落裡躲著，只要見一分鐘，聽他怎樣在院內遊戲，有時走了進來，發出小聲音，喊道：『媽媽，你在哪兒？』只要讓我聽到一次，他怎樣在屋內舉著小腿走路，只要有一次聽到小腿噔噔地走路，我時常，時常記得，他跑到我面前，又喊又笑，只要讓我聽到他的腳步聲，一聽見就會認識的！但是沒有了他，沒有了他，永遠聽不見他了！這是他的小腰帶，他卻沒有了，我現在永遠看不到他，聽不到他了！……」

她從懷裡掏出一根她的男孩的線織的小腰帶，剛剛看了一眼，就抽咽得抖動身體，手指蒙著眼睛，眼裡忽然流出溪水般四濺的淚來。

「這就是，」長老說，「這就是古代的『拉喜爾哭自己的孩子們[1]，不能感到安慰，因為他們沒有了。』這是給你們做母親的在地上所定的限制。你不必自行寬慰，你不用寬慰，不必寬慰，儘管哭，只是每次哭的時候要堅定地想到，你的兒子是上帝的安琪兒中的一個，在那裡望著你，看到你，看著你的眼淚，生出快樂，指給上帝看。你將長久流著偉大的慈親之淚，終於這哭泣將變為靜謐的喜悅，你的悲苦的淚只成為靜謐的感動，與從罪惡中拯救出來的心地潔淨的淚。在做安息禱告的時候我將提到你的嬰孩，他叫什麼名字？」

「阿萊克謝意。」

「可愛的名字。是指上帝的人阿萊克謝意嗎？」

「上帝的，上帝的，上帝的人阿萊克謝意！」

「他是聖徒！我會提到的，我將在禱詞裡提起你的憂愁，祝願你的丈夫的健康。但是你離開他是一樁罪孽。你該回到丈夫那裡，當心他。你的孩子從那裡看見你拋棄了他的父親，便將為你痛哭；為什麼你破壞他的安寧？他是活著的，因為靈魂是永生的。他不在屋內，但是他隱在你們的身旁。既然你說你仇恨你的家，他將怎樣到你家去？既然找不到你們父母在一起，叫他回來有什麼意思？你現在夢見他，你遭受痛苦，將來他會送給你溫和的夢。你回丈夫那裡去吧。今天就回去吧。」

1 編註：此處提及的拉喜爾（Rachel）出自《聖經》〈耶利米書〉第31章第15節的故事。

「我就去，親人，照你的話回家去。你把我的心分析得清清楚楚。尼基圖士卡，我的尼基圖士卡，你等著我，寶貝，你等著我，」女人開始飲泣，但是長老已經朝一個服裝不像香客模樣，卻是城裡人打扮的老婦人說話去了。從她的眼睛裡可以看出她有什麼事情，跑來告訴。她自稱是伍長的寡婦，住得不遠，就是我們城裡的人。她的兒子瓦仙卡在某警察機關內服務，到西伯利亞的伊爾庫次克去了。他從那裡寫了兩封信，有一年沒有寄信來。她打聽他的消息，老實說還不知道到哪裡去打聽。

「最近司鐵帕尼遠．伊里尼士納．白特略金納——她是有錢的商人的家眷——對我說：博洛霍洛夫納，你把你的兒子的名字寫在追悼帖裡，送給教堂，做安息的禱告。她說，他的靈魂一發了煩，他會寫信來的。這是很靈的，許多次試驗過的。不過我有點疑惑……你是我們的光明，究竟對不對，好不好這樣辦呢？」

「連想也不要想。問起來都是可恥的。自己親生的母親，把一個活的靈魂，做安息祈禱，那如何可以呢？這是大罪，和妖術一樣，唯有因為你的不知才能加以饒恕。你最好向聖母，救苦救難者祈禱，祝你的兒子的健康，並且求祂饒恕你的不正確的思考。我還要對你說，博洛霍洛夫納；不是你的兒子，他自己不久快回來，便是他一定要寄信回來的。你要記住這個。你回去吧。從此以後你須安下心去。我對你說，你的兒子是活著的。」

「親愛的，願上帝賜恩與你，你是我們的恩人，你替我們祈禱，恕我們的罪孽……」

長老已經在人群裡看見一個雖還年輕，卻帶著癆病樣子，精神衰疲的農婦兩條熾燒的，向他盯看著的眼光。她默默地瞧著，眼睛有所請求，是她又似乎怕走近過來。

「你有什麼事，親愛的？」

「請你解決我的靈魂。」她不慌不忙地輕聲說，跪下來，朝他的腳下叩頭。

「我犯了罪，親生的父，我懼怕我的罪孽。」

長老坐在下面的一級臺階上，女人挨近過來，仍舊跪著不起來。

「我守寡三年，」她開始微語，全身似在抖索，「出嫁後境況很痛苦，他年老，把我痛打了一頓。他躺著生病，我瞧著他，心想：假使他病好了，重新起床，那便怎麼辦呢？我當時就生出那個意思……」

「你等一等。」長老說，把耳朵一直湊到她的嘴唇上面，女人繼續輕聲微語，幾乎無從聽到什麼。她很快地說完了。

「第三年了嗎？」長老問。

「第三年了，起初不想，現在開始害病，煩惱釘在我的身上……」

「從遠處來的嗎？」

「離此地五百俄里。」

「在懺悔時講過沒有？」

「講過的，講了兩次。」

「許你領聖禮嗎？」

「許的，我害怕，怕死。」

「一點也不要害怕，永遠也不要害怕，不要生煩惱。只要你心內不斷懺悔——上帝將饒恕一切。而且在整個大地上沒有，也不會有那種罪孽，使上帝對於真正懺悔的人不加饒恕的。那耗盡了上帝的無窮的愛的人是完全不能做這種大罪的。還能有超過上帝的愛的罪嗎？你只要顧到懺悔，不斷的懺悔，把害怕完全驅走。你要相信，上帝愛你，為你所想不到的那樣愛你，哪怕帶著你的罪孽，在你的罪孽裡也愛的。上天喜歡一個懺悔的人，比喜歡十個得真理的人為甚，這是早就說過的。你去吧，不要害怕。不要遷怒於人，不要為受恥而生氣。死者侮辱你的一切，你在心中饒恕了吧，同他真正地和解吧。你既能懺悔，便能愛。你能愛，你便是上帝的人……愛是可以贖取一切、拯救一切的。既然像我這樣和你一般有罪的人憐惜了你，那麼上帝也不必說了。愛是無價之寶，可以買到全世界的一切，不僅是你的。即使是別人的罪孽也可以贖到的。你去吧，不要害怕。」

他朝她畫了三次十字，從頸上除去小神像，給她戴上。她默默地向他鞠躬及地。他立起身來，快樂地朝一個健壯，手上抱著嬰孩的農婦瞧去。

「從高山村來的，親愛的。」

「離這裡有六俄里，抱著孩子夠累的。你有什麼事？」

「我來看一看你。我到這裡來過，你忘記了嗎？你的記性不大好，你竟忘記我了。我們那裡有人說你有病，我心想：我自己來看看他？現在看見了你，你哪裡是有病的呢？你還能活二十年，真是的，上帝和你同在！替你祈禱的人還能少嗎？你還會生病嗎？」

「一切感謝你，親愛的。」

「恰巧我這裡有一個不大的請求：這裡有六十戈比，請你施捨給比我還貧窮的人。我到這裡來，心想：不如把錢交給他，他是知道應該施捨給誰的。」

「謝謝你，親愛的；謝謝你，善人。我愛你。我一定辦到。抱著的是女孩嗎？」

「女孩，叫麗薩魏達。」

「願上帝祝福你們兩人，你和嬰孩麗薩魏達。你使我的心快樂。再見吧，親愛的人們，告別了吧，可敬可愛的人們。」

第四章　不大有信仰的女太太

外城來的地主夫人看著同平民談話和祝福他們的一幅圖畫，靜靜地流淚，用手絹擦拭。她是一位重情感的人，廣交際的太太，許多地方帶著誠懇的、善良的傾向。長老走到她面前時，她歡欣地迎接他：

「我看著這一幅感動人的圖畫，得了許多、許多的……」她心情騷動得說不成句，「我明白農人們愛你，我自己也愛他們，願意愛他們，而且怎能不愛他們，我們良好的、坦白的，偉大的俄羅斯農人！」

「令嬡的健康怎麼樣？你還願意同我談話嗎？」

「我堅決地請求，我懇求，我準備跪下來，跪在您的窗前三天工夫，求您許我晉見。偉大的醫病者，我們到您這裡來，表示我們歡欣的謝意。您把我的麗薩治好了，完全治好了，怎麼治好的，就是因為星期四您替她禱告，把您的手加在她頭上。我們忙著來吻這隻手，表明我們的情感和我們的崇拜！」

「怎麼治好了？看，她還躺在安樂椅上？」

「但是夜間的寒熱完全消滅了，從星期四起，已經有兩晝夜如此。」她神經質地忙著說，「不但如此，她的腿健壯起來。今天早晨她起床時很康健，睡了整夜，您看她臉上的紅潤，她的閃耀的眼睛。以前常哭，現在卻又笑，又快樂，又喜歡。今天一定要立在地上，她居然自己站了一分鐘，沒有什麼人扶著。她和我打賭，兩星期後就可以跳『卡德里』舞。我請此地的格爾城司圖勃大夫來看；他聳肩說：我真奇怪，不懂。您還要我們不來驚吵您，不飛過來，不感謝你嗎？麗薩，你謝呀，道謝呀！」

麗薩笑容可掬的，極和愛的臉龐忽然變為嚴正，她竭力在椅子上舉起身體，望著長老，小手合在他的前面，但是忍不住，忽然笑開了……

「我是笑他，笑他！」她指著阿萊莎，為了她忍不住笑出聲來，孩子氣似地惱著自己。如果有人看站在長老後面一步的阿萊莎，便將注意到他臉上一陣紅潤，迅速地浮滿著兩頰。他的眼睛閃耀了一下，低垂下來。

「阿萊克謝意．費道洛維奇，她有東西託我帶來……您的健康好嗎？」母親忽然對阿萊莎說，把戴漂亮的長手套的手伸出來給他。長老回頭看了一眼，忽然注意地望著阿萊莎。阿萊莎走近麗薩面前，似乎奇怪而且不合適地冷笑了一聲，也伸手給她。麗薩做出正經模樣。

「卡德鄰納．伊凡諾夫納託我交給您的，」她遞給他一封小小的信，「她特別請求您到那裡去一趟，快點去，越快越好，不要騙人，一定要來的。」

「她請我去嗎？到她家去，請我……為什麼？」阿萊莎帶著極深的驚異聲說。他的臉忽然開始露出十分關心的樣子。

「這還是關於特米脫里．費道洛維奇的事情……和最近發生的那些事件，」母親匆匆地解釋，「卡德鄰納．伊凡諾夫納現在做了一個決定……但是為了這，她一定要見你一次……為什麼？我自然不知道，但是她請您越快越好。您應該照辦，一定照辦，這裡是基督教的情感命令著……」

「我一共只見過她一次。」阿萊莎還是帶著那種疑團繼續說。

「這是一個崇高的，不可及的生命！……單只看她的悲哀便知道……您想一想，她遭受過什麼，現在遭受的是什麼，再想一想，她有什麼期待……這一切真是可怕，真是可怕！」

「好啦，我去。」阿萊莎決定，在讀完一張短短的、神祕性的字條以後，在那張字紙裡除去堅請前去一趟以外，沒有任何解釋。

「這在您的方面是如何地客氣，如何地佳妙，」麗薩忽然喊叫，全身露出興奮。「我曾對母親說過，他絕不會去，他是修行的。您真是，真是妙極了！我永遠想您是妙人，我現在對您說這話，感到十分愉快！」

「麗薩。」母親含著暗示說，但立刻就微笑了。

「您連我們也忘記了，阿萊克謝意，費道洛維奇，您完全不願意到我們家去；麗薩對我說過兩遍，她唯有同您在一起才感到舒適。」

阿萊莎抬起低垂的眼睛，忽然又臉紅了，忽然又冷笑，自己也不知道笑什麼。但是長老已經不去注意他。他同外城來的僧士談話，這僧士，我們上面已經說過，在麗薩的椅子附近等候著長老。這顯然是一個極普通的僧士，那就是說他的職位是極普通的，具有短小的、不易摧毀的世界觀，但是極有信仰，還是特別的頑強的信仰。他自稱從遼遠的北方，渥勃道爾司克，聖西里魏司特洛，從一個只有九個僧士的貧窮的修道院裡來的。長老為他祝福，請他隨便什麼時候到他的修道室裡去。

「您怎樣做了這件事情？」僧士忽然問，用動人的、勝利的神情指著麗薩。他暗指著她的「痊癒」。

「這話自然說得還早。減輕還不是完全的治癒，為了別的原因也會發生的。但是即使是的，那麼除去上帝的旨意以外，並不藉著任何人的力量。一切由於上帝。請您來看看我。」他對僧士補說，「我並不能隨時見客；我有病，我知道我的日子是數得清的了。」

「不，不，上帝不會把您從我們手裡奪去的，您還會活得很長久，很長久，」母親喊，「而且您有什麼病？您的樣子是那樣健康、快樂、幸福。」

「今天我特別地愉快，但我已經知道這只是一分鐘的事情。我把我的病瞭解得毫無錯誤。假使您覺得我很快樂，那麼您說這樣的話是再也不會比這使我喜歡的了。因為人是為幸福而生的。誰十分幸福，誰就有資格對自己直截了當地說：『我履行上帝在這地上的約言。』所有得真理的，所有聖者，所有神聖的苦難者全是有幸福的。」

「您說的全是勇敢的、高超的話語，」母親喊，「您說話，似乎戳穿的樣子。然而幸福，幸福——幸福究竟在何處？誰能自己說他是幸福的。您既然這樣善心，許我今天見您一面，那麼請您聽完我上次沒有說完，不敢說出的一切話語，我所以悲哀，悲哀得如此長久，長久的一切！我悲哀，請恕我，我是悲哀著的……」她帶著一種熱烈的、暴躁的感情，舉起兩手在他的前面。

「有什麼特別的悲哀？」

「我的悲哀……是……無信仰……」

「不信上帝嗎？」

「不，不，這是我想也不敢想的：然而未來的生命——是一個謎！沒有人，一定沒有人能回答這謎的！您聽著，您能治療百病，您熟諳人類的心靈；我自然不敢希冀您完全相信我，但是我可以用最偉大的語言請您相信，我現在說這話並非出於輕意，關於未來死後的生命的這種念頭使我驚擾至於悲哀，至於恐怖與懼怕……我不知道向誰去問，一輩子不敢……現在我竟敢來問您……唉，現在您將把我當作什麼樣的人呀！」她擺著兩手。

「對於我的意思您不必擔心，」長老回答，「我十分相信您的煩惱是真誠的。」

「我真是感謝您！您瞧：我閉上眼睛，心裡想：如果大家全信仰，那麼這是從哪裡來的？有人說，這起初是由於對可怕的自然現象發生恐懼而起，其實這一切是沒有的。我心想，我一輩子信仰著——一死了，忽然什麼也沒有，只是『在墳墓上長了牛蒡草』，像一個作家所說的一般。這真是可怕！怎樣才能恢復信仰呢？我只是在小孩的時候信仰著，機械的信仰，一點也不思想……用什麼，用什麼來證明，我現在跑來向您匍匐請教。如果我錯過了現在的機會，那麼一輩子便沒有人回答我了。有什麼證明：用什麼可以使我相信？這真是我的不幸！我站在這裡，在四周看到大家都覺得一切是如此的，沒有人現在關心這個問題，唯有我一人不能忍受。這真是可怕，這真是可怕！」

「無疑地是可怕。但是這種事情無從證明，卻可以確信。」

「怎麼樣？用什麼？」

「用積極的愛的經驗。您應該積極地、無休止地努力愛您的鄰近的人，您能在愛裡成功幾分，便能對於上帝的存在，和我們的靈魂的不死，深信幾分。如果您對於鄰人之愛能達得完全克己的境界，那麼一定可以得到信仰，甚至任何疑惑都不能進入您的靈魂裡去。這是試驗過的，這是準確的。」

「積極的愛嗎？現在還有一個問題，而且是很那個的問題，很那個的問題！您知道：我很愛人類，您相信不相信，我有時發著幻想，願意拋棄所有的一切，離開麗薩，充當看護婦。我閉上眼睛，心裡想，發著幻想，在這種時候我感到自己具有無從壓制的力量。任何的創傷，任何的膿瘡都不能使我懼怕。我可以換繃帶，用自己的手洗滌，我可以做這些受痛苦的人的看護婦，我準備吻這膿瘡……」

「您的腦筋裡能有這樣的幻想，不作別的念頭，已經是很多很好的了。如果機會湊巧，也許真會做點好事出來。」

「是的，但是我能不能在這個生活裡活到多久？」太太熱烈而幾乎癲狂地續說，「這是一個主要的問題！這是我最感痛苦的一個問題。我閉上眼睛自己問自己：你能不能在這路上支持許多時候？假使你給他洗瘡的那個病人不立即報答你的好意，做些任性的行為使你苦惱，對於你的仁愛的服務不加珍重，不予注意，朝你呼叱，作粗暴的要求，甚至向上司訴怨，（這是受痛苦很深的人們常有的事）——那時便怎樣呢？你的愛能否繼續下去？您信不信——我已經戰慄地決定了！如果有什麼可以使我對於人類積極的愛立即冷卻下去，那麼唯一地唯有忘恩負義一事。總而言之，我是一個需要報酬的工作者，我要求立即付出代價，那就是給我誇獎，和以愛易愛的代價。否則我是不能愛任何人的！」

她發出了最誠懇的自行鞭策的狂熱，說完以後，持著挑戰似的決心看長老一下。

「一個醫生，很早時候，就已經對我說過一模一樣的話，」長老說，「這人年紀不輕，確是一個聰明的人。他坦白地說話，和您一樣，雖然帶點玩笑，卻是憂鬱的玩笑；他說，我愛人類，但是自己覺得奇怪的是，我愛人類全體愈深，便愛單獨的人們愈少，那便是說個別的、離開來的人們。他說，我在幻想中屢次達到為人類服務的熱烈的志願，也許會真的為了人類走到十字架上去，假使忽然發生了這樣的需要，然而我不能同任何人在一間屋內住滿兩天，這是從經驗裡知道的。他剛剛挨近我一點，他的個性便立即壓制我的自愛，束縛我的自由。我會在一晝夜之間甚至恨上最好的人；恨這人，為了吃飯太慢，恨那人，為了他傷風，不斷地擤鼻。他說，我竟成為人們的仇敵，只要他們稍微地觸碰我一下。然而永遠會發生的是我對於個別的人們越恨得深，那麼我對於人類一般的愛便越見熾燒。」

「那怎麼辦呢？在這類情形下應該怎麼辦呢？是不是應該陷入失望裡去？」

「不是的，因為就您對於這發愁的一點就夠了。您可以盡您所能的做去，自會給您算好分數的。您已經做了許多，因為您能深刻而且誠懇地自己認識自己。假使您現在同我說話這樣誠懇，只是為了現在就向我取得誇獎您的真實的話，那麼自然在積極的愛的功行裡將一無成就；一切只是留在您的幻想裡，整個生命像幻影般閃來閃去。顯然，您會忘卻所謂未來的生命，到了後來自己就會馬馬虎虎地安靜下去。」

「您把我壓得粉碎！我現在只在您談話的這個時候，明白我真的只是期待您誇獎的誠懇，當我對您敘講我不能忍受人家忘恩負義的時候。您把我自己給我指點了出來，您把我捉住了，對我解釋我自己！」

「您說的是真話嗎？現在，在您這樣承認以後，我相信您是誠懇的、好心的。您如未達幸福之境，您應該永遠記住，您走著極好的路，切勿從這條路上離開。主要的是避免說謊。留意觀察自己的虛謊，每小時，每分鐘審察它。還須避去對別人和自己的嫌厭；凡是您在自己內心裡覺得惡劣的一切，只要您在自己內心裡一注意到，也就是洗乾淨了。您還應該避免恐懼，雖然恐懼只是一切的虛謊的後果。您永遠不要懼怕自己如何畏葸於愛的獲得，甚至不要十分懼怕惡劣的行為。我很可惜，不能對您說什麼可喜悅的事情，因為積極的愛，和幻想的愛相比，是一件殘忍和使人生畏的事情。幻想的愛渴求迅速的功績，使人迅速感到滿意的功績，需要大家來看。這確實能達到甚至連生命也犧牲掉的地步，只是不能延得長久，卻很快地實現，好像舞臺上一樣，讓大家看到了誇獎。至於積極的愛那是一種工作和耐心，對於有的人也許是整本的科學。但是我要預先聲明，就在那個時候，當您恐怖地看到無論您如何努力，您不但沒有走近目的，甚至似乎離開了它的時候——就在那個時候，我要預先對您聲明，您忽然達到了目的，明顯地看到上帝的奇蹟似的力量在您自己身上——永遠愛您，永遠在暗中指揮一切的上帝的力量。對不起，我不能同您再談下去，有人等著我。再見吧。」

太太哭了。

「麗薩，麗薩，請您祝福她！」她整個身體忽然震顫了一下。

「她是不值得愛的。我看見她一直在那裡淘氣。」長老開玩笑似地說，「你為什麼盡笑阿萊克謝意？」

麗薩確實一直在幹這把戲。她從上次起就早已注意到，阿萊克謝意對她怕羞，努力不看她，這使她覺得十分有趣。她聚精會神地等候而且捕捉他的眼光。阿萊莎受不住盯視到他的身上的眼光，自己忽然身不由己地，憑著一種無從抑止的力量，偷看著她，而她立即發出勝利的微笑，一直朝他眼睛裡拋去。阿萊莎感到害羞，更加不安了。後來他完全背著她，藏到長老的背後。過了幾分鐘以後，他被那種無從抑止的力量吸引著，又回轉身來看她是不是看著他，看見麗薩差不多全身掛在椅外，斜看著他，用全副力量等候他來看她；在捉到了他的眼光以後，她又哈哈大笑，連長老都忍不住要說：

「您真淘氣，為什麼這樣使他發羞？」

麗薩忽然完全出人不意地漲紅了臉，小眼睛閃耀了一下，臉變成十分嚴正，忽然熱烈，而且憤恨地訴起怨來，迅快而且神經質地說道：

「但是他為什麼一切都忘記了呢？我小的時候他抱過我，我同他一塊兒玩耍。他曾到我家來教我讀書，您知道不知道？兩年以前，他臨別時曾說他永遠不會忘記，我們是永久的好友，永久的、永久的好友！他現在忽然怕起我來，我會吞吃他的嗎？為什麼他不願意走近過來！為什麼他不說話？為什麼他不到我們這裡來？莫非您不放他出來；但是我們知道他是到處走動的。叫我來喚他，不大體面，他應該首先提起來，既然沒有忘記。不對，他現在是修行呢？您為什麼把這長邊緣的袈裟穿在他的身上……他要逃走的，墮落的……」

她忽然忍不住，手掩在臉上，發出抑不住的拉長的、神經質的、顫抖的、聽不見的笑聲。長老帶著微笑聽她的話，溫柔地為她祝福；等到她吻到他的手時，忽然將手按在自己的眼睛上面，哭了出來：

「您不要生我的氣，我是傻瓜，一點也沒有價值……阿萊莎也許是對的，他不到這樣可笑的人那裡去是很對的。」

「一定要打發他去！」長老決定。

第五章　會來的！會來的！

長老離開了修道室大約有二十五分鐘。已經十二點半，但是特米脫里．費道洛維奇，就是為了他大家聚著的，竟還沒有來。然而對他好像忘卻了，等長老重新走進修道室的時候，看見賓客間正在進行著極熱鬧的談話。參加談話的最先是伊凡．費道洛維奇，和兩位修道司祭。米烏騷夫顯然也很熱烈地參加談話，但是他的運氣還不佳，他顯然處於次等的位置上面，甚至很少有人回答他，所以這新的事實只是增加了他的越積越多的煩惱。事情是因為他以前也曾和伊凡．費道洛維奇交換過關於知識方面的譏刺話，對於他對自家那種瞧不起的神氣不能處之淡然：「到現在為止，至少我還站在成為歐洲前驅的一切的高處，但是這新的一代根本看不起我，」他自己思量。費道爾．伯夫洛維奇，自己曾說過要坐在椅上，不發一言，果真沉默了多少時候，但還帶著嘲弄的微笑，觀察著鄰座彼得．亞歷山大洛維奇，顯然對於他的著惱極為欣悅。他早已準備對他報復，現在不願錯過機會，他終於忍不住，傴身就著鄰座者的肩膀，又低聲逗起他來了：

「您剛才為什麼在『客氣地吻手』以後不就離開，答應繼續存留在這種不體面團體裡面呢？因為您感到自己是受了氣，受了侮辱的人，所以留在這裡，顯一顯您的智識，以為報復。現在您在沒有將自己的智識顯露出來以前是不會走的。」

「您又來了？反過來，我立刻就走。」

「您走得比別人都晚些，都晚些！」費道爾．伯夫洛維奇又扎了一針。這正是長老回來的那個時候。

辯論靜止了一分鐘。但是長老坐到以前的位置上去，朝大家看了一眼，似乎客氣地請大家繼續談話。阿萊莎對於長老各色各樣的臉色差不多研究有素，明顯地看到他十分累乏，在勉強自己支持著。他生病以來最近的時候，由於缺乏力量，時有昏倒的情事。昏暈前那種慘白的神色，現在差不多又傳播到他的臉上來，他的嘴唇發白。但是他顯然不願解散聚會，他似乎自有一種目的，什麼目的呢？阿萊莎正在密切觀察著他。

「我們正在議論他那篇有趣的文章，」修道司祭岳西夫，職掌圖書，對長老說，指著伊凡．費道洛維奇，「他提出許多新的意思，但是思想似乎是兩頭的。關於教會法庭和它的權限範圍的問題，有一位教會人員寫了一大本書，他寫了一篇雜誌文章去回答。……」

「可惜我沒有讀到大作，但是聽說過的，」長老回答，銳利地盯視著伊凡．費道洛維奇。

「他的見解十分有趣，」掌圖書的修道司祭繼續說，「對於教會公共法庭一個問題，顯然完全反對教會和國家分離。」

「這很有趣，但是有什麼意思？」長老問伊凡．費道洛維奇。

他終於回答長老，但沒有那種傲慢裡帶客氣的神情，像阿萊莎頭天曾懼怕著的那樣，卻是謙遜，自持，顯然極有禮貌，似乎沒有一點含蓄的意思。

「我的論據是如此的，元素的混合——指國家與教會分開來的實體而言——自然將成為永久的事，雖然它是不可能的，不但不能把它引到正常的，且也不能引到多少和諧的狀態去，因為在這件事的基礎上面就藏著虛謊。據我看來，在例如關於法庭的這類問題，國家與教會間的折衷辦法，在完滿的純粹的實體上是不可能的。被我反駁的教會人員說，教會在國家裡面佔有確實的一定的位置。我駁他說，相反地，教會應該把整個國家包括在裡面，而不僅只佔據裡面的一個角落，如果現在為了什麼原因這已是不可能，那麼實質上，一定應該使這成為基督教社會繼續發展的一個直接的，主要的目的。」

「完全有理！」帕意西神父，沉默的，有學問的修道司祭，堅決地、神經質地說。「這是純粹的教王全權論（Ultramontanism）！」米烏騷夫喊，不耐煩地兩腳交替地擺放著。

「但是我們這裡沒有山！」[1]岳西夫神父喊，對長老繼續說：「他所反對的那個教會人員的『基本與主要』主張如下。第一：無論何種社會團體不能，且不應自行獲取政權——即支配自己人員的民事與政治權利。第二：刑事及民事訴訟權不應屬諸教會，和它的本質不相融合，因教會為神的機關，人們為了宗教目的所立的團體。第三：教會是非此世界的天國……」

「教會人員說這類雙關語是太沒價值了！」帕意西神父忍不住，又打斷了話頭。「我讀過您辯駁的那本書，」他對伊凡．費道洛維奇說，「對於一個教會人員所說：『教會是非世界的天國，』頗為驚訝。既非出於此世界，那麼就不能在地上存在。福音書裡那句『非此世界』的話用得和原義不合。這樣的雙關語是不應該說的。我們的主耶穌．基督就是降下來設立地上的天國的。天國自然非出於此世界，卻在天上，必須經過教會才能走進裡面去，而教會則建設在地上。所以世俗的雙關語在這意義裡是不可能，也無價值的。教會是真正的天國，被派來統治的，臨到後來大地上無疑地將有天國出現——這是我們的誓願……」

1 譯註：教王全權論（Ultramontanism）為十九世紀中葉羅馬教皇所主張教會應成為國家最高權力的一種學說。此字源出於拉丁字Ultra(作在後面解）與Montes(作山解）。Ultramontane音即「住在山後的人們」，即義大利的阿爾卑斯山。岳西夫回答米烏騷夫：「但是我們這裡沒有山！」就是這意思。

他忽然沉默了，似乎自己抑制著。伊凡·費道洛維奇恭敬而且注意地聽完了他的話，用十分安詳的態度，朝著長老，依舊樂意而且坦白地續說：

「我那篇文字的全部意義是如此的：在古代，基督最初的三世紀，基督教在地上只是教會，也就是教會在羅馬的異端的國家不得不成為基督教的國家時，結果是既成以後，僅只將教會包含在內，自己仍繼續是一個異端的國家，和以前一樣，具有異常眾多的支派。實際上一定是應該這樣發生的。在羅馬的國家裡，還遺留了許多由於文化和異端的智慧而來的東西，例如甚至國家的目的和基礎都是如此的。基督教會加入了國家以內，無疑地，不能從自己的基礎，自己所定立的那塊石頭上，有所讓步，只能遂行自己的目的，也就是上帝自己堅決地設立，指示與教會的目的：即應使全世界，自然古代的異教的國家也在內——加入教會。因此，為了未來的目的起見，並非教會應該給自己尋覓在國家內的一定位置，像『一切社會團體』，或『人為了宗教目的而結合的團體』（像那個被我反駁的作者對於教會所形容的那樣），而是一切地上的國家以後應該完全加入教會，變成教會，排斥與教會格格不入的一切目的。這一切一點也不降低它的地位，一點也不奪去偉大的國家的榮譽，只是把它從虛偽的，還是異端的、錯誤的道地上，放到正確的、真正的，唯一地引向永恆目的的道路上去罷了。所以，教會公共法庭原理論一書的作者，假如在尋覓和提出這些原理時，把它們看作臨時的，在現在這罪孽重重，一無成就的時代必要的折衷辦法，此外沒有別種看法，那麼他的判斷是對的。但是這此原理的製造者只要敢宣言，他現在所提出的原理，也就是剛才岳西夫神父列指的一部分是一些無可搖撼的，天然的、永恒的原理，那麼便是直接反對教會，反對它的神聖的、永恆的、無可搖撼的宿命。這就是我的那篇文字，它的全部的內容。」

「用兩句話來說，」帕意西神父又說，釘咬住每個字腳，「根據現在十九世紀發現清楚的另一種學說，教會應該逐漸化入國家裡面，像由低級的化為高級的種類，隨即在裡面消滅，讓位給科學、時代精神和文化。如它不願，且予抵抗，則可在國家內另騰出一個角落給它，還要受著監督——現在歐洲的國土內到處是這樣情形。但是照俄國人的見解與期望，並非教會化入國家，如由低級的化為高級的類型，相反地，卻是國家應該在終局裡成為教會，而且沒有別的樣子。這是會來的，會來的！」

「老實說，您現在有點使我膽壯，」米烏騷夫冷笑一下，兩腿又架疊起來，「據我所瞭解的，這是實現一種無盡地遼遠的理想，在第二次基督降臨的時候。這聽便就是了。一種美妙的、烏托邦的幻想，一切戰爭、外交、銀行等等全都消滅的幻想。甚至有點像社會主義。我還以為這一切是嚴正的，譬如說，現在教會就要裁判刑事，判決鞭打與徒刑，也許是死刑。」

「即使現在就有教會公共法庭，現在教會也不會把人流配出去，或判決死刑。那時候犯罪和對於犯罪的眼光一定要變更，自然漸漸地變更，不是突然而且立刻就變，卻是很快的，……」伊凡．費道洛維奇安靜地說，不瞇一瞇眼睛。

「您這是正經的嗎？」米烏騷夫盯看著他。

「假使一切都成為教會，那麼教會必將罪犯和不服從的人擯斥於教會之外，而不會砍人家腦袋的，」伊凡．費道洛維奇續說，「我問您，被擯斥的人將往何處去呢？那時他不但應該像現在似的離開人們，而且要離開基督。他一犯罪，不但對於人們反叛，而且叛及基督的教會。自然，現在這樣嚴格的意思到底還未宣布，現代罪人的良心時常和自己打交道：『我偷了東西，卻沒有反對教會，不是教會的仇敵。』現在的罪人時常這樣對自己說，但是當教會代替了國家的位置的時候，他便不能說這個話，除非否認地上的一切教會：『一切都錯誤，一切都有傾向，一切教會全是虛偽的，唯有我這殺人和偷竊的——是合理的，基督的教會。』這話很難對自己說，需要巨大的條件，不常發生的事實。現在從另一方面講，請看教會自身對於犯罪的眼光：它也是應該從現在那種近乎異端的眼光裡加以變更，由機械地割掉被傳染的份子，像現在為了保護社會而做的那樣，全部地而且不虛偽地，轉變為一種重新為人，使人復生，拯救的觀念。」

「這又是怎麼回事？我又不明白了。」米烏騷夫插斷下去。「這又是一種幻想。有點無形式的東西，無法去明白。這是什麼擯斥，擯斥是什麼意思？我疑惑。您簡直在那裡尋開心，伊凡·費道洛維奇。」

「實際上現在也是這樣的，」長老忽然說，大家一下子全面朝著他，「假使現沒有基督的教會，那麼罪人在惡行裡沒有任何攔阻，甚至以後沒有任何懲罰，那是真正的懲罰，不是機械的，像他現在所說的那樣，那只能在許多情事下使人心稍加刺激，卻是真正的刑罰，唯一地實在的，唯一地使人生畏和安靜的包括在自己的良心的認識裡的。」

「請問，這是怎麼樣的？」米烏騷夫帶著極活潑的好奇發問。

「那是這樣的，」長老開始說，「這一切判充苦工，加上以前的鞭撻等等，並不能改善任何人，主要的是幾乎任何罪人也不會望之生畏。犯罪的數目不但不減少，而且越來越增加。這是您應該承認的。結果是社會並不因此而得保障，因為危險的份子雖已機械地被割去，且遠戍他方，眼前輕鬆些，但是在他的位置上立刻發現另一個罪人，也許兩個。如果有什麼東西能保護社會，甚至在我們這個時候，甚至使罪人自行改善，化作另一個人，那麼這唯有基督的法則，在自己的良心的認識之中表現了出來。只在以基督社會亦即教會的兒子的立場上，承認了自己的罪，也就是在社會面前，亦即教會面前，承認了自己的罪。因此，現代的罪人唯有在教會面前能以承認自己的罪，在國家面前是不見得的。如果法庭屬於社會，亦即教會，那時候它將知道，把何人解除擯斥，又容納他進來。但是現在呢，教會並沒有任何積極的法庭，唯有一種道德制裁的可能，便自行和罪人的積極的懲罰相隔日遠了。不是教會把他擯斥出去，卻只是不放棄對他的慈父般的監督。不但如此，它甚至努力同罪人保持一切基督教會的聯絡：許他參與教會的典禮，領聖餐，給他賜物，對待他像俘虜，而不像犯人。假使基督的社會，亦即教會，排斥他，像民事法律排斥他、割棄他一樣，那麼我的上帝！這罪人將何以自處？假使教會隨在國家法律的懲罰之後，立刻與每次也藉擯斥懲罰他，那麼將有什麼結果呢？失望是不會比這再高的了，至少對於俄國的罪人如此，因為俄國的罪人尚有信仰。但是誰知道呢？那時候也許會發生可怕的事情——也許在罪人的失望的心裡會發生信仰的喪失。那時候便怎麼辦呢？但是教會好比慈愛的母親，自行離開了積極的懲罰，因為即使沒有它的懲罰，罪人已被國家的法庭懲罰得十分厲害，應該有人來憐惜他一下。所以離開的緣故，主要地是因為教會的法庭是唯一地將真理包含在內的一種法庭，因此是和任何別的法庭在實質上、道德上不能融洽，甚至不能有臨時折衷辦法的。這裡無從成立契約。聽說，外國的罪人很少懺悔，因為他的罪不是罪，卻是對於不公平地壓迫的力量的一種反抗。社會藉加於他身上的力量，十分機械地使他和自己割斷。伴著擯斥的仇恨（至少是他們自己在歐洲所敘講的）——仇恨，再加上對於他的，自己弟兄將來的命運，完全的冷淡和遺忘。因此，一切事情的發生並不帶著教會方面絲毫的憐憫，因為那裡大半已無教會，卻只留下教會人員和教會的莊嚴的大廈，至於教會自身早就努力於從低級的種類，即教會，轉移到高級的種類，即國家上去，以便完全消滅在裡面。至少在路德教的土地上是如此的，至於羅馬城裡已有千年成立了國家以代教會。所以罪人已不自承為教會的一份子，被擯斥以後，陷於失望。即使回到社會裡去，時常懷著仇恨，好像社會自身擯斥一般。結果如何，你們自己推斷一下吧。在許多情況裡好像我們也是如此；但是因為除去已設立的法庭以外，我們還有教會存在，它永遠和罪人不失聯絡，當作可愛的珍貴的兒子看待，此外還有，而且保持著教會的法庭，那怕只是在理想中保存著的——

這法庭雖然現在是不積極的，卻是為未來而生存的，哪怕是在幻想裡，但也一定是為罪人自身，他的心靈的本能所承認的。剛才在這裡所說的話是對的，如果真的成立了教會的法庭，具有全部的力量，那就是整個社會全加入教會裡去，則不但教會的法庭將影響到罪人的改過自新，像現在那樣是從來沒有影響的，而犯罪真的會減少到不可信的分數。無疑地。教會對於未來的罪人與未來的犯罪的瞭解在許多情況下是完全和現在不同的，必將使被擯斥的人復返，對惡意的人警告，使墮落的人回頭。果然，（長老冷笑了，）現在基督教的社會自身尚無準備。僅只靠著七位使徒；但是因為他們並不凋零，所以基礎無可搖撼，期待由尚屬於異端的社會團體，完全變化為單一的、全世界的、有權力的教會。這是會來的，會來的，哪怕是到了世紀末，因為唯有這個是命令定著成就的！也不必為時間與期限著急，因為時間與期限的祕密是在上帝的智慧裡，在他的預見裡，他的愛裡。依照人們的計算，也許還很遼遠，然而依照上帝的預定，也許已到了出現的前夜，就在門旁。最後這是會來的，這是會來的。」

「會來的！會來的！」帕意西神父虔誠地，嚴峻地說。

「奇怪！十分奇怪！」米烏騷夫說，並不帶著熱烈的神情，卻似乎現出祕密的憤激。

「您何以覺得這樣奇怪？」岳西夫神父謹慎地詢問。

「這當真成為什麼東西？」米烏騷夫喊，似乎忽然爆裂了似的，「地上取消了國家，教會升到國家的階級上面！這不但是教王全權論，而且是超教王全權論！這是連教皇格利哥里七世都夢想不到的呀！[1]」

「您理解得完全相反！」帕意西神父嚴聲說，「並不是教會變為國家，您要明白！那是羅馬和它的

1 譯註：在中古時代的歷史裡，教皇格力哥里七世以反對皇權最激烈著稱。

幻想。那是第三種的魔鬼的誘惑！相反地，是國家變為教會，升到教會的地位上去，成為整個土地上的教會——這和教王全權論，羅馬以及您的解釋完全相反，這只是正教在地上的偉大的宿命。星從東方發出光耀。」

米烏騷夫威風凜凜地沉默著。他的整個身形表現不尋常的、自身的尊嚴。謙遜中帶著傲慢的微笑現露在他的唇上。阿萊莎帶著劇烈跳動的心，觀察一切。這一切談話使他心神騷擾到根底上面。他偶然瞧了拉基金一眼。他在門旁原來的地方站著不動，注意地傾聽審視，雖然垂著眼睛。但是從他的臉頰上活潑的紅潤看來，阿萊莎猜到大概連拉基金也心神騷擾得不比他少些；阿萊莎知道他為什麼心神騷亂。

「容我告訴諸位一段小故事，」米烏騷夫忽然說，露著神氣活現，特別威嚴的態度，「數年前，十二月叛亂以後不久時候，有一天，我去訪問一位很重要，當時頗為得勢的人物，遇到了一位很有趣的先生。這個傢伙並不像偵探，卻好像一大群政治偵探的頭目——一個特別的，很有勢力的職務。我碰到機會，由於十二分的好奇，和他談起來，因為他的受接待並非由於朋友的相識，卻是以屬員的資格來報告什麼事情的，看見我的方面受了他的上司招待，便跟我多少開誠佈公地談起來——自然那是帶著一定的程度，說是開誠佈公，還不如說是客氣的好，本來法國人很懂得客氣，而且又看見我是一個外國人。但是我很瞭解他，講的題目是當時受壓迫的社會主義革命黨。我把談話的主要情節忽略不提，只引這位先生忽然脫口說出的一句極有趣的話，他說『我們對於所有這些社會主義者——如無政府黨、無神派、革命黨等不很害怕；我們監視他們，我們知道他們的途徑。但是他們中間，雖然不多，卻有幾個特別的人：他們是信仰上帝的基督徒，同時又是社會主義者。對於這類人我們最為懼怕，他們是可怕的人！社會主義而兼基督徒，比社會主義者而兼無神派可怕得多。』這句話當時使我驚訝，現在我好像忽然記起了似的……」

「那就是說，您想把這句話裝在我們身上，把我們當作社會主義者，是不是？」帕意西神父直截了當，老實不客氣地問。

但是在彼得．亞歷山大洛維奇想到回答以前，門開了，姍姍來遲的特米脫里．費道洛維奇走了進來。人家真的似乎沒有等他，所以突然的出現一下子甚至引起了多少的驚異。

第六章　這樣的人活著做什麼？

特米脫里·費道洛維奇，一個二十八歲的青年人，中等身材，有趣的面貌，卻好像比他的歲數老得多。他身上肌肉極多，猜想得到他具有極大的體力，但臉上似乎露著一點病態。他的臉是消瘦的，臉頰陷進去，臉色帶著一點不健康的灰黃。極大的、凸出的黑眼雖然顯露出堅定的固執，卻似乎帶著不決定的神色。即使在他心裡著慌，惹惱地說話的時候，他的眼神好像不服從他的內心的情緒，表示一種別樣的，有時完全與現在的時刻不相適合的神色。難於知道他想的是什麼事情——同他談過話的人有時批評他。有的人從他的眼睛裡看到一點凝慮、憂鬱的神情，忽然為他的突襲來的笑聲吃了一驚——這笑聲證明了正在離著這樣憂鬱的神色的時候，就發生快樂、遊戲的思想。然而他臉上所帶的一點病態在此刻是可以瞭解的：大家都知道或聽到最近他在我們這裡所度的異常驚惶的「酗酒」生活，同樣地，大家都知道他同父親為了爭辯銀錢問題發生口角，達到了十分惹氣的地步。城裡已經流行著幾種笑談。實在，他的好惹氣是出乎本性，他帶著「支離的，不正確的腦筋」，像我們的村團推事謝蒙·伊凡諾維奇·卡察尼闊夫在一個集會上所加於他的特徵的描寫似的。他走了進來，穿得漂亮而且無可瑕疵，繫上鈕扣的長禮服，黑手套，手裡握住高禮帽。他因為是新近辭職的軍人，還蓄留鬍子，卻暫時剃去鬢根。他的深黃色的頭髮剃得很短，在鬢角那裡往前梳著。他堅決而且闊步地走路，照著部隊步行的走法。他在門限上停留了瞬刻，對大家看了一眼，一直走到長老面前，猜到他就是主人。他深深地對他鞠躬，請求祝福。

特米脫里．費道洛維奇恭敬地吻他的手，帶著不尋常騷亂的心神，差不多惹惱地說：

「請您寬容地恕我，我讓您等了這樣長久。家父打發來的僕人司米爾加可夫，我追問他時間的時候，兩次用極堅決的口氣回答，說是約好了一點鐘。現在我才知道……」

「您不要著急，」長老打岔著說，「不要緊的，遲了一點，沒有關係……」

「十分感謝您，您的好意是我深盼著的。」

特米脫里．費道洛維奇說了這句話。又鞠了一躬，後來忽然轉身朝他的父親，也做了一個恭敬的、深度的鞠躬。……顯然，這個躬是他預先想好的，並且是出於誠意，認為理應藉此表示自己的敬意與好心。費道爾．伯夫洛維奇雖然感到突然，卻立刻找到了自出心裁的辦法：為了回答特米脫里．費道洛維奇的鞠躬，他從椅上跳起來，向兒子做同樣深度的鞠躬。他的臉忽然變成鄭重而且莊嚴，但還給他加上了十分惡狠的神色。特米脫里．費道洛維奇隨後默默地向屋內在座的眾人鞠了一個總躬，舉起闊大、堅決的步伐走近窗旁，坐在唯一剩下來的椅上。離帕意西神父不遠的地方，坐在椅上，全身挺向前面，立刻準備聽被他打斷的談話再繼續下去。

特米脫里．費道洛維奇的出現佔了不到兩分鐘，談話便又恢復了。但是這一次，彼得．亞歷山大洛維奇對於帕意西神父的堅持而且近於惱怒的問話，不予置答。

「容我不去討論這個題目，」他說，帶著一點體面社會場上的淡漠的神情，「這也是一個高妙的問題。伊凡．費道洛維奇在那邊笑我們；大概他對這事有點有趣的話。您可以問他。」

「沒有什麼特別的，除去個小意見，」伊凡．費道洛維奇立刻回答，「那就是說：一般歐洲的自由主義，甚至我們俄國的自由主義的鑑賞者，時常而且早就將社會主義和基督教的最終結果混淆不清。這種野蠻的結論自然是一種性格的表徵。但是將社會主義和基督教攙和的，不僅是自由主義和鑑賞者，同時在許多事情上，連憲兵，自然是外國的，原來也都如此。您那段巴黎的故事是很扼要的，彼得．亞歷山大洛維奇。」

「對於這個題目我還是請您不必再說，」彼得．亞歷山大洛維奇說，「替代它的，我來對諸位講一段關於伊凡．費道洛維奇的另一故事，十分有趣，而且特別的故事。也就是五天以前，他在這裡的女太太們居多的一個集會上辯論時，隆重地聲明，全世界上根本沒有東西能使人們愛自己的同類；所謂『人愛人類』的那種自然的法則是不存在的，世界上到現在為止，如果有愛，並且有過愛，那並不由於自然的法則，唯一地是因為人們相信自己的不死。伊凡．費道洛維奇還特別加以補充，說整個的自然法則也就是那個樣子，所以人們對自己不死的信仰一經消滅，則不僅愛情，即所以使世界生命繼續下去的一切活力均將立行枯竭。不但如此；那時已將無所謂的不道德，一切都可被容許，甚至吃人肉的情事也在其內。而且還不但如此：他的結論是對於每個私人，例如我們現在的樣子，既不信上帝，也不信自身的不死，道德的自然法則應該立刻變到和以前的宗教法則完全相反的方向，而利己主義，即使到了作惡的地步，也不但應該容許人去實行，且竟被認為在他的地位上是必要的，最合理的，幾乎是最高尚的一種結果。從這種奇論裡，諸位，你們就可以斷定我們這個親愛的怪人和奇論家伊凡．費道洛維奇在那裡宣告，也許還打算宣告的其餘的一切是什麼東西了。」

「對不起，」特米脫里．費道洛維奇忽然喊，「我聽得不知對不對：惡行不但應該被容許，而且竟被認為是對於一切無神派的地位最必要的、最聰明的出路，是不是？」

「是的，」帕意西神父說。

「我要記住。」

特米脫里．費道洛維奇說了這句話，當時突然沉默，和他的突然闖進談話一樣。大家懷著好奇看他。

「難道您果真相信人們喪失了靈魂不滅的信仰後的結果嗎？」長老忽然問伊凡．費道洛維奇。

「是的，我曾說過這話。假使沒有不死，便沒有道德。」

「您既然這般相信，便是有福的，或者是很不幸的！」

「為什麼不幸？」伊凡．費道洛維奇微笑。

「因為您大概自己不信靈魂不死，甚至，不信您所寫的關於教會和教會問題的一切言論。」

「也許您是對的！……但是我總不是完全開玩笑……」伊凡．費道洛維奇忽然奇怪地承認，而且很快地臉紅了。

「不完全開玩笑，這是真的。這觀念還沒有在您的心裡解決，並且摩擦著它。但是這受摩擦的人有時也愛以絕望自娛，似乎也是由於絕望而如此。您暫時由於絕望而以雜誌上的文字，體面社會裡的辯論等等自娛，自己並不相信自己的辯證學，還懷著痛苦的心自己暗中笑它……這個問題在您的心中還沒有解決，您的大悲哀就在於此，因為這是亟須解決的。……」

「能不能在我心裡解決呢？向肯定的方面解決？」伊凡．費道洛維奇繼續奇怪地問，還是帶著一種無從解釋的微笑望著長老。

「假使不能做肯定解決，那麼將永遠不會做否定解決，您是自己知道您心的本質。您的心裡的一切痛苦都在於此。但是您應該感謝上蒼，他給您一顆能以忍受痛苦的高超的心：『思想和尋覓一切智慧的心，因為我們的住所位於天上。』願上帝賜福於您，使您的心在地上時就得瞭解答，願上帝祝福您的行程！」

長老舉手，想就從座位上對伊凡．費道洛維奇畫十字。但是伊凡．費道洛維奇忽然從椅上立起來，走到他面前，接受他的祝福，吻他的手，默默地回到自己的座位上去。他的態度堅定、嚴正。這一舉動，和以前的，在伊凡．費道洛維奇身上料想不到的和長老的談話，那種神祕，甚至隆重的樣子似乎使大家驚愕，所以大家頓時沉默了一會，阿萊莎的臉上幾乎表示了懼怕。但是米烏騷夫忽然聳肩，同時費道爾．伯夫洛維奇也從椅上跳起來。

「神聖的長老！」他指著伊凡．費道洛維奇喊，「這是我的兒子，我的血肉，我的最心愛的血肉！他是我最可敬愛的所謂卡爾．莫爾；剛才走進來的兒子，特米脫里．費道洛維奇——是我現在要向您告訴，尋求裁判的——他便是最不尊敬的佛朗慈．莫爾，兩人都是席勒的《強盜》裡的人物，而我自己在這件事情裡便是當位的伯爵芳．莫爾！[1]請您判斷，且加拯救！我們不但需要您的祈禱，而且還需要您的預言。」

「您說話不要這樣滑稽，不要開頭就侮辱自己的家人，」長老用軟弱、疲乏的聲音回答。他顯然已累乏，越來越厲害，他的力氣看出來是沒有了。

「一齣不體面的趣劇，我到這裡來時就預感到的——」特米脫里．費道洛維奇憤怒地喊，也從位置上跳起來，「對不起，尊崇的父，」他對長老說，「我是沒有學識的人，甚至不知道怎樣稱呼您，但是您受了騙，您允許我們在這裡聚會，您的心是太好了。家父所需要的是出亂子，為什麼——這卻是他的打算。他永遠有自己的打算。然而我現在大概也知道為了什麼……」

「他們大家，大家全責備我，」費道爾．伯夫洛維奇在自己的方面喊，「連彼得．亞歷山大洛維奇也責備我。該責備的，彼得．亞歷山大洛維奇，該責備的！」他忽然對米烏騷夫說，雖然米烏騷夫並不

1 譯註：席勒的悲劇《強盜》內有二弟兄，一為正派的卡爾，一為兇惡的佛朗慈，害死他的父親芳．莫爾伯爵。

想打斷他的話，「他們責備我，說我把孩子們的錢藏在靴子裡面，欺騙他們。但是請問：難道沒有法庭存在著嗎？到了那裡可以給你算清楚的，特米脫里．費道洛維奇，根據你的收據、信件和契約，你收存多少，用去多少，還餘剩多少！為什麼彼得．亞歷山大洛維奇拒絕發表意見呢？特米脫里．費道洛維奇並不是他陌生的人。因為大家都反對我，而且總核起來，特米脫里．費道洛維奇還反欠我，並不欠一點，欠了好幾千，我有一切憑據在手裡！由於他的荒唐狂亂的行為，全城都受了轟動。他在以前服務的那個地方，花一、兩千塊錢，勾搭良家的女郎。特米脫里．費道洛維奇，對於這類事情，我們知道了最祕密的細節，我可以提出證明的。……聖父，您相信不相信，他獲得了一個出身世家的高貴女郎的愛情。她有財產，以前的上司的女兒，一個勇敢的、有勞績的中校，頸上佩掛安娜勳章，還附帶一根劍。他藉婚約妨礙了女郎的名譽。現在她在這裡，現在她是孤女，他的未婚妻，但是他就當著她的眼前，到這裡的一個誘惑男子的美人家去走動。這位美人雖然同個尊敬的人物同居，但具有獨立的性格，是一座大家不易接近的堡壘，等於正式的妻子一樣，因為她是有德行的——是的！聖父，她是有德行的！然而特米脫里．費道洛維奇想用金鑰匙把這堡壘開啟，因此他現在對我這般傲慢無禮，想從我身上勒索金錢，暫時已經花了幾千塊錢到這美人身上，就為了這個不斷地借錢，而且您以為向誰借？說不說，米卡？」

「住嘴！」特米脫里．費道洛維奇喊，「您等到我出去了再說，當我面前可不許您污毀高貴的女郎……只要您膽敢一提到她，對於她就是一種恥辱……我不許！」

他喘著氣。

「米卡！米卡！」費道爾．伯夫洛維奇喊，帶著軟弱的神經質，還擠出眼淚來，「父母的祝福，對於你不在乎嗎？我詛咒你一下，便怎麼辦呢？」

「無恥的，虛偽的人！」特米脫里・費道洛維奇瘋狂地吼叫。

「這是他，對他的父親，對他的父親！同別人更不行了？諸位，你們請聽這裡有一個貧窮，卻可敬的人，退任的上尉，發生了不幸事情，被革去了職務，卻不是公開的，不是經法庭裁決的，仍保存了一切的名譽。他家中人口繁眾，負擔深重。三星期以前，我們的特米脫里・費道洛維奇在酒店裡抓住他的鬍鬚，就拉住鬚根把他拉到街上，在街上當眾揍打了一頓，就為了他做了我一種小事情的私人代表。」

「這全是謊話！外表是實事，裡面是謊話！」特米脫里・費道洛維奇生怒得全身抖索，「父親！自己的行為我是不來辯白的；是的，我可以當眾承認，我對這位上尉所做的舉動如同野獸一般，現在對於這野獸般的怒氣感覺遺憾，而且深自咎責，但是那個上尉，您的代表，曾到一位女太太家裡去，就是您所稱誘惑男子的美人的家裡，代表您同她提議，叫她取了在您身邊的，由我署名的期票，向法庭控訴，為的是我如果再三逼您算帳，可以根據那幾張期票把我關進獄內。您現在責備我轉這位女太太的念頭，而同時自己又教她來引誘我！她當面直率地講，自己對我講，笑我！您想把我下獄，只是因為您為了她和我吃醋，因為您自己開始拿了愛情向這女人進攻，我是知道的。她又笑著——您聽見沒有——她一面笑您，一面轉講。神人們，現在在你們面前的就是這個人，這個責備荒唐兒子的父親？諸位見證人，請您們恕我的惱怒，我預先感到這個狡猾的老人把你們大家召來瞧亂子。我到這裡來是準備在他對我伸手的時候加以饒恕的，自己饒恕而且請求饒恕，但是因為他現在侮辱的不僅是我，而且是那位極高貴的女郎，由於對她的崇拜，我連名字都不敢無故地叫出來，所以決定把他的一切惡手段當眾發表，雖然他是我的父親……」

他不能再繼續下去了。他的眼睛閃耀，他艱難地呼吸。但是在修道室裡的人全都慌急了……除去長老以外，大家全不安地從座位上站起。修道司祭們露著嚴肅的神色，卻期待著長老的指導。長老坐在那裡，臉色全白，但並非由於心神的騷擾，是為了病態的乏力。懇求的微笑在他的唇上閃光，他偶或舉手，似乎想阻止發瘋的人們，自然只要有他一揮手勢，就足以使這話劇收場。但是他自己在期待著什麼，凝神地盯看，似乎有所瞭解，似乎自己心裡尚有未剖明的事。後來，彼得．亞歷山大洛維奇．米烏騷夫根本感覺自己受了屈辱，失了體面。

「對於現在發生的亂子我們大家都有錯的！」他熱烈地說，「但是我到這裡來的時候，還是沒有預感到。雖然也知道是和什麼人交往……這是應該立刻了結的！大師，請您相信，這裡發露出來的一切情節我並不知道得確切，不願意相信，現在只是初次知道……父親為了一個壞品行的女人和兒子吃醋，自己還同這畜生商量把兒子放進獄裡……現在我被迫著加入到這樣的夥群裡……我受了欺騙，我對大家聲明，我的受騙不在別人之下……」

「特米脫里．費道洛維奇！」費道爾．伯夫洛維奇忽然用一種不像自己的聲音大喊了，「如果你不是我的兒子，我立刻要喚你出來決鬥……用手槍，在三百步距離以外……蒙上手帕，蒙上手帕！」他說完後跺著兩腳。

那些一輩子扮演優伶角色的老扯謊客，有一個時間，會使他們扮到過火的地步，好像真的由於心神騷擾而戰慄、哭泣，雖然甚至在當時的那個剎那，（或者只過了一秒鐘），他們會自行微語：「你是在扯謊，你這老不知恥的人，你到現在還是一個伶人，雖然你全身發著『聖』怒，你過著『聖』怒的一剎那。」

特米脫里．費道洛維奇可怕地皺緊眉頭，露著無可形容的賤蔑的神情看了父親一眼。「我心想……我心想，」他似乎輕聲而且節制地說，「我同我的心上的安琪兒，我的未婚妻，回到家鄉，侍奉老年的父親，但是只看到了一個荒唐的登徒子和極卑鄙的丑角！」

「決鬥！」小老頭子又喊叫，喘著氣，說每句話都濺出唾沫，「彼得．亞歷山大洛維奇，您要知道，也許在你們的全族裡沒有，而且不曾有比你所稱的那個畜生，（剛才你喚她的），再高尚些，再貞節些的女人，聽見沒有，再貞節些的女人！而你呢，特米脫里．費道洛維奇，竟把你的未婚妻換了這個『畜生』，所以你自己判定，你的未婚妻還不值她的一隻腳跟，這就是那個畜生的一隻腳跟！」

「可恥呀！」帕意西神父忽然脫口說出來。

「可恥，又可羞。」一直沉默的卡爾干諾夫突然發出青年人的嗓音，以心神騷亂得抖索的嗓音說話，臉全都漲紅了。

「這樣的人活著做什麼！」特米脫里．費道洛維奇用深沉的聲音吼叫，惱怒到近乎瘋狂，好像過分地抬高肩膀，因此幾乎成駝背的形狀，「你們對我說，能不能還允許他玷污大地，」他對大家看了一眼，用手指著長老。他慢吞吞，而且帶韻律地說話。

「你們聽見沒有，僧士們，你們聽這弒父的人的話，」費道爾．伯夫洛維奇朝岳西夫神父身上奔去，「這就是您的那句『可恥！』的話的回答！有什麼可恥？這『畜生』，這『壞品行的女人』，也許比你們都神聖些，諸位修行的司祭們！她也許在青年時代失了足，受環境的侵蝕，但她是『有許多愛』的，而有許多愛的女人是基督曾經寬恕過的……」

「基督不是為了這樣的愛而寬恕的……」溫良的岳西夫神父不耐煩地脫口說出來。

「不對，就是為這種女人，為這種女人，僧士們，為這種女人，你們在這裡，嚼白菜修行，心想自己是有真理的人！你們吃白魚，每天吃一條白魚，想用白魚買上帝！」

「太難了！太難了！」修道室裡從四面八方聽到這個話。

然而這個到了難堪地步的話劇，最使人意料不到地中止了。長老忽然從座位上立起來。阿萊莎為了替他、替大家擔憂，幾乎弄得完全手足無措，卻還來得及扶住他的手。長老朝特米脫里．費道洛維奇的方向走去，走到他緊跟前，在他身前跪了下來。阿萊莎心想他由於乏力而倒地，但是並非如此。長老跪下來，對特米脫里．費道洛維奇的腳下鞠了完滿的、清楚的、有意識的躬，甚至額角都觸到地上。阿萊莎驚訝得竟來不及扶他，當他抬起身來的時候，微弱的含笑在他的唇上閃耀了一點點。

「別了吧，請大家恕罪！」他說，向各處賓客們鞠躬。特米脫里．費道洛維奇站在那裡，驚愕了一小會：對他下跪——這是什麼意思？終於忽然喊道：「唉，我的天！」手掩住臉，從屋內奔出去。所有賓客全跟著他魚貫地走出，為了慌急甚至沒有對主人鞠躬道別。只有修道司祭們還走到前面去受祝福。

「他為什麼下跪？這是什麼象徵！」不知為什麼原因忽然安靜下去的費道爾．伯夫洛維奇試著開始談話，卻不敢朝任何人單獨說話。他們大家在這時候全從庵舍的圍牆裡走了出來。

「我不能對於瘋人院和瘋人們負責，」米烏騷夫立刻惡狠狠地回答，「但是可以脫離您的社會，費道爾．伯夫洛維奇，而且您要相信，是永遠地脫離。剛才那位僧士在哪兒？……」

然而「那位僧士」，就是剛才請他們到方丈那裡去吃飯的人，是不會讓人家久待的。賓客們剛從長老的修道室的臺階上走下，他立刻就來迎接他們，好像一直在等候他們似的。

「費您的心，可尊敬的父，請您代我向方丈致最深的敬意，在他面前替我，米烏騷夫，道歉，為了突然發生的不可預見的情事，我無論如何不能參加他的盛筵，雖然我是誠懇地願望著的，」彼得．亞歷山大洛維奇對僧士惹惱地說話。

「這個不可預見的情事——就是我！」費道爾．伯夫洛維奇立刻插上去說，「您聽著，聖父，這是彼得．亞歷山大洛維奇不願和我相留，否則，他是立刻會去的。您就去吧，彼得．亞歷山大洛維奇，請您就到方丈那裡去——希望您的食量加增，您要知道，謝卻的不是您，是我！回家，回家，回家去吃飯，在這裡我感到不能留下去，彼得．亞歷山大洛維奇，我的親愛的親戚。」

「我不是您的親戚，永遠沒有做過您的親戚，您是一個卑賤的人！」

「我故意說出來，好叫您發瘋，因為您永遠不認親戚，雖然無論您怎樣推托，你我到底還是親戚；我可以從教曆上查出來證明的。伊凡．費道洛維奇，我以後會打發馬車來接你，你如果願意，可以留在這裡，你也可以留著，彼得．亞歷山大洛維奇，甚至為了禮貌您現在也是應該到神父那裡。你我在那裡亂嚷了半天？應該去道歉一下……」

「您果真想走嗎？您是不是說謊？」

「彼得．亞歷山大洛維奇，在發生了一切事情以後，我怎麼再敢去呢！我受了感情的衝動，對不起，先生們，我受了感情的衝動，而且腦筋得了刺激，也真是可恥。諸位，有些人的心像亞歷山大．馬其頓，另有些人的心像小狗菲臺里加。我的心就像小狗菲臺里加。我覺得心虛了！在做了這樣亂暴的行為以後，怎麼還能吃飯，吞嚼修道院的湯汁？真是難為情，我辦不到。對不起呀！」

「鬼知道他，盡騙人！」米烏騷夫在凝想中止步，用懷疑的眼神注視離開的小丑。那人回轉身，看見彼得．亞歷山大洛維奇注視他，便用手向他飛送一吻。

「您到方丈那裡去不去？」米烏騷夫魯莽地問伊凡．費道洛維奇。

「為什麼不呢？我在昨天就被方丈特別邀請過。」

「我不幸確實感到自己幾乎必須去赴這個倒楣的飯局，」米烏騷夫還是帶著悲苦的惱怒續說著，甚至不去注意那小和尚在旁邊聽著，「為了我們在這裡所幹的一切事情，應該去道歉，並且解釋這不是我們的……您以為怎樣？」

「是的，應該解釋一下，這不是我們做的事。並且家父也不在場，」伊凡．費道洛維奇說。

「要是令尊大人到場，更不成了！這個倒楣的飯局！」

但是大家都去了。小和尚聽著，不發一言。他在通過小林的道上，只有一次說，方丈早就等待著，已經遲了半點多鐘。沒有人答他。米烏騷夫敵恨地看著伊凡．費道洛維奇。

「居然行若無事地去吃飯！」他想，「銅額和卡拉馬助夫的良心。」

第七章　熱中職業的神學生

阿萊莎把長老引進臥室，讓他坐在床上。這是一間很小的屋子，僅有應用的家具。床是狹窄的，鐵製的，上面沒有褥墊，只有毛氈。角落裡神像旁放著一只誦經臺，上面放著十字架和福音書。長老乏力地坐在床上，眼睛閃耀，困難地呼吸……坐下後他凝神看了阿萊莎一眼，似乎在尋思什麼事情。

「你去吧，親愛的，你去吧。我有勃洛菲里就夠了。你快去。你在那裡是有用的。你到方丈那裡去，在開飯的時候侍候一下。」

「容我留在這裡。」阿萊莎用懇求的聲音說

「你在那裡有用些。那裡沒有和平。你去侍候下，你是用得著的。等魔鬼一抬頭，你就讀禱詞。你要知道，小兒子（長老愛這般稱呼他），將來這裡不是你安身的地方。只要上帝下旨喚我，你就離開修道院，完全離開。」

阿萊莎抖索了一下。

「你怎麼啦？這裡暫時不是你的地方，我祝福你到塵世去做偉大的功行。你還要走許多路程。你應該娶妻，應該的。在重來此地以前，你應該遭受一切。事情是很多的。但是我對你不懷疑慮，所以送你出去。願基督和你同在。你保持上帝，上帝也將保持你。你將看見極大的憂患，在憂患裡你將得到幸福。這是給你的一個遺囑：你應該在憂患中尋覓幸福。你工作著，無休止地工作著。你從此記住我的話，因為雖然我還能同你談話，然而不但我的日子，甚至時鐘也數得清的了。」

阿萊莎的臉上又表示出強烈的情緒。他的唇角抖索著。

「你怎麼又來了？」長老輕輕地微笑，「讓俗世的人們用眼淚送他們的死者，而我們這裡應該對於升天的神父深致欣悅。我們應該欣悅，而且為他禱告。你離開我吧。應該禱告。你去，快去。到你的弟兄們身邊去。不但到一個人身邊，且須到兩個人身邊去。」

長老舉手祝福。反駁是不可能的，雖然阿萊莎極想留下來。他還想問一下，問題甚至從舌頭上溜了下來：向特米脫里大哥下跪叩頭究竟有什麼意思？然而他不敢問。他知道如果可以的話，長老也不用他去發問，自己會對你解釋的。這麼說來，這不是他的意志。這一跪使阿萊莎十分驚愕。他盲目地信仰，這裡面有神祕的意義，神祕的，也許是可怕的。當他走出庵舍的圍牆，忙著到修道院去趕方丈的飯局的開端的時候（自然只是為了在桌旁侍候），他的心忽然縮得痛楚起來。他當時止步，預言自己將死的長老的話語似乎又重在他的面前發響。凡是長老預言過，而且說得十分正確的，是無疑地應該發生的。阿萊莎神聖地信仰他。但是如果沒有了長老，他將怎麼辦呢？他怎麼能看不見他，聽不到他呢？他將到何處去？他吩咐我不要哭，而且離開修道院。天呀！阿萊莎許久沒有感到這樣的煩惱。他趕緊穿過使庵舍和修道院隔離的那個樹林，竟沒有力量擔負他的思想的重載，那些思想真是壓迫著他。他起初看望林道兩旁長命的松樹。路並不長，五百步遠，不會多些，在這種時候是沒有人會相遇的，但是小徑的第一個轉彎的地方，他看見了拉基金。拉基金在等候著什麼人。

「你是不是等我？」阿萊莎在他並肩相遇的時候問。

「就是你，」拉基金冷笑了，「你忙著到方丈那裡，我知道，那裡有飯吃。自從招待主教和帕霍記夫將軍以來，你記得不記得這樣的筵席是沒有過的。我不去，你可以去端湯汁。阿萊克謝意，你對我說一件事：這個夢是什麼意思？這是我想問的話。」

「什麼夢？」

「就是朝你的哥哥特米脫里・費道洛維奇下跪的事。而且還用額角碰撞！」

「你講的是曹西瑪神父嗎？」

「是的，講的是曹西瑪神父。」

「用額角嗎？」

「啊，形容得不恭敬了！就讓它不恭敬吧。究竟這個夢是什麼意思！」

「我不知道什麼意思，米莎。」

「我也知道他不會對你解釋的。這裡自然沒有什麼智慧的東西，好像只是老套頭的神聖的滑稽表演。但是戲法是故意演出的。現在，城裡所有信神的人們都將議論起來，傳到全省：『這個夢有什麼意思？』據我看來，老人的目光真是十分銳利，他嗅到了犯罪的味道。你們那裡發出臭味來了。」

「什麼犯罪？」

拉基金顯然很願意表示點什麼意見出來。

「這犯罪會發生在你們的小家庭裡。會在你的哥哥們和你的發財的父親之間發生。所以長老用額角撞一下子，以備將來萬一發生什麼事情之用。只要有什麼事情發生：『啊呀，這是那個神聖的長老預言過的，』果然他撞一下額角，這裡面有什麼寓言存在呢？不對，這是象徵，比喻，管他娘的什麼！他的名聲被張揚出去，人們全記住了！他預先猜到了犯罪，看了罪人出來。狂人都是這樣的：他們對酒店畫十字，朝教堂扔石頭。你的長老也是如此，把有正義的人用棒趕走，對兇手叩頭。」

「什麼犯罪？哪一個兇手？你是怎麼啦？」阿萊莎站在那裡，像釘牢似的，拉基金也停止了。

「哪一個？好像你不知道嗎？我敢打賭，你自己也想到這層的，順便來一下，這樣很有趣的。你聽著，阿萊莎，你永遠說實話，雖然你永遠坐在兩張椅子的中間，你回答我，你想過這件事情沒有？」

「想過的，」阿萊莎輕聲回答。連拉基金也不好意思了。「你怎麼啦？難道你果真想過嗎？」他喊。

「我……我不是想，」阿萊莎喃聲說，「在你剛才開始那樣奇怪地說起這件事情來的時候，我覺得我自己也想過了。」

「你瞧（你的話表示很明白），你瞧見沒有？是不是在今天看見了你父親和米卡哥哥的時候，就想到了犯罪？這麼說來，我沒有弄錯嗎？」

「等著，等著，」阿萊莎驚慌地打岔下去，「你是從哪裡看出這個來的？……為什麼這事情使你這樣關心，這是第一樁事情。」

「兩個問題是分開的，卻是自然的。讓我來分別加以回答。為什麼我看了出來？如果我今天沒有忽然完全瞭解你的老兄特米脫里・費道洛維奇，一下子，忽然完全瞭解他的整個的為人，我是一點也不會看出來的。從一個什麼特點上，我把這人一下子整個的抓住了。這類極純潔，而且極熱情的人們有一個界限是不能越過的。弄得不好——弄得不好，他會用刀子向你的父親刺去。至於你的父親是一個好飲酒，而且不知節制的荒唐人，從來不明白分寸，兩人一下子攔不住，兩人都會一齊掉到河溝裡去的……」

「不，米莎，不，如果只是這一點，那麼你使我鼓起精神來了。事情不至於到這地步。」

「為什麼你全身發抖？你知道不知道裡面的玩意？米卡，即使他是一個純潔的人（他愚蠢而純潔）；然而他是一個好色之徒。這就是對於他的定義，而且是一切的內在的實質。這種低劣的色淫是父親遺傳給他的。阿萊莎，我就是奇怪你，奇怪的是你怎麼還是一個童男子？你也是卡拉馬助夫！在你們的家庭裡，色淫已達到了腫熱的地步。現在這三個好色之徒互相監督……靴底裡懷著刀子。三個人全撞額角，而你也許是第四位。」

「你對於這個女人是看錯了。特米脫里……是瞧不起她的，」阿萊莎說，好像抖索了一下。

「格魯申卡嗎？不對，老弟，並不是瞧不起。他公然把自己的未婚妻換了她，那絕不會瞧不起。這裡面……這裡面，老弟，有點你現在不會明白的東西。一個男人愛上了某種的美，女人的身體，甚至只是女人的身體的某一部分（這是好色之徒會瞭解的），竟可為了她出賣親生女兒，出賣父母、俄羅斯和祖國。本來是誠實的，會去偷東西；本來是忠實的。——會叛變。女人的小腳的歌唱者普希金在詩篇內歌頌小腳，有的人不歌頌，卻瞧著小腳不能不發抖慄。而且不僅小腳如此……老弟，這裡單單賤視是沒有用的，即使他真的賤視格魯申卡。一面賤視，一面還是不能自行擺脫。」

「我這是明白的。」阿萊莎忽然脫口說出來。

「真的嗎？既然你一開口就說你明白，那麼你是真的明白的——」拉基金懷著惡意說，「你這是不經意地說出來的，這是脫口而出的。如此，這承認更見得貴重些：如此說來，這對於你已是熟稔的題目，你已經想過，想過色情的了！好一個童男子，阿萊莎，你是文靜的，你是聖徒！我很同意；你雖然是文靜的，卻不知道你想些什麼，不知道你知道多少事情！一個童男子，卻經歷到極深的所在——我是早就觀察著你的。你自己就是卡拉馬助夫，你完全是卡拉馬助夫——如此說來，一定有點種族和選擇的關係。父親方面傳來的是好色之徒，母親方面傳來的是瘋僧。你為什麼抖索，我不是說實話嗎？你知道不知道：格魯申卡請求我：『你領他來（那就是指你），讓我把袈裟從他身上剝去。』而且她不住地懇求：你領他來呀，你領他來呀！我心裡想：她為什麼對你這樣感興趣？你知道，她也是一個不尋常的女人！」

「你去替我問好，說我不能去，」阿萊莎發出勉強的冷笑，「米哈意爾，你把起頭說的話說完了，我再對你把我的意思說出來。」

「有什麼說完不說完，一切都很明白，老弟，這全是舊調兒。如果你自己身上也藏著一個色鬼，那麼你的胞兄伊凡怎樣呢？他也是卡拉馬助夫。整個的卡拉馬助夫的問題全包含在這裡面：盡是色鬼、訟棍和瘋僧！現在你的哥哥伊凡不知為了什麼愚蠢的、莫名其妙的計算，一面自己是無神派，一面卻在那裡開玩笑，發表神學的文字——這種卑鄙的舉動是你的哥哥伊凡自己供認的。此外，他想搶奪他哥哥米卡的未婚妻。這個目的大概是可以達到的。這自然會成功的，因為已經取了米卡自己的同意，因為米卡自己把未婚妻讓給他，只是為了將她摔脫後，趕快到格魯申卡那裡去。這一切都在他那種尊貴和公正無私的樣子之下做著的，你要注意這一點。這些人真是最運定的！真沒有法子弄清楚：自己承認了卑鄙，又自己往卑鄙裡鑽！你再聽下去：現在老頭子——父親——又來擋住米卡的道路。他現在忽然為了格魯申卡發瘋，只要看到她，就唾沫直流。他剛才只為她一個人，才在修道室內鬧出這樣大的亂子，只為了米烏騷夫叫她一聲畜生。他愛戀得比貓還壞。以前她只領點薪水，替他做一點曖昧的，酒店裡的事情，現在他忽然猜到了，看清楚了，便發起狂來，向她做許多提議，自然不是乾淨的提議。他們父子兩人一定會在這小路上相撞的。格魯申卡現在對這人，對那人都沒有答應，暫時還是滑來滑去，逗著兩個人，看一看誰比較有益處，因為父親那裡雖然可以撈到許多錢，但是他不會娶她，到了以後也許會發出猶太人的脾氣，把錢袋關閫上的。在這方面，米卡是有價值的；他沒有錢，卻能娶她。是的，會娶的！扔棄了未婚妻，無可比擬的美貌的卡德鄰納．伊凡諾夫納，有錢，出身世家，上校的女兒，去娶格魯申卡，老商人薩姆騷夫以前的姘婦——他是市董長，一個淫蕩的農夫。從這一切裡，真的會發生刑事的糾紛的。你的老兄伊凡就等候著這個機會，他就可以得到了甜頭：可以得到使他憔悴的卡德鄰納．伊凡諾夫納，同時撈進她的六萬妝奩。像他這樣的小人物，窮光蛋，對於這，在發端的時候是很欣羨的。你還要注意：這不但不得罪米卡，而且會使他感謝不盡。我確切知道米卡還在上個星期，在酒店和吉普賽女人喝醉了酒，就高聲喊嚷，說他不配和未婚妻卡欽卡結合，兄弟伊凡是很配的。至於卡德鄰納．伊凡諾夫納自身對於像伊凡．費道洛維奇那樣迷人的男子到底不會拒卻的，她現在已在他們兩人之間游移著。用了什麼東西，這個伊凡把你們大家迷惑得對他五體投地的崇拜著。他還笑你們？彷彿說，我得了甜頭，用你們的錢吃甜東西。」

「為什麼你知道這一切？為什麼這樣肯定地說話？」阿萊莎忽然皺著眉頭，嚴厲地問。

「但是為什麼你現在發問，而且預先懼怕我們回答？那麼說來，你自己也承認，我說的是實話。」

「你不愛伊凡。伊凡是不會為了金錢受誘惑的。」

「真的嗎？但是卡德鄰納．伊凡諾夫納的美貌呢？並不單是金錢，雖然六萬也是可受誘惑的東西。」

「伊凡是朝上看著的。伊凡不會為了幾萬塊錢受誘惑。伊凡尋覓的不是金錢，不是安靜。他也許尋覓苦難。」

「這又是做什麼？唉，你們……真是貴族！」

「米莎，你知道他的靈魂是狂暴的。他的腦筋受了俘虜。他有偉大的、未解決的思想。他是不需要百萬家私，而需要解決思想的人們之一。」

「文學上的偷竊，阿萊莎。你襲用了長老的話。這是拉基金給你們出的謎語！」拉基金懷著顯然的惡狠喊出來。他甚至變了臉色，嘴唇歪斜了，「而且是一個愚蠢的謎語，犯不上去猜的。動一動腦筋，就可以明白。他的文章可笑，而且荒誕。剛才又聽到他的愚蠢的學說：『靈魂既沒有不死，便無善德，一切都可受容許。』（順便說一說，你記得不記得，你的哥哥米卡曾喊著：『我要記住！』）這是一個可誘惑的學說，為混蛋們用的……我罵起人來，這很愚蠢……不是為混蛋們用的，卻是為了一般裝腔作勢的學校份子，懷著『無從解決的思想的深淵』的人們用的。他是一個誇大口的人，而全部結局將是：『一方面不能不承認，另一方面不能不自行供招！』他的整個學說是卑鄙的！人類自己會找到力量，為了改善生活，甚至並不信靈魂的不死！在愛自由，愛平等、友善之中找到了它……」

拉基金激烈起來，幾乎不能抑止自己，但是忽然好像憶到什麼似的，止住了。

「唔，夠了，」他比以前更加勉強地微笑了一下，「你笑什麼？你以為我是一個庸人嗎？」

「不，我並沒有想到以為你是庸人。你聰明，但是……別管啦，我這是傻裡傻氣地冷笑了一聲。我明白你會變得激烈起來，米莎。從你的激昂的樣子，我猜到你自己對於卡德鄰納．伊凡諾夫納並不冷淡，我早就疑惑著，所以你不愛伊凡哥。你是和他吃醋。」

「我還為了她的金錢吃醋？你再加上，好不好？」

「不，我並不加上關於金錢的話，我不來氣你。」

「我相信，因為你說了出來。但是讓鬼把你和你的哥哥伊凡拿去了吧！你們全都不會明白，不管有沒有卡德鄰納．伊凡諾夫納，人們也可以不愛他的。為什麼我要愛他，真是見鬼！他自己也曾罵我。為什麼我沒有權利罵他呢？」

「我從來沒有聽說，他曾說過你什麼話，好話、壞話都沒有；他完全沒有說到你。」

「我聽說前天他在卡德鄰納．伊凡諾夫納那裡把我編排得一錢也不值——注意到鄙人的頭上來了。老弟，在發生了這種情形以後，不知道究竟誰吃誰的醋！他表示意見，在最近的將來，如果我不肯就大方丈的職務，不決行剃度，我一定要到彼得堡去，加入大雜誌社，一定要在批評欄裡，寫十幾年的文章，後來便把這雜誌改由我自己出版。以後我發行這雜誌，一定取自由主義和無神派的方向，帶著社會主義的色彩，甚至發出一點社會主義的微小的光澤，但是耳朵豎得極尖，那就是說實際上拉住你我的耳朵，遮住愚人們的眼睛。我的職業的終局，根據你的老兄的解釋，是這樣的：社會主義的色彩並不妨礙我把雜誌預訂費積存在往來帳上，遇到機會時在某一個猶太人指導之下開始營業，一直到在彼得堡造好了一所大學為止，以後就把雜誌社遷移進去，餘下的幾層樓租給人家居住。連房屋的地點都定好了，就在涅瓦河的新石橋附近，這橋聽說最近正在計劃建築中，是從里鐵因那耶大街到魏博格司卡耶區的路。……」

「米莎，這一切也許真是會應驗的，甚至從頭到尾！」阿萊莎忽然喊起來，按捺不住，快樂地發笑。

「您也來譏刺的話了，阿萊克謝意．費道洛維奇。」

「不，不是說玩笑，對不起。我的腦筋完全想著別的東西。但是對不起：誰能對你告訴得這般詳細，而且你從誰那裡聽來的？你不會親身在卡德鄰納．伊凡諾夫納家裡，正當他談論你的時候？」

「我不在那裡，可是特米脫里．費道洛維奇在場，我用自己的耳朵從特米脫里．費道洛維奇那裡聽到的。既然你願意知道，那麼他不是對我說，是我偷聽來的，自然是並不出於本心，因為我恰巧坐在格魯申卡的臥室裡，當特米脫里．費道洛維奇坐在隔壁的屋內的時候，我不能夠出來。」

「啊，是的，我竟忘掉了，她原來是你的親戚……」

「親戚？格魯申卡是我的親戚？」拉基金忽然喊起來，臉漲得通紅，「你發瘋了嗎？腦筋不健全。」

「怎麼？難道不是親戚？我這樣聽說的……」

「你會從哪裡聽說的。不，你們這些卡拉馬助夫先生，自誇自己是出於古遠的大貴族，同時你的父親跑來跑去做人家飯桌上的小丑，受人家恩賜，在廚房裡充一個角色。也許我只是牧師的兒子，你們這種貴族面前的灰塵，但是不必這樣快樂而且放肆地侮辱我。我也有名譽，阿萊克謝意·費道洛維奇。我不能做格魯申卡的親戚，一個娼妓的親戚，請你明白！」

拉基金發出強烈的著惱。

「請恕我，為了上帝的份上，我怎麼也不會設想到的，而且她哪裡是娼妓？難道她是……這類的女人嗎？」阿萊莎忽然臉紅了，「我對你重複一句：我真的聽人家說你們是親戚。你常到她家去，又自己對我說，你同她沒有愛情的關係。……我從來沒有想到，你竟會這樣賤視她！難道她真的該受賤視嗎？」

「我到她家去，自有原因。唔，跟你也夠了。關於親戚一層，不是你的哥哥，便是你的父親，大概會把她和你，不是和我結成親戚關係的。我們現在到了。你最好到廚房裡去。喔唷！什麼事情？來遲了嗎？那邊出了什麼事情？他們大概不至於吃得這樣快嗎？不又是卡拉馬助夫一家人搗的亂嗎？一定是這樣。那不是你的父親，伊凡·費道洛維奇跟在後面。他們從方丈那裡搶了出來。伊西道爾什甫從臺階上朝他們的背後喊嚷。你的父親也喊著，還揮手。一定在罵人。你瞧，米烏騷夫也坐了馬車走了，你瞧，正走著。連瑪克西莫夫地主都跑著。出了亂子；那麼說來，竟沒有吃飯！是不是他們把方丈揍了？也許把他揍了？這才有得好看呢！」

拉基金並非瞎喊嚷。真的出了亂子，一個前所未聞，出人意料的亂子。一切發生於「一時的衝動」。

第八章　亂子

米烏騷夫和伊凡．費道洛維奇走進方丈屋內的時候，彼得．亞歷山大洛維奇的心裡，像一個真正體面和優雅的人一般，迅速地發生了一種別致的、優雅的作用，他始覺得生氣頗為可恥。他在自己心裡感到，實際上他早應對於這卑賤的費道爾．伯夫洛維奇不加尊敬，不尊敬到使他不應該在長老的修道室內喪失了冷靜，自己忘其所以，像剛才那個樣子。「至少僧士們是沒有什麼錯處的，」他在方丈的臺階上面忽然決定，「如果這裡是體面人（方丈尼古拉神父大概也出身貴族），為什麼不同他們和氣些、親善些、有禮貌些？……」「我不再辯論，甚至要和調，用客氣動人，並且……並且……到底給他們證明，我不是這個伊索[1]，這個小丑，這個滑稽戲子的同夥，我之陷於窘境，正和他家一樣……」

關於在爭論中的伐林、捕魚等事（在哪裡——他自己也不知道），他決定對他們完全讓步，一下子了結，今天就弄好，尤其因為這一切不很值錢。對於修道院提出的訴訟應該中止進行。

所有這些善意，在他們走進方丈餐室裡的時候，更加確定了。其實方丈並沒有餐室，因為實際上在

1 編註：伊索（俄文 Езопом；拉丁文 Aesopus，生卒不詳，據稱約在西元前七到六世紀），弗里吉亞神話學家和哲學家，原本是一名奴隸，而後憑著聰明才智獲得自由，以講述寓言故事聞名。然而尖刻的機智最終導致了不幸。他曾經在諮詢德爾斐（Delphi）神諭時發表了一些譏嘲的言論，被指控說話褻瀆，以致被推下懸崖喪命。他的傳記作者普拉努德斯（Maximus Planudes）將他描述為一個滑稽可笑的形象，身材矮小且畸形。在書中米卡和伊凡多次將父親稱作伊索。

一所房屋裡只有兩個房間，當然比長老那裡廣闊而且方便得多。但是屋內的陳設也沒有特別的舒適的地方：家具是皮的，用紅木製成，二十年代的舊式樣；連地板都沒有漆過，然而一切都很清潔。窗上有許多貴重的花草，但是這時候成為主要的奢侈的自然就是一只陳設奢侈的飯桌，雖然這裡只是相對的說法。桌毯是清潔的，器具是亮晶晶的。有三種烤得佳妙的麵包，兩瓶酒，兩瓶修道院自製的佳妙的蜜，一大玻璃瓶修道院裡自釀的、附近聞名的酸汽水。沒有燒酒。拉基金以後敘講，這次的飯食預備了五道菜：鮫魚羹，外加魚餡油酥餃；白煮魚，預備得似乎十分別致；隨後是紅魚丸子、冰淇淋、什錦熱水果，最後是涼粉凍。拉基金忍不住，特地到方丈的廚房裡去了一下，才打聽了出來——他同廚房裡也有關係的。他到處有熟人，到處可以獲得材料。他有個很不安靜、嫉妒的心，他完全感覺自己有很大的能力，由於自負過高，而將這能力神經質地誇大著。他確切知道自己將成為某種事業家，使十分愛他的阿萊莎感到痛苦的是他的好友拉基金並不誠實，自己根本不承認這個，卻自己知道他不會偷竊桌上的錢，根本承認自己是最潔白的人。在這方面，不但阿萊莎，而且隨便什麼人也沒有法子處理的。

拉基金是小人物，不能被邀請赴宴，而被邀請的有岳西夫神父和帕意西神父，還有一位修道司祭。彼得．亞歷山大洛維奇、卡爾干諾夫和伊凡．費道洛維奇走進來的時候，他們已經在方丈的餐室內等候。還有地主瑪克西莫夫也在一旁等候。方丈往前走到屋子的中央來接賓客。他是一個高身，瘦弱，還很強壯的老人，黑髮裡夾著許多銀灰色髮，長形的，苦行人一般的，嚴肅的臉。他默默地和賓客們相對鞠躬，但是他們這次走近前面去受祝福。米烏騷夫甚至想冒險地吻手，但是方丈在那個當口抽了一下手，於是親吻沒有成立。伊凡．費道洛維奇和卡爾干諾夫這一次充分地受了祝福，那就是坦白地，照普通農人的式樣，朝手上吮吻作聲。

「我們應該多多地道歉，大師，」彼得．亞歷山大洛維奇開始說，殷勤地露牙發笑，卻還是帶著嚴肅、恭敬的口音，「道歉的是只有我們幾個人前來，而您邀請的那個同伴，費道爾．伯夫洛維奇卻不能來；他不能不謝卻您的賞賜，並且不是沒有原因的。他在聖父曹西瑪的修道室裡，為了同他兒子發生了不幸的家庭口角，弄得心神恍惚，說了幾句完全不適當的話……總而言之，是完全不體面的話……對於此事大概大師也已經知道了。因此，他自己承認了錯處，誠懇地懺悔，感到了羞恥，又不能克制著它，所以請我們，我和他的公子，伊凡．費道洛維奇，對您表示誠懇的遺憾、咎責和懺悔……總而言之，他希望，而且打算以後再設法酬報，現在他懇求您為他祝福，請您忘記已發生的事情……」

米烏騷夫沉默了。他說出演詞的最後幾句話時，自己十分滿足，在他的心靈裡連最近著惱的痕跡都不遺留了。他又完全誠懇地愛了人類。方丈嚴肅地聽他的話，微俯著頭，回答道：

「對於所發生的事情，我極表遺憾。也許在飯桌上他將愛我們，正和我們愛他一般。請吧，諸位，請登席用菜。」

他站在神像的面前，開始朗誦禱詞。大家恭敬地垂首，地主瑪克西莫夫甚至特別向前挺直身體，由於特別的虔誠，手掌向前面交叉著。

到了這裡，費道爾．伯夫洛維奇耍出了一齣最後的惡作劇。應該注意的是他確實想走，而且實在感到在長老的修道室內做了這種可恥的行為以後，不能若無其事地到方丈家去吃飯。他並不自行譴責，自覺慚愧；也許甚至完全相反，但是他總覺得去吃飯卻有點不體面。然而等到轆軋的馬車開到客店臺階旁邊的時候，他已經鑽了進去，忽然止住了。他想到了他自己在長老那裡所說的：「在我走進什麼地方去的時候，我老覺得我比誰都低賤，大家把我當作小丑——所以現在讓我真的扮演小丑，因為你們大家一股腦兒全比我愚蠢、低賤。」他想對大家報自己的敗行的仇。他忽然憶到，還在以前的時候，有一次有人問他：「您為什麼這樣恨這個人？」他當時正處在小丑的無羞恥的狂熱中，因而答道：「就為了這個，他確實沒有給我使壞，然而我卻對他做了一樁無良心的敗行，剛剛做了，立刻為了這個就恨上他了。」他現在記起，在片刻的凝慮裡，輕聲而且惡毒地冷笑了。他的眼睛閃耀，甚至嘴唇都發抖。「既然開始了，就應該結束，」他忽然決定。他的心靈深處的感覺在這時候可以用下面的話語加以形容：「現在既已無從恢復自己的名譽，那麼我再無恥地朝他們臉上吐一口唾沫，意思是我不對你們抱著慚愧，這就完了！」他吩咐馬夫等一等，自己快步回到修道院，一直走進方丈房內。他還不大知道要做什麼事，但知道已不能管轄自己——稍稍地衝動一下——立刻一下子就會走到某一種醜行的最後的界限上去——但只是醜行，並非何種犯罪，或何種將由法院加以懲罰的行動。對於後面的一件事情，他永遠會自行克制，有的時候甚至會自己對於這一層加以驚奇的。他在方丈的餐室裡發現的時候，正唸完禱詞，大家動身走到桌旁。他站在門限旁邊，看了這夥人一眼，發出長長的、傲慢的、惡毒的笑聲，勇敢地向大家的眼睛上看望。

「他們以為我走了，我這不是又來了！」他朝整個大廳喊叫。

大家朝他盯視了一小會。全沉默起來。忽然大家感到立刻就要發生可憎惡的、離奇的事情，鬧出無可疑惑的亂子。彼得．亞歷山大洛維奇從最歡樂的情緒立刻轉到最兇狠的情緒上面。他的心裡已經熄滅，靜寂的一切一下子復活轉來，湧了上來：「不，我不能忍受這個！」他喊，「完全不能……無論如何不能！」

血奔到他的頭裡。他甚至話句都弄得夾纏，但是現在已經不能講到語體，他抓起了自己的帽子。

「什麼他不能？」費道爾．伯夫洛維奇喊，「怎麼也不能，無論如何不能嗎？尊師，我進來不進來？您能接待我做座上客嗎？」

「我誠謹地懇請，」方丈回答，「諸位！請許我，」他忽然補上說，「出於至誠地懇請你們放棄偶然的口角，互相愛好，取得親戚間的和睦，祈禱上帝，嚐我們菲薄的飯菜……」
「不，不，不能，」彼得．亞歷山大洛維奇似乎心不在焉地喊。
「既然彼得．亞歷山大洛維奇不能，那麼我也不能，我不留著。我是決定好了到這裡來的。我現在要到處跟著彼得．亞歷山大洛維奇，您要是走，彼得．亞歷山大洛維奇，我也走；您留——我也留。方丈，你那句親戚間的和睦的話特別刺到他的心裡，他不承認他是我的親戚。對不對，芳莊？原來芳莊也在這裡。您好呀，芳莊。」
「您……這是對我說嗎？」驚訝的地主瑪克西莫夫喃聲說。
「自然是對你說，」費道爾．伯夫洛維奇喊，「不對你說，對誰，方丈神父並不是芳莊。」
「但是我並不是芳莊，我是瑪克西莫夫。」
「不，你是芳莊。尊師，您知道不知道，芳莊是什麼東西？有這麼一個刑事案件：他在一個淫院裡被殺——你們這裡好像對於這種地方是這樣稱呼——他被殺，又被搶。不管他已到了可尊敬的年齡，把他釘在箱子裡，封密了，在行李車裡從彼得堡運到莫斯科去，還編上號碼。釘箱的時候，淫婦們唱歌，奏豎琴，不對，是奏鋼琴。芳莊就是那個人。他從死裡復活了轉來，對不對，芳莊？」
「這是怎麼回事？這是什麼玩意？」修道司祭的一堆人裡聽到了語聲。
「我們走吧！」彼得．亞歷山大洛維奇朝卡爾干諾夫喊。
「不，等等！」費道爾．伯夫洛維奇尖響地插上去，又向屋內走進了一步，「容我把話說完了。在修道室裡我得了好名聲，好像我有不敬行為，那就是因為我喊出了白魚的話。彼得．亞歷山大洛維奇，我的親戚，喜歡在話語裡Plus de noblesse que de sincérité（高貴比誠實多些），我相反地喜歡在我的話語裡Plus de sincérité que de noblesse,（誠實比高貴多些）——管它noblesse不nobless的！對不對，芳莊？方丈，我雖然是小丑，而且裝作小丑，然而我是名譽的騎士，願意表示自己。是的，我是名譽的騎士，彼得·亞歷山大洛維奇卻只有受壓制的自私心，別的什麼也沒有。也許我剛才來到這裡，就為了看一看，表示一點意見。我有一個兒子阿萊克謝意在這裡修行，我是父親，我照顧他的命運，應該照顧的。我一面聽著，一面扮戲，還輕輕地看望，現在我要對你們表演最後的一幕。我們這裡是怎麼情形？我們這裡，凡是落地的，就讓他躺去。我們這裡，只要有什麼東西掉落，只好永遠躺著。這不對！我願意立起來。聖父們，我對於你們憤怒。懺悔是一種偉大的聖禮，我對它崇拜，準備跪下來，現在忽然大家都在修道室裡跪下，出聲地懺悔。難道出聲懺悔是可以被准許的嗎？聖父們規定懺悔應該就著耳朵舉行，那個樣子，你的懺悔才能成為聖禮，這是自古而來的。叫我怎麼樣當著眾人對他解釋，譬如說我做了什麼，什麼事情……您明白嗎？有時候這些話說出來是不體面的。這真成為亂子了，聖父們，這樣下去，我們要被你們牽入鞭笞教裡[1]去了。……我遇到第一個機會，就要上書宗教會議，把我的兒子阿萊克謝意領回家。……」

這裡應該注意：費道爾·伯夫洛維奇是聽得見鐘響的所在的。曾經有過惡毒的謠言，甚至還傳到主教方面（這謠言不但涉及我們的修道院，也牽涉到設有長老制度的別的修道院上去），說是長老受了太多的尊敬，甚至損害了方丈的職銜，又說長老們濫用懺悔的聖禮等等的話。這是一種離奇的責備，當時我們這裡和任何什麼地方都漸漸地自行消滅了。但是愚蠢的魔鬼把費道爾·伯夫洛維奇一把抓住，帶著他自己的神經質，把他引得越來越遠，引到羞恥的深淵裡去，把費道爾·伯夫洛維奇自己一點也不懂的過去的責任附耳告訴了他。而且他也不會表示得明白些，何況這一次也沒有人在長老的修道室裡跪下，

1 編註：基督教的一個支派，神職人員或信徒藉由鞭身作為靈修的手段，藉此更靠近上帝。

高聲地懺悔，所以費道爾．伯夫洛維奇自己沒有見到這類的事，只是憑著所記住的老謠言和傳說說話罷了。但是在表白完了蠢話以後，他感到他說著離奇的胡言，他忽然又想立刻對聽者，尤其是對自己證明，他說的並不是胡言。雖然他深知說了未來的每句話語，將更加多多地，而且離奇些地，把同樣的胡言，加到已經說過的胡言上去——但是他已經不能克制住自己，像從山上滾了下去一般。

「真可恥！」彼得．亞歷山大洛維奇喊。

「對不起，」方丈忽然說，「古時說得好：『有許多人開始以言語侵犯我，說些不好聽的話。我聽到以後，自語道：這是耶穌的懲戒，是他遣來醫治我的空虛的靈魂的。』因此，我們恭敬地感謝您，尊貴的客人。」

「得啦！偽信和老話！老話和老調！老謊話，和鞠躬到地的官腔！我們知道這類的鞠躬的！『唇上接吻，心中利劍，』像席勒的《強盜》裡的樣子。聖父們，我不愛虛偽，只求真理！然而真理不在白魚裡面，我曾聲明過的！僧士們，你們為什麼吃齋？為什麼你們希望為了這個取到天上的賞賜？為了這樣的賞賜，我也要吃齋！僧士，你應該立身行善，做有益社會的事情，不要關在修道院裡，吃現成飯，不要期待上面的賞賜——這是困難一點的。方丈，我也會有頭有緒地說話。他們這裡預備了什麼東西？」他走到桌旁，「陳老博德溫酒法克多利牌，葉利賽也夫兄弟公司散裝的蜜酒。啊呀，神父們！這不像小白魚。你們把這些小瓶陳設得不錯，哈，哈，哈！這是誰把這些東西送來的。這是俄羅斯的農人、工人，把用長雞眼的手足掙到的小錢送到這裡來，從家庭裡，又從國家的費用內剝奪了走！聖父們，你們在吮吸人民的血！」

「您說這種話是太失體面了，」岳西夫神父說。帕意西神父沉默著。米烏騷夫從屋內奔出去，卡爾干諾夫跟在後面。

「神父們，我也跟彼得．亞歷山大洛維奇去！我也不到你們這裡來，跪下來請求也不來。我曾捐過一千盧布，所以你們又瞪起眼睛來了，哈，哈，哈！不，我再也不補捐的了。我要為我的已經過去的青春，為我的一切所受的侮辱報仇！」他在裝出來的情感的猛熱中舉拳叩擊桌子，「這個修道院在我的生命裡具有許多意義！為了它，我流了許多悲苦的淚！你們把我的妻子，歇斯底里病的女人，唆使出來反對我。你們在七所教堂裡咒罵我，在四郊各處，傳播我的壞話？夠了，神父們，現在是自由主義的時代，輪船鐵路的時代。不要說幾千塊錢，幾百塊錢，連幾角幾分，你們再也不能從我那裡取到的了！」

又是應該注意的。我們的修道院在他的一生中從來沒有什麼特別的意義，他也不曾為它流過任何的悲哀的淚。但是他被裝出來的眼淚引得在一剎那的時間內幾乎自己也不相信自己了，甚至感動得哭泣；但是在一個剎那間又感到，現在是倒車轅的時候了。方丈對於他的惡毒的謊話，俯著頭，又莊嚴地說：

「聖經又說：『你應該謹慎而且欣悅地忍受不由己地加在你身上的恥辱，不要詛咒和仇恨加恥辱於你的人。』我們也要照此做去。」

「得啦，得啦，得啦！反省自己呀！真是一套無聊的話！你們去反省吧，神父們，我要走了，我要把我的兒子阿萊克謝意，用我做父親的權力，永遠喚回。伊凡．費道洛維奇，我的可敬愛的兒子，讓我命令你跟我回去，芳莊，你留在這裡做什麼。立刻跟我進城去。我家裡快樂得多。只有一俄里路，我不給你吃素油，端出一盤嫩豬肉飯來，我們好好兒吃一頓飯，喝白蘭地，蜜酒，還有洋莓酒……喂，芳莊，不要放走自己的幸福！」

他一邊喊，一邊指手劃腳地走了出來。就在這個時候，拉基金看見他走了出來，便指給阿萊克謝意看。

「阿萊克謝意！」父親看見了他，遠遠地朝他叫喊，「今天就搬到我家裡去，完全搬回來，把枕頭和被褥都取回來，以後不許你再來。」

阿萊莎呆立著，沉默而且注意地觀察這齣戲。費道爾．伯夫洛維奇已經鑽進馬車裡去，伊凡．費道洛維奇在後面跟著沉默而且陰鬱地坐到車裡，甚至沒有轉身向阿萊莎道別。但是這裡又發生一個滑稽的，近乎不可思議的場面，以補充這齣劇本。忽然在馬車的腳墊旁邊發現了地主瑪克西莫夫。他生怕到遲，喘著氣跑來。拉基金和阿萊莎看見他跑著。他慌忙得竟不耐煩地把一隻腿跨到小梯級上，正當伊凡．費道洛維奇的左腳放在那上面的時候，一手抓住御者的座臺，就要跳進馬車裡去。

「我也同你們去，我也同你們去！」他喊著，一面跳，一面發出細碎的、快樂的笑聲，臉上帶出光彩，做出準備一切的樣子，「把我也帶去吧！」

「我不是說過，」費道爾．伯夫洛維奇歡欣地喊，「他就是芳莊！他真是死裡復生的真正的芳莊！你怎麼從那裡逃出來的？你怎麼竟做出『芳莊』的樣子，怎麼不吃飯就走？應該生著銅額角，卻對於你的額角驚奇！跳上來，快跳上來！放他進來，伊凡，更熱鬧些。他可以想法子躺在我們腳下。你可以躺下的，是不是，芳莊！或是讓他坐在馬夫的座台上面……跳到座臺上去，芳莊！……」

但是已經坐定下來的伊凡．費道洛維奇，一聲也不發，忽然用力朝瑪克西莫夫的胸前一拳擊去，他滾到一丈外去了。沒有倒在地上，那是偶然而已。

「走啦！」伊凡．費道洛維奇惡狠狠地對馬夫喊。

「你怎麼啦？你為什麼對他這樣？」費道爾．伯夫洛維奇發起火來，但是馬車已經走了。伊凡．費道洛維奇沒有回答。

「你這人呀！」費道爾．伯夫洛維奇沉默了兩分鐘，朝兒子斜看了一眼，又說起來了，「你自己想出到這個修道院來的。你自己慫恿的，自己贊成的。為什麼你現在生氣？」

「您不要盡說無聊的話，哪怕現在休息一下吧。」伊凡．費道洛維奇厲聲說。

費道爾．伯夫洛維奇又等了兩分鐘：

「最好現在喝一點白蘭地。」他像發警句似地說。但是伊凡．費道洛維奇沒有回答。

「到家以後，你也可以喝。」

伊凡．費道洛維奇還是沉默著。

費道爾．伯夫洛維奇又等了兩分鐘：

「我到底要把阿萊莎從修道院裡叫回來，不管你們是否覺得很不痛快，敬愛的卡爾．芳莫爾。」

伊凡．費道洛維奇賤蔑地聳著肩膀，身子轉側了一下，開始眺望道路。兩人以後一直到家也沒有說話。

第三卷　好色之徒

第一章　僕室內

費道爾．伯夫洛維奇．卡拉馬助夫的房子並不在市區的中心，卻也不完全偏僻，它很陳舊，卻具有愉快的外表：單層房屋，還帶閣樓，漆著灰色，帶著紅色的鐵頂。然而它還能支持許多時候，這房子隔間極闊，很舒適，有許多各色各樣的堆室，各色各樣的密室，和意料不到的小梯子。裡面繁殖了老鼠，然而費道爾．伯夫洛維奇並不很生氣牠們：「晚上獨自留著的時候不至於那樣厭悶。」而他確實有到了夜裡打發僕役們到邊房裡去，自己一人在房裡關閉整夜的習慣。邊房在院裡，寬廣而且堅牢，費道爾．伯夫洛維奇把它分派做廚房，雖然廚房在正房裡也有。他不愛廚房的味道，食物無分冬夏全從院子裡端來。總而言之，這房子是為大家庭造的，無論主僕再加五倍都住得下。但是我們敘講這篇小說的時候，房內只住有費道爾．伯夫洛維奇和伊凡．費道洛維奇兩人，在僕人的邊房內只住三個僕人：老頭兒格里郭里，老婦瑪爾法，他的妻子，和男僕司米爾加可夫，年紀還輕。對於這三個僕人必須說得稍微詳細些。關於老頭兒格里郭里．瓦西里也維奇．古圖作夫，我們已經說了很多話。他是一個堅定倔強的人，會固執而且不屈不撓地走到一個點上，只要這個點為了什麼原因（時常不太合邏輯的原因）在他看來成為一種無可推翻的真理。他的妻子，瑪爾法．伊格納奇也夫納，雖然一輩子在丈夫的意志前面無條件地服從著，卻時常對他麻煩地要求（例如在農民剛剛釋放了以後），離開費道爾．伯夫洛維奇到莫斯科去，開始做某種小生意（他們是積了一些錢的），但是格里郭里當時而且永遠決定，女人在那裡胡說，

「因為一切女人全是不純潔的」，他們不應該離開舊主人，無論這主人成為什麼樣子，「因為這是他們現在的責任」。

「你明白不明白，什麼叫做責任？」他對瑪爾法．伊格納奇也夫納說。

「關於責任我明白。格里郭里．瓦西里也維奇，但是我們有什麼留在這裡的責任，我真不明白，」瑪爾法．伊格納奇也夫納堅定地回答。

「你用不著明白，就是這個樣子。以後不許說話。」

結果是他們沒有走，費道爾．伯夫洛維奇對他們定了工資，並不多，卻按時付清。格里郭里也知道他對於主人有無從辯駁的勢力。他感到這個，而這是對的，一個狡獪、固執的小丑，費道爾．伯夫洛維奇，像他自己所說似的，「在某種生命的條件裡，」有很堅定的性格，而在某種別的「生命條件」裡，他的性格大見軟弱，這在他自己也感到驚奇。他自己也知道，是那一種條件，知道了，所以很害怕。在有些生命條件裡，應該把耳朵豎得尖尖的，而且如沒有忠實的人在旁邊，將很見困難，而格里郭里是最忠實的人。費道爾．伯夫洛維奇在自己的職業的持續期間，許多次常發生可被毆打，而且打得很厲害的情事，永遠由格里郭里予以援救，雖然事後每次他總要對他教訓一頓。然而單單毆打不至使費道爾．伯夫洛維奇生懼；常發生一些高尚的，甚至很精細、複雜的事情，到那時候，大概費道爾．伯夫洛維奇自己也不能斷定對於忠實、親近的人有如何異乎尋常的需要，這種需要是他忽然有時開始閃電般地，而且不可思議地自行感覺到的。這是些近乎病態的事情：十分淫蕩，而且在色淫裡時常殘忍得像惡蟲一般的費道爾．伯夫洛維奇忽然有時在酒醉的時候自行感到精神上的恐怖和道德上的激變，在他的心靈裡甚至幾乎形體上地影響著。「我的心靈在這時候就好像在喉嚨裡戰慄似的，」他有時說。就在這種時候，他愛在他的附近，並不見得在一所房子裡，卻在邊屋裡，有一個忠實的、堅定的、完全和他不相同的，不荒唐的人，他雖然看見了這一切發生著的敗行，並且知道一切的祕密，卻還是由於忠心而容忍這一切，並不反對，主要的是不加責備，不說威嚇話，無論關於這世界，或未來世界的，而且在需要的時候還要保護他——對著誰？對著一個不相識的，卻可怕的、危險的某人。事實上是一定需要有另一個人，古老的、友善的人，可以在痛苦的時間招他前來，只為了可以審視他的臉，或者搭訕幾句話，甚至完全局外的話，只要他沒有什麼，並不生氣，心上好像輕鬆些，如果生氣，那麼更加悲苦些。出過這樣的事（自然是十分稀有的），費道爾·伯夫洛維奇甚至夜裡走到邊屋去把格里郭里喚醒，叫他到他那裡去一下子，格里郭里去了，費道爾·伯夫洛維奇談些完全不相干的話，立刻打發他走，有時甚至加上嘲笑和玩笑，而自己吐了一口痰，躺下來睡覺，做了一個得到真理的人的夢。在阿萊莎回來後，費道爾·伯夫洛維奇也曾發生過和這相仿的事情，阿萊莎「刺中他的心」，是因為他「生活著，一切都看見，卻不加任何責備」。不但如此，他還帶來了從來未有的東西：對於他這老頭子完全沒有賤蔑心思，相反地，永遠的和藹，完全自然的、坦白的依戀，對於他一個這樣不值得依戀的人。這一切對於老放蕩鬼和沒有家庭的人，是完全的意外，對於至今只愛「壞事」的他，完全出乎意料之外，阿萊莎走後，他自己承認他明白了一點至今不願明白的東西。

我在這篇小說起端時業已提過，格里郭里恨阿臺拉意達·伊凡諾夫納，費道爾·伯夫洛維奇的第一位夫人，第一個兒子特米脫里·費道洛維奇的母親，而相反地保護第二位夫人，歇斯底里病人，騷菲亞·伊凡諾夫納，反對自己的主人，又反對有想到對她說一句不好的，或輕浮的話的任何人。他對於這不幸的女人的同情竟變成了一種神聖的東西，因此二十年來，無論什麼人只要對她甚至說了一句不好的暗示，他就忍不住，立刻要對加以侮辱的人辯駁起來。格里郭里外表上是冷靜、威嚴的人，不愛嚼舌，發出有分量的，不輕浮的話語。只看一眼是不能解釋：他愛不愛自己的，靜淑的、馴順的妻子，但是他實在愛她，而她自然也明白這個。瑪爾法．伊格納奇也夫納不是愚蠢女人，而且也許此她的丈夫聰明些，至少在日常生活方面較有智慧些，但是她毫無怨言，而且柔順地服從他，從結婚的開始日起，還無異言地尊敬他的精神上的優越。堪注意的是他們兩人一輩子很少互相談話，至多談些最平凡的、日常的事情。威嚴莊肅的格里郭里永遠獨自思慮自己的一切事情和煩惱，所以瑪爾法．伊格納奇也夫納早就一下子明白他完全不需要她的勸告，她感到丈夫珍重她的沉默，承認她這樣子是聰明的。他從來沒有打過她，只有過一次，也就是輕輕地打。在阿臺拉意達．伊凡諾夫納和費道爾．伯夫洛維奇結婚的初年，有一次村裡的女孩和村婦，那時還是農奴的，聚到主人的院裡唱歌跳舞。她們開始跳「牧場」舞，忽然，瑪爾法．伊格納奇也夫納，那時還是年輕女人，跳到合唱隊的前面，用特別的姿勢跳「俄羅斯」舞，並不照鄉村的樣子，像村婦那般跳法，卻照她在有錢的米烏騷夫的家庭地主劇場裡充當女僕時的跳法——這劇場裡有從莫斯科聘請來的舞蹈家專門教伶人們跳舞。格里郭里看見他的妻子這樣跳舞，過了一小時，在自己家裡，農舍裡，教訓了她一頓，輕輕地揪住頭髮。但是毆打的事情就此永遠了結，一輩子再也沒有重複過一次，而瑪爾法．伊格納奇也夫納也從此戒了跳舞。

上帝沒有賜給他們孩子，有過一個嬰兒，竟死去了。格里郭里顯然愛兒童，甚至不隱瞞這個，那就是說並沒有不好意思表白出來。阿臺拉意達．伊凡諾夫納逃走的時候，他把三歲的特米脫里．費道洛維奇領來，管了差不多一年光景，自己拿木梳給他梳頭髮，甚至自己在木槽裡洗他。後來他又張羅伊凡．費道洛維奇和阿萊莎兩人，為了這，取到了一記耳光；但是關於這些，我已經講過了。至於自己的小孩，那麼唯有在期望中，當瑪爾法．伊格納奇也夫納還在懷孕的時候，使他歡喜了一下。等到生下以後，悲哀和恐怖刺中他的心。事情是因為這男孩生下來就是六指的。格里郭里看見了這個，發愁得不但沉默直到受洗的日子為止，還故意走到花園中去沉默。那時候是春天，他有整整的三天在菜園裡、花園中掘土。第三天上午，必須給嬰兒施受洗禮；格里郭里在那個時候已經有了一點結論。他走進農舍，牧師和賓客都已聚在那裡，費道爾．伯夫洛維奇也親自來到，充做繼父。格里郭里忽然聲明，嬰孩完全不應該受洗——他這聲明說得聲音不高，並不多說話，一個字一個字地滲出來，只是遲鈍而且凝神地望著神父。

「為什麼這樣？」神父帶著快樂的驚奇詢問。

「因為……是龍……」格里郭里喃語。

「怎麼是龍？什麼龍？」

格里郭里沉默了一會。

「發生了自然的錯亂……」他喃語著，雖然不很清切，卻極堅定，顯然不願多說話。

大家笑了，自然仍給可憐的嬰孩施行洗禮。格里郭里在聖水的容器旁邊勤奮地禱告，卻沒有變動對於新生孩子的意見。然而他一切也不去干涉，在有病的男孩活著的兩星期內，差不多沒有看他一下，甚至不願理會他，許多時候離開家裡。但是在兩星期後男孩生了鵝口瘡死去以後，他自己把他放在小棺材裡，帶著深沉的煩惱望著他。等到在不深的小墳上掩埋泥土的時候，他跪下來，朝小墳鞠躬到地，從那時起，有許多年他一次也沒有提起過自己的嬰孩，而瑪爾法．伊格納奇也夫納也一次沒有當他面前回憶嬰孩，在遇到同什麼人談起自己的「小寶貝」的時候，便小聲微語，雖然格里郭里．瓦西里也維奇並不在旁邊。據瑪爾法．伊格納奇也夫納說，他自從埋葬了嬰孩以來，開始特別研究「神事」，讀《聖者傳》，多半是默念，一個人讀，每次戴上大圓銀眼鏡。他不大朗聲讀，除去在四旬齋的時候。他愛讀《約伯書》，不知從哪裡取到了《適神意的我們的父伊薩克．西林》的語錄與訓條抄本，許多年以後拚命地唸著，差不多一點也不明白其中的意義，但是也許因為如此，更加珍重、愛惜這本書了。最近的時候，他開始傾聽而且研究鞭笞教，在鄰近地方正發現了這樣的事情。他顯然十分震動，但是覺得還不合適轉移到新的信仰上去。他「對於神」的淵博自然給他的面貌增添了更大的嚴肅。

也許，他具有神祕主義的傾向。卻又好像故意似的，六指嬰孩的出世和死亡恰巧和一樁別的，很奇怪的，出乎意料的，別致的事件偶合。這事件據他以後有一次自己所表示，在他的心靈裡遺留了「深印」。就在六指嬰孩埋葬的那天，瑪爾法·伊格納奇也夫納夜裡醒來，聽見好像有新生嬰孩的哭聲。她懼怕了，叫醒丈夫。他傾聽一下，說多半有人在呻吟，「好像是女人。」他穿衣起床。那時是很暖和的五月之夜。他走出臺階，明晰地聽出呻吟聲從園內出來。但花園通院子的門，到了夜間是鎖上的，除去這個門以外是不能進去的，因為花園的周圍有堅固的、高厚的圍牆。格里郭里回到家去，點上玻璃燈，取了花園的鑰匙，不注意他的夫人歇斯底里性的恐怖——她老是講著，她聽見孩子的哭聲，一定是她的男孩哭喚著——默默地走進園裡去了。他這才明瞭呻吟聲從園中澡堂裡面出來，而呻吟的一定是女人。他開了澡堂的門，看見使他呆定的一幅景象。一個城裡的瘋女，流浪街頭，為全城聞名，綽號麗薩魏達·司米爾加司察耶（麗薩魏達）鑽進他們的澡堂，剛剛生下了一個嬰孩。嬰孩躺在她的附近，而她在他的附近快要死去。她一句話也不說，也就因為她並不會說話。但是所有這一切應予特別解釋一下……

第二章　麗薩魏達

這裡有一段特別的情節，使格里郭里深深地震撼，把他以前的一個不痛快的、可憎厭的疑竇完全釘牢靠了。這個麗薩魏達．司米爾加司察耶（麗薩魏達）是一個矮小身材的女子，「兩俄尺餘」，像我小城裡許多進香老婦人在她死後感動地回憶時所說的一般。她的二十歲模樣的臉龐，健康、寬闊、紅潤，卻帶著完全的白癡相。眼神呆板而不愉快，雖還馴順。她一輩子無分冬夏永遠赤腳行路。穿著一件麻襯衫。濃厚得厲害、蟯曲如綿羊毛一般、幾乎全黑的頭髮覆在她的頭上，好像一頂大帽。此外，她的頭髮永遠塗滿了泥土，黏上了樹葉、小木棍、木屑之類，因為她永遠睡在地上和爛泥裡，她的父親是破產、無住所、時常生病的下市民伊里亞，他喝許多酒，多年來住在一些有錢的主人那裡（也是下市民），充當傭工。麗薩魏達的母親早已過世。長年有病，所以性格惡狠的伊里亞，每逢麗薩魏達回家，便無人道地毆打她。但是她不大回家，因她靠全城的人生活著，他們把她看作瘋狂的，上帝的人。伊里亞的主人們，伊里亞自己，甚至許多城裡慈悲的人們，特別是男女商人，屢次嘗試著給麗薩魏達穿上比單一件襯衫體面些的衣裳，冬天時候永遠給她一件皮襖，給她在腳上套皮鞋，但是她照例無異議地讓人家替她穿上，自己就走到什麼地方去，大半是在教堂的門廊上，一定去脫下一切捐獻與她的東西——手絹呀、裙呀、皮襖和皮鞋呀——遺留在當地，照舊光著腳，穿著一件襯衫，逕自走開了。有一次發生了以下的事情：省裡一位新總督親來視察我們的小城，看到了麗薩魏達，使他的良好的情感很受了侮辱，雖然明白她是「瘋女」，那是人家報告給他的，卻到底認為一個年輕的姑娘穿著襯衫遊蕩，有損雅觀，所以主張以後不要再發生這種情形。但是總督一走，麗薩魏達又被人家放任，做出老樣來了。後來她的父親死了，她成為一個孤女，對於城裡信神的人們更見得可愛了。實際上甚至大家似乎都愛她，連男孩們也不逗引她，不給她氣受，而我們的男孩們，尤其是就學的，是一種好惡作劇的民族。她到不認識的人家去，誰也不趕她，相反地，竭力對她和藹，給些小錢。有人給她一點錢，她收了下來，立刻把它放進教堂的、或監獄的隨便什麼捐款箱裡去。在市場上有人給她麵包捲或甜點心，一定要走去送給首先遇到的嬰孩，或者攔住某一位極有錢的女太太，送給她，而女太太們甚至會欣然接受的。她自己只以黑麵包和水果果腹。她有時走進一爿闊氣的店裡去，坐下來，裡面放著貴重的貨物，還有銀錢，主人們從來不防她，知道哪怕當她面前把幾千塊錢掏出來，忘掉了，她也絕不會取其中的一枚銅幣的。她不大上教堂，卻睡在教堂的門廊上，或是跳越籬笆（我們這裡直到現在還有許多籬笆，以代圍牆），到某家的菜園裡去睡。她大概每星期回家去一次，那就是到她的過世的父親所住的主人們家裡去，但是到了冬天便每天去，卻只是夜裡去，不是在外屋，便是在牛廄裡過夜。人們對於她能受住這樣的生活大為驚奇，但是她已經習慣了，她身材雖小，卻具有不尋常的堅固的體格。有些老爺們說她這樣做這一切只是由於驕傲，然而這有點不對勁：她什麼話也不會說，偶然只是動一動舌頭，吼叫一、兩聲——這有什麼驕傲可言。後來出了以下的一件事情：在一個九月的，光亮而且溫和的夜裡（那是很久以前），圓圓的月亮底下，據我們看來已經很晏晚的時候，一群遊蕩的、在薄醉中的人們，一共有五、六個好漢，從俱樂部出來，抄「小路」回家。胡同兩端全是籬笆，裡面蜿蜒著附在房子邊上一帶的菜園；這胡同通一個小橋，橋下是發臭氣、長長的溝渠，我們這裡有時稱之為小河。他們這群人在籬笆旁邊，看見了睡在蕁麻草和牛蒡草上的麗薩魏達。玩得起勁的先生們站在她的前面，嘻嘻哈哈地笑著，開始用一切可能的無檢點的話語開玩笑。有一位少爺忽然在腦子裡對於一個不可能的題目下了完全怪誕的問題：「隨便什麼人，能不能把這野獸當作女人，哪怕現在就對她……」大家帶著驕傲的憎厭心，決定說這是不可能的。可是在這一堆人裡恰巧費道爾·伯夫洛維奇也在內，他頓時跳出來，說可以把她當作女人，而且很可以，甚至其中還別有趣味等等的話。說實話他已在那時就帶著十二分做作的樣子，自己搶著充當小丑的腳色，愛跳出來，給老爺們逗笑。自然外表上是平等的，其實在他們面前成為一個下賤的人物。這就是在他從莫斯科接到了他的第一位夫人阿臺拉意達·伊凡諾夫納死耗的時候，那時候他正戴歪帽兒，狂飲濫嫖，使城裡有些人，甚至是最荒唐的人們，瞧著都不上眼。這夥人對於他的出乎意料的意見自然哈哈地笑出來，其中一個甚至開始鼓動費道爾·伯夫洛維奇，但是其餘的人更加不以為然，雖然還帶著過度的快樂，終於大家散開來走各自的路。在這之後費道爾·伯夫洛維奇賭誓說他當時也和大家一樣地回家，也許就是這個樣子，沒有人確切知道，而且也永遠不會知道的，但是過了五、六個月以後，全城的人都發出誠懇而且過分的憤怒，說麗薩魏達懷了孕，於是大家全詢問，尋根究底：誰犯的罪？誰是那個施侮辱的人？當時忽然全城傳了可怕的謠言，說施侮辱的人，就是費道爾·伯夫洛維奇。這謠言從何處而起？在游蕩的那夥老爺們裡面，那時候恰巧只一個人留在城裡，而且這人是年歲老邁，行為尊敬的五等文官，有家庭和幾個成年的女兒，即使確有其事，也絕不來傳佈的；其餘參與的人，一共有五人，當時都散走了。但是謠言一直在指責費道爾·伯夫洛維奇，還繼續指著。自然他對於這也不很提出什麼異議：他絕不來回答那些商人們，或下市民們。他當時很驕傲，唯有在官員和貴族的夥群裡才講話，並且引逗他們快樂。就在這時候，格里郭里努力擁護自己的主人，不但為他辯護，以祛除這些蜚語，還因此發生了謾罵與爭吵，使許多人不再信這謠言。「她這下賤女人，自己做錯了事。」他肯定地說，而施侮辱的不是別人，就是「螺釘卡爾伯」（喚作這名字的，是一個當時聞名全城的可怕罪犯，從省城監獄內逃脫，祕密住在我們城裡）。這個猜度好像是可靠的，大家都記得卡爾伯，記得他恰巧在秋天的那個夜裡在城裡游蕩，搶劫了三個人。但是這件事情和所有這些議論不但沒有使大眾的同情從可憐的瘋女身上移去，大家還更加保護她、珍重她起來了。商人婦康德拉奇也瓦，一個富厚的寡婦，甚至安排一切，到了四月底就把麗薩魏達引到自己家裡來，想不放她出來，一直到分娩後為止。有人謹慎地守住她，然而結果是不管怎樣小心，麗薩魏達在最後一天的晚上，忽然偷偷地離開康德拉奇也瓦的家中，並被發現在費道爾．伯夫洛維奇的花園裡。以她這樣的情形，怎麼能穿過高高的、堅厚的圍牆，成為一種謎。有些人相信是有人把她「抬過去」的，另一些人卻說是鬼靈「抬過去」的。最靠得住一點的是這一切的發生雖見巧妙，卻極自然，麗薩魏達本來就會爬別人家的菜園的籬笆，到裡面去住宿，這次設法爬上費道爾．伯夫洛維奇的圍牆上面，還冒了對自己的危險，跳進園中，不管她自己的情形如何。格里郭里跑去找瑪爾法．伊格納奇也夫納，叫她到麗薩魏達那裡去幫忙，自己跑出去喚助產婆，下市民，恰巧住得很近。嬰孩得了救，但是麗薩魏達到黎明就死了。格里郭里取了嬰孩，抱到屋內，讓她妻子坐下，把嬰孩放在她的膝上，她的胸前：「上帝的孩子——孤兒是人盡可親的，你我更加不用說了。我們死去的孩子把他送給我們，他是從一個魔鬼的兒子和聖女那裡生出來的。你餵他奶吃，以後不要哭了。」於是瑪爾法．伊格納奇也夫納教養起這個嬰孩來了。他受了洗禮，取名保羅，至於父名則大家開始不約而同地稱作費道洛維奇。費道爾．伯夫洛維奇不加反對，甚至認為這一切極為有趣，雖然仍努力否認一切。城裡對於他收留遺兒一事頗為高興。費道爾．伯夫洛維奇以後給遺兒起了姓：稱作司米爾加可夫，照他母親的綽號麗薩魏達．司米爾加司察耶（即麗薩魏達）而起的，這個司米爾加可夫就成為費道爾．伯夫洛維奇的第二個僕人，在我們的故事開端時同老人格里郭里和老婦人瑪爾法一塊兒住在邊屋裡。他還充當廚役。本應該專門對他講幾句話，但是為了這種尋常的僕人而吸住讀者的注意，我未免覺得不好意思，因此現在我就轉到我的小說的正文上去，希望在這部小說接續的進行之中，自然而然會再講到司米爾加可夫身上。

第三章　熱心的懺悔（詩體）

阿萊莎聽到了父親離開修道院時從馬車裡喊出的命令，一時感到極大的惶惑。他並不是站在那裡，像一根木柱，他沒有發生過這樣的事情。相反地，他一面懷著不安，一面立刻到方丈的廚房裡去打聽他父親在上面幹出了什麼事情。後來他就上路，希望來得及在進城的路中設法解決使他煩悶的難題。預先要說一下：對於父親的呼喊和「連同枕頭褥子」搬回家的命令，他一點也不怕。他明白得太清楚，搬家的命令，是高聲而且裝樣地呼喊出來的，是在「忘神」中發出，甚至是為了美觀，好像一個在城裡最近喝酒太多的下市民，在自己命名日的那天，當著賓客們，為了不再給他酒喝而生氣，忽然開始打碎自己的器具，撕破自己和妻子的衣服，摔壞自己的家具，甚至碰碎屋裡的玻璃，這全是為了美觀，和現在父親的情形自然相同。到了明天，那個喝酒過多的下市民酒醒後，自然痛惜那些已摔破的碗碟。阿萊莎知道老頭兒明天也一定會放他回修道院去，甚至今天也許會放的。他深信父親會侮辱任何人，而不願侮辱他。阿萊莎相信全世界永遠沒有人願意侮辱他，甚至不但不願，而且不能。在他看來，這是永久不移的定理，無考慮的必要，在這意義上他向前進行，沒有一點動搖。

但是這時候，在他心裡蠕動的是別種的懼怕，完全另一種的懼怕，而且是痛苦得使他自己也不能加以確定的，那是懼怕女人，懼怕的就是卡德鄰納・伊凡諾夫納，她剛才託霍赫拉闊瓦夫人轉送一封信，不知為了什麼事情，堅決請求他去一趟。這一要求，和必須要前去的感覺立即將一種痛苦的情緒進入他的心裡，整個早晨這痛苦的情感越來越增加了，雖然以後在修道院裡隨來了一些活劇和剛才在方丈那裡突如其來的事情。他所懼怕的並不是他不知道她將同他說什麼話，他將怎樣回答她。他怕的不是一般的女人，他自然不大知道女人，但是一輩子從孩提的時候一直到入修道院裡為止，他只同她們在一起過活。他怕的就是這個女人，就是卡德鄰納．伊凡諾夫納。他從第一次看到她的時候起就怕她。他一共只見過她一、兩次，甚至也許有三次，一次甚至只偶爾同她講了幾句話。在他記憶裡的她的形象是個美麗、驕傲，意志堅強的女郎。但是並非美貌使他痛苦，而是另外的一點。他恐懼的無從解釋現在更加增強了他心內的恐懼。這位女郎的用意是崇高的，他知道這點：她努力拯救對她有錯的、他的哥哥，特米脫里，只是由於心胸寬大而努力。雖然他感到而且承認這些美麗的、寬大的情感的合理，但在他走近她的住所的時候，他的背上仍通過了一陣涼感。

他猜著同她很接近的伊凡．費道洛維奇哥哥，是不會在她家裡遇到的，他一定現在同父親在一起。特米脫里更加不會在那裡，他預感到是出於什麼原因。因此，他們的談話將在單獨中進行。他很願意在進行這命定的談話以前先見一見特米脫里哥哥，到他那裡去一趟。他不想把那封信給他看，卻可以同他談幾句話。但是特米脫里住得很遠，現在一定也不會在家。他在那裡站了一分鐘，終於做了最後的決定。他朝自己畫了孰悉的、匆遽的十字，當時不知為什麼微笑了一下，便堅定地動身到這位可怕的女郎的家去了。

他認得她的房子。假使走到大街，再通過廣場，那麼路不很近。我們這不小的小城的面積很散漫，距離相當地長。而且父親還等著他，也許尚未忘卻自己的命令，也許是發牛脾氣，所以必須趕忙，為了兩處都趕得及。為了這一切考慮，他決定縮短路程，抄近路，而在城裡的這些近路他是知道得像五個指頭一樣的清楚。所謂近路。那就是幾乎沒有路，順著空曠的圍牆，有時甚至要跨過別人家的籬笆，經過別人家的院子，不過在那些地方是隨便什麼人都認識他，而且同他招呼問好的。他抄這種路到大街去，路近一半。他甚至必須穿過離父親的房子很近的一個地方，那就是經過和父親房子相鄰的一所花園，那花園是附屬於一所陳舊的、歪斜的，四扇窗戶的小房。阿萊莎知道這所房子的主人是個城裡的下市民，沒有腿的老婦，和女兒同居，她過去是京城裡文明的女僕，最近還在幾處將軍家裡當差使，為了母親的病回家了一年光景，常穿著漂亮的衣服顯耀給人家看。但是母女兩人陷入可怕的貧窮裡去，甚至每天常到鄰近費道爾．伯夫洛維奇家的廚房裡去要菜湯和麵包。瑪爾法．伊格納奇也夫納極願意倒給她們。但是女兒一面要湯吃，一面連一件衣裳也沒有賣去，其中一套甚至帶著極長的尾巴。對於最後的事實，阿萊莎是從他的好友拉基金那裡得知，自然是完全偶然得知的——拉基金對於城裡的一切事情根本無所不曉。阿萊莎知道了這件事，自然當時就忘掉了。但現在走到了女鄰人的花園面前的時候，他忽然恰巧憶起了這條尾巴，迅快地抬起了低垂而沉思的頭，忽然……撞在一個最出人意料的巧遇上面。

他的哥哥特米脫里．費道洛維奇在鄰家花園的籬笆後面，腳墊立在什麼東西上面，胸脯挺出在外面，用力向他揮手示意，招呼他，喚他，顯然不但怕喊嚷，甚至不敢出聲說話，為了不使人家聽到。阿萊莎立刻跑到籬笆旁邊去了。

「幸而你自己回頭看了一下，否則，我幾乎要朝你呼喊，」特米脫里．費道洛維奇欣悅而且匆遽地微語，「你爬過來！快些！你來得真好。我剛想起了你……」

阿萊莎自己也很高興，只是疑惑著如何跨過籬笆。而米卡用大力士般的手抓住他的手肘，幫他跳過去。阿萊莎撩起了袈裟，用城裡赤腳小孩的靈巧姿勢跳了過去。

「好了，玩吧，我們走！」米卡的嘴裡掙脫出來歡欣的微語。

「往哪裡去？」阿萊莎也微語，朝四面環望，看見自己在一個完全空曠的園中，裡面除了他們兩個，沒有一個人。花園雖小，但是園主的小房到底還離他們有五十步遠，「這裡什麼人也沒有，你為什麼微語？」

「我為什麼？哎呀，見鬼！」特米脫里．費道洛維奇忽然用極完全的聲音呼喊，「我真是為什麼微語？你自己看見，怎麼忽然會發生了什麼顛倒陰陽的事情。我祕密地躲藏在這裡，看守著祕密，以後再解釋，但是明白了這是祕密，我自己忽然說話也祕密了起來，像傻子似的微語著，其實是並沒有必要的。我們走吧！到那裡去！暫時不要說話。我想吻你一下！

讚揚上帝在世界裡，
讚揚上帝在我心裡！……

——我剛才在你沒有來以前，坐在這裡，反覆說著這句子……」

花園面積有一方俄畝大，也許多些，只在周圍，沿著四面圍牆，栽著樹木——蘋果、菩提、樺木等樹。花園中央的空處，闢作草場，夏天可以割下幾鋪特的乾草。這花園從夏天起由女主人以幾個盧布的代價出租。還種著覆盆子、紅酸果、醋栗，也是種在圍牆旁邊，蔬菜的種植卻在房屋附近，最近才弄成的。特米脫里．費道洛維奇把客人領到離房屋最遠的園隅裡面。在那裡，在濃蔭的菩提樹和年老的黑酸果、接骨木、山楘樹、丁香樹之中，忽然開展了類似古式的綠色涼亭的東西，這涼亭發著黑色，有點歪斜，有柵欄形的牆，遮覆的頂，在裡面還可以躲一躲雨。涼亭不知是什麼時候落成的，傳說是五十年以前由當時的屋主亞歷山大．卡爾洛維奇．芳石米特，一個退伍的上校建造的。但是一切都已朽爛，地板霉糟，所有的板基全已搖動，木頭發出潮味。涼亭裡有一只木製的綠桌，嵌在地裡，周圍全是木質長凳，也是綠色的，可以坐在上面。阿萊莎立刻就看出了哥哥的歡欣的神情，一走進涼亭的時候，在桌上看見了小瓶的白蘭地和一只杯子。

「這是白蘭地！」米卡哈哈笑了。我看你那樣子：「他又喝酒起來了嗎！」你不要相信幻影。

你切勿相信虛空和虛偽的人群，
忘記了自己的疑惑……[1]

「我不是酗酒，只是『耽溺』，這是你的那隻豬玀拉基金說，他將成為五品文官，盡說著『耽溺』的話。你坐下吧。我要抱你，阿萊莎，摟在胸前，把你壓得緊緊的，因為在整個世界上……真正的……真正的……（你明白！你明白！）唯有愛你一個人！」

他說著最後一句話，處於近乎瘋狂的狀態之下。

「唯有你一個人，還有一個『下賤』的女人，我戀上了她，自己也就完蛋。但是戀並不等於愛。戀可以生在仇恨中。你應該記住！現在我還快樂地說話！你坐下來，就坐在這桌旁，我在附近挨著，要看著你，自己說話。你儘管沉默，我儘管說話，因為日期到了。但是你知道，我覺得應該真的說得輕些，因為在這裡……在這裡……會發現最出乎意料之外的耳朵[2]。一切我要加以解釋，所謂：請聽下回分解。所有這些日子，還有現在，我為什麼這樣找到你身上來，渴望著你呢？（我已在這裡拋了五天的錨。）為什麼所有這些日子呢？因為我要把話對你說出來，因為這是必須的，因為你是我所需要的，因

1　編註：出自Nikolay Alexeyevich Nekrasov的詩，詩題英譯為When Out of the Darkness of Delusion。
2　編註：意為「隔牆有耳」。

為明天我要從雲端裡飛，因為明天生活即將完結，而且開始。你經歷過，夢見過從山上落入深坑裡的情景嗎？現在我並不是在夢中飛。我不怕，你也不怕。其實我是怕的，但是我心裡很甜。其實並不是甜，而是歡欣……鬼，無論出什麼事，那都是一樣的。強烈的精神，軟弱的精神，女人的精神——無論什麼都可以！我們來讚美自然：你瞧，太陽多好，天多晴朗，樹葉多綠，完全還是夏天，下午四點鐘。萬籟皆靜！你往哪裡去？」

「我到父親那裡去，還想先到卡德鄰納．伊凡諾夫納那裡去走一下。」

「到她那裡，還到父親那裡！噢！真是巧極了！我是為了什麼事情喚你，為了什麼事情希望你來，為了什麼事情在心靈的深處，甚至從肋骨裡渴望著你呢？就為是想打發你到父親那裡去，以後再到她那裡去，卡德鄰納．伊凡諾夫納那裡去，就此同她，同父親了結清楚。打發一個安琪兒去。我本可以派任何人去，但是我必須要派安琪兒去。恰巧你自己也要找她，還要到父親那裡去。」

「你果真想派我去嗎？」阿萊莎脫口說出來，露著病態的臉色。

「等等，你是知道這個的。我看見你一下子全都明白了。但是你不要作聲，暫時不要作聲。不要憐惜，也不要哭！」

特米脫里．費道洛維奇立起來，凝想了一下，手指附在額上：

「她自己喚你去，自己給你寫了一封信，或是別的什麼東西，因此你才到她那裡去，否則，你難道會去嗎？」

「你瞧這張紙條。」阿萊莎從口袋裡掏出來。米卡很快地讀了一下。

「你竟抄小路前去！唉！上帝呀！謝謝您，因為您把他領到小路上去，他才落到我的手裡，像在故事裡一條金魚落到傻漁翁的手裡似的。阿萊莎，你聽著，兄弟，你聽著。現在我打算把一切都說出來。

因為總要對什麼人說出來的。我已經對天上的安琪兒說過，也應該對地上的安琪兒說一說。你是地上的安琪兒。你傾聽一下，考慮一下，你總會寬恕的……我就是要使比我高超些的人寬恕我。你聽著：假使有兩人忽然離開了塵世的一切，將飛到不尋常的世界裡去，或者至少其中有一個人在這之前，就是在飛走或滅亡的時候，到另一個人那裡去，說道：你替我做了這樁、那樁事情吧，這樁事是永遠沒有請求過任何人去做，而唯有垂死的時候才可以請求的——那麼難道那個人會不去履行……假使他是好友，他是弟兄？」

「我可以履行的。但是請你說，那是什麼事情？快說。」阿萊莎說。

「快說……唔。你不必急忙，阿萊莎：你忙得很，你心裡不安。現在你不必那樣忙。現在世界轉到新的方面上去了。唉，阿萊莎，真可惜，你不能理解歡欣！但是叫我對他說什麼呢？那是你沒有理解到！我這傻瓜，我說的是：

你應正直，人呀！

「這是誰的詩句？」

阿萊莎決定等候。他明白他的一切事情也許現在確實就在這裡。米卡沉思了一下，手肘靠在桌上，頭落在手掌上。兩人都沉默著。

「阿萊莎，」米卡說，「唯有你一個人不至於發笑！我想開始……我的悔懺……從席勒的〈歡樂頌〉：Au die Freude!但是我不懂德文，只知道Au die Freude!你不要以為我是酒後亂談。我沒有醉。白蘭地確實是白蘭地，但是我必須喝兩瓶，才能醉——

面頰紅闊的雪蓮，
騎在顛躓的馬上。

然而我還沒有喝完半瓶酒的半瓶，所以不是雪蓮。我不是雪蓮，卻是強力[1]，因為我做了一勞永逸的決定。請你恕我這個雙關語，你今天應該寬恕我許多事情，還不止雙關語一樣。你不要著急，我不會拖延時間，我說的是事情，現在立刻轉到正事上去。我絕不使你掛念。你等一等，那一首詩……」

他抬頭凝想，忽然歡欣地開始了：

畏葸，赤裸，野蠻的人猿，
躲藏在岩石的洞穴裡，
游牧民族在曠野裡馳騁，
使豐腴的田地荒蕪。
捕獸者持著弓劍刀槍，
恐怖地在林中奔馳……
可憐的是被波浪拋擲到
無歸宿的岸旁的人們！

1 譯註：雪蓮Silen，希臘神話酒神名。俄文中silen尚可作「有力」解。（編註：或譯西勒努斯Silenus）

從奧林匹克的山巍，
毋親采萊拉[2]走了下來，
尋覓被搶走的女兒博洛賽賓[3]：
野蠻的世界橫臥在她前面，
既無宿所；
復少佳餚，
更沒有廟宇
證明人們的虔信上帝。

田地的果實和甜蜜的葡萄，未在筵席上閃耀；
僅有軀體的遺骸，
在祭壇上冒煙。
采萊拉悲切的眼光，
無論向何處望去，
到處看見人們
在深沉的屈辱之中。

2 編註：Ceres
3 編註：Proserpine

嗚咽忽然從米卡的胸前迸出，他抓住了阿萊莎的手。

「好友，好友，在屈辱之中，現在就在屈辱之中，世界上受苦的人是太多了，所遭的災難太多了，你不要以為我只是穿著軍官制服的禽獸，終日飲酒荒淫。老弟，我差不多盡想這個，盡想這受屈辱的人，並不是說謊話。我可以向上帝禱告，現在我不是扯謊，也不是自己誇獎。我想這人，因為我自己就是這樣的人。

人的靈魂可以
從低卑中升起，
同古代的大地母親
作永遠的結合。

但是問題是叫我如何同大地作永遠結合？我不吻地，不剖劈它的胸；叫我做農人或牧童，是不是？我在世上行走，不知道是落進污穢和恥辱裡或是光明和快樂中。真是十分糟糕，因為世上的一切全是一個謎！逢到我陷入最深的荒淫的恥辱裡的時候（我是只會逢到這類的情事的），我永遠讀這兩首關於采萊拉和關於人的詩。它能使我改善嗎？永遠不能！因為我是卡拉馬助夫。因為我假使躍入深淵，就是那樣頭朝地，腳朝天，一直下去，那麼我甚至將因為墮落得這樣可恥而感到滿足，而在自己方面還把它當作美麗的事。就在這個恥辱裡我忽然開始唱讚美詩。即使我是可咒罵的，即使我下賤而低卑，即使我吻我的上帝所穿的袈裟的邊緣……即使我同時追隨著魔鬼，然而上帝呀，我到底是你的兒子，而且愛你，還感到快樂，沒有這，這世界是不能站立的。

永久的快樂煦育，
上帝創造的靈魂，
藉著騰沸的祕密的力量，
熾燃生命的酒杯；
將小草招向光明，
渾沌變為煦陽，
充沛廣闊的天空，
在星占家的視線以外。

在親藹的大自然的懷抱中，
有呼吸的一切全啜飲快樂，
一切生物，一切民族，
被它牽引在後面；
給予我們在不幸中的良友
葡萄汁和花冠，
給昆蟲們色慾……
給安琪兒上帝的尊容。

但是詩已經夠了！我流著眼淚，你讓我哭一下吧。即使這是愚蠢，為大家所訕笑，然而你是不會的。你的眼睛在燃燒著。詩已經夠了。我現在想對你說幾句關於『昆蟲』的話，就是關於上帝賦予色慾的『昆蟲』。

給昆蟲們色慾……

老弟，我就是那隻昆蟲，這話是特地對我講的。我們卡拉馬助夫全是這樣的，就是在你這安琪兒的身上也住著這條昆蟲，在你的血裡興風作浪。這真是暴風雨，因為色慾就是暴風雨，比暴風雨還厲害！美是一件可怕的東西！可怕是因為無從決定，而且也不能決定，因為上帝設下了一些謎。在這裡，兩岸可以合攏，一切矛盾可以同時生存。老弟，我沒有什麼學問，但是我對於這些事情想得很多。祕密是太多了！有太多的謎壓迫地上的人。你盡你所知，加以解答，從渾水裡乾乾地爬出來。美！我不能忍受，使一個心地甚至高尚，具有絕頂智慧的人從聖母瑪利亞的理想始，而以騷唐姆城（Sodom）[1]的理想終。至於心靈裡具有騷唐姆城的理想而不否認聖母瑪利亞的理想的人更加可怕，為了這理想，他的心燃熾，真正地燃熾，像幼年無邪的時代一般。不，人是寬闊的，甚至太寬闊了，我想弄狹窄一下。鬼知道，究竟是怎麼回事，真是的！凡是在智性內認為恥辱的，在心裡意想到的是一片的美。美是不是在騷唐姆之中？你須相信，在大多數人方面就是坐在騷唐姆之中的，你知道不知道這個祕密？可怕的是美不

1 編註：又譯「索多瑪城」。索多瑪與蛾摩拉（Gomorrah）為記載於聖經中的二個古城，因城內人民做盡姦淫虛妄之事，違反耶和華的戒律，而遭天火焚毀。

僅可怕，而且還是神祕的東西。在這裡，魔鬼與神相爭而人心成為戰場。誰的心裡痛，就要說出來。你聽著，現在讓我們轉到正文上去。」

第四章　熱心的懺悔（故事）

「我在那裡度著荒唐的生活。剛才父親說我花幾千盧布，勾引女人。這是一個卑賤的空想，永遠沒有過的，即使有，根本對於『這個事情』是不用金錢的。我的錢是附屬品，心靈的充溢，佈景。今天她是我的意中人，明天有一個街頭的妓女代替了她的位置。我對於這兩位全要博得歡心，扔擲大把金錢，鬧酒，音樂，吉普賽女人。在必要的時候，我也給她們錢，因為她們是要錢的，貪婪地要錢，這是應該說老實話的，她們當時很滿足，很感激。女太太們愛我，並不全是的，但是偶爾有之，偶爾有之，我永遠喜歡小胡同，僻靜深黑的里弄，在廣場的後面，那裡有奇遇，那裡有出乎意料的事情，那裡有落在污泥裡的寶石。老弟，我說話愛帶譬喻。在我們小城裡，這類胡同物質的沒有，而精神的是有的。如果你是我，你會明白這是什麼意思。我愛淫蕩，我愛淫蕩的恥辱。我愛殘忍；難道我不是臭蟲，不是惡蟲嗎？實在是一個卡拉馬助夫！有一次，我們許多人坐了七輛三套馬車到郊外野餐，冬天，在雪橇上，我在黑暗裡握住一隻鄰座女郎的手，強迫這女郎接吻，一個官員的女兒，可憐的、可愛的、溫馴的、靜淑的女郎。在黑暗裡她許我，她許我做許多事。我想明天就去找她，向她求婚（主要地講，人家是把我當作未婚夫看待的）；可是以後我和她一句話也沒講過，五個月內一句話也沒有。我看見，在跳舞的時候（我們是時常跳舞的），她的眼睛在廳堂的角落裡盯著我看，看見她的眼睛發光，發出溫和的、憤怒的火光。這種遊戲只是給我在自己身上蓄養著的昆蟲的淫慾逗趣而已。五月以後，她嫁給一個官吏，離開那個地方……一面生氣，一面也許還在愛。現在他們過著幸福的生活。你要注意，我對誰也沒有說，一點也不誇嘴；我的慾望固然低卑，我也愛低卑，但是我不是不顧名譽的。你臉紅，你的眼睛發光。這種醜行對於你是夠了。這不過還只是Paul de Cock[1]式的花朵，雖然殘忍的昆蟲已經在心靈裡生長，已經開展了出來。老弟，這裡是整冊的回憶。願上帝賜予這可愛的人兒以健康。我在斷絕關係的時候，不愛爭論。我永遠不洩漏，永遠不誇任何一個女人。但是夠了。莫非你以為我只是為了這一點屁事叫你來的嗎？不是的，我要對你講一些有趣的事情：但是你不必驚訝我不但不對你懷羞，甚至還好像喜歡。」

「這是因為我臉紅，你才說的，」阿萊莎忽然說，「我並非為了你的話語而臉紅，卻因為我是和你一樣的。」

「你嗎？你這彎子轉得有點遠了。」

「不，不遠，」阿萊莎熱烈地說（顯然這念頭早就在他心裡生出來了）。「一樣的階段。我在最下一層，而你在上面，第十三層階段。我對於這事情這樣看法，但這是一樣，完全相類的東西。人一踏上了最低的階段，一定會升到上面的階梯上面。」

「如果完全不踏上去呢？」

「有的人可以完全不踏上去。」

「你能嗎？」

「大概不能。」

「不要說，阿萊莎，不要說，可愛的人，我願意吻你的手，是由於感動而來的。那個壞蛋格魯申卡

1 編註：保羅・德・柯克（1793-1871），法國小說家，作品暢銷，卻被評品質低俗。

很會識人，有一次對我說，她將會把你吞食下去……我不說下去，我不說下去！從那敗行，從那被蒼蠅繁殖的田地上，讓我們轉到我的悲劇上去，也是被蒼蠅繁殖，那就是充塞一切下賤行為的田地上去。事實是因為老頭子雖然造了勾引良家婦女的謠言，實際上，在我的悲劇裡，這是實在有的，雖然只有一次，而且那一次也並沒有成立。老頭子弄些莫須有的事責備我，卻並不知道這件事情；我從來不對任何人說的，現在我對你第一個人說出來，自然伊凡是除外的，伊凡知道了一切。他早就知道了。然而伊凡是墳墓嗎？」

「伊凡是墳墓嗎？」

「是的。」

阿萊莎異常注意地聽著。

「我在一個鐵路線上的旅部裡雖然充當副官，但是好像受人家的監督，和充軍的人相仿。我受到這小城極好的接待。我擲去許多錢，大家相信我有錢，我自己也相信。然而我也許還有什麼別的一點得到他們的歡心。雖然只是點點頭，確都愛我。我的中校，已經是一個老人，忽然不愛起我來。他盡捉我的錯頭；但是因為我熟人很多，而且整個城市都站在我的一方面，所以也不能捉出什麼錯頭來。我也是自己錯，自己故意沒有對他表示相當的敬意。我驕傲起來。這個老頑固是一個脾氣很不壞，而且善意的好客的人。他曾娶過兩位太太，兩位都死了。第一位太太是普通人家出身，留下一個也是普通的女兒。她已經有二十四、五歲，和父親、姨母（她的去世母親的妹子）同住。這姨母是不言不語的平凡，而姪女，中校的長女，卻是精神活潑的平凡。我在回憶的時候喜歡說好話：像這位女郎那樣性格優雅的女性，我是從來沒有看到的，她名叫阿格菲亞．伊凡諾夫納。她相貌並不壞，合俄國人的口味——身高，健壯，肥滿，眼睛美麗，臉似乎有點粗糙。她沒有出嫁，雖然有兩家求婚，她加以拒絕，也沒有因此喪失快樂。我和她投合上了——並不是那個樣子，卻是純潔的、友誼的。我是時常和女人們完全無邪惡地、友誼地投合著的。我同她胡亂談些坦白的事情，她唯有嘻嘻地笑。許多女人喜歡坦白的話語，你應該注意這點，況且她又是一個女郎，所以使我很快樂。還有的是無論如何不能稱她作未出閣的小姐。她和她姨母住在父母家裡，好像甘願壓低自己，不和別的社會處於同等地位。大家愛她，需要她，因為她是一個有名的女裁縫：她有才幹，替人家幫忙不要錢，為了交情起見，但是人家送她禮物的時候——她不拒絕接受。中校呢——那就不同了！中校是我們這裡第一流人物。他的生活十分闊綽，招待整城的客人，晚餐，跳舞。在我來到那裡，進入旅部的時候，滿城都在議論，說中校的次女快將從京城裡來到。她是美人中選出來的最美的女人。剛在京城裡某貴族女校畢業。這位次女就是卡德鄰納．伊凡諾夫納，是中校的第二位夫人養的。第二位夫人也已去世，出身有名望的、某將軍的大家庭內，雖然我確切知道，她也沒有給中校帶來銀錢。那就是說，她有貴親，也就完了；或者還可以有點希望，至於現款是沒有的。在那個女學生回來以後（她是來作客，不會永遠長住的），我們的小城好像煥然一新，最高貴的女太太們——兩位將軍夫人，一位上校夫人，還有她們以下的一般人全都參加在內，捧起她來，開始快樂的節目，選舞后、野餐，還扮演活畫，替某保姆們籌款。我一聲不響，我只管鬧酒，並且當時做了一件事情，使全城的人議論紛紛。我看見她有一次對我盯了一眼，那是在砲兵團長家裡，但是我當時不走近前去：意思是我不在乎結識她。過了幾天，我才走到她面前去，也是在晚會上，我當時同她搭訕，她佯佯地看了一眼，翹起輕蔑的嘴唇，我心想：你等一等，讓我報仇！在當時許多事例上，我是一個粗野的傢伙；自己也感到這個。主要地是感到『卡欽卡』並不是天真爛漫的什麼女學生，卻是有性格的、驕傲的，實際上有品德的人，此外她還有聰明和學問，而我什麼都沒有。你以為，我想求婚嗎？一點也不，只是為了我是這樣的好漢，而她並不感到，想加以報復。我當時還是酗酒，胡鬧。中校後來把我監禁了三天。在那時候，父親恰巧寄來了六千盧布，隨後我給他寄去『以後一切無份』的字據，意思是說我們已經『結清了帳』，我不得再有什麼要求。我當時一點也不明白：老弟，我在回到這裡來以前，甚至到現在最後的日子為止，甚至也許到今天為止。我一點也沒有明白我同父親在銀錢上有什麼爭論之處。但是這不去管它，這個以後再說。當時在我收到了六千塊錢以後，我忽然從朋友給我的一封信上預先知悉一種對於自己有趣的事情。那就是上邊不滿意我們的中校，疑心他有不法行為，他的仇敵們給他預備下了冷箭。後來師長親自駕到，大大地吼罵了一頓。過了一會，命令他自行辭職。我不來對你細講這事是如何發生的，他確實有些仇敵，只是忽然城裡面對他和他的全家十分冷淡起來，大家忽然好像轉過背來。到那時候我的第一齣戲來了：我遇見了永遠保持友誼的阿格菲亞·伊凡諾夫納，對她說：『令尊大人那裡短了四千五百盧布。』『您這是什麼意思？為什麼？將軍新近來過，一點也沒有短……』『那時是有的，現在卻沒有了。』她異常懼怕：『請您不要嚇唬我，您聽誰說的？』我說：『您不要著急，我對誰也不說，您知道對於這類事情我就像墳墓一樣，我還想補說一句，以備「萬一」；在令尊大人需要四千五百盧布，而他恰巧拿不出來的時候，假使送交法庭，後來還要在老年時降作小卒，還不如把你們那位女學生祕密地給我送來，我恰好收到了匯款，也許可以分給她四千盧布，神聖地保守祕密。』她說：『您真是惡棍！（她就那樣說）——您真是狠心的惡棍！您怎樣敢說這話！』她異常激憤地走了，我還朝她背後呼喊，說要神聖而且牢不可破地保持祕密。這兩個女人，那就是阿格菲亞·伊凡諾夫納和她的姨母，我預先說一句，在這段歷史裡確是純粹的安琪兒，真誠地崇拜這位驕傲的妹子卡德鄰納，在她面前自行低聲下氣，充當她的女僕……只要阿格菲亞當時把這把戲，那就是我們的談話，對她轉過去就好了。我以後全都一五一十打聽了出來。她沒有隱瞞，我呢，自然就是需要這樣。

「一位新的少校忽然前來接收旅部。開始辦理交代。老中校忽然害了病，不能動，在家裡坐了兩晝夜，沒有交出公款。我們的醫生克拉夫欽國說他確實有病。唯有我知道其中一切的祕密，而且早就知道了：那筆款子，在上司查過帳以後，就暫告失蹤（四年以來，每年如此）。中校把這款子借給一個靠得住的人，我們的商人，老鰥夫，脫里福諾夫，戴金邊眼鏡，蓄大鬍子。他到市集上，做些他認為需要的生意，立刻把款子完整地交還中校，同時從市集上帶來了禮物，隨著禮物還加上利息。唯有這一次（我當時是從脫里福諾夫的兒子和繼承人，流涎的青年，世上少見的荒唐透頂的男孩那裡，完全偶然聽來的），唯有這一次，脫里福諾夫從市集上回來的時候，一點也沒有還。中校跑到他那裡去，得來的回答是：『我從來沒有收到您什麼錢，而且也不能收到。』於是我們的中校只好坐在家裡，頭上紮著手巾，她們三個人忙著把冰按在他的頭頂上面。忽然傳令兵送來一本簿子和命令：『限即刻，二小時內，交出公款。』他簽了字，以後我看見本子上的簽字——立起身來，說去改換軍服，跑進臥室，拿起雙銃的獵槍，裝上火藥，插進子彈，右腳脫去靴子，槍按在胸前，腳開始尋覓扳機。阿格菲亞當時起了疑心，記住了我當時的話語，躡足進來，恰巧看到了這情形：她闖了進來，從後面奔到他身上，擁抱了他，子彈朝上面天花板射出去了。誰也沒有受傷。其餘的人們跑進來。抓住他，奪去了槍，拉住他的手……這一切情形我詳詳細細地聽了出來。我當時坐在家中，黃昏的時候，剛剛想出去，穿上衣服，梳好頭髮，手絹灑了香水，拿起制帽，忽然門一開站在我面前的，在我的寓所裡的是卡德鄰納．伊凡諾夫納。

「也真有些奇怪的事情：街上當時沒有人看到她溜進我的屋裡來，所以城裡面一點也沒有漏出什麼來。我同兩個老婆婆，官員的夫人，租下了寓所，她們親切地侍候我，那兩個女人態度很恭謹，一切聽我的話，遵照我的命令，一句話也不響，像鐵柱一般。我自然當時明瞭了一切。她走了進來，一直向我盯看，黑暗的眼睛露出堅決的態度，甚至帶著挑釁的樣子，但是嘴唇上和嘴唇附近，我看出不堅決來。

「『姊姊對我說，您可以借四千五百盧布，假使我來取……我自己到您這裡來。我來了……您給我錢吧！……』她按捺不住，喘著氣，害怕了，嗓音中斷了，唇角和唇邊的紋線抖索了。阿萊莎，你聽到沒有？不是在睡覺吧？」

「米卡，我知道你會說出全部實話來的。」阿萊莎慌急地開口說。

「我就是在那裡說實話。抵然要照所發生的全部事實原原本本地說出實話來，那麼我是不會寬恕自己的。第一個念頭是卡拉馬助夫式的。老弟，有一次一隻蜈蚣把我咬了，我有兩星期發燒躺在床上；現在忽然從心裡聽見有一隻蜈蚣在叮咬著，那隻惡蟲，你明白嗎，我的眼睛把她忖量了一下。你看見過她嗎？她真是一個美人。當時她的美不在那個上面。當時她的美，美在她高貴而我低賤，她為父犧牲，顯出寬仁的偉大，而我是一隻跳蚤。現在，她的整個身體，全由我這跳蚤和惡棍加以打發，整個的她，攏統的一切，精神和肉體。她是被包圍住的了。我對你直說：這念頭，蜈蚣的念頭，佔據了我的心，使它幾乎苦惱得暈厥。似乎不應該再發生什麼鬥爭：就像跳蚤，像大毒蜘蛛一般做去，不加任何的憐憫。……我的呼吸甚至窒息了。你要知道：我也許明天就會到他們家去求婚，為了使這一切取到所謂最美妙的結局，那麼便沒有人知道，也不會知道這事的了。因為我這人雖然具有低卑慾望，卻十分誠實。在那個剎那間忽然有人朝我的耳朵上微語：『到了明天，等到你去求婚的時候，這個女人絕不會出來見你，將吩咐馬夫把你從院子裡推趕出去。意思是你到全城去誇嘴吧，我不怕你！』我望了女郎一眼，我的聲音沒有扯謊：自然是這個樣子。人家會把我趕出去，照現在的臉上就可以判斷的。我的心裡沸騰著惡意，想玩出一個下賤的、小豬樣子的，商人的把戲來：嘲笑地看她一眼，照著唯有商人才會說的口吻罵她一頓：

「『那是四千塊錢！那是我開玩笑。您這是怎麼啦？太容易相信了，小姐。二百塊錢，我也許很願意給您，至於四千盧布，那不是可以輕易扔擲到這種輕浮事情上去的。您白白地勞步一趟。』

「你瞧，那時候我自然將喪失一切，她一定會跑出去。但是這將成為獰惡的復仇。一切其餘的事全是應得的。以後我將一輩子懺悔不盡，只要現在我做出了這個把戲，你信不信！我同任何一個女人。同無論哪一位都永遠不會發生這類使我在這時候看到她帶著怨恨的情形的！我可以用十字架賭誓：我當時懷著可怕的仇恨，看了她三秒鐘，或五秒鐘——那種仇恨，從它到愛，到最瘋狂的愛——其間只隔著一根頭髮！我走近窗旁，額角按在凝凍的玻璃上面，我記得冰像火一般燒炙我的額角。我沒有久留住，你不要著急，我當時回轉身來，走到桌旁，打開抽屜，取出一張票額五千的，五釐的，不記名的鈔券（在我的了本法文字典裡放著）。隨後默默地給她看一下，摺好了，交給她，自己替她開外屋的門，倒退一步，對她做一個極恭敬的、極深刻的鞠躬，一直鞠到腰際。你相信不相信！她全身抖索了一下，凝神地看望了一秒鐘，面色極度慘白，像桌毯一樣，忽然一句話也不說，並不是匆遽地，卻是柔軟地、深深地、輕輕地，全身彎下去，一直倒在我的腳前——額角撞地，不是照女學生的式樣，卻是照俄羅斯的樣子！她跳起身來，跑走了。她跑出去的時候，我佩著劍，我抽出劍來，正想立刻刺殺自己，為了什麼——我不知道，自然是極愚蠢的事，但是大概由於歡欣。你明白不明白，人可以為了一些歡欣而自殺；然而我並沒有自行刺殺，只是吻了劍一下，又把它插進鞘裡——這話本來也可以不對你提的。剛才我講述這一切鬥爭的時候，大概有點渲上彩色，為了誇自己。但是隨它去吧，隨它去吧，管他娘的什麼人心的偵探。這就是我同卡德鄰納．伊凡諾夫納過去的一段『故事』。現在伊凡哥哥知道這件事情——還有你知道——別的沒有什麼了！」

特米脫里．費道洛維奇立起身來，驚慌地跨了一步，又一步，掏出手絹，擦乾額上的汗，後來又坐下來，但是沒有坐在原來坐的地方，卻在另一個地方，對牆的一只長凳上面，使得阿萊莎不能不完全轉身到他的方向那裡去。

第五章　熱心的懺悔——「腳跟朝上」

「現在，」阿萊莎說，「我對這件事情的前半段已經知道了。」

「前半段你瞭解：那是一齣戲劇，發生在那邊。後半段是悲劇，發生在此地。」

「後半段的情節我至今一點也不明白。」阿萊莎說。

「我呢？我難道明白嗎？」

「等著，特米脫里，這裡有一句主要的話。請你對我說：你是未婚夫，現在還是未婚夫嗎？」

「我並非當時就成為未婚夫，只是那件事情發生以後，過了三個月的時候。這件事發生後第二天，我自己對自己說，這個故事已經了結，不會繼續下去的了。我覺得前去求婚是下賤的事。而且她一方面也有六個星期住在我們城裡——一句話也沒有響。固然只有一件事情除外：在她拜訪以後的第二天，她家的女僕溜到我這裡來，一言不發，遞來一封信。信上地址寫：某某君收。一打開來——五千盧布一張鈔票的找零。一共應該是四千五百，賣去那張鈔票貼水損失二百幾十盧布。她一共送還二百六十盧布，大概是的，我不記得了，裡面只有錢——沒有信，沒有一句話，沒有一點解釋。我在信封裡尋覓鉛筆的一點記號——一點也沒有！我暫時只好用我的餘下的錢鬧酒，終於使新的少校不能不對我下申斥令。至於中校卻正正當當地將公款交了出來，使大家吃了一驚。因為誰也沒有料到他的錢會如此完整。交出以後，就生了病，躺下來，睡了三星期，後來忽然發生了腦筋的軟化，五天後就死了。大家用軍隊的儀節葬他，因為他還來不及請准辭職。卡德鄰納．伊凡諾夫納，還有她的姊姊和姨母，剛葬好了父親，十天以後就動身到莫斯科去了。只是臨動身以前，她們走的當天（我沒有見她們，也沒有送她們），我才接到一封小小的，藍色的信，一張絹紙，上面只有鉛筆寫的一行字：『我將和您通訊，請等候著。K』就只如此而已。

「我現在對您解釋兩句話。到了莫斯科，她們的事情轉變到像閃電一般地快，像阿拉伯故事一般地突然。那位將軍夫人，她的近親，忽然一下子喪失了兩個她的最近的繼承人，兩個最近的姪女——兩人在同一星期內出天花死去。受了震動的老婦看見卡嘉，喜歡得像親生女兒，像救星。立刻拉住她，把遺囑轉到她的名下，但這是以後的事情，現在先一下子給了八萬現款，說這是給你的嫁貲，你隨便怎樣去處分吧。她是一個歇斯底里的女人，我以後在莫斯科看見她過的。當時我忽然從郵政局接到四千五百盧布，自然十分驚疑，而且奇怪得話也說不出來。過了三天，收到那封預先約定的信。這封信現在還在我這裡，我永遠帶在身邊，死也帶著它——要不要給你看。你一定要讀一下子：她提議做我的未婚妻，自己提出來。她說：『我瘋狂地愛您，即使您不愛我——那是一樣的，只要您做我的丈夫就好了。您不必害怕——我絕不使你受到拘束，我要做您的家具，做您踏腳的地毯……願意永遠愛你，願意救您自己』……阿萊莎，這幾行字我是甚至不配用我的低賤的話語和我的低賤的音調加以複述的，我永遠發出那種低賤的音調，我是永遠改不掉的！這封信到現在還刺痛我的心，難道我現在心裡輕鬆嗎？難道我今天心裡輕鬆嗎？我當時給她寫了回信（我怎麼也不能親身到莫斯科去）。我用眼淚寫這封信。唯有一樁覺得慚愧的：我提起說她現在有錢，還有嫁貲，而我只是一個驕傲的乞丐，我居然提起了金錢，我應該自己忍住，但是筆端上滑了出來。我當時立刻給在莫斯科的伊凡寫信，盡可能的範圍內對他解釋一切，一封信寫了六張紙，是打發伊凡到她那裡去。你瞧我做什麼？為什麼這樣瞧？是的，伊凡愛上了她，現在還愛，我是知道的，據你們看來，據世俗的見解，我做了蠢事。但是也許這蠢事現在卻救了我們大家！你難道沒有看見，她如何尊敬他，如何看重他嗎！她把我們兩人一加比較，尤其是在這裡發生了一切事情以後，難道還能愛像我這樣的人嗎？」

「但是我相信她愛的是像你這樣的人，而不是像他這樣的人。」

「她愛自己的德性，而不是我，」特米脫里．費道洛維奇忽然不由自主地，卻近乎惡狠地脫口說出來。他笑了，但是過了一秒鐘，他的眼睛閃耀，他滿臉通紅，拳頭用力叩擊桌子。

「我賭誓，阿萊莎，」他帶著可怕的、誠懇的，對自己的怒氣喊道，「信不信由你，但是上帝是神聖的，基督是神，我敢賭誓我雖然現在嘲笑她的高尚的情感，然而我知道我在心靈上比她低賤幾百萬倍，她的高尚的情感是天神般的誠懇！悲劇就在於我確實知道這個。人帶點誇示，那有什麼關係呢：難道我不誇示嗎？要知道我是誠懇的，誠懇的。至於伊凡，我也明白他現在對於人性是看得如何地詛咒，尤其因為他具有如何的聰明！看重了哪一個人？看重的是一惡人，在這裡，已經當了未婚夫的時候，在眾目窺伺之下，還不能止住淫暴的行為——這居然當著未婚妻，當著未婚妻！像我這樣的人居然被看中了，而他卻遭到拒絕。為了什麼？就為了一個姑娘由於感恩而願意強姦自己的生命和命運！離奇極了！這樣的意思我從來沒有對伊凡說過，伊凡也自然沒有對我說過一句話，作過一點暗示；但是運命會決定一切，有價值的人將立到相當的地位上去，而卑賤的人將永遠隱進胡同裡面——污穢的胡同裡面，他心愛的，並且應得的胡同裡面，就在那污穢與臭氣中，自甘情願而且愉快地喪失他的生命。我說了些愚蠢的話，我的話語全都用得陳舊，好像任意地、胡亂地說出，但是我所決定的就是那樣。我將在胡同裡淹沒，而她將嫁給伊凡。」

「哥哥，等一等，」阿萊莎又懷著過度的不安打斷著，「這上面到底有一樁事情你至今沒有對我解釋清楚：你是未婚夫，到底你是不是未婚夫？既然未婚妻不願意，那你怎麼可以解除婚約呢？」

「我是形式上的，受過祝福的未婚夫，這事發生在莫斯科，我到了那裡去以後，當時禮節隆重，還用神像，形式是很好看的。將軍夫人祝著福，甚至給卡嘉道賀。她說，你選得很好，我看透了他。你信不信，她並不愛伊凡，也不向他道賀。我在莫斯科同卡嘉談了許多次，我把我自己向她描寫，老老實實地、確切地。她傾聽了一切：

那裡有親密的自承，

溫柔的言語……

但是也有驕傲的話語。她當時強迫我作改過自新的極大的誓約。我給了這誓約。現在……」

「怎麼樣呢？」

「現在我喚你來，今天我把你拉過來，今天的日子——你要記住！——為了打發你去，今天就去，找卡德鄰納．伊凡諾夫納，並且……」

「怎麼樣？」

「並且對她說，我再也不到她家去，和她告別。」

「難道這是可能的嗎？」

「我所以派你去，而不自己去，就是因為不可能，否則，我不會自己對她說嗎？」

「那麼你到哪兒去呢？」

「到胡同裡去。」

「那就是說到格魯申卡那裡去！」阿萊莎悲慘地喊，擺著雙手，「難道拉基金果真說的是實話嗎？我以為你只是到她那裡走動走動，就完了。」

「未婚夫應該走動的嗎？當著這樣的未婚妻，還當著大眾的眼前，難道這是可能的嗎？我也有良心的。我一到格魯申卡家去走動，當時我就不成為未婚夫和誠實的人，我是很明白的。你看我做什麼？你知道，我最先是想去打她的。我打聽出來，而且現在已經確實知道，那個上尉，父親的代理人，曾把我的借據轉給格魯申卡，讓她出面追索，那樣子我就可以安靜地了結。他們想嚇唬我一下。我跑去打格魯申卡。我以前曾瞧見她一次。她沒有使人吃驚的地方。我也知道那個商人又老又病，軟洋洋地躺在床上，將來會留給她一大堆的資產。我也知道她愛賺錢，吃人們的血，重利盤剝，是一個毫無憐憫心的騙子。我跑去打她，卻留在她那裡了。雷雨大作，鼠疫侵襲，從此我受了傳染，我知這一切都已完結，我永遠不會再有別的出路。時代的循環已經完成。這就是我的情形。當時好像故意似的，我的口袋裡，一個窮人的口袋裡，忽然發現了三千盧布。我就同她到莫克洛葉去，離這裡有二十五俄里，招來了吉普賽女人，香檳酒，請所有的農人，所有村婦，村女，喝香檳酒，那幾千盧布施展出威力來了。過了三天，我光了身子，卻成為一個英雄。你以為英雄達到什麼目的了嗎？她甚至一點也不露出什麼形相來。我對你說：那是為了曲線。那個壞蛋格魯申卡身上有一種曲線，這曲線在她的腿上也描了出來，甚至在左腳的小指上也影響到了。我看到了，就接吻，只是如此我敢賭誓的！她說：『如果你願意，我可以嫁給你。你要知道你是窮人。你如果肯不打我，許我做我願意的事，那時候我也許會嫁給你。』說著，笑了。現在還笑著！」

特米脫里．費道洛維奇幾乎帶著瘋狂的樣子，立起身來，忽然好像喝醉了酒。他的眼睛突然充滿了血絲。

「你果真打算娶她嗎？」

「只要她樂意，我立刻娶她，如果不願意，我也要留在那裡，做她家的看院人。你……你……阿萊莎……」他忽然站在他面前，抓住他的肩膀，忽然用力搖撼他，「你知道不知道，你這天真爛漫的孩子，這一切全是譫語，無意義的譫語，因為這是一齣悲劇！你要知道，阿萊克謝意，我可以做低賤的人，具有低賤的潰滅的慾望，卻不能做賊，小偷，挖人家口袋，溜進人家前屋的小偷，我特米脫里．卡拉馬助夫是不能做的。但是現在你要知道，我已經是一個賊，挖人家口袋，溜進人家前屋的小偷！恰巧在我跑去打格魯申卡以前，卡德鄰納．伊凡諾夫納在那天早晨叫我去，持著極深的祕密，讓任何人也不知道（為了什麼緣故，我不知道，顯然她自有原因），請我到省城裡去，從郵局匯寄莫斯科三千盧布，匯給阿格菲亞．伊凡諾夫納，所以要到省城裡去，就為了不讓此地的人知曉這事。我當時口袋裡放著三千盧布，就到了格魯申卡家裡，就拿著這錢到莫克洛葉去了。之後我裝作已到過省城去的樣子，卻沒有把郵局收條交給她，只說錢已經匯出，收據就送來，至今沒有送，是忘記了。現在，你看怎麼樣，你今天就去，對她說『他吩咐和您告別，』她得問你：『錢呢？』你不妨對她說：『他是下賤的色鬼，有克制不住的情感的卑鄙東西。他當時並沒有匯錢出去，卻把它侵用了，因為他是一個低卑的禽獸，不能克制自己』，同時你還可以補上去：『然而他不是賊，這裡是三千盧布，他叫我送還給您，您自己匯給阿格菲亞．伊凡諾夫納就是了，而他自己請您從此告別。』」

「米卡，你是不幸的人！但並不像你所想的那個樣子——你不要失望到死路上去！」

「你以為，我還不出三千塊錢，便會自殺嗎？事實是我絕不會自殺。現在沒有這個力量，以後也許有，現在我要到格魯申卡那裡去……我不管那些事情了！」

「到她那裡做什麼？」

「做她的丈夫，我夠得上這個丈夫的資格。只要有情人一到，我會到別間屋裡去。我會替她的朋友洗髒套鞋，生火爐，被差遣出去辦事……」

「卡德鄰納・伊凡諾夫納會明瞭一切的，」阿萊莎忽然矜持地說，「她會明瞭這一切憂愁的深刻，而加以寬恕的。她具有高尚的智慧，因為她自己會看出，再也沒有比你更不幸的了。」

「她完全不會寬恕的，」米卡露出牙齒笑了，「老弟，有一點是任何女人都不能寬恕的。你知道，最好應該怎麼辦呢？」

「什麼？」

「還給她三千塊錢。」

「從哪裡去弄來呢？你聽著，我有兩千塊錢，伊凡也可以拿出一千，一共三千，你拿去還了吧。」

「你這三千塊錢，什麼時候可以取到呢！再加上你還是未成年人，一定必須，一定必須使你今天就去對她傳話，不管有錢沒有錢，因為我再也不能拖延下去，事情已到了頂點。明天就晚了，晚了。我派你到父親那裡去一趟。」

「到父親那裡去嗎？」

「是的，在見她以前先到父親那裡去。你向他要三千塊錢。」

「米卡，他絕不肯給。」

「能給才好，我知道他不肯給的。你知道不知道，阿萊克謝意，什麼叫做絕望？」

「我知道。」

「你要曉得：在法律上，他不欠我一點錢。我全從他那裡取到了，全取到了，我知道的。但是在道德上，他還欠我，對不對？他是從母親的二萬八千盧布開始，賺到了十萬塊錢。只是叫他從這二萬八千盧布給我三千，只要三千，就可以把我的靈魂從地獄中救拔出來，這可以贖清他許多的罪惡！我呢，就以這三千盧布為終點，我可以給你起一個大誓，他再也不會聽到我那邊有什麼話說了。我最後一次給他一個做父親的機會。你對他說，那是上帝自己賜給他的一個機會。」

「米卡，他無論如何不會給。」

「我知道他不會給，我完全知道。尤其是現在。不但如此，我還知道：現在，剛剛不多幾時，也許只是昨天，他初次正經地打聽出來（注意這正經兩字），格魯申卡也許真的不是開玩笑，確實想嫁給我。他知道這個性格，知道這隻貓的脾氣，難道他還會外加地給我錢，以助成這個機會，正當他自己也在瘋狂地戀上她的時候？這還不必提，我還可以給你引出一樁事實：我知道他已經在五天以前掏出三千盧布，換成一百塊錢一張的兌換券，封在一只大信封裡，打上五顆印，上面用紅綫綫紮成十字形。你看，我知道得真詳細！信封上寫著：『如願親來，當以此獻予我的安琪兒格魯申卡。』這幾個字是他自己在靜寂裡和祕密中塗寫的。誰也不知道他身邊有錢存放著，除去僕人司米爾加可夫以外，他相信僕人的誠實，和相信自己一般。他已經等候格魯申卡三、四天，希望她會來取那封信，他叫人通知她，她也叫人回覆：『也許可以來。』如果她到了老頭子那裡去，那麼我還能娶她嗎？你現在可以明白，為什麼我現在祕密地坐在這裡，守候的是什麼？」

「守候她嗎？」

「就是她。福瑪在這兩個髒貨，這裡的女主人家裡租著一間小屋。福瑪是從我們那個地方來的，他是我們營裡的兵。他現在侍候她們，夜裡守更，白天出外獵松雞，就靠這生活。我就在他那裡住了下來，他和女主人們全不知道這祕密，那就是我在這裡守候著的事情。」

「只有司米爾加可夫一個人知道嗎？」

「他一個人知道。只要她到老頭子那裡去，他會來通知我。」

「是他對你講關於信封的事情嗎？」

「就是他。一個極大的祕密。甚至伊凡都不知道錢的事情，一點也不知道。老頭子想派伊凡到切爾馬士娜去兩、三天；有了買樹林的主見，用八千盧布的代價換得採伐一片樹林的權利，所以老頭子勸伊凡：『你幫幫忙，自己去一趟吧。』意思是去兩、三天。他希望等他不在家的時候讓格魯申卡到他家去。」

「這麼說，他今天就在等候格魯申卡嗎？」

「不，今天她不會來，看得出苗頭來的。她一定不會來的！」米卡忽然喊，「司米爾加可夫也是這樣猜想。父親現在正在喝酒，同伊凡哥哥坐在餐桌上面。阿萊克謝意，你去向他要這三千盧布吧……」

「親愛的，親愛的，你怎麼啦！」阿萊莎喊，跳了起來，審看瘋狂的特米脫里·費道洛維奇。在一剎那間他想，特米脫里發瘋了。

「你這話是什麼意思？我並沒有發瘋，」特米說里·費遁洛維奇聚神地，甚至似乎勝利地看望著，說道：「我既然跟你去見父親，我知道我說的是什麼話：我相信奇蹟。」

「奇蹟？」

「天意的奇蹟。上帝知道我的心。他看見我的一切希望。他看見全部圖畫。難道他會讓恐怖的事件發現嗎？阿萊莎，我相信奇蹟，你去吧！」

「我要去。你是不是在這裡等候著？」

「我在這裡等。我明白這不會很快，不能一去就直率地說出！他現在喝醉了。我要等候三點鐘，四點，五點，六點，七點，但是你要知道，你今天，哪怕甚至半夜裡，也要到卡德鄰納·伊凡諾夫納那裡去，帶錢或不帶錢去，並且對她說：『他叫我轉致道候的意思』。我一定要你說出這句話：『叫我轉致道候』……」

「米卡！如果忽然格魯申卡今天就去……不是今天，那麼明天，後天？」

「格魯申卡嗎？我要看守住，闖進去，妨礙他們……」

「假如……」

「假如的話，我就殺人。這樣是受不住的。」

「殺死誰？」

「殺死老頭子。不會殺死她。」

「哥哥，你說的是什麼話？」

「我還不知道，不知道。……也許我不會殺，不至於殺。我怕在那時候他的臉忽然使我嫉恨。我恨他的喉結，他的鼻子，他的眼睛，他的無恥的嘲笑。我感到肉體上的憎厭。我怕的就是這個。我怕不能按捺住……」

「我要去了，米卡。我相信上帝會安排得十分妥切，絕不至有恐怖的事情。」

「我要坐在這裡，等候奇蹟。如果不能實現，那麼……」

阿萊莎憂心地動身到父親那裡去了。

第六章　司米爾加可夫

他果真遇見父親還坐在餐桌上面。飯桌照向例擺在大廳裡。雖然房子裡本來預備有真正的餐室。這間大廳是全所房子最大的一間屋子，陳設得帶有古老的意味。家具極古，白色，蒙著陳舊的、紅色的、半絲綢的材料。窗戶中間的牆壁上掛著鏡子，鑲著古式雕刻的，華美的、白色和金色的鏡框。在糊著白紙、許多地方已經破裂的牆壁上懸掛兩面大像——一面是公爵的像，三十年以前做過本省的總督，另一面是某主教像，也是早已死去。前面屋角落裡放著幾個神像，到了夜裡就在前面點上油燈……並非由於崇拜，卻由於可以使這屋子在夜間得到光亮。費道爾・伯夫洛維奇夜裡極晚睡覺，三、四點鐘方睡下，在這時間以前，老在屋內踱步，或坐在椅上沉思。他已成了習慣。他在不少的時間內，完全獨自睡在一所房內，打發僕人們到邊屋裡去，但是大部分的時候有僕人司米爾加可夫留在他那裡宿夜，睡在前屋的長凳上面。阿萊莎進門時，中餐已完結，正端上糖漿和咖啡。費道爾・伯夫洛維奇在飯後一面吃點甜品，一面喝白蘭地酒。伊凡・費道洛維奇也坐在桌旁喝咖啡。僕人們，格里郭里和司米爾加可夫站在桌旁。主僕兩方都是處於顯著的、特別快樂的興奮狀態之下。費道爾・伯夫洛維奇大聲發笑，阿萊莎從外屋就聽見他的尖聲的，以前十分熟稔的笑聲，從笑聲中立刻斷定父親這沒有很醉，暫時只是情趣幽默而已。

「他來了，他來了！」費這爾・伯夫洛維奇大喊起來，忽然看見了阿萊莎十分高興，「你快來參加，坐下來，喝杯咖啡——素的，這是素的，卻很燙，可愛得很，白蘭地酒不請你喝，你是持齋的人。但是你要不要喝？要不要喝？我不如給你蜜酒，你這貴客！司米爾加可夫，你到櫃櫥那裡去，第二層架上，右面，把鑰匙拿去，快些！」

阿萊莎拒絕喝蜜酒。

「反正要取來的，不是為你，卻為我們，」費道爾．伯夫洛維奇滿臉露出笑容，「等等，你吃過飯沒有？」

「吃過了，」阿萊莎說，實際上在方丈的廚房裡只吃了一小塊麵包，喝了一杯酸汽水。「熱咖啡我倒是樂意喝一杯的。」

「親愛的！好孩子！他願意喝一杯咖啡。要不要熱一熱？不要緊，現在還滾熱。名貴的咖啡，司米爾加可夫的手藝。我的司米爾加可夫是煮咖啡，製鬆餅的聖手，還有魚湯也是他的拿手菜。以後你來吃魚湯，預先告訴一聲……等著，等著，我剛才曾吩咐你完全搬回來，連被褥和枕頭都帶來。被褥拿來沒有？嘻！嘻！嘻！……」

「沒有拿來。」阿萊莎冷笑了一聲。

「但是害怕了嗎？剛才害怕了嗎？唉，我的寶貝，我是不能使你受冤屈的。伊凡，你知道，我不能看他那種瞧著人笑的樣子。我不能。我的肚子會開始向他發笑，我真愛他！阿萊莎，讓我給予你慈親的祝福。」

阿萊莎立起來，但是費道爾．伯夫洛維奇一會兒又變了心思。

「不，不，我現在只對你畫十字，就是這個樣子，你坐下來吧。唔，現在你可以得到快樂，那就是關於你的題目。你可以儘量笑笑。我們那隻瓦拉安姆的驢子（Balaam's ass）[1]開口說話了，而且說呀，說呀，說不完了！」

瓦拉安姆的驢子就是僕人司米爾加可夫。他人很年輕，只有二十四歲。他不善交際，沉默寡言。並不是野蠻，或有點害臊，相反地，卻是性格高傲，似乎看不起任何人。我們不能就此忽略過去，不說兩句關於他的話，尤其是現在。養育他的是瑪爾法·伊格納奇也夫納和格里郭里·瓦西里也維奇，但這孩子長成的時候，並「沒有任何感恩的心思」——這是格里郭里批評他的話。他成為一個野蠻的孩子，從角落裡看世界的一切事物。小的時候，他很喜歡把貓弄死，再以隆禮埋葬牠。他套上一條被單，作為袈裟的樣子，一面唱，一面在死貓的屍體上揮搖著什麼東西，好像在搖著香爐。他靜靜地做著這一切，帶著極大的祕密。格里郭里有一次撞到他正在做這練習，便狠狠地用鞭子抽他一頓，他縮到角落裡去，從那裡斜眼望了一個多星期。「他不愛你我兩人，這怪物，」格里郭里對瑪爾法·伊格納奇也夫納說，「並且不愛任何人。你究竟是人不是？」他忽然逕直對司米爾加可夫說：「你不是人，你是從澡堂的霉黴裡長出來的，你是這樣的人……」以後發現出來，司米爾加可夫永不能饒恕他這幾句話。格里郭里教他識字，等他過了十二歲時，開始教聖經。但是這事情弄得一點也沒有結果。有一天，剛剛在教第二課，或第三課的時候，這孩子忽然冷笑了一下。

「你笑什麼？」格里郭里問，從眼鏡底下可怕地看他。

「沒有什麼。上帝在第一天裡創造了世界，在第四天裡創造了太陽、月亮和星兒。但是第一天的光亮是從哪裡來的呢？」

1 編註：又譯「巴蘭之驢」，出自《舊約》〈民數記〉第22到24章。在該故事中，上帝讓遭巴蘭虐打的驢子開口說話，要巴蘭不應聽從摩押王的命令詛咒出逃的希伯來人。後來這則故事泛指一些平時看似沉默寡言，卻突然開口抗議、表示意見的人。

格里郭里呆住了。孩子嘲笑著看著教師。在他的眼神裡甚至帶點傲慢。格里郭里受不住了。「那是從這裡來的！」他喊了一聲，狠狠地擊打學生的臉頰。男孩挨了一記耳光，沒有分辯一句話，卻又有好幾天鑽進角落裡去。湊巧發生了一件事情：過了一星期，他生平第一次犯發了暈厥病，以後一輩子也不能離開它。費道爾・伯夫洛維奇知悉了這事，似乎忽然變更了對於男孩的態度。以前他好像冷淡地看著他，雖然從未罵過他，而遇見的時候，永遠給他一個戈比。遇到心緒欣悅的時候，有時還從飯桌上送點甜東西給這孩子吃。但是現在他生了這病，便根本決定照顧他，延請醫生為他治療，但是結果到底無從治癒。他的暈厥病在每月中旬發作一次，日子是不同的。每次暈厥的力量也不同——有時輕鬆，有時很劇烈。費道爾・伯夫洛維奇嚴禁格里郭里對這孩子用體罰，開始放他到自己樓上來，同時也禁止教他讀任何功課。但是有一次，當男孩已經十五歲的時候，費道爾・伯夫洛維奇看見他在書櫥旁邊徘徊，並且隔著玻璃讀書籍的標題。費道爾・伯夫洛維奇有許多書籍，一百餘卷，但是誰也沒有看過他執卷在手。他立刻把書櫥的鑰匙交給司米爾加可夫：「你唸吧。你可以做一個圖書館職員，比在院子裡閒蕩好得多。你坐下來唸吧。你唸這一本書，」費道爾伯夫洛維奇給他抽出一本《狄堪卡河旁村落之夜》[2]來。

男孩唸完了，卻感到不滿足，一次也不笑，相反地，皺著眉頭唸完了。

「怎麼樣？不好笑嗎？」費道爾・伯夫洛維奇問。

司米爾加可夫沉默著。

「回答呀，傻子。」

「寫的全是不實在的話。」司米爾加可夫癡笑著。

2 譯註：郭果里的一部小說。（編註：又譯果戈里、《狄康卡近鄉夜話》。）

「滾你的蛋，你這奴僕的靈魂。等著，給你一本司馬拉格道夫著的《世界通史》，這裡全是實事，你唸吧。」

司馬拉格道夫的書，司米爾加可夫沒有唸上十頁，他覺得厭悶，於是書櫥又鎖了起來。不久，瑪爾法和格里郭里報告費道爾·伯夫洛維奇說，司米爾加可夫忽然漸漸地發現一種可怕的嫌髒的脾氣：他坐著喝湯，取起羹匙，在湯裡尋找起來，俯下身子，細細地審視，用羹匙盛了一點，放在亮光裡看。

「有蟑螂嗎？」有一次格里郭里問。

「也許是蒼蠅。」瑪爾法說。

愛乾淨的青年人從來不回答，但是對於麵包、牛肉和其他一切食物都是一樣的：用叉子舉起一塊來，放在亮光裡，好像照顯微鏡似地審查著，半天才加以決定，終於決定往嘴內送去。「竟出現了一個少爺，」格里郭里瞧著他，喃喃地說。費道爾·伯夫洛維奇聽見司米爾加可夫有了新脾氣，立刻決定他應該做一個廚子，便送他到莫斯科去學習。他學習了幾年，回來的時候臉上變得很厲害。他忽然異乎尋常地蒼老，甚至完全和年齡不相配地生出皺紋，臉發黃色，起初像太監。在道德方面，他回來時和到莫斯科去以前幾乎完全一樣，一樣地不愛交際，不感到結交任何朋友的需要。以後有人傳話，他在莫斯科也永遠沉默著：莫斯科對於他好像不感到多少的興趣，因此他在那裡只認識了一點東西，其餘的一切未加注意，有一次甚至到戲院去，卻默默地，不愉快地回來了。然而他從莫斯科回來時卻穿了講究衣服，乾淨的常服和內衣，用刷子自行清理自己的衣裳，每天一定兩次；漂亮的小牛皮長靴，最愛用特別的英國鞋油擦拭，弄得像鏡子似地發亮。他成為一個佳良的廚師。費道爾·伯夫洛維奇給他定了薪俸，這薪俸司米爾加可夫幾乎整個用在衣裳、雪花膏和香水等物品上面。但是對女性他好像和對男性同樣地賤視，對待她們十分穩重，幾乎是不可侵犯的樣子。費道爾·伯夫洛維奇開始用另一種眼光看他。事情是他的暈厥病暴發的次數逐漸增加，每逢這些日子，飯食由瑪爾法·伊格納奇也夫納預備，這對費道爾·伯夫洛維奇覺得不大對口味。

「為什麼你的病常常發作？」他有時斜看著新廚師，審視他的臉，「你最好娶一個女人，要不要我給你娶。」

但是司米爾加可夫對於這類的話唯有氣得臉色發白，卻絕不回答。費道爾·伯夫洛維奇揮著手，走開了。主要的是他相信他的誠實，而且永遠相信，不會拿一點東西，不會偷的。有一次，費道爾·伯夫洛維奇喝醉了酒，在自家院子的爛泥裡落下三張剛剛取到，顏色鮮豔的鈔票，第二天才想了起來；剛剛奔過去在口袋裡尋摸，那三張花紙忽然都放好在桌上。從哪裡來的？司米爾加可夫撿了起來，昨天就送來了。「咦，像你這樣的人我從沒有看見過，」費道爾·伯夫洛維奇當時說著，賞了他十個盧布。應該補充的是他不但相信他的誠實，不知為什麼緣故甚至還愛他，雖然這小伙子瞧著他和瞧別人一樣的陰沉，不住地沉默著。他不大開口說話。假使當時有人看著他，想問：這年輕小伙子注意什麼事情，他心裡時常想些什麼，那麼瞧著他的樣子真是無從加以決定。而且他有時在屋內，或者在院子裡或街上，會止步凝想，甚至站立十分鐘之久。相法家細看他一下，必將說這裡面既無思想，又無反省，卻有一種冥想。畫家克拉姆斯闊伊（Ivan Kramskoy, 1837-1887）有一幅名畫，題目是《冥想者》（*Meditator*, 1876），描寫冬日的林景，林中大道上站著一個在深深的孤寂裡狂想的農人。他站在那裡，似正沉思，但他並不思索，卻在「冥想」。如果推他一下，他必抖索一下，望著你好像剛剛睡醒，一點也不明白。自然立刻就要醒過來，如問他站在那裡想什麼，那麼一定一點也不記得，一定要將在冥想時所得的印象隱藏在自己心裡。這印象對於他是珍貴的，他一定不知不覺地積聚著，甚至一點也不意識到——為了什麼，自然也不知道：也許忽然積聚了多年的印象，會拋棄一切，到耶路撒冷去修行，也許會把自己生養著的村莊縱火焚燒，也許會同時發生兩件事情。普通人裡面冥想者是很多的。司米爾加可夫一定就是這種冥想者之一，一定也在貪婪地積聚印象，幾乎自己也不知道為什麼緣故。

第七章　辯論

但是瓦拉安姆的驢子忽然開口說話。題目很奇怪：格里郭里早晨在商人羅吉央諾夫的小舖裡取貨時，聽他說有一個俄羅斯兵士在遼遠的亞細亞的邊界上，被亞細亞人擄去，處於受磨難和立即的死亡之恐嚇之下，被強迫放棄基督教，轉入回教，但是他不答允變更信仰，甘心承受磨刑，被剝去身上的皮膚，在頌揚基督的聲中死去——這業蹟刊載於剛剛在當天收到的報紙上面。格里郭里就在飯桌旁邊講到了這件事情。費道爾·伯夫洛維奇以前也愛在每次飯後吃甜品的時候笑笑說說，即使甚至同格里郭里搭幾句也是好的。這一次他恰巧處於輕鬆的、有趣地感情橫溢的情緒之下。他喝了點白蘭地酒，聽了人家告訴的新聞以後，說這個兵士應該立即超升聖徒，把剝下來的皮送到某修道院裡：「當時人和金錢全將洶湧而來。」格里郭里看見費道爾·伯夫洛維奇一點也不感動，卻照著老習慣開始褻瀆神明，便皺了眉頭。突然地，站在門旁的司米爾加可夫冷笑了一聲。司米爾加可夫時常，而且以前也被容許站立在桌旁，自然是在飯食將告終了的時候。自從伊凡·費道洛維奇來到我們城裡以來，他差不多每次都在飯桌旁邊侍立著。

「你是什麼意思？」費道爾·伯夫洛維奇問，一下子注意到這冷笑，自然明白這是對格里郭里而發的。

「我是這個意思，」司米爾加可夫忽然大聲而且出乎意料之外地說起話來了，「這個可嘉獎的兵士的業績誠然很偉大，但是據我看來，即使在發生這個偶然的事情的時候，拒卻了基督的名和自身的洗禮，藉以救自己的性命，留作行善之用，以便積了許多年以後贖自己的怯懦，那也並不見得有什麼罪孽呀。」

「怎樣沒有罪孽？你在胡說。你將被送進地獄裡去，把你煎烤，像煎羊肉一般。」費道爾・伯夫洛維奇說。

就在這個時候，阿萊莎進來了。費道爾・伯夫洛維奇像我們所料到似的，非常歡迎阿萊莎。

「恰巧是你的題目，恰巧是你的題目！」他快樂得嘻嘻哈哈地笑，叫阿萊莎坐下來聽。

「關於羊肉的一層，那是不對的，而且在那裡是絕不會為了這事就那樣的，而且也不會有的，如果照實講。」司米爾加可夫嚴正地堅持著說。

「怎麼是照實講！」費道爾・伯夫洛維奇喊叫得更加喜歡了，膝頭推撞阿萊莎一下。

「他是混蛋，他就是的！」格里郭里忽然脫口說出。他怒目直視司米爾加可夫。

「關於混蛋一層，請你等一等再說，格里郭里・瓦西里也維奇，」司米爾加可夫安靜而自持地還擊著，「最好自己判斷一下，如果我落在磨苦基督種族的人們手裡，做了俘虜，他們要求我咒罵神明，拒絕神聖的洗禮，我自有全權憑自己的理性加以決定，既然其中並無任何罪孽可言。」

「這個你已經說過了，不必再演繹開來，只要拿出證據來好了！」費道爾・伯夫洛維奇喊。

「煮湯的人！」格里郭里賤蔑地微語。

「關於煮湯，請你等一等再說，格里郭里・瓦西里也維奇，你不必罵我，自己判斷一下吧。因為只要我對磨苦的人們說：『不，我不是基督徒，我咒罵我的真正的上帝。』那麼我當時立刻而且特別地就被最高的上帝的裁判所詛咒，完全從神聖的教會中被斥逐出來，像異教徒一般，只要在那個一剎那間

——並不是在剛剛說出口來的時候，卻只是在想開口說話的時候，甚至連四分之一秒鐘的時間也不到，我已經被斥逐了——對不對，格里郭里·瓦西里也維奇？」

他懷著顯然的愉快對格里郭里說，實際上只是回答費道爾·伯夫洛維奇的問題，也很明瞭這點，卻故意裝出這些問題好像是格里郭里對他提出來的樣子。

「伊凡！」費道爾·伯夫洛維奇忽然喊，「你俯身就我的耳朵。這是他為你而設的，他希望你誇獎他。你就誇獎吧。」

伊凡·費道洛維奇十分正經地聽著父親歡欣的通告。

「等著，司米爾加可夫，暫時不要說話，」費道爾·伯夫洛維奇又喊，「伊凡，你再俯身就我的耳朵。」

伊凡·費道洛維奇重又帶著很嚴正的態度俯下身子。

「我愛你，和阿萊莎一般。你不要以為我不愛你。要不要白蘭地酒？」

「給我吧。」「但是你自己喝得也很夠了。」伊凡·費道洛維奇盯看父親。他懷著極度的好奇心觀察司米爾加可夫。

「你現在已經受詛咒了，」格里郭里忽然爆發了，「你這混蛋，你竟敢討論起來，如果……」

「你不罵人，格里郭里，你不要罵人！」費道爾·伯夫洛維奇打斷話頭。

「您等一等，格里郭里·瓦西里也維奇，哪怕甚至等一小會，繼續聽下去，因為我沒有說完。因為就在我被上帝當時加以詛咒的時候，就在那個最崇高的剎那，我反正已經成為一個異教徒，我的洗禮已經從我身上脫卸，不再有什麼負擔——對不對？」

「下結論，快下結論，」費道爾·伯夫洛維奇催他，愉快地從酒杯裡啜飲。

「既然我不是基督徒，那麼在他們問我：是不是基督徒的時候，我並沒有對磨苦的人們撒謊，因為我已經被上帝自己除去了我的基督教籍，只是由於起了一點意思，而且甚至還在對磨苦者開口說話以前。我既已遭了降黜，那麼在另一世界上，人家將用何種方式，憑何種理性，像對基督徒似的向我究問背叛基督之罪，何況只是為了起一點意思，還在背叛以前，就已經除去了我的洗禮？我既非基督徒，也就不會背叛基督，因為我已是沒有什麼可被判的了。格里郭里．瓦西里也維奇，誰還能對齷齪的韃靼人為了他生來就是非基督徒而加以查究，誰還能為了這懲罰他，應該想一想一隻狼身上不能剝下兩塊皮來。即使韃靼人死後，全能的上帝將加以究問，那麼我想也只是用些極小的刑罰（因為不能完全不懲罰他），因為他對於由齷齪的父母生下來就是齷齪的一層是沒有錯處的。上帝不能強拉韃靼人，說他曾做過基督徒。那時候便等於全能的上帝說不實在的話。難道天上和地上的全能的主能說謊話，哪怕只說一個字呢？」

格里郭里愣住了，瞪眼望著雄辯家。他雖然不大明白人家說些什麼話，但是從這一切胡言亂語裡有一點是他突然理解到的，所以他站在那裡，帶著額角忽然撞到牆上的人的臉色。費道爾．伯夫洛維奇喝乾了一杯酒，發出尖響的笑聲。

「阿萊莎，阿萊莎，你瞧怎樣！唉，你這個詭辯家！他是曾經在什麼地方加入耶穌會員的，伊凡。你真是發臭氣的耶穌會員，誰教會你的？但是你在說謊，辯詭家，你在說謊，說謊！你不要哭，格里郭里，我們會立刻把他擊得粉碎。你對我說，驢兒：你固然對於磨苦者理直氣壯，但是你自己在心裡到底拒絕了自己的信仰，自己也說當時就已受了詛咒，既然是詛咒，那麼在地獄裡為了這詛咒不會撫摸你的頭的。這層你以為怎樣，我的美麗的耶穌會員。」

「這是無疑的，我既然自己心裡拒絕了，那麼並沒有什麼特別的罪，即使有點小罪，也是很普通的。」

「怎麼叫很普通的！」

「你這該死的，盡胡說。」

「你自己判斷一下吧，格里郭里·瓦西里也維奇，」司米爾加可夫沉著而且泰然地續說，感到了勝利，卻似乎對被擊敗的敵人表示寬容，「你自己去判斷，格里郭里·瓦西里也維奇：《聖經》裡說的，既然有了信仰，即使是極小的一顆子粒，如果對山說，讓它到海裡去，它真會去的，一點也不遲慢，在奉到了你的第一道命令以後。格里郭里·瓦西里也維奇，既然我沒有信仰，而你有信仰，居然這樣不斷地罵我，那麼你自己可以對山說，也不必到海裡去（因為這裡離海極遠），甚至僅須到我們的臭河裡去，那條在我們花園後面流著的河裡去，你就立刻可以看到它是絕不會動一動，將照舊完整地停在那裡，無論你怎樣去叫喊。那就是說連你也沒有相當的信仰，卻只是千方百計的辱罵別人。還要明白的，是在我們這時代，無論何人，不但是你，根本無論什麼人，從甚至最高的人物起，到最低的農人止，都不能把山推到海裡去，除去全世界有一個人以外，至多是兩個人，而這一、兩個人也許祕密地隱在埃及沙漠中什麼地方，所以是無從找到他們的——既然如此，既然其餘的人們都沒有信仰，那麼對於其餘的一切人，那就是全世界的人民，除去兩個沙漠裡的隱士以外，是否上帝全將加以詛咒，而以他那樣著名的仁慈，是否對無論什麼人都不加以饒恕？因此我相信，我既然有了疑惑，那麼在流出懺悔之淚來的時候，是會被寬恕的。」

「等著！」費道爾·伯夫洛維奇歡欣得發狂似的尖叫，「那兩個能移動山的，你到底以為是有的嗎？伊凡，刻一個記號，記載下來：整個俄羅斯人就在這裡表現出來！」

「你說得很對，這就是人民對於信仰的特點，」伊凡·費道洛維奇帶著讚美的微笑同意著。

「你同意的？既然你同意，那就是對的！阿萊莎，對不對？俄羅斯人的信仰是完全這樣的嗎？」

「不對，司米爾加可夫完全沒有俄羅斯人的信仰。」阿萊莎嚴正而且堅決地說。

「我講的不是他的信仰，我講的是這特點，那兩個沙漠裡的修行者，只是這一個特點：這是俄羅斯式，俄羅斯式，對不對？」

「是的，這特點完全是俄羅斯式。」阿萊莎微笑了。

「你的話值一塊金錢，驢兒，我今天就賞給你，但是關於其餘的一切你到底在那裡說謊，說謊，說謊：你要知道，傻瓜，我們大家不信仰上帝只是由於疏忽的緣故，因為我們沒有時間：第一層，我們事情很忙，第二層，上帝給了我們太少的時間，一天只規定了二十四小時，所以連夠睡覺的時間都沒有，至於懺悔的時間更不必說了。你竟在磨苦者面前拒卻了信仰，正當你再也沒有什麼可想，唯有去想信仰，又正當你應該表現自己的信仰的時候！是這個樣子嗎？我想得對不對？」

「樣子是這個樣子，但是您自己判斷一下，格里郭里．瓦西里也維奇，就是因為這個樣子，才使人們感到輕鬆。既然我當時信仰那個真理，像應該信仰的樣子，那麼如果不為自己的信仰忍受痛苦而轉入回教，那時候的確是有罪的。但是那時候不致吃到什麼痛苦，只要我當時朝那座山說：你挪動一下，把這磨苦者壓碎了，而它居然挪動了，立刻壓扁他，像壓死一隻蟑螂，我就若無其事地走開，歌頌著上帝。假使我在那個時候試驗過這一切，故意對山說：快把那些磨苦者壓死，而它並沒有去壓，那麼請問：那時候叫我怎麼能不疑惑，而且還正當處於生死關頭，懷著死的恐怖的時候？我也早就知道，我走不進天國裡去（因為山既不能照我的話移動，那就是說在天國裡不相信我的信仰，也沒有很大的獎賞期待著我），那麼為了什麼，我還要毫無益處地讓人家剝去身上的皮呢？因為我背上的皮膚即使被剝去了一半，那座山也不會依照我的話語或呼喊而移動的。到了那個時候，不但可以發生疑惑，甚至由於恐怖會喪失了理智，連考慮也是完全不可能的了。如此說來，假使我無論在哪裡都看不到一點利益和賞賜，至少該把自己的皮膚保惜一下，那麼我還有什麼特別的錯處呢？所以我很希望上帝的恩惠，期待我將得到完全的寬恕……」

第八章　喝了白蘭地以後

辯論終結了，但是事情很稀奇，本來十分快樂的費道爾．伯夫洛維奇到後來忽然皺起眉毛來了。他皺著眉頭，喝乾了白蘭地酒。這已經是完全多餘的一杯酒。

「滾開吧，你們這些耶穌會員，」他對僕人們喊，「司米爾加可夫，出去呀。我答應給你的一個金幣，今天就會交給你，你去好了。你不要哭，格里郭里，到瑪爾法那裡去，她會安慰你，讓你安睡。這些混蛋，不讓人家在飯後安安靜靜地坐一會，」在僕人們奉到了他的命令立刻退出去的時候，他忽然惱恨地說，「司米爾加可夫現在每次開飯的時候總要鑽到這裡來，這是因為他太注意於你。你用什麼方法使他這樣和你要好？」他對伊凡．費道洛維奇說。

「並沒有什麼，」他回答，「他自己想起尊敬我，他是一個僕役和下賤的人。一塊打先鋒的生肉，在日子到達的時候。」

「打先鋒的嗎？」

「也有另一些好些的，卻也有這類的人。起初是這類的人，好些的跟在後面。」

「日子到達的時候便怎樣？」

「火箭燃著了，也許沒有燒盡。農民暫時是不很愛聽這些煮羹湯的人們的話語的。」

「所以這隻瓦拉安姆的驢子想了又想，鬼知道，他自己要想到什麼地步上去。」

「他在積蓄思想。」伊凡冷笑著。

「你瞧，我知道他不把我看在眼裡，對於一切別的人也是一樣；而對你也差不多，雖然你覺得他『想起尊敬』你來。阿萊莎更不用提，他十分賤視阿萊莎。但是他不偷東西，不造謠言，默不作聲，不把家裡的醜事傳揚出去。他擅長於烤魚肉餡的發麵餅。管他娘的什麼事，老實說，還值得多講他的事情嗎？」

「自然不值得。」

「至於說到他自己心裡所想的一些事，那麼大致說來，俄羅斯的農民是應該挨打的。我永遠是這樣的主張。我們的農人全是騙子，犯不上憐惜他，幸而現在有時還要打他們幾頓。俄國的土地所以堅固，是為了富有樺樹。樹木伐盡，俄國的土地便完了。我擁護聰明的人們。我們停止毆打農人，由於聰明的原因，而他們還繼續自相毆打，做的正是好事。『我們用什麼尺寸量人，人家就用同樣尺寸量我們。』或是另外一種說話……總而言之，會量我們的。俄羅斯是像豬玀一般地粗野，我的朋友，你要知道我如何仇恨俄羅斯……並不是仇恨俄羅斯，而是仇恨所有這些罪惡……或者也許仇恨俄羅斯Tout cela c'est de la cochonnerie.（這全是豬玀腔。）你知道我愛什麼？我愛的是機智。」

「你又喝了一盅酒。你夠了。」

「等一等，我再來一杯，又來一杯，以後就不喝了。不，你等著，你打斷了我的話頭。經過莫克洛葉的時候，我問過一位老者，他對我說：『我們最愛搡打判罪的姑娘們，還讓青年夥子們去搡打。明天，那個青年夥子便把他搡打的那個姑娘娶做媳婦，所以姑娘們自身對於這也正合意的。』你以為那些薩德侯爵（Marquis de Sade）[1]怎麼樣？隨便你怎麼說，那總是極巧妙的事情。我們也可以去看一看，好嗎？阿萊莎，你臉紅了嗎？不要害臊，孩子。可惜我剛才沒有在方丈那裡坐下吃飯，不能把莫克洛葉的姑娘們的故事講給僧士們聽。阿萊莎，你不要生氣，我剛才把你的方丈得罪了。一股恨意佔據我的心頭。假使上帝是有的，存在的——我自然有錯處，應該受過。假使並且沒有上帝，那麼他們，你的那些神父們還有什麼需要呢？那時候把他們的腦袋瓜子摘下來還是小事，因為他們阻礙發展。伊凡，你相信不相信，這一切刺傷我的情感。不，你是不相信的，因為我從你的眼睛就看了出來。你相信人家說我只是一個丑角。阿萊莎，你相信我不單是一個丑角嗎？」

「我相信您不單是一個丑角。」

「我相信你在相信，而且誠懇地說話。你誠懇地看人，誠懇地說話。伊凡卻不是的。伊凡很傲慢……我到底願意把你的修道院解決一下。應該把這一切神祕在整個俄羅斯地方一下子全行廢除，讓一切愚人都醒悟轉來。可以有多少金銀送到造幣廠去！」

「為什麼廢除呢？」伊凡說。

「就是為了使真理迅快抬頭，就為了這個。」

「在真理抬頭的時候，首先將你們的財產搶劫一空，以後……再去廢除。」

「啊！你的話也許很對。我真是一隻驢子，」費道爾．伯夫洛維奇忽然喊起來，輕輕地擊打自己的額角，「既然這樣，就讓你的修道院站在那裡好了。我們聰明人可以緩緩和和地坐著，享受白蘭地酒。伊凡，你知道大概上帝自己一定故意這樣安排著的。伊凡，你說：有沒有上帝？你等著：你應該確切地

1 譯註：Marquis de Sade是十八世紀末法國專著猥褻小說的作家。Sadism這個字的來源由此而來，意指與殘虐相連結的淫蕩行為。

說，正經地說，你為什麼又笑了？」

「我笑的是您剛才自己還對於司米爾加可夫相信有兩個會移山的長老存在著的事情說出極巧妙的話。」

「那麼現在我像他嗎？」

「很像。」

「如此說來，我也是俄羅斯人，我也有俄羅斯人的特點，而你這哲學家，我也可以把你在同樣的特點上捉住的。如果你願意，我可以捉住的。我敢打賭，明天就可以捉住。你到底說一說，有沒有上帝？只是正正經經地說！我現在希望你正經地說話。」

「不，沒有上帝。」

「阿萊莎，有沒有上帝？」

「有上帝。」

「伊凡，有沒有那種靈魂不死的事情，哪怕是小的，一點點的。」

「沒有靈魂不死的事。」

「一點也沒有嗎？」

「一點也沒有。」

「那就是完全的零數，或是稍稍有一點。也許稍稍有一點嗎？到底是不是一點也沒有呀！」

「絕對的零數。」

「阿萊莎，有沒有靈魂不死？」

「有的。」

「上帝和靈魂不死都有的嗎？」
「有上帝，也有靈魂不死。靈魂不死就在上帝裡面。」
「唔。伊凡大概是對的。天呀，只要想一想，有多少人信仰著，有多少力量白白的浪費在這幻想上面，而且幾千年來都是如此：誰在這樣取笑著人們？伊凡，我最一次堅決地問，有上帝沒有？我這是最後一次！」
「最後一次說沒有。」
「誰在取笑人呢，伊凡？」
「大概是鬼。」伊凡．費道洛維奇冷笑了。
「鬼有沒有？」
「不，鬼也沒有。」
「可惜。既然這樣，我真要和那個首先想出上帝來的人過不去！在枯楊樹上把他吊死還嫌少。」
「如果沒有想出上帝，便完全不會有文化發生的。」
「不會有的嗎？沒有上帝不會有嗎？」
「是的。連白蘭地酒也不會有的了。這瓶白蘭地酒到底不能不從你那裡取開。」
「等一等，等一等，親愛的，再喝一杯。我得罪了阿萊莎。你不生氣嗎，阿萊莎？我的親愛的阿萊莎，小阿萊莎！」
「不，我不生氣。我知道您的意思。您的心比腦筋好。」
「我的心比腦筋好嗎？天呀，這話是誰說的呀？伊凡，你愛阿萊莎嗎？」
「我愛的。」

「你應該愛他。」費道爾・伯夫洛維奇醉得厲害起來了，「我剛才對你的長老做出了野蠻的舉動。但是我的心神很騷亂。這位長老頗有點聰慧，你以為怎樣，伊凡？」

「大概有的。」

「有的，有的。Il y a du Piron là dedans.[1] 他是詭辯家。自然是俄國式的。以他這樣高貴的身分，在我的心裡沸騰著一種隱祕的憤恨，為了必須做戲……必須披上一件神聖的外套。」

「但是他信上帝。」

「一點也不信。你不知道嗎？他自己對大家說的，自然是對大家，卻是對一切來看他的聰明人們說的。他對總督舒里次直說：老實說，我不知道信什麼。」

「真的嗎？」

「就是這樣。但是我尊敬他。他這人有點梅菲斯特[2] 的氣派，或是《現代英雄》[3] 裡的角色。……阿爾白寧，是不是那個……你要知道，他是好色之徒；他好色得使我現在都要替我的女兒，或妻子擔憂，假使她到他面前去懺悔。你知道，他開始敘講時是什麼樣子……前年他叫我們到他那裡去喝茶，還帶著蜜酒，（女太太們送給他的），他開始描畫陳舊的故事，使我們的小肚子都笑穿了……他特別把一個軟弱的女子治癒了。『如果不是腳痛，我可以給您跳一次舞。』他從商人臺米道夫那裡弄了六萬盧布。」

「怎麼，偷的嗎？」

1 譯註：他有點披郎的味道。披郎（1689-1773）為十八世紀法諷刺作家。（編註：或譯為皮龍，Alexis Piron。）
2 譯註：歌德作品《浮士德》裡的人物。（編註：梅菲斯特為該書中惡魔的腳色，代表著權力與知識。）
3 譯註：俄國詩人萊蒙托夫（Lermontov, 1814-1841）的長篇小說。

「那個商人把他當作好人一般地送來，說道：『請你保存一下，我家裡明天有人搜查。』他就收下來保存了。後來他說：『你是捐給教會的呀。』我對他說：『你真是壞人。』他說：『不，我不是壞人，我很廣闊……然而這不是他……而是別人。我弄錯了人……竟沒有注意。』讓我再喝一杯就夠了，你把瓶子拿開吧，伊凡。我扯謊，為什麼你不阻止我呢，伊凡……你何以不說我扯謊？」

「我知道您自己會止住的。」

「你胡說，你這是為了恨我，為了唯一的恨念。你賤視我。你到我家裡來，就在我的家裡賤視我。」

「我會離開的，白蘭地酒使您不得勁。」

「我用基督的名請你到切爾馬士娜去一趟……一兩天工夫，你卻不去。」

「明天就去，既然您這樣堅持。」

「你不會去的，你要在這裡監視我，這是你所想的，你這壞靈魂，為了這個你不肯去！」老人的嘴禁閉不住了。他到了那種酒醉的程度，即使是平素靜肅的人們，喝到這種程度，一定也要發脾氣，表現自己的。

「你望著我做什麼？你的眼睛什麼樣子？你的眼睛望著我，在那裡說：『你真是一只酒桶。』你的眼睛可疑，你的眼睛可疑。……你來到這裡，心裡懷著自己的主意。你瞧，阿萊莎看人時，他的眼睛是發光的。阿萊莎不賤視我。阿萊莎，你不應該愛伊凡……」

「您不必對哥哥生氣！您不要氣他，」阿萊莎忽然堅決地說。

「也許我是這樣。啊呀，頭痛呀。伊凡，你把白蘭地拿開，我說了第三次了。」他沉思了一下，忽然發出長長的、狡詐的微笑，「伊凡，不要對衰弱的老人生氣。我知道你不愛我，不過到底不要生氣。

沒有可愛我的地方。你到切爾馬士娜去一趟，我自己也要去，帶點食物送給你。我到那裡把一個女孩指給你看，我早就看上她了。現在她還是一個赤腳的女人。不要怕赤腳女人，不要看不起她們——她們是真珠！……」

他吮吻自己的手。

「在我的一方面，」他忽然全身活潑起來，剛剛遇到了一個心愛的題目，便似乎一下子清醒了，「在我的一方面……唉，你們這些小孩子們！你們這些小孩子，小豬玀！在我的一方面……我一輩子也沒有遇見過醜陋的女人，這是我的規矩！你們能明白嗎？你們從哪裡去明白：你們的脈管裡流的不是血，而是乳，你們還沒有脫去殼皮！照我的章程，一切女人身上都可以找到極有趣的一點東西，是在別的女人身上找不到的——只是必須會去尋找，花巧就在這上面！這是一種天才！醜婦對於我是不存在的。只要她是一個女人，那就已經得了一半……你們從哪裡去明白這個！即使在老處女身上也可以找到一點東西，唯有使你對於一些傻瓜們發生驚奇。怎麼會讓她老下去，而至今沒有注意到？赤腳女郎和醜女人應該先使她們吃驚一下，這是向她們進攻的一種方法。你不知道嗎？應該使她吃驚到欣悅、鑽心、羞恥的地步，意思是居然有一個老爺會愛上像她這樣的一個醜女人。十分有趣的，是世界上永遠有奴隸和主人，那就永遠有洗地板的女人，永遠有她的主人，而人生的幸福也就在此！等一等……阿萊莎，你聽著，我永遠會使你的故世的母親吃驚，不過是出於另外的一類事情。我從來不和她親熱，忽然在時間臨到的時候——忽然在她前面好像全身散碎一般，跪在地上爬走，吻她的腳，把她弄到——現在我還記得清楚——弄到發出一種小小的笑聲，細碎的，響亮的，不高的，神經質的，特別的笑聲。只有她有這樣的笑聲。我知道她這個樣子就要開始發病了，明天她會發作歇斯底里病，現在這種小小的笑聲並不見得有什麼歡樂，不過哪怕就是欺騙也總算是歡樂。這就是所謂懂得在一切東西裡尋找出特點來呀！有一次白略夫司基——一個美男子，富有家資，追求她，常到我家裡來——忽然在我家裡，當著她的面，打了我一記嘴巴。她本來是一隻綿羊——我心想她為了這記嘴巴會來打我，她實在攻擊我很厲害。她說：『現在你是挨過揍的人，挨過揍的人，你挨到他一記巴掌：你把我賣給他了。……他怎麼敢當我面前打你！你永遠也不要到我這裡來，永遠也不要到這裡來！你立刻就跑，叫他出來決鬥。』……當時為了使她安靜下來，我把她帶到修道院裡去，由神父們開導了一下。上帝在上，阿萊莎，我從來沒有把我的歇斯底里病女人得罪過！有一次，只有一次。還在第一年時：她當時禱告得十分勤，特別注意聖母的節日，把我趕到書房裡去睡。我心想：讓我把這神祕從她身上驅趕走了！我說：『你瞧，你瞧，這是你的神像，現在我把它摘下來。你瞧，你把你當作奇蹟的創造者，我現在就當你面前朝這神像吐唾，而我絕不會有什麼事情發生的！……』她看了我一眼，天呀，我想：她現在就要打死我，但是她只是跳躍起來，搖擺著手，忽然用手掩面，全身發抖，倒在地板上面……就這樣倒了下去……阿萊莎，阿萊莎！你是怎麼啦，你是怎麼啦！」

老人驚嚇得跳了起來。阿萊莎自從他講起他的母親來的時候起，就漸漸變了臉色。他臉紅，眼睛熾燒，嘴唇抖索……酒醉的老人在唾沫四濺地說，一點也沒有覺察出來，直到阿萊莎忽然發生了一點很奇怪的動作為止，那時候阿萊莎忽然重複著和他剛才所敘講關於「歇斯底里病女人」完全相同的行動：阿萊莎忽然從桌旁躍起，和他母親一模一樣地擺手，掩臉，倒在椅上，像被砍倒似的，忽然全身抖索，發出歇斯底里性的動作和突來的、戰慄的、無聲的淚。這動作逼似母親，使老人特別地吃驚。

「伊凡，伊凡！拿水給他喝。這是她，和她一模一樣，像他母親當時一樣，你從嘴裡對他噴水，我也是對她這樣治法的。他這是為了他的母親，為了他的母親……」他對伊凡喃語。

「你要知道，他的母親也就是我的母親，您以為對不對？」伊凡忽然用抑止不住、怒氣勃勃的賤蔑的神情爆發了出來。

老人看見他的熠耀的眼光，抖索了一下。但是這裡發生了一點很奇怪的事情，自然只有一秒鐘的工夫：老人確實好像忘記阿萊莎的母親就是伊凡的母親……

「怎麼是你的母親？」他莫名其妙地喃語著，「你是為了什麼？你講的是哪一個母親？……難道她就是……哎呀，見鬼！她就是你的母親！哎呀，見鬼！這是一時的糊塗，對不住，我以為伊凡……哈，哈，哈！」

他止住了，長長的、酒醉的、一半無意義的冷笑牽動他的臉。在這時候外屋裡忽然發出可怕的喧響，聽見瘋狂的呼喊，門敞開了，特米脫里·費道洛維奇闖進大廳裡來。老人驚嚇得奔到伊凡的身旁。

「他要殺死我，他要殺死我！你不要讓他，不要讓他殺我！」他叫喊著，兩手抓住伊凡·費道洛維奇上褂的衣緣。

第九章　好色之徒

格里郭里和司米爾加可夫隨著特米脫里．費道洛維奇跑進大廳裡來。他們在外屋裡就和他爭鬥，不放他進去（為了費道爾．伯夫洛維奇自己在幾天以前所下的訓令）。格里郭里利用特米脫里．費道洛維奇闖進大廳時站立一會，向四周張望的機會，繞桌跑過去，把兩扇和外門相對，通到內室去的門關上，立在關緊的門前，兩手交叉胸前，準備保衛門口，直到所謂最後的一滴血為止。特米脫里看見這情形，不只是喊叫，甚至似乎尖叫了一聲，奔到格里郭里方面來。

「這麼說，她在裡面！她藏在裡面！滾開，混蛋！」

他去拉扯格里郭里，但是格里郭里推了他一下。特米脫里憤怒到不可自持的地步，用全力打了格里郭里一下。老人像被砍倒似地落下地去，特米脫里跨過他的身子，搶進門裡去。司米爾加可夫留在大廳裡的另一頭，臉色慘白，身體戰慄，緊緊地縮在費道爾．伯夫洛維奇身旁。

「她在這裡」——特米脫里．費道洛維奇喊，「我剛才看見她折到這房子那裡，不過我沒有追上。她在哪裡？她在哪裡？」

「她在這裡」的一聲呼喊，使費道爾．伯夫洛維奇發生不可思議的印象。懼怕完全從他身上躍走了。

「抓住他，抓住他！」他咆哮著，衝到特米脫里．費道洛維奇面前。

格里郭里那時候已經從地板上立起來，卻還好像沒有醒轉來似的。伊凡．費道洛維奇和阿萊莎跑去追父親，在第三間屋內忽然聽見似乎有什麼東西落在地板上面，砸碎了，發響：原來在大理石的木架上有一只大玻璃瓶（不是價貴的），特米脫里．費道洛維奇跑過來時碰撞了一下。

「把他抓住，」老人喊叫，「救命呀！……」

「你為什麼追他！他真的會殺死你的！」伊凡．費道洛維奇向父親怒喊。

「伊凡，阿萊莎，她一定在這裡。格魯申卡一定住這裡，他說他看見她跑過來的……」

他啜泣了。這次他並沒有等候格魯申卡，忽然得到了她在那裡的消息，一下子使他的腦筋錯亂了。他全身抖顫，似乎發狂的樣子。

「但是你自己看見她並沒有來呀！」伊凡喊。

「也許從那個門進來的。」

「那個門關上了，鑰匙在你那裡……」

特米脫里忽然又在大廳裡發現了。他自然發現那個門是鎖住的，而鎖住的門的鑰匙確實放在費道爾．伯夫洛維奇的口袋裡面。各屋的窗也全都關著；所以格魯申卡既無從進來，也不能跳出去。

「抓住他！」費道爾．伯夫洛維奇剛剛又看見了特米脫里，便尖叫了，「他在我的臥室裡把錢偷走了！」他掙脫伊凡的手，重又奔到特米脫里身上來。但是特米脫里舉起了兩手，忽然抓住老人的兩截僅存在鬢上的頭髮，扯了一下，抨碰一聲，把他擊倒在地上。他還用靴跟朝躺下的人的臉上又叩擊了兩、三次。老人銳厲地呻吟了一聲。伊凡．費道洛維奇雖然沒有像他老兄特米脫里那樣有力，竟兩手抓住他，用全力把他扯離老人的身旁。阿萊莎也用盡氣力幫他的忙，從前面抱住特米脫里。

「瘋子，你殺死他了！」伊凡喊。

「這是他活該。」特米脫里喘著氣叫喊，「這次沒有殺死他，我還會來殺的。你們防備不了。」

「特米脫里！立刻離開這裡！」阿萊莎威嚴地喊。

「阿萊克謝意，你獨自對我說，我只相信你一個人，她剛才來過這裡沒有？我自己看見她剛才從胡同的籬笆旁邊溜到這裡來。我喊了一聲，她跑走了……」

「我對你賭誓，她沒有來過這裡，並沒有人在這裡等候她。」

「但是我看見她……那麼說她……我立刻就可以打聽出來，她在哪兒……再見吧，阿萊克謝意。關於銀錢，現在不必對伊索提起，立刻就到卡德鄰納．伊凡諾夫納那裡去一趟，『吩咐我問候，吩咐我問候，問候！一定應該問候，問候！』把這幕戲對她描寫一下。」

當時伊凡和格里郭里把老人抬起，放在躺椅上面。他的臉上滿是血漬，他自己卻清醒著，貪婪地傾聽特米脫里的呼喊。他還以為格魯申卡真的在屋內什麼地方坐著。特米脫里．費道洛維奇臨走時怨恨地看了他一眼。

「對於你的流血我並不後悔！」他喊，「你當心點，老頭子。你應該保守幻想，因為我也有幻想！我自己詛咒你，和你完全斷絕……」

他從屋內跑了出來。

「她在這裡，她一定在這裡！司米爾加可夫，司米爾加可夫！」老人微聲喘息，用手指招喚司米爾加可夫。

「她沒有在這裡，你這瘋狂的老頭子，」伊凡恨恨地朝他呼喊，「他暈過去了！拿水來，手巾。快去，司米爾加可夫！」

司米爾加可夫跑去取水。大家給老人脫去了衣裳，抬到臥室裡，放在床上。用濕手巾紮住他的頭。

他由於白蘭地酒，由於強烈的感覺，又挨了一頓打，身體十分的衰頹，剛剛觸著枕頭，立刻閉上眼睛，忘記了一切。伊凡．費道洛維奇和阿萊莎回到大廳裡來。司米爾加可夫把打碎的玻璃碎片收拾出去，格里郭里站在桌旁，陰沉地垂下眼皮。

「要不要在你的頭上放上濕繃帶，好不好你也到床上躺一會，」阿萊莎對格里郭里說，「我們會在這裡看著他，我哥哥打得你很痛……朝你的頭上。」

「他欺侮我！」格里郭里陰沉而且清晰地說。

「他把父親也『欺侮』了，不要說你啦！」伊凡．費道洛維奇，歪斜著嘴。

「我曾在水槽裡給他洗澡……他竟欺侮我！」格里郭里重複著。

「見鬼，如果我不把他分開，也許他真會殺死人的。伊索還受得了許多麼？」伊凡．費道洛維奇對阿萊莎微語。

「上帝保佑！」阿萊莎喊。

「保佑什麼？」伊凡還是繼續微語，恨恨地彎曲著臉，「一條毒蛇吞噬另一條毒蛇，兩人走的是一條路！」

阿萊莎抖索了一下。

「我不致使兇殺案成事實，就像現在不讓它發生似的。阿萊莎，你留在這裡，我到院子裡去走一走，我頭痛起來了。」

阿萊莎走進父親的臥室裡去，坐在屏風後面枕頭旁邊大約一小時工夫。老人忽然張開眼睛，長久沉默地望著阿萊莎，顯然在那裡思索和考慮。不尋常的驚慌忽然在他的臉上表現了。

「阿萊莎，」他畏葸地微語，「伊凡在哪兒？」

「在院子裡，他頭痛。他看護著我們。」

「你把小鏡子取來，就在那邊放著，你去取來！」

阿萊莎遞給他一面放在抽屜櫃上，可以摺疊的小圓鏡子。老人照了一下：鼻子腫得很厲害，左眉額頭上有一大塊紫血凍。

「伊凡說什麼？阿萊莎，親愛的，我的唯一的兒子，我怕伊凡，我怕伊凡，比怕那人還厲害。唯有你一個人我不怕……」

「你不必怕伊凡，伊凡好生氣，但是他會保護你的。」

「阿萊莎，那人呢？他跑到格魯申卡那裡去了！親愛的安琪兒，你說實話：剛才格魯申卡來過沒有？」

「誰也沒有看見她，那是欺騙，她沒有來！」

「米卡打算娶她，娶她！」

「她不會嫁給他的。」

「不會的，不會的，不會的，不會的，無論如何不會的，……」老人喜悅得全身發顫，在這時候是好像沒有人說出比這更快樂些的話語來的了。他歡喜得抓住阿萊莎的手，緊緊地把他放在自己胸前。他的眼中甚至有淚水晶瑩著，「那個神像，聖母的，你拿了去，帶走。我准你回到修道院去。……剛才我是開玩笑，你不要生氣。我頭痛，阿萊莎……阿萊莎，請你安慰我的心，做做好事，說句實話吧！」

「你還在問，她來過沒有的話嗎？」阿萊莎悲戚地說。

「不，不，不，我相信你，另外有一件事情，你親自到格魯申卡那裡去一趟，或是怎麼樣見她一面；你快快詳細問一問她，越快越好，用自己的眼睛猜一下：她願意到誰那裡去，我還是他，好不好？

怎麼樣？你能不能？」

「只要我見到她，會問的。」阿萊莎為難地喃聲說。

「不，她不會對你說的，」老人插上去說，「她是個壞蛋。她將開始和你接吻，說她想嫁給你。她是騙子，無恥的女人。不，你不能到她那裡去，你不能的。」

「而且也不好，爸爸，不很好的。」

「他跑走的時候叫你去一趟，那是打發你到哪裡去？」

「打發我到卡德鄰納．伊凡諾夫納那裡去。」

「取錢嗎？借錢嗎？」

「不，不是取錢。」

「他沒有錢，沒有一點錢。阿萊莎，讓我躺一夜，仔細想一想，你先去吧。也許你可以遇見她……不過明天早晨你一定要到我這裡來；一定要來的。我明天對你說一句話，你來不來？」

「來的。」

「你如果來，應該做出自己來的樣子，自己來看我。你不要對任何人說我喚你來的。對伊凡也一句話不要說。」

「好吧。」

「再見吧，安琪兒，剛才你替我出頭，我是一輩子也忘不了的。我明天要對你說一句話……不過還要想一想……」

「你現在覺得怎樣？」

「明天，明天就起床走路，完全健康，完全健康！……」

阿莱莎在院裡走過，遇見伊凡哥哥坐在大門旁邊長椅上面：他在那裡用鉛筆在一本記事簿上寫著。阿莱莎告訴伊凡，老人醒了，神志很清，打發他回到修道院去睡宿。

「阿莱莎，我很願意和你明天早晨見一下。」伊凡，立起來，客氣地說——這客氣對於阿莱莎甚至是完全出於意料的。

「我明天要到霍赫拉闊瓦家裡，」阿莱莎回答，「我也許明天還要到卡德鄰納．伊凡諾夫納那裡去，假使現在遇不到她……」

「你現在還到卡德鄰納．伊凡諾夫納那裡去嗎？那就是去『問候，問候』嗎？」伊凡忽然微笑。阿莱莎不好意思起來。

「剛才那句呼喊，還有以前的一切，我大概全都明白了。特米脫里一定請你到她那裡去一趟，傳一句話，說他……唔……唔……總而言之，是『告別』的意思，對不對？」

「哥哥？父親和特米脫里中間一切可怕的事情將怎樣完結呢？」阿莱莎喊。

「沒有法子猜出來。也許一無結果；這件事情就飄浮走了。這個女人是一隻野獸。無論如何，應該把老頭子留在家裡，不放特米脫里進屋裡來。」

「哥哥，容我再問一句：難道每個人都有權利看著別人，自己決定誰值得活下去，誰不值得再活下去嗎？」

「為什麼在這上面摻上值得不值得的決定？這個問題在人們的心裡決定時，時常不根據價值，而根據別種比較自然的原因。至於權利一層，那麼誰沒有願望的權利呢？」

「怕不是願望別人的死嗎？」

「即使是死便怎樣呢？為什麼對自己說謊，當人們大家全這樣生活著，也許還不能過另一種生活的時候？你這句話是與我剛才所說：『兩條毒蛇互相吞噬』的話有關的，是不是？那麼請容我問你一句：你是否認我和特米脫里一樣能夠使伊索流血，那就是能殺死他？」

「你怎麼啦，伊凡！我的腦海裡從來沒有生過這種念頭！就是特米脫里我也不認為……」

「謝謝你說這句話，」伊凡冷笑了一聲，「你要知道，我永遠在保護他。然而在我的願望裡，我給自己保留著在這件事情上完全的自由。明天見吧。你不要責備我，不要把我看作一個惡徒。」他微笑地補說。

他們互相緊緊地握手，是以前永遠沒有的事。阿萊莎感到哥哥首先自己向他這一邊跨了一步，而他這樣做是為了什麼目的，一定具有某種用意。

第十章　兩人在一起

阿萊莎從父親的家內出來，懷著比剛才走進父親家裡時更甚些的失望和懊喪的心情。他的腦筋也似乎是零亂散漫的，同時他自己感到他怕將散漫聯結起來，怕從今天所遭受到的一切痛苦的矛盾上面摘取綜合的思想。有一點幾乎和絕望相鄰，這是阿萊莎的心裡從來沒有過的。一個主要的、運定的，無從解決的問題像一座山似地高臨在一切之上：父親和特米脫里哥哥為了這可怕的女人所生的一切事情將得到什麼結果？現在他自己做了證人。他自己身臨其境，看見他們兩人面對在一起。然而唯有特米脫里哥哥能成為不幸的，完全而且可怕地不幸的人。有無疑的災害守候著他。還有些別人和這一切發生關係，也許比阿萊莎以前所能想像的還多些。發生了一點甚至神祕的事。伊凡哥哥對他走了一步，這本是阿萊莎以前深願的，而現在自己不知為什麼緣故感到這接近的一步竟使他懼怕。至於女人呢？奇怪的是：他剛才動身到卡德鄰納．伊凡諾夫納那裡去時，懷著過度的不安，現在卻毫無所感；相反地，還自己忙著到她那裡去，好像期待向她尋求指示。但是現在將所囑託的事轉達給她一層，顯然已比剛才困難些：三千盧布的事情已經完全決定，特米脫里哥哥現在感到自己是毫無希望的，甚至不幸的人，自然任何墮落的舉動都不辭一幹的。況且他也曾叫他把剛才在父親那裡所發生的一幕戲傳給卡德鄰納．伊凡諾夫納聽。

已經七點鐘，天色發黑，阿萊莎走到卡德鄰納．伊凡諾夫納那裡去。她在大街上租了一所很廣闊舒適的房子。阿萊莎知道她和兩位嬸母同住。其中一位只是阿格菲亞．伊凡諾夫納的嬸母，就是那個在她父親家中住著，沒有學問的女太太，在她離開學校回家時同她姊姊一塊兒服侍她的。另一位孀母是一位身體累重，態度莊嚴的莫斯科的太太，雖然也是貧寒出身。聽說她們兩人一切服從卡德鄰納．伊凡諾夫納，伴在她身邊只是為了一種儀式。卡德鄰納．伊凡諾夫納只服從自己的恩主，將軍夫人。她因病留在莫斯科，卡德鄰納．伊凡諾夫納必須每星期寄兩封信給她，詳細報告自己的一切情況。

阿萊莎走進外屋裡，請替他開門的女僕通報的時候，大廳裡顯然已經知道他的來到（也許從窗裡看到的），不過阿萊莎忽然聽見一陣響鬧，聽見女人跑步的聲音，衣裳的窸窣聲，也許有兩、三個女人跑了出來。阿萊莎覺得奇怪的是，他的來到竟能引起這樣的驚慌。但是他立刻就被引進大廳裡去。那間屋子很大，擺設些華美而且件數極多的家具，完全不是外省的式樣。有許多沙發和軟凳，大小茶几；牆上掛著畫，桌上放著花和洋燈，有許多花，窗旁甚至還放著一只金魚缸。暮色中屋內有一些黑暗。阿萊莎瞥見在顯然剛剛有人坐過的長沙發上面拋放著一件綢製的短外套，沙發前面桌上有兩杯沒有喝完的巧克力茶，餅乾，一只水晶盆裡放著藍色的葡萄乾，另一只盆放著糖果。他們在款待什麼人。阿萊莎猜著他遇到了賓客便皺起眉頭。但是簾子一下子舉了起來，卡德鄰納．伊凡諾夫納快步走了進來，帶來快樂歡欣的微笑朝阿萊莎伸出手。就在這時候女僕拿進兩支點著的蠟燭，放在桌上。

「謝天謝地，到底您來了！我整天向上帝禱告，希望您一個人來。請坐呀。」

卡德鄰納．伊凡諾夫納的美貌以前就使阿萊莎驚訝，當特米脫里於三星期以前，依照卡德鄰納．伊凡諾夫納自己熱烈的意願，引他初次介紹相見的時候。那次會面時，他們中間的談話不很熱鬧。卡德鄰納．伊凡諾夫納心想阿萊莎十分怕羞，似乎饒恕他，一直同特米脫里．費道洛維奇說話。阿萊莎沉默著。但是看清很多的事情。使他驚訝的是這傲慢的女郎的權威的舉止，高傲的瀟灑自如的樣子，和自信力。這一切是毫無疑義的。阿萊莎感到他並不誇張。他發現她發燒的巨黑眼睛很美麗，對於她慘白的，甚至帶點淡黃的橢圓形的臉龐特別相稱。但是在這眼神裡，正和美麗的嘴唇的曲線裡一樣，有一點自然可以使他哥哥劇烈的愛戀，卻也許不能長久地相愛的東西。特米脫里在會面後纏住他，懇求他不要隱瞞他見到未婚妻後所取到的何種印象，他幾乎直率地把自己的意思對特米脫里表示出來。

「你同她會有幸福的，但是……也許……是不安靜的幸福。」

「對呀，這樣的人仍將成為這樣的人，他們不會屈服於命運之前。你以為我不會永久地愛她嗎？」

「不，也許你會永久地愛她，但是也許你不會永遠同她有幸福。」

阿萊莎說出自己意見的時候，漲紅著臉，不滿意自己，因為他竟循了哥哥的請求，表示出這樣「愚蠢」的意思來。他在說出來以後，立刻自己覺得這意見愚蠢得可怕。而且這樣權威地表示對於女人的意見也未免可羞。現在他懷著更大的驚訝，在初看跑進來的卡德鄰納．伊凡諾夫納一眼的時候，感到也許他當時是很錯誤的。這一次她的臉上露出不虛偽的，坦白的善意。從以前那種使阿萊莎當時十分驚訝的「驕傲的侮慢」裡，現在只發現一種極勇敢的、高貴的毅力，和某種明晰的、有力的自信。阿萊莎初看她一眼，並且說出第一句話來，就明白她對於她如此愛戀的男人所處的地位的悲劇性，在她的方面已非一種祕密，她也許已經完全知道，根本完全知道。雖然如此，在她的臉上仍有如許光明，如許對於未來的信心。阿萊莎感到自己在她面前忽然成為正經而且故意地犯了錯誤的人。他一下子被征服而且迷惑了。此外，他從她說出第一句話裡就看出她處於十分強烈的興奮狀態中——也許是很不尋常的，甚至近乎某種歡欣的興奮狀態。

「我所以等候您，因為我現在只有從您的一方面可以打聽出一切實在的話來——從別人那裡是無論如何得不到的！」

「我來了……」阿萊莎喃聲說，弄得錯亂了，「我……他打發我來的……」

「啊，他打發您來的，我早就預感到了。現在我全都知道，全都知道！」卡德鄰納．伊凡諾夫納喊，眼睛忽然閃出光彩，「您等一等，阿萊克謝意．費道洛維奇，我預先對您說，為什麼我這樣等候您。您看，我也許甚至比您還知道得多；我並不需要您那方面的報告。我需要於您的是這事件：我必須要知道您對於他個人的、本身的最後的印象是什麼，我需要您對我講述，用極直爽的，不加修飾的，甚至是粗魯的形式（隨便怎樣粗魯都行），對我敘講——您自己現在，在他同您今天相遇以後，對於他和他的狀況怎樣看法？這也許比我自己去和他當面解釋好些，而他是不願意再到我這裡來的了。您明白不明白，我希望於您是什麼？現在，請問您，他打發您到我這裡來有什麼事情，（我也早就知道他會打發您來的），請您隨便說話，說出最後的話來！……」

「他吩咐向您……致候，他說，再也不到您這裡來……所以和您問候。」

「問候嗎？他就是這樣說的，這樣表示的嗎？」

「是。」

「也許偶然，不經意地說錯了話，沒有放上應該說的話？」

「不，他就是這樣吩咐的，他叫我一定要轉達『問候』的一句話。還三次請我不要忘記了轉達。」

卡德鄰納．伊凡諾夫納臉紅了。

「現在請您幫我的忙，阿萊克謝意．費道洛維奇，現在我需要您的幫助。我將對您說出我的意思，而您只要對我說，我想得對不對？假使他的吩咐向我問候是偶然的，不堅持轉達這句話，不著重在這句話上，那麼一切都完了……一切都無可挽回！但是假使他特別堅持這句話，假使他特別要託您不要忘記將這問候轉達與我——這麼說來，他是處於興奮的心情之下，也許不能自持。他有了決定，還怕那決定！他不是舉著堅定的步伐離開我，卻是從山上飛躍了下來。他的著重這句話也許是表示一種誇大口的意思……」

「是的，是的！」阿萊莎熱烈地證實著，「我自己現在也這樣想。」

「既然這樣，他還沒有喪亡！他只是處於絕望的境地，我還能救他。等一等，他沒有告訴您關於錢的事情，三千盧布的事情嗎？」

「不但說過，而且也許還使他最受挫折。他說他現在喪失了名譽，現在已經是無所謂的了，」阿萊莎熱烈地回答，從全心靈裡感到希望灌輸進他的心裡，也許果真對於他的哥哥有了出路和救心，「但是，難道……您已經知道關於錢的事情嗎？」他補上去說，忽然呆頓住了。

「我早就知道，知道得很清楚。我曾發電到莫斯科詢問，早就知道錢沒有收到。他沒有匯出去，但是我沒有說話。在最後的一星期內，我打聽出來，他還需要錢，……我想盡方法，只是為使他知道，應該到誰那裡去開口，誰是他最忠實的朋友。不，他不願意相信我是他最忠實的朋友，不願認識我，他只把我當作一個女人。整個星期內，有一種可怕的煩慮折磨著我：用什麼方法，使他不為了耗用三千塊錢而對我羞慚？那就是可以對別人，對自己羞慚，而不對我羞慚。他對於上帝是一切和盤說出，沒有羞慚的。為什麼他至今還不知道，為了他，我能忍受一切？我打算救他的一輩子。他可以忘記我，不把我當作未婚妻！他居然在我面前為自己的名譽擔憂！然而他竟不怕對您直說出來，阿萊克謝意．費道洛維奇！為什麼我至今還夠不上這資格呢？」

最後的幾句話她含著眼淚說出來，淚水從她的眼睛裡濺了出來。

「我應該告訴您，」阿萊莎用也是抖索的聲音說，「告訴您剛才他同父親所發生的一樁事情。」他於是講述那齣戲，講他如何被打發去要錢，特米脫里如何闖了進來打父親一頓，以後又特別堅持地要求他，阿萊莎向她「問候」……「於是他到那個女人那裡去了……」阿萊莎輕聲補上這句話。

「您以為我不能忍受這個女人嗎？他以為我不能忍受嗎？但是他不會娶她的，」她忽然神經質地笑起來，「難道卡拉馬助夫能永遠熾燒著這樣的情慾嗎？這是慾，不是愛。他不會結婚，因為她絕不嫁給他……」卡德鄰納．伊凡諾夫納忽然又奇怪的冷笑了一下。

「他也許要娶的。」阿萊莎悲愁地說，低垂著眼睛。

「他不會娶的，我對你說！這個女郎是安琪兒，您要知道！您要知道這層！」卡德鄰納．伊凡諾夫納忽然異常熱烈地喊了，「她是一個理想中理想的人物，我知道她能誘人，但是我知道她的性格善良、堅定，而且高貴。您為什麼這樣看我，阿萊克謝意．費道洛維奇？也許您奇怪我的話語，也許不相信我嗎？阿格拉菲納．亞歷山大洛夫納，我的安琪兒！」她忽然望著別一間屋子，對什麼人喊起來，「你快到我們這裡來。阿萊莎來了，他是可愛的人。他知道我們一切的事情。您出來見他吧！」

「我就是在簾後等候您叫我呢。」一個溫柔的，甚至有點甜蜜的女人聲音說。

簾子挑了起來，於是……格魯申卡喜孜孜笑咪咪地走到桌旁。阿萊莎的心裡好像有什麼東西抽刺了一下。他盯看著她，不能挪開眼睛。她，這可怕的女人，「野獸」——是半小時以前伊凡哥哥忽然脫口說出來的。但是在他的面前站著的好像看來是一個極普通，極尋常的生物——良善的、可愛的女人，也許是美麗的，但是很像所有別的，美麗的，卻是「尋常」的女人！她確實好看，甚至很好看——俄羅斯式的美，是使許多人傾倒的美。她的身材充分高，卻比卡德鄰納．伊凡諾夫納矮些（卡德鄰納的身材是完全高的），她的肌肉豐滿，帶著柔軟的，甚至似乎聽不見的行動，好像也是柔軟到一種特別甜蜜的程度，像她的聲音一樣。她走進來時，不像卡德鄰納．伊凡諾夫納那樣舉著勇武有力的步伐，相反地，是無聲無響的。她的腳在地板上完全聽不到。她柔軟地坐在椅上，華麗的，黑綢的衣裳發出柔軟的響聲，像泉水般白的，肥滿的頭頸和廣闊的肩膀美妙地包裹在貴重的、玄色的羊毛圍巾裡面。她年紀二十二歲，她的臉龐恰巧形容出這個年齡來。她臉色很白，帶著兩朵粉色的紅潤。她臉部的輪廓似乎太闊，下顎甚至有點突出。上唇是細的，下顎稍微凸出些，加倍地肥厚，似乎發腫。但是十分美麗，豐富的、深黃色的頭髮，深色的、貂皮似的眉毛，美妙的青灰色眼睛，帶著長長的睫毛，一定會使最冷淡和心神不定的人，甚至在人群裡，遊藝會上，眾人踐踏之間，也必止步在這人前面，永久記住她。在臉部上最使阿萊莎驚訝的是那種孩子般的、坦白的表情。她像孩子似地看人，像孩子似地表示欣悅，她真是「喜孜孜地」走到桌旁，似乎現在就在期待著什麼事情，懷著孩子氣的、極不耐煩的、信任的好奇心。她的眼神可以使心靈歡欣——阿萊莎感到這一層。她的身上還有一點他不能，也不會加以理解，且也許是無意識地傳給他的，那就是那種溫柔，行動的柔和，這些行動像小貓一般地無聲無響。然而她有一個強健、豐滿的軀體，圍巾裡露出廣闊肥滿的肩頭，高聳而還十分年輕的胸脯。這軀體也許暗示著米羅的維納斯女神（Venus of Milo）的模樣，雖然現在已具有一點過大逾恆的比例——這是可以預先感到的。俄國的女性美的行家，看著格魯申卡，能夠無錯誤地預言，這個新鮮的，還年輕的美，到了三十歲的時候，將喪失和諧，消失了去，臉變成肥腫，眼端額上將很快地發現皺紋，面色變得粗糙，也許發紫，總而言之，那是剎那間的美，飛飄的美，是一切俄羅斯女人時常遇到的。阿萊莎自然沒有想到這層，但是他雖然著了迷惑，卻還是懷著一種不愉快的感覺，似乎憐惜似地自己詢問：她為什麼這樣拉長話腔，不能自然地說話？她這樣做法，顯然在這字音和話語的拉長和勉強甜蜜的腔調裡，發現了美。這自然只是不良興趣的不良習慣，證明她受了低級的教育，和從孩提時起庸俗地理解到的對於禮貌的見解。但是這語氣和說話的腔調，在阿萊莎看來，和那種孩子般天真的快樂的臉部的表情，和那種靜謐的，像嬰孩般幸福的，眼睛的光輝，是互相矛盾到近乎不可能的地步！卡德鄰納．伊凡諾夫納立刻把她放在阿萊莎對面的沙發上面，好幾次歡欣地吻她的嘻笑的嘴唇。她好像戀上她了。

「我們初次相見，阿萊克謝意·費道洛維奇，」她狂喜地說，「我想認識她，看見她，我想到她那裡去，但是她依從了我的最初的願望就自己先來了。我早就知道我同她可以解決一切，解決一切的！我的心得了預感。……有人勸我不要做這步驟。但是我預先感到了結果，並沒有錯誤。格魯申卡對我解釋了一切，她的一切的用意；她像善心的安琪兒從天上飛下，帶來了安謐和喜悅……」

「您竟不經視我，親愛的、高貴的小姐。」格魯申卡像唱歌似地拉長著調子說話，還帶著和藹的、快樂的微笑。

「您不應該對我說這種話，你這女魔術家，你這美人兒！能輕視您嗎？我更吻您的下唇一次。您的嘴唇好像發腫，現在讓它再腫些，再腫些，再腫些……您瞧，阿萊克謝意·費道洛維奇，瞧著這樣的安琪兒，真是打從心裡快樂出來……」阿萊莎臉紅，發出看不出的，細微的抖索。

「您寵愛我，親愛的小姐，也許我不配消受您的愛靄。」

「不配！她不配嗎？」卡德鄰納·伊凡諾夫納又熱烈地喊了，「您要知道，阿萊克謝意·費道洛維奇，我們是理想家的頭腦，我們是自作主張的，驕傲裡透出驕傲的小心兒！我們高貴，我們寬宏，阿萊克謝意·費道洛維奇，您知道不知道？我們只是不幸。我們太快就準備對於也許沒有價值的，或輕浮的人作任何犧牲。也有這麼一個軍官，我們愛上了他，我們把一切貢獻給他，那是很久，五年以後前，但是他忘掉了我們，他結婚了。現在他的妻子死了，寫信來說要到這裡來——而且您須知道，我們只愛他一個人，直到現在只愛他一個人，一輩子愛著！他一來，格魯申卡又將有幸福，而這整整的五年她是不幸的。但是誰能責備她，誰能以取得她的恩惠自誇？只有那個缺腿的老商人——而他不過是我們的父親，我們的知己，保護人。他當時遇見我們，正當我們處於絕望和痛苦之中，被我們所愛的人遺棄的時候……她當時竟想投水自殺，是那個老人救她的，救她的呀！」

「您真會替我辯護，親愛的小姐，您對於一切事情都是這樣匆匆忙忙的。」格魯申卡又拉直著調子說。

「是我辯護嗎？是不是該由我們來辯護，我們還敢辯護嗎？格魯申卡，安琪兒，請你伸手給我，你瞧一瞧這隻肥肥的，小小的，美麗的手，阿萊克謝意．費道洛維奇；你看那隻手，她帶來了幸福，她使我復活，我現在要吻它，手背，手掌，這樣，這樣，這樣！」她似在歡欣中三次吻著格魯申卡確極美麗的，也許太肥胖的手。格魯申卡伸出手來，掛著神經質的、響亮的、美妙的淺笑，注視這「親愛的小姐」的行動，她對於她的手被人家這樣吻著，顯然感到愉快。「也許，歡樂太多些。」阿萊莎的頭腦裡閃出這念頭，他臉紅了。他的心一直似乎特別地不安。

「你當阿萊克謝意．費道洛維奇面前這樣吻我，親愛的小姐，你真是使我十分感到羞慚。」

「難道我想羞你嗎？」卡德鄰納．伊凡諾夫納有點奇怪的說，「唉，親愛的，你真是誤解我了！」

「你也許也是不十分瞭解我，親愛的小姐，我也許比在你面前的那個樣子壞得多，我心裡是壞的，我喜歡自作主張。當時我把可憐的特米脫里．費道洛維奇迷住，只是為了嘲笑嘲笑而已。」

「現在你可以救他。你已經答應。你可以使他醒悟，你可以對他直說，你早就愛著別人，現在那人正向你求婚……」

「不，我並沒有答應這句話。你自己對我說這一切，我並沒有答應。」

「這麼說來，我沒有瞭解你的意思，」卡德鄰納．伊凡諾夫納輕聲說，臉上似乎有點發白，「你答應過……」

「不，安琪兒小姐，我一點也沒有答應過你什麼事情，」格魯申卡輕聲而且安靜地插斷話頭，照舊帶著快樂和天真無邪的神情，「高貴的小姐，現在你看得見，我在你面前是一個如何性劣和自作威風的女人。我想怎樣做，便怎樣做。我剛才也許答應過你的，現在又想：也許他，米卡忽然又使我喜歡起來——他已經使我喜歡過一次，甚至喜歡了幾乎一個鐘頭。也許我走出去，立刻對他說，讓他從今天起就留在我的家裡……我真是沒有常性的人……」

「你剛才說的……完全不是那話……」卡德鄰納．伊凡諾夫納勉強微語著，

「喂，那是剛才，但是我的心是溫柔的、愚蠢的。只要想一想，他為了我受了多少罪！我忽然回家後，憐惜他起來——那時便怎樣呢？」

「我料不到……」

「唉，小姐，您對待我真好，您真是高貴。您現在也許要不愛我這傻女人，為了我這樣的脾氣。請您給我您可愛的小手，安琪兒小姐，」她溫柔地請求，似乎懷著崇拜的神情，握住卡德鄰納．伊凡諾夫納的小手，「親愛的小姐，我現在握住您的手，也要像您對我那樣地吻著。您吻過我三次，我應該吻您一千次，才算清帳。就這麼辦吧。以後聽上帝的指示，也許我將做您的完全的奴隸，願意像奴隸似地侍候您。讓上帝怎樣決定，便怎麼辦，我們互相用不著有什麼預先約定的話！您這可愛的小姐，你這使人不可置信的美人兒！」

她輕輕地把那隻手端近自己的唇邊，確實是懷著一個奇怪的用意：就是用接吻「算清欠帳」。卡德鄰納．伊凡諾夫納並沒有掙脫手，她帶著畏葸的希望傾聽格魯申卡最後那句很奇怪地表示出來的，願意「奴隸似的」侍候她的話。她興奮地望著她的眼睛，她在這雙眼睛裡看出同樣坦白的、信任的表情，同樣明朗的快樂……「她也許太天真爛漫了！」卡德鄰納．伊凡諾夫納心裡閃出了希望。格魯申卡似乎在欣賞著「可愛的小手」，慢吞吞地把它端近自己的唇邊。但是那隻手到了唇邊的時候，她忽然遲留了兩、三秒鐘，似乎在那裡思索什麼事情。

「您知道不知道，安琪兒小姐，」她用溫柔、甜蜜的聲音，忽然拉長著調子說著，「您知道怎麼樣，我就不來吻您的小手。」她發出異常快樂的、輕小的笑聲。

「隨您的便……您怎樣啦？」卡德鄰納·伊凡諾夫納抖索了。

「請您留著這個做紀念，那就是您吻過我的手，而我沒有吻您的手。」她的眼睛裡忽然閃出一點光亮。她可怕地盯看著卡德鄰納·伊凡諾夫納。

「無禮的女人！」卡德鄰納·伊凡諾夫納忽然說，似乎忽然明白了什麼事情，滿臉通紅，從座位上立起來。格魯申卡不慌不忙地立起身來。

「我立刻轉告米卡，您怎樣吻我的手，而我完全沒有吻。他真要笑得不可開交呢！」

「賤人！滾！」

「哎喲，真可羞，小姐，真可羞，這在您的方面甚至太不雅觀，說出這樣的話來，親愛的小姐。」

「滾出去，出賣身體的畜生！」卡德鄰納·伊凡諾夫納吼叫起來。在她的完全變樣的臉上，一切的線條全都抖動了。

「真是出賣的。您自己姑娘家在黃昏的時候跑到男人家裡取錢，自己送上門去出賣自己的美貌，我是知道的。」

卡德鄰納·伊凡諾夫納喊了一聲，想奔到她身上去，但是阿萊莎用全力阻止她：

「不要走一步，不要說一句話！您不要說話，不要回答。她會走的，立刻會走的！」

在這當兒，卡德鄰納·伊凡諾夫納的兩位親戚聽到喊聲跑進屋裡來，女僕也跑進來了。大家全奔到她的身旁去。

「我就走，」格魯申卡說，從長沙發上取了短外套，「阿萊莎，親愛的，送我一下！」

「您快出去吧，快出去吧！」阿萊莎在她面前合著兩手求她。

「親愛的阿萊莎，送我一下！我在路上要對你說一句很好聽，很好聽的！我是為了你，阿萊莎，才鬧出這場戲來的。送我一下，寶貝兒，以後你會喜歡我的。」

阿萊莎搖擺著手，轉過身去。格魯申卡明朗地笑了一聲，從屋裡跑出去了。

卡德鄰納．伊凡諾夫納發作了歇斯底里病。她嗚咽著，痙攣攻擊著她。大家都在她身邊忙亂起來。

「我警告過你的，」大嬸母對她說，「我攔阻你走這個步驟！你不知道這類東西的性子，這女人聽說比什麼人都壞……你是太任性了！」

「她是一隻老虎！」卡德鄰納．伊凡諾夫納喊，「您為什麼攔阻我，阿萊克謝意．費道洛維奇，我要打她一頓，打她一頓！」

她沒有力量在阿萊莎面前壓制自己，也許不願意自行壓制。

「應該把她鞭打，送到斷頭臺上，交給劊子手，當著眾人面前！……」

阿萊莎退到門旁。

「但是上帝！」卡德鄰納．伊凡諾夫納忽然喊，搖擺著兩手，「他呢！他是多麼不誠實，多麼不人道！他竟對這東西講那件事情，在運定的，永遠可詛咒的那天所發生的事情！『送上門去出賣美貌，親愛的小姐！』她竟知道了！您的哥哥真是混蛋，阿萊克謝意．費道洛維奇！」

阿萊莎想說什麼話，但是沒有找出一句話來。他的心縮緊到痛楚的地步。

「您走吧，阿萊克謝意．費道洛維奇！我覺得羞恥，我覺得可怕！明天……我跪著哀求您明天來一趟。您不要責備我，饒恕我，我不知道還要做出什麼事情來！」

阿萊莎似乎搖晃不定似的走到街上。他也想和她那樣地哭。一個女僕忽然追上前來。

「小姐忘記把霍赫拉闊瓦太太的信轉交給您，它從午飯的時候就放在我們那裡。」

阿萊莎機械地收下一只玫瑰色的小信封，近乎不自覺地塞進自己的口袋裡去。

第十一章　又是一個失去了的名譽

從城裡到修道院只有一俄里路多一點。阿萊莎在當時行人稀少的道路上匆遽地走著。已近黑夜，三十步外難於認清事物。在半途上有一個十字路口。在十字路口一棵孤寂的柳樹底下看見有一個人形。阿萊莎剛剛走到那裡，那個人形就離開位置，跑到他身旁來，用憤憤的聲音喊道：

「拿錢包來，不然就送你的命！」

「原來是你呀，米卡！」阿萊莎強烈地抖索了一下，驚訝起來。

「哈，哈，哈！你沒有料到嗎？我心想：應該在哪裡等候你？在她的房子旁邊嗎？從那裡有三條路，我會找不到你。後來才想到等在這裡，因為這裡是必經之路，到修道院去別條路是沒有的。唔，你說老實話。你可以壓碎我，像壓死一隻螳螂……你怎麼啦？」

「沒有什麼，哥哥……我這是吃了驚嚇。唉，特米脫里，剛才父親流的血……（阿萊莎哭了，他早就想哭，現在他的心裡忽然似乎潰決了。）——你幾乎殺死他。……還詛咒他……而現在……在這裡……剛剛……你還鬧玩笑……拿錢包出來，不然就送你的命！」

「那有什麼？不體面嗎？局面不相稱嗎？」

「不是的……我是這樣……」

「等著。你瞧那黑夜，你瞧，那是多麼陰沉的黑夜，烏雲，起了風！我躲在這邊柳樹底下等你，忽然心想（上帝鑑臨著的：）為什麼要再這樣受苦，等候什麼？這裡有一棵柳樹，還有手帕，有襯衫，立刻可以絞成一根繩子，還可以加上一條吊褲帶——就可使世界少一累贅，不再使它為了我這低卑的生命蒙受不潔之名！那時候我聽見你走了過來——天呀！真好像有什麼東西忽然飛到我的身上，到底還有一個人是我愛的，他，這個人，就是我的親愛的小兄弟，我愛他，甚於世上的任何人，我唯一地愛他！在那時候我是如何地愛你，一面愛，一面就想：讓我立刻投到他的頸上去！突然生了愚蠢的念頭：『讓我和他逗樂，嚇唬他一下。』我就像傻子似的喊起『拿錢包出來！』的話。請你恕我做了這種蠢事——這不過是無意識的事情，其實我的心裡……也是很夠受的……不管它了。請你說，那裡的情形怎麼樣？她說什麼？壓碎我吧！刺殺我吧！不要憐惜我！她狂怒了嗎？」

「不，並不。……那裡完全不是這個情形，米卡。那裡……我剛才看見她們兩人在一塊兒。」

「哪兩個人？」

「格魯申卡在卡德鄰納．伊凡諾夫納家裡。」

特米脫里．費道洛維奇楞住了。

「不可能！」他喊，「你說著夢話！格魯申卡會在她家裡！」

阿萊莎把從他走進卡德鄰納．伊凡諾夫納家去的時候起所發生的一切事情講述了一遍。他講了十分鐘左右，說得並不流暢，有序次，卻很明白地傳達著，把握住最主要的話語，最主要的行動，而且還鮮明地傳出自己的情感，時常只用一個字。特米脫里默默地聽著，呆板得可怕地盯視著。但是阿萊莎明瞭他已經全都瞭解，把握住全部的事實。但是敘講的故事越漸進展，他的臉不但顯得陰沉，而且似乎更見威嚴。他皺緊眉毛，咬住牙根，呆板的眼睛顯得更加呆板，釘牢，可怕……最出人意料之外的是他的整個的臉，本來憤怒和蠻橫的，一下子忽然變了，變得不可思議地快，咬緊住的嘴唇鬆動了，特米脫里．

費道洛維奇忽然發出最抑制不住，最無虛假的笑聲。他根本被笑聲浸沒，笑得甚至許久時候說不出話來。

「竟沒吻手！竟沒有吻，就跑走了！」他帶著病態的歡欣的心情呼喊——也可以稱之為無禮的歡欣，假使這歡欣不是這樣的不虛偽，「她竟喊著稱她作老虎！真是老虎！應該把她送上斷頭臺去嗎？是的，是的。應該，應該，我自己就是這個意見，早就應該這樣！你瞧，弟弟，斷頭臺是可以的，但是應該先恢復了健康。我明白這位傲慢無禮的女王，她的整個面目，整個面目全表現在這隻手上，這女魔！她是世界上可以形容的全體女魔的女王？一種特別的歡欣！那麼她跑回家去了嗎？我立刻去……哎呀……立刻跑去找她！阿萊莎，你不要罵我，我很同意，把她絞死還嫌少些……」

「但是卡德鄰納．伊凡諾夫納呢？」阿萊莎悲戚地叫喊。

「我也看見她，看得十分透切，從來沒有看得那樣清楚！這竟等於全球四大洲的整個發現，說錯了，五大洲的發現！做了這樣的步驟！這正是那個女學生卡欽卡的本色，她為了拯救父親的一個寬宏的意念，冒了被人家侮辱的危險，竟不怕跑到一個粗野無禮的軍官家中！然而有的是驕傲，有的是冒險的需要，有的是對於命運的挑戰，向無邊的深淵挑戰！你說那位孀母曾經攔阻過她嗎？她那位孀母自己就是傲慢的人。她是莫斯科將軍夫人的嫡親姊姊，她的驕傲比姊姊還厲害，但是丈夫侵吞公款，被人家發覺，喪失了財產，和一切，一切，驕傲的太太忽然壓低了音調，至今沒有抬高起來。那是她阻攔住卡嘉，而卡嘉不聽。「我能戰勝一切，一切都應該服從我；只要我願意，可以使格魯申卡降服下來。」她自己相信自己，自負太甚，那是誰的錯處？你以為，她是故意首先吻格魯申卡的手，懷著狡猾的主意嗎？不，不，不，她真的，真的愛上了格魯申卡，不是格魯申卡，都是自己的幻想，自己的譫語——因為這是我的幻想，我的譫語。阿萊莎，寶貝，你怎麼樣脫身離開她們的？是不是擄起袈裟，遁走的？

哈！哈！哈！」

「哥哥，你好像沒有注意，你對格魯申卡講了那天發生的事情，而格魯申卡剛才竟當面對她說：『你自己私下裡到男人家去出賣美貌。』你要知道，你是如何得罪了卡德鄰納·伊凡諾夫納！哥哥，還有比這侮辱更深的嗎？」使阿萊莎感到最痛苦的一個念頭，是哥哥似乎喜歡卡德鄰納·伊凡諾夫納的受辱，這自然是不可置信的事。

「哎呀！」特米脫里·費道洛維奇忽然可怕地皺緊眉頭，舉起手掌擊打自己的額角。他現在才注意到，雖然阿萊莎剛才已將卡德鄰納·伊凡諾夫納如何受辱如何喊：「你的哥哥真是混蛋！」的一切事情全盤講了出來，「果真地，也許我曾對格魯申卡講過關於卡嘉所說『運定』的日子的事情。對的，我講過的，我現在記得了！那是在莫克洛葉，我喝醉了酒，吉普賽女人唱歌……但是我哭著，當時自己痛哭著，我跪在地上，向卡嘉的形象祈禱著，格魯申卡明白這意思的。她當時全都明白，我記得，她自己也哭著……哎，見鬼！現在還能不這樣嗎？當時哭泣，現在呢……現在是『刺心的一箭！』女人都是這樣的。」

他低下頭，沉思著。

「是的，我是混蛋！無疑的混蛋，」他忽然用陰沉的聲音說出來，「不管哭不哭，總是一個混蛋！你可以轉達過去，我承受這個稱呼，如果這能給予安慰。夠了，再見吧，空談有什麼用？沒有快樂！你走你的路，我走我的路。我也不願意再相見，一直到一個最後的時間為止。告別吧，阿萊克謝意！」他緊握阿萊莎的手，還是低垂眼皮，不抬頭，又似乎掙脫一般，大踏步走到城裡去了。阿萊莎目送著他，不相信他會這樣完全突然走開的。

「站住，阿萊克謝意，還有一個告白，對你一個人說的！」特米脫里·費道洛維奇忽然回轉來了，

「你看我，仔細看我：你瞧，這裡，這裡，這裡是準備著一件可怕的不名譽的事情。（特米脫里・費道洛維奇一面說著：「這裡，這裡，」一面用拳頭叩擊胸脯，帶著那種奇怪的態度，好像這不名譽的事情就橫放而且保存在他的胸脯裡面，在某一地方，也許在口袋裡，或是密縫後，掛在胸前。）你已經知道我：我是壞蛋，公認的壞蛋！但是你要知道，無論我以前、現在，或將來，會做出什麼事來——和現在、但是在這個時候懷在我的胸脯裡，就要開始行動和成就的那件不名譽的事，它的卑劣的程度是點也不能相比的。我本來是一個完全的主人，可以停止這事的進行，可以停止，也可以實行，你要記住這一點！但是你要知道，我一定實行它，絕不停止。我剛才對你全講了出來，卻沒有講這件事，因為甚至連我都沒有厚臉來講！我還能停止；我一停止，明天就可以挽回已失的名譽的整整的一半。但是我不停止，我要實行卑劣的計謀，你可以預先做我的證人，我預先告訴給你聽！幻滅和黑暗！用不著再解釋，到那時候你自會知道的。惡臭的胡同和女魔！告別吧。不必為我祈禱，我不配，也完全用不著，完全用不著……我完全不需要！走開吧！……」

他忽然走開，這一次是完全走開了。阿萊莎走向修道院那裡去：「我怎麼竟會，怎麼竟會看不見他？他說的是什麼話？」他覺得十分離奇，「明天我一定要去看他，尋找他，特地尋找他。他說的是什麼話！」……

他繞過修道院，穿了松樹林，一直走進庵舍。雖然這時候已經誰也不放進去，可是人家到底給他開了門。在他走進長老的修道院室的時候，他的心抖慄了：「為什麼，為什麼他走出去？為什麼長老打發他進入『人世』？此地一切靜寂，此地是神聖的所在，但是那邊卻擾攘不安，那邊是黑暗，使人立即迷失道路，莫知所措……」

沙彌勃洛菲里和修道司祭帕意西神父還在修道院裡。帕意西神父整天裡每隔一小時便進來打聽曹西瑪長老的健康。阿萊莎害怕聽到長老的病況愈加惡化。甚至照例晚上和僧侶們的談話今天也不能舉行。照例，每天晚上，做完功課以後，臨睡以前，修道院的全體僧侶都聚到長老的修老道院裡，每人朗聲對他懺悔今天自己的過失，罪孽的幻想，思想，一切誘惑，甚至相互間的口角，如果有這類情事發生了出來，有的人竟跪下來懺悔。長老加以解決，調解，訓示，規定苦行的範圍，又為他們祝福，放他們散走。反對長老制的人們所不滿意的也就是僧侶間的「懺悔」。他們說這是褻瀆懺悔的聖祕性，幾乎犯了瀆聖罪，雖然這完全是另一件事。甚至向主教方面提出，說這類的懺悔不但不能達到良好的目的，而且確實會有意地引到罪孽和引誘的方面去的。僧侶們中有許多人不高興到長老那裡去，只是勉強地，因為大家都去，又因為不願意使人家認為他們具有驕傲的、反叛的思想。有人講，僧侶們裡有些人在赴晚間懺悔的時候，互相預行約定：「我要說我早晨恨過你，你應該證實它。」這是為了有話可說，為了敷衍了事。阿萊莎知道有時確實會發生這類的事情。他還知道僧侶們裡有人最恨的是庵舍的徒眾所收到的一切信件，甚至是家信，也須先送到長老那裡，由他拆開來，比收信人先讀一遍。自然，根據原來的意思，這一切應該自由而且誠懇地辦理著，出於全心靈，為了自願的服從，和超救的監督，然而實際上，發生的結果竟很不誠懇，相反地，只是虛偽和裝腔。但是僧侶們裡輩分老的，和有經驗的一些人堅持著自己的主見。他們以為凡是誠懇地走進這牆裡來修行的，無疑地，這類修道和苦行確是可以使他們得救，給予他們極大的利益，但是相反地，如有人引以為苦，生了怨意，那麼無論怎樣說，他們似乎已經不是修道僧，徒然進入修道院裡，這類人的位置是在人世間。罪孽和魔鬼，不但在人世裡，即使在教堂裡，也是防備不盡的，所以大可不必對於罪孽讓步。

「他軟弱得很，盡要睡覺，」帕意西神父為阿萊莎祝福以後，微聲告訴他，「竟難於喚醒他。但是也不用去叫醒他。五分鐘後醒了，請求轉致祝福給僧侶們；還求僧侶們為他做晚禱。明年還打算受一次聖祕禮。又記起你來，阿萊克謝意，問你出去了沒有，我們回答他說在城裡。『我是祝福他到那裡去的，他應該到那邊去，現在這裡不是他的住處。』這是他提到你時所說的話。他總是帶著愛情和掛念憶到你。你想一想，你為什麼得到這樣的眷寵？不過他何以決定你暫時應該到塵世界裡去混？他一定在你的命運裡有什麼預見！你要明白，阿萊克謝意，如果你回到人間，那似乎就為了修你的長老加在你身上的功課，並不是去從事輕意的浮華，人間的快樂……」

帕意西神父出去了。長老即將辭世一層，對於阿萊莎是毫無疑義的，雖然他也許還能活上一兩天。阿萊莎堅定而且熱烈地決定，雖然他曾答應和父親、霍赫拉闊瓦、哥哥，和卡德鄰納・伊凡諾夫納等人相見——明天完全不出修道院一步，將留在長老身旁，直到他的臨終為止。他的心被愛情熾燒著，他悲苦地責備自己，竟會在城裡一下子忘記了在修道院遺留在垂死的床上，為他平素最敬愛的人。他走進長老的臥室，跪下來，向睡著的人鞠躬到地。長老靜靜地，動也不動地睡著，輕微地呼吸著，均勻而且幾乎覺察不出來。他的臉是安靜的。

阿萊莎回到另一間房子——就是長老早晨接見賓客的那間——差不多不脫衣裳，只脫皮靴，躺在堅硬狹窄的皮沙發上——他早就每夜睡在這上面，只取來一只枕頭。剛才他的父親喊嚷出來的褥子，他早已忘記了鋪墊。他只脫下了袈裟，用它覆蓋身子，代替被褥。臨睡之前，他跪下來，祈禱許多時候。他在熱烈的禱詞中，不求上帝為他解釋他的不安，只是渴求著快樂的情緒，以前，在他頌讚了上帝以後（這是他臨睡前照例所作禱詞的內容），時常有這樣的情緒光降到他的心靈裡來。光降到他身上的那種快樂引他進入輕鬆、安靜的夢裡。他現在祈禱的時候，偶然在口袋裡摸到那封小小的、玫瑰色的信，就是卡德鄰納・伊凡諾夫納的女僕在路上追過來轉遞給他的。他感到慚愧，卻仍舊唸完了禱詞。在遲疑了一會兒以後，便打開了信封。裡面有署名Lise的一封信——就是霍赫拉闊瓦太太的那個年輕女兒，早晨當著長老那樣取笑他的。

她寫道：

「阿萊克謝意·費道洛維奇，我私下對您寫這封信，連母親都不知道。我知道這是很不好的。但是我無法再生活下去，如果不對您說出我心裡產生下來的一切話，這些話除去你我兩人以外，誰也不應該事先知道。但是叫我如何對您說出我想對您說的話？據說，紙張不會臉紅，對您說，這是不對的，紙張臉紅得和我現在一樣。親愛的阿萊莎，我愛您，從兒童時代起就愛，從莫斯科起，那時您還完全不是現在的那個樣子。我一輩子愛您。我的心選擇了您，我願意和您結合，到了年老時候便一同結束我們的生命。自然須以您脫離修道院為條件。關於年齡一層，我們可以等待到法律允許的時候。到那時候我一定恢復健康。可以走路，跳舞。這是無庸多說的。

「您看見我是一切都想到了，唯有一件事情不能想出：那就是你讀了這封信以後，對於我將生什麼感想？我好笑，好淘氣，我剛才使你生氣，但是我對你說實話，我在執筆以前，曾向聖母像禱告，現在也在禱告，幾乎哭泣。

「我的祕密現在握在您的手裡，明天您來時我不知道怎樣看您。阿萊克謝意·費道洛維奇，假使我看著您的臉的時候，又像傻瓜一樣，按捺不住，像剛才那樣大笑起來，便怎麼辦呢？您一定把我當作壞脾氣，好取笑的女人，不再相信我這封信。由此我懇求您，親愛的，如您對我有一點同情，在您明天走進來的時候，不要太筆直地看我的眼睛，因為我的眼神和您相遇的時候，也許我一定會忽然大笑起來，況且您又穿著這種長袍。……現在，我想到這一層的時候，竟全身發冷，所以您走進來的時候，暫時請您不要看我，可以看母親或窗外……

「我居然給您寫了情書，我的天，我做出了什麼事情！阿萊莎，請您不要看輕我。如果我做了很壞的事，使您發怒，那麼請你恕我。現在，我也許永遠失去了的名譽的祕密握在您的手中了。

「我今天一定要哭。再見吧。可怕的再見吧。

「再啟者。阿萊莎，請您一定，一定，一定來！ Lise」

阿萊莎懷著驚奇讀完這封信，讀了兩遍，想了想，忽然輕聲，甜蜜地笑了。他想要抖索，在他看來這笑聲是有罪的。但是過了一會，他又那樣輕聲地，那樣有幸福地笑了。他慢吞吞地把信放進信封裡，畫了十字，躺下來了。他的心靈的騷擾忽然過去了。「上帝，願你賜恩於這些人們，保佑這些不幸的、騷亂的人們，給他指示一條途徑。你有許多路可以救他們。你就是愛，你給大家送來快樂！」阿萊莎喃聲說，畫著十字，同時墜入靜謐的夢中。

第四卷　裂創

第一章　費拉龐特神父

阿萊莎在清早天未亮前被喚醒了。長老醒來，感到很軟弱，卻仍想從床上搬移到沙發上去。他神志極清，臉色雖然疲乏，卻是清朗的，幾乎是快樂的，眼神也是愉快的，快樂的，懇切的。「也許我不能活過今天，」他對阿萊沙說。後來他想懺悔，同時立刻行聖禮。他永遠對帕意西神父懺悔。在完成了兩種聖祕禮以後，開始行臨終塗油禮。修道司祭們到齊了。修道室漸漸地充滿了庵舍的僧眾。那時候白晝降臨了。修道院外也有人來。禮拜告終後，長老想和眾人辭別，一一同他們親吻。因為修道室裡的擁擠，先進來的人們出來，讓別人進去。他儘可能地講話，教訓，他的嗓音軟弱，卻還十分堅定。「我教訓了你們多少年，也就是出聲講了多少年的話，好像似乎已得到了一面講話，一面教訓的習慣，現在弄到沉默幾乎還比講話難些的樣子，即使是現在，我這樣衰弱的時候也是如此，」他開著玩笑，感動地環看聚在他身旁的人們。他當時所說的一些話，阿萊莎以後記住了一點下來。雖然他說得很清楚，雖然嗓音充分堅定，但是他的話是十分沒有聯屬的。他講了許多事情，似乎想全都說出來，在死亡的時刻來臨以前，把一生中沒有說出來的一切再傾吐一次，並不單單為了教訓，卻似乎渴望和大家交換內心的喜悅和歡欣，再來發抒自己的心臆……

「你們應該互相地愛，神父們，」長老教訓起來，（這是阿萊莎以後多少記憶下來的。），「愛上帝的人民。我們到這裡來，關閉在這牆內，並不比俗世的人們神聖些，相反地，到此地來的個人，一到這裡，已經自己意識到他比所有俗世的人們，地上的一切人們壞些……修道僧以後住在這座牆內越久，便應該越加銳敏地意識到這一層。因為不是如此，他到這裡來便沒有目的。他意識到他不但比一切俗世的人們壞，而且應該在世界上的一切人面前負責，為了人類的一切罪惡，世界的和個人的罪惡，那麼我們的隱修的目的便算達到了。親愛的諸位，你們要知道，我們每個隱修的人，無疑地應該對於世上一切人和一切事物負責，不但是為了普通的，整個世界的罪惡，卻是個別地為了世上的一切人。這個意識是進修的道路，也就是世上一切人的頂點。因為修道僧並不是另樣的人，卻只是世上一切人應該做的那種人。唯有到了那個時候，我們的心才得了感動，滋生了無窮盡的，整世界的，不知道飽足的愛情。到了那個時候，我們每個人將有力用愛獲得全世界，用淚洗淨世界的罪惡。……你們每人應該省察自己的心，每人無休止地自行懺悔。你們不要怕自己的罪，甚至已經自行認識了以後也不要緊，只要有悔悟的心就行，但是不應該和上帝討條件。我再說一句——你們不應該驕傲。在小人物前面不要驕傲，在大人物前面也不要驕傲。不要嫉恨排斥你，加恥辱於你，責罵你，造你的謠言的人。不要嫉恨無神派，教壞事的人，唯物派——不但是善人，甚至惡人也不要嫉恨，因為他們裡面有許多好人，尤其是在我們這個時代。你們必須在祈禱裡提到他們；救一切人，救一切無人替他們祈禱的人們，救一切不願向你祈禱的人們，你們當時就再補充上去：我的祈禱不是由於我的驕傲，主，因為我自己比一切人都低卑……你們應該愛上帝的人民，不要讓外來的人們攪亂羊群，因為如果你們沉迷在懶惰和嫌惡的驕傲之中，尤其是在貪婪之中，就有人從四面八方，前來奪去你們的羊群。不斷地給人民講解福音。……不要暴斂，勒索……不要愛金錢，不要私藏……你們應該信仰，舉起旗幟，高高地舉著……」

長老說的話比在這裡敘寫下來的，比阿萊莎以後記載下來的，零碎得多。他有時完全中斷了說明，似乎歇一歇力，喘氣著，卻又似乎很歡欣的樣子。大家帶著感動的心情聽他的說話，雖然許多人很奇怪他的話，看出它的黑暗……以後這一些話全都憶起來了。阿萊莎偶然走出修道室外的時候，對於聚在室內和室旁的僧侶普通的驚慌和期待的神情頗為驚訝。有些人們的期待幾乎是驚慌的，另一些人是莊嚴的。大家全期待在長老圓寂後立刻將有偉大的事情發生。這期待從某一種見解上看來似乎是淺薄的，但甚至最嚴厲的長老們也受了這個影響。唯有修道司祭帕意西神父的臉最為嚴肅。阿萊莎走出室門，只是為了拉基金從城裡來，暗地裡叫一個僧士請他出來，交給他一封霍赫拉闊瓦太太的奇怪的信。她對阿萊莎報告了一件有趣的，來得十分湊巧的新聞。原來昨天前來向長老膜拜，求他祝福的虔信的普通女人中間有一位住在城內的老太太，名喚博洛霍洛夫納，是伍長的寡婦。她的兒子瓦仙卡為了職務的關係遠行到西伯利亞的伊爾庫次克去，她已經有一年沒有接到任何信息。她問長老：可以不可以把她兒子的名字在教堂裡安息祈禱的時候像對待死人似的提出來？長老嚴峻地回答她，她做這等事，稱這類的提名和妖術相等。但是以後因為她的無知，寬恕了她，「好像看著未來的書一般。」（這是霍赫拉闊瓦太太信裡的辭句，）補充了安慰的話：「她的兒子瓦仙卡一定活著，不是他自己即將回家，便將寄信回來，所以她應該回家去靜候。」結果怎麼樣呢？霍赫拉闊瓦太太歡欣地補充下去：「預言竟一個字一個字的實現，甚至還多些。」老婦剛回家。立刻收到一封她所期望的西伯利亞寄來的信。不但如此，瓦仙卡在道上從葉喀答鄰堡爾格寫來一封信，通知他的母親，說他正在就道回俄，隨一位官員同回，在接到此信後三星期內即可「希望擁抱自己的母親」。霍赫拉闊瓦太太堅決而且熱烈地請求阿萊莎立刻把這重又實現的「預言的奇蹟」通知方丈和全體僧侶：「這是應該使大家都知道的！」她在結束這封信的時候這樣喊。這封信寫得匆忙潦草，寫信人的騷亂的心情在每行字裡顯露出來。但是阿萊沙已經用不著通知僧侶們了，因為大家業已完全知曉：拉基金在打發僧士去找阿萊莎的時候。還託他「虔敬地通報大神父帕意西，說拉基金有重要事情報告，一分鐘也不能延擱。至於為了他的冒味，理應跪地請求恕罪。」因為僧士把拉基金的請求先行向帕意西神父報告，所以阿萊莎回到屋內讀完信以後，唯有立刻當作證據似的報告給帕意西神父一下就完了。連這位態度嚴峻，不大信任人的人，皺著眉頭，讀完關於「奇蹟」的報告以後，也不能完全抑制一點內心的情感。他的眼睛熠耀，嘴唇忽然嚴正而且透徹地微笑了一下。

「我們將見到的還只這麼些？」他似乎忽然脫口說了出來。

「我們還可以見到許多，還可以見到許多！」周圍的僧士們反覆地說著，但是帕意西神父重又皺起眉頭，請大家暫時不要告訴任何人，「現在還沒有十分證實，因為世俗的社會裡頗多輕浮的事，而且這種事情也會自然地發生的。」他謹慎地補充一句，似乎為了洗清自己的良心，但是自己也幾乎不信自己所說的但書，這是旁邊聽的人看得十分清楚的。這「奇蹟」自然當時傳遍整個修道院，甚至傳到許多到修道院裡來參與彌撒的人們那裡。這個實現的奇蹟最使昨天才到這裡來掛單的「聖西里魏司特洛」修道院的僧士，那個從極北的渥勃道爾司克地方來的僧士吃驚。他昨天站在霍赫拉闊瓦太太身旁，向長老膜拜，指著「治癒好了」的那位太太的女兒，用透徹的神情問長老：「你怎麼樣做了這件事情？」

事情是這樣的：現在他已經有點疑惑，幾乎不知道怎樣相信了。還在昨天晚上的時候，他去見修道院的神父費拉龐特。這位長老，費拉龐特神父，就是那個老邁的僧士，偉大的持齋者和緘默者，我們已經提過可怕的印象。他住在蜂房後面一間特別的修道室內。這次的訪晤也頗使他吃驚，引起他強烈的、他是曹西瑪長老的敵人──主要地是長老制的敵人，他把它認作危險的輕浮的新奇事情。這位敵人是很危險的，雖然他是緘默者，幾乎同誰也不說一句話。他的危險主要地是為了有許多僧侶們十分同情於他，至於到這裡來的世俗的人裡面也有很多人尊敬他，把他視作偉大的聖者和苦修者，雖然也無疑地看出他是一個瘋僧。也就是這瘋勁使人著迷。費拉龐特神父從不去見曹西瑪長老，他雖在庵舍裡，但是沒有人把庵舍裡的規矩束縛他，也就因為他的一切舉止常做出瘋僧的樣子，他年約七十五歲，也許還多些。他住在蜂房後面一間差不多傾圮的，老舊的，木質的修道室裡牆角那裡。這修道室是還在極古時代，還在前世紀，為一個也是很偉大的持齋者和緘默者約納神父造成的。他活到一百零五歲。關於他的苦行至今在修道院裡和它的附近地方流傳著許多有趣的傳說。費拉龐特神父設法在七年以前搬到這僻靜的小修道室裡居住——這修道室簡直就是一間農舍，但很像鐘樓，因為裡面有許多捐獻的神像，在前面點燃著永遠發光的捐獻的油燈，好像費拉龐特神父就是被派在那裡，看守它們加以點燃的。聽說他三天只吃四磅麵包，絕不多（這是實在的事情），一個住在蜂房裡看守蜂房的人每三天給他送去，而他跟侍候他的那個看蜂房的人甚至也很少講話。這四磅麵包，還連同禮拜天的聖餐麵包，是方丈在晚禱以後殷勤地送過來的，就成為他一星期的食品，罐裡的涼水是每天給他調換的。他不大出來做彌撒。到修道院來膜拜的人們看見他有時整天跪著祈禱，不立起來，也不回頭看。即使有時同他們談話，也極簡短零亂，發出奇怪，而且差不多永遠粗暴的話語，他很少同外來的人們談天，大半只說出一個奇特的字來，永遠給訪客一個啞謎，以後不管人家如何請求，絕不說一句話加以解釋。他沒有僧職，只是一個普通的僧士。一些極黑暗的人們中間傳著很奇怪的謠言，說費拉龐特神父和天神們有來往，只同他們談話，所以和人們沉默著。渥勃道爾司克僧士依了養蜂房的人的指示——他也是一個沉默、陰鬱的僧士——跑到蜂房的角落，一直到費拉龐特神父的修道室裡去。「同外來的人也許會說話，卻也許什麼也得不到」——養蜂房的人們警告他，他以後自己說出來，他走過去的時候，懷著極大的恐怖。時候已經很晚。費拉龐特這次坐在修道室的門旁，低矮的長凳上面。一棵巨大的老榆樹在在他的頭上輕微地發響。夜晚的冷氣襲了過來。渥勃道爾司克僧士跪在聖徒面前。請求祝福。

「你要不要讓我也跪在你的面前？」費拉龐特神父說，「快起來！」

僧士站起來。

「你賜祝福，也受了祝福。請坐在旁邊。從哪裡來？」

最使這可憐的小僧吃驚的是費拉龐特神父一方面無疑地做著偉大的苦行，年齡又那樣老邁，外表上卻還是一個有力的，高身的老人，身體挺得筆直，並不彎屈，臉色新鮮，雖見得消瘦，卻很健壯。他的身上無疑地還保存著極大的力量。他具有大力士的體幹。他歲數雖大，但是頭髮甚至尚未全部發白，頭髮和鬍鬚還很濃厚，以前甚至是完全黑的。他的眼睛是灰色的，大而發光，卻瞪出得極厲害，可以使人吃一大驚。他說話帶著極強烈地著重在「O」字上的聲音。他穿著栗色的長褂，是粗糙的，以前稱作獄囚呢製成的，腰間繫著厚繩。頭頸和胸脯裸露著。極厚的布製成，幾乎完全發黑的襯衫，好幾個月沒有脫下來的，顯露在長褂外面。聽說他在長褂裡面的身上繫著三十磅重的鐵錘。赤足穿著破爛的舊鞋。

「從渥勃道爾司克的小修道院，『聖西里魏司特洛』修道院裡來的。」外來的僧士低聲下氣地回答，用匆遽的、好奇的，卻有點畏葸的小眼睛觀察這隱修者。

「我到過你的西里魏司特洛那裡。我住過的。西里魏司特洛健康嗎？」

僧士遲疑不作答。

「你們全是愚蠢的人！守的是什麼齋？」

「我們的齋按照古代庵舍的規則。在四旬齋的時候每逢星期一、三、五，不供給食物。星期二和星期四吃白麵包、蜜餞水果、野楊莓，或是酸白菜，外加燕麥粥。星期六是白羹湯，豌豆煨麵條，帶汁的麥片粥，全加上奶油。星期日那天，羹湯裡加上乾魚，和麥片。在復活節的前禮拜，從星期一到星期六，一共六天內吃麵包和水，不煮別的什麼菜，就連麵包和水也吃得極少；在可能的範圍內不每天進食，正和四旬齋的第一星期裡一樣的辦法。在聖星期五的那天，不許吃一點東西。星期六，我們持齋到三點鐘為止，以後就吃一點麵包和水，喝一杯酒。在聖星期四，我們吃不放乳油的菜，喝酒，或是吃不用煮的乾菜。洛吉金寺院對於聖星期四有以下的規定：「不應在聖星期四日鬆懈持齋，以玷辱整個的四旬齋。」這就是我們那邊持齋的情形。但是這怎麼能和你相比，偉大的父，」僧士補充上去，膽子壯了一些，「你整年僅只用麵包和水果腹，甚至在聖復活節的時候也是如此，而且我們吃兩天的麵包，夠你七天之用。這真是十分偉大的齋戒。」

「蘑菇呢？」費拉龐特神父忽然問。

「蘑菇嗎？」驚訝的僧士反問。

「是的。我可以離開他們的麵包，完全不需要它，哪怕到樹林裡去，靠蘑菇或野果生活。他們這裡卻離不開麵包，所以和魔鬼生了關係。現在有些骯髒的人們說持齋是不必要的事。他們的議論是驕傲的、骯髒的。」

「不錯呀。」僧士嘆氣。

「你在他們中間看到鬼嗎？」費拉龐特神父問。

「在誰中間？」僧士畏葸地詢問。

「我在去年三一節的星期日到方丈那裡去過，以後沒有去過。我看見有鬼坐在一個人的胸脯上面，藏在袈裟底下，只有頭上的角露出來，還有鬼從一個人的口袋裡張望，眼睛閃得很快，懼怕我；這有住在一個人的身裡，最不清潔的肚腹裡，還有懸掛在頸上的，抓住了，就帶著走，可是看不到他。」

「你……看得見嗎？」僧士探詢。

「我對你說，我可以看見，看得清楚。我離開方丈，走出來的時候，我看見，有一個鬼藏在門後，身子很高，有一個半俄尺，也許還高些，尾巴粗厚，深灰色，長長的，尾巴尖恰巧落在門縫裡，我並不傻，突然把門一關，就壓住了牠的尾巴。牠尖叫著，開始掙脫，我朝牠身上畫了三次的十字記號——就把牠鎮住了。現在應該已在角落裡污爛發臭，他們卻看不見，聞不出來。我有一年沒有去。我只是對你洩漏出來，因為你是外來的人。」

「你的話很可怕！偉大，神聖的父！」僧士越當膽壯了，「對不對，關於你流行著極大的名聲，彷彿說你同天神有不斷的來往？」

「他有時飛下的。」

「怎麼飛下來的？什麼樣子？」

「鳥的樣子？」

「聖神扮著鴿子的模樣嗎？」

「有『聖的神靈』，也有『聖神』。聖神可以扮著別種鳥兒降下地來；有扮燕子的，有扮金翅雀的，也有扮青山雀的。」

「但是你怎麼從山雀中間辨識他呢？」

「他能說話。」

「怎麼會說話？說哪種語言？」

「人的語言。」

「他對你說什麼話？」

「今天他通知我，有一個傻瓜來見我，問些不相干的話。你願意知道的事情太多了，僧士。」

「你的話真可怕，神聖的父。」僧士搖頭。然而在他的畏懼的眼睛裡露出不信任的神情。

「你看見這棵樹嗎？」費拉龐特神父沉默了一會，又問。

「看見的，神聖的父。」

「你瞧是榆樹，我看來是另外一幅圖畫。」

「什麼圖畫？」僧士在空虛的期待中沉默了一會才說。

「那是在夜裡發現的，你看見兩根樹枝嗎？在夜裡，那是基督的手向我伸展，用那兩隻手尋覓我。我看得很清楚，不由得抖慄起來。可怕，真可怕。」

「有什麼可怕的，既然是基督？」

「抓住你，帶著飛走。」

「活生生的嗎？」

「關於伊里亞的神聖和名譽，難道沒有聽見嗎？他會抱住，帶走的……」

雖然渥勃道爾司克的僧士在談話完畢後，回到給他指定的一位僧侶的修道室裡去的時候，甚至懷著十分強烈的疑惑，但是他的心無疑地總是傾向到費拉龐特神父方面，比傾向曹西瑪神父多些。渥勃道爾司克神父主張持齋最烈，所以對於像費拉龐特神父那樣的偉大的持齋者，未免「視為神蹟」。他的話語自然似乎很荒誕，但是上帝知道他的話裡含有什麼意義，而且一般的瘋僧所發的言語，所做的行動還不止於此。對於被壓住的小鬼的尾巴一事，他準備滿心愉快地相信，不但是從借喻的意義，而且還是從直接的意思相信。此外他在沒有來到修道院以前，對於長老制就有極大的成見，在這以前，他只是從人們的敘述裡知悉了一些，隨著別的許多人一同把這制度根本當作危險的新鮮玩意。在修道院裡掛單以後，已經注意到幾個輕浮的，不贊成長老的僧侶所發的祕密的怨語。他的天性好管閒事，過分地想知道一切事情，懷著極大的好奇心，所以那件偉大的消息，說是長老曹西瑪做成了一個新的「奇蹟」，使他發生過度的疑惑。阿萊莎以後記得，在擁擠在長老那裡，和他的修道室旁邊的一群修道僧中間，這個好奇的渥勃道爾司克來的客人的身形許多次在他面前閃來閃去——他在各處人堆裡鑽進鑽出，傾聽一切事，詢問一切人。但是他當時不大注意他，到了以後才全行記起來了。……他也沒有工夫管到這事上去：曹西瑪長老又感到了疲乏，重新躺上床去，忽然閉上眼睛，想起他來，要求他到他面前來。阿萊莎立刻跑來。當時只有帕意西神父、修道司祭岳西夫神父，和沙彌勃洛菲里三人在長老身旁。長老張開了疲乏的眼睛，盯看了阿萊莎一眼，忽然問他道：

「你的家裡的人們等候你嗎，兒子？」

阿萊莎遲疑不答。

「有沒有需用你的地方？昨天答應過人家今天再去嗎？」

「答應過……父親……幾位哥哥……還有別人……」

「你瞧。你一定應該去的。你不必憂慮。你知道，我不把我的最後的在地上的話說給你聽，我是不會死的。我要對你說這句話，兒子，我要把它遺留給你。是給你，親愛的兒子，因為你愛我。現在你先到你答應過的那些人那裡去吧。」

阿萊莎立刻服從，雖然他在此刻離開，心裡未免感到痛苦。但是他答應給他（阿萊莎）說出地上的最後的一句話，這使他的心靈歡欣得戰慄起來。他匆匆忙忙地出門，想等到城裡事情一辦完就趕緊回來。帕意西神父對他下了一番臨行的囑告，引起他強烈而且意料不到的印象。這是在他們兩人走出長老的修道室裡的時候。

「你應該不斷地記住，少年（帕意西神父這樣直率，而且不加一點序言地說），世間的科學聯結成為偉大的力量，特別是在最近的一世紀內，將《聖經》裡給我們遺下來的屬於天上的一切分析得清楚，經這世界的學者殘酷的分析以後，以前一切神聖的東西業已蕩然無存。但是他一部分一部分地加以分析，而忽略了整體，會弄到這般眩盲，真是值得驚奇的事。同時這整體依舊無從搖撼地直立在他們眼前，和以前一樣，地獄的門到底不能克服它。難道它不已經生活了十九世紀，至今還生活在個人的心靈的行動裡和民眾的行動裡嗎？甚至在破壞一切的無神派的心靈的行動裡，它還照舊無從搖撼地生活著！因為即使是排斥了基督教，且對它反抗的人們，在實質上還脫不掉基督的範疇，因為他們的智慧和熱烈的心至今還沒有力量造成另一個高超的人和道德的形象，像古基督所指出的那個形象一樣。即使有了嘗試，結果也只成為醜陋的形體。你要特別記住這點，少年，因為你已被即將升天的長老派往塵世裡去。也許你憶起這偉大的今天的時候，不會忘記我的話語，那是我從心裡掏出來給你的臨行贈言，因為你歲數還輕，世上的誘惑很重，你沒有力量去負擔。現在去吧，我的孤兒。」

帕意西長老說完這些話以後，為他祝福。阿萊莎走出修道院，玩味著這些突如其來的話語，忽然瞭解他在這嚴肅的，至今還對他不假辭色的僧士身上，遇到了一個新的，料想不到的朋友，熱烈地愛他的新的導師——好像曹西瑪長老在臨死的時候把他遺交給他了。「也許他們中間真的會這樣發生的」——阿萊莎忽然想。他剛才聽到的出其不意的，有學問的理論，聽到的單是這種，而非別種理論，正足以證明帕意西神父心地的熱誠：他已經忙著趕快使少年的心靈武裝起來，以和誘惑奮鬥，把移交給他的少年的心靈築上一座他自己也不能意想到如何堅固的圍牆。

第二章　在父親家裡

阿萊莎最先到父親家去。快到的時候，他憶起父親昨天堅持著囑咐他輕輕地走進來，不讓伊凡哥哥知道。「什麼緣故呢？」阿萊莎現在忽然想，「假使父親打算輕輕地對我一個人說話，那麼為什麼必須叫我輕輕地走進來呢？他一定昨天在驚慌中想說另一句話，沒有說上來。」他這樣決定。瑪爾法．伊格納奇也夫納出來開門（格里郭里生了病，躺在邊屋裡），他問她，回答說伊凡．費道洛維奇已經出門了兩個多鐘頭，他這才高興了。

「父親呢？」

「起身了，正喝著咖啡。」瑪爾法．伊格納奇也夫納似乎嚴肅地回答。

阿萊莎進去了。老人獨自坐在桌旁，穿著睡鞋，和舊大衣，審閱著一些帳單，卻不加什麼注意，只是為了消遣。他完全一個人在家裡（司米爾加可夫出去買飯菜了），然而他的注意力並不在帳單上面。他雖然清早就起床，鼓起精神，但總是帶著疲勞和衰弱的神色。他的額角上面一夜裡長起一個大紫血凍，用紅手絹包住。鼻子也是在一夜裡腫得很厲害，上面也形成了幾塊紫血凍，雖不見大，只是斑點，卻給整個的臉部添上了一種特別惡狠和惹惱的神色。老人自己也知道，敵意地看了走進來的阿萊莎一眼。

「咖啡是冷的，」他厲聲喊，「我不能請你喝。我今天自己也只吃素魚湯，不能請客。你跑來有什麼事？」

「問一問你的健康。」阿萊莎說。

「是的。而且我昨天自己囑咐你來的。這全是胡亂的話語。你白白勞駕一趟。我也知道你會立刻闖來的……」

他帶著極仇恨的情感說這句話。他當時從座位上立起來，煩惱地朝鏡子裡看自己的鼻子（也許從早晨起已看了四十次了），又開始把額角上的紅手絹整理得美觀些。

「紅色好看些，白色就像住醫院的樣子。」他像在說格言，「你那裡怎麼樣？長老好些嗎？」

「他不好，也許今天會死的。」阿萊莎回答，但是父親竟沒有聽到，立即忘記自己的問題。

「伊凡出去了，」他忽然說，「他用全力奪米卡的未婚妻，就為了這個原因住在這裡。」他狠狠地說，嘴彎曲了一下，向阿萊莎看望。

「難道是他自己對你說的嗎？」阿萊莎問。

「早就說過了。兩個禮拜以前就說過了。他到這裡來，不至於就為了偷偷地殺我的嗎？總是為了什麼才來的嗎？」

「你是什麼意思。你何以說這種話？」阿萊莎感到十分不安。

「果然他沒有向我要錢，可是他從我這裡是一個子兒也得不到的。親愛的阿萊克謝意．費道洛維奇，我還想在世上多活幾天，你應該要知道這層，所以每一個戈比都是我所需要的。我越活得長遠，便越加需要金錢，」他繼續說，在屋內從這角落踱走到另一個角落，手插在寬闊油污，用黃色的，夏天的光呢製成的大衣口袋裡面，「現在我還總算是男子，只有五十五歲，但是我願意再做二十年的男子，因為我一老——便顯得醜陋，她們不會自出心願地到我這裡來。到那時候我需要錢了。現在我拚命地積錢，越多越好，就為了自己一人，親愛的阿萊克謝意・費道洛維奇，你應該要知道這層，因為我願意在惡行裡生活著，到死方休，你應該要知道這層。做罪惡的事比較甜蜜，大家咒罵它，卻全生活在它的裡面。就為了我的坦白，那些做壞事的人們大家攻擊起我來了。至於到你的天堂裡去，阿萊克謝意・費道洛維奇，我是不願意的，你應該要知道這層，即使是體面的人，到你的天堂上去也是不合適，如果天堂確實存在的話。據我看來，睡著了，醒不轉來了，便一無所有。你們願意，就追念我，不願意呢，就去你們的好了。這是我的哲學。昨天伊凡在這裡說得很對，雖然我們大家全喝醉了。伊凡愛吹牛，其實並沒有什麼學問……特別的智識他沒有，一言不發，默默地訕笑你——這是他的拿手好戲。」

阿萊莎聽他的話，沉默著。

「為什麼他不同我說話？說話的時候盡是裝腔作勢的。你的伊凡真是卑鄙！我只要願意，現在就可以娶格魯申卡。因為有了錢，想要什麼，就有什麼。伊凡現在看守著我，生怕我娶親，因此在後面推著米卡，讓他娶格魯申卡，想用這個方法讓我不能打格魯申卡的主意（他心想我不娶格魯申卡，便可遺下錢給他！）從另一方面說，如果米卡娶了格魯申卡，那麼伊凡就可以把他的有錢的未婚妻搶到手裡。這就是他打的算盤，你的伊凡真是卑鄙！」

「你真是愛惹氣。你這是為了昨天的事情。你最好靜臥一下。」阿萊莎說。

「你現在說這話，」老人忽然說，好像初次想到似的，「你這樣說，我並不氣你，卻對於伊凡生氣。假使他對我說同樣的話，我會生氣的。我唯有同你一個人處得合適。你要知道，我是心狠的人。」

「你不是心狠的，卻是脾氣變壞的人。」阿萊莎微笑了。

「你聽著，我今天就想把這賊胚米卡關到監獄裡去，現在還不知道怎麼決定。自然，在現在摩登的時代，父母被看作懷有偏見，但是照法律講來，就是現在時候，好像也不許拉住老人的頭髮，按在地板上，舉起靴跟朝臉上揍打，而且還在父母的自己的房子裡，還要誇著大口，說要再來殺死他——甚至還要當著眾人的面前。你只要願意，可以軋扁他，為了昨天的事立刻把他關進牢裡。」

「你想去告狀嗎？」

「伊凡勸阻我。其實我可以不聽伊凡。不過我自己知道一個玩意……」

他俯身就著阿萊莎，用祕密的半低聲續說：

「假使我把這混蛋關在牢裡，她聽見是我把他關起來的，便會立刻跑到他那裡去。但是如果今天聽見他把我這衰弱的老頭兒打了半死，也許要拋棄他，反而跑來看望我……我們是天生這樣的性格——總是做相反的事。我知道她很透徹！你不要喝一點白蘭地嗎？倒一杯涼咖啡，我給你斟上小半盅，這是很好的，可以增加滋味。」

「不，不用，謝謝你。我可以取這塊麵包，可以嗎？」阿萊莎說，取起三戈比一塊的法蘭西式麵包，放在袈裟的袋裡，「白蘭地你最好也不要喝。」他畏葸地勸告，注視老人的臉。

「你說的是實話，它能惹出氣惱，卻不能給予安慰。不過只要喝一小盅……我從櫃裡去取……」

他用鑰匙打開「櫃子」，倒了一小杯，喝下去，又把櫃子關上，鑰匙重新放在袋裡。「夠了。喝一杯不會要命的。」

「你現在的心情好得多了。」阿萊莎微笑。

「唔！我沒有白蘭地時也是愛你的。我同混蛋們交往，自己也成為混蛋。伊凡不到切爾馬士娜去——為什麼？他想偵探我的事情：看我給格魯申卡多少錢，假使她來的話。我完全不懂他。從哪裡發現出這樣的人來？完全不是我們一樣的靈魂。好像我真會給他遺下什麼似的。我連遺囑也不留下來，你要知道這層！我要把米卡壓扁得像蟑螂一樣。夜裡我用鞋壓死黑蟑螂，壓下去。吱吱地發響。你的米卡也會吱吱地發響的。你的米卡，因為你愛他，你愛他，我卻不怕你愛他。假使伊凡愛他，我會替自己擔心，就因為他愛了他。但是伊凡不愛任何人，伊凡不是我們的人，像伊凡那樣的人不和我們一樣的，卻是飛揚起來的灰塵……風一吹，灰塵就吹盡了……昨天我想到了一個蠢念頭，在我吩咐你今天來一趟的時候：我想託你在米卡的方面探聽一下，假使給他一兩千塊錢，我現在就可以給他，他這個乞丐和混蛋，可以不可以答應完全離開這裡，離開五年，最好是三十五年，不要再想格魯申卡，完全和她分手？」

「我……我去問他……」阿萊莎喃聲說，「如果有三千塊錢，他也許……」

「胡說！現在你不用去問，一點也不用問！我昨天在腦筋裡鑽進了傻念頭。我一個小錢也不能給，我自己需要錢，」老人揮手，「不用這個我也會把他像蟑螂似的壓扁的。你不要對他說任何的話，否則，他又要生出希望來了。你在我這裡也沒有什麼事情可做，你走吧。那個未婚妻，卡德鄰納．伊凡諾夫納，他是那樣把她躲藏得嚴密，不讓我看見的，要嫁他不嫁他呢？你好像昨天到她家裡去過的？」

「她怎樣也不願意離開他。」

「那些溫柔的小姐們總是要愛這類人，這類荒唐鬼，混蛋的！我對你說，這些可憐的小姐們真沒有價值，真是的……我要是有他的年輕，加上我那時的臉貌（因為我在二十八歲時比他長得還好看），我也會像他那樣的取得勝利。他真是下流東西！格魯申卡他終歸弄不到手，終歸弄不到手！……我要把他捏成爛泥！」

他從說了最後的幾句話的時候起重又兇狠起來了。

「你去吧。今天沒有什麼事情了。」他嚴厲地說。

阿萊莎走近前面辭別，吻他的肩。

「你這是什麼意思？」老人有點奇怪，「我們還是會相見的。你以為我們不能相見了嗎？」

「並不是的，我只是這樣，偶然的。」

「我也沒有什麼，我也只是這樣……」老人瞧了他一眼，「你聽著，聽著」——他朝他背後喊，「等幾天請你來吃魚羹，我要燒一隻魚羹，特別的，不是今天那樣子的。你一定要來的呀！最好明天，你聽著，明天就來！」

阿萊莎剛出門外，他就走到櫃子前面，又喝了半杯。

「再也不喝了！」他喃喃說，喉嚨裡咕嚕了一下，重又將櫃門關好。又把鑰匙放在口袋裡，就到臥室裡，疲乏地躺到床上，一下子睡熟了。

第三章　和小學生們相遇

「謝天謝地，他沒有問我關於格魯申卡的事情，」阿萊莎離開父親的家，走到霍赫拉闊瓦太太家裡去的時候，心裡這樣想，「否則也許要講昨天如何同格魯申卡相遇的事情。」阿萊莎痛苦地感到一夜的時間戰士們聚集新的力量，他們的心隨著白天的來到而更加堅硬：「父親惹惱而且惡狠，他想出了一點什麼，便堅持到底。特米脫里怎樣呢？無論如何今天一定設法尋到他……」

然而阿萊莎沒有能長久地思索。他在途中忽然發生了一件事情，外表上雖不很重要，卻使他驚愕不止。他剛剛走完廣場，折到胡同裡去，預備走出和大街並行的米哈意洛夫司基街上去，這條街和大街只隔一條小河（我們的城市裡有許多小河流交叉著），他看見小橋前面有一小群學生，全是年幼的孩子，從九歲到十二歲不等。他們散學回家，肩上背著書包，有的背著皮袋，有一條皮帶繫在肩上，有的只穿短襖，有的穿大氅，還有的甚至穿著高靴，踝上帶著摺痕，這類高靴是被富裕的父親們溺寵的小孩們特別喜歡穿的。這一群人在那裡熱鬧地討論，顯然商量什麼事情。阿萊莎從來不能冷淡地從小孩子們的面前走過，在莫斯科的時候他也時常發生這樣的事。雖然他最愛三歲或三歲左右的孩童，但是十歲或十一歲左右的小學生們也是他所喜歡的。所以他心裡無論怎樣有煩惱的事，還是忽然想彎到他們那裡，和他們搭談。他走近過去的時候，注視他們活潑紅潤的小臉龐，忽然看見他們每人手裡都握著一塊石子，有的握著兩塊。河濱後面，離這群小孩大概三十步遠，還有一個小孩站在圍牆旁邊，也是小學生，腰裡也懷著小石子，看他的身材，不過十歲，或者甚至還要小些，他臉色慘白，帶著病態，小黑眼睛閃閃有光。他注意而且關心地觀察這六個小學生的團體，顯然全是他的同學，和他剛剛一起走出學校，顯然他同他們有什麼仇隙。阿萊莎走近前去，對一個頭髮蜷曲，且帶金黃色，臉頰紅潤，穿黑短褂的男孩開始說話，在朝他看了一眼以後：

「在我背著像你們這樣的袋子時，我們是背在左邊的，以便用右手立刻取出東西來，但是你們的袋子卻背在左邊，這樣取起來不大合適。」

阿萊莎不帶著任何預思的狡黠，一直就從這個實際的意見說起。大人們如果需一下子就獲得小孩的信任，特別是一大群小孩的信任，起初時是非此不可的。一定應該從嚴正和實際的事情上談起，才可以完全和他們立在平等的地位上面；阿萊莎本能地明瞭這一點。

「他是慣用左手的。」另一個男孩立即回答，十一、二歲模樣，帶著美麗而且健康的樣子。

其餘五個男孩盯著阿萊莎。

「他扔石子也用左手的。」第三個孩子說。

恰巧在那時候一塊石子扔到一群人堆裡來，微微地碰著用左手的男孩，飛到旁邊去了，雖然扔得十分巧妙而且用力。是河濱後的那個男孩扔過來的。

「擲過去，扔到他身上去，司莫洛夫！」大家喊嚷著。

但是用左手的司莫洛夫不經大家喊嚷，也不會久待，當時就還報了：他扔石子到隔河的男孩身上去，卻沒有扔準：石子落在地上。隔河的男孩立刻又扔一塊石子到一團人那裡，這一次一直朝阿萊莎的身上扔去，打在他的肩上，十分痛楚。隔河男孩的袋裡充滿著預備好的石子。從他的腫起的大衣口袋上，在三十步以外都看得出來的。

「他這是朝你，朝你，故意朝你扔的！因為你是卡拉馬助夫，你是不是卡拉馬助夫？」男孩們哈哈大笑地喊著。「唔，大家全丟向他呀！」

六塊石子一下子從這群人裡飛出去。有一塊擊中了男孩的頭，他倒下地，卻立刻跳起來，露牙切齒地開始用石子朝這群人裡還答。兩方面開始不斷的互擊，這群孩子裡面許多人的口袋裡也預備了不少的石子。

「你們怎麼啦？不害臊嗎，先生們！六個打一個。你們要打死他的！」阿萊莎喊。

他跳起來，迎著飛躍的石子站立，想用自己的身子擋住隔河的男孩。三、四個男孩一下子停止了襲擊。

「他先開始的！」穿紅襯衫的男孩用惹惱的孩子的嗓音喊出，「他是混蛋。他剛才用修鉛筆刀子扎刺克拉騷脫金，流出血來。克拉騷脫金不願意告發。這人是該打的……」

「為了什麼？你們一定先惹他的吧？」

「他現在又朝你的背後扔石子了。他認識你的，」孩子們喊，「他現在朝你扔，不是朝我們扔。好了，大家全來，再扔過去！不要扔彎呀，司莫洛夫！」

又開始了互襲，這一次是很兇狠的。隔河的男孩被石子擊中了胸脯；他喊了一聲，哭了，跑到坡上去，米哈意洛夫司基街上去。一群孩子亂嚷起來：「哈，哈，膽小了，跑走了，這毛箒！」

「你還不知道，他是如何卑鄙的人，打死他還嫌少。」穿短褂的男孩，小眼睛裡冒著火光，看樣子比大家都年長。

「他是怎麼樣子的人？」阿萊莎問，「是不是好告狀的？」

男孩們互相對看了一眼，似乎露著訕笑。

「你也是往那裡去，米哈意洛夫司基街去嗎？」這男孩繼續說，「你可以追到他身邊去……你瞧，他又站住，等候在那裡，瞧著你。」

「瞧著你呢！瞧著你呢！」男孩們隨和著說。

「你可以問他，愛不愛澡堂用的毛箒，散亂的毛箒。你就這樣問他。」

傳出一陣轟笑。阿萊莎看著他們，他們也看著他。「你不要去，他會傷害你的。」司莫洛夫警告地喊。

「先生們，我不去問他關於毛箒的事情，因為你們一定是用這個惹他，我反要向他打聽，為什麼你們這樣恨他……」

「你去打聽吧，你去打聽吧。」男孩們笑了。

阿萊莎走過小橋，順著圍牆到小坡上去，一直走到被人們遺棄的男孩身前去。

「你留心呀，」後面有人警告他，「他不怕你，他會暗地裡突然刺戳你……像刺克拉騷脫金一樣……」

男孩等候著，不動一動位置。阿萊莎走得很近的時候，看見這嬰孩還不到九歲，屬於衰弱和小身材的一類兒童，臉龐作橢圓形，慘白而且削瘦，眼睛大而黑，惡狠狠地望著他。他穿著十分古舊的大氅，因為太狹窄而顯得醜陋。光裸的手凸出在袖子外面。褲子的右膝上有一塊大補釘，右腳的靴子上面，就在大腳趾的地方，有一大洞，看得見用墨水深深地塗著。他的大衣的兩只腫脹的口袋裡裝滿了石子。阿萊莎站在他前面兩步以外，帶著疑問看他。這男孩從阿萊莎的眼神裡立即猜到這人是不會打他的。所以也減低了勇氣，居然自己先說起話來。

「我一個人，他們有六個……我一個人可以把他們大家全揍倒。」他忽然說，眼睛閃耀著。

「有一塊石子大概把你打得很痛。」阿萊莎說。

「可是我打中了司莫洛夫的頭！」男孩喊。

「他們對我說你認識我，為了一點什麼事情向我拋擲石子，是不是？」阿萊莎問。

男孩陰鬱地看他。

「我不認識你。莫非你認識我嗎？」阿萊莎追問。

「你不要瞎纏！」男孩忽然氣惱地呼喊，自己不挪動位置，似乎在等候什麼，眼睛重又惡狠狠地閃爍了。

「好吧，我就走開——」阿萊莎說，「不過我不認識你，並不惹你。他們對我說，他們如何惹你，但是我不想惹你，再見吧！」

「穿綢褲子的和尚！」男孩喊，還是用惡狠的和挑鬥的眼光觀察阿萊莎，而且站定了姿勢，猜想阿萊莎一定現在就要跑過去，但是阿萊莎回轉身來，看了他一眼，仍舊走開了。但是他還沒有來得及走上三步，男孩就把剛剛放在他袋裡的一個大石塊扔過來，痛楚地擊中他的背部。

「你居然從後面來？他們說你會暗中攻擊，原來說的是實話？」阿萊莎回轉身去，這一次男孩又兇橫地朝阿萊莎身上扔石子，一直扔到他的臉上，但是阿萊莎連忙用手擋住，擋得正是時候，石子擊中他的手肘。

「你怎麼不怕害臊！我對你做了什麼不對的事？」他喊。

男孩沉默而且充滿活力地靜候一樁事情：那就是阿萊莎一定立刻就來攻擊他；他看見阿萊莎甚至現在也不來攻擊，完全生氣得像一隻小獸：他竄了過來，自己朝阿萊莎身上撲來。阿萊莎還來不及動一動身子，那個惡狠的男孩竟俯下頭去，兩手抓住他的手，狠狠地咬他的中指。他的牙齒咬緊手指，有十秒鐘不放。阿萊莎痛得叫喊，用力拉脫手指。後來男孩放了手，跳到原來的距離上去。手指被咬得很痛，咬在指甲邊，十分深，一直咬到骨頭；血流著。阿萊莎掏出手絹，緊緊地包紮傷手。他包紮了幾乎一分鐘。男孩一直站在那裡等待。阿萊莎終於朝他舉起靜肅的眼神。

「好吧，」他說，「你瞧，你把我咬得這樣痛。現在夠了吧，對不對？現在你說一說，我對你做了什麼不好的事情？」

男孩驚異地看了他一眼。

「我完全不認識你，初次看見你，」阿萊莎還是安靜地繼續說話，「但是我絕不會沒有對你做了不對的事情——你絕不會無緣無故地使我痛苦的。究竟我做了什麼事？對你做了什麼錯事？請你說一說吧！」

代替了回答的是男孩忽然放聲大哭，忽然離開阿萊莎，跑走了。阿萊莎靜靜地跟在他後面，到米哈意洛夫司基街上去，還許久時候看見男孩在遠處裡奔跑著，不放鬆腳步，不回頭瞧一瞧，在那裡放聲痛哭。他立即決定只要時間允許，一定要尋到他，解決這使他異常驚愕的啞謎。現在他沒有工夫。

第四章　在霍赫拉闊瓦家裡

他迅快地走到霍赫拉闊瓦太太的房子那裡。那座房子是石頭建築成的兩層樓，形式美麗，是霍赫拉闊瓦太太自己的財產，堪稱為本城優美住宅之一。霍赫拉闊瓦太太大部分的時間雖然住在另一省內——在那裡她有許多地產——或是住在莫斯科——在那裡她有自己的房子——但是在我們城裡她也有房子，是父親和祖父遺留下來的。她在本縣擁有的采地是她的三處地產中最大的一處，但是她不常到我們的省裡來。阿萊莎走進外屋的時候，她就跑出來了。

「你接到沒有，接到關於新奇蹟的信沒有？」她迅速而且神經質地說話。

「是的，收到了。」

「宣傳過，給大家看過沒有？他把兒子交還給母親了！」

「他今天就要死的了。」阿萊莎說。

「我聽說過，我知道的。我真願意同你談話！同你或是任何人，談論關於這一切事情。不，要同你談，同你談！可惜我無論如何不能再見他了！滿城的人十分興奮，大家全期待著。但是現在……你知道不知道，卡德鄰納．伊凡諾夫納現在坐在我們這裡？」

「啊，這真是好運氣！」阿萊莎喊，「我可以同她在你的府上見面，她昨天吩咐我今天一定要到她家裡去一趟。」

「我全知道，全知道。我很詳細地聽到昨天她家裡出的事情……同那個賤人發生的可怕的事情……這真是悲劇！我處在她的地位上——我不知道我處在她的地位上，將怎麼辦！令兄特米脫里．費道洛維奇這人也真是——唉，我的天，阿萊克謝意．費道洛維奇，我盡弄得糊裡糊塗的。你知道，令兄現在坐在那裡，並不是那位，不是昨天那位可怕的人，卻是另一位，伊凡．費道洛維奇，同她一塊兒坐著：他們進行著莊嚴的談話。……你絕不至於相信，他們中間現在發生了的是什麼事情——那真是可怕，我對你說那是一種裂創，那是可怕的故事，無論如何也不能置信的：兩人互相傷害，不曉得為的是什麼。他們自己明白，自己也在那裡感到愉快。我等候著你！我真渴望著你！……主要的是我不能忍受這種樣子。我現在要向你講述一切，但是現在還有另一件，極重要的事情——哎呀，我甚至竟忘記了最主要的事。你請說，為什麼Lise發作了歇斯底里病？她剛聽到你走進來，立刻開始了歇斯底里病。」

「媽媽，那是你現在發作了歇斯底里病，不是我。」Lise的小聲音忽然從旁邊屋子的門縫裡唱鳴囀了。門縫極小，聲音卻是破裂的，正好似她很想笑，卻又努力忍住笑的樣子。阿萊莎立刻看見了那門縫，一定是Lise從大椅上在門縫裡朝他窺望，似是他看不清楚。

「這話不聰明，Lise這話不聰明。……我看了你這種任性的行為也要犯歇斯底里病的，但是她真是有病，阿萊克謝意．費道洛維奇，她整夜生病，發燒，呻吟！我好不容易才等到朝晨，把格爾城司圖勃請來。他說他一點也不明白，應該等候一些時候。這個格爾城司圖勃永遠跑來，說他一點也不明白。你剛走近這房子，她就喊了一聲，發作了毛病，吩咐把她搬到以前那間屋子裡去……」

「媽媽，我完全不知道他來，我並不為了他，才想搬到這間屋裡來。」

「這是不實在的，Lise，猶里亞跑來說阿萊克謝意．費道洛維奇來了，她替你在外面張看。」

「親愛的媽媽，在你的方面這是太不聰明了。如果你想糾正一下，現在就說出幾句很聰明的話，那麼親愛的媽媽，請你對走進來的阿萊克謝意·費道洛維奇說，他在發生了昨天的事情以後，不管大家笑他，今天還決定到我們這裡來，從這一層便可證明他並不聰明。」

「Lise你太任性了。我可以對你說，我到最後一定要執行嚴厲的手段。有誰在笑他，我很喜歡他來，我需要他，必須用著他。唉，阿萊克謝意·費道洛維奇，我是多麼不幸。」

「你是怎麼啦，寶貝媽媽？」

「就是為了你這種任性的行為，Lise，你的沒有常性，你的疾病，那個可怕的發燒的一夜，還有那個可怕的，永久不變的格爾城司圖勃，主要的是永久不變的，永久不變的！還有一切一切……甚至還有那奇蹟，這奇蹟是如何使我驚愕，使我震動，親愛的阿萊克謝意·費道洛維奇！這悲劇現在就在客廳裡，我真是不能忍受，預先告訴你說，真是不能忍受。也許是趣劇，不是悲劇。請問你，曹西瑪長老還能活到明天嗎？活得到嗎？喔，我的天！我不知道我要怎樣，我不斷地閉上眼睛，看見這一切全是胡鬧的事情，全是胡鬧的事情。」

「我想請求你，」阿萊莎忽然插進話去，「給我一塊乾淨的布，好讓我包紮手指。我傷得很厲害，現在我十分痛。」

阿萊莎打開被咬的指頭。手帕上塗滿了血。霍赫拉闊瓦太太叫了一聲，眼睛瞇小了。

「哎呀，好厲害的傷，這真可怕！」

Lise剛剛在門縫裡看見了阿萊莎的手指，立刻用力把門推開了。

「快進來，快到我這裡來，」她帶著堅決和命令的口氣呼喊，「現在用不著那些愚蠢的舉動了！哎呀！老天爺，你為什麼這許多時候盡站在那裡，一聲不發？他可以大出血的，媽媽！你在哪裡？你是怎麼啦？先取水來！先取水來！應該洗一洗傷口，只要放在冷水裡，痛就會止的，並且要浸著，老浸著……快些，快拿水來，媽媽，水放在漱口杯裡。快點呀，」她神經質地說，她十分驚嚇。阿萊莎的受傷使她十分驚愕。

「要不要叫人去請格爾城司圖勃來？」霍赫拉闊瓦太太喊。

「媽媽，你要害死我了。你的那位格爾城司圖勃一來，就說一點也不明白！水呀，水呀！媽媽，看上帝的份上，你自己去一趟，催猶里亞一下，她也不知道耽擱在哪兒，永遠不能快快地來！快些，媽媽，否則我要死了……」

「這是小事！」阿萊莎喊，看見她們的懼怕也懼怕起來。

猶里亞取了水跑來。阿萊莎把手指放進水裡。

「媽媽，看上帝的份上，你去取麻布來，取麻布來。還有這割傷用的，辛辣的、混濁的藥水，叫什麼名字！你那裡有的，有的，有的……媽媽，你自己知道那瓶子在哪裡，就在你的臥室裡，右面櫃子裡，一只大玻璃瓶和麻布在那裡……」

「我立刻去取來，Lise，請你不要喊嚷，不要著急。你瞧阿萊克謝意．費道洛維奇如何堅定地忍受自己的不幸。你在哪裡把自己這樣可怕地弄傷了的，阿萊克謝意．費道洛維奇？」

霍赫拉闊瓦太太匆忙地走出去。Lise就等著這個時間。

「最先請你回答問題，」她迅快地說，「你在哪裡受的傷？以後我要問你完全另一件事。唔！」

阿萊莎本能地感到，從現在到她母親回來的時間，對於她是十分珍貴的，便連忙把他同小學生們相遇的一節講給她聽，省去許多話，又縮短了不少，卻講得準確、明瞭。Lise聽了他的話，擺著兩手：

「你怎麼能，怎麼能同小學生們打交道，尤其你還穿了這種衣裳！」她怒喊，顯然好像對於他已經有了什麼權利似的，「你做了這種事情，自己便成為一個小孩，極小的小孩，世界上少有的小孩！但是你一定要給我打聽出這個壞孩子的究竟，對我講出來，因為其中一定有什麼祕密。現在第二件事情。但是先有一個問題：你痛得這樣受罪，還可以不可以談論完全無關緊要的事情，而且談論得清清楚楚呢？」

「完全可以的，而且我現在也不感到怎樣痛了。」

「這是因為你的手放在水裡。應該立刻換水，因為它很快就會燙熱的。猶里亞，快到地下室裡去取一塊冰來，再去拿一只新的漱口杯來，裡面放點水。現在她走了，我可以談正事：親愛的阿萊克謝意·費道洛維奇，請你把我昨天給你送去的那封信交還給我——快些，因為媽媽一會兒就要進來，我不願意……」

「我身邊沒有信。」

「不對，這封信在你的身邊。我早就知道你這樣回答。它就在你的口袋裡。我整夜裡後悔著這樁愚蠢的玩笑事情。請你立刻把信還給我，立刻還呀！」

「那封信留在那裡了。」

「但是你不能不認我是一個小女孩，一個小小的女孩，在我寫了這封信，開了這樣愚蠢的玩笑以後！我開了這玩笑，現在請你加以寬恕，但是那封信請你一定送還給我，假使它果真不在你的身邊——今天就送來，一定的，一定的！」

「今天無論如何不行，因為我回到修道院裡去，有兩、三天，也許四天不能到你府上來，因為曹西瑪長老……」

「四天，這是胡鬧！你聽著，你在笑我嗎？」

「我一點也沒有笑呀。」

「為什麼？」

「因為我完全相信了一切。」

「你在侮辱我！」

「一點也不。我一讀完後，立刻就想到一切就是這樣的，因為曹西瑪長老一死，我就立刻離開修道院。以後我將繼續求學，應畢業考試，法定的期限一到，我們就可以結婚。我將愛你。雖然我還沒有工夫想，但是我以為比你再好些的妻子是找不到的，長老囑咐我結婚……」

「然而我是醜怪，我是被人家在椅子抬來抬去的！」麗薩笑了，臉頰漲得通紅。

「我要自己用椅子抬你，我還相信到那個時候你會痊癒的。」

「但是你是一個瘋子，」麗薩神經質地說，「從一句玩笑話忽然發現這種胡鬧的事情來了！……哎呀，母親來了。也許來得真巧。媽媽，你怎麼永遠遲慢，可以這樣長久嗎？猶里亞也取冰來了！」

「唉，Lise你不要嚷，主要的——是你不要嚷。我經你這一嚷，直要……那有什麼辦法，你自把麻布塞到別的地方去了……我找呀，找呀……我疑心你這是故意做的。」

「我可是不會知道，他來的時候會被咬去手指頭的。否則，也許真的會故意做的。安琪兒媽媽，你開始說異常俏皮的話來了。」

「即使是俏皮話，但是為了阿萊克謝意·費道洛維奇的手指，和一切一切的事，Lise，你生出了多少情感來！唉，親愛的阿萊克謝意·費道洛維奇，使我要命的不是那些個別的事情，不是什麼格爾城司圖勃，卻是攏統的一切，整個的一切，這是我不能忍受的事。」

「夠了，媽媽，關於格爾城司圖勃的事情夠了，」麗薩快樂地笑了，「快拿麻布來，媽媽，還有藥水。這就是次醋酸鉛藥水，現在我憶起名稱，但這是很好的液劑。媽媽，你想一想，他在路上走的時候同小孩子打起架來，這是一個男孩咬傷的。他不是小孩，自己並不是小孩。這個樣子，媽媽，他還可以不可以和人家結婚，因為你猜怎麼，媽媽，他很想結婚呢。你設想他結了婚，這不是可笑嗎？這不是可怕嗎？」

於是Lise發出神經質的、細碎的笑聲，狡黠地瞧著阿萊莎。

「怎麼樣結婚？Lise這是怎麼回事？你這話完全不對勁……也許這個男孩是瘋子。」

「唉，媽媽！難道有發瘋的孩子嗎？」

「怎麼會沒有，Lise，好像我說的是愚蠢的話。瘋狗咬那個小孩，他成為瘋孩，一面自己也咬他附近的人。她給你包紮得很好，阿萊克謝意．費道洛維奇，我從來不會這樣弄的。你現在感到痛苦嗎？」

「現在不大痛。」

「你不怕水嗎？」Lise問。

「夠了Lise，也許果真很匆忙地說了關於瘋子的事情，你立刻就下起結論來了。卡德鄰納．伊凡諾夫納剛才聽到你來了，阿萊克謝意．費道洛維奇，簡直就奔到我的身上來。她正想見你，正想見你。」

「喂，媽媽！你一個人先去，他現在不能去，他痛苦得厲害。」

「我完全沒有痛苦，我可以就去……」阿萊莎說。

「怎麼！你就走嗎？你竟是這樣的，你竟是這樣的？」

「什麼？我等到那邊的事情一完，立刻就來，我們可以再在一塊兒談話，談多少都行。我很想趕快去見卡德鄰納．伊凡諾夫納，因為無論如何我得趕快回到修道院裡去，越快越好。」

「媽媽，請你把他帶走，趕快帶走。阿萊克謝意．費道洛維奇，你在見了卡德鄰納．伊凡諾夫納以後，不必勞駕到我這裡來，一直回到你的修道院裡去。這是你應該走的路！現在我想睡覺，我整夜沒有睡覺呢！」

「唉，Lise，你這只是開開玩笑罷了。但是假使你果真睡熟了，那才好呢！」霍赫拉闊瓦太太喊。

「我不知道應該怎麼樣……我還留兩三分鐘，假使你願意，甚至五分鐘。」阿萊莎喃聲說。

「甚至五分鐘！你快把他帶走，媽媽，這人是一個怪物！」

「Lise你發瘋了。我們去吧，阿萊克謝意・費道洛維奇，她今天太任性了。我怕惹惱她。哎呀，跟神經質的女人在一起真要命。阿萊克謝意・費道洛維奇！她也許果真想當著你的面前睡覺呢。你怎麼這樣快就把她趕進夢裡，這是如何可喜！」

「媽媽，你開始這樣有趣地說話，為了這，媽媽，我要和你親吻。」

「我也要，Lise，你聽著，阿萊克謝意・費道洛維奇，」霍赫拉闊瓦太太神祕而且鄭重其事地用迅快的微語說話，在她同阿萊莎走出去的時候，「我不願意給你下暗示，不願意揭開這幃幕，然而你一進去，就自己會看見那裡所發生的一切——這是恐怖，這是最幻想的趣劇：她愛二令兄伊凡・費道洛維奇，卻用全力使自己相信愛的是大令兄特米脫里・費道洛維奇。這真是可怕！我同你一塊兒進去，如果他們不趕我出去，我要等候著終局。」

第五章　裂創在客廳裡

但是客廳裡的談話，已將告終；卡德鄰納·伊凡諾夫納處於絕大的興奮狀態中，雖然具有堅決的神色。阿萊莎和霍赫拉闊瓦太太走進來的當兒，伊凡·費道洛維奇正立起來，預備出來。他的臉有點發白，阿萊莎不安地瞧著他。事情是因為現在對於阿萊莎解決了他的一個疑團，一個從若干時候起就折磨著他的不安的啞謎。還在一日以前，已經四面八方有人多次給他暗示，伊凡哥哥愛卡德鄰納·伊凡諾夫納，主要是確實想把她從米卡手裡「搶奪」過來。在最後的時間以前，這件事情雖然使阿萊莎很覺不安，卻認為荒誕離奇。他愛兩位兄長，他們中間這樣的競爭使他懼怕。特米脫里·費道洛維奇昨天忽然對他直言，他甚至極喜歡伊凡哥哥的競爭，反可使他得到許多幫助。幫助什麼？幫助他娶格魯申卡嗎？但是阿萊莎認這事情是悲慘的，最後的一著。此外，阿萊莎直到昨天晚上還無疑地相信，卡德鄰納·伊凡諾夫納自己劇烈而且固執地愛他的哥哥特米脫里——但這只是在昨天晚上以前相信的。不知為什麼緣故，他老是覺得她不會愛像伊凡那樣的人，卻愛他的長兄特米脫里，愛的就是他本來的那種樣子，雖然這愛情是如何地離奇。昨天，在演出同格魯申卡的一幕的時候，他忽然似乎獲得了另一個觀念。霍赫拉闊瓦太太剛剛說出了「裂創」的兩個字，使他幾乎全身抖索，因為就在那天夜裡，黎明時半睡半醒的辰光，他忽然大概是回答自己的夢，出聲說道：「裂創，裂創！」他整夜做著昨天在卡德鄰納·伊凡諾夫納家裡所發生的一幕戲劇的情景。但是霍赫拉闊瓦太太忽然直率而且固執地力言卡德鄰納·伊凡諾夫納愛的是兄長伊凡，只是由於一種遊戲，由於「裂創」，故意自己哄騙自己，用似乎出於感恩而來的對於特米脫里的表露在外面的愛情自己折磨自己。這些話使阿萊莎大為驚愕：「也許果真在這話裡有完全的真實！」但是在發生這種事情的時候，伊凡哥哥的地位將成為怎樣的？阿萊莎從某種本能上感到像卡德鄰納．伊凡諾夫納的性格是應該使用權力的。但是她只能對於像特米脫里那樣的人使用權力，而不能施之於像伊凡這類的人。因為唯有特米脫里才能「為了自己的幸福」（這是阿萊莎所希望的），在她面前坦然就範（即使這需要長久的時間），但伊凡則不能，伊凡不能在她面前甘心順從，這順從也不能給他幸福。阿萊莎不知為什麼緣故，不由自主地對於伊凡發生了這樣的見解。在他正在走進客廳的一剎那，所有這些疑惑和考慮全都在他的腦海裡飛過，閃過。突然而且抑止不住地，閃過了又一念頭：「假使她誰也不愛，兩個人都不愛，便怎樣呢？」應該注意的，是阿萊莎似乎對於自己這些念頭感到慚愧，每逢他在最後的一個月內思想到時，便自行譴責：「我對於愛情和女人明白什麼？我怎麼能下這樣的斷語。」他在每次生出這樣的思想或猜疑以後，便自己責備起來。然而又不能不想。他本能地瞭解，現在，在這兩位兄長的命運內，這競爭是太重要的問題，關係太多。「一條惡蛇噬死另一條毒蛇」——伊凡哥哥在昨天惱怒中談起父親和長兄的時候，曾經說過這樣的話。如此說來，特米脫里在他的眼裡是一條毒蛇，也許早就是毒蛇吧？不是從伊凡哥哥認識了卡德鄰納．伊凡諾夫納的那個時候起的？這句話自然是伊凡昨天不由自主地脫口而出的，但是因為不由自主，便更見重要。既然如此，那便有何和平可言？是不是在他們的家庭裡又有了仇恨的藉口？主要的是他，阿萊莎，應該可憐誰？希望他們每人的是什麼？他愛他們兩人，但是在這般可怕的矛盾之中，他期望於他們每人的是什麼？在這亂七八糟的狀態裡面，他會完全迷誤，他的心要能忍受不知的狀態，因為他的愛的性格永遠是積極的。他不能被動地愛，一愛了，便立刻著手幫助。但是為了這，應該先設定一個目的，應該堅定地知道，他們每人需要的是什麼，認為好的是什麼，在認準了目的以後，自然去幫助他們每個人。然而一切只是不清楚和混亂，並沒有確定的目的。現在說出了「裂創」的兩個字，即使在這裂創裡，他懂得什麼？在一切混亂之中，他甚至連這兩個字也不懂得它的意義。

卡德鄰納．伊凡諾夫納看見了阿萊莎，迅快而且快樂地對已經從座位站起，就想走的伊凡．費道洛維奇說道：

「等一會！再留一分鐘。我想聽這個人的意見，我完全信仰的。卡德鄰納．渥西帕夫納，您也不要走。」她對霍赫拉闊瓦太太說。她讓阿萊莎坐在自己身旁，霍赫拉闊瓦坐在對面，和伊凡．費道洛維奇並坐。

「這裡全是我的好朋友，在這世界上我所有的親愛的知己好友，」她熱烈地開始說話，聲音裡盪漾著誠懇的、痛苦的眼淚，阿萊莎的心又一下子轉到她的方面去了，「阿萊克謝意，您昨天做了那件……那件可怕的事情的證人，看見我當時的情景。你沒有看見，伊凡．費道洛維奇，他是看見的。昨天他對我的意見如何——我不知道，只知道一樁事情，那就是如果，今天，現在，再重複一遍，那麼我表示出來的也必是同樣的情感，和昨天一樣——同樣的情感，同樣的話語，同樣的行動。你應該記得我的行動，阿萊克謝意．費道洛維奇，你自己也曾阻止我做一個行動……（說這話的時候，她臉紅了，眼睛發出光輝）。阿萊克謝意．費道洛維奇，我對你聲明，我不能聽任命運的擺佈。阿萊克謝意．費道洛維奇，我甚至不知道，現在我愛他不愛。我開始可憐他，這是愛情的不好的證明。假使我愛他，繼續愛他，我也許現在不會憐惜他，卻相反地會恨他……」

她的嗓音抖索了，淚珠在她的睫毛上發光。阿萊莎在內心裡抖索了一下：這位女郎是信實而且誠懇，他心想——她……她再也不愛特米脫里了！

「這是對的！這是對的！」霍赫拉闊瓦太太喊。

「等一等，親愛的卡德鄰納．渥西帕夫納，我沒有說主要的事實，沒有完全說出我昨夜自己決定的一切事情，我感到也許我的決定是可怕的，對於我是可怕的，但是我預感到我無論如何，無論如何不再加以更改，一輩子就是這個樣子。我的親愛的，我的善心的，我的永恆的、寬宏的顧問和深邃的知心者，在全世界裡僅有的，唯一的好友，伊凡．費道洛維奇，他也贊成，並且誇獎我的決定……他知道這個決定。」

「是的，我贊成的。」伊凡．費道洛維奇用靜肅而堅定的聲音說。

「但是我希望阿萊莎，（哎呀，阿萊克謝意．費道洛維奇，對不起，我簡直喚你阿萊莎了，）——我希望阿萊克謝意．費道洛維奇，現在就當著我的兩個好友面前，對我說，我對不對？我有本能的預感，那就是你，阿萊莎，我的親愛的兄弟，（因為你是我的親愛的兄弟，）」她又歡欣地說，用熱烘烘的手抓住他的冷冰冰的手，「我預感到，您的決定，您的贊成，不管我受了多少痛苦，將給我安靜，因為在您說了話以後，我會靜謐下來，我會服貼下來——我有這個預感！」

「我不知道您要問我什麼事情，」阿萊莎漲紅著臉說，「我只知道我愛你，在這時候希望你有幸福，比希望自己多些……但是這類事情我是一點也不懂得的……」他忽然不知具何用意，忙著補充這句話。

「在這類事情裡，阿萊克謝意．費道洛維奇，在這類事情裡，現在要的是名譽與義務，不知道還有什麼，總還有一點崇高的，也許甚至比義務還崇高的東西。我的心感覺出這種無從抗拒的情感，這情感無從抗拒地吸引著我。兩句話就可以說完一切。我已經決定了。即使他娶了那個……賤貨（她鄭重地開始這話，）這賤貨，我是永遠永遠也不能寬恕的，我到底不能離開他！從這時候起，我已經永遠永遠也不離開他了！」她帶著一種慘白的折磨得夠苦的歡欣的神情說出來，「我並不要盯在他的後面，時時刻刻和他見面，折磨著他——不，我要離開，走到隨便什麼別的城市裡去，但是我將一輩子，一輩子不停歇地留心他。在他和那個女人相處得不幸的時候，而這是一定立刻會發生的，他可以立刻到我這裡來，他可以遇到一個朋友，一個妹子……自然只是妹子，而且永遠是這樣的，但是他終於會相信，這個妹子確是他的妹子，愛他，而且一輩子為他犧牲。我一定要達到這個目的，我一定要堅持著使他知道我，使他將一切的事情告訴給我聽，毫不含羞！」她似乎瘋狂地喊起來了，「我將做他的上帝，使他對我祈禱——至少這是他欠我的債，為了他的變心，為了我昨天為他而遭受到的一切。讓他一輩子看到，我將一輩子忠實於他，忠實於我當時給予他的諾言，不管他如何不忠實，而且變心。我將成為……我將變為他的幸福的手段，怎麼說，變為他的幸福的工具、機器，這是一輩子，一輩子，讓他一輩子都看得見。是我的決意！伊凡．費道洛維奇十分贊成我的意思。」

她喘著氣。她也許想比較有價值些，巧妙些，而且自然些表現自己的意思，但是結果弄得太匆忙，太顯露。有許多年輕的沉不住氣的地方，許多是受了昨天的惱怒的影響，出於想驕傲一下的需要，這是她自己感到的。她的臉似乎忽然陰沉了，眼神顯得不好看。阿萊莎立刻注意到這一切，他的心裡蠕動了同情。伊凡哥哥恰巧在這時開口說話。

「我只是表示我的意思，」他說，「別的女人做出這一切，將發生虛飾和過火的結果，而你並不如此。別的女人無理，而你有理。我不知道應該說出什麼理由，但是我看到，你是十分誠懇的，因此你是有理……」

「但這不過是在這個時間如此……這時間算得了什麼！那只是為了昨天的侮辱——這時間具有這種意義！」霍赫拉闊瓦太太忽然忍不住了。她顯然不願干涉，但是忍不住，忽然說出了很正確的意思。

「是的，是的，」伊凡打斷她的話，忽然帶著一種熱切的神情，而且對於人家插斷他的話，顯得生氣，「是的，然而在別的女人方面這時間僅只是昨天的印象，僅只是一分鐘的事情，但是以卡德鄰納．伊凡諾夫納的性格，這時間將引長到她的一生。對於別人只是口頭的允許，對於她是永恆的，嚴重的，也許陰鬱的，卻是無止歇的義務。她將以履行這義務的情感作為養生之具！您的一生，卡德鄰納．伊凡諾夫納，現在將在痛苦地冥察自身的情感，自身的苦行，自身的憂愁之中過去，然而此後這痛苦將減輕，您的一生即將變為甜蜜地冥察已經一成不變地履行了的堅定與驕傲的志趣，實際上自然是驕傲的，總之是絕望的，卻被您克復了的。這感覺終於給予您極完全的滿意，使您和其餘一切事物服貼地相處下去……」

他堅決地說這些話，帶著一種慈善，顯然出於故意，甚至也許不願意隱匿自己的用意，是在於故意而且訕笑地說話。

「哎呀，上帝，這真是不對！」霍赫拉闊瓦太太又喊起來。

「阿萊克謝意．費道洛維奇，你說吧！我十分願意知道您對我說什麼話！」卡德鄰納．伊凡諾夫納喊，忽然流下眼淚。阿萊莎從椅上立起來。

「這不要緊，不要緊！」她一面哭，一面說，「這是由於精神的失調，為了昨天夜裡的事，但是在您和令兄，兩個好友身邊，我還感到自己很堅強……因為我知道……你們兩人是永遠不會離開我的……」

「不幸的是我明天也許就要到莫斯科去，長久離開您……不幸得很，但這是無從變更的……」伊凡．費道洛維奇忽然說。

「明天，到莫斯科去！」卡德鄰納．伊凡諾夫納的整個臉龐忽然歪曲了，「但是……但是我的天，這真是有幸！」她一下子用完全變樣的聲音喊了出來，一下子驅走了眼淚，連一點痕跡也沒有，就在這一剎那間她心裡發生了奇怪的變動，使阿萊莎異常地驚訝：剛剛在某種情感的裂創中哭泣的，可憐的，受侮辱的女郎，忽然一變而為完全克制自己，甚至有點異常滿意，彷彿忽然有所欣喜的女人。

「喔，並不因為我將和你離別而覺得有幸，自然不是的，」她忽然帶著和藹的，體面社會上流行的微笑改正一下，「像你這樣的好友是不應這樣想的。相反地，我喪失你是很不幸的（她突然迅步奔到伊凡．費道洛維奇前面，拉住他的兩手，用熱烈的心情握住了）；有幸的是你可以當面在莫斯科對嬸母和阿萊莎講我在這裡的情形，我現在的可怕的境況，和阿萊莎可以完全公開地說，和親愛的嬸母應該說得輕描淡寫，這是你自己會做的。你要知道，我昨天和今天早晨是如何地不幸，真不知道應該怎樣寫這封可怕的信……因為在信裡是無論如何無從傳達的……現在我卻很容易著筆，因為你可以到她們那裡去，當面解釋一切。哎呀，我真是快樂！但是我很快樂這一層，你應該明白我的。你本人對於我自然是無從和別人換易的……我現在就回去寫信。」她忽然下了結論，甚至向前跨了一步，準備離開屋子。

「阿萊莎呢？阿萊克謝意．費道洛維奇的意見不是你一定想傾聽的嗎？」霍赫拉闊瓦太太喊，嘲笑和惱怒的音調在她的話裡響著。

「我沒有忘記，」卡德鄰納．伊凡諾夫納忽然止步，「為什麼你現在這樣仇恨我，卡德鄰納．渥西帕夫納？」她帶著悲苦、熱烈的責備說出這句話來，「我說過的話，我總要承認的。我需要他的意見，不但如此；我需要他的決定！他說什麼，就算什麼——相反地，我是渴望你的話語到這種程度，阿萊克謝意．費道洛維奇……你是怎麼啦？」

「我從來沒有想到，我不能設想到！」阿萊莎忽然悲苦地喊。

「什麼？什麼？」

「他到莫斯科去，而你竟會喊，你很歡喜——這是你故意喊出來的！以後又立刻解釋，你並非對於這事情喜歡，卻是相反地，十分憐惜……你喪失了好友——但這是你故意扮演的……像在戲院裡扮演趣劇。」

「在戲院裡？怎麼？……這是什麼意思？」卡德鄰納．伊凡諾夫納喊道，深深地驚訝著，滿臉通紅，皺緊眉峰。

「您無論怎麼對他說，您喪失了良友，將如何惋惜，但是您到底當面對他表示，他的離開這裡是有幸福的……」阿萊莎似乎完全喘不過氣地說著。他站在桌旁，不坐下來。

「你說的是什麼？我不明白……」

「是的，我自己也不知道……好像觸了電似的……我知道我說這話不大好，但是我到底要完全說出來，」阿萊莎用同樣抖慄的、間斷的聲音說下去，「我中了閃電，是因為我心想也許您完全不愛特米脫里哥哥。……從開頭起……只是尊敬他……我真不知道我現在怎樣敢說這話。但是總應該有人說出老實話來……因為這裡誰也不願意說實話……」

「什麼實話？」卡德鄰納．伊凡諾夫納喊，有一點歇斯底里的氣息在她的聲音裡作響。

「實話是這樣的，」阿萊莎喃語著，彷彿從屋頂上跳躍下來似的，「你現在去把特米脫里叫來——我會找到他的——讓他到這裡來，拉住你的手，還拉住伊凡哥哥的手，把你們的手聯結起來。因為你折磨著伊凡，只是為了你愛他……你所以折磨他，因為你愛特米脫里是由於自己的裂創而來的……並不是真正的愛……因為你自己硬叫自己相信的……」

阿萊莎打斷了話頭，沉默了。

「您……您……你是一個小瘋人，你就是這種人！」卡德鄰納．伊凡諾夫納忽然迸出這句話來，臉色慘白，嘴唇狠毒得斜曲了。伊凡·費道洛維奇忽然笑了，從椅上立起來。帽子已握在他的手內。

「你弄錯了，我的善心的阿萊莎，」他說話時的臉容，是阿萊莎從來沒有看見過的——表示出一種年輕的誠懇和強烈的、抑止不住地坦白的情感，「卡德鄰納·伊凡諾夫納從來沒有愛我！她早就知道我愛她，雖然我從來沒有對她說關於我的愛情的話——她知道，卻不愛我。我也從來沒有一次，一天做過她的好友；驕傲的女人不需要我的友誼。把我放在身邊，是為了不斷地復仇。她對我復仇，在我身上復仇，為了她在這時期內從特米脫里那裡時常而且每分鐘所受到的一切侮辱，從他們兩人相遇的時候所受到的侮辱……因為他們最初一次的相遇就當作侮辱似的留在她的心坎裡面。她的心是如此的！我一直做的事情，只是在那裡傾聽她講關於如何愛他的話。我現在要走了，但是你要知道，卡德鄰納·伊凡諾夫納，你確實只愛他。他越侮辱你，你越愛他。假使他能改過自新，你將立刻拋棄他，不再愛他。你必須用他來不斷地考察你的守節的苦行，並且責備他的不忠實。這一切全是由於驕傲而來……我年紀太輕，愛你太深。我知道我不應該對你說這種話，從我的一方面，簡單地離開你是比較有些價值，不至於使你感到這樣的受辱。但是我將向遠方走去，不再回來……我真是不會說話，我全都說完了……告別吧，卡德鄰納·伊凡諾夫納，你不必生氣我，因為我所受的懲罰，比你厲害百倍以上；就從我將永遠看不到你的一層，我已是受了懲罰。告別吧。我不需要你的手。你十分有意識地折磨著我，不能使我在這時候寬恕你。以後再寬恕，現在不用手。

Den Dank, Dame, begehr ich nicht![1]

1 譯註：「我不需要感謝。」出自席勒的歌謠《手套》裡節末的一句詩。（編註：或譯「我不需要你的感謝，女士！」）

他帶著歪曲的微笑添上這詩句，完全出人不意地證明，他也能唸席勒的詩到爛熟的程度，這是阿萊莎以前不能置信的事。他從屋內走出，甚至沒有同女主人，霍赫拉闊瓦太太告別。阿萊莎攏著手。

「伊凡，」他朝他身後呼喊，十分著急地，「伊凡，快回來！不，不，他現在無論如何不會回來的了！」他又大聲喊，帶著悲苦的悟解，「但這是我，我的錯處，我起的頭！伊凡的話說得惡毒，含善意。既不公平，又極惡毒……他應該重新到這裡，應該回來，回來……」阿萊莎像半瘋狂的人一般，叫喊起來了。

卡德鄰納．伊凡諾夫納忽然走到另外一間屋裡去。

「你並沒有做錯什麼事，你的舉動極妙，像安琪兒似的，」霍赫拉闊瓦太太對發愁的阿萊莎迅速地、歡欣地微語，「我要竭力設法讓伊凡．費道洛維奇不離開這裡……」

喜悅在她的臉上照耀著，這使阿萊莎十分惱怒；但是卡德鄰納．伊凡諾夫納忽然回來了。她手裡握著兩張花綠的國庫券。

「我要求你一件事情，阿萊克謝意．費道洛維奇，」她直接對阿萊莎說，顯然用安靜的、平勻的聲音，彷彿現在實際上並未發生什麼事似的，「一個禮拜——大概在一個禮拜以前——特米脫里．費道洛維奇做了一個暴躁，而且不合理的舉動，很難看的舉動。此地是一個不好的地方，一爿酒店，他在那裡遇見了一個退職的軍官，上尉，平素令尊大人利用他辦點自己的事。特米脫里．費道洛維奇不知道為什麼對這上尉發脾氣，揪住他的一把鬍鬚，當著眾人面前，就這樣作踐他拉他到街上，還遊了許多時候的街。聽說有一個男孩，上尉的兒子，在此地小學裡讀書，還是一個嬰孩看見了這情形，就在他們旁邊跑著，大聲哭泣，替父親哀告，找每個人，請他們出來幫忙，可是大家全嘻嘻地笑著。對不住，阿萊克謝意．費道洛維奇，他這種可恥的舉動，我想起來就不能不憤激……這一種舉動，唯有特米脫里．費道洛維奇一人才能在憤怒中，並且發生情慾的時候敢去做的！我不能，也沒有能力來講出這個意思……我說話不對腔。我以後調查過受侮辱的人的情形，才知道他是十分貧窮的人。他姓司涅基萊夫。他為了什麼事情犯了失職的過失，被革職了，我不會對你講這件事。現在他和他的家庭——他的可憐的家庭裡有害病的小孩和大概是瘋狂的妻子——他和他的家庭正陷於可怕的貧窮的境遇裡面。他早就住在此地城裡，充當某機關的書記，現在忽然一個錢也不付給他！我瞧著您——我心想——我不知道，我說話亂了——我想求您，阿萊克謝意·費道洛維奇——我的善心的阿萊克謝意·費道洛維奇，求你到他家去一趟，找一個理由，和他接洽，和這上尉——唉，我的天！我盡說錯話——客氣地、謹慎地——唯有你一個人是會這麼做的（阿萊莎突然臉紅了）——想法把這點捐款，二百盧布，交給他。他一定會收的……你應該勸他收下來……不，不，這該怎麼說法？這並不是使他服貼下來的代價，使他不告狀（因為他好像打算控告），這只是一點同情，一點幫忙的意思，從我的方面，從特米脫里·費道洛維奇的未婚妻的方面，不是從他的方面……總而言之，你是會的……我本可以自己去，但是你比我會得多。他住在湖路，下市民女人卡爾梅可瓦的家裡……看在上帝的份上，阿萊克謝意·費道洛維奇，你替我辦一辦。現在……現在我有點……累了。再見吧……」

她忽然迅快地轉身，又隱到幃簾後面去，使阿萊莎來不及說出一句話來——他是很想說的。他想請求寬恕，責備自己——一定要說點什麼，因為他的心是充實的。他不說出來，根本不願意離開這屋子。但是霍赫拉闊瓦太太拉住他的手，親自引他出去。在外屋裡，她又止住他，和剛才一樣。

「她是驕傲的，自己鞭策著自己，卻是一個善心的、優雅的、寬宏的人！」霍赫拉闊瓦太太用半低微的語聲呼喊，「我真是愛她，有時是特別地愛她！現在我又高興起一切的事情來了！親愛的阿萊克謝意·費道洛維奇，你還不知道，你要曉得我們大家——我還有她兩位孀母——所有的人，甚至Lise已經有整整一個月只是希望而且祈禱，但願她同您所愛的特米脫里．費道洛維奇分離，既然他不並願意知道她，也一點不愛她——就和伊凡．費道洛維奇結婚——他是一個有學問的，品性佳良的青年，愛她甚於世上的一切。我們在這裡設下各種計謀，我不離開這裡，也許只是為了這種事情……」

「但是她哭泣著，又受了侮辱！」阿萊莎喊。

「你不要相信女人的眼淚，阿萊克謝意．費道洛維奇，對於這種事情，我永遠反對女人，贊成男子。」

「媽媽，你在那裡引壞他。」Lise的柔細的小嗓音從門後發出來。

「不，我是這一切的原因，我有錯處！」無從自行排遣的阿萊莎反覆地說，對於自己的行為發作了痛苦的羞愧，羞愧得甚至用手掩臉。

「相反地，你做了安琪兒一般的行為，像安琪兒一般，我準備反覆地說上幾千、幾千遍。」

「媽媽，為什麼他做了安琪兒一般的行為？」Lise的聲音又響了。

「看了這一切的情形，我不知為什麼原因忽然覺得，」阿萊莎繼續說，似乎沒有聽見麗薩的話，「她是愛伊凡的，我就說了這愚蠢的話……現在怎麼辦呢？」

「誰？誰？」Lise喊，「媽媽，你一定想弄死我。我問你——你不回答我。」

在這時候女僕跑進來了。

「卡德鄰納．伊凡諾夫納很不好……她哭著……發作了歇斯底里，發抖。」

「什麼事？」Lise喊，已經用驚惶的聲音，「媽媽，這是我發作了歇斯底里．不是她！」

「Lise，看上帝份上，不要嚷，不要和我為難。你的年紀還輕，大人們知道的事，你還不應該知道，我一會兒就跑來，凡是可以告訴你的事情都會跟你講的。唉，我的天呀！我跑去了，跑去了……歇斯底里——是吉兆，阿萊克謝意·費道洛維奇。她發了歇斯底里，是最妙的事，這一定是對的。我在這類事情上，永遠反對女人，反對這一切歇斯底里，和女人的淚。猶里亞，你快去說，我立刻就來。伊凡·費道洛維奇離開了這裡，那是她自己的錯處。但是他不會動身走的。Lise，看上帝份上，不要嚷！哎呀，你並沒有嚷，那是我在嚷，你恕過你的媽媽吧。但是我很高興，我很高興！阿萊克謝意·費道洛維奇，你要注意，伊凡·費道洛維奇剛才出去的時候，說完了一切，走出去的時候，顯出一個如何年輕的人！我心想，他是一個學者，研究員，但是他忽然那樣熱辣辣地，坦白而年輕，又無經驗，又年輕，卻一切都很好，一切都很好，和你一樣，還說出那首德文詩，又和你一樣！但是我要走了，我要走了。阿萊克謝意·費道洛維奇，你快去辦那件受委託的事情，快快兒回來。Lise，你不需要什麼吧？看上帝份上，一分鐘也不要留住阿萊克謝意·費道洛維奇，他立刻會回到你這裡來的。」

霍赫拉闊瓦太太終於走了，阿萊莎臨走以前想開門見Lise。

「千萬不必！」Lise喊，「現在千萬不必！你可以隔著門說話。你怎麼會進入安琪兒的群裡？我只願意知道這一件事情。」

「為了可怕的愚蠢事情，Lise，再見吧。」

「不許走！」Lise喊。

「Lise，我有嚴重的憂愁事情！我立刻回來，但是我有極大，極大的憂愁！」

他從屋內跑出去了。

第六章　裂創在農舍裡

他心裡真的有嚴重的憂愁事情，這事情是他至今很少感到的。他跳起身來，「做了蠢事，」而且不是關於別的什麼事情，卻是關於愛情的！「在這種事情裡我懂得什麼？我能分析得出這類事情的奧妙嗎？」他漲紅著臉，幾百次反覆地說著，「唉，羞愧是沒有什麼的，羞愧只是我應得的懲罰——壞的是現在我無疑地將成為新的不幸的原因……長老是打發我來，給大家調解，使大家聯結的。這樣子能使他們聯結嗎？」他忽然又記起，他如何「聯結人們的手」，他重又忽然感到羞愧。「雖然我所做的一切出乎誠意，但是以後應該要聰明些才好。」他忽然下了結論，對於這結論他甚至不發一點微笑。

卡德鄰納·伊凡諾夫納所委託的事情應該到湖路去辦，特米脫里哥哥就住在離湖路不遠的胡同裡，恰巧是順路。阿萊莎決定在到上尉家去以前，無論如何先彎到他的家裡去一下，雖然預先感到他是遇不到他的。他疑惑特米脫里也許故意地在躲開他——但是不管怎麼樣，他必須要找到他。時間過得很快，對於快將圓寂的長老的思念，自從他離開修道院的時候起，一秒鐘也沒有離開過他。

卡德鄰納·伊凡諾夫納囑辦的事情閃出一段使他也十分發生興趣的情節：在卡德鄰納·伊凡諾夫納提起有一個小學生，上尉的兒子，放聲痛哭，跟在父親身旁迅跑——阿萊莎當時就忽然閃出了一個念頭，他猜想這男孩一定就是那個小學生，經他（阿萊莎）問他什麼事情得罪他的時候，竟咬他的手指。現在阿萊莎幾乎完全相信，雖然自己還不知道為了什麼。他為節外的思慮所吸引，決定不去「思想」剛才他做下來的「禍事」，不用懺悔折磨自己，卻實行做事，至於那件事情只好隨它怎樣變化好了。想到了這地方，他完全鼓勵起精神來了。他彎到胡同裡去找特米脫里哥哥的時候，感到了飢餓，便從袋裡掏出父親那裡取來的麵包，在路上吃著。這增添了他的力量。

特米脫里不在家。房主人是一個老木匠，和他的老婆和兒子，瞧著阿萊莎，竟帶著疑心。「已經有三天沒有在這裡住宿，也許出門去了。」老人回答著阿萊莎拚命的追問。阿萊莎明白，他是奉了訓令這樣回答的。經他問起：「他是不是又在格魯申卡，或福瑪那裡躲藏起來？」（阿萊莎故意放出坦白的話語來），幾個房主人們甚至驚懼地看了他一眼。「這麼說來他們還愛他，他們為他出力，」阿萊莎心想，「這是很好的。」

他終於在湖路找到了下市民女人卡爾梅可瓦的房子。這是一所陳舊的小房，屋身傾斜，臨街只有三個窗，院子極髒，中間孤獨地站著一隻母牛。進門是從院裡走到外屋——外屋的左道住著老房東太太和她的女兒，也是老太婆。好像兩個人都是聾子。他反覆問了幾遍關於上尉的住宅，其中一個女人終於明白問的是房客，這才用手指朝外屋那裡戳了一下，指了指一間整潔的農舍的門。上尉的住宅實際上只是一個普通的農舍。阿萊莎的手抓住鐵門閂，正預備開門，忽然門後特別的靜肅使他吃驚。他聽卡德鄰納．伊凡諾夫納說起，退伍的上尉是有家眷的人：「不是他們全都睡熟，便是也許聽見我來了，等候我自己開門；最好我先叩一下門。」他便叩擊了一下。聽到了回應，卻不是立刻來的，甚至也許過了十秒鐘以後。

「誰呀？」有人發出洪大的，特別生氣的聲音喊。

阿萊莎等到開了門，跨進門限。他到了一間農舍裡，這農舍雖充分廣闊，卻擁擠了人和一切家用的器具。左邊有一只俄羅斯式的巨爐。從爐子到左邊的窗戶那裡，繫著一根繩子，通過了整個屋子。繩上掛了各色各樣的破布。左右兩牆邊上各放一只床，上面蓋著織被。左邊一張床上疊起了四只花布枕頭搭成的小山，只比一只小。右面另一隻床上只看見一個很小的枕頭。前面的角落裡有一塊小地方用簾幃或被單擋住，也是搭在一根繫在角落兩頭的繩子上面。在這幃簾後面也斜搭著一只鋪，支在長凳和椅子上面。一隻普通的，木製的，四方的，農人的桌子放在從前面角落到中間的窗戶的地方。三個窗戶，每個有四塊細小的發霉的綠玻璃，顯得很陰暗，而且關得緊緊的，因此屋內十分悶熱，不很光亮。桌上放著一隻鍋子，裡面盛著吃剩下來的煎雞蛋，還有一片咬過的麵包，此外還放著一只小瓶，瓶底裡只留了一點點燒酒。左面床旁，一個女人坐在椅上。她頗像上等女人，穿著花布衣裳。她的臉又瘦又黃，陷進極深的臉頰一下子就可以證明出她的病態。但是最使阿萊莎驚訝的是這個可憐的女太太的眼神——一種含著十二分的疑問，而同時傲慢得可怕的眼神。一直到這女太太不自己先開口說話以前，當阿萊莎同男主人解釋一切的時候，她一直帶著傲慢和疑問的神情，把栗色的大眼從一個說話的人身上溜到另一個說話的人身上。左邊窗戶旁邊，挨在太太身後站著一位臉貌不很美麗的年輕女郎，頭髮稀鬆鬆的，發栗色，衣服穿得貧窮，卻還整潔。她嫌惡地望著走來的阿萊莎。右邊床旁還坐著一位女性。那是一個很可憐的生物，也是年輕的女郎，有二十歲模樣，背傴屈，沒有腿，以後有人對阿萊莎說，她的腿發育不全。她的拐杖放在附近角落裡，床和牆的中間。這可憐的女郎的十分美麗而善良的眼睛帶著一種安靜的溫馴的神情，瞧著阿萊莎。一位四十五歲左右的男人，坐桌旁吃煎雞蛋。他身材不高，骨瘦如柴，體格軟弱，臉微帶栗色，排著栗色、稀鬆的鬍鬚，很像一塊破碎毛箒（這比喻特別是「毛箒」的兩個字，在阿萊莎初看一眼時，不知為什麼緣故，在他的腦海裡閃耀了一下，他以後才記起來），大概就是這位先生從門裡喊：「誰呀！」因為屋裡沒有別的男子。但是在阿萊莎走進來的時候，他似乎從坐在桌旁的長椅上面掙脫了，匆忙地用有破洞的飯巾擦抹著嘴，跳到阿萊莎的身旁。

「僧士應該到修道院裡去請求，到此地來做什麼！」站在左邊角落裡的女孩說。

但是跑到阿萊莎身旁的那位先生一下子轉著靴跟，向她的方面看去，用慌急的、斷續的聲音回答她：

「不，瓦爾瓦拉．尼古拉也夫納，這不好，你沒有猜到！請問你一聲，」他忽然又轉身向阿萊莎，「什麼事情引起你親身造訪……這個巢穴？」

阿萊莎注意看了他一眼。他初次看見這個人。他這人的脾氣有點乖僻、忙亂，還好惹惱。他雖然剛才顯然喝了酒，卻沒有醉。他的臉表示一種極度的傲慢，而同時又很奇怪地表示顯著的膽怯。他像長久服從他人，吃了許多苦頭，卻忽又跳起來想表現自己的人。或者還像一個很願意打擊你，而深怕你來打他的人。在他的話語和十分尖響的聲音的調門裡，聽得出一種瘋狂的幽默來，一會兒是惡狠的，一會兒又是畏葸的，夠不上調門，斷脫了似的。他發出那句關於「巢穴」的問話的時候，似乎全身抖戰，瞪著眼睛，緊緊地跳到阿萊莎的身旁，使他機械地往後退了一步。這位先生穿一件深色的，很破舊的棉織的大衣，有許多地方補縫過，而且滿是油漬。他身上穿的褲子，顏色很淡，早就沒有人穿這種顏色，還帶著方格，是用一種很薄的材料製成的。褲子下面很皺，因此往上翹起，好像他在小孩時就穿了這條褲長成的。

「我是阿萊克謝意．卡拉馬助夫……」

「我很明白，」那位先生立刻回答，讓他明白不用他說，就知道他是什麼人，「我是上尉司涅基萊夫，卻總願意知道，究竟什麼事情引起你……」

「我只是彎來一趟。老實講，我有一句話想同您講一講……如果您允許的話……」

「既然這樣，這裡有椅子，請拿取位置。古代的趣劇裡說：『請拿取位置。』……」上尉於是用迅快的姿勢抓了一張空椅（普通的、農人用的，完全是木製的，沒有蒙上什麼材料）放在屋子的中央；隨手給自己抓了另一張椅子，坐在阿萊莎的對面，照舊緊對著他，兩人的膝蓋幾乎互相接觸在一起。

「尼古拉．伊里奇．司涅基萊夫，前俄羅斯步兵上尉，雖然為了自己的過失受了恥辱，卻到底還是上尉。說是司涅基萊夫，還不如說是步兵上尉喏喏先生的好。因為我從後半世起就喏喏連聲地說話。『喏喏』的兩個字是在受屈辱之中取得的。」

「這是對的。」阿萊莎冷笑，「是不由自主地取得，還是故意的？」

「上帝臨鑑：那是不由自主的。我老是不說話，一輩子沒有喏喏連聲地說話，忽然落到地上，立起來的時候，就開始喏喏連聲了。這是由於最高的力量而來，我看出你極注意現代的問題。這是可以引起多少興趣的，因為我生活在無法接待賓客的環境裡面。」

「我來到這裡……有一點事情，……」

「什麼事情？」上尉不耐煩地打斷他的話。

「就為了你同家兄特米脫里．費道洛維奇相遇的事情。」阿萊莎拙笨地回答。

「什麼相遇？就是那次相遇嗎？關於毛箒，澡堂裡的毛箒嗎？」他忽然挪近身子，這次是膝頭完全撞在阿萊莎身上。

他的嘴唇似乎特別縮小成一條細線的樣子。

「什麼毛箒？」阿萊莎喃語。

「爸爸，他是來告我的！」阿萊莎業已熟稔的剛才那個男孩的語聲從角落的幃簾後面喊出來，「我剛才咬了他的指頭！」

幃簾揭開了，阿萊莎看見剛才的敵人躺在神像下面的角落裡，長凳和椅子支成的床舖上面。男孩躺在那裡，大衣蓋在身上，還蓋了一條舊棉被。他顯然很不舒適，從發燒的眼睛看來，正發著寒熱。他現在看著阿萊莎，不像剛才那樣地害怕：「你瞧，我在家裡，你現在捉不到我的了。」

「咬了什麼指頭？」上尉從椅子上跳起來，「他是咬了你的指頭嗎？」

「是的，咬了我的指頭。剛才他在街上同小孩子們互相拋擲石子；他們六個人朝他扔，他只有一個人。我走到他面前去，他朝我扔石子，之後有一塊石子擊中我的頭。我問他：我對他做了什麼不好的事情？他忽然奔過來，狠狠地咬了我的指頭，不知道是為了什麼。」

「我立刻揍他！現在就揍他！」上尉已經完全從椅子上跳躍起來了。

「但是我並不來告訴，我只是敘講……我並不願意你打他。而且他現在好像有病……」

「你以為我會揍嗎？我會把伊留莎拉住，當你的面前揍他一頓，求你的滿足嗎？你需要這個嗎？」上尉忽然轉身對阿萊莎說，帶著那種姿勢，好像打算攻擊他似的，「先生，我對於你的指頭深為惋惜，但是你要不要在揍打伊留莎以前，現在就當著你的眼前，砍掉四隻指頭，使你取到公平的滿意，就用這把刀子砍。四隻指頭，我以為你是夠的了，可以饜足復仇的渴望，不需要第五隻了吧？」

他忽然止步，似乎喘不過氣來似的，他臉上每個線條都在行動扭抽，眼睛帶著非常地挑戰的神情看人。他似乎發狂了。

「我現在大概全都明白，」阿萊莎靜靜地，憂鬱地回答，繼續坐著，「這麼說來，你的令郎是好孩子，愛他的父親，攻擊我，因為我是你的侮辱者的兄弟……現在我才明白了，」他在沉思中反覆說著，「但是家兄特米脫里・費道洛維奇對於自己的行為十分後悔，我是知道的，只要能到尊府上來，最好或者在原地方再見一面，他將當眾向你請求饒恕……假使你願意這樣做。」

「那就是揪了鬍鬚，所以請求恕罪……意思是一切了結，大家滿意，對不對？」

「不，相反地，他可以做一切你吩咐，而且認為應該做的事情。」

「如果我請他老人家到那爿酒店裡，名字叫做『京都』酒店——跪在我的面前，或是跪在廣場上面，他會不會照辦的呀？」

「是的，他會跪下的。」

「你刺破了我的心。你使我流淚，刺破了我的心。對於令兄的寬宏大量，我願意領受。現在容我介紹一下：這是我的家庭，我的兩個女兒和一個兒子——我遺下來的後代。我一死，有誰去愛他們呢？我活的時候，除去他們以外，有誰愛我這壞人呢？上帝對於每個像我這樣的人安排下了偉大的事業。因為必須也有人來愛像我這類的人……」

「這是完全對的！」阿萊莎喊。

「算了吧。不要扮小丑了吧。只要一有傻瓜到這裡來，你就開始叫我們丟臉！」窗旁的女郎突然朝父親喊起來，帶著嫌惡和賤蔑的表情。

「你等一等，瓦爾瓦拉·尼古拉也夫納，讓我定好方向再說，」他對她喊，雖然用命令的口氣，卻十分贊成地望著她，「我們就是這樣的性格。」他又轉身向著阿萊莎。

在整個宇宙間

他不願有所賜福[1]

1 譯註：普希金《惡魔》一詩中最後的句子。（編註：這裡所稱的「他」，在該詩即為忽然降臨的惡魔。）

應該用陰類：她不願有所賜福。現在讓我介紹我的內人：阿里納．彼得洛夫納，沒有眼的女人，四十三歲，兩腿勉強能夠走路。她是普通人家出身。阿里納．彼得洛夫納，做出莊重的樣子出來：這位是阿萊克謝意．費道洛維奇．卡拉馬助夫。站起來，阿萊克謝意．費道洛維奇，」他拉住他的手，用甚至料想不到會有的力氣，忽然地舉了起來：「你和女太太相見，應該立起來。並不是那個卡拉馬助夫，媽媽，……卻是他的兄弟，具有馴順的德性的人。讓我，阿里納．彼得洛夫納，讓我媽媽，預先吻你的手。」

他恭敬，而且溫柔地吻他太太的手。窗旁的女郎氣憤地背朝著那幕戲，不去看。他的太太的驕傲而且帶著疑問的臉忽然表示特別的和藹。

「你好呀，請坐，柴爾諾馬助夫先生。」她說。

「卡拉馬助夫，媽媽，卡拉馬助夫（我們是普通人家出身），」他又補充。

「卡拉馬助夫，或是什麼，我永遠以為是柴爾諾馬助夫……請坐呀。為什麼他把你抬了起來？他說，我是沒有腿的女人，腿是有的，卻腫得像木桶，我是自己萎縮的。以前我很胖，現在好像吞食了線針……」

「我們是普通人家出身，普通人家出身。」上尉又繼續說。

「爸爸，唉，爸爸！」傴背的女郎忽然說——她是一直在椅子上沉默著的——又忽然用手帕掩臉。

「小丑！」窗前的女郎脫口說出來。

「你聽見我們的新聞沒有？」母親擺手指著兩個女兒，「好像雲彩的行走；雲一過，我們的音樂就又來了。以前，我們做武官的時候，有許多客人來。我並不想加什麼比喻。誰愛誰，就愛好了。那時候教堂執事夫人到這裡來，說道：亞歷山大．亞歷山大洛維奇，是一個好心靈的人，娜司泰西．彼得洛夫納卻是地獄裡的種族。我回答她：誰高興愛誰，就愛誰，你是有點兒烈性。——她說：應該罰你立壁角。——我對她說，你這黑刀子，你跑來教訓誰呀？——她說：我要放進清潔空氣，你這人是不清潔的。——我回答：你去問一問軍官老爺們：我的身裡的空氣是清潔的，還是不清潔的？我自從那個時候就記在心裡，我記得我坐在這裡，像現在一樣，看見一位將軍走進來，他是到我們這裡來過復活節的。我對他說：『大人，可以不可以對體面的女太太放進自由空氣？』他說，你這裡應該開一開小窗或門，因為你們這裡空氣不很清潔。全是這樣。我的空氣和他們有什麼相干？死人的氣味更加臭些。我說，我沒有弄壞你們的空氣，我要穿上鞋子，離開這裡，親愛的人們，你們不要責備嫡親的母親！尼古拉．伊里奇，我不能博到你的歡心，但是我有我的伊留莎，他從學堂回來，他愛我。昨天取來一只蘋果，請恕我這完全孤獨的女人。為什麼你們討厭我的空氣？」

可憐的瘋女人忽然嗚咽地哭了，眼淚像溪水般濺湧出來，上尉飛跳到她身邊。

「媽媽，媽媽，寶貝，得啦！得啦！你不是孤獨的人，大家全愛你，全崇拜你！」……他又開始吻她的手，手掌溫柔地摸她的臉；他抓起飯巾，忽然開始擦去她臉上的眼淚。阿萊莎甚至覺得他自己的眼淚也晶爍著，「看見了沒有？聽見了沒有？」他似乎忽然狂怒地回轉向他，手指著可憐的瘋人。

「我看見，而且聽見的！」阿萊莎喃語。

「爸爸，爸爸，難道你同他……你拋棄他吧，爸爸！」男孩忽然喊起來，站立在床上，熾燒的眼神看著父親。

「你不必再裝小丑，表露那些永遠得不到結果的愚傻的怪樣！……」瓦爾瓦拉．尼古拉也夫納完全生氣，還是從角落裡喊出來，甚至跺著腳。

「你這一次生氣生得完全合理，瓦爾瓦拉．尼古拉也夫納，我可以很快地使你得到滿意，請你戴好你的帽子，阿萊克謝意·費道洛維奇，也讓我取了帽子——我們一塊兒走出去。應該對你說一句正經的話，不過要到這房子的牆外去。那個坐著的姑娘是我的女兒，尼娜·尼古拉也夫納，我忘了給你介紹——是天上安琪兒顯身……下降凡世……假使你能夠明白這個……」

「那個現在對我跺腳，罵我丑角的人，也是天上安琪兒顯身，說我說得極對。我們走吧，阿萊克謝意·費道洛維奇，應該了結一下……」

他抓住阿萊莎的手，從屋內一直引到街上。

第七章　最後在清潔的空氣裡

「空氣是清潔的，但是在我的屋子裡的確不大新鮮，甚至從一切的意義上都是如此。先生，我們一步一步地走著，我很想和你有趣地聚談一下。」

「我自己也有一樁要緊的事情找你……」阿萊莎說，「只是不知道怎樣開始。」

「怎麼能不知道你有事找我？沒有事，你也絕不會來看我的。難道果真只是來告小孩嗎？這是不可信的事。恰巧說到那個小孩！我在那裡不便對你解釋一切，現在在這裡可以對你描寫這一幕戲。你看見沒有，毛箒在一星期以前比較濃些——我講的是我的鬍鬚；人家把我的鬍鬚喚作毛箒，主要是那些小學生們這樣喚著。令兄特米脫里·費道洛維奇當時拉住我的鬍鬚並不為了什麼事情，只是因為他發怒，而我恰巧碰上了。他把我從酒店裡拉到廣場，恰巧小學生們在學校裡出來，伊留莎也和他們在一起。他看見我那種樣子——便跑到我的身旁喊道：『爸爸，爸爸！』抓住我，抱著我，想把我拉開，對侮辱我的人喊：『恕了他吧！』他還兩手抓住他，吻他的手……我在這時刻，記住他的臉龐是如何的，沒有忘記，也永不會忘記的！……」

「我敢賭誓，」阿萊莎喊，「家兄將用極誠懇的方式，極完滿的方式，表示懺悔，哪怕甚至跪在廣場上也可以……我會讓他這樣做的，否則他不算我的哥哥！」

「唉，這還在計劃之中。這並不直接由於他，只是由於你的高貴、熱熾的心裡發出來的。你是應該這樣說的。不，關於這件事情，我應該說出令兄具有騎士和軍官一般高貴的品格，因為他當時就表示了這種品格。他把我當作毛筆一般拉完以後，就放了我，說道：『你是軍官，我也是軍官。如果你能找到一位正經的證人，你就打發他來——我可以使你滿足，雖然你是一個混蛋！』他這樣說，真是騎士風度！我當時便同伊留莎兩人回家，而那幅家庭的圖畫永遠銘鐫在伊留莎精神的記憶之中。不行，我們是不配充貴族的。你自己判斷一下，你剛才到過我的屋子裡去——你看見了什麼？三位女太太坐在那裡，一個是沒有腿的瘋子，另一個沒有腿的駝子，第三個有腿，太聰明，女學生，一直想跑到彼得堡去，在涅瓦河畔尋覓俄國女人的權利。關於伊留莎我不必說，只有九歲。我一個人在世上。假使我一死——他們那些人怎麼辦呢？我只是問你這一件事情。假如我喚出他來決鬥，他立刻把我打死，那時候便怎樣呢？那時候所有他們將怎麼辦呢？更壞的是如果他不殺死我，只是把我弄殘廢了，我既不能工作，嘴到底是有的，那麼誰來餵它，餵我的嘴，來餵他們大家呢？是不是讓伊留莎不上學校，卻每天去討飯？那麼說來，決鬥對於我有什麼意義，只是一句蠢話，別的是沒有的。」

「他會向你賠罪，在廣場對你下跪。」阿萊莎又帶著熾燒的眼神喊起來。

「我想到法庭去告他，」上尉繼續說，「但是請你翻一翻我們的法典，為了我所受的侮辱，我能取到多少的賠償呢？阿格拉菲納．亞歷山大洛夫納喚我去，對我喊：『連想也不許想！如果你到法庭去告他，我會想法子讓全世界都知道他的打你是為了你的詐欺行為，那麼會把你自己交到法院去的。』上帝一個人看見這詐欺行為是從誰那裡來的，我這小角色是奉了誰的命令行事的——還不是奉了她和費道爾．伯夫洛維奇的命令？她又說：『此外，我將永遠趕走你，你往後不要想再在我這裡做事。我還可以對我的商人說（他叫她的老頭子：我的商人），他也會把你趕走的。』我心想：假使商人一趕我，那時候我到誰那裡去掙飯呢？現在我只剩了他們兩人，因為令尊大人費道爾．伯夫洛維奇不但停止信任我

（為了一個不相干的原因），還利用我寫下的收據，把我告到法庭裡去。因此我就軟了下來，你看見我們心裡的冤屈。現在請問你：伊留莎把你的指頭剛才咬得痛不痛？在屋裡，我不敢當他面前詳細問你。」

「是的，很痛。他很愛生氣。他因為我是卡拉馬助夫，所以替你復仇，我現在明白了。你要曉得，他怎樣同那些同學們扔擲石子。那真是危險，他們可以把他殺死，他們是小孩子，很愚傻，石子飛過來，會把腦袋砸破的。」

「今天已經打中了，打的不是腦袋，都是胸脯，在心臟上面的部分，一片青紫，回家後就是哭泣，呻吟，生病了。」

「你知道，是他首先攻擊他們大家的，他仇恨他們，他們說他剛才用修鉛筆刀刺一個名叫克拉騷脫金的孩子的腰部。……」

「我聽說了，這很危險：克拉騷脫金是此地的官員，也許還要引出麻煩來的。……」

「我勸你，」阿萊莎繼續熱心地說，「暫時不要送他到學校裡去，等他靜一靜再說……他的怒氣會消滅的……」

「怒氣！」上尉抓住了話頭，「真是怒氣。一個很小的東西身上，有很大的怒氣。您還有許多不知道的呢。讓我特別解釋這段情節。事情是因為在發生了這件事情以後，小學校裡的學生們開始喚他『毛箒』。學校裡的小孩們是無憐憫心的民族，分離開了，是天上安琪兒，到了一起，尤其在學校裡，他們便成為毫無憐憫的人。他們起初逗他，給伊留莎逗起了豪俠的精神。一個尋常的男孩，軟弱的兒子——是會馴服下來，慚愧自己的父親，但是這個孩子卻為父親一人反對大家。為了父親，還為了真理和公道。在他吻令兄的手，對他喊：『饒了爸爸吧，饒了爸爸吧！』的時候，他當時心裡遭受了什麼——那只有上帝一個人知道，還有我知道。我們的孩子們——不是你們的，卻是我們的，那些遭人賤視，卻是性格高貴的貧窮的孩子們，還在九歲時候就知道了世界上的真理。有錢的人們不中用，他們一輩子也不去鑽求得那樣幽深，我的伊留莎，就在廣場上的那個時候，吻他的手的時候，就在那個時候便透徹地瞭解了真理。這真理一進入他的心裡，便永遠把他壓扁了，」上尉熱烈地，又似乎瘋狂地說著，用右拳擊打左掌，似乎願意實地表現「真理」如何壓扁伊留莎，「就在那天他發了寒熱，整夜說胡話。那一整天他不大同我說話，甚至完全沉默，我注意到他從角落裡不時地看我，老是將身子轉到窗旁，似在溫習功課，但是我看出他的腦筋裡並沒有功課存在。第二天我喝了酒，許多事情不記得了。我這作孽的人喝酒是為了憂愁的緣故。媽媽也開始哭泣——我是很愛媽媽的——便憂愁得喝起老酒來了。先生，你不要看不起我，俄國裡面喝醉的人是最心善的。我們這裡最心善的人是全能喝酒的。我躺在那裡，不很記得伊留莎在那天的情形，就是那天，學校裡的男孩們從早晨起就取笑他，對他喊：『毛箒，人家把你的父親當作毛箒似地從酒店裡拉出來，你還在旁邊跟著跑路，請求饒恕。』第三天，他又從學校內回來，我一看——他的臉色死白，我說：你怎麼啦？他不響。在屋裡是沒有法子談話的，因為媽媽和女孩們會立刻參加進來，況且女孩們已經全都知道，甚至還在第一天時。瓦爾瓦拉．尼古拉也夫納已經起始嘮叨了：『小丑，傻子，你還能做出有理性的事來嗎？』我說：『是的，瓦爾瓦拉．尼古拉也夫納，我們還能做出有理性的事嗎？』就這樣我把這事情了結好了。晚上，我領男孩出去遊玩。你要知道，我同他每天晚上總要出去散步，就是順著我同你現在走的那條道路，從我們家門到那塊大石頭為止，那塊石頭就在籬笆旁邊像孤兒似的躺著，從那裡起就是本市的牧場，空曠而且美麗的地方。我同伊留莎走著，他的手照舊握在我的手裡。他的手是小的，指頭是柔細的，冷冷的——他的胸脯時常作痛。他說：『爸爸，爸爸！』我說：『什麼事情？』他的小眼睛閃出火光，『爸爸，他那天真把你，爸爸！』我說：『有什麼法子呢，伊留莎？』『你不要同他和解，爸爸，你不要和解。小學生們說：為了這事他給了你十個盧布。』他說。『不，伊留莎，我現在是無論如何不會取他一點錢的。』他全身抖索，兩隻小手抓住我的手，又吻起來。——他說：『爸爸，爸爸，你喊他出來決鬥，學校裡大家逗我，說你是膽小的人，不敢喊他出來決鬥，收了他十個盧布。』我說：『伊留沙，我不能喊他出來決鬥。』便簡單地將一切我剛才對你敘講的話講給他聽。他聽完了我的話，說道：『爸爸，爸爸，到底不要和他講和，我長大了以後，就自己叫他出來決鬥，殺死他！』他小眼睛發出火光，熾燒著。我既然是父親，應該對他說實在的話。我說：殺人是有罪的。雖然，決鬥也是一樣的。他說：『爸爸，爸爸，等我長大的時候，我要把他摔倒在地，用劍擊掉他的劍，奔上前去，把他按在地上，劍朝他頭上揮搖，對他說：我本可以殺死你，但是現在饒恕了你，你去吧。』你瞧，你瞧，先生，他在這兩天內腦筋裡發生了這樣的演化，他日夜盡想用劍復仇的心思，夜裡也許還發譫語，講這件事情。他從學校裡回來，帶著垂頭喪氣的樣子，前天我才知道。您的話很對，我再也不打發他到這個學校裡去了。我一打聽出來，他一個人反對全班的學生，一人和大家挑戰，自己生著悶氣，心熾燒了——我當時很替他害怕。我們又出去散步——他問：『爸爸，爸爸，有錢的人是不是世界上最強的。』我說：『是的，伊留莎，世界上再也沒有比富人強的了。』他說：『爸爸，等我發了財，我去當軍官，戰勝所有的敵人，皇上給我獎賞，我回家來，那時候便誰也不敢惹我們了……』以後沉默了一會，說道——他的嘴唇照舊抖索著——『我們的城市真不好，爸爸！』我說：『是的，伊留莎，我們的城市很不好。』他說：『爸爸，我們搬到另一個城市裡去，好的城市裡去，人家不知道我們的地方。』我說：『我們要搬的，伊留莎，我們要搬的——讓我積一些錢下來。』我很高興得了一個使他離開陰鬱思想的機會。我開始和他一塊兒幻想，我們將怎麼樣搬到另一個城市裡，買一匹馬，一輛車。我們讓媽媽和姊姊們坐在車裡，把她們蓋得很嚴密，我們兩人在旁邊走路，偶爾讓他坐上去歇歇力，我在旁邊走著，因為我們必須珍惜我們的馬，不能大家全坐上的。我們就這樣走上路去。他很贊成這幻想，主要的是因為可以有自己的馬，自己坐上去。大家全曉得，俄國孩子生下來就是愛馬的。我們談了許多時候。謝天謝地，我心想，我可以使他安慰，把他的心想引開了。這是前天晚上的事情，昨天晚上又出了另一樁事情。早晨他又到學校去，回來的時候臉色很陰沉，顯得太陰沉了。晚上我拉住他的手，領他出去遊玩。他沉默著，不說話。當時起了一點微風，太陽被遮住了，露出秋天的光景，天色已黑。我們走著路，我們兩人心裡都很憂鬱。我說：『孩子，我們將來怎樣上路去？』我想引他到昨天的談話上去。他沉默著。只覺得他的手指在我的手裡抖索。我心想，壞了，又有新聞了。我們走到那塊石頭那裡，像現在那樣，我坐在石上。天上放起許多蛇[1]來，呼呼地作響，看得見三十頭蛇。現在是蛇的季節。我說：『伊留莎，我們也該把去年的蛇放出去了。我來修理一下，你把它藏到哪裡去了？』我的孩子一言也不發，向旁邊看望，站在我的身旁。當時風忽然呼呼地響，帶了沙子過來。……他忽然全身投奔到我的身上，兩手抱著我的脖頸，緊緊地壓著我。你知道，凡是平素沉默和驕傲的孩子們，許久時候自己勉強壓抑著眼淚，在大的憂愁來到的時候，會忽然衝決，眼淚不但滾出來，還會好像泉水一般地湧上，他熱淚的涌泉弄濕了我整個的臉部。他嗚咽得像抽瘋的樣子，全身抖索，緊緊地抱住我，我坐在石頭上面。他喊道：『爸爸，爸爸，親愛的爸爸，他真是侮辱你呀！』我也哭起來，兩人坐在那裡，擁抱著，全身抖顫。——他說：『爸爸，爸爸！』我對他說：『伊留莎，伊留莎！』當時沒有人看見我們，只有上帝一個人看見，也許會給我記載在履歷上面。請你給令兄道謝，阿萊克謝意．費道洛維奇。不，我不能為了使你滿意，揍打我的小孩！」

1 譯註：即蛇形的風箏。

他又帶著剛才那種惡毒和瘋狂的音調說完了一篇話。阿萊莎感到他已經信任他，如果他的位置上換了別人，這人絕不至於同別人這樣「談話」，也不會把剛才告訴他的一番話告訴那人。這使阿萊莎感到鼓勵，他的心靈為了流淚而抖索起來。

「我真想同令郎和解一下！」他喊，「如果你能夠安排……」

「是的。」上尉喃喃聲說。

「但是現在不必講這個，完全不要講這個，」阿萊莎繼續喊，「你聽著！我有一件小事：家兄特米脫里侮辱了他的未婚妻，一位高貴性格的女郎，你一定已經聽到她的了。我有權利告訴你關於她如何受辱的一切事情，我甚至應該這樣做，因為她一知道你受了氣，一打聽出來你的不幸的狀況，委託我立刻……剛剛委託我……把她補助你的一點小意思送給你……但這只是她的方面的一點意思，並不是特米脫里的，那個拋棄了她的人，不，絕不是的，不是我的，不是家兄的，不是任何人的，卻是她的，唯有她一個人的！她懇求你接受她的幫助……你們兩位受了同一人的侮辱……她只在受了他的方面和你所受同樣的侮辱的時候，才憶起你來（純粹是由於侮辱而來的）！這就等於妹妹幫哥哥的忙。……她委託我勸你收受她的兩百盧布，那是一個妹子送給你的，在知道了你極需要錢用的時候。誰也不會知道這件事情，絕不會發生任何不公平的謠言……這是二百盧布，我應賭誓，……你應該收下來，否則……否則，世界上應該互相成為敵人了！但是世界上是應該有兄弟們的……你具有高貴的心靈……你應該明白這層，應該明白的！……」

阿萊莎遞給他兩張新的，花花綠綠的一百盧布一張的庫券。他們兩人當時恰巧站立在園牆附近的大石頭旁邊，周圍絕無一人。庫券似乎使上尉發生可怕的印象：他抖索了一下，起初似乎單單由於驚異，他絕沒有夢想到這類的事情，他絕沒有料想到這樣的結局。從某人方面來的幫助，而且還是那樣大數目的幫助，是他甚至夢裡也幻想不到的。他取了庫券，差不多有一分鐘不能回答，有一點完全新的樣子在他的臉上閃過。

「這是給我的，給我的，這有多少錢，兩百盧布！老天爺！我已經有四年未見到這些錢——老天爺！又說是妹子送的……真的嗎？這是真的嗎？」

「我給你賭誓，我對你所說的話全是實在的！」阿萊莎喊。上尉臉紅了。

「你聽著，我的寶貝，你聽著，假使我收下來，我會不會成為混蛋？在你的眼睛裡，阿萊克謝意．費道洛維奇，我不會，我不會成為混蛋的嗎？不，阿萊克謝意．費道洛維奇，你聽著，聽著，」他的兩手忙著不斷地觸摸阿萊莎，「你勸我收受，因為是『妹子』送來的，但是內心裡，自己——在我收下的時候，你不會感到對我的賤視嗎？」

「不，不！我用我的得救向你賭誓說：不！永遠沒有人知道，只有我們：我，你，還有她，此外還有一位女太太，她的知己朋友……」

「那位太太沒有關係！喂，你聽著，阿萊克謝意．費道洛維奇，現在已經到了應該仔細聽一聽的時候，因為你甚至無從瞭解。現在這二百盧布對於我具有何種意義，」可憐的人繼續說，漸漸地發現了一種無秩序的，近乎野蠻的歡欣。他似乎弄得莫名其妙，十分匆忙地說，好像怕有人不讓他說完一切的話似的，「除去這是乾乾淨淨地得來，一個如此可敬而且神聖的『妹子』送來的以外，你要知道我現在還可以用這錢醫治媽媽，和尼娜，我的駝背的安琪兒。可以請格爾城司圖勃醫生來一趟。為了他的心善，他將整小時診察她們兩人，說道：『我一點也不明白。』那種礦泉水，藥房裡有出售的（照他所開的藥方），一定對她的身體有益，此外，他也會給她開方，用藥水泡腳。礦泉水的價錢是三十戈比一瓶，也許要喝四十瓶。我只好取了藥方，放在神像下面的架子上，就讓它這樣放著。他也會讓尼娜用一種藥水洗澡，每天早晚洗熱水澡。但是叫我們從哪裡去實行治療，在我們這樣的屋子裡，沒有僕役，沒有人幫忙，沒有器具，沒有水？尼娜全身得著筋骨痛，我還沒有對你說過，夜裡右邊半個身子發痛，十分難過，但是你信不信，她竟硬挺著，為了不使我們著急，不發出呻吟，怕驚醒我們。我們吃的是有什麼，買到什麼，就吃什麼，她永遠取最後的一塊，應該扔給狗吃的一塊；意思是說：『我不配吃這一塊，我是從你們那裡奪取來吃的。我是你們的累贅。』她的安琪兒樣子的眼神裡這樣地形容出來。我們侍候她，她覺得難受：『我是不配的，不配的，我是沒有價值的廢人，無益的廢人。』她有什麼不配的，她用那種安琪兒的馴順的態度替我們向上帝祈禱，沒有她，沒有她的靜靜的話語，我們這樣將成為地獄，甚至把瓦爾瓦拉也弄得性情軟些。至於瓦爾瓦拉．尼古拉也夫納你也不必來責備，她也是安琪兒，也是受了氣的人。她夏天到我們這裡來，身上帶了十六盧布，還教功課賺錢，積了些路費，預備在九月裡，就是現在，用這錢到彼得堡去。我們取了她的錢，花去了，現在她沒有錢回去。而且也不能回去，因為她為了我們做徒刑一般的工作，我們把她像駑馬似地套駕，她侍候大家，修補，洗衣服，擦地板，扶媽媽睡到床上去，媽媽是任性的，媽媽是好流淚的，媽媽是瘋狂的！……現在呢，我可以用這兩百盧布雇一個女僕。你明白不明白，阿萊克謝意．費道洛維奇，我可以著手治療親愛的人們，可以打發女學生到彼得堡去，買點牛肉，定一個新的食譜。老天爺，這真是夢想！」

阿萊莎很歡喜，他能使他取到許多快樂，這可憐的人竟答應使人家給予他這種快樂。

「等一等，阿萊克謝意．費道洛維奇，等一等，」上尉又抓到了新的，忽然想到的幻想，重又用發狂般的急語開始說起來了，「你知道不知道，我同伊留莎現在真的可以實現幻想了，我們可以買一匹馬，一輛車，一匹栗色的馬，他一定要求栗色的馬，我們就動身離開這裡，照前天所描寫的樣子。我在K省有一個熟朋友，兒童時代的熟友，託人轉告我，如果我去，他可以在事務所裡給我一個書記的位置，誰知道，也許會給的……於是讓媽媽坐下，讓尼娜坐下，讓伊留莎駕馬，我徒步走路，把大家載著就走……老天爺，假使我能取到一筆久欠的借款，那也許是很夠的了！」

「很夠的，很夠的！」阿萊莎喊，「卡德鄰納．伊凡諾夫納還可以再送來，隨便多少都可以，你要知道，我也有錢，隨便你要多少都可以，這是小兄弟，朋友的一點心意，以後再還好了……（你一定會發財的，一定會發財的！）你知道，你再也不能想到比搬到別省去好些的辦法！你的得救就在這件事情上面，特別是為了你的小孩——你知道，越快越好，在冬天以前，寒冷以前。你可以和我們通訊，我們將成為兄弟……不。這不是幻想！」

阿萊莎想抱他，他十分滿意。但是他瞧了一眼，忽然止住了，上尉站在那裡，伸直脖頸，咬緊嘴唇，臉色發狂，而且顯得慘白，嘴唇微語著，彷彿想說出什麼話來；並沒有聲音，卻用嘴唇微語，似乎有點奇怪。

「你怎麼啦？」阿萊莎忽然不知為什麼原因抖索了。

「阿萊克謝意．費道洛維奇，……我……你……」上尉斷斷續續地喃語著，奇怪而且野蠻地盯看著他，帶著決定從山上飛下來的人的神情，同時嘴唇似乎還在微笑，「我……你……要不要我現在變一個戲法給你看！」他忽然用迅速、堅定的微語說話，所說的話不再零落成段了。

「什麼戲法？」

「戲法，一種巧妙的戲法。」上尉還在微語；他的嘴歪在左邊，左眼斜睇著，他不斷地瞧著阿萊莎，好像釘在他身上似的。

「你怎麼啦？什麼戲法！」他完全懼怕得喊起來了。

「什麼戲法，你瞧吧！」上尉忽然尖叫了。

他在談話的持續的時候，把兩張花花綠綠的庫券老捏在右手的大拇指和食指的邊沿中間，現在拿出來對阿萊莎一顯，忽然用惡狠的神情握住，揉皺了，緊緊地握在右手的拳頭裡面。

「你看，你看！」他對阿萊莎喊叫，臉色發白，露出瘋狂的樣子，拳頭高高舉起，一揮手就把兩張揉皺的庫券扔到沙地上去，「你看見沒有？」他又尖叫了，手指著它們，「就是這個樣子！……」

他忽然舉起右腳，用野蠻的兇橫的神情跑上去拿靴跟踐踏，腳每次叩擊一下，便喊一聲，呼呼地喘氣。

「你們的錢！你們的錢！你們的錢！你們的錢！」他忽然往後倒跳，在阿萊莎面前直立著。他的整個的臉容描畫出一種無可解釋的驕傲。

「請你告訴打發你來的人說，我毛箒不能出賣自己的名譽！」他叫喊著，手向空中伸展。隨後回轉身去，就跑走了；但是他沒有跑五步，又完全轉過來，忽然對阿萊莎招手。但是又沒有跑上五步，最後一次回轉身來，這一次臉上已沒有歪曲的笑容，相反地，蒙上了一層眼淚。他用哭泣的，斷續的抽咽的語聲喊道：

「如果我為了我所受的恥辱取了你的錢，我怎樣對我的小孩說話呢？」說完這話，便奔跑走開，這一次已是絕不回頭了。阿萊莎目送著他，懷著無法形容的悵惘。他明白，上尉在最後的一剎那，還自己不知道會把庫券揉皺而且扔擲的。奔跑的人一次也沒有回頭，阿萊莎也知道他不會回頭的。他不願意去追他，喚他，他知道是為了什麼原因。在上尉的影子消失以後，他舉起了兩張庫券。它們只是很皺，有許多摺痕，插進沙子裡去，但還是完整的，甚至颼颼作響，像新票子一樣，在阿萊莎打開來，摸平的時候。他把庫券摸平，摺好了，塞進袋裡，走到卡德鄰納．伊凡諾夫納那裡去報告她委辦的那件事情的成績。

第五卷　贊成與反對

第一章　訂婚

霍赫拉闊瓦太太又首先迎接阿萊莎。她十分慌忙，發生了一件緊要的事情：卡德鄰納．伊凡諾夫納在歇斯底里發作了以後竟昏厥了過去，隨後發生了「極可怕的衰弱，她躺下來，閉住眼睛，開始說譫語。現在發了燒，延請格爾城司圖勃，又派人去請兩位嬸母。嬸母已到來，格爾城司圖勃還沒有來。大家都坐在她的屋內等候。一定要出什麼事情，她還在昏迷之中。要是得了腦熱病才糟呢！」

霍赫拉闊瓦太太在呼喊的時候，帶著異常驚懼的神色。她說完每句話，都加上：「這真是嚴重！這真是嚴重！」的話頭，似乎她以前所發生的一些事情還不嚴重似的。阿萊莎帶著憂容聽她說，起初把自己所遭遇的事情講給她聽，但是她在頭幾句就打斷了他的話，她沒有工夫，她請他到Lise那裡坐一會，在Lise那裡等她。

「親愛的阿萊克謝意．費道洛維奇，」她就著他的耳朵邊上微語，「Lise剛才使我發生驚奇，卻也使我得到感動，所以我的心現在已經一切寬恕她了。您想一想，您剛剛走，她忽然誠懇地懊悔了，彷彿說昨天和今天不應該笑你，但是她並沒有笑，只是鬧鬧玩笑罷了。她到底很正經地後悔，甚至掉淚，這真使我驚奇。她以前沒曾正經地後悔過，在她笑著我，和我鬧玩笑的時候。你要知道她時時刻刻地笑我。現在她是正經的，現在一切都正經起來了。她很珍貴你的意見，阿萊克謝意．費道洛維奇，假使能夠的話，請你不要對她生氣，不要責備她。我自己也只好時常寬恕她，因為她十分聰明——你信不信？

她剛才說，你是她孩童時代的好友——我的正經的兒童時代的好友——你應該注意這『最正經的』幾個字，但是把我放在什麼地方呢？她這上面自有異常正經的情感，甚至回憶，主要的是這些話語，這些極出人意料的話語，是誰也料不到，忽然跳躍出來的。譬如，最近關於松樹的一段事情。在我們的花園裡，從她最小的時候起，有一棵松樹，也許現在還有的，所以講的時候，不必用過去動詞。松樹不是人，是長久不變的，阿萊克謝意·費道洛維奇。她說：『媽媽，我從夢中記起這棵松樹來了。』她不是那樣說法的，因為有點亂了，她說了一句極別致的話，我根本不會傳達。而且也忘掉了。好了，再見吧。我很受震動，一定要發瘋。阿萊克謝意·費道洛維奇，我在一生裡發了兩次瘋，後來治好了。你到Lise那裡去吧。你鼓勵她一下，你是永遠會做得很好的。Lise，」她走到她門前，這樣喊，「我現在把受過你侮辱的阿萊克謝意·費道洛維奇領來了。他一點也不生氣。告訴你反而因為你這樣想，而驚奇起來了！」

「Merci, maman（謝謝，母親），請進來吧，阿萊克謝意·費道洛維奇。」

阿萊莎走進去。Lise瞧著似乎很慚愧，忽然滿臉通紅。她顯然有什麼羞慚似的，照例很快很快地講些完全不相干的事情，好像她在這時候只是注意這件不相干的事情。

「媽媽剛才忽然把那段兩百盧布的故事，和委託你……到那個可憐的軍官那裡去……的事情講給我聽……講了全部的可怕的故事，講他是怎麼受辱，雖然她講得不很清楚……她老是跳躍過……但是我聽著，竟哭了。你把這些錢送去了沒有？這可憐的人現在情形怎樣？」

「並沒有送到，這裡面有一大段歷史呢，」阿萊莎回答，在他的那方面好像就因為沒有送到，所以十分感到無趣，但是Lise很清楚地看到，他也在朝旁邊看望，也是顯然在努力說些不相干的事。阿萊莎坐到桌旁，開始敘述，但是在說了頭幾句話以後，就完全停止感到羞慚，同時也把Lise的注意吸引了。

他說話時，受了強烈的感情和最近的非常的印象的影響，所以講得又好又周到。他以前在莫斯科的時候，還在Lise的小孩時代，便愛到她那裡，講述剛才他所以發生的一些事，所唸過的書，或回憶他所經過的兒童時代，有時甚至兩個人在一塊兒幻想，一塊兒編造整部的故事，卻大半是快樂而且可笑的故事。現在他們似乎忽然移到以前莫斯科的時候，兩年以前的時候。Lise很受他的敘講的感動。阿萊莎用熱烈的情感，對她描寫伊留莎的形象。在他詳細地講完那個不幸的人如何踐踏銀錢的那幕戲的時候，Lise搖擺著手，發出無可抑壓的情感，喊道：

「你竟沒有交給他錢，你竟讓他跑走！我的天，你應該跟在他後面，追上他……」

「不，Lise，我不跟著跑倒是好些。」阿萊莎說，從椅上站起來，煩惱地在屋內踱走。

「怎麼好些？為什麼好些？現在他們沒有飯吃，就要死的。」

「不會死的，因為這兩百盧布終歸會到他手裡去的。他明天一樣要收下來的。明天一定要收下來的，」阿萊莎說著，一面凝想，一面走路，「你要知道，Lise，」他繼續說，忽然在她面前站住了，「我自己犯了一個錯誤，這錯誤是有好結果的。」

「什麼錯誤？為什麼有好結果？」

「緣故是因為他很膽怯，是一個性格軟弱的人。他受盡了一切挫折，心是很善的。我現在想：為什麼他忽然生氣，把錢扔在地上踐踏，因為你要知道，他到最後的一剎那還不知道會踐踏的。我覺得他對於這件事情感到了許多侮辱。……以他這樣的地位，也不能不感到的……第一，他首先感到侮辱的是因為他當著我的面，看見了金銀露出太快樂的樣子，而且在我面前並不有所隱瞞。假使雖喜歡而不十分喜歡，不露出快樂的樣子來，他會和別人一樣，一面收錢，一面裝腔作勢，做出為難的樣子，那時候還可以勉強收下來，但是他快樂得太見真切，這是很可恥辱的事。Lise，他是一個愛信實，性格良善的人，而一切的難處就在這上面！他在說話的時候，他的嗓音老是那樣的軟弱，那樣的衰頹，說話說得又很快很快，嘻嘻地發著細笑，或者竟哭了……他真的哭了，他講到他的女兒們……他是那樣的喜歡……又講到他可以在別的城裡謀到一個位置……剛剛把他的心臆抒完了以後，他忽然覺得慚愧，為了他把整個心靈全對我顯露出來了。現在他很恨我。他是一個受羞慚的可憐人。主要的，他感到侮辱，是因為他很快就把我當作他自己，很快就對我降服。他一會兒攻擊我，嚇唬我，忽然剛剛看見了錢，便抱起我來了。他抱著我，手撫摸著。他感到這一切侮辱，就應該具有這種形式，恰巧我又犯了錯誤，很重要的錯誤。我忽然對他說，如果他搬到外城去錢不夠用，還能給他，甚至我自己也可以用我的錢給他，要多少都行。這才使他忽然驚訝起來了：為什麼我忽然跳出來幫他的忙呢？你要知道，對於受侮辱的人，最難堪的就是忽然大家全以他的恩人的資格看待他……我聽過這種事情，長老對我說過的。我不知道怎樣形容，但是我自己也時常看見過的。而且我自己也有這樣的感覺。主要的是他雖然在最後的一剎那以前並不知道會踐踏庫券，卻到底有了預感，這是一定的。因為他具有一種強烈的歡欣，才有了預感……這一切雖很壞，卻到底有好結果的。我甚至想，再好也不會有的。……」

「為什麼，為什麼再好也不會有的？」Lise喊，懷著極大的驚訝，看著阿萊莎。

「Lise，因為假使他不踐踏，卻收下了錢，那麼回家的時候，過了一小時以後會感到侮辱到痛哭的地步，一定會發生這情形的。哭完了以後，明天天剛亮的時候也許會跑到我那裡去，也許把庫券扔擲在地，加以踐踏，像剛才一樣。現在他走回家去，十分驕傲，帶著勝利，雖然也知道是『害了自己』，那麼遲到明天去讓他收下這兩百盧布，現在已經是最容易不過的事情了，因為他已經證明出自己的名譽，把錢扔擲過了，踐踏過了。……他在踐踏的時候，是不能知道我明天還會再送給他的。而況這錢他是十分地需要。他雖然現在很驕傲，但是甚至在今天他到底將想到，他喪失了多少大的幫助。夜裡想得更加厲害，還要做夢，到了明天早晨也許準備跑到我那裡去，請求恕罪，那時候我就可以說：『你是驕傲的人，你已用事實證明了，現在可以收下來，恕了我們吧。』到那時候他自然會收下來的！」

阿萊莎很快樂地說出「他自然會收下來的！」的話。Lise拍起掌來。

「哈，這是實在的。我忽然深深地明白了！唉，阿萊莎，你怎麼都知道？這樣年輕，已經知道人的心靈……我是永遠想不出來的呀……」

「主要的現在應該使他相信，他同我們大家是平等的，雖然他用我們的錢，」阿萊莎繼續快樂地說，「不但平等，而且甚至還高些……」

「高些，高些──很妙，阿萊克謝意．費道洛維奇，再說下去，再說下去！」

「關於高些的一層……我說得不大對……但這是不要緊的，因為……」

「不要緊，不要緊，自然不要緊！對不起，阿萊莎，親愛的……你知道，我至今差不多不尊敬您……尊敬你是尊敬的，卻是平等待遇，現在我卻要崇高地尊敬……親愛的，您不要生氣，我是開玩笑呢。」她立刻用強烈的感情說著，「我是可笑的小人兒，但是您，您……喂，阿萊克謝意．費道洛維奇。在我們所討論的話語裡……那就是說，你所討論的……還不如說：我們所討論的話裡有沒有對於他，對於這不幸的人輕視的意思……那就是說，在我們現在好像從高處研究他的心靈的時候？……在我們現在完全決定他會收下錢來的時候？」

「不，Lise，沒有輕視，」阿萊莎堅決地回答，好像對於這問題早有所預備似的，「我到這裡來的時候，自己已經想到這層。你想一想，這裡還有什麼輕視的心，既然我們自己也是和他一樣的，大家全是和他一樣的。……即使好些，但是處於他的地位上，到底也是一樣的……我不知道你怎樣，Lise，然而我自認我在許多地方具有一個淺薄的心靈。他的確不是淺薄的，相反地，是很優美的……不對，

Lise，這裡面沒有任何對他輕視的意思！你知道，Lise，我的長老有一次對我說：看待世人應當像服侍小孩一樣，對於另一些人應當像服侍醫院裡的病人一樣……」

「啊，好極了，阿萊克謝意．費道洛維奇，讓我們像侍候病人一樣地待人！」

「好極了。Lise，我準備著的，不過我自己還不十分準備；有的時候我很不耐煩，還有的時候我沒有眼睛。至於你卻是另外一件事情了。」

「唉，我不相信！阿萊克謝意．費道洛維奇，我是如何地快樂！」

「您說得真好，Lise。」

「阿萊克謝意．費道洛維奇，你真好，但是您有時候似乎像是迂儒。……但是仔細一看，又不迂儒。你去門旁看望一下，輕輕地開門，看一看媽媽是不是在那裡偷聽。」Lise忽然用一種神經質的、匆遽的微語說話。

阿萊莎走過去，開了門，回報說沒有人在偷聽。

「你走近過來，阿萊克謝意．費道洛維奇，」Lise繼續說，越來越臉紅了，「取出你的手來，就是這個樣子。你聽著，我應該對你作極大的承認：昨天我寫給你那封信不是鬧玩笑，是正經的。」她用手掩上眼睛。顯然她說這句自承的話，覺得羞愧。她忽然抓起他的手，迅速地吻了三遍。

「唉，Lise，這好極了，」阿萊莎快樂得叫喊了，「我完全相信，你寫得很正經的。」

「居然說很相信！」她忽然推開他的手，卻沒有從自己手裡放掉，臉更加發紅，發出低微的、幸福的笑聲，「我吻他的手，而他竟說：好極了。」

但是她責備得不公平：阿萊莎的心靈也極騷動。

「我永遠希望得到您的歡心，Lise，但是不知道怎麼辦。」他喃語著，也臉紅起來。

「阿萊莎，親愛的，你這人的性情冷淡而且粗魯。你瞧。他選擇了我做他的夫人，這就安心了！他相信我寫得很正經。瞧這樣子！然而這簡直是粗魯極了！」

「我這樣相信，難道有什麼壞嗎？」阿萊莎忽然笑了。

「阿萊莎，相反地，好得厲害。」Lise帶著溫柔和幸福望著他。

阿萊莎站在那裡，手一直握在她的手裡。忽然彎下身體，吻她的嘴唇。

「這又是什麼？你是怎麼啦？」Lise喊。

阿萊莎完全忙亂了。

「請你恕罪，如果有什麼不對……我也許太愚蠢了……你說我的性情冷淡，所以我拿起來，就吻你……我看出這事做得愚蠢……」

Lise笑了，手掩住臉。

「居然在穿了這件衣裳的時候！」她在笑聲裡脫口說出這句話來，但是又忽然停止了笑，變成完全正經，近乎嚴肅的樣子。

「阿萊莎，我們還應該等一等接吻，因為我們兩人還不會做這種情事，我們必須等待許多時候，」她忽然下了這樣結論，「你最好告訴我，你要我有什麼用，要我這樣的傻瓜，這樣有病的愚蠢的女人，而同時你又是那樣的聰明，那樣富有思想，那樣看得清世界上的事？阿萊莎，我真是幸福，因為我是完全配不上您的。」

「配得上的，Lise，我不久就要完全離開修道院。一進社會，必須結婚，這是我知道的。他也這樣吩咐過我。我還能娶比您再好些的人嗎？……除了您以外，誰會要我呢？我已經仔細想過。第一、您從小就和我相好，第二、您有很多的才幹，是我完全沒有的。您的心靈比我快樂些，主要的是您比我清白，我已經觸到了許多，許多事情……您要知道，我也是卡拉馬助夫！您喜歡笑和開玩笑，對我也是這樣，那是一點也沒有關係的，相反地，您儘管笑，儘管開玩笑，我是喜歡這樣的……您像小姑娘那樣地笑，卻像殉道者那樣地思想……」

「什麼殉道者？怎麼回事？」

「是的Lise，剛才您那句問話：我們這樣分析他的心靈，有沒有對於那個不幸人輕視的意思——這就是殉道者的問題……您瞧，我是怎麼也不會表示出這意思來的，但是凡是能發現這種問題的人，也自己能夠悲哀。因為您坐在椅上，所以早就有許多問題反覆地思想著……」

「阿萊莎，把你的手給我。你為什麼縮回手去？」Lise用由於幸福顯得軟弱而且衰頹的聲音說話，「阿萊莎，你將來離開修道院的時候穿什麼衣服？你不要笑，你不要生氣，這對於我是很重要的。」

「關於衣裝一層，Lise，我還沒有想到，你願意我穿什麼，我就穿什麼好了。」

「我願意你穿藏青色的海虎絨的上褂，白嗶嘰的坎肩，鴨絨的灰色的軟帽……你告訴我，剛才我不承認昨天的信的時候，你就相信我不愛你嗎？」

「不，不相信。」

「喔，真是難堪的人！真是無可救藥的人！」

「你瞧，我知道你好像……愛我，但是我做出相信你不愛我的樣子，為是使你方便些……」

「這更加壞！最壞，又最好。阿萊莎，我真是十分愛你。我剛才在你走進來的時候，心裡猜想：我要向他討還昨天的信，如果他安然掏出，交還給我（這是永遠可以料到的）——那麼他完全不愛我，一點也沒有感覺，只是一個愚蠢的、無價值的男孩，我就算完了。但是你把信放在修道院裡，這使我得了鼓勵，你把它留在修道室裡，是因為你預感到我將問你要還，因為不願意交還，對不對？對不對？是這樣嗎？」

「喔，Lise，完全不是這樣，這封信現在還在我的身邊，剛才也在我的身邊，就在這口袋裡，你瞧呀！」

阿萊莎笑著把信掏出來遠遠地給她看。

「怎麼？你剛才撒謊？你是僧士，竟會撒謊嗎？」

「也許是撒謊了，」阿萊莎又笑了，「為了不肯交還信，所以撒謊。這信對於我是很珍貴的，」他忽然帶著強烈的情感說話，臉又紅了，「這封信將永遠在我身邊，我永遠不肯把它交還給任何人的！」

Lise喜悅地看著他。

「阿萊莎，」她又喃語著，「你到門外看一看，母親是不是在那裡偷聽？」

「好的，Lise，我去看。不如不去看，好不好？何必疑惑你的母親做這樣下賤的舉動？」

「怎麼下賤？什麼是下賤的舉動？她在門外偷聽女兒的說話，那是她的權利，不是下賤的舉動，」Lise臉紅了，「你應該明白，阿萊克謝意·費道洛維奇，在我自己做了母親，自己有和我一樣的女兒的時候，我一定要偷聽她的。」

「真的嗎，Lise，這很不好。」

「唉，我的天，這有什麼下賤？假使是一種普通的、場面上的談話，而我去偷聽，那麼這是下賤的舉動，然而這是嫡親的女兒和一個青年人關在一間屋子裡面……阿萊莎，您要知道，我們結婚了以後，我立刻就要偷聽您的說話，您還要知道，我還要打開您所有的信件，唸一下子……這是應該預先警告您的……」

「那自然是的……」阿萊莎喃語，「不過這總是不好……」

「唉，這是如何的輕蔑？阿萊莎，親愛的，我們不必第一次就吵嘴——我不如對你說出全部的話：偷聽自然是很壞的事情，我的話自然不好，您說得很對，但是我到底是要偷聽的。」

「你就這麼做吧。您瞧不出我什麼來的。」阿萊莎笑了。

「阿萊莎，你會不會服從我？這也是應該預先決定的。」

「我很願意，Lise，而且是一定的，不過不能在最主要的問題上面。關於主要的問題，如果您和我不同意，我到底要做我的責任吩咐我做的事情。」

「應該是這樣。你要知道，我不但在最主要的問題上準備服從，相反地，我要在一切事情對您讓步，現在就可以對您發誓——在一切事情上，而且一輩子，」Lise像火燄般喊起來，「而且帶著幸福，帶著幸福去服從！不但如此，我要對您賭誓，我永遠不偷聽您的說話，永遠不私自讀您的信件，因為您是對的，我不對。雖然我很願意偷聽，我知道這個，但是到底不偷聽，因為您認為這是不高貴的行為。您現在像我的良心……您聽著，阿萊克謝意．費道洛維奇，為什麼您這幾天這樣憂愁，昨天和今天兩天；我知道您有許多麻煩的、不幸的事情，但是我看出來，除了您有一種特別的憂愁以外——也許還有祕密的憂愁，是不是？」

「是的，Lise，有祕密的憂愁，」阿萊莎憂愁地說，「您猜得到，可見您是愛我的。」

「什麼憂愁？什麼？可以說嗎？」Lise帶著畏葸的哀求的神情說。

「以後再說，Lise……以後再說……」阿萊莎感到不安，「現在也許不容易明白。我自己也許也說不出來。」

「我知道，你的幾位哥哥，你的父親使您感到痛苦，是不是？」

「是的，還有幾位哥哥。」阿萊莎似乎在凝想裡說話。

「我不愛您的哥哥，伊凡·費道洛維奇。」Lise忽然說。

阿萊莎帶著一點驚訝的神情聽著這句話，卻沒有置答。

「哥哥們在害自己呢！」他繼續說，「父親也是的。還隨著自己害別人。這裡有『原始的，卡拉馬助夫型的力量』，帕意西神父剛才這樣表示——原始的、瘋狂的、粗魯的……上帝的精神是不是在這力量的上面盤旋，我連這也不知道。我只知道我自己也是卡拉馬助夫……我是不是僧士，是不是？我是不是僧士，你不是剛才說過我是僧士嗎？」

「是的，我說過了。」

「我也許不信上帝。」

「你不信嗎？你這是什麼意思？」Lise輕聲而且謹慎地說。但是阿萊莎沒有回答。在這句太突然的話裡有一點十分神祕的，十分主觀的，也許是他自己也不明瞭的，卻無疑地使他苦惱的東西。

「現在，我的知己朋友走了，世界上第一個人離開我們了。您要知道，Lise，你要知道，我是如何同這人精神上融合！現在只剩了我一個人。……我要到您身邊來，Lise……以後我們要在一起……」

「是的，在一起，在一起！從今以後，永遠一輩子在一起！您吻我呀，我允許您。」

阿萊莎吻她。

「現在去吧，願基督和您同在（她朝他畫了十字）！快到他那裡去，趁他還活著的時候。我看出，我阻留您是如何地殘忍。我今天就要為他禱告，為您禱告。阿萊莎，我們將有幸福！我們將有幸福，是不是？」

「大概我們會有的，Lise。」

阿萊莎離開Lise的時候，不想到霍赫拉闊瓦太太那裡去，打算不和她告別，便走出門去。但是剛剛開了門，走到樓梯上的時候，也不知從哪裡來的，在他面竟站著霍赫拉闊瓦太太本人。在說第一句話的時候，阿萊莎就猜到她是故意等候著他的。

「阿萊克謝意．費道洛維奇，這真可怕。這是孩子氣的空話，這全是胡鬧。希望您不要發生幻想……愚蠢極了，愚蠢極了！」她攻擊他起來。

「只是請您不要對她這樣說，」阿萊莎說，「否則，她會著急，對於她的健康是有害的。」

「我聽到了一個明白事理的年輕人的明白事理的話。我懂得您的意思：您所以和她同意，只是因為由於同情她的病狀而起，不願意和她反對，使她生氣。」

「不，完全不是的。我完全很正經地同她說話。」阿萊莎堅決地聲明。

「正經在這裡是不可能的，無意義的。第一、我現在再也不接待你；第二、我要離開這裡，把她帶走，您要知道這層。」

「那又何必，」阿萊莎說，「這還不快，也許有一年半要等待的。」

「唉，阿萊克謝意．費道洛維奇，這自然是實話，一年半的期間內您可以同她吵鬧一千次，兩人就要分手的。但是我真是不幸，真是不幸！即使這全無關緊要，但終是使我傷心。現在我好像是最後一幕裡的法莫騷夫，你是查慈基，她是騷菲亞[1]。我故意跑到樓梯上去迎接你，於是運定的一切就發生在樓梯上面。我全都聽到，我勉強站住了腳。昨天一夜的恐慌和剛才的歇斯底里病的原因就在這裡面。女兒得了愛情，母親只好死亡。你躺在棺材裡去吧。現在是第二點，最主要的一點：她寫給您的那封信是什麼東西？立刻，立刻給我看一看！」

1 譯註：全是格利薄也道夫的喜劇《聰明誤》裡的人物。（編註：Alexander Griboyedov〔1795-1829〕，俄國作家、外交家，該作品又譯《智慧的痛苦》）

「不，不必。請問：卡德鄰納．伊凡諾夫納的健康怎樣？我很願意知道。」

「仍舊躺在那裡胡亂說話，還沒有醒；她的嬸嬸們在這裡，只是嘆氣，還對我發出驕傲的脾氣，格爾城司圖勃來到以後，竟害怕得連我也不知道應該對他怎麼處置，怎樣去救他，甚至想請大夫給他診視。後來用我的車子把他送走。突然地，在這一切事情以外，您這裡忽然又發生了這封信的事情。果然，這事情還在一年半以後。藉了偉大的、神聖的一切的名，藉了垂死的長老的名，請您把這封信給我看一下，阿萊克謝意．費道洛維奇，給我，給母親看！您可以用手指握緊，我會從您的手裡唸一下。」

「不，我不能給您看，卡德鄰納．渥西帕夫納，即使她允許，我也不能給您看。我明天再來，假如您願意，我可以談判許多事情，現在呢——再見吧！」

阿萊莎從樓梯跑到街上去了。

第二章　司米爾加可夫手持絃琴

他實在沒有工夫。他還在同Lise辭別的時候就閃出了一個念頭。這念頭是怎樣用最狡猾的方法，捉住現在顯然在躲避他的特米脫里哥哥。天色業已不早，下午兩點多鐘。阿萊莎的整個心靈趨向到修道院裡偉大的垂死的人身邊，但是想看見特米脫里哥哥的需要卻克服了一切：在阿萊莎的腦筋裡，一種避免不了的，即將發生的，可怕的災禍的信念，隨著每小時而俱長。這災禍究竟是什麼樣子，他想立刻對他哥哥說的是什麼話，也許他自己不能決定。「即使我的恩人當我不在身邊的時候就死去，那麼，至少我不至於一輩子自行譴責，說也許我能救而不救，竟掉頭而去，匆忙回家。現在我這樣做，是奉了他的偉大的訓條而做的……」

他的計劃是出其不意地和特米脫里哥哥碰頭，那就是像昨天一樣，越過籬笆，走進花園，坐到涼亭裡。「假使他不在那裡，」阿萊莎想，「那麼就不必對福瑪和女主人們說，躲在涼亭裡等候，哪怕等到晚上再說，如果他照舊在偵察格魯申卡的蹤跡，那麼也許他就會回到涼亭裡去的……」阿萊莎並沒有把詳細計劃考慮得很久，但是他決定加以實行，哪怕今天不回修道院也可以……

一切無阻礙地進行著，他就差不多在昨天的那個地方越過了籬笆，隱隱藏藏地溜進涼亭。他不願意有人注意他：女主人和福瑪（當特米脫里在家的時候）也許會站在他的一邊，聽他的命令，那麼也許不放阿萊莎走進花園，或者會預先告訴特米脫里，說有人尋他，問他。然而涼亭內一個人也沒有。阿萊莎坐在昨天的位置上面，起初等候。他瞧了涼亭一眼，不知為什麼緣故覺得它比昨天陳舊得多，這一次他覺得劣陋不堪。天氣和昨天一樣晴朗。綠桌上印著一個圓圈，大概是昨天那只白蘭地酒杯裡倒下來的。空虛的，和正事不相干的思想鑽進他的腦筋裡來，在厭悶的期待的時候永遠如此的，例如說，他為什麼現在走進來的時候，就坐在昨天坐的那個地方，為什麼不坐在別的地方。他終於開始十分憂愁，由於驚惶的不知的狀態而憂愁。但是他沒有坐到一刻鐘，忽然在很近的什麼地方聽見絃琴的樂調。有人在離他二十步遠的地方，決不再遠，在樹叢裡什麼地方坐著，或是剛坐下來。阿萊莎忽然閃出了一個回憶，他昨天離開哥哥，從涼亭裡走出來的時候，看見，或者似乎在他面前閃過，在左面的圍牆旁邊，有一只花園裡專用的綠色的，低矮的舊長椅，放在樹木中間。現在一定有客人坐在上面。誰呢？一個男人用甜蜜的尖聲忽然唱到一只小調，自己彈著絃琴伴奏著：

持了莫可戰勝的力量
我戀著親愛的女郎。
願上帝賜福
給她又給我！
給她又給我！
給她又給我！

聲音停歇了。僕役式的中音和僕役式的歌腔。另一個女人的聲音忽然和藹地，似乎畏葸地，卻帶著極大的矯揉造作的樣子，說道：

「為什麼你長久不到我們這裡來，保羅．費道洛維奇，為什麼你老是看不起我們？」

「沒有什麼。」男人的聲音回答，雖然很客氣，卻最先是帶著堅決的、確定的尊嚴。

顯然男人佔據優勢，女人奉承上去。

「那個男子大概就是司米爾加可夫，」阿萊莎想，「至少從嗓音裡聽得出，那個女太太大概就是這所房子的女主人的女兒，從莫斯科來的，穿著有裙裾的衣裳，常到瑪爾法．伊格納奇也夫納那裡去要湯……」

「我真喜歡各式各樣的詩，假使有了韻腳，」女人的聲音繼續說，「你為什麼不繼續唱下去？」

聲音又唱出來了：

不需要皇帝的寶冠
但求我的愛人健康。
願上帝賜福
給她又給我！
給她又給我！
給她又給我！

「上次唱得這要好些，」女人的聲音說，「你唱過那支『皇冠』曲；『但求我的愛人健康』你唱得還見得溫柔些，你今天一定忘掉了。」

「詩全是胡鬧的。」司米爾加可夫嚴厲地說。

「不，我不很愛詩。」

「關於詩的一點，那真是胡鬧，你自己判斷一下：世上誰用韻腳說話？假使我們開始用韻腳說話，甚至即使是奉了上司的命令，那麼我們還能說很多的話嗎？詩不是正事，瑪麗亞．孔特拉奇也夫納。」

「你怎麼做一切事情都那樣聰明？您怎麼一切都研究得那樣深？」女人的聲音越來越甜蜜了。

「我會的還不止這一點，假使不是從小就決定了我的命運。假使有人對我說我是下賤的人，因為我沒有父親，是一個臭女人所生，我本可以和他決鬥，用手槍打死他，但是他們在莫斯科竟當面朝我指摘，這全是格里郭里．瓦西里也維奇從這裡散播出去的。格里郭里．瓦西里也維奇責備我，說我反抗生產：『你把她的子宮開裂了。』即使是子宮，但是我可以允許就在娘肚皮裡殺我自己，只要不生到這世上來。在菜市上傳說，而且你的母親也不客氣地對我說，她長了糾髮病，而且身材只有兩俄尺帶了零頭。為什麼說帶了零頭，本可以自自然然地說兩俄尺多，像一般人所說的那樣！她願意含著眼淚說出來，但這是所謂鄉下人的眼淚，鄉下人的情感。俄國的農人會不會發生反對有智識的人的情感？由於它的無知，他不會有任何的情感，我從小時候只要聽到『帶了零頭』的話，就會氣得跳腳。我憎恨整個俄羅斯。瑪麗亞．孔特拉奇也夫納。」

「你充當了陸軍士官，或年輕的驃騎兵的時候，你不至於說這樣的話，卻要拔出佩劍，起來保護全俄羅斯。」

「我不但不願意做陸軍驃騎兵，瑪麗亞．孔特拉奇也夫納，卻相反地，願意取消一切的兵士。」

「但是敵人來侵的時候，誰起來保護我們呢？」

「一點也不用。在一九年的時候[1]，法蘭西第一任皇帝拿破崙，現在那位的父親[2]大舉進攻俄羅斯，當時如果我們被法國人征服，那才好呢：聰明的民族大可以征服和吞併愚蠢的民族。那麼甚至會產生出別的秩序來了。」

「難道他們在家裡會比我們好些嗎？我是不願意把我們的一個花花公子換三個年輕的英國人的。」瑪麗亞·孔特拉奇也夫納溫柔地說，大概那時候正用最能撩人的眼睛伴隨著話語。

「那要看誰怎樣喜歡了。」

「您自己就像外國人，就像極高貴的外國人，我蒙著恥辱對你說這句話。」

「你應該知道，關於傷風敗德的行為，他們和我們的人都是一樣的。大家全是騙子，區別就在於那邊的人穿著漆皮鞋，而我們的混蛋卻在貧窮裡發臭，也找不到什麼壞的地方。俄國人應該挨打，這話費道爾·伯夫洛維奇說得很對，雖然他和他的孩子們全是瘋子。」

「你自己說過，你很尊敬伊凡·費道洛維奇。」

「但是他們把我當作臭僕人。他們認為我會造反，他們是猜錯的。我的口袋裡如果有了一筆數目，我早就不在這裡了。特米脫里·費道洛維奇行為和智識方面比任何僕人都壞些，他又窮，又不會做什麼事情，然而大家都尊敬他。我雖然只會煮湯，但是我運氣好的時候，可以在莫斯科彼得洛夫卡街開一爿咖啡店帶飯館。因為我能燒特別的菜，莫斯科裡面，除去外國人以外，沒有人會燒特別菜。特米脫里·費道洛維奇卻是一個窮光蛋，但是假使他叫第一位公爵的少爺出來決鬥，他會同他前去決鬥的。其實他比我好在什麼地方呢？因為他比我愚蠢得不能相比。他毫無必要地花去了多少錢呀。」

1 編註：俄法戰爭正確時點應為1812年。
2 編註：拿破崙一世為拿破崙三世的叔父，而非父親。

「我覺得決鬥是很有趣的事。」瑪麗亞．孔特拉奇也夫納忽然說。

「怎麼樣子呢？」

「又可怕，又勇敢，特別是年輕的軍官們，為了一個女人，持手槍在手裡，互相轟擊。簡直是一幅圖畫。最好讓女孩們看一看，我真願意看呀。」

「你自己舉槍瞄射的時候，自然很好，但是人家對你瞄準的時候，那麼你會發生極愚蠢的情感。你要離開那個地方跑走的，瑪麗亞．孔持拉奇也夫納。」

「你果真會跑走的嗎？」

司米爾加可夫沒有回答，在一分鐘的沉默以後，又傳來了曲調，尖音唱出了最後的一段：

無論你努力地說，
我將離開這裡，
尋求快樂的生活，
居住在京城裡！
我不再悲傷，
甚至完全不願悲傷！

到這時候，忽然發生了意外的情節：阿萊莎忽然打了噴嚏；長椅一下子寂靜了。阿萊莎站起來，走到他們那裡。那人確是司米爾加可夫，衣服穿得整齊，臉上塗抹脂粉，幾乎還燙了頭髮，穿著一雙漆皮鞋。絃琴放在長椅上。女人就是瑪麗亞．孔特拉奇也夫納，女房東的女兒；她穿著淡藍色的衣裳，衣裳上帶著兩俄尺長的尾巴。她是年紀還輕的女郎，姿色並不惡，但是臉很圓，帶著可怕的雀斑。

「特米脫里哥哥快回來了吧？」阿萊莎竭力安靜地說。

司米爾加可夫慢吞吞地從長椅上立起來，瑪麗亞．孔特拉奇也夫納也微抬著身子。

「為什麼我應該知道關於特米脫里．費道洛維奇的事情呢？如果我在他身旁當了更夫，那是另一件事。」司米爾加可夫輕聲，清切而且不經意地回答。

「我不過問一問，你知道不知道就是了。」阿萊莎解釋。

「我一點不知道他在哪裡，也不願意知道。」

「可是哥哥對我說，你告訴他家裡所發生的一切事情，而且答應等阿格拉菲納．阿歷山大洛夫納來的時候通知他。」

司米爾加可夫慢吞吞地，而且毫不惱怒地盯了他一眼。

「你現在怎麼進來的，既然此地的大門在一點鐘以前就閂上了？」他問，凝神地望著阿萊莎。

「我越過胡同裡的圍牆，一直到涼亭裡來。我希望您寬恕我的罪，」他對瑪麗亞．孔特拉奇也夫納說，「我必須要快快地碰到哥哥。」

「我們怎麼能生您的氣呢，」瑪麗亞．孔特拉奇也夫納拉長著調子說，受了阿萊莎的道歉的感動，「因為特米脫里．費道洛維奇時常用這種方式到涼亭裡去，所以我們並不知道，他已經坐在涼亭裡了。」

「我現在急於要尋他，我想看見他，或向您打聽他現在在什麼地方。有一件對於他自己很重要的事情。」

「他沒有告訴我們。」瑪麗亞．孔特拉奇也夫納喃喃地說。

「雖然我到這裡來是作客的，」司米爾加可夫又開始說話，「但是他在這裡盡是不人道地逼迫我，不斷地問關於主人的一切：譬如說，他那裡情形怎樣？誰來了，誰去了，能不能告訴他一點消息？兩次甚至用死來威嚇我。」

「誰用死來威嚇？」阿萊莎奇怪了。

「難道這對於他有什麼關係，以他那樣的性格，您自己昨天親自看到的。他說，如果我把阿格拉菲納·亞歷山大洛夫納放了進去，讓她在家裡住宿——第一個不讓你活下去。我很怕他，如果不是怕他，早就應該報告官廳。真不知道會發生什麼事情出來？」

「他曾對他說：我要把你放在臼裡搗碎成粉。」瑪麗亞·孔特拉奇也夫納加上去說。

「臼裡搗碎的一層，也許只是一句空話……」阿萊莎說，「假使我現在能夠遇見他，我可以對他講這件事情……」

「我只有一件事情可以告訴你，」司米爾加可夫好像思索了許久，才決定似的，「我到這裡來是為了朋友和鄰居的關係，我怎麼可以不來呢？伊凡·費道洛維奇今天天剛亮的時候，就打發我到湖路，特米脫里·費道洛維奇的寓所裡去，沒有帶信，只是口頭請他一定到廣場上的酒店裡去，一同午餐。我去了，但是特米脫里·費道洛維奇沒有在寓所裡，那時候已經八點鐘了。女主人們說：『來過了，又出去了。』好像這裡面在他們中間有什麼預約似的。現在也許他正和伊凡·費道洛維奇坐在酒店裡面，因為伊凡·費道洛維奇沒有回家吃飯，費道爾·伯夫洛維奇一點鐘以前就一個人吃罷了飯，現在躺下睡覺了。但是我懇求您，不要提到我，不要說我告訴您的，因為他是無緣無故會殺人的。」

「伊凡今天叫特米脫里到酒店裡去嗎？」阿萊莎迅快地追問。

「是的。」

「到廣場上的京都酒店去嗎？」

「就是那個酒店。」

「這是很可能的！」阿萊莎異常驚慌地喊著，「謝謝你，司米爾加可夫，這是重要的消息，我立刻就去。」

「不要把我說出來呀！」司米爾加可夫在他背後說。

「不，我假裝偶然到酒店裡去，你安心好啦。」

「您往哪裡走？讓我給你開門。」瑪麗亞·孔特拉奇也夫納喊。

「不用，這兒近些，我還是跨過籬笆。」

這消息使阿萊莎十分震動。他動身到酒店裡去。他穿了這樣的衣裝到酒店裡去是不大體面的，但是在樓梯上探聽，並且叫他出來，那是可以的。他剛剛走近酒店，忽然一扇窗戶開了，伊凡哥哥自己從窗內對他呼喊：

「阿萊莎，你可以不可以就到這裡來一下？我是很感謝你的。」

「可以的，不過我穿著這種衣裳，不知道怎樣……」

「我恰巧坐在單間雅座裡，你走到石階上去，我跑下來接你。」

過了一分鐘，阿萊莎同哥哥並坐著。伊凡一個人在那裡吃飯。

第三章　兄弟們相識

但是伊凡並沒有在單間雅座裡。這只是近窗，用屏風擋住的一個地方，可是外面的人到底不能看見坐在屏風裡面的人。這間屋子是大門進來第一間，旁邊牆上有一只碗櫃。僕役們在裡面走來走去。只有一個客人，是在伍的軍人，老人，在角落裡喝茶。然而在其餘的屋內卻發生著尋常酒店裡應有的忙亂樣子，聽得見喚人的聲音，開啤酒瓶的響聲，彈子房裡打球的擊聲，風琴呼呼地響著。阿萊莎知道伊凡差不多從來沒有到這酒店裡去過，並且一般地講來是不喜歡一切酒店的；這麼說來，他的到這裡來，他心想，只是為了和特米脫里約好在此地相見。但是特米脫里並沒有在這裡。

「我給你叫一份魚羹，或是別的什麼東西，你單靠喝茶是不能生活的。」伊凡喊，顯然因為拉住了阿萊莎感到十分滿足。他自己已經吃完了飯，在那裡喝茶。

「來一份魚羹，待會兒再來茶，我餓了。」阿萊莎快樂地說。

「櫻桃漿要不要？這裡有的。你記得不記得，你小的時候在鮑萊諾夫家裡很愛吃櫻桃漿？」

「你還記得嗎？來一點糖漿，我現在也愛吃。」

伊凡按鈴喚僕役來，叫了魚羹、茶和糖漿。

「我全記得的，阿萊莎，我記得你十一歲以前的樣子，我那時候是十五歲。十五與十一，其間的區別是這歲數的弟兄們永遠不會成為朋友。我不知道，我甚至愛過你沒有。我到莫斯科去的時候，頭幾年我甚至一點也不憶起你來。之後，你自己也到莫斯科去，我們好像只有一次在什麼地方見過。到了這裡，我已經住上了四個月，你我兩人至今沒有說一句話。明天我要走了，我剛才坐在這裡，心裡想：我怎麼能不和他見面，告別一下，而你恰巧從這裡走過。」

「你很願意看見我嗎？」

「很願意，我願意同你一勞永逸地結識一下，使你我互相認識，以後就分手離別。我的意思以為最好在離別以前互相結識。我看出三個月以來你老是看我，你的眼睛裡有一種不斷的期待的心情，這使我不能忍受，因此沒曾和你接近。但是到了後來，我學會了尊敬你：因為這小人兒很堅定地站住腳跟，你要注意，我現在雖然在笑，卻說的是正經的話。你是不是很堅定地站住腳跟？我愛這類堅定的人，無論他們站在什麼地方，即使他們是像你那樣的小孩。到了後來，你的期待的眼神開始使我不覺得討厭；相反地，我終於愛了你的期待的眼神……你好像為了什麼原因愛著我，是不是，阿萊莎？」

「愛的，伊凡。特米脫里哥哥說你：伊凡是墳墓。我卻說你：伊凡是啞謎，你就在現在對於我還是一個謎，但是我已經有一點瞭解你了，這只是從今天早晨起！」

「什麼？」伊凡笑了。

「你不會生氣嗎？」

「唔？」

「那就是：你是一樣的青年，和其餘二十三歲的青年人一般，一樣的年輕的、活潑的、可愛的男孩，自然還是乳臭未乾的小孩！怎麼樣？這不很使你生氣嗎？」

「相反地，真是巧合得奇怪！」伊凡快樂而且熱烈地喊，「你信不信，我剛才在她那裡相見以後，也老是自己思想著這一點，我的二十三歲的乳臭未乾的樣子，你忽然現在確切地猜到，就從這一點上開始說話。我剛剛坐在這裡，你知道我對自己說什麼話：即使我不信生命，即使我對於心愛的女人失望，即使我不信宇宙間的秩序而甚至深信一切都是無秩序的、可痛咒的，也許是魔鬼般的紛亂，即使我遭了人類失望的一切恐怖的打擊——我到底還願意生活，既然俯伏在這酒杯上面，在沒有安全把它飲盡以前，是不願意脫離開的，然而到了三十歲的時候，我一定要擲去酒杯，雖然沒有完全喝完，就此離開……不知往何處去。但是在三十歲以前，我深知道，我的青春將戰勝一切——一切的失望，一切對於生命的嫌惡。我許多次詢問自己：世界上有沒有哪樣的失望，可以戰勝我心裡這種瘋狂的，也許是不體面的對於生命的渴求，當時決定大概是沒有的，還就是在三十歲以前，到了那時候我會自己不祈求的，我大概這樣想。這生命的渴求，有些犯癆病的說胡話的道德主義者，時常斥為低賤，尤其是詩人們。這生命的渴求一部分是卡拉馬助夫式的性格，這是實在的，無論怎樣，在你的心裡它也是存在著的，那麼為什麼它是低賤的呢？在我們的星球裡向心力還十分多，阿萊莎。我願意生活，所以我生活著，哪怕是違反了邏輯。即使我不信宇宙的秩序，然而我珍重黏質的、到了春天舒展開來的樹葉，我珍重蔚藍的天，珍重一些人，對於他們，有的時候，你相信不相信，不知道為什麼那樣愛著，又珍重一些人類的功績，對於這，你也許早就停止相信，但到底由於舊的記憶從心中尊敬出來。現在魚羹端上來了，你好好吃吧，魚羹很美味，做得不錯。我想到歐洲去一趟，阿萊莎，我就從這裡去，我也知道我只是到墳墓上去，卻是到極珍貴的墳墓上去。在那裡躺著些珍貴的死人，每塊碑石上寫出那過去的，熱烈的生命，那對於自己的業績，自己的真理，自己的奮鬥，自己的科學狂熱的信仰，我預先就知道，我會匍匐在地上，吻那些碑石，哭它們——而同時我的心裡還是深信這一切早已成為墳墓，而非別的。我的哭泣將不是為了絕望，卻只是為了快樂流淚，我將沉浸在自己的感動的心情裡面，我愛黏質的春天的樹葉！我愛蔚藍的天！這不是理智，不是邏輯，這是出於肺腑地，從心靈底裡出來的愛，愛自己的最初的年輕的力量……你明白我這段議論是什麼意思嗎？阿萊莎？明白不明白？」伊凡忽然笑了。

「我太明白了，伊凡，願意出於肺腑地，從心靈底裡出來的愛著——你這話說得很妙，我很歡喜，你是這樣願意生活，」阿萊莎喊著，「我以為，世界上大家應該最先愛生命。」

「愛生命甚於愛它的意義，是不是？」

「一定是的。應該去愛，在顧到邏輯以前就愛，像你所說的那樣，一定應該在顧到邏輯以前，那時候我才能明瞭它的意義。這是我早就想到的。你的事情已經做了一半，伊凡，取得了一半：你是愛生活的。現在你應該努力你的後一半，你便得救了。」

「你又來救我，也許我並沒有滅亡！你的後一半是什麼？」

「就是應該使你的死人們復活，他們也許從來沒有死。好了，拿茶來吧。我喜歡我們這樣說話，伊凡。」

「我瞧你具有什麼靈感。我十分愛這類沙彌所發的Professions de foi[1]……你是一個堅定的人，阿萊克謝意。你想離開修道院，確不確？」

「確的。我的長老打發我到俗世裡來。」

「這麼說來，我們會在俗世裡相見，相遇，一直到三十歲在我開始和酒杯脫離的時候。父親到了七十歲還不願意離開自己的酒杯，也許還想到八十歲？他自己說的。雖然他是一個小丑，但他說這話是很正經的。他站在色慾上，也好像站在石頭上一樣。……不過在過了三十歲以後，也許沒有什麼東西可以使他站上去，除了站在這上面以外……然而到七十歲是未免有點卑鄙，最好是到三十歲，可以自行鼓

1 編註：法文，意為「信仰宣言」。

氣，保持『正直的色彩』。你今天沒有看見特米脫里嗎？」

「不，沒有看見，可是我看見司米爾加可夫了。」

於是，阿萊莎匆快而且詳細地把自己和司米爾加可夫相遇的一段情節講給哥哥聽。伊凡忽然很關切地聽著，甚至還反覆問了幾句。

「不過他求我不要對特米脫里說他如何談論他。」阿萊莎補上去說。

伊凡皺了眉頭，沉思了。

「你是為了司米爾加可夫才皺眉頭嗎？」阿萊莎問。

「是的，為了他。不要管他。我真是想見一見特米脫里，但是現在不必了……」伊凡不樂意似的說。

「你真的很快就想走嗎，哥哥？」

「是的。」

「特米脫里和父親怎麼辦呢？他們的結局怎樣？」阿萊莎驚慌地問。

「你老是講這一套！那於我有什麼關係呢？我是我的兄長特米脫里的更夫嗎？」伊凡氣惱地說，卻忽然似乎悲哀地微笑了一下，「是不是該隱應該對於被殺死的弟兄向上帝負責[1]？也許你在這時候正是這樣想著？但是真見鬼，我到底不能做他們的更夫呀？我等事情辦完，就要離開這裡。你不要以為我跟特米脫里吃醋，這三個月來我在奪他的美女卡德鄰納．伊凡諾夫納。見鬼，我自己有自己的事情。我等事情辦完，就要離開這裡。事情剛才已經了結了，你就是證人。」

1　編註：出自《聖經》〈創世記〉第4章。該隱殺其兄亞伯，遭耶和華質問，該隱回答：「我不知道！我豈是看守我兄弟的嗎？」

「那是剛才在卡德鄰納．伊凡諾夫納那裡嗎？」

「是的，在她那裡，一下子就把繩子解開了，怎麼樣呢？特米脫里於我有什麼關係？特米脫里是不相干的！我和卡德鄰納．伊凡諾夫納有另外的事情。你自己知道，特米脫里所做的那種舉動，好像和我同謀似的。我絲毫沒有求他，他自己隆重地把她交給我，還為我們祝福。這真是可笑。不，阿萊莎，不，你知道，我現在有如何輕鬆的感覺。我坐在這裡，吃飯，你信不信，我真想要一瓶香檳酒，慶祝我的第一小時的自由。嘖，差不多有半年了——忽然一下子，一下子全都脫卸了，我昨天不是甚至猜到。只要願意的話，了結是無所謂的！」

「你講的是自己的愛情嗎，伊凡？」

「你既然願意這樣，就是愛情好了。是了，我戀上了小姐，戀上了女學生。和她一起受了折磨，她也折磨我。我老是看守著她……現在忽然一切飛走了。我剛才帶著靈感說話，可是走出門後，竟狂笑了一陣——你相信嗎？不，我說的是的確的話。」

「你連現在還在快樂地說話。」阿萊莎說，審看他的，確乎忽然快樂起來的臉。

「但是我怎能知道我並不在愛她！哈哈！結果是不對的。她是我所喜歡的呀！我剛才演說的時候，甚至還很喜歡她。你知道不知道，我現在還很喜歡她——然而我離開她，又感到輕鬆。你以為我誇大口嗎？」

「不。不過這也許不是愛情。」

「阿萊莎，」伊凡笑了，「你不要下手討論愛情！你這樣子是不體面的。剛才，剛才你竟跳了起來！啊喲！我還忘掉為這事吻你一下……她真是使我受盡了折磨，我真是受了裂創。她是知道我愛她的！她愛的是我，不是特米脫里！」伊凡快樂地堅持著說話，「特米脫里只是一種裂創。我剛才對她所說的話是完全的實話。但是最主要的問題是她也許需要十五年，或是二十年才能猜到，她並不愛特米脫里，只愛著她折磨的我。也許永遠不會猜到，雖然取得今天的教訓。最好是立起身來，就此永遠離開。順便問一聲：她現在怎麼樣？我走後那邊情形怎樣？」

阿萊莎講給他關於歇斯底里的情形，又說她大概現在失了知覺，說著譫語。

「是不是霍赫拉闊瓦說謊話？」

「好像不是的。」

「應該調查一下。但是從來沒有人為發作了歇斯底里而死去。讓她歇斯底里好了，上帝為了愛，賜給女人歇斯底里。我再也不到那裡去了。再鑽過去是沒有意思的。」

「然而你剛才對她說，她從來沒有愛你。」

「我這是故意說的，阿萊莎。我們叫一瓶香檳酒來，為我的自由喝酒。不，你知道我是如何地高興！」

「不用！哥哥，我們最好不要喝吧，」阿萊莎忽然說，「而且我有點憂愁。」

「你早就感到憂愁，我是早就看見的。」

「那麼你明天早晨一定要走嗎？」

「早晨嗎？我沒有說早晨……然而也許是早晨。你信不信，我今天在這裡吃飯，單單是為了不願意同老頭子一塊兒吃，他真使我厭惡呀。我為了他這一個人，早就要走了。你為什麼這樣擔心我離開這裡？在動身以前你我還不知道有多少時間。整個的永恆的時間，長生不滅的時間！」

「假使你明天就走，哪裡來的永恆呢？」

「這與你我有什麼相干呢？」伊凡笑了，「我們自己的事情總歸來得及談完的，自己的事情，為了這事情我們到這裡來的，是不是？你為什麼露出驚奇的樣子，看著我？你回答一下：我們是為了什麼事情到這裡相見的？為的是談對於卡德鄰納．伊凡諾夫納的愛情，談老人和特米脫里？談到外國去？談俄羅斯的命定的地位？談拿破崙皇上？是不是為了這些事情？」

「不，不是為了這些事情。」

「你自己明白為了什麼。別的人需要的是一件事情，我們乳臭未乾的青年卻需要另一件事情，我們最先需要解決永恆的問題。這是我們應該關切的。全體俄羅斯青年現在全在討論永恆的問題。就是現在，當老人們忽然全忙著研究實際上的問題的時候。你為了什麼這三個月來盡瞧著我，露出期待的神情？就為了問我：『你信仰，還是不信仰？』三個月來你的眼神是不是含有這個目的，阿萊克謝意．費道洛維奇？」

「也許是這樣，」阿萊莎微笑了，「你現在不笑我嗎？」

「我笑你？我不願意使我的小弟弟惱怒，他是三個月來那樣期待地瞧著我。阿萊莎，你應該筆直看我：我自己就是和你一樣的小孩，只差了不是沙彌。俄國的小孩們是如何活動著的，我指的是他們中間的一些孩子？例如說，此地的污穢的酒店，他們就聚攏來，坐在角落裡面。他們以前從來不相識，一出酒店，又會四十年不相聞問。但是怎麼樣呢？在捉到了酒店裡的機會的時候，我們討論些什麼事情？討論的是宇宙的問題，而非別種問題：有沒有上帝？有沒有靈魂不死？那些不信上帝的人們，便講些社會主義和無政府主義，又關於如何依照新計劃改造全人類的問題，但是結果是一樣的，同樣的問題，不過是另一面的罷了。有許多，許多極別致的俄國孩子現在一味地談論永恆的問題。難道不是嗎？」

「是的，真正是俄羅斯人對於有沒有上帝，有沒有靈魂不死的問題，或是你所說另一面的問題，自然是最先的，最重要的問題，這是對的。」阿萊莎說，還是帶著靜謐的、追究的微笑，注視著他的哥哥。

「你知道，阿萊莎，做俄羅斯人有時候並不見得聰明，但是到底比俄國的小孩們現在所幹的一些事情再笨些的是沒有的了。然而我極愛一個俄國孩子，那就是阿萊莎。」

「你把這句話插進得真有趣呀！」阿萊莎忽然笑了。

「你說呀，從哪裡開始？自己下命令了。從上帝開始嗎？上帝存在不存在，好不好？」

「你願意從哪裡開始，就從哪裡開始好了，即使是從『另一面』開始也好。你昨天在父親那裡聲明過上帝是沒有的。」阿萊莎銳利地瞧了哥哥一眼。

「我昨天在父親那裡吃飯的時候，故意用這話來逗你，看見你的小眼睛熾燒起來。但是現在我不反對和你細談一下，說著很正經的話。我願意同你接近些，阿萊莎，因為我沒有朋友，我願意試一試。你猜一下，也許我也承認上帝，」伊凡笑了，「這對於你不是很突然的嗎？」

「自然是的，假使你現在並不是開玩笑。」

「開玩笑嗎？昨天在長老那裡人家說我是開玩笑。在十八世紀裡有一個老罪人，說如果沒有上帝，便應該把祂造出來，（S'il n'existait pas Dieu, il faudrait l'inventer.）確乎是人造出上帝來的。上帝果真存在著，那便不奇怪，不稀奇，稀奇的是這般的思想——上帝的必要性的思想——竟能鑽進像人類這般野蠻兇惡的動物的腦筋裡。祂是如何地聖潔，如何地動人，如何地智慧，祂是如何使人類得到榮譽。至於我呢，我早就決定不去思索：是人造上帝，還是上帝造人的問題。我自然不去仔細研究俄國孩子們關於這問題的時髦的原理，那是完全從歐洲學說的假定上面演繹出來的。因為在歐洲還只是假定，而我們那些孩子們立刻就成為原理，不但孩子們如此，也許有些教授們也是如此，因為俄國的教授們現在時常就等於俄羅斯的孩子。所以我把一切的假定忽略不提。你我現在的任務究竟是什麼？這任務就是使我能趕快將我的實體向你解釋，那就是：我是什麼樣的人？有什麼信仰？有什麼希望？對不對？因此我現在聲明，我直接而且簡單地承認上帝。你應該注意這點：假使上帝存在著，確實是祂創造了大地，那麼我們也知道，祂是照歐幾里得的幾何創造了大地，和只具有空間三種量度的見解的人類的腦筋。但是以前有過，而且甚至現在還有一些幾何學家和哲學家，在那裡疑惑整個宇宙——說得廣些：整個存在只是照歐幾里得幾何學創造著的，甚至還敢幻想兩條平行線照歐幾里得的原理是無論如何不會在地上相遇的，也許可以在無窮盡的什麼地方互相合攏來。我因此決定既然我連這一點都不明白，叫我何從瞭解上帝呢？我低聲下氣地自承，我沒有解決這類問題的能力，我具有歐幾里得的，地上的腦筋，我們從那裡能瞭解出於這世界以外的一切。我也勸你永遠不要想這類事情，阿萊莎，尤其是關於有沒有上帝的一切問題。所有這些問題是對於只具有三種量度見解的腦筋完全不適合的。所以我不但十分樂意去接受上帝，而且還接受祂的智慧，祂的目的——這些是我們完全不知曉的。我信仰秩序，信仰生命的意義，信仰永恒的和諧——我們將來好像會融合在這裡面的。我信仰那個字，是整個宇宙奔趨著的，它自己就『和上帝同在』，自己就是上帝等等，等等直至無窮為止。對這些問題講的話太多了。我好像站在正確的道路上，是不是？但是你要知道，在最終的結果上，我不能承受上帝的世界，即使知道它是存在著，我也不能承受它，我不承受的不是上帝，你要明白這層，我不承受上帝所創造的上帝的世界，絕不能答應去承受。我還要附帶一句：我像嬰孩一般深信，悲哀會收去創口，平復下去的，可惱的人類間的矛盾的滑稽相會消滅的，像可憐的海市蜃樓，像無力的，原子般細微的，歐幾里得式的人類腦筋裡所作的低卑的虛想，這虛想說：在宇宙的末途，在永恆的和諧的時間，終於會發生一點極珍貴的東西，使一切人心能以受用，能以慰藉一切的憤懣，贖取人間一切的罪惡，一切流出來的血，不但能以寬恕，且可平反人們所作所行的一切。這一切讓它發生好了，而我到底不去承受，也不願意承受！即使平行線能夠相遇，即使我自己看見了，看見了而且說：確實是相遇了——我到底不肯承受。這是我的本質，阿萊莎，這是我的信條。這意思我是十分正經地對你表示的。我開始我們的談話時，是開始得再愚蠢也沒有，但是竟引出了我的自白，因為你只單單需要我的自白。你需要的不是討論上帝，卻只需要知道你的心愛的老兄的生活情形。我現在說出來了。」

伊凡忽然用一種特別的、意料不到的情感，結束了冗長的議論。

「為什麼開始得『再愚蠢也沒有』呢？」阿萊莎問，憂鬱地看著他。

「第一、那是俄羅斯的本色：俄國人關於這類題目的談話永遠是做得很笨的。第二、越笨越近事實。越笨越弄得明白。愚笨是簡短而且不狡猾，聰明則滑脫而且會閃躲。聰明是下賤的，愚笨則直率而且誠實。我的話語已達到了絕途，我越顯得愚笨，對於我越加有利。」

「請你對我解釋，為什麼『你不承受世界？』……」阿萊莎說

「自然要解釋的，這不是祕密，我是會引到這上面去的。我不想把你引壞，把你從立腳地上推開，我也許想用你來治療自己。」伊凡忽然微笑了，完全像一個馴善的小孩。阿萊莎還從來沒有看到他有過這樣的微笑。

第四章　叛逆

「我應該對你剖白一下，」伊凡開始說，「我從來不能明白怎麼能愛自己的鄰人。據我看來，鄰人是無從愛的，唯有離遠些的人還可以愛。我在一本書上讀到關於一位聖徒『慈悲的約翰』的故事：有一個饑寒交迫的行人走到他的面前，請讓他得到一點溫暖，他竟和他同睡一床，抱住他，朝他的得了什麼可怕的病流著膿血，發出臭氣的嘴裡噓吹。我相信他這樣做，帶著一種自我的裂創，虛偽的自我的裂創，為了被義務所加的一種慈愛，為了負在自身的苦行。要愛人，必須使他躲藏起來，只要一露了臉——愛情便喪失了。」

「曹西瑪長老已經屢次講過了，」阿萊莎說，「他也說，人的臉時常妨礙許多對於愛尚未得到經驗的人們實行他們的愛。但是人類中間有許多愛，和基督相仿的愛，這是我自己知道的，伊凡……」

「我暫時還不知道，也不能明白，無量數的人們也和我一樣。問題是這事的發生是否由於人們的壞性格，或是因為他們的本性就是如此的。據我看來，基督的愛人是一種地上不可能的奇蹟。自然祂是上帝。然而我們並不是上帝。例如說，我能夠深深地受苦，但是別人從來不會知道我受苦到如何的程度，因為他是別人，而不是我。此外，很少的人肯承認別人的受苦難者（好像這是一個尊稱）。據你看來為什麼不肯？例如是因為我身上發出臭味，我的臉愚笨，因為我有一次踏了他的腳。並且痛苦和痛苦不同，有低卑的痛苦，可以降低我的地位的，例如飢餓，是可以蒙我的恩主承認的，但是痛苦一抬高，例如是為了一種理想，那就不成了，他很少能承認的，因為他會看著我，忽然看出，我的臉並不和在他的理想裡為了某種理想受苦的人所應有的臉一般。於是他立即將他的恩惠從我身上奪去，甚至並非由於惡毒的心而起。乞丐們，特別是品格高尚的乞丐們，應該從來不在外面露臉，卻去登報求乞。抽象地還可以愛鄰，有時甚至從遠處也可以，但是一逼近便差不多是永遠不會的了。如果一切都像在舞臺上、舞劇中，乞丐出場的時候穿著絲綢製成的破絮，和撕裂的紗邊，優雅地跳舞，那麼還可以欣賞他們。只是欣賞，到底還是不愛。但是這話說得夠了。我只要使你明白我的見解。我想談一談一般人類的痛苦，但不如先講一講一些小孩子們的痛苦。這可以將我的論據的範圍縮小十倍，最好還是講講小孩子們。自然，這對於我是不大合算的。但是第一層，小孩子們甚至在近處也可以愛的，甚至是骯髒的，甚至是臉容醜惡的都可以愛（我以為小孩子們是從來不會臉容醜惡的）。第二層，我所以不願談大人，是因為除去他們很難看，不值得愛以外，他們還有復仇之心：他們偷吃了蘋果，認識了善惡，開始變得『像上帝』了。他們現在繼續吃這東西。但是小孩們一點也沒有吃，暫時還沒有什麼錯處。你愛小孩嗎，阿萊莎？我知道你愛的，你會明白為什麼我現在只想談論他們。假使他們在地上也十分受痛苦，那自然是為了他們的父親們，為了吞食蘋果的父親們受到了懲罰。但是這種議論是從另一世界裡來的，是地上的人們心不明瞭的。無辜的人不能替別人受苦，而且還是這樣的無辜的人！你應該對我驚訝，阿萊莎，我也很愛小孩。你要注意，殘忍的人們，激烈的、貪婪的卡拉馬助夫型的人們，有時也很愛小孩。小孩們，七歲以下的小孩們，離開大人很遠，完全好像是另一種生物，帶著別種天性。我在監獄裡認識一個強盜：他在幹他的營生的時候，夜裡闖進人家裡，有時殺死全家的人，同時還弄死幾個小孩。但是坐在監獄裡的時候，竟奇特地愛他們。他從監獄的窗裡只做著一件事情，那就是看望在監獄的院裡遊玩的小孩們。他讓一個小孩時常到窗下來找他，那小孩竟和他十分要好。……你不知道，我說這些話是為了什麼，阿萊莎？我的頭有點痛。我覺得憂愁。」

「你說話的神色很奇怪，」阿萊莎不安地說，「你好像患著瘋病。」

「順便說一說，在莫斯科有一個保加利亞人最近對我講，」伊凡·費道洛維奇繼續說，好像沒有聽到他的兄弟的說話，「土耳其人和切爾卡斯人在保加利亞境內到處作惡，因為懼怕斯拉夫人的叛變，便焚殺姦淫，把囚犯耳朵用鐵釘釘在圍牆上面，就這樣留到早晨，到早晨再絞死他們，一切的情形是無從描寫的。平常有人形容人們的殘忍是『獸性的』，其實這對於野獸很不公平，也是可氣：野獸從來不會像人那般殘忍，那般巧妙地，那般藝術化地殘忍。老虎只是啃、撕，只會做這些事。牠絕不會想到用釘子把人們的耳朵整夜地釘住，即使牠甚至會這樣做。這些土耳其人竟狂熱地折磨著孩子們，從用刺刀把他們向母親的肚腹裡挑出起，一直到把乳孩拋向空中，當著母親的眼前，用刺刀托住為止。最感到甜蜜的就是當著母親們的眼前。現在請看一幅使我十分感到興趣的圖畫。有一個乳孩抱在戰慄著的母親的手裡，闖進來一群土耳其人包圍著他們。那些土耳其人想出了一個快樂的玩意：他們引逗嬰孩，發出笑來，逗嬰孩笑，他們得了成功，嬰孩居然笑了。在這時候，一個土耳其人在離開他的臉四俄寸的距離內舉起手槍朝他瞄著，男孩快樂地笑著，兩手伸過去，想抓手槍，忽然那個藝術家一直朝他的臉上撥動扳機，擊碎了他的腦袋……帶著藝術性，不是嗎？聽說，土耳其人很愛吃甜東西。」

「哥哥，你說這些話是什麼意思呢？」阿萊莎問。

「我以為，假使魔鬼並不存在，而是人創造他出來的，那麼人創造他是照著自己的模型和形貌。」

「這樣說來，創造上帝也是如此呀。」

「你真是會轉換話句，像博洛尼伏司[1]在《哈姆雷特》裡所說似的，」伊凡笑了，「你這句話把我捉住了，聽它去吧，我很喜歡。你的上帝還能好到哪裡，既然人是照了自己的模型和形貌創造出祂來的。你剛才問我，為什麼我說這些話。你信不信，我是一些事實的愛好者和收集者。你還信不信，我從各種報紙上和隨便什麼小說上把幾種故事記載下來，並且收集攏來。我現在已經收集了許多材料。土耳其人自然也在收藏之列，但是他們全是外國人。我還有自己家裡的玩意，甚至比土耳其人還好。你知道，我們這裡毆打的事例更多些，棒子和鞭子更多些，這是具有民族性的特色的。在我們這裡用釘子釘耳朵的事情是被認為無意義的，我們到底是歐羅巴人，但是棒子和鞭子卻是我們的，不能奪走的，在國外現在似乎完全不打人，是不是風俗純良起來，還是立了一宗人似乎不能打人的法律，但是他們用別種，也是和我們一樣純粹民族性的東西報酬了自己，而且民族性化到似乎在我們這裡已不可能的程度，雖然好像我們這裡也開始染上，特別是在我們的上等社會裡，從宗教運動的時代起。我有一本有趣的小冊子，從法文翻譯的，裡面說在五年以前不久的時候，在日內瓦，有一個二十三歲的惡徒和兇手被處死刑，他名叫里沙爾，身材好像很小，在臨上斷頭臺以前懺悔他的罪惡，信奉了基督教。這個里沙爾是私生子，在六歲時就被父母贈送給瑞士山上的牧人，由他們把他養大，以後，再叫他做工。他長大起來的時候像一隻小野獸，牧人們什麼也不教他，七歲起就打發他看牲畜，在雨雪寒冷的時候，差不多沒有衣裳穿，也幾乎不給他東西吃。他們這樣做，自然誰也沒有想一想，誰也沒有懺悔，相反地，還認為自己有完全的權利，因為里沙爾是被當作物件一般贈送給他們的，他們甚至不認作有給他吃東西的必要。里沙爾自己供出，他在這幾年內像福音書裡的浪子，十分願意吃給預備餵肥了出賣的母豬吃的麵餅，但是

1 編註：或譯作波洛涅斯（Polonius）。

甚至還不給他吃，每當他到豬群裡偷吃的時候，竟毆打他，這樣度過了他整個的童年和青年，一直到完全長大的時候，在力氣大了以後，他就出去行竊。這野人到日內瓦去靠零工賺錢，賺到錢就喝酒，生活得像一隻畜生，結果是殺死了一個老人，劫去了錢財。他被捉住，加以審判，判了死刑。那裡是沒有感傷主義化的。在監獄裡，牧師們和各種基督教會社的會員們，還有些慈善的貴婦人們全把他包圍起來。他們在監獄裡教他讀書寫字，開始給他講解福音，譬解給他聽，勸解他，拉住不放手，把他磨著，逼著，到後來他自己莊嚴地承認了自己的罪。他受了洗禮。他自己上書法院，說他做了惡徒，到底蒙上帝賜與光明，還送來了天福。日內瓦整個騷動了，整個慈善的、虔信的日內瓦。所有高尚的、有教養的人們全奔到獄中，吻著里沙爾，抱著他：『你是我們的兄弟，天福降到你身上來了！』里沙爾自己唯有感動得哭泣：『是的，天福降到我身上來了！以前我在童年和青年的時代，喜歡吃餵豬的料，現在天福降到我的身上，我將在這裡死去！』『是的，是的，里沙爾，你應該在主裡死去，你流了血，應該在主裡死去。你羨慕餵豬的食料，偷吃的時候，人家打你（你這樣做得很不好，因為偷竊是不准的），那時候你完全不知道上帝，你並沒有錯處——但是你流了血，就應該死去。』到了最後的一天，身體衰弱異常的里沙爾不斷地哭，每分鐘反覆地說：『這是我最好的一天，我要到上帝那裡去了！』『是的，』牧師們、司法官們和慈善的貴婦人們喊，『這是你最有幸福的一天，因為你到上帝那裡去！』大家全走到斷頭臺那裡，隨著一輛可恥的馬車，上面載著里沙爾。有人坐在馬車裡，有人步行。於是到了斷頭臺那裡，大家對里沙爾喊道：『死吧，我們的兄弟，死在主的懷裡，因為天福降到你的身上來了！』於是里沙爾弟弟被一些弟兄們吻夠了以後，被拉到斷頭臺上，放在斷頭機上。他們在弟兄友善的形式下面，砍下他的腦袋，就為了天福降到他的身上。這是很特別的一段故事。這本小冊由俄國上等社會裡路得教的慈善家們譯成了俄文，分送出去，預備在報紙和其他刊物上免費刊載，作為開化俄國農人之用。里沙爾的事件，其好處在於帶著民族性。我們這裡對於砍去兄弟的頭，只是為了他成為我們的兄弟的緣故，又只是為了天福降到他身上來的緣故，未免覺得離奇，但是我要重複，我們也有我們自己的東西，並不比較壞些。我們在毆打的時候感到一種歷史性的，直接的、十分親近的愉快。涅克拉索夫[1]有一首詩，說農人用鞭子抽打馬的眼部，『朝馴服的眼睛上』打去。這是誰都看見的，這是俄羅斯的特色。他描寫一匹乏力的馬，因為負載太多，拉著大車，陷在泥裡，拉不出來了。農人打牠，惡狠狠地打牠，打得自己也不明白在做什麼事情，喝醉了酒似地痛打著，打了無數的鞭：『即使你沒有力氣，也應該拉，死也要拉！』那匹駑馬掙扎著，他起初朝這沒有保障的東西的眼睛上，哭泣的、『馴服的眼睛』上面痛痛地毆打。牠用盡自己的力氣掙脫，到底拉過去了，一邊走，一邊抖索，沒有呼吸，好像斜倒著，一跳一跳地，顯得又不自然、又可恥——涅克拉索夫那首詩[2]真是可怕得很。但這只是一匹馬，馬是上帝送給我們預備毆打的。韃靼人對我們這樣解釋，還送了一根鞭，作為紀念。然而人也是可以毆打的。一個有智識，有學問的老爺和他的太太用棍子揍親生的女兒，七歲的小孩——關於這件事情我曾詳細記載下來。父親看見樺條帶著小枝很高興，他說：『可以刺得厲害些。』於是開始『刺』他的親生女兒。我確切知道，有些抽打的人越打性情越加暴烈，一直到色情狂，真正的色情狂的地步，越多打一下，這情形越見進步。抽打一分鐘，五分鐘，又來十分鐘，又來十分鐘。越打越厲害些，越打越痛。嬰孩喊著，後來不能喊了，喘不過氣來：『爸爸，爸爸，爸爸，爸爸！』這件事情後來不體面地到了法庭。雇了律師。俄國農人早就稱呼律師為訟師。律師替自己的主顧辯護：『這是十分普通的、家庭間的、尋常的事件，父親打了女兒一頓，竟弄到法庭上來，真是我們現代丟臉的事！』被勸信了的陪審官們退庭，下了無罪的

1　編註：Nikolay Alexeyevich Nekrasov（1821-1878），詩人，其創作的詩歌曾受杜斯妥也夫斯基盛讚。
2　編註：出自N.A. Nekrasov的詩，英譯名為Until Twilight，收錄於作品集*About the weather*(Street impressions)。

判決。旁聽的群眾因為那個磨折小孩的人被判了無罪，竟快樂得吼叫起來。——唉，可惜我不在那裡，否則我可以提出一個建議，用折磨人的名義設立獎學金！……真是有趣的圖畫。但是關於小孩子們，我還有更好些的故事，關於俄羅斯的小孩，我收集了許多，許多的材料，阿萊莎。有一對父母，『很可尊敬的，有學問，有教養的做官的人家』，仇恨一個五歲的小女孩。我還要正確地聲明一句：許多人有特別的性格——那就是虐待小孩的一種癖愛。然而他們僅只虐待小孩。這種虐待者對於其餘種類的人們十分客氣而且馴從，頗像有學問的，人道主義的歐羅巴人，卻很愛虐待小孩，甚至愛虐待自己的小孩。也就是小孩們的無保障的一點引誘著虐待者，小孩子們是無路可走，無人可訴的，他們具有安琪兒般的信任心——這倒使虐待者的卑賤的血沸騰起來。自然，其中總歸藏著一隻野獸——惱怒的野獸，由於被虐待的犧牲品的呼喊而感到色慾沸騰的野獸，從鎖鍊上抑止不住地逃掉的野獸，因為荒唐生活得了病，得了痛風、肝氣病的野獸。這一對有學問的父母把各色各樣的虐待的行為加在這可憐的五歲的女孩身上。他們打、抽，用腳踹，自己也不知道為了什麼，把她的整個的身子變成許多紫血凍。後來甚至到了極精緻的地步：在寒冷冰凍的時候，把她整夜關在廁所裡面，又因為她夜間不說自己要大小便（好像五歲的嬰孩，睡時做著安琪兒般的結實的夢的，還能在這樣年紀學會自己說出來似的）——就為了這，竟用她自己的糞塗在她的臉上，又逼她吃這糞，而這是母親，母親逼她的！這位母親夜裡聽見了被關在骯髒處所的可憐的嬰孩的呻吟，竟還能睡得著覺！你明白不明白，這小小的生物，還甚至不會瞭解，為什麼人家這樣對待她，在骯髒處所，黑暗和寒冷中，用小拳頭叩擊痛楚異常的胸脯，流出不兇惡的、煦和的眼淚，向『上帝』哭泣，求祂保護她。你明白這醜行嗎，我的朋友，我的兄弟，我的馴從的沙彌？你明白不明白這醜行有什麼需要，並且是如何造成的？有人說，沒有這，人便不能活在世上，因為將不能辨識善惡。為什麼要辨識善惡，既然這須用去這許多代價？因為整個世界的眼睛還不值這嬰孩向『上帝』祈求時的一淚。我不說關於大人的痛苦，他們已吞食了蘋果，隨他們去好了，讓魔鬼把他們捉去就是了，但是這些孩子，這些孩子！我折磨著你，阿萊莎，你彷彿心不在焉似的。如果你願意，我可以停止。」

「不要緊，我也想受點折磨。」阿萊莎喃喃說。

「一幅圖畫，還只有一幅圖畫，而且是由於好奇，很具特徵的，主要的是剛從一本古典集子裡讀到的，不是檔案，便是古代，應該要查問一下，甚至忘記在哪裡讀過的了。這事情發生在農奴制度最黑暗的時代，還在本世紀的開始時候，農民解放者萬歲！在本世紀初葉，有一位將軍，是交遊廣闊的將軍，又是富有資財的地主。他是那類的人（自然這類人在當時也好像不很多的），在退職休息以後，幾乎要深信他已經握有自己的臣民的生死之權。當時是有這類人的。這將軍住在有兩千靈魂[1]的采地裡，過著奢華的生活，把一些小鄉鄰當作自己的食客和丑角看待。狗廄裡養著幾百條狗，幾乎有幾百個狗夫，全穿上制服，騎在馬上。有一個農僕的男孩，很小的孩子，只八歲，在遊玩的時候不留神擲了一塊石塊，把將軍心愛的一隻獵狗的腿弄傷了。『為什麼我的愛狗的腿跛了？』有人稟報說，是那個孩子扔了石頭，把牠打傷的。『啊，是你呀，』將軍看了他一眼——『把他抓起來！』於是他被捕了，從他母親手裡奪了去，整夜坐在監牢裡，早晨天剛亮，將軍就全副武裝地出外行獵，坐在馬上，許多食客，狗、狗夫、獵人，全圍在他身邊，大家也騎著馬。全體農僕被喚來受訓，站在最前列的是那個犯罪的小孩的母親。男孩從監牢裡被帶了出來。一個陰沉寒冷，霧氣重重的秋天，行獵最相宜的天氣。將軍下令脫去男孩的衣服，於是他被剝得精光。他身體抖索，駭怕得發瘋，不敢叫一聲……『趕他！』將軍下令。『快跑，快跑！』狗夫朝他喊，男孩跑了……『捉他呀！』將軍厲聲叫喊，把全體獵犬放出去捉他。當著母

1 譯註：即農奴。

親眼前，一群獵犬奔過去，把這嬰孩撕成碎塊！……那位將軍後來好像被宣告為應受監護的人。唔……應該把他怎麼樣？槍斃嗎？為滿足道德的情感，加以槍斃嗎？阿萊莎！」

「槍斃！」阿萊莎輕輕地說，帶著慘白的、歪曲的微笑，眼睛抬起來看著哥哥。

「好極了！」伊凡高興得叫喊了，「既然你這樣說，那麼……你這苦行僧！你的小心裡有小鬼坐著，阿萊莎．卡拉馬助夫！」

「我說了荒誕的話，但是……」

「你這一『但』卻『但』得對了……」伊凡喊，「你要知道，沙彌，荒誕的話是地上極需要的。世界就站在荒誕上面，沒有它也許完全不發生什麼事情。我們知道我們所知道的事。」

「你知道什麼？」

「我一點也不明白，」伊凡繼續說，似乎說著譫語，「現在我也不願意明白。我願意留在事實的身邊。我早就決定不去明白。假使我想明白些，我立刻便會對事實變心，而我是決定留在事實的身邊的。」

「為什麼你試探我？」阿萊莎忽然悲戚地喊，「你到底對我說不說？」

「我自然會說的，我這樣開始，就是預備說的。你對於我是很寶貴的，我不願意把你放過，絕不讓給你的曹西瑪。」

伊凡沉默了一分鐘，他的臉忽然顯得很悲愁。

「你聽著我說話：我所以單單提出小孩子們，就為的是明顯些。關於人類的其餘的淚，整個地上從地皮到地心都浸潤到的——我不說一句話，我故意弄窄了我的題目。我是一隻臭蟲，我低卑地承認一點也不能明白，這一切為了什麼這樣安排著。那是人們自己的錯處：將天堂給了他們，他們卻願意自由，偷了天上的火，自己知道自己會不幸的，所以也用不著憐惜他們。照我的意思，照我的，可憐的、地上的、歐幾里得式的腦筋，我只知道苦痛是有的，錯處是沒有的，有因必有果，直接而且簡單得很。我知道——我需要復仇，否則我會戕害自己的。而這復仇並不在無窮盡的什麼地方和什麼時候，卻就在這地上，又須使我能夠親自見到。我有信仰，我願意自己看到，假使到了那時候我已死去，那麼應該使我復活轉來，因為假使一切全發生在沒有我在面前的時候，那是太可氣的事情。我的受痛苦，並不是為了把自己，把我的罪惡和痛苦當作肥料，灌進未來的和諧裡去，我願意親眼看見鹿睡在獅子身旁，被殺害的人立起來，和殺他的人擁抱。在大家忽然明白了為什麼這一切是這樣的時候，我願意也在場。一切地上的宗教全樹立在這願望上面，而我是相信的。但是關於孩子們，那時候我應該怎樣安排他們？這是我不能解決的問題。我可以重複一百次——問題是很多的，但是我單單提出一些孩子們，因為我應該說的一切話是明顯得無可辯駁。你聽著……假使大家全應該受痛苦，為了用痛苦來購買永恆的和諧，那麼小孩子們在這上面有什麼關係呢？請你對我說一下子！完全不能明白，他們為了什麼應該受痛苦，他們為什麼要用痛苦購買和諧？為了什麼他們也變成了材料，而用自己來做別人的未來的和諧的肥料！人們裡面犯罪時的一致行動我明白的，復仇時的一致行動我也明白的，但是不能和孩子們發生犯罪的一致行動。如果他們和父親們在父親們的一切罪行裡一致行動是真實的，那麼自然這真實並不出於這個世界，而為我所不能瞭解的。有的滑稽的人也許要說小孩終歸會長大成人，來得及成人的，但是他並沒有長成，在八歲時就被群狗撕成碎塊。阿萊莎，我並不是褻瀆神明！我也明白，那將是如何震撼宇宙，那時候天上地下的一切融合為一的，頌禱的聲音，一切活著的和活過的全都喊叫：『你是對的，主，因為你的路途開了！』在母親和唆使狗群撕碎她的兒子的折磨者互相擁抱，三人全含淚喊叫：『這是對的，主！』的時候，認識的寶冠自然即將到達，一切都解釋明白了。但是到了這裡應該停頓起來，因為我不能承受這個。我活在世上時，我忙著為自己打算一切。你瞧，阿萊莎，也許果真會發生那種情形，就是當我自己活到那個時候，或是活轉來看到那盛世的時候，我自己也許要同大家一起看著母親和折磨她兒子的人互相擁抱，而齊聲呼喊：『你是對的，主！』但是當時我絕不願意喊出來。在還有時間時，我忙於保障自己，所以完全不能承受最高的和諧。它比單只一個被折磨的嬰孩的眼淚還不值——這嬰孩用小拳頭叩擊自己的胸脯，在臭氣薰天的狗廄裡用贖不盡的眼淚向上帝禱告。所以不值，是因為他的眼淚是贖不盡的。它是應該贖盡的，否則便不會有和諧了。但是你用什麼，用什麼來贖取眼淚呢？難道這是可能的嗎？莫非是用報復的方法？但是我需要報復將有什麼用？使折磨者入地獄於我有什麼用？在已經受夠了磨折的時候，地獄能有什麼補救呢？既然是地獄，還有什麼和諧？我願意寬恕，我願意擁抱，卻不願再多受痛苦。假使小孩子們的痛苦是用來補充為購買真理必需的痛苦的總數，那麼我預先聲明，這真理是不值這樣的代價的。我不願使母親和唆使群狗撕碎她的兒子的人互相擁抱！她不應該寬恕他！如果她願意，她可以自己寬恕，她可以將慈母的無邊涯的痛苦對折磨者寬恕；但是她的被撕碎嬰孩的痛苦，她並沒有寬恕的權利，不應該寬恕折磨者，即使是嬰孩自己寬恕了也是不應該！既然如此，既然他們不應該寬恕，那麼和諧在哪裡呢？全世界裡有沒有一個人可以有寬恕權利的？我不願有和諧，為了對於人的愛而不願。我願意使苦痛成為不可報復的。我最好是停留在我的無從報仇的痛苦和我的無從抑制的憤怒上面，哪怕我是沒有理的。和諧被估得太貴了，我們出不起這許多錢來購買入場券。所以我趕緊把入場券繳還。假使我是誠實的人，理應繳還出來，越早越好。我這樣做，我不是不承受上帝，阿萊莎，單只是將入場券恭敬璧還給他而已。」

「這是叛逆。」阿萊莎輕聲說，低下頭來。

「叛逆嗎？我不願聽你說這樣的話，」伊凡帶著深刻的感情說，「能不能靠叛逆生活，然而我是願意生活的。請你自己對我直說，我要求你——請你回答：假使你自己要建築一所人類命運的房子，目的在於最後造福人類，給予他們和平安謐，但是為了這，必須而且免不了要折磨單單一個小小的生物，就是那個用小拳頭叩擊胸脯的嬰孩，在他的無可報復的眼淚上面建造這座房子，你答應不答應在這個條件之下做這房子的建築師呢？請你直說，不要說謊！」

「不，我不能答應。」阿萊莎輕聲說。

「你能不能承認一個觀念，那就是你替他們建築的人們會自己同意在一個受折磨的小人的無理由可解釋的血上面承受自己的幸福，而且在承受了以後，仍舊永遠成為有幸福的人們？」

「不，我不能承認，哥哥，」阿萊莎忽然說，眼睛閃耀了一下，「你剛才說，全世界裡有沒有一個人可以有寬恕的權利？這人是有的，他能夠寬恕一切，把一切，而且為一切寬恕，因為他為了一切人，為了一切物，捨與了自己的清白的血。你忘記了他，房子就樹立在他的上面，大家對他喊：『你是對的，主，因為你的路途開了。』」

「這是『單一的無罪的人』和他的血！不，我沒有忘記他，相反地，還老覺得奇怪，怎麼你許久不提出他來，因為照例在辯論的時候你們大家最先把他提出來。阿萊莎，你不要笑，我曾經編了一首史詩，在一年以前。如果你能夠再費去十分鐘，我可以講述給你聽。」

「你寫了史詩嗎？」

「不，沒有寫，」伊凡笑了，「我一輩子從來沒有作過兩句詩。但是我想出這史詩，而且記下來了。熱烈地想起來的。你是我的第一個讀者，也就是聽者。果真地，為什麼作者要喪失唯一的聽者呢？」伊凡冷笑了，「講不講？」

「我很願意聽。」阿萊莎說。

「我的史詩名為《大宗教裁判官》——是離奇的東西，但是我願意給你講一遍。」

第五章　大宗教裁判官

「在這裡沒有序言也不是成功的——那就是說沒有文學的序言。」伊凡笑了，「嘖！其實我是什麼著作家！你瞧，我這段故事發生在十六世紀，在那個時候——不過你從學校的課本上總是早就知道的——在那個時候恰巧有在詩體作品內把天神們引到地上來的習慣。關於但丁我且不提。在法國，法庭裡的雇員和修道院裡的僧士扮演整本的戲劇，裡面把聖母、安琪兒們、聖徒們、基督和上帝自己全搬到舞臺上來。雨果的《巴黎聖母院》寫出老巴黎，路易十一朝代，為慶祝法國太子的生辰，在市政廳裡演出一幕含教訓意義的，給大家免費觀看的戲劇，名叫『Le bon jugement de la tres sainte et gracieuse Vierge Marie』（聖母瑪利亞仁慈裁判記）。劇本裡聖母親身出場，說出她的Bon jugement，我們莫斯科在大彼得以前的古時代，也時常演著近乎話劇的戲，特別是《舊約》裡的材料，但是除去劇本以外，當時還有許多小說和『詩』流傳於世，裡面在必要的時候有聖徒、安琪兒和全體天神活動著。我們修道院裡也從事於翻譯、抄寫，甚至編寫這類的史詩，而且在韃靼人統治的時代。例如說，有一篇修道院的史詩（自然是從希臘文譯來的），題目是《聖母周遊地獄記》它的畫面和大膽不亞於但丁的作品。聖母親臨地獄，由使徒米卡益爾[1]領導。她看到罪人和他們所受的苦刑。其中在油煎湖上有一隊極有趣的罪人！有

1 編註：又譯作米迦勒。

些人沉在湖裡，怎樣也不能泅出來，『那些人已經被上帝遺忘了。』這是一句異常深刻而且有力的言辭。於是驚愕而且流淚的聖母跪在上帝的寶座前面，為地獄裡的大眾請求赦免，為她所見到的一切人，無分選擇。她同上帝的談話是極有趣的。她哀求著，她不肯離開，當時上帝把她的兒子被釘著的手足指給她看，問她：我怎麼能赦免他的折磨者？於是她吩咐全體聖徒、苦行者、安琪兒和使徒們同她一齊跪下，祈求赦免不加選擇的一切人。結果是她向上帝求到每年從耶穌受難日到三一節停刑，地獄裡的罪人們立刻感謝上帝，向祂喊：『你是對的，主，你這樣裁判。』我的那篇史詩如果是在當時出現，也會是這類的性質。場景上發現了祂，果然，他在史詩裡不發一言，只是出現一下，走了過去。已經過了十五世紀，祂曾發出來到自己的天國裡的誓言，已經有十五年[2]，祂的預言者寫著：『看呀，我快來的。關於日子和時刻甚至我也不知道，唯有我的天父知道。』這還是祂在地上時自己說的。但是人類等候祂，懷著以前的信仰和以前的感動的心情。喔，甚至還懷著更大的信仰，因為已經過了十五世紀，人們已經停止看見天上的信號：

天上的信號未到
信心上所說的吧。[3]

也唯有信仰心上所說的了吧！誠然，那時有許多奇蹟發現。有些聖徒會做神奇的治療；根據另一些聖者的傳記，天上的女皇曾親身光臨到他們那裡。但是魔鬼絕不肯打盹，人類裡開始對於這些奇蹟的真

2 編註：應為十五個世紀。
3 譯註：席勒的詩《願望》裡的句子。（編註：該詩名或可譯為《嚮往》。）

實性發生疑惑。恰巧當時在德國北部出了可怕的新的邪教。『像火炬一般』（那就是教會）的巨星『落在水源上，水變苦了。』這些邪教徒開始褻瀆上帝，否認奇蹟。但是信仰的人們卻更加信仰得熱烈了。人們的眼淚照舊升到祂的面前，等待祂，愛祂，希望祂，渴求為祂受痛苦而且死亡，和以前一樣……人類懷著信仰和火燄禱告了許多世紀：『耶和華，神快來呀。』他們向祂祈禱了許多世紀，到後來他懷著莫可測量的慈悲心腸，親臨到祈禱者面前。祂以前也曾降臨到一些聖者、苦行者、聖隱修士那裡，當他們還活在世上的時候，在祂的行述裡曾有記載。我們的屈得柴夫[1]深信他的話語的真實，曾寫下後面的詩句：

負著十字架的重載，
穿奴服的天上的星，
走遍了親愛的大地，
到處給大眾們賜福。[2]

我可以對你說，這事情一定是這樣的。祂想在民眾面前出現片刻——在那些受折磨，受痛苦，沉在罪孽裡，卻像嬰孩般愛祂的民眾前面。事情發生在西班牙的塞維爾地區，在宗教裁判制度最可怕的時代，各地每天燒起火堆，頌禱上帝，

1 譯註：俄國詩人。（編註：或譯丘特切夫Fyodor Tyutchev，1803-1873。）
2 譯註：屈得柴夫《可憐的鄉村》中句。（編註：或譯《窮困的鄉村》。）

在豔麗縈目的火堆上，
燒死惡狠的邪教徒。

喔，這自然不是時代的末記，照祂所預言的，帶著天上的榮譽，親自降臨的一段事情，那事將突然發生，像『閃電一般，從東方閃到西方』。不，祂只願在片刻的時間內光降到祂的孩子們那裡去，而且恰巧在活燒邪教徒的地方。祂露著無可比擬的慈悲，又從人群中間走過，仍舊是十五世紀以前在人群中間行走了三十三年[3]的原來的人形。祂走到那個南方城市的『熱行人道』上，在那裡，恰好剛剛在頭一天，在『豔麗奪目的火堆上』，國王、宮廷、騎士、主教長和美麗的宮廷的貴夫人們到場，在整個塞維爾城多數民眾的前面被紅衣主教、大宗教裁判官，一下子燒死了幾乎成百的邪教徒，ad majorem gloriam Dei.[4]，祂靜悄悄地，不知不覺地出現。可是真奇怪，大家全認出祂來。這應該是我那首史詩裡最好的一段——那就是描寫為什麼人們認出祂來。民眾用萬夫不當的力量趨向到祂的面前，圍住祂，四圍堆積了一大群，還跟隨著祂。祂默默地在他們中間走著，懷著無盡的同情的靜謐的微笑。愛的陽光在祂的心上熾燃，光明、文化和力量的光線從祂的眼裡流出，射到人們的身上，交流的愛震撼他們的心。祂的兩手伸向他們，為他們祝福。只和他一接觸，甚至只要接觸到他的衣服，就發生了治療的力量。人群裡一個老人喊道，他是從小就瞎了眼睛：『主，治癒我吧，讓我能看到你。』好像一片魚鱗從他的眼上落下，盲者看到了祂。群眾哭泣了，吻著祂走過的土地。孩子們把花朵扔到祂面前，喊著：『Hosanna』[5]

3 編註：應為三年，意指基督在受難以前，在人群之中傳道了約有三年的時間。
4 譯註：譯作「為了上帝偉大的榮譽。」
5 譯註：希伯來頌讚上帝語。

『這是祂，這是祂自己，』大家反覆地說──『這應該就是祂，這不是別人，就是祂。』他在塞維爾教堂的基階上面止步，那時候有人哭泣著將一個敞開的，小孩的白色棺材抬進教堂，棺材裡裝著七歲的女孩，一位名人的獨生女，死者全身躺在鮮花裡。『祂會使你的小孩復活的。』群眾裡有人對哭泣的母親喊。出來迎接棺材的教堂裡的牧師疑惑地看著，皺緊了眉峰。死孩的母親的哭聲傳遍了四處。她跪在祂的腳前：『假使果真是你，請你把我的小孩復活轉來！』她喊著，向祂伸手，殯葬的行列停止了，小棺材放在臺階上，祂的腳下。祂慈悲地看著，祂的唇輕聲說出：『起來吧，女孩。』小女孩在棺材裡抬動了，坐起來看望，張大的、驚訝的小眼睛轉來轉去，發出微笑。她的手握著一把白玫瑰，就是她躺在棺材時放在旁邊的。人群裡發出騷動、呼喊、嗚咽。忽然就是這時候，紅衣教主、大宗教裁判官，親身走過教堂的廣場。他是近九十歲的老人，身高而挺直，臉龐消瘦，眼眶陷落，卻還從裡面發出像火星似的光輝。他並沒有穿華麗的紅衣主教的服裝、在昨天燒死羅馬教的敵人的時候在民眾前顯耀著的服裝──不，在這時他只穿舊的、粗糙的、僧士的袈裟。他的一些陰鬱的助手和奴隸，還有『神聖』的衛隊在一定的距離內跟著他。他在群眾前面止步，遠遠地觀察著。他全都看見了，他看見那口棺材如何放在祂的腳下，看見女孩如何復活。他的臉上浮現了陰影。他皺緊灰色的、濃厚的眉毛，他的眼神裡閃出惡毒的火花。他伸出指頭，吩咐衛隊拿祂。他的威力有多大，民眾如何受了馴服，服從他，戰慄地聽他的話，竟使民眾當時就給衛隊讓出一條道路來了。就在突然來臨的死寂之中，他們把祂捉住，帶走了。群眾立刻像一個人似地匍匐在地，朝老宗教裁判官叩頭，祂默默地向民眾祝福，走了過去。衛隊把囚人帶進狹窄的、陰沉的、拱頂形的監獄裡面，在聖裁判所的古房裡，還上了鎖。白天過後，黑暗、悶熱、『窒息』的塞維爾的夜來臨了。空氣裡發出『桂葉和檸檬的氣味』。在深沉的黑暗之中，監獄的鐵門突然開啟，大宗教裁判官親自持了火炬在手，慢吞吞地走進獄裡。他停在門前，長久地（有一、兩分鐘），注視他的臉，後來輕輕兒挨近了前來，火炬放在桌上，對他說道：

『是你嗎？是你嗎？』沒有聽到回答，他迅快地加上去說，『你沉默著，不要回答。你能說出什麼話呢？我深知道你要說什麼話。你也沒有權利在你以前說過的話語上再加添什麼話，你為什麼到這裡來妨礙我們？因為你是來妨礙我們的，你自己也知道。你知道不知道，明天將發生什麼事？我不知道你是誰，也不願意知道：真的是你，或者只是他的形貌，但是到了明天，我將加以裁判，把你在火堆上燒死，當作一個最兇惡的邪教徒，而今天吻你的腳的那些民眾，明天就要經我的手臂一揮，奔到你的火堆前面添煤，你知道不知道？是的，你也許知道這個。』他在深刻的沉思裡加上這句話，眼光一刻也不從他的囚人身上脫掉。

「我不十分明白，伊凡，這是什麼意思？」一直在默默地聽著的阿萊莎微笑了，「簡直就是無邊涯的幻想，或者是老人的什麼錯誤，一種不可能的quiproquo[1]？」

「就算是最後的吧，」伊凡笑了，「假使現代的現實主義這樣把你慣壞，你不能消受一點理想化的東西——你說是quiproquo，就算是吧。這話是實在的。」他又笑了，「老人已經九十歲，他早就會固定在一個觀念上而發瘋。也許囚人的外貌使他吃驚。最後，也許只是譫語，一個九十歲臨死前的幻影，又因為他為了昨天的火堆上燒死一百個邪教徒而感到性格的暴躁。管它是quiproquo，管它是無邊涯的理想，對於你我不是一樣的嗎？事情只是因為老人需要表示自己的意見，為了九十年而表示自己的意見，講出整個九十年沉默著的一切。」

「囚人也是沉默嗎？看著他，不說一句話？」

1 譯註：即誤會。

「大概就是這樣，甚至在一切事情方面都是這樣。」伊凡又笑了，「老人自己對他說，他沒有權利在你以前說過的話語上再加什麼話。要知道，至少照我的意見看來，羅馬加特力教[1]的最主要的特質就在於此：『一切既已由你傳給教皇，現在一切都在教皇的手掌上面，你現在完全不來也可以，至少暫時你不應該出來妨礙。』他們不但說出這種意義的話，卻還寫下來，至少詭辯家是這樣的。這是我自己從他們的神學家的著作裡讀到的。『你有沒有權利給我們發現你所由來的世界裡的一個祕密？』我的老人問他，自己就替他回答道：『不，你沒有權利，你不能在你以前說過的話語上再加添什麼，你也不能奪去人們的自由，這自由是你在地上的時候那樣擁護著的。你重又發現的一切將侵犯人們信仰的自由，因為會像奇蹟似的出現，而他們信仰你的自由，還在那個時候，還在一千五百年以前，就比一切都珍貴。是不是你在那時候常說：『我願意使我們成為自由的』嗎？但是你現在看到了這些『自由』的人們了。』老人忽然補上去說，帶著沉鬱的訕笑。『是的，這事情使我們花去極貴的代價，』他繼續說，嚴厲地看著他，『但是我們終於做完了這事情，為了你的名。十五世紀以來我們為了這自由受著痛苦，現在這已經完了，完得很結實。你不相信完得結實嗎？你溫和地希望著我，甚至連憤怒也不賜給我嗎？但是你要知道，現在，就是現在，這些人們比任何什麼時候也相信，他們完全自由，他們自己將他們的自由送給我們，馴順地將它放在我們的腳旁。但這是我們做的事情。你希望的是這個，是這樣的自由嗎？』」

「我又不明白了，」阿萊莎打斷他的話，「他是諷刺、嘲笑嗎？」

「一點也不。他把克復了自由一事認為是他和他的人們的功績。」他又說，他們這樣做法，是為了

1 編註：意即Catholic，天主教。

使人們有幸福。『因為只是到了現在（他自然指的是宗教裁判制度時代），總可以初次想到人們的幸福。人造出來就是叛逆者；難道叛逆者能有幸福嗎？已經有人警告你了，』他對祂說，『你沒有缺少警告和指示，但是你不肯聽這警告，你不承認那條可以使人們有幸福的道路，但是幸而你臨走的時候，把這事情交託給我們。你答應，你用話語證實，你給予我們繫繩和解繩的權利，你現在自然已經不能再想現在從我們手裡奪去這個權利。你為什麼跑來妨礙我們呀？』」

「沒有缺乏警告和指示是什麼意思？」阿萊莎問。

「這是老人想說出來的話語的主要的部分。」

「『一個可怕的、聰明的精靈，自我戕滅和無存在的精靈，』老人繼續說，『偉大的精靈在曠野裡同你說話，聖經裡告訴我們，他似乎把你「誘惑」了，對不對？能不能說出再比他在三個問題對你發現的一切真實些的話——而這一切是你不肯承認的，是聖經裡稱為「誘惑」的[2]？但是假使什麼時候地上實現了真正的、偉大的奇蹟，那麼就在那一天，就在三種誘惑的一天。奇蹟就在這三個問題的發現上面。假使可以設想，只是為了試驗和譬喻起見，那個可怕的神靈的三個問題無影無蹤地在《聖經》裡消失，必須予以恢復，重新想出來、編出來，以便再記到聖經裡面，為此召集了地上一切聖者——掌政權的人們、總牧師、學者、哲學家、詩人，給他們出了課題：試想出，編就三個問題，這三個問題不但必須適合事件的範圍，且還可以用三句話，只用三句人說的話語，表現世界和人類的本來歷史——那麼你是不是以為地上一齊聯結的一切智慧可以想出在力量和深度方面和那位勇武聰明的神靈在曠野裡對你實際提出的三個問題相似的東西嗎？單就這些問題來說，單就這些問題發現的奇蹟來說，便可明白，這與

2 編註：指的是〈路加福音〉第4章第1到14節的故事，魔鬼對耶穌提出三個試探，分別關於物質、權力、人神關係。

人類的，流行的智性無關，而涉及永恆的、絕對的智性。因為人類將來的全部歷史就在這三個問題上聯成一個整的東西，而且預先說了出來，還在這上面發現了三個形象，凡是整個大地上一切無從解決的，歷史上的人性的矛盾都齊集在一起。那時候還不能這樣明瞭，因為未來是不可知的，但是現在，過了十五世紀以後，我們看見一切在這三個問題上都猜料得、預言得十分詳盡，而且確切地實現了，所以增添或減少都是不必的了。

『你現在自己決定，誰是有理的：你呢？還是當時問你的人？你把第一個問題回憶一下，雖然不是原來的辭句，但意義是這樣的：你想進入人世，光著手走去，帶著某種自由的誓約，而他們為了平庸和天生的不諳禮節，不能理解這誓約，還對它生畏懼之心——因為在人類和人類的社會方面比自由難於忍耐的是沒有而且永遠不會有的！你看見這不毛的、燒炙的沙漠上的石頭嗎？你如把那些石頭變成麵包，人類會像羊群一般隨在你的後面走路，莊嚴而馴順，雖仍在永遠地戰慄，生怕你撤回你的手，你的麵包即將停止。但是你不願意剝奪人類的自由，拒卻了提議，因為你這樣推論，假使馴順是用麵包買來的，那麼有什麼自由可言呢？你反駁說，人類不單靠麵包生活，但是你要知道，大地的神會用了這麵包的名，對你背叛，同你交戰，戰勝你，大家全要隨他的後面走去，喊道：「誰和這野獸匹敵，他從天上給我們取來了火！」你要知道，再過了許多世紀，人類將用智慧和科學的嘴宣告沒有犯罪，便也沒有罪孽，而只有饑餓的人群。『先給食物，再問他們道德！』在旗幟上將這樣寫著，這旗幟將豎起來反對你，用來摧壞你的廟宇。在你的廟宇的地基上將建築一所新的大廈，重新造起可怕的巴比倫的高塔，雖然這高塔沒有造齊，和以前的那座一樣，但是你總還可以避去這高塔，而使人們的痛苦縮短千年——因為他們為這高塔吃苦了千年以後，會走到我們這裡來的！那時候他們會再尋找在地底下，陵寢裡面藏的我們（因為我們重又遭了驅逐和折磨），一尋到後，便對我們哭喊：「給我們食物吃吧，因為那些答應給我們天上的火的人們，並沒有給我們呀。」到那時候我們就可以造齊他們的高塔，因為誰給了食物吃，誰就可以造齊，而給吃的只有我們，用了你的名，我們撒謊說用了你的名。喔，他們沒有我們是永遠，永遠不能餵飽自己！任何的科學不會給予他們麵包，在他們還是自由的時候，然而結果是他們將把他們的自由送到我們的腳下，對我們說：「你們儘管奴役我們，但是必須給我們食物吃。」他們終於自己會明白，自由和大家的足食是兩樣不能聯想的東西，因為他們是永遠，永遠也不會互助均分的！他們也將深信，他們永遠不能得到自由，因為他們沒有力氣，沒有價值，沒有道德，他們是叛逆者。你答應給他們天上的麵包，但是我再重複一句，在軟弱的、永遠敗德的、永遠不正直的人類的種族的眼睛裡，它還能和地上的麵包相比嗎？假使有幾千人，幾萬人隨你走去，為了天上的麵包的名，那麼幾百萬，和幾萬萬人，沒有力量為了天上的麵包忽略地上的麵包的，便將怎樣呢？是不是唯有幾萬偉大而強有力的人們是你所珍重的，而其餘幾百萬人，林林總總，像海底的沙一般，軟弱的、愛你的，只應該充當偉大和強有力的人們的材料？不，我們所珍重的是軟弱的人們。他們沒有道德，他們是叛逆者，但是到了後來他們會成為馴順的人們。他們對我們驚嘆，將視我們為神，為了我們做了他們的首領，允許將他們所懼怕的自由掃出去，並且統治著他們——到後來他們覺得做自由的人是太可怕的了！但是我們可以說，我們服從你，我們的統治是為了你的名。我們再欺騙他們，因為我們已不放你走近我們的身邊。我們的苦痛就在這欺騙之中，因為我們不能不說謊。這就是沙漠裡第一個問題的意義，這就是你為了你認為高於一切的自由的名而加以拒絕的。然而在這問題裡包含了這世界上的偉大的祕密。你在接受了「麵包」之後，就可以回答人類普遍的、永恆的煩惱（對於個人的，和整個人類的）——那就是「對何人崇拜」的問題。人們不絕地，而且苦惱地關心著的，是既成為自由的人，如何快快地尋覓應該崇拜的人。但是人們尋覓著崇拜的是業已無可爭辯的一切，無可爭辯得使一切人會立即答應普遍地對它崇拜。因為這些可憐的生物所關心的不僅在於尋覓我或另一個人應該崇拜的東西，而在尋覓那可以使大家信仰它、崇拜它、而且必須大家一齊信仰和崇拜的東西。這種一致崇拜的需要，就是每個人（對於個人，和從世紀起整個人類）所感到的最主要的苦痛。為了普遍的崇拜，他們用刀劍互相戕害。他們創造上帝，互相挑戰：「棄去你們的上帝，過來崇拜我們的上帝。否則你們和你們的上帝將遭死亡！」一直到世界的末日也會這樣，甚至上帝在世界上消滅的時候也是這樣：一樣是會朝偶像膜拜的。你已知道，你不能不知道人類天性的根本的祕密，但是你拒卻了對你提出的唯一的、絕對的旗幟，為了使一切的人無爭辯地對你崇拜——那一面地上的麵包的旗幟，且是為了自由和天上的麵包的名而加以拒卻。你瞧，你以後做了什麼事情。總歸又是為了自由的名！我對你說，人們關心得最苦痛的是尋找一個人，可以趕快把隨著這不幸的生物以俱生的自由的才能交付給他。但是佔有人們的自由的，只有那個能安慰他們的良心的人。一面無可爭辯的旗幟可以隨麵包授給你：你能拿出麵包，人們會崇拜你，因為麵包是絕對無可爭辯的東西，但是假使同時有人越過你而佔有他的良心——那時候他甚至會扔棄你的麵包，追隨略誘他的良心的人。在這一點上你是對的。因為人類存在的祕密並不僅只在於生活，而在於為什麼生活。對於為什麼他生活著，自己沒有堅定的意念的時候，人是不允許生活，寧願戕害自身，不願留在世上，雖然他的周圍全是麵包。這是對的，但是結果怎樣呢？你並沒有佔據人們的自由，卻給他們更加增添了自由！你忘記了，安靜，甚至死亡，對於人都比自由選擇善惡的認識還要珍貴些嗎？對於人，良心的自由是再也沒有比它可誘惑的，卻再也沒有比它更痛苦的。你不去樹立堅固的基礎，一勞永逸地安慰人類的良心，卻擔任了不尋常的、不確定的，須預先猜測的一切，選了人們沒有力量做的事，你這樣做法，好像並不喜歡他們似的——而這是誰呀？這竟是跑來把自己的生命貢獻給他們的人！你不佔據人們的自由，卻反去增加它，使人們的精神的天國永遠添上痛苦的負擔。你希望人類自由的愛，自由地追隨在你的後面，受了你的誘惑和俘虜。代替了堅定的古代的律法——人應該用自由的心預先自行決定，何者為善，何者為惡，只用你的形象作為自己的指導——但是難道你沒有想一想，他終於會拋棄你的形象和你的真實，甚至會斤斤置辯，假使像自由選擇那樣可怕的負擔使他感到壓迫的時候？他們終於將喊出真實不在你的一邊，因為像你這樣做法，給他們留下許多關心的事和無從解決的課題，使他們精神上感到騷亂和痛苦是不可能的。因此你自己就底定了摧毀自己的天國的基礎，不必再對任何人有所責備。而且對你提出來的究竟是什麼？有三種力量，地上的唯一的三種力量，可以永遠戰勝而且俘虜這些無力的叛逆者的良心，還是為了他們自己的幸福——這三種力量就是奇蹟、祕密和威信。你把這三者全都拒卻了，你這樣做是自己開了先例。在可怕的、絕頂智慧的神靈把你放在廟宇的尖頂上面，對你說：「假使你願意知道，你是不是神的兒子，你可以跳躍下去，因為聖書上說安琪兒們會把他托住，帶著飛走，因此不會落地摔死，你那時就可以知道你是不是上帝的兒子，證明你對於你的父的信仰是怎樣的。」但是你聽完以後，拒絕了提議，沒有上鉤，沒有跳下去。自然你這樣舉動是驕傲而且莊嚴，像上帝一樣，但是那些人們，但是那個軟弱、反抗的種族——他們也是上帝嗎？你當時明白，你只要跨了一步，只要做一個跳下去的姿勢，你就是觸犯了上帝，喪失對祂的整個的信仰，落在你來救的地上，粉身碎骨，而引誘你的聰明的神靈便將拍手歡呼。但是我要重複一句，像你這樣的人多不多呢？你難道果真能在一分鐘的時間內承認人們有力量擔當這樣的引誘嗎？人類的天性是不是生來就為了拒卻奇蹟，而且在生命的可怕的時間內，發生了可怕的、基本的、苦痛的、精神的問題的時間內，還仍舊能作心的自由的解決嗎？你知道你的苦行將保存在聖書裡，達到時間的深度和地上的最後的邊涯。你希望人類跟隨著你，將留在上帝身邊，並不需要奇蹟。然而你不知道，只要人類一拒絕奇蹟，便立刻拒絕上帝，因為人類尋找的不是上帝，而是奇蹟。因為人類沒有奇蹟無法生活下去，所以自己造了新的奇蹟，自己的奇蹟，而崇拜巫術的奇蹟、女人的邪術，雖然他曾做了一百次的叛徒、異教徒和無神派。你沒有從椅上下來，在人們對你取笑、嘲弄，對你喊叫：「你從椅上下來，我們會信仰就是你」的時候。你沒有下來，因為你還是不願意用奇蹟降服人，渴求自由的信仰，而非奇蹟的信仰。渴求自由的愛，而非因人面對永遠使他吃驚的權力而發出的奴隸的歡欣。但是你對於人們作過高的判斷，因為他們雖然生出來就是叛徒，但自然仍是囚人。你向周圍看一看，再判斷一下。現在已經過了十五世紀，你去看一看他們：你把誰舉高到你的身邊？我敢賭誓，人類造成得比你所想的還要軟弱而且低賤！他能不能，能不能履行你所履行的事？你這樣恭敬他，同時你的行動，似乎停止憐憫他，因為你要求他太多了——而這是誰？這竟是愛他甚於自己的人！你少去尊敬他，少向他要求，而這倒與愛接近些，因為他的負擔輕些。他是軟弱而且低賤的。他現在到處反抗我們的權力，且以反叛自負。這有什麼關係？這是嬰孩和學生的驕傲。這等於小孩們在課堂裡造反，轟趕教師。但是小孩們的歡欣將到了終結的時候，他們將給付很高的代價。他們將廟宇推倒，血濺大地。但是愚蠢的孩子們終於將猜到他們雖然是叛徒，卻是軟弱無力，抵擋不住自己叛逆的叛徒。他們流著愚蠢的眼淚，終於承認，那把他們造成為叛徒的人，無疑地，是想笑他們。他們將在絕望中說出這話，而他們所說出的話將成為褻瀆上帝，因此他們更將不幸些，因為人類的天性不能承受褻瀆上帝的事，到後來會永遠自行報復的。所以不安、騷亂和不幸是人們現在的命運，在你為了他們的自由遭受了許多以後！你的偉大的預言家在寓言和幻想裡說，他看見第一次復活的全體參加者，每族各有一萬二千人。如果只有這一些人，那麼他們好像不是人，而成為神了。他們背負了你的十字架，他們幾十年來在饑餓的、光裸的沙漠中熬苦，以蝗蟲和樹根為食物——你自然可以驕傲地指出這些自由，自由的愛，自由的、莊嚴的，為了你的名而犧牲的孩子們來。但是你須記取：他們只有數千人，而且全是神，然而其餘的人們呢？其餘的軟弱的人們，不能忍受強有力的一切的，有什麼錯呢？沒有力量容納這許多可怕的賜與的軟弱的靈魂，有什麼錯呢？難道你真的只是到被選的人們那裡來的，而且是為了被選的人們而來的嗎？既然這樣，這裡面藏有祕密，我們無從瞭解它。假使是祕密，我們便有權利宣講這祕密，並且教他們，重要的不是他們的心的自由的解決，也不是愛，而是他們應該盲從的祕密，甚至違背他們的良心盲從的。我們就是這樣做法。我們改正了你的業績，將它建築在奇蹟、祕密和權威的上面。人們很喜歡，因為他們又像羊群一般被人帶領著，從他們的心上卸除了十分可怕的賜與，給他們帶來了如許苦痛的賜與。我這樣教訓，這樣做，是對的，你說是不是？我們這樣平心靜氣地感到人類的軟弱無力，懷著愛情減輕他的負擔，而且在我們的允許之下連罪惡也准這些軟弱的天性做一做，難道我們不是愛他們嗎？為什麼你現在來妨礙我們？為什麼你默默地，帶著感情，用溫和的眼睛看望我？你生氣吧，我不需要你的愛，因為我自己不愛你。我有什麼可以隱瞞的？我對你說的話，你已經全知道了，我從你的眼睛裡讀到的。我能把我的祕密瞞你嗎？也許你只是願意從我的嘴裡聽出這祕密來？那麼你就聽著：我們不是同你，卻是同他，這是我們的祕密。我們早就不同你，卻同他在一起，已經有八世紀了。整整的八世紀以前，我們從他那裡取到了你憤然拒卻的一切，取到了他把地上的天國指給你看，而對你提出的最後的賜與。我們從他那裡取到了羅馬和凱撒的劍，只宣佈自己是地上的王，單一的王，雖然至今還沒有把我們的事情完全了結。但這是誰的錯呢？這事到現在為止還只在開始的時候，但是已經開始了。它的成就還須等待許多時候，大地還要受許多苦，但是我們將達到目的，做成了凱撒，那時候便可想到全世界人類的幸福。然而你在那個時候就可以取起凱撒的劍來。為什麼你拒卻了這最後的賜與？你接受了偉大的神靈的第三個勸告以後，你可以完成人類在地上所尋覓的一切，那就是：向誰崇拜？將良心交給誰？如何大家聯結成為一個無爭辯的、公共的、和諧的蟻窩？——全世界聯結的需要是人們第三種，也是最後一種的苦痛。人類在整體上永遠趨向於組織不變的、全世界的國家。有許多偉大的民族帶著偉大的歷史，但是這些民族越高超，便越不幸，因為他們對於人類，全世界聯結的需要比別的民族更感到強烈。偉大的侵略者，帖木兒和成吉思汗，像狂飆般在地上飛過，努力征服全世界的土地，而他們所表示的（雖然是無意識地），也就是一樣的，人類對於世界的、普遍的聯結的偉大的需要。你接受了世界和凱撒的紫袍以後，可以創造全世界的國家，給予全世界的國家，給予全世界的安謐。因為誰能佔有人類，不還是佔住了他們的良心，手裡握有他們的麵包的人嗎？所以我們取了凱撒的劍，取到以後，自然要拒卻你，跟他走了。喔，還要過許多世紀，猖獗著自由思想，他們的科學和人吃人的風俗，因為他們沒有我們，就開始建築巴比倫的高塔，結果是到了人吃人的地步，那個時候野獸會爬到我們面前，舐我們的腳，從眼裡灑出血淚。我們將坐在野獸身上，高舉酒杯，杯上寫著「祕密！」，只是到了那個時候，人們才臨到了安謐和幸福的天國。你為你的選民驕傲，但是你只有選民，而我們則安慰大眾。還有，在這些選民裡，本可以成為選民的強有力的人們裡，有許多已經等得你累乏，把他們的精神力量，心的熱忱轉移到另一個陣地去，結果是把他們的自由的旗幟高舉起來反對你了。然而是你自己舉起這旗幟來的。在我們這裡，大家將得到幸福，不會反叛，也不會互相殘害，而在你的自由裡，卻到處都是這個情形。我們可以使他們相信，只在為我們拒絕了自由，並且服從我們的時候，才能成為自由的人。我們究竟說得有理，或者是撒謊呢？他們自己會相信我們是有理的，因為他們記得，你的自由把他們領到如何可怕的奴隸和擾亂的境界上去。自由，自由的思想和科學，領他們到森林裡去，使他們面對著奇蹟和無從解決的祕密，因此有一些不馴服而蠻兇的人們將殘害自己，另一些不馴服，而力量軟弱的人們將互相殘害，還有一些剩餘的、力量薄弱的、不幸的人們爬到我們的腳下，向我們哀號，「是的，你們是對的，我們佔有了他的祕密，我們現在回到你們這裡，從我們自己那裡救救我們呀！」他們取到了我們的麵包，自然明顯地看到，我們將他們的麵包，用他們的手弄到的麵包，從他們那裡取來，再分給他們，並沒有任何的奇蹟；他們將看到我們沒有把石頭變成麵包，但是實際上他們喜歡從我們手裡取到麵包，比對於麵包本身的喜歡還要甚些！因為他們深深地記到，以前沒有我們的時候，他們弄到的麵包一到了他們手裡便變成石頭，但是在他們回到我們這裡來的時候，石頭在他們的手裡會變成麵包。他們太明白，太明白，永遠服從具有什麼意義！在人們不瞭解這意義的時候，他們是不幸的。請問，誰在那裡助長這不瞭解？誰攪散羊群，把牠們分散到熟稔的道路上去？然而羊群將重行聚集，重行服從，而且是一成不變的了。那時候我們將給予他們靜謐的、柔順的幸福，軟弱的無力的生物的幸福——他們生來就是那樣軟弱無力的。我們將勸他們不要驕傲，因為你把他們舉高，因此使他們學會了驕傲；我們將對他們證明，他們是軟弱的，他們只是可憐的小孩子，但是小孩的幸福比一切的幸福甜蜜。他們會膽小起來，望著我們，偎緊在我們身邊，恐怖得像小鳥對著牝雞。他們會對我們驚訝、懼怕，而且還為了我們這樣強健、聰明，竟能鎮服住幾萬萬吵鬧的羊群而生出驕傲之心。他們對於我們的震怒將發出軟弱的戰慄，他們的思想顯得畏葸，他們的眼睛容易流下淚水，像小孩和女人一般，但現在我們一揮手之間，他們很容易轉到快樂和歡笑、光明的喜悅和小孩子的幸福的歌唱上去。是的，我們可以強迫他們工作，但是在勞力閒空下來的時間內，我們給他們建造像小孩遊戲一般的生活，有小孩的歌曲、合唱、天真爛漫的跳舞。我們將允許他們犯罪，他們是軟弱無力的，他們將愛我們，像小孩一樣地愛，為了我們許他們犯罪。我們將對他們說，一切的罪如果經了我們的允許而做的，是可以贖清的，我們許他們犯罪，因為我們愛他們，由我們自己來擔承對於這些罪的刑罰。我們一擔承了，他們將崇拜我們，當作在你面前替他們受過的恩人。他們沒有一點祕密瞞過我們。我們可以允許或禁止他們同他們的妻子和情婦在一處生活，有子女或沒有子女——全看他們聽從的程度而定——而他們會帶著快樂和喜悅服從我們。他們的良心最苦惱的祕密——一切，一切，他們將送給我們，由我們加以解決。他們所欣然相信我們的解決，因為它能使他們脫卸極大的關心，和在親身和自由解決一切時現在所遭受的可怕的痛苦。大家全將有幸福，幾千萬萬的人們，除去幾萬統治他們的人們以外。將有幾千萬萬幸福的嬰孩，和幾萬受痛苦的人們——他們自己擔當下了對於善惡認識的詛咒。他們靜靜地消逝，為了你的名，在棺材後面他們找到的唯有死亡。但是我們將保存祕密，為了他們的幸福起見，用上天的、永恆的獎賞，召誘他們。在另一世界裡即使有些什麼，也不是為他們那樣的人預備的。人們說，而且寓言，你將來到這裡，重行戰勝，帶了選民們，驕傲的、強有力的人們同來，但是我們可以說，他們只是救了自己，我們卻救了大眾。又說，那個坐在野獸身上，手握「祕密」的娼妓將蒙恥辱，軟弱無力的人們將重行造反，撕碎她的紫袍，暴露她的「可憎厭」的肉體。但是到了那時候，我將立起身來，把幾百萬萬不識罪孽的嬰孩指給你看。而為了他們的幸福將他們的罪擔承下來的我們將站在你的面前，說道：「裁判我們吧，假使你能，你敢。」你要知道我不怕你。你要知道，我也到過沙漠裡去，我也吃過蝗蟲和樹根，我也祝福過你用來祝福人們的自由，我也曾預備加入你的選民的行列，渴望「充數」的強有力的人們的行列。但是我醒悟了，不願為瘋狂服務，我回來了，加入糾正你的業績的人們的隊伍裡來了。我離開了驕傲的人們，回到低卑的人們那裡，為了低卑的人們的幸福。我對你所說的一切全會應驗，我們的國即將建立。我對你重複一句：明天你就可以看見這個馴順的羊群，經了我的一揮手會全奔過來把燙熱的煤撿到你的火堆上面，我將在這上面把你燒死，因為你跑來妨礙我們，因為最應該受我們的火刑的，那就是你。明天我要燒死你。Dixi[1]。』」

伊凡止住了。他說話的時候受了激動，說得十分興奮；說完以後，忽然微笑了。

1 編註：拉丁文，意思是「我說過了」。

阿萊莎一直默默地聽著他，後來發生了過度的騷動，屢次打算打斷哥哥話語，卻顯然自行抑止著，忽然說起話來，好像從座位上掙脫了似的。

「但……但這太離奇了！」他漲紅了臉呼喊，「你的史詩是對於耶穌的頌讚，並不是咒罵……你本來想這樣做的。關於自由的話，誰能信你呢？自由是不是應該，是不是應該這樣瞭解的？關於正教的見解是不是這樣的……這是羅馬，不完全是羅馬，這是不真實的——這是加特力教裡的低劣的東西，宗教裁判官、耶穌會員……像你的宗教裁判官那樣理想的人物是絕對不會有的。擔承下來的人們的罪是什麼？為了人們的幸福擔承下詛咒的祕密的掌握者是什麼意思？在什麼時候他們被發現的？那穌會員我們是知道的，有人講他們的壞話，但是你的那些人是什麼東西？他們完全不是那麼回事，完全不是……他們只是為設立未來的、全世界的地上的王國用的羅馬軍隊，以皇帝——羅馬大主教為首領……這就是他們的理想，並沒有什麼祕密，和崇高的憂愁……只是一種取得政權的願望，取得地上齷齪的利益，奴役他們的願望。……好比是未來的農奴制度，而他們就是地主……他們確是這樣的。也許他們不信仰上帝。你的受痛苦的宗教裁判官只是一種理想罷了……」

「等著，等著，」伊凡笑了，「你真性急。你說是理想，好吧！自然是理想。但是請問一下，難道你果真以為，最近幾世紀來加特力教的運動實際上全只是單單為了取得齷齪的利益而謀取政權的願望嗎？是不是帕意西神父這樣教你的？」

「不，不，相反地，帕意西神父有一次甚至說過類似你所說的……但自然不是那樣，完全不是那樣。」阿萊莎忽然趕緊改過來。

「然而這自然是名貴的消息，雖然你說了『完全不是那樣』的話。我問你，為什麼你的耶穌會員和宗教裁判官們聯結在一起，只是為了物質的、低劣的利益？為什麼他們中間不會生出一個受苦難的人，被偉大的憂愁折磨著，而且愛人類的？你看：假定說從所有這些單只冀圖物質的、齷齪得厲害的人們中間能找出一個人來，就是哪怕像我的宗教裁判官那般的一個人，自己在沙漠中啃嚼樹根，發著瘋勁，以克服自己的肉體，使自身成為自由和完全的人，而且一生愛著人類，忽然悟出，而且看到，達到意志力的完滿的境界並不是極大的道德上的幸福，假使同時深信其餘的幾千萬的上帝的生物只是為了嘲笑而造成著，他們永遠無力應付他們的自由。從可憐的叛徒中間永遠不會產生修成高塔的偉人，而偉大的理想家並非為了這類的幻想關於和諧的問題。他悟解了這一切以後，就回來，加進……聰明的人們裡去了。難道這不能發生嗎？」

「加進到什麼人裡，那種聰明的人裡？」阿萊莎差不多狂熱地喊著，「他們沒有一點思想，沒有一點祕密……單單是無神，這是他們地全部的祕密。你的宗教裁判官不信仰上帝，這就是他的祕密！」

「就是這樣吧！你到底猜到了。確實是這樣，其中的祕密確乎就是如此，但是對於即使像他這樣的人，一輩子虛度在沙漠裡的苦行上，而到底沒有治好對於人類的愛的人，難道這不是痛苦嗎？他在暮年時，明晰地信仰，唯有偉大的可怕的神靈的勸告能夠使軟弱無力的叛徒，『為了嘲笑而造成的未成熟的試驗的生物』，建立稍稍地可忍耐下去的生活。他得到這信仰以後，看出應該遵照聰明的神靈，死亡與毀滅的可怕的神靈的指示走去，因此應該接受虛謊和欺騙，有意識地領導人民到死亡和毀滅的路上，而且在整個路程上欺騙他們，使他們不注意他們被引導到何處去，使這些可憐的盲人們即使在旅途中承認他們是有幸福的人。你要注意，這欺騙是用了他的名，他的理想是老人一輩子這般熱烈地信仰著的！難道這不是不幸嗎？即使只有一個這樣的人發現『單為只是齷齪的利益而渴求權力』的一群軍隊的首腦部裡——那麼難道這一個人就不夠發生悲劇嗎？不但如此，只要有一個這樣的做首腦的人，就可以找出全部羅馬的事業（連同它的軍隊和耶穌會員）的主要理想，這事業的最高理想。我對你直說，我深信，在站在運動的首腦的人們中間，這個單獨的人是永遠不會缺少的。誰知道，也許在羅馬的教王中間也會產生這類單獨的人。誰知道，也許這可詛咒的老人，那樣頑固地，那樣特別地愛著人類的，現在也在許多這類單獨的老人們的行列中間存在著，而且並不是偶然存在，卻早已成立了一種協約，一種祕密的結社，以保持祕密，不使不幸的、軟弱無力的人們知道，用意是使人們成為有幸福的，這一定是如此，應該是如此。我覺得，甚至互助團（Masons）的基礎上也有和這類祕密相近的東西，所以加特力教派恨互助團，看出他們是競爭者，分散觀念的一致，因為羊群應該是單一的，牧者也應該只有一個人……我擁護我的思想，我是一個不能容你的批評的作者。現在夠了。」

「你也許自己就是互助團員！」阿萊莎忽然脫口說出，「你不信上帝。」他補上一句，卻已帶著過度憂鬱的神情。

他覺得哥哥嘲笑地望著他。

「你的史詩有什麼結果？」他忽然間，朝地上看，「莫非它已經完了嗎？」

「我想把它這樣結束：宗教裁判官沉默了，一時等待囚人的回答。他的沉默使他感到痛苦。他看見囚人一直聽他的話，懷著深刻的感情，靜悄悄地盯看他的眼睛，顯然不願意反駁。老人希望他說什麼話，哪怕是悲苦的、可怕的話。但是他忽然默默地走近老人身邊，靜靜的吻他的失血的、九十歲的嘴。這就是全部的回答。老人抖索了一下。他的唇端上微微地動了一下；他走到門前，開了門，對他說：你去吧，不要再來……完全不要來……永遠也不，永遠也不！便把他放到『城市的黑暗的行人道上』。囚人於是走了。」

「老人呢？」

「吻在他的心上熾燒，似是老人仍舊保持著以前的理想。」

「你也同他在一起嗎？你也是嗎？」阿萊莎悲苦地喊。

伊凡笑了。

「這是隨便亂說的，阿萊莎這，只是一個愚蠢的學生愚蠢的史詩──他永遠沒有寫過兩句詩。為什麼你看得這樣正經？你是不是心想，我現在一直要到那裡去，到耶穌會員那裡去，加入糾正他的業績的隊裡去嗎？天呀，這於我有什麼相干？我對你說過：我只要熬到三十歲，到了那個時候酒杯往地上一扔！」

「但是膠黏的樹葉呢？貴重的墳墓呢？蔚藍的天呢？心愛的女人呢？你將怎麼生活？怎樣愛她們呢？」阿萊莎悲哀地喊，「胸脯裡腦筋裡帶著這樣的地獄，那怎麼可以呢？不，你一定是去加入他們的行列裡。……假使不去，你將自殺，你受不住的！」

「有一種力量足以忍受一切的！」伊凡帶著冷冷的嘲笑說。

「什麼力量？」

「卡拉馬助夫的力量……卡拉馬助夫的低卑行為的力量。」

「這是不是『一切都可以允許』？一切都可以允許，是不是？」

伊凡皺眉，臉上忽然奇怪地發出慘白。

「你這是捉住了昨天米烏騷夫聽到了十分生氣的一句話。……就是特米脫里哥哥那樣幼稚地跳起身來說出的那句話，是不是？」他做出歪曲的冷笑，「是的，『一切都可以允許』，既然這句話已經說了出來。我不反對。米卡的文字原來是不錯的。」

阿萊莎默默地看著他。

「我臨走的時候，心想全世界上我總算還有你這人，」伊凡忽然帶著突如其來的情感說，「現在我看我在你的心上，沒有地位，我的親愛的修行僧。我絕不否認『一切都可以允許』的原則。你是不是為了這個將和我決絕？」

阿萊莎站起來，走到他面前，默默地、靜靜地吻他的嘴唇。

「文學的偷竊！」伊凡喊，忽然轉為歡欣，「這是你從我的史詩裡偷來的！謝謝你。起身吧，阿萊莎，我們走吧，我該走，你也該走了。」

他們走了出去，但是在酒店的臺階上止步，

「還有一句話，阿萊莎，」伊凡用堅決的聲音說，「假使我果真還有力量顧到膠黏的樹葉，我一憶到你，就會愛起來的。只要你還在什麼地方活著，這對於我已經足夠，我還不至於不想活下去的。這對於你足夠嗎？如果你願意，把這當作表示愛情也可以。現在你往右，我往左——夠了，聽見沒有？夠了，那就是說假使我明天不走（大概一定走的），我們還可以相見，那時候你不必同我再提起這個問題。這是我的堅決的請求。關於特米脫里的事，我特別請求你，甚至再也不必同我講起來，」他忽然氣惱地補上這句話，「一切都研究盡了，一切都說完了，是不是？我的那方面，也要給你約定好了：到了三十歲，假使我想『把酒杯扔到地上』，那麼無論你在什麼地方，我必再跑來同你談一次……哪怕甚至是從美洲也要來的，這是你要知道的。我要特地跑來。到那時看你成為一個怎樣的人，是很有趣的。但是隆重的約言已經夠了。我們也許真的會離別七年，甚至十年。唔，現在到你的Pater Seraphicus[1]那裡去吧。他快要死了。也許你不在身旁，他就死去；我留你，你會生我的氣的。再見吧，再吻我一次，這樣子，快去吧……」

1 譯註：中古時教會神父的別稱。

伊凡忽然轉身獨自走了，連頭也不回。好像特米脫里哥哥昨天離開阿萊莎的情形一樣，雖然昨天是完全另一回事。在阿萊莎的悲鬱的腦筋裡，這時候悲鬱、淒楚的腦筋裡，這個奇特的念頭像箭似的閃過。他等了一會，目送著兄長。不知為什麼原因忽然注意到，伊凡哥哥走路好像是搖搖擺擺的，他的右肩，假使從後面看望，似乎比左肩低些。以前他從來沒有注意到這樣子。但是忽然他也轉過身子，差不多向修道院方面跑起來。天色黑得厲害，他幾乎感到害怕：一種新的，他不能加以回答的念頭，在他的心裡堆高起來。風又像昨天一樣的揚起，風和長生的松樹在他的周圍除沉地發響，在他走進庵舍小林的時候。他差不多奔跑著。「Pater Seraphicus」——這名詞從哪裡引來的——從他那裡來的？——阿萊莎的腦筋閃進這念頭。伊凡，可憐的伊凡，我什麼時候可以看到你呢？……庵舍到了，天呀！是的，是的，這是Pater Seraphicus他救我……從神那裡，而且是永遠的！他以後一生中許多次懷著極大的疑惑，憶起他和伊凡分手之後，怎麼會忽然忘記了特米脫里哥哥，而他在幾小時以前曾決定無論如何要找到他，不找到不罷休，甚至當夜不回到修道院裡去也不管。

第六章　暫時還不清楚的一章

伊凡．費道洛維奇和阿萊莎分手以後，回到費道爾．伯夫洛維奇的家裡去了。但是事情很奇怪，忽然有按捺不住的煩惱侵襲到他的身上，而且越多走一步，越近家門，便越加增長。奇怪不在煩惱上面，而在伊凡．費道洛維奇始終不能決定煩惱些什麼。他以前也時常發生煩惱，而在這時候它來到了，本也不見得稀奇，因為他明天就要和吸引他到這裡的一切突然斷絕，重又準備折轉到一旁，走上新的、完全不熟稔的道路，重又完全成為孤獨的人，和以前一樣，有許多希望，而不知希望什麼，對於人生有許多，許多的期待，而無論在期待中，或甚至在願望中，都不會自行有所決定。雖然他的心靈裡的確有新的、不熟稔的煩惱，到底在這時候折磨著他的是另外的東西。是不是對於父親的家的厭惡？——他自己尋思——好像我竟厭惡到這種地步，雖然今天是最末一次跨進這齷齪的門限，卻到底還是感到厭惡……不，這也不對。是不是為了和阿萊莎離別，還有剛才和他講的一番話：「我有多少年同全世界沉默著，不屑開口說話，忽然說出一大套絮叨的話。」實際上，這也許是由於年輕的無經驗和年輕的虛榮心而來的一種年輕的遺憾，為了不善於發抒自己的意見而遺憾，而且還是對著像阿萊莎那樣的人，在他心裡對於他（阿萊莎）無疑地存著極大的計算。自然這也是有的，那就是指著這個遺憾，甚至一定應該是有的，但是這到底還不對，到底還不對。「煩惱到作嘔的地步，卻無從決定我要什麼東西。最好不去思想，……」

伊凡・費道洛維奇嘗試著「不去思想」，但是沒有什麼幫助。主要的是這煩惱可恨到、刺激到那種地步，好像它具有一種偶然的、完全外表的形狀；這是感覺得出來的。有一個生物或物件在什麼地方站立著，凸出著，有時好像有什麼東西在眼睛前面凸出著，在做事或作熱鬧談話時許久不注意到他，然而顯然你在受著什麼刺激，差不多惱怒著，後來才猜到把無用的物件移開，時常是很無聊而且可笑的東西，一件沒有放在原地方的東西，例如落在地板上的手帕，沒有放到架上的書籍等等。伊凡・費道洛維奇終於在最惡劣的、最煩惱的心神狀態內走到了父親的家，忽然在離開園內大概有十五步遠的地方，向大門一望，一下子猜到了使他煩惱和驚惶的是什麼。

僕人司米爾加可夫坐在大門旁長椅上，呼吸黃昏的涼爽的空氣。伊凡・費道洛維奇見他一眼就明白在他的心靈裡坐著的是僕人司米爾加可夫，而就是這個人是他心靈不能忍受的。一切忽然得了悟解；一切明顯了。剛才，還在阿萊莎敘講他和司米爾加可夫相遇的情形以後，就有一點陰鬱和嫌惡的東西射進他的心裡，立刻引起了恨惡的反響。以後談話的時候，司米爾加可夫暫時被忘卻，但還留在他的心靈裡面。伊凡・費道洛維奇剛剛和阿萊莎分手，那個被忘卻了的感觸立即迅快地露到外面。「難道這個低賤的混蛋會這樣使我不安嗎？」他帶著按捺不住的惡意想著。

事情是因為伊凡・費道洛維奇近來實在是很不愛這人，尤其是在最後的幾天內。他甚至開始自己覺出這種幾乎增長不已的對這人的仇恨。也許，仇恨的進程所以那樣尖銳化，因為在伊凡・費道洛維奇剛來到這裡的時候，起初是發生著另外的情形。那時候伊凡・費道洛維奇對於司米爾加可夫發生一種特別的、突如其來的同情，甚至認為他是個很怪趣的人。他自己使司米爾加可夫習慣和他談話，永遠對於他的無理解，或者最好說是理想上的慌擾深致驚訝，不明白有什麼東西能時常而且固執地使「這個冥想者」不安。他們還談到哲學問題，甚至講，為什麼光明在第一天發生，而太陽、月亮和星星，只在第四天時才出現，應該怎樣去瞭解；但是伊凡．費道洛維奇很快就相信，事情並不在於太陽、月亮和星星，太陽、月亮和星星雖然是有趣的東西，但對於司米爾加可夫是次要的問題，他需要的是完全另外的東西。不管怎樣，總而言之，他開始表示，而且暴露一種無邊涯的自尊心，而且是被侮辱了的自尊心。伊凡．費道洛維奇對於這個很不喜歡。就從這裡開始了他的厭惡。以後家裡出了亂子，發現了格魯申卡，發現了關於特米脫里哥哥的事情，因之來了許多麻煩的事情——他們也談到，但是雖然司米爾加可夫談起來時永遠帶著極大的騷亂，卻始終不能弄明白他自己要些什麼。他的願望有時不由得透露出來，永遠是不清楚的，那種不合邏輯和漫無秩序真可以使人驚訝。司米爾加可夫永遠盤問著，發出一些間接的，雖然誠心想出來的問題，但是為了什麼——他並不加以解釋，而且時常在盤問得最熱鬧的時間忽然沉默下來，或者完全換了另一個題目。主要的，使伊凡．費道洛維奇根本發生惹惱，而且深種厭惡之心的是司米爾加可夫開始對他表現一種討厭的、特別的親暱的態度，而且越來越厲害。他並沒有使自己露出不禮貌的樣子，相反地，他永遠十分恭謹地說話，但是事情安排得好像司米爾加可夫不知為什麼原因，顯然在認為自己是和伊凡．費道洛維奇有點同謀，說話的口氣永遠好像他們兩人中間有一點約定好的，似乎祕密的事情，曾經兩方面說開過，只有他們兩人知道，而那些在他們身旁騷動著的生物甚至是無從瞭解的。但是伊凡．費道洛維奇到底許久不明白他的日見增長的嫌惡的真正原因，只是到了最近才猜到是什麼。現在，他懷著嫌髒的、惹惱的感覺，打算默默地不看司米爾加可夫一眼，就走進園門裡去，然而司米爾加可夫從長椅上立起，單從他立起來的姿勢上，伊凡．費道洛維奇一下子就猜到他想同他作特別的談話。伊凡．費道洛維奇看了他一眼，便止了步，但是他的突然止步，並不逕直走過，像在一分鐘前打算做的樣子，這一事實使他自己氣惱到抖慄的地步。他憤怒而且嫌惡地望著司米爾加可夫太監般的、消瘦的面貌，用木梳理齊的鬢毛和蜷起的矮小的髮叢。他的微微睒眯的左眼閃來閃去，發著嘲笑，好像說：「為什麼你走著，走著，不走進去，顯然我們兩個聰明的人有話談呢。」伊凡．費道洛維奇抖索了一下。

「滾開，混蛋，我同你是一黨嗎，傻子！」他的舌頭上想飛出這些話來，但是使他十分驚訝的是舌頭上飛下來了完全另一種的話。

「父親睡覺，或是醒了？」他馴順地、輕輕地說，自己也覺得突如其來，忽然也是完全突如其來地，竟坐到長椅上去了。一剎那的時候，他幾乎覺得駭怕，他以後憶起來司米爾加可夫站在他對面，手叉在背後，帶著自信力，幾乎嚴厲地望著他。

「還在睡覺呢，」他不慌不忙地說。（「是你自己首先說起話來的，不是我。」）「我奇怪你，先生。」他在沉默了一會以後，補充了這句話，似乎裝腔作勢地垂下眼皮，右腳伸向前面，把漆皮鞋的尖頭戲弄著。

「你奇怪我做什麼？」伊凡．費道洛維奇急遽而且嚴厲地說，用全力壓制自己，忽然厭惡地明白，他感到了強烈的好奇，無論如何在沒有得到滿足的時候他是不會離開這裡的。

「為什麼您不到切爾馬士娜去？」司米爾加可夫忽然抬起眼睛，親暱地微笑了。

「我為什麼微笑，你應該自己知道，既然你是一個聰明人。」他的睞眯的左眼似在說話。

「為什麼我要到切爾馬士娜去？」伊凡．費道洛維奇驚訝了。

司米爾加可夫又沉默了。

「費道爾．伯夫洛維奇甚至親自求過你的，」他終於說，不慌不忙的樣子，似乎自己也不重視自己的回答，意思是用次要的理由來搪塞一下，只是為了有什麼話可說。

「鬼，你說得清楚些，你需要的是什麼？」伊凡．費道洛維奇終於惱怒地喊出來，從馴順轉到粗暴。

司米爾加可夫把右腳擱在左腳上面，身體挺得直些，繼續用同樣鎮靜的態度，和同樣的微笑，看著伊凡。

「沒有什麼實在的……只是談談而已……」又臨到了沉默。幾乎沉默了一分鐘。伊凡．費道洛維奇知道他應立刻立起來，發怒，但是司米爾加可夫站在他面前，彷彿等待著：「我要看你生氣不生氣。」至少伊凡．費道洛維奇這樣想。他終於搖了搖身子，準備站起來。司米爾加可夫似乎捉住了這一剎那。

「我的地位真可怕，伊凡．費道洛維奇，我甚至不知道怎樣幫助自己。」他忽然堅定而且明晰地說，在說到最後的一句話時嘆了一口氣。伊凡．費道洛維奇立刻又坐了下來。

「兩人完全瘋了，兩人都到了極小的嬰孩的地步，」司米爾加可夫繼續說，「我指的是您的父親和您的老兄特米脫里．費道洛維奇。現在費道爾．伯夫洛維奇起身以後，立刻就要一分鐘也不歇地纏住我，『她怎麼沒有來？為什麼她不來？』就這樣一直到半夜，甚至過了半夜還是這樣。假使阿格拉菲納．亞歷山大洛夫納不來（因為她也許完全不打算來），那麼明天早晨又會追著我問：『她何以不來？她為什麼不來？她什麼時候來呢？』好像我在他面前犯了什麼錯處似的。另一方面，又來了一套，只要天剛一黑，甚至沒有黑以前，您的老兄手裡握著槍，在鄰舍那裡出現，說道：『你聽著，你那壞蛋，煮湯的廚子，你只要敢看見她來了，不告訴我——我就首先把你殺死。』過了一夜，費道爾．伯夫洛維奇又開始折磨我：『她為什麼不來，快不快來？』好像那位女太太不肯來，是我的錯處似的。每天，每分鐘，他們兩人越來越生氣得厲害，有時我心想真要害怕得自殺。我真是對於他們沒有辦法。」

「你為什麼參加到這裡面？為什麼你替特米脫里．費道洛維奇做偵探？」伊凡．費道洛維奇惹惱地說。

「我怎麼能不加進去？我也並沒有加進去，假使您願意知道完全確實的情形。我從起頭就沉默著不敢反駁，他自己派我做他的僕役——做他的李卻德[1]。從那時候起只說著一句話：『我要殺死你這混蛋，假使你放了過去！』我覺得，明天我一定會發作長長的癲癇。」

「什麼長長的癲癇？」

「一種長時的昏厥，極長時的。幾小時，也許延續一、兩天。有一次我發作了三天，那時是從閣樓上掉下來。抽瘋停止了，以後又開始；我有三天不能回轉神智。當時費道爾·伯夫洛維奇延請了這裡的醫生格爾城司圖勃來家，把冰放在我頭上，還使用了另一個方法……我幾乎死去。」

「不過聽說昏厥病不能預先知道，什麼時候發作。你怎麼說明天發作呢？」伊凡·費道洛維奇帶著特別的、惹惱的好奇心詢問。

「這真是不能預先知道的。」

「而且你當時是從閣樓上掉下來的。」

「我每天爬到閣樓上去，明天也許會從閣樓上掉下。不是從閣樓上掉下，便是落進地窖裡去，我也是每天有事情，必須到地窖裡去。」

伊凡·費道洛維奇看了他許多時候。

「我看，你在那裡說胡話，我有點不明白你，」他似乎帶著威嚇，輕聲說：「你是不是想從明天起發三天的昏厥病？啊？」

司米爾加可夫目視地上，又戲弄右腳的鞋尖，隨後把右腳放在地上。換了一隻左腳。朝前面翹起，

1 編註：「李卻德」在俄語的發音為Licharda，此源自一則著名的民間傳說Prince Bova；在該故事中Licharda忠誠地侍奉他的主人King Gvidon及惡妻Militrisa，而Militrisa一直打算謀害其夫。

舉起頭來，冷笑了聲，說道：

「假使我能夠做出這一手來，那就是說假裝，因為有經驗的人是完全不難做的，那麼我自有權利使用這個方法，來救我的性命，我既然有了病，躺下來，即使阿格拉菲納·亞歷山大洛夫納跑到您的父親那裡去，他就不會問病人：『你為什麼不報告？』他自己會感到慚愧的。」

「鬼！」伊凡·費道洛維奇忽然發怒。臉由於恨惡變得歪曲了，「你為什麼盡替你的性命擔憂！特米脫里哥哥這些威嚇只是生著氣所說的話，說過也就完了。他不會殺死你，就是殺，也不會殺死你的！」

「他會殺死的，像弄死一隻蒼蠅一樣，而且首先把我殺死。我最怕的還有一樁：生怕在他對他的父親做出荒誕的案子的時候，人家把我當作和他同謀。」

「為什麼人家會把你當作同謀者呢？」

「因為我把祕密的記號告訴了他，人家會把我當作同謀的。」

「什麼記號？告訴了誰？鬼頭，你說得清楚些！」

「我應該完全承認，」司米爾加可夫用教書者般的鎮靜態度緩緩地說，「我同費道爾·伯夫洛維奇發生了一個祕密。您自己也知道（假使您能知道），我已經有好幾天，一到夜裡，甚至是晚上，就立刻從裡面鎖了起來！您最近每天很早就上樓去，昨天竟完全沒有下來，所以也許您不知道，他現在開始在夜裡嚴緊地鎖起來。假使格里郭里·瓦西里也維奇進來，他在聽到了他的口音以後，才能給他開門。但格里郭里·瓦西里也維奇是不來的，現在只有我一個人侍候他——所以就從想到阿格拉菲納·亞歷山大洛夫納的時候起，就自己開始規定了這個辦法。他現在吩咐我夜裡離開他，睡在邊屋裡去，卻不許我在十二點鐘前睡下，叫我看守著，在院子裡巡行，等待阿格拉菲納·亞歷山大洛夫納進來，因為他已經等了她好幾天，好像發狂了似的。他這樣打算著：她怕他，那就是特米脫里．費道洛維奇（他喚他米卡），所以唯有深夜裡偷偷到我這裡來。他說，你應守候她到半夜為止。她一來，你就跑到門前，叩門，或者叩花園裡的窗，先用手扣輕輕的兩下，這樣子：一，二。以後立刻快快地來三下：一，二，三。我立刻就明白她來了，便輕輕的給你開門。他還告訴我另一種記號，預備發生緊急的事情的時候用的：先快快地叩兩下：一，二；等一會，再很結實地叩一下。他就明白發生一點突如其來的事情，我必須要見他，他就會給我開門，我再走進去報告。譬如說，阿格拉菲納．亞歷山大洛夫納也許自己不來，派人來通知一個消息，還有，特米脫里．費道洛維奇也許也要來，那麼應該報告他，說他已到了近處。他很怕特米脫里．費道洛維奇，所以即使阿格拉菲納．亞歷山大洛夫納來了以後，他和她兩人鎖在裡面，如果特米脫里．費道洛維奇在近處發現，我應該立刻報告給他聽，叩門三次。所以第一個記號，叩五下，意思是：「阿格拉菲納．亞歷山大洛夫納來了」；第二個記號，叩三下，「有急須報告的事情」。他曾許多次自己做樣子教我，給我解釋。因為全世界上唯有我和他兩人知道這種記號，所以會毫不猶豫，而且不叫應一聲（他是很怕出聲叫應的），就開門的。這些記號現在特米脫里．費道洛維奇全知道了。」

「為什麼知道了？是你轉告的嗎？你怎麼竟敢轉告出來？」

「就是為了恐怖。我怎麼敢在他面前閉嘴呢？特米脫里．費道洛維奇每天直說：『你騙我，你有什麼事情瞞著我。我要砍斷你的兩腿！』我只好把最祕密的記號告訴他，讓他至少看出我的奴性的崇拜，因此證明我並不騙他，卻竭力向他報告一切。」

「假使你以為他要利用這些記號，走進屋內，你不要放他進來。」

「假使曉得他那樣兇狠，還敢不放他進來，但是我如果當時發了昏厥病，躺在那裡，叫我怎麼不放他進來呢？」

「鬼拿的！為什麼你這樣相信會發昏厥病呢？鬼拿的！你是不是和我取笑？」

「我怎麼敢取笑您？在這樣恐怖的時候，還能顧到笑嗎？我預感到必將犯發昏厥病，我有這樣的預感只是由於恐怖而來的。」

「鬼！即使你躺下來，格里郭里會看守的。你可以預先警告格里郭里一聲，他絕不會放他進去的。」

「我沒有老爺的命令絕不敢把記號告訴格里郭里·瓦西里也維奇。至於格里郭里·瓦西里也維奇聽他來到，不放他進去一層，恰巧他昨天起就病了。瑪爾法·伊格納奇也夫納打算明天給他治病。剛才他們就約定了。她的治法是有意思的：瑪爾法·伊格納奇也夫納有一種濃烈的酒。常時放進一種藥草浸泡著，這是一種祕方。她就用這祕密的藥每年給格里郭里·瓦西里也維奇治療三次，每逢他的腰部不能動彈，好像半身不遂的樣子，每年總要犯三次。她就取一塊手巾，用藥酒浸濕，擦他的背部，擦半點鐘，擦得很乾，甚至完全紅腫起來，隨後把瓶內所剩下來的給他喝下，還說上幾句禱詞。但是她不讓他完全喝盡，因為她利用這稀有的機會，給自己留下了一部分，也喝了下去。他們兩人，我對您說，本來是不會喝酒的，所以當時就倒下來，沉沉的睡熟，睡得很久。等到格里郭里·瓦西里也維奇一醒，差不多永遠恢復了健康；但是瑪爾法·伊格納奇也夫納醒後，永遠頭痛。假使明天瑪爾法·伊格納奇也夫納履行了這個辦法，那麼他們不見得就能聽見，也不能阻止特米脫里·費道洛維奇進來了。他們正在睡覺。」

「真是胡說八道！一切好像故意湊在一起似的：你犯昏厥病，他們兩人失了知覺！」伊凡·費道洛維奇喊，「是不是你自己打算安排得這樣湊巧的？」他忽然脫口說出來，威嚴地皺緊眉頭。

「我怎麼能這樣安排？……有什麼用意，這樣去安排？一切事情全繫在特米脫里·費道洛維奇一個人身上，出於他一個人的意思……他想幹，就會幹。不是我故意領他來，推他到他的父親那裡去的。」

「他何必還要到父親那裡去，還要輕輕地前去，既然你自己說，阿格拉菲納・亞歷山大洛夫納完全不會來的，」伊凡・費道洛維奇繼續說，心裡恨怒得臉色發出慘白，「你自己也說過，而且我住在這裡，也深信老人只是在那裡幻想，那女人是絕不會到他這裡來的。既然她不來，特米脫里還要闖到老人這裡來做什麼？你說吧！我願意知道你的意思。」

「您自己知道他到這裡來做什麼事，為什麼要加上我的意思？他到這裡來，單是為了恨惡，要不就是為了疑心。譬如說如果我生病，他便要起疑心，不耐煩地跑進各屋裡來尋我，像昨天的樣子；看她會不會趁他沒有發覺，偷偷兒進來。他也深知道費道爾・伯夫洛維奇預備了一只大信封，裡面封好三千盧布，打了三個火漆印，用絲帶繫住，上面親筆寫著：『如願親來，當以此獻與我的安琪兒格魯申卡，』過了三天以後，又添上幾個字：『獻與小雞』。這些都是可疑的地方。」

「胡說，」伊凡・費道洛維奇幾乎瘋狂似的喊著，「特米脫里絕不會來搶錢，更不會為了這殺死父親。他昨天為了格魯申卡也許會把他殺死，因為他已成為一個瘋狂的、惡狠的傻瓜，但是絕不做搶劫的事情！」

「他現在十分需要銀錢，需要得太急切了，伊凡・費道洛維奇。您簡直不知道他是如何的需要，」司米爾加可夫十分安靜，而且帶著非常明白的口氣解釋著，「況且他把這三千盧布認為好像是自己的錢，他曾自己對我說過。就是說：『父親還欠我整整三千。』現在，有一點很明白的事實放在這裡，伊凡・費道洛維奇，請您判斷一下：阿格拉菲納・亞歷山大洛夫納如果願意，一定可以使他，就是老爺，就是費道爾・伯夫洛維奇，和她結婚，只要她自己願意，一定可以成的——而且也許她會願意的。我說她不來，只是說說罷了。她也許很願意來，因為她一直可以做這裡的女主人。我親身知道，她的那位商人薩姆騷諾夫曾對她公開地說，這事是很不壞的，兩人當時都笑了。她自己也絕不是很笨的人。她絕不會嫁給像特米脫里．費道洛維奇那樣的窮光蛋。現在把這事實全放在一起，伊凡．費道洛維奇，請你自己判斷一下，到了那個時候，在父親故世以後，不但特米脫里．費道洛維奇，連您和您的弟弟阿萊克謝意．費道洛維奇，會一個盧布也得不到，因為阿格拉菲納．亞歷山大洛夫納既然肯嫁給他，就要把全部的財產都改了她自己的名義，寫在她的名下。現在呢，只要你們的父親一死，還不要緊，你們每人可以立刻分到整整四萬塊錢，甚至他最恨的特米脫里．費道洛維奇也可以得到，因為他的遺囑還沒有寫下來……這些全是特米脫里．費道洛維奇知道得很清楚的。……」

伊凡．費道洛維奇的臉上似乎有什麼歪曲，而且抖索了一下。他忽然臉紅了。

「那麼你為什麼，」他忽然打斷了司米爾加可夫的話語，「在有了這一些情形以後，又勸我到切爾馬士娜去？你這話說得有什麼意思？我一走，你們這裡會發生這類的事情的。」伊凡．費道洛維奇艱難地透著呼吸。

「完全對的。」司米爾加可夫帶著明白理性的態度，輕聲地說，目不轉睛地望著伊凡．費道洛維奇。

「怎麼是完全對的？」伊凡．費道洛維奇反問，努力壓制自己，威嚴地閃著眼睛。

「我說這話是為了憐惜您。如果我處在您的地位上，我立刻拋棄一切……何必在這種情形之下停留著……」司米爾加可夫回答，帶著極公開的神色，望著伊凡．費道洛維奇閃爍的眼睛。兩人都沉默了。

「你好像是大傻瓜，自然也是……可怕的惡徒！」伊凡．費道洛維奇突然從長椅上立起來。立刻就想走進園門，卻忽然止住步，回身對著司米爾加可夫。發生了一點奇怪的事情：伊凡．費道洛維奇突然地，有點像抽瘋似的，握緊拳頭——還等一剎那，自然就要奔到司米爾加可夫身上去。司米爾加可夫至少覺察了出來，抖索了一下，全身往後抽退。但是那一剎那對於司米爾加可夫順利地過去了，於是伊凡．費道洛維奇默默地，卻好像帶著一點疑惑似的，轉身到園門的方向上去。

「我明天到莫斯科去，你應該知道——明天清早就去——就是這個樣子！」他懷著狠毒，忽然清晰而且大聲地說話，以後自己驚訝自己，何以他當時需要把這話告訴司米爾加可夫。

「這是最好的事——」司米爾加可夫趕緊說，好像等候著似的，「不過假使出了什麼事情，這裡會打電報到莫斯科叫您的。」

伊凡．費道洛維奇又止步，又迅快地轉身向司米爾加可夫。但是司米爾加可夫身上似乎也發生了一點什麼事情。他的親暱和滿不在乎的態度一下子飛躍走了，他的整個臉部表示非常的注意和期待，但已是畏葸的、卑躬屈膝的樣子：「你也許還要說什麼話，補充什麼話。」他的凝聚的、盯在伊凡．費道洛維奇身上的眼神裡讀出這樣的意思來。

「假使出了什麼事情……不是也會從切爾馬士娜叫我的嗎？」伊凡．費道洛維奇忽然吼叫起來，不知為什麼緣故，忽然可怕地抬高了聲音。

「也會從切爾馬士娜……打攪您的……」司米爾加可夫幾乎發出微語，喃喃地說，似乎有點張皇失措，卻繼續十分聚神地望著伊凡．費道洛維奇的眼睛。

「不過莫斯科遠些，切爾馬士娜近些，你主張我到切爾馬士娜去，莫非為了憐惜盤費，或當是可憐我，怕我兜一個大圈子。」

「完全對的……」司米爾加可夫用零斷的聲音喃語，卑鄙地微笑，還是抽瘋似的準備到時候來得及倒退到後面去。但是司米爾加可夫奇怪的，是伊凡．費道洛維奇忽然笑了，迅快地走進園門，繼續笑著。如有人望著他的臉，一定可以斷定，他的笑並非為了快樂的緣故。他自己也絕不會解釋出來。他在這時候發生了什麼事情。他的移動和行走，像是發瘋似的。

第七章　「同聰明人說話是有趣的」

而且他說話也是那個樣子。他一走進大廳，遇見了費道爾．伯夫洛維奇，就忽然對他搖手喊道：

「我上樓去，不是見您，再見吧。」就這樣走了過去，甚至努力不看一看父親。真是也許在這時候他很恨父親，但是仇恨情感的這樣無禮貌的表現甚至對於費道爾．伯夫洛維奇也是感到突然。老人顯然十分願意趕快告訴他什麼事情，所以特地走到大廳裡來迎接他，現在聽到這類客氣的話，就默默地止步，用嘲笑的神色舉目送兒子上樓到二層樓上去，直到他兒子隱滅的時候為止。

「他這是什麼意思？」他迅快地問隨著伊凡．費道洛維奇走進來的司米爾加可夫。

「有點生氣，弄不明白是怎麼樣。」他用推託的口氣喃語。

「鬼！讓他生氣吧！把火壺拿進來，自己趕快出去。快些！有沒有什麼新聞？」

這裡開始了盤問，就是司米爾加可夫剛才對伊凡．費道洛維奇訴苦的那件事情，關於他久候著女客的一切，我們現在把這盤問忽略了過去。過了半小時以後，門鎖上了，瘋狂似的老人獨自在各屋內踱走，戰慄地期待著，五次約好的叩擊快快地發出來，還不時地朝黑暗的窗外窺望。除了黑夜以外一點也看不到什麼。

天已經很晚，伊凡．費道洛維奇還沒有睡覺，在那裡盤算著。這夜他睡得很晚，大約二點鐘模樣。然而我們不去傳達他的思想的行程，現在不是研究他的心靈的時候；將來自會輪到它的。即使我們想試一試加以傳達，恐怕很難做到，因為那不是思想，而是很不確定的，主要地是十分煩擾的東西。他自己感到喪失了方向。還有各種奇怪的，幾乎完全出乎意料之外的願望折磨著他，例如，在已經過了半夜，他忽然堅決而且按捺不住地想走下樓去，開門到邊屋裡去，痛打司米爾加可夫一頓，但是你如果問他為了什麼，他自己絕不能確切地說出任何一個原因來，只除了他覺得這個僕人太可恨，把他當作世界上再也難於找到的最嚴重地侮辱他的人。另一方面，有一種無從解釋的、可恥辱的怯懦在這夜裡屢次侵襲著他的心靈，由於這怯懦他感到他似乎喪失了身體的力量。他頭痛得眩暈。有一種怨恨的情感搔抓他的心靈，好像他準備向什麼人報仇。他甚至恨阿萊莎，在憶起剛才同他談話的時候，有的時候十分恨自己。他幾乎忘記了想卡德鄰納．伊凡諾夫納，以後感到很奇怪，尤其是因為他深深地記得，還在昨天早晨，他在卡德鄰納．伊凡諾夫納面前勇敢地誇口說他明天要到莫斯科去的時候——他在他的心靈裡當時還自行微語：「這是胡說，你決不會去的，你不會那樣容易擺脫，無論你現在怎樣誇口。」以後，過了許多時候，他回想這一夜的時候，總帶著特別的嫌惡記起他怎樣忽然從沙發上立起來，好像深怕有人在後面看他似的，輕輕地開門，走到樓梯上，傾聽樓下的動靜，聽費道爾．伯夫洛維奇在樓下怎麼移動身體，來回踱步，聽了許久，有五分鐘模樣，聽著一種奇特的好奇心，屏住呼吸，心噗通噗通地跳，至於他為什麼這樣做，為什麼傾聽——自然自己也不知道。這「舉動」他以後一輩子稱為「可厭惡的」，一輩子在他的心靈的隱密的所在，深深地認作他一生最卑鄙的行為。在那些時間，他對於費道爾．伯夫洛維奇甚至絲毫不感到任何的怨恨，只是不知為什麼原因用全副力量，發出好奇的念頭；他在樓下如何走路，現在在那裡做什麼事，還預測他這時候大概應該朝黑暗的窗外窺望，忽然在屋子中央停步等候——有沒有人叩門。伊凡．費道洛維奇曾兩次到樓梯上從事這工作。在一切靜寂下去的時候，費道爾．伯夫洛維奇已經睡下，大概兩點鐘模樣——伊凡．費道洛維奇也躺了下來，懷著趕緊睡熟的堅定的願望，因為他感到自己十分累乏。果然，他忽然死沉沉地睡熟，而且沒有做夢，早晨七點鐘時醒來，天已經亮了。他張開眼睛，很奇怪的是忽然感到自身裡有一種不尋常的熱力的襲流，迅快地起床，迅快地穿衣，以後就拉出皮箱，毫不遲緩地，匆遽地開始收拾行李。內衣恰巧昨天早晨從洗衣婦那裡取來。伊凡·費道洛維奇想到一切都很湊巧，沒有什麼可以使突然的出行延緩的事情，甚至因此發出了一聲冷笑。這次的出行確乎是突如其來的。雖然伊凡·費道洛維奇昨天說過（對卡德鄰納·伊凡諾夫納、阿萊莎，又對司米爾加可夫說的），他明天離開這裡，但是昨天躺下的時候，他還記得很清楚，在那個時候他並沒有想到出行的事情，至少完全沒有設想到清早醒來後，第一個行動就是忙著收拾皮箱。後來皮箱和手提包預備好了：大約已有九點鐘，瑪爾法·伊格納奇也夫納走上樓，對他發出尋常的，每天提出的問話：「在哪裡喝茶，在這裡，還是下樓去？」伊凡·費道洛維奇走下樓去，帶著近乎快樂的樣子，雖然在他身上，在他的話語和姿勢裡，有點似乎雜亂散漫，而且匆遽的樣子。他愉快地和父親問安，甚至特地詢問他的健康，但是沒有等到父親的答語終結，一下子就宣告他過一小時就要動身到莫斯科去，並且完全地離開，所以請他打發人去喚馬車。老人聽著這消息，沒有一點驚奇的神色，十分不禮貌地忘卻了對於兒子的出行說些惋惜的話；反而忽然十分忙亂起來，恰巧偶然記起了一件自家的緊要的事情。

「啊喲！你這人呀！昨天竟沒有說……一樣的，立刻可以弄妥當的。勞你的駕，請你到切爾馬士娜去一趟。你只要從伏洛維耶站向左邊彎一下子，一共只有十二俄里，就到了切爾馬士娜。」

「對不起，我辦不到。從這裡到火車站要走八十俄里，火車是晚上七點鐘離站到莫斯科——剛剛來得及搭車。」

「你明天可以搭的，要不，後天也行，今天先彎到切爾馬士娜一趟。你讓你父親安心一下，沒有什麼大不了的事！假使這裡沒有事，我早就自己去，因為那邊的事情很緊急，而我這裡現在真沒有工夫。……我有樹林在白吉曹夫和賈慈金兩塊地區上，在荒地上。商人馬司洛夫父子們只肯給八千盧布，收買樹木，去年有一個買主一開口就給了一萬二，他不是本地人，問題就在這上面。因為這裡現在沒有銷路，馬司洛夫父子厲害得很，價錢說多少就是多少，這裡的人誰也不敢反對他。伊里因司基的牧師上禮拜日那天忽然寫信來說，有一個郭爾司脫金前來，他也是商人，我認識他的，不過寶貴的就是他不是這裡的人，卻是從博格萊鮑夫那裡去的，所以他不怕馬司洛夫，因為他並不是這裡的人。他說，我可以給一萬一，買下樹林來，你聽見沒有？牧師信上說，他在那裡只住一個禮拜。你最好去一趟，同他講定一下……」

「您可以寫信給牧師，請他代為講定就是啦。」

「他不會，問題就在這個上面。這位牧師沒有做生意的眼光。他這人太靠得住，我現在就可以給他兩萬盧布，請他保存，用不著什麼收據，但是一點也沒有做生意的眼光，好像不是人，連烏鴉都騙得動的。但是你要知道，他是一個有學問的人。這位郭爾司脫金樣子像鄉下人，穿著藍布褂，不過性格上卻是十足的壞蛋，我們大家都不滿意這一點。他好扯謊，問題就在這個上面。有時候他扯謊扯得叫人奇怪他為什麼這樣做。前天他說謊，說他的妻子死了，他娶了續絃，您想一想，其實完全沒有這件事情，他的妻子並沒有死，現在還活著，而且每隔三天打他一次。所以現在應該去查明白，他想買下這塊樹林，給一萬一，是不是撒謊，或是說實話？」

「然而我到那裡也沒有法子辦，我也是沒有眼光的。」

「你等著，你是有用的，因為我可以告訴他的，郭爾司脫金的特別記號，我同他早就做過生意的。你瞧，你只要朝他的鬍鬚上看一下就行。他的鬍鬚是栗色的，難看的，細柔的。如果鬍鬚在那裡抖顫，他自己一面說話，一面生氣——那就很好，他在說實話，想做生意；但是假使他用左手摸鬍子，自己嘻嘻地笑著——那就是說他想騙騙你，耍手段。你永遠不要朝他的眼睛裡看，眼睛裡是看不清楚的，像水一般地深沉，真是騙子手——你應該看他的鬍鬚。我寫一封信交給你帶去，你可以給他。他名叫郭爾司脫金，其實他不是郭爾司脫金，卻名叫略格魏意[1]，可是你不要喚他略格魏意，他會生氣的。你假使和他講好，看出一切都很妥當，就立刻寫封信。你只要寫一句話，意思是：「他並不撒謊。」你堅持著一萬一的價錢，可以減去一千，多了不能再減。你想一想——八千和一萬一——有三千的差數。這三千塊錢就算我撿到的，找到買主是不容易的事，我急著等錢用呢。你只要通知我，這件事情是正經的，我自己就跑去，了結一下，想法子勻出一點工夫來。現在我何必到那邊去，假使這只是牧師自己想出來的。怎麼樣，你去不去？」

「唉，我沒有工夫，你不要派我去吧。」

「唉，替你父親當一次差吧，我會記住的！你們全是沒有心腸的！一、兩天工夫你有什麼要緊呢？你現在要到哪兒去？是不是要到威尼斯去？你的威尼斯兩天以內不會倒塌的。我可以打發阿萊莎，但是阿萊莎能做這類的事嗎？我派你去，單單是因為你是聰明的人。難道我看不見嗎？你並不做樹林生意，但是你有眼光。在這裡只要看一看，那人說話是不是當真的？我對你說，你應該朝鬍鬚上看，鬍鬚一抖顫——那就是當真的。」

「您何必盡推我到這可詛咒的切爾馬士娜呢？」伊凡・費道洛維奇喊，惡狠地冷笑一下。

費道爾・伯夫洛維奇沒有把狠惡看出來，或是不願意看出，卻捉住了冷笑：

「這麼說來，你可以去的，你可以去的嗎？我立刻就寫信。」

1 譯註：意作獵犬解。

「我不知道能不能去，我不知道，等我在路上再決定。」

「不必到路上，現在就決定吧。我的親愛的小孩，你決定了吧！你一講好，就寫兩行信給我，交給牧師，他立刻就會派人送到我這裡來。以後我就不來留你，你儘管到威尼斯去。牧師會用自己的馬車送你上伏洛維耶站……」

老人露出十分歡欣的樣子，寫了一封信，打發人去雇馬車，又吩咐取來涼菜和白蘭地。老人快樂的時候，永遠開始感情橫溢，但是這一次似乎自己壓制住了。例如說，關於特米脫里・費道洛維奇的事情，竟一句話也不說。完全沒有為了別離而有所感動。甚至好像找不出什麼話來說；伊凡・費道洛維奇把這看得很清楚。

「他一定很討厭我了。」他自己想。

只在樓梯上送兒子的時候，老人才好像騷動起來，想走過去和他親吻。但是伊凡・費道洛維奇趕緊伸出手去，預備握手，顯然躲避親吻。老人立刻明白，一下子自行勒住：

「好啦，願上帝和你同在，願上帝和你同在！」他從臺階上反覆地說，「你將來總還會來的嗎？你來呀，我永遠是歡迎的。唔，願基督和你同在！」

伊凡・費道洛維奇鑽進馬車裡去了。

「告別了吧，伊凡，不要罵我呀！」父親最後一次喊著。

家裡的人全出來送他：司米爾加可夫、瑪爾法和格里郭里。伊凡・費道洛維奇賞他們每人十個盧布。他已經坐在馬車上去的時候，司米爾加可夫跳上去整理地毯。

「你瞧……我要到切爾馬士娜去了……」伊凡・費道洛維奇似乎脫口而出，還像昨天一樣自然而然地飛躍出這句話來，還帶著一種神經性的淺笑。

他以後長久記住這個情形。

「這麼說來，人們說得很對，同聰明人說話是有趣的。」司米爾加可夫堅定地回答，意義深長地看著伊凡．費道洛維奇。

馬車動了，駛走了。旅行人的心靈裡十分模糊，但是他貪婪地環望田地、山丘、樹木，和高高地在明朗的天上飛過的鵝群。他忽然覺得很舒服。他試一試和車夫談話。那個鄉下人所回答的話裡有一點使他十分感到興趣，但是過了一分鐘，他又覺得一切都從耳旁溜過，他實際上並沒有明白鄉下人所回答的話。他不作聲了，這樣也很好。清潔的、新鮮的、寒冷的空氣、明朗的天色。阿萊莎和卡德鄰納，伊凡諾夫納的形象在他的腦海裡閃過；但是他輕聲冷笑了，輕聲吹散親愛的幻影，於是他們飛走了：「他們的時間還會來的。」他心想。很快地到了一個郵站，換了馬後，奔馳到伏洛維耶去了。「為什麼同聰明人談話是很有趣的，他這話有什麼意思？」忽然地閉窒住呼吸了。「我為什麼報告他，我要到切爾馬士娜去呢？」馬車到伏洛維耶站。伊凡．費道洛維奇從馬車裡走出來。一些車夫們圍住他。雇了自由農民的車子，講好了到切爾馬士娜去的價錢，有十二俄里的路程。他吩咐他套車。走進驛站的房子，向四周環望，看了那個女驛站長一眼，忽然回到臺階上去。

「不用到切爾馬士娜了。趕七點鐘的火車不遲嗎？」

「恰巧來得及。要不要登車？」

「趕快套。你們中間有沒有人明天回城裡去？」

「怎麼沒有，米脫里要去的。」

「米脫里，你能不能幫一下忙？你到我的父親，費道爾．伯夫洛維奇．卡拉馬助夫那裡一趟。你對他說我不到切爾馬士娜去了。你能不能？」

「為什麼不能去，可以去一趟；我早就和費道爾．伯夫洛維奇認識的。」

「我給你一點酒錢，因為也許他不會給你的……」伊凡．費道洛維奇快樂地笑了。

「真是不會給的，」米脫里也笑了，「謝謝您，先生，我一定辦到……」

晚上七點鐘的時候，伊凡．費道洛維奇走上火車，動身到莫斯科去了。「讓以前的一切脫離，和以前的世界永遠了結，不再需要關於這世界的任何消息和回響；到新的世界裡去，新的地方裡去，不要回頭看！」但是代替了歡欣，忽然有一陣黑影降到他的心靈上面，一種以前一輩子從未感到的憂愁在心裡發生出來。他想了整夜，火車飛馳著，只在黎明時光走近莫斯科的時候，他似乎忽然醒了轉來：

「我是低賤的人！」他自己微語。

至於費道爾．伯夫洛維奇的方面，在送走了兒子以後，心裡十分滿足。他整整的二小時內，感到自己幾乎是有幸福的人，便喝起白蘭地酒來；但是屋內忽然發生了一樁對於大家都很討厭而且很不愉快的事實，一下子使費道爾．伯夫洛維奇落入極大的騷擾裡面：司米爾加可夫不知為了什麼事情到地窖裡去，從上面的小梯上掉下去。恰巧那時瑪爾法．伊格納奇也夫納在院子裡面，當時就聽到了。她沒有看見掉落的情形，但是聽見了喊聲，特別的、奇怪的，卻為她早就熟悉的呼聲——一個癲癇病人昏厥過去時的喊聲。是不是他在走下小梯的當兒發作了昏厥病，他失去了知覺自然只好立刻掉落下去，或者相反地是由於墜地，由於震動才使司米爾加可夫，著名的癲癇病人，發作了宿疾，「無從加以辨別，但是我看見他的時候已在地窖的地上，蟠曲著，發著痙攣，不住地抖顫，嘴裡流出泡沫。起初以為他一定摔折了什麼，不是腿，便是手，並且摔斷了骨頭，但是『上帝保佑』，正似瑪爾法．伊格納奇夫也納所說的一般，並沒有發生這類的事，只是好不容易把他從地窖裡抬到上帝的地界上來。但是他們請了鄰舍們幫忙，總算把這事辦妥了。費道爾．伯夫洛維奇親身參與這儀節，親身幫忙，顯然受了驚嚇，似乎有點慌張失措的樣子。然而病人並沒有醒過來：雖然一時曾停止過痙攣，但以後又恢復了，大家斷定這將和去年發生的情形一樣，當他也是不經意地從閣樓上掉下來的時候。有人憶起，當時曾把冰放在頭上。地窖裡還有冰，瑪爾法．伊格納奇也夫納便實行做起來，到了薄暮的時候，費道爾．伯夫洛維奇打發人把格爾城司圖勃醫生請來，他立刻就來了。他仔細檢查了病人（他是全省最精細、最注意的醫生，年邁的、受人尊敬的小老頭子），斷定這昏厥病是極厲害的，「也許會發生危險」，他，格爾司圖勃，還不能完全明白，但是明天早晨如果現在給的藥不見效力，他決定想另一種方法。病人安放在邊屋裡，和格里郭里和瑪爾法．伊格納奇也夫納的住所相鄰的一間小屋子。以後費道爾．伯夫洛維奇就整天受了接二連三的不幸：飯食是瑪爾法．伊格納奇也夫納燒的，湯和司米爾加可夫所煮的相比，就「等於穢水一樣」，小雞炸得太乾，無論如何不能嚼動它。瑪爾法．伊格納奇也夫納對於主人雖很公平，卻極厲害的責備反駁說，雞子本來就是很老的，而且她自己也沒有學做廚子。晚上的時候發生了另一樁顧慮的事情：費道爾．伯夫洛維奇接到報告說，從前天起就得了病的格里郭里更加病得厲害，完全差不多躺了下來，背部不能動彈了。費道爾．伯夫洛維奇趕快喝完了茶，一個人鎖在屋子裡。他處於可怕而且驚慌的期待的狀態中。事情是因為這天晚上他等候格魯申卡的來到，而且差不多一定在等候著；至少他還在消早的時候就從司米爾加可夫那裡得到了保證說「她答應一定來的」。這個固執不移的老人的心跳動得十分驚慌，他在空虛的屋內走路，傾聽。應該把耳朵豎得尖尖的：特米脫里．費道洛維奇也許在那裡看守著她（司米爾加可夫前天就對費道爾．伯夫洛維奇說，他已把怎樣叩門，在哪裡叩門的方法告訴他了）所以必須趕快開門，不讓她白白地留在前屋裡一秒鐘，不能讓她受了驚嚇，就此跑走。費道爾．伯夫洛維奇覺得很忙亂，但是他的心還從來沒有浴在比現在還甜蜜的希望之中：差不多可以說這一次她一定會來的了！……

第六卷　俄羅斯的僧侶

第一章　長老曹西瑪和他的客人們

阿萊莎帶著驚慌和內心的痛楚走進長老的修道院的時候，幾乎驚訝得止步了：他生怕見到他的時候，他已成為一個即將嚥氣的病人，也許已經失去了知覺。但是他忽然看見他坐在椅上，臉色顯得疲乏而且軟弱，卻很勇敢、快樂，被賓客們包圍，同他們作靜謐的、快樂的談話。但是他從床上起身的時候離阿萊莎回來還不過一刻鐘；客人們老早就聚在他的修道室裡，等他睡醒轉來，因為帕意西神父堅決地保證說：「師傅一定會起來，和跟他的心相投合的人們談一談，這是他自己在早晨說過而且答應過的。」帕意西神父對於即將圓寂的長老所答應的話以及一切的話語是堅信無疑的，堅信到假使看見他已經完全沒有知覺，甚至沒有呼吸，但是既取得了還要甦醒轉來，和他作別的諾言，那麼也許不會相信這死，老在期待著死者會醒來，履行著誓約。早晨時候，曹西瑪長老在入睡以前，明確地對他說：「在還沒有同你們傾談，我的心上的愛者，看一看你們的親藹的臉，再把我的心靈向你們傾抒以前，我是不會死的。」聚來聽長老的大概最後次的談話是早年最忠實於他的朋友們。他們有四人：修道司祭岳西夫神父和帕意西神父，修道司祭米哈意爾神父，庵舍的住持，還不很年老，不大有學問，是平民出身，但是精神上十分堅定，不可搖撼而且很自然地信仰著，態度嚴肅，心上卻懷著深刻的感情。雖然顯明地隱藏著這感情，甚至懷著羞慚。第四位客人是一個完全老邁，而且平凡的僧士，出身貧窮的農戶，阿菲姆神父，甚至幾乎不大識字，默不發言，舉止安靜，甚至不大和誰說話，是最馴順的人們中間最馴順的人，具有似乎被某種偉大和可怕的事物永久地吃了驚嚇，沒有力量加以理解的人的神色。曹西瑪長老很愛這個似乎戰慄著的人，一輩子對他懷著異乎尋常的敬意，雖然也許一輩子同他說話比誰也少些，雖然有許多年曾和他兩人一起在俄羅斯的各聖地遊行。這是已經過了許多時候，已經過了四十年，那時候，曹西瑪長老在一個貧窮的不甚著名的闊司脫洛姆司基修道院裡初次開始隱修的苦行，後來不久，就伴著阿菲姆神父出外雲遊，為他們的貧窮的闊司脫洛姆司基修道院捐募基金。賓主大家聚在長老的第二間屋子裡面——屋內放著他的床舖，以前已經說過，這屋子是狹窄的，所以四個人（除去沙彌勃洛菲里在旁邊侍坐以外）勉強在長老的躺椅周圍，從第一間屋子裡端來的椅子上面分坐著。天色已黑，屋子被神像前的油燈和蠟燭照耀著。長老看見阿萊莎走進來，立在門旁，帶著不安的神色，快樂地向他微笑，伸出手來：

「好呀，靜肅的孩子，好呀，親愛的孩子，你來了。我知道你會回來的。」

阿萊莎走近他面前，向他跪下叩頭，哭泣了。有什麼東西從他的心裡嘔出來，他的心靈戰慄，他真想嗚咽地哭出來。

「你不必這樣，等一等再哭吧，」長老微笑，右手放在他的頭上，「你瞧，我坐著談話，也許還能活二十歲，像那個心善的、可愛的，從高山地方來的女人，手裡抱著小女孩麗薩魏達的，昨天對我所說的那般。願上帝賜福給那個母親和小女孩麗薩魏達！（他畫著十字。）勃洛菲里，你把她的捐款送到我說的地方去了嗎？」

這是他憶起了昨天那個快樂的崇拜他的女人捐了六角錢，請他送給「比我還貧窮的人。」這類捐獻當作不知為什麼原因甘願加在自己身上的苦刑看待，而且一定用的是自己的勞力賺到的錢。沙彌勃洛菲里黃昏時候到新近遭了火災的一個下市民女家裡去——她是寡婦，還有子女，家被燒毀後只好出外行乞。勃洛菲里趕緊報告說事情已經辦妥，把款子送去，照所吩咐的那樣，說是「一個無名慈善女子」捐助的。

「你起來吧，親愛的，」長老對阿萊莎說，「讓我看一看你。你到過自己家裡去，見過哥哥嗎？」

阿萊莎覺得很奇怪，他這樣堅定而且確實地問詢的只有他的哥哥裡的一位——但是到底是哪一位：如此說來？也許是為了這位哥哥他才在昨天和今天打發他出去的。

「看到了一位哥哥。」阿萊莎回答。

「我講的是昨天那個，大的，我對他叩頭的。」

「我只有昨天看到了他，今天找不到他。」阿萊莎說。

「你快去找他，明天再去，越快越好，把一切事情扔下，趕緊去。你也許來得及阻止一點可怕的事情。我昨天是向他的偉大的、未來的痛苦叩頭。」

他忽然沉默了，似乎在那裡凝想。這些話很奇怪。岳西夫神父，昨天親眼看出長老叩頭的人，和帕意西神父對看了一眼。阿萊莎忍不住了：

「父與師傅，」他十分惶亂地說，「您的話語太不清楚……他期待著什麼樣的痛苦？」

「你不必這樣好奇。昨天我看出一點可怕的樣子……昨天他的眼神好像表示出他的整個命運。他有一種眼神……使我心裡一下子驚嚇，這人為自己預備下什麼東西。我一生中有一、兩次看到有些人有這樣的臉容……似乎表現出這些人們的整個命運，可嘆的是居然應驗了命運。我打發你到他那裡去，阿萊克謝意，是因為心想你的友善的容貌使他有點幫助。但是一切由於天命，我們的命運都是如此。『如麥子落地而不死，僅存其一，如死則可得果實無數。』你應該記住這層。我一生中有許多次在暗中為你的容貌祝福，你應該知道，」長老帶著靜靜的微笑說，「我的意思是這樣的，你應該離開修道院，在塵世裡像僧士一樣地生活著。你將有許多敵人，但是你的敵人會愛你的。許多不幸會給你帶來生命，你將為了它們（不幸）而感到幸福，並且賜福生命，還使別人賜福——這是最重要的一點。你應該是這樣的。父和我的師傅們，」他對客人們說，「直到今天為止，我沒有說過，甚至沒有對他說過，為了什麼這個青年的臉龐為我的心靈所愛悅。現在我只能說：他臉龐對於我似乎成為一種提醒與預言。在我早年時代，還是小孩的時候，我有一位兄長，在十七歲上，青年時代，我眼見他死的。以後，在我的生命一年年度過的時候，我漸漸地深信，我的長兄在我的運命裡似成為一種指示和從天上召示的預言，因為假使他未曾在我的生命裡出現，假使完全沒有他，我想，我也許不至於充當修道僧士，走上這條寶貴的道路的。他首先發現在我的童年的時候，到了暮年又復現了。這是很奇怪的，父和師傅們，阿萊克謝意的臉並不十分和他相像，只有一點點相像，可是在精神上我覺得很相像，所以有許多次我簡直把他當作我的兄長，在我的旅途終結時祕密來到我這裡，為了一點回憶和靈感，甚至使我驚奇自己，和我這樣奇怪的幻想。你聽見沒有，勃洛菲里，」他朝傾聽著的沙彌說，「我許多次看見你的臉上似有不高興的神色，因為我愛阿萊克謝意甚乎愛你。現在你知道這是什麼緣故，但是我也愛你的，你應該知道，為了你的不高興我時常發愁。親愛的客人們，現在我想把這青年，我的兄長的故事講出來，因為在我的一生裡是沒有比這再寶貴些、再動人，而且含預言的意味的了。我的心充滿了愛。在這時候我冥查我的一生，似乎重新經歷著它似的……」

在這裡我應該聲明一下：長老同最後一天來訪的客人們所作的最後一次的談話有一部分曾記錄了下來。阿萊克謝意．費道洛維奇．卡拉馬助夫在長老死後過了些日子，憑著記憶記載下來。然而這是不是完全的那天的談話，或者把他的師傅以前同他所談的話也加點進去，我無從加以判斷，而且在這記錄裡，長老所說的話似乎是不間斷的，似乎用小說的體裁向他的朋友們敘述他的一生，而同時根據以後的敘述，實際上無疑地發生了兩樣情形，因為這天晚上所作的是普通的談話，雖然客人們不大打斷主人的話語，但是他們也加入談話，自己說著，也許甚至自己敘講些什麼。況且在這敘述裡絕不會這樣的不間斷，因為長老有時喘不過氣來，失去了聲音，甚至躺到床上休息一會，雖然沒有睡熟，而客人們也沒有離開他們的位置。有一、兩次談話中斷，由帕意西神父讀起《聖經》來。有趣的是，他們中間誰也沒有想到他當夜即將死去，尤其是因為他在最後一天的晚上，白天沉睡以後，忽然好像獲得了一種新的力量，使他在和他的朋友們作極長的談話時支持得住。這似乎是最後的和愛，維持了他的最大的活力，但是時間極少，因為他的生命突然被切斷了……但是這話以後再說。現在我要通知的是我不打算把談話的詳情全寫下來，而僅限於長老所講的故事，像阿萊克謝意．費道洛維奇．卡拉馬助夫所記錄下來的樣子。這樣子可以簡單些，不很累人，雖然我必須重說一遍，有許多自然是阿萊莎從以前的談話裡取來，加在一起的。

第二章　長老曹西瑪的生平──他的自述──阿萊克謝意·費道洛維奇·卡拉馬助夫筆錄

一、長老曹西瑪的兄長

親愛的父和師傅們，我生在遼遠的，北方的某省V城。我的父親是貴族，卻不甚聞名，沒有做大官。我兩歲時他就故世；所以我完全不記得他。他遺給我母親一所不大的木房，還有一點資財，雖然不大，卻也夠她同孩子們不感窮困地生活下去。我的母親有兩個兒子，我，名叫齊諾維意，和長兄瑪爾克爾。他比我大八歲，具有暴躁氣惱的性格，但是心很善，不善嘲笑，沉默得奇怪，尤其在自己家裡，同我，同母親和僕人們這樣。他在中學校裡讀書很用功，但和同學們不相投合，雖然也不生口角，至少是母親這樣記起他來。他在死前的半年，那時候他已經十七歲了，他開始和我們城裡的一個孤獨的人結識──他好像是政治犯，為了自由思想從莫斯科遣戍到我們的城裡來。這位被遣戍的人是大學校裡極大的學者和著名的哲學家。為了什麼原因，他愛了瑪爾克爾，開始接見他。這個青年整晚上坐在他家裡，一冬天全是如此，一直到這被遣戍的人重新被召回彼得堡為政府服務為止。這召回是根據他自己的請求，因為他有極多的奧援。開始了四旬齋，但是瑪爾克爾不願持素，又罵又笑，說：「這全是譫語，上帝是沒有的。」他的話使母親和僕役們十分驚嚇，連我這小孩也在內，因為我雖只九歲，但是聽見了這話，連我也很害怕起來。我們的僕役們全是農奴，一共四個人，全是用我們相熟的地主的名義買下來的。我還記得，我母親把四個人中間的一個，以六百盧布的代價賣去。她是廚婦，名叫阿菲米亞，腳跛，年老。以後我母親雇了一個自由的農婦代替她的位置。在四旬齋的第六星期上，兄長忽然生病。他的身體永遠不很健康，胸間作痛，體質衰弱，趨向於癆病；他的身材並不小，細而瘦，臉容很清雅。他遭了涼，醫生來到後，立刻對母親微語，說這是急性肺癆，不能活到春天。母親開始哭泣，很謹慎地（為了不使他吃驚），勸兄長到教堂去懺悔，行聖祕禮，因為他在那時候還能起床。他聽見以後，生氣了，罵上帝的廟宇，但是後來他凝想起來，他當時就猜到他的病很危險。所以母親打發他乘還有力氣的時候到教堂去懺悔和受聖祕禮。他自己也知道他早就有病，還在一年以前在吃飯的時候對我和母親冷淡地說：「我不是你們塵世間的人，也許活不到一年。」這彷彿就是預言。過了三天，復活節的前禮拜到了。兄長從禮拜二早晨起出去懺悔。「媽媽，我是為了你才這樣做的，為了使你快樂、安慰。」他對她說。母親由於快樂，或者是由於憂愁而哭了：「他忽然變了脾氣，快要完了。」但是他到教堂去沒有很久，竟躺上床了，所以只好在家裡舉行懺悔和聖祕禮。那幾天是光亮、明朗、香馥馥的天氣，復活節的日子排得很晚。我記得他整夜咳嗽，睡眠不良，早晨永遠穿上衣服，試著坐到軟椅上去。我還記得他：靜悄悄地坐著，態度溫存，面露微笑，雖是病人，但臉龐還是快樂、高興。他精神上完全變了——他心裡忽然發生了奇怪的變動！老乳媼到他屋內，說道：「讓我給你把神像前的油燈點上。」以前他絕不答應，甚至吹滅它，「點吧，親愛的，點吧，我以前阻止你，真是混帳極了。你點上油燈，禱告上帝，我高興地看看你，也在禱告。那麼我們所禱告的是一個上帝。」這些話我們覺得奇怪，母親回到自己的屋裡哭泣，只在走進他的屋裡的時候才擦乾眼淚，裝出高興的神色。「媽媽，親愛的，不要哭，」他時常說，「我還要活很多時候，和你同享快樂的生活，生活是如何的快樂、高興呀，」「親愛的，你有什麼快樂，既然整夜發燒、咳嗽，幾乎把你的胸脯都咳裂了。」他答道：「媽媽，你不要哭，生命就是天堂，我們大家在天堂裡，但是我們不願意知道這個，如果願意知道，那麼明天整個世界全成為天堂了。」大家全奇怪他的話語，他是說得那樣奇怪而堅決；大家感動得哭了。朋友們到我們家裡來。他說道：「親愛的諸位，我有什麼功勞，使你們這樣愛我，為了什麼你們愛我這樣的人，我以前是不知道，不會珍重。」他時時刻刻對走進來的僕人們說：「親愛的，你們為什麼侍候我！我值得受大家的侍候嗎？如蒙上帝的恩賜，讓我生活下去，我將自己為你們服務，因為大家應該相互服務。」母親聽著搖頭：「親愛的，你因為有病才這樣說呀。」他說：「媽媽，親愛的媽媽，主僕既不能沒有，那麼讓我做我的僕人的僕人，同時他們也做我的僕人。我對你說，媽媽，我們中間所有的人全在大家面前犯了過錯，而我犯得更多。」母親甚至冷笑了，一面哭，一面冷笑，說道：「你怎麼在眾人面前犯更多的過錯？世上有的是兇手和強盜，你怎麼來得及犯罪，竟如此嚴厲地責備自己？」他說：「媽媽，我的嫡親的媽媽（他開始說些親熱的、冷不防的話語），我的嫡血的、親愛的、快樂的媽媽，你要知道，一切人全在眾人面前犯了一切的過錯。我不知道怎樣解釋給你聽，然而深深地感覺到是這樣的。我們當時怎樣活在那裡，生氣著，一點也不知道？」他睡醒以後、每天抒發出深深的感情，全身充溢著愛情。有時候醫生來看他，一個老德國人，埃真士米特時常到他那裡來。有時他和醫生打趣：「大夫，我還可以在世上多活一天嗎？」醫生答道：「不但一天，還有許多天——還能活幾個月、幾年。」他喊道：「幾年、幾月，算得了什麼！用不著算什麼日子。人只要有一天就可以理會到全部的幸福。諸位親愛的，我們何必爭吵，何必互相吹牛，互相記仇；我們大家一直到花園裡去，遊玩、淘氣，互相親愛，互相誇獎、親吻，賜福我們的生命。」「你的兒子，他已不是這世上的人了，」醫生對母親說，在她送他到臺階上面的時候，「他由疾病轉入瘋狂的樣子了。」他的房屋的窗子是朝花園的。我們家的花園很陰涼，有許多老樹，春天樹上正在發芽，早春的鳥飛了過來，嘰嘰喳喳地鳴叫，在他的窗外唱歌。他忽然看著，欣賞著牠們，也向牠們請求饒恕：「神的小鳥，快樂的小鳥，你們饒恕了我吧。因為我在你們面前犯了罪。」這一下我們家裡誰也無從去瞭解，但是他快樂得哭了。他說：「我的周圍全都是上帝的榮譽：小鳥、樹林、草原、天空，只有我一人活在恥辱裡面，一人糟蹋了一切，完全沒有注意到美和榮譽。」「你盡把許多罪孽往自己身上擔任。」母親說著，就哭了，「媽媽，我的哭是為了快樂，並不是為了憂愁，我自己願意在他們面前擔任過錯，只是不會對你解釋，因為我不知道如何愛他們。即使我在大眾面前犯罪，但是大家全饒恕我，這就是天堂。難道我現在不在天堂上嗎？」

還有許多我不能記住的。我記得我有一天到他的房裡，裡面一個人也沒有。那時候已將薄暮，天氣晴朗，太陽已落山，斜光照射整個屋子。他看見了我，向我招手，我走近過去。他兩手抓住我的肩膀，和藹地看我的眼，充溢著愛情；不說一句話，只是看了一分鐘，說道：「你現在去吧。去遊玩吧，替我生活下去！」我當時走出去遊玩。以後我一生裡有許多次含淚記起，他怎樣吩咐我替他生活下去，他還說了許多奇怪的，美麗的，固然當時為我們所不瞭解的話。他在復活節後第三星期上去世。死的時候神志清醒，雖已停止說話，但是一直到最後的時間以前，臉色絕不變更：快樂地看人，眼睛裡全是快樂，眼光尋覓著我們，向我們微笑，招呼我們。城裡居然有許多人談論關於他死的事情。這一切當時使我震撼，但並不很厲害，雖然殯葬的時候，我曾大哭一場。我那時很年輕，還是一個嬰孩，但是心上仍舊遺留下無從磨平的一切，隱伏著一種情感。到了時候一切會復活轉來，發出回響的。後來就應驗了。

二、聖經在長老曹西瑪的生命裡

那時候只剩了我和母親兩人。不久，有些善心的朋友們對她說：現在你既然只有一個兒子，你既不是窮人，有點家私，那麼為什麼不仿傚別人的例子，打發令郎到彼得堡去，如果一直留在這裡，也許你會使他喪失發跡的命運。他們勸母親把我送進陸軍士官學校去，以便以後加入御林軍。母親遲疑了許久，不肯和最後一個兒子離別，但是後來決定了，雖曾流下許多眼淚，但是為了我的幸福著想，不能不這樣決定。她把我帶到彼得堡，放在陸軍士官學校裡面，從此以後我沒有看到她，因為三年以後她就去世，整整的三年盡為我們兩人發愁、戰慄。從父母的家裡我取得的唯有寶貴的回憶，因為人的回憶是沒有比在父母家裡最早的幼童時代所得的再為寶貴些的，而且差不多永遠如此，只要家庭裡有一點點愛情和協調的份兒。寶貴的回憶也會從最壞的家庭裡保存下來，只要你的心靈自己能夠尋覓寶貴的一切，關於《聖經》的歷史的回憶也屬於家庭的回憶的一類，我在父母家裡，雖在嬰孩時代也很有興趣讀這類歷史。我有一本書，聖經的歷史，其中附有各種圖畫，題目是《新舊約聖史百四種》。我是從這本書上學會了讀書的。現在這本書還在書架上放著，當作貴重的紀念品那樣加以保存。但是在我學會讀書以前，我記得，第一次有一點精神上的感興降臨到我身上的還是在八歲的時候。母親在復活節前的禮拜一，領我一個人到教堂去做彌撒（我不記得，當時兄長到什麼地方去了）。天氣晴朗。我現在回憶的時候，好像重新看見，薰煙如何從香爐裡浮出，靜悄悄地裊升上去，陽光從圓頂上狹窄的小窗裡傾瀉到教堂中我們的頭上，而薰香像波浪般升上去，似在陽光裡融化了。我感動地望著，當時初次在心靈中意識地領略上帝的話語的種子。一位少年執著一本大書，走出教堂中央——那本書大得我當時覺得他甚至難於執取。他把它放在誦經臺上，打開來朗誦。當時我忽然初次有點瞭解，一生中初次瞭解在上帝的廟堂裡讀的是什麼。在烏思[1]的地方有一個正直、虔信的男子，財產廣眾，有許多駱駝、許多驢羊。他的孩子們快樂嬉遊，他很愛他們，替他們禱告上帝：他們這樣嬉戲，也許會犯罪的。魔鬼同神子們一塊兒走到上帝面前，對上帝說，他已經走遍地上和地下的各處。「你看見我的奴隸約伯嗎？」上帝問他。於是上帝指著他的偉大的、神聖的奴隸，對魔鬼誇獎起來。魔鬼聽了上帝的話語，冷笑了一聲：「你把他交給我，你可以看到你的奴隸會發出怨言，詛咒你的名。」於是上帝把他所愛的正士交給魔鬼，魔鬼殺害了他的子女和牲畜，掃蕩盡了他的財產，一切都是突如其來地，像神的霹靂一般。於是約伯剝去了衣裳，奔到地上來，大聲喊道：「赤裸地從母胎裡出來，再赤裸裸地回到大地。上帝給與了，又取去了。願上帝的名從此永恆地受賜福！」父和師傅們，請你們寬恕我現在的眼淚——因為我的整個的童年現在好像重新在我的前面復現，現在我所呼吸的也像當時我從八歲小孩的胸脯裡一樣的呼吸。和當時一樣，我感到驚異、騷亂和快樂。當時十分吸引我的想像的有駱駝，有同上帝說話的撒旦，有把自己的奴隸交出去受罪的上帝，還有他的奴隸，喊著：「不管你如何刑罰我，你的名是賜福的。」隨後就是靜謐的、甜蜜的、教堂裡的歌頌：「願我的禱詞得聞。」重新又是神父的香爐裡的薰煙，和跪地的祈禱！從那時起——甚至昨天還取過的——我每讀到這篇神聖的故事不能不流下眼淚來。這裡面有多少偉大、神祕、無從想像的東西！我以後聽到一些嘲笑和褻瀆神明的人們的話，驕傲的話語，「上帝怎麼能把他所愛的聖者交給魔鬼，供取笑之用，還奪去他的子女，用疾病和毒瘡打擊他，使他用瓦片除去身上的膿瘡，這是為了什麼？是不是單單為了在撒旦面前誇口：你瞧，我的聖者竟會為了我受這樣的苦！」但是偉大就在於這是一個祕密——一個從旁邊走過的，地上的形相和永恆的真理接觸在一起了。在地上的真實之前，

1 編註：此地區位在現今的約旦中部、死海東南面。

成就著永恆的真實的行動。創世主在最初幾天創世的時候，每天做完後總是加以頌讚：「我所創造的是很好的。」他看著約伯，重又誇獎他所創造的東西。約伯盛讚上帝的時候，不僅對祂服務，且對祂所創造的事物服務，代代相承，永恆不變，因為他是被天定的，神呀，這是一本太好的書，裡面有多少好的教訓。《聖經》那本書真是一個奇蹟，它給予人多少力量！真是世界和人，以及人類各種性格的模型。一切都包含在裡面，永遠指示出來。裡面有多少獲得了解決和發現出來的祕密。上帝重又恢復了約伯的地位，重又賜予他許多財產，又過了多少年，他又有新的子女，另外的子女，而且他也愛他們。神呀！他怎麼還能愛這些新的子女，當他以前的那些子女已經沒有，已經被剝奪去的時候？記起他們來的時候，雖然現在有了新的子女，也為他所鍾愛，但是難道還能感到全部地幸福，像以前一樣嗎？然而是可以的，可以的：舊的憂愁，由於人生的一種偉大的祕密，漸漸地轉成靜謐的、感動的快樂；代替了年輕的、沸騰的血的位置的是馴良的、明朗的暮年。我祝福著每天的日出，我的心依舊對它歌唱，但是現在我最愛日落，它的長長的斜光，和隨以俱來的靜謐、溫馴、可感動的回憶，一切長久和受賜福的生命中可愛的形象——而在這一切之上是上帝的，使人感動，使人安慰，寬恕一切的真實！我的生命即將了結，我知道而且聽到，但是在每個遺留下的日子裡，我感到我的地上的生命已和新的、無盡的、無知的，卻已走近前來的生命相接觸。在預感到這新的生命時我的心靈喜悅得戰慄，我的慧性露出笑容，心喜悅得哭了……朋友們、師傅們，我屢次聽到，現在最近的時候更加時常聽到，我們的牧師們，尤其是鄉村的牧師們，到處含淚控訴自己的薪俸太少，地位太低，直率地說，甚至形諸筆墨——我自己讀到的——說他們現在好像無從對人民講解《聖經》，因為他們的俸給太薄，假使有路德教徒和異教徒前來搶劫羊群，只好讓他們搶去，因為我們的俸給太薄。神呀！我心想上帝會把他們認為寶貴的薪俸給得多些，因為他們的怨訴是有理的。但是我說實話：這事情誰應負責，那麼一半應該在我們自己的身上！因為他即使沒有時間，他說他永遠被工作和服務所壓迫，即使是對的，但這到底不是全部的時間，在一個星期內他到底可以有一個鐘頭，憶起上帝來的，而且也不是整年的工作。他可以每個禮拜一次，在晚上的時間內，起初只要召集一些孩子們前來——父親們聽到以後，父親們也會來的。做這事情也用不到造什麼房子，單單只在你的屋子裡接待一下，你可以不必害怕，他們不會糟蹋你的屋子的，因為只有一個鐘頭的集會。你給他們打開這本書，開始誦讀，不必說聰明的大話，不必裝傲慢的神色，不必露出高臨在他們上面的樣子，只要帶著感動和溫馴的態度，自己對他們誦讀，使他們傾聽而且瞭解自己而致其喜悅，自己愛誦讀的話語，只要偶然停頓下來，把一些普通人不瞭解的話語解釋一下，你不必著急，他們全會瞭解，正教的心是全會瞭解的！你對他們讀關於亞伯拉罕和撒拉的事，以撒和利百加的事，讀雅各如何到拉班去，夢中和上帝相鬥，說道：「這地方是可怕的。」你一定可以使普通民眾的虔信的心發生深深的影響。你還給他們讀，尤其應該對小孩們讀，弟兄們如何將親生弟弟賣去充做奴隸。他是一個可愛的少年，約瑟，好夢者和偉大的預言者。他們把他的血衣拿出來，對父親說，野獸把他的兒子撕裂成碎塊了。以後兄弟們到埃及取糧食，那時約瑟已成了偉大的帝王，可是他們沒有認出來。他折磨他們，治他們的罪，把兄長便雅憫扣住，卻全是由於愛而來的：「我愛你們，一面愛，一面折磨你們。」因為他一輩子不斷地記起，他如何在酷熱的沙漠中，水井旁邊，被他們賣給商人，他如何扭絞著雙手，放聲哭泣，求弟兄不要把他賣到陌生的土地上去充當奴隸，現在過了許多年以後，看到了他們，重又無可衡量地愛了他們，一面愛，一面加以折磨和壓迫。他後來離開他們，自己不能忍受心上的苦痛，奔到床上哭了，然後他擦乾了臉，歡歡喜喜地走出來，對他們聲明道：「兄弟們，我就是約瑟，你們的弟弟！」讓他再往下唸，老雅克得悉他的可愛的小孩還活在人世，如何地喜悅，忙著到埃及去，甚至拋棄了祖國，死在異鄉，在遺囑裡向永恆的時代說出了偉大的預言，一生神祕地包含在他的溫馴，畏葸的心內的預言，說他的種族裡，猶大的後裔裡將出現宇宙的偉大的希望，基督和救世主！父和師傅們，請寬恕我，不要生氣，為了我像小孩一般，議論你們早就知道，也就是你們更加巧妙而且莊嚴地教訓著我的一切。我只是由於喜悅而談論，請你們寬恕我的眼淚，因為我愛這本書，讓神的牧師，讓他也哭泣一下，可以看出聽到他的人們的心如何震慄作答。只需一個小小的子粒，只要他把它拋進普通民眾的心靈，它絕不會死去，永遠將在他們的心靈裡生活著，隱藏在黑暗之中，他們的罪孽的黑影之中，當作光明的斑點、偉大的提示。不必多討論，不必多教訓，普通群眾全會簡單地瞭解的。你們以為普通群眾不會瞭解嗎？你們試一試再對他們唸一段動人的，和愛的故事，關於美麗的以斯帖和驕傲的瓦實提的故事；或是約拿在鯨魚肚裡的奇麗的故事。還不要忘卻神的諭言，尤其從《路加福音》裡（我這樣做過），以後是從《使徒行傳》裡，聖保羅的談話，（這是一定的，一定的！）還有《聖徒傳》裡，神人阿歷克謝意的行述，和偉大中偉大的、快樂的殉難者，神的目睹者，埃及來的聖母瑪利亞的生平。——你可以用這些普通的故事穿進他們的心裡去。而這只需每星期有一個鐘頭，不管你的俸給多少，有一小時就夠了。他自己就可以看見，我們的民眾是慈善的，感恩的、會給予百倍的答謝。他們記住牧師的勤勞和他的感動的話語，會在他的田地上、房子裡，甘心情願地幫他的忙，而且尊敬他比以前更甚——而他的俸給也因此增加，事情是很簡單的，有時候我們甚至怕去表示，因為人家會笑你，然而這事是很正確的！凡是不信上帝的人，也不相信上帝的人民。相信了上帝的人民，便能明察上帝的神聖，雖然以前自己並不信它。唯有人民和他們的未來的精神力量可以使脫離家鄉土地的無神派獲得信仰。基督的話語，假使沒有例子，將有什麼用處？人民如無上帝的話語，將遭喪亡，因為他們的心靈渴求祂的話語和一切良好的感覺。在我的幼年時代，好久的時候，差不多四十年以前，我同阿菲姆遊行全俄，為修道院募捐，有一次在一條可以通航的大江的岸旁和漁夫們一同夜宿，一個面貌清秀的青年農人和我們坐在一起。看他樣子已有十八歲。他忙著明天到一個地方去給貨船拉牽。我看見他的明朗柔和的眼睛朝前面看望。七月的夜是明朗的、靜謐的、溫暖的。江面廣闊，水氣升上來，使我們感到涼爽，小魚微微地撥水，小鳥沉默著，一切靜寂、美麗，一切向上帝祈禱。只有我們兩人不睡，我和這青年，我們談論世界的美麗和它的偉大的祕密。每根小草，每隻昆蟲、螞蟻、金蜂，全都令人訝異地知道各自的路，雖然牠們並沒有智力。牠們為上帝的祕密作證，不斷地自己造就這祕密。我看出，這可愛的青年的心熾燒起來了。他告訴我，他愛樹林，愛林鳥，他是捕鳥者，瞭解他們的每一嘯鳴，會召喚每一隻小鳥。他說：我不知道比在樹林裡再好些的地方，雖然一切都是好的。我回答他：「真是一切都好，一切都妙，因為一切都是真理。你瞧那匹馬，在人旁邊站立的巨大的動物，或是那頭牛，給牠食料，替人做工，低著頭，沉思著。你瞧一瞧牠們的臉龐：對於時常無情地痛打牠們的人類是如何地溫馴，如何地依戀，牠們的臉上是如何地不懷惡意，如何地信任，如何地美麗。要知道牠們是沒有任何罪孽的，因為一切都是崇高的，除人類以外一切都無罪孽。基督和牠們同在，還在我們之先。」青年問：「難道牠們也有基督嗎？」我說：「怎麼不呢？因為話語是為大家而設的。一切創造，一切生物，每張樹葉都趨向話語，為上帝唱頌詩，對著基督哭泣，無意識地，藉著牠們的無罪孽的生活的祕密完成這一切。你瞧，樹林裡有一隻可怕的狗熊徘徊著，威嚴而且兇橫，卻沒有犯什麼過錯。」我對他講，有一次，一隻狗熊走到一位在林中小庵舍內隱修的大聖徒那裡去。這位偉大的聖徒可憐牠起來，毫不思索地走到牠的面前，給牠一塊麵包，說道：「你去吧，願基督和你同在。」這隻凶橫的野獸竟服服貼貼地走開，不加一點傷害。年輕人聽見牠不加一點傷害地離開，顯然基督也和牠同在的話，十分地感動，說道：「這真好極了！神的一切是如何地好，如何地奇麗！」他坐在那裡，靜悄悄地，甜蜜地沉思著。我看見他悟解了。他就在我的身旁睡熟，做了輕鬆的、無罪惡的夢，願上帝賜福青春！我臨睡以前，為他祈禱。神呀，願你賜給你的人們和平與光明！

三、長老曹西瑪青年時代的回憶——決鬥

我在彼得堡陸軍士官學校讀書幾近八年，隨著新的教育將兒童時代的印象掩埋了不少，雖然一點也沒有忘卻。起而代之的是學到了許多新的習慣，甚至因此我變成一個近乎野蠻、殘忍和狂誕的東西。隨著法語，我取得了浮面的客氣和社會儀節。但是我們仍把學校內侍候我們的兵士當作真正的畜生看待，而我也是如此。我也許更甚些，因為我在全體同學之中對一切最為敏感。等我們畢業以後，當了軍官，我們準備為軍營中被侮辱了的名譽流血，至於真正的名譽，我們裡面沒有一個人知道它是什麼東西，即使知道，也必立即首先加以訕笑。酗酒、鬧事，和大膽的行為幾乎被認為是可傲人的事，我不說我們是蠻橫的，所有這些青年人本性都是善的，但是所做的行動十分惡劣，而我尤以為甚。主要的是因為我有資產，所以放手度愉快的生活，帶著青年人的一切嗜好，不加以任何克制，張帆使去。最奇怪的是我當時也讀書，甚至極愉快地讀著，但是在那時候從來沒有翻過一次《聖經》，卻永遠到處攜在身邊。說實話，這本書我是「整天，幾小時，整月，整年」地攜在身邊，甚至連自己也不知道。我服務了四年以後，才到K城來，我們的團部當時駐紮在那邊。那個城裡的交際場中人數眾多，各種人物都有，都很有錢，好客，追尋快樂。我到處受到極好的招待，因為我生來具有快樂的天性，而且人家不把我當作窮人看待，這在交際社會上是具有不少意義的。當時發生一樁事情，使一切的故事由此開端。我傾心於一位年輕貌美的女郎——她為人聰明、高貴，具有明朗的正直的性格，是受人尊敬的父母的女兒。他們不是小戶人家，有資產、勢力，和奧援，接待我很和藹。我覺得這女郎也屬意於我——我的心在發生這種幻

想時不由得熾燃了。以後我自己理解，而且完全猜到，也許我並不那樣強烈地愛她，只是尊敬她的聰明和崇高的性格，那是不能不令人起敬的。一種自私心阻止我立刻向她求婚，在這般年輕時代，又加上有錢使用，就和淫蕩的、自由自在的獨身生活的誘惑絕緣，在我覺得是痛苦而且可怕的事。但是我曾做了一些暗示。總而言之，我把堅決的步驟暫時延宕了一些時候，突然，我奉令派遣到外縣去，有兩個月之久。兩個月以後回來的時候，我忽然打聽到這位女郎業已出閣，嫁給近城的、有錢的地主。這人雖比我年長，卻還在青年時代，在京城的和最上等的社會裡具有奧援，而我是沒有的。他是很客氣而且有學問的，然而我卻完全沒有學問。我聽到這個意外的事情，十分驚愕，甚至使我的腦筋都混亂了。主要的情節是我當時打聽出這個年輕的地主早就做了她的未婚夫，我曾在他們家內遇見了許多次，卻一點也沒有注意到，因為受了自負心的蒙蔽。但是這使我特別感到侮辱，何以大家知道，而我一人絕無所知呢？……我忽然感到一陣按捺不住的惡意。我臉上發出紅潤。憶起我有許多次幾乎對她表示我的愛情，因為她既不阻止我，也不加以警告，所以我推論出，她在取笑我。以後我自然也想起，她一點也不取笑我，相反地，曾自行像開玩笑似的打斷這類的談話，而代以別種談話——但是當時我不能理會到這層，卻充滿了復仇的心思。我驚訝地憶起，我的盛怒和復仇，我自己也感到萬分的痛苦而且討厭，因為我具有輕鬆的性格，不能長久向任何人生氣，好像自己在那裡虛假地熠燃著自己，終於成為無禮和狂誕的了。我等待時機的來到，有一次，在一個大場面中，我忽然裝出為了最不相干的原因，對我的「情敵」加以羞辱，為了他發出一樁在當時極重要的事件的意見，經我嘲笑了一番（這是一八二六年的事情），而且據人家說，嘲笑得十分聰明技巧。隨後我迫使他和我解釋，在解釋的時候我故意弄成粗暴的樣子，使他接受我的決鬥的提議，雖然我們之間有極大的差別，因為我比他年輕，而且人小位卑。我以後確實地打聽出來，他接受我的決鬥的提議，似乎也由於對我吃醋的情感而起。他以前也曾為了他的妻子，當時還是未婚妻，和我吃醋；現在他心想，假使他太太知道他受了我的侮辱，而不敢接受決鬥的提議，她也許要不由已地看輕他，因此動搖了她的愛情。我很快地找到了一個公證人，一個同事，我們的團部裡的少尉。當時雖然嚴厲禁止決鬥，但是武人間甚至好像還把它認為時髦的舉動——有時野蠻的偏見是如何根深蒂固地埋種著。那時候六月將盡，我們定於明天早晨七點鐘在郊外相見——而當時我確實發生了一點似乎命定的事情。晚上回家時，我懷著兇蠻和惡劣的情緒，對我的馬弁阿法那西耶惱怒，用全力敲打他的面孔，把他的臉打出血來。他在我那裡侍候還不長久，以前也曾打過他，卻從來沒有過這樣野獸似的殘忍。你們信不信，親愛的，已經過了四十年，我現在還懷著羞恥和痛苦憶起這情況來。我躺下來睡覺，睡了三小時，起身一看，天色已亮了。我忽然起床，不想再睡，走到窗邊，打了開來——我的窗子是朝花園的。我一看，太陽已升起，天氣溫暖、美麗，小鳥鳴啼。我心想，我的心靈裡似乎有一種羞辱的，低卑的感覺，那是什麼意思？是為了將做流血的事情？不，我心想，似乎不是為了這個原因。是不是為了怕死，怕被殺死？不，完全不是的，甚至完全不是的……忽然立刻猜到是怎麼回事：那是為了我昨天打了阿法那西耶！一切忽然重新在我面前發現，一切又重複了一遍：他站在我的面前，我揮拳向他的臉上直打，他的兩手卻垂放在褲縫上面，頭挺的直直的，瞪著眼睛，像立正似的，每挨一次打擊便抖索一下，甚至還不敢舉手遮擋。人居然弄到這種地步！竟到了人打人的地步！這真是罪惡！好像一支尖針穿透了我的整個心靈。我站在那裡，像呆子一般，但是太陽照耀著，樹葉歡欣著，閃爍著，小鳥們，小鳥們頌讚上帝……我用雙手掩臉，倒在床上，放聲痛哭起來。我當時憶起我的兄長瑪爾克爾，和他臨死前對僕人們所說的話：「親愛的，你們為什麼侍候我？為什麼愛我？我值得受人家侍候嗎？」——「是的，我值得嗎？」這念頭忽然鑽進我的頭裡去。實在的，我有什麼價值，可以使別的人，像我一模一樣的人，前來侍候我呢？當時這問題初次刺進我的腦筋裡去。「媽媽，我的嫡親的媽媽，一切人真是全在眾人面前犯了一切的過錯，只是人們不知道罷了。如果知道了——立刻就成為天堂了！」「天呀，難道這是不真實的嗎？」我一面哭，一面想，「也許我真的為眾人犯著比大家都厲害的過錯，比世上的什麼人都壞！」我忽然意識到了全部的真實，各方面全顧到的真實：我將去做什麼事呢？我將去殺死一個善良的、聰明的、正直的，對我沒有一點過錯的人，因此永遠奪去他的夫人的幸福，使她受到折磨，把她殺死。我在床上橫躺，臉鑽在枕上，完全沒有注意到時間的過去。我的同事，那位少尉，跑來找我，拿著手槍，說道：「很好，你已經起身了，現在是時候了，我們走吧。」我當時忙亂起來，完全張皇失措。後來我們出去上馬車：「你在這等一等，」我對他說，「我一會兒就回來，忘掉了錢包。」於是獨自跑回寓所，一直走進阿法那西耶的小屋裡，說道：「阿法那西耶，我昨天打了你兩記耳光，你寬恕了我吧。」他竟抖索了一下，好像害怕似的，看了我一眼——我看這還不夠，不夠，忽然，就這樣穿著整齊的制服，向他下跪叩頭，說道：「寬恕了我吧。」他當時楞住了：「大人，老爺，你是怎麼啦？……叫我怎麼受得住……」忽然自己哭了，好像我剛才一樣，雙手捧臉，轉身向窗，眼淚流得全身發抖。我跑回到同事那裡喊，跳上馬車，道：「走吧。」「你看這勝利的人，」我朝他喊，「他就在你的面前！」我心裡很快活，一道上直笑，說呀，說呀，不記得說些什麼話。他看著我，說道：「老弟，你真是好漢，我看你能維持我們軍界的體面。」我們到了那個地方，他們已經在那裡等候我們。他把我們分放在兩邊，互相離開十二步遠，讓他先放槍——我站在他們面前快快樂樂的，臉對著臉，眼睛不閃一下，和愛地看著他，我知道我應該怎麼辦。他放了一槍，只擦破了我的臉頰，擦破了耳朵上一塊皮。我喊道：「謝天謝地，沒有殺死人！」我當時抓起手槍。倒退後去，把手槍朝上一扔，扔到樹林裡去，喊道：「這是你應該走的道路！」我又回轉身來對仇人說道：「先生，請寬恕我這個愚蠢的青年人。由於我的過錯，我侮辱了你，現在又使你向我放槍。我本人比你壞十倍，也許還要多些。請你把這話轉告給你在世上最尊重的那位女太太。」我剛說完這句話——他們三人全喊叫起來了。「對不起，」我的仇人說，甚至生氣了，「假使你不打算決鬥，何必提議呢？」我對他說：「昨天我還極愚蠢，今天卻聰明了。」我這樣快樂地回笑說。他說：「我相信昨天的事情，但是關於今天的事情我卻難於照您的意見加以判斷。」「對呀——」我對他喊，拍著手掌，「我很同意您的話，我是罪有應得的！」「先生，您究竟放槍不放槍？」我說：「我不放，您如果願意，可以再放一下，不過最好您也不必放吧。」公證人們也喊嚷起來了。特別是我的那位：「站在決鬥場上請求饒恕，這真是給全體團部丟臉。我早知道就不幹了！」我站在他們面前，抑止了笑容，說道：「難道現在的時代遇到一個對於愚蠢舉動自行懺悔，而且自己當眾認錯的人，竟覺得奇怪嗎？」「但是在決鬥場上絕不能如此。」我的公證人又喊了，「對呀，」我回答他們，「本來真奇怪，按說應該在我們剛來到這裡的時候，還在放槍以前，就自行認錯，便不至於引他到偉大的、死一般的罪孽裡去，但是我們的世界安排得那樣醜惡，所以這樣辦幾乎是不可能的，因為必須在我受了他的十二步以外的槍擊以後，我的話語才能對他發生意義，假使在剛來到以後，槍擊以前，就直截了當地說了出來：他就是怯懦的人，懼怕槍彈，不用去聽他的了。」「諸位，」我忽然誠懇地呼喊，「你們向四面望一望上帝的恩賜：晴朗的天、純潔的空氣、溫柔的小草、小鳥、美麗的無罪孽的自然，但是我們，唯有我們是無神的、愚蠢的，不明白生命即是天堂，因為只要我們打算瞭解，天堂會立即美麗地立在我們面前，我們便將互相擁抱，放聲痛哭……」我還想繼續說下去，但是不能夠，我甚至喘不過氣來，那樣的甜蜜，那樣的年輕，心裡有那樣的幸福，真是一生從來沒有感到的。「這一切全很合理，而含有教訓的意思，」仇人對我說，「總之，你是一個古怪的人。」「您們笑好了，」我也對他們笑，「以後你們自己會誇獎的。」他說：「我現在已經準備誇獎您，我可以和您握手，因為大概您確是誠實的人。」我說：「不，現在不用，等我以後再變得好些，博得您的尊敬，那時候您再伸手——那就更好了。」我們回家去，我的公證人一路上盡罵我，我卻吻他。同事們當時聽到了這消息，當天就聚集起來，裁判我。他們說：「他糟蹋我們軍官的制服，讓他提出辭呈好了。」也有替我辯護的人們，說道：「他到底受得住槍擊。」「是的，但是他懼怕別的槍擊，在決鬥場上請求饒恕。」「假使懼怕槍擊，」辯護的人們反駁，「那麼在請求饒恕以前，可以先用自己的手槍發射，但是他竟把實彈的手槍扔到樹林裡去，不對的，這裡發生了另外的玩意，古怪的玩意。」我聽著他們說話，瞧著他們，覺得快樂：「親愛的朋友們，」我說，「對於我提出辭呈一節，你們不用擔心，因為我已經做好。我已經遞上了，今天早晨，在辦事處裡面，等到照准以後，我立刻進修道院，我想辭職，也就是為了這個原因。」我剛說出這話，大家齊聲大笑：「你應該先通知我們，現在一切都解釋清楚了，僧士是不能加以裁判的。」他們笑了，忍不住了，而且並不是嘲笑，卻是和藹地笑、快樂地笑，大家忽然全愛起我來，甚至連最反對得厲害的人們也在內。以後整整的一個月內，在辭呈沒有批准的時候，大家好像把我在手裡舉來舉去一樣。「你這個僧士呀，」大家說。每個人都對我說和藹的話，開始勸阻我，甚至憐惜我：「你何必這樣自尋苦惱？」他們又說：「他這人還勇敢，他遭了槍擊，本可以用槍還擊的，但是，他在第一天晚上做了一個夢，要他修行做僧士，所以他就這個樣子。」城裡交際社會裡也是同樣的情形。以前沒有人特別注意我，只是樂意招待；現在卻忽然都願意和我結識，開始前來邀請：大家都笑我，卻都愛我？還要聲明的是，當時雖然大家談論關於我們的決鬥的事情，但是上級卻把這事擱置不理，因為我的仇人是我們的將軍的近親，又因為事情總算沒有弄得流血的結果，似乎出於玩笑，而且我也提出辭職，所以這事也真的轉到玩笑的方面去了。我當時開始不加顧忌地高聲談話，不管他們如何譏笑，因為那到底不是惡意的，而是善意的笑。這一切談話，大半發生在晚間女太太們的交際場中，多半是婦女們最愛聽我的談話，男子是被強迫著的。「怎麼能叫我替大家犯過錯呢？」每人都當面這樣笑我，「難道我能替您擔過嗎？」「不錯，」我回答他們，「當全世界早就走到另一條路上去，將實在的虛謊當作真實，他像別人要求同樣的虛謊的時候，你們何從加以辨認呢？現在我在一生中初次做了誠懇的舉動，對於你們大家，我竟成為瘋人一樣：你們雖然愛我，卻總在笑我。」「是的，像您這樣的人怎麼能不愛呢？」女主人對我大聲笑著，在她家裡聚著許多的人。忽然我看見，有一個年輕女士從人群裡立起來。她就是我當時為了她提議決鬥，不久前還想向她求婚的。我沒有注意，她幾時到晚會上來的。她立起身來，走近我身邊，伸出手來，說道：「容我對您聲明，我第一個不笑您，反而含著眼淚感謝您，現在我向您致敬，為了您當時的舉動。」她的丈夫也走了過來，忽然大家全擁到我的身邊，幾乎全想吻我。我心裡真快樂，但是忽然看見一位年老的先生也走近我的身邊。我雖然以前知道他的名字，但是從來和他不相認識，一直到那天晚上為止，甚至一句話也沒有和他說過。

四、神祕的訪客

他早已在我們的城裡做官，佔著顯著的位置。他富於資財，為大家尊敬，樂善好施，捐過大筆的款項給慈惠院和孤兒院，此外還祕密做許多慈善事情，到死後才被發現了出來。他有五十歲模樣，態度近乎嚴肅，不大說話；他結婚不到十年，太太還年輕，生了三位還很小的子女。有一天晚上，我坐在自己家裡，忽然門開了，那位先生親身前來訪我。

應該注意的是我當時已經不住在以前的寓所裡面，剛提出辭呈，就遷居他處，向一位老婦人，官員的寡妻，租下了房子，就歸她侍候。我的搬家只是因為我在當天從決鬥場回來以後，就把阿法那西耶送回營隊裡去，因為在我同他發生了那段故事以後，和他面對面相看，未免覺得慚愧——一個沒有準備的俗世的人，甚至會對於極合理的事情抱著慚愧的念頭的。

「我已經有許多天，」那位先生走進來就對我說，「在許多人家的家裡，極好奇地聽見您的談話，所以願意和您結識，再詳細談一談。您能不能答應我的請求？」我說：「可以，我很樂意，而且認為特別的榮幸。」但是自己竟懼怕起來，一下子他使我十分吃驚。因為雖然有人好奇地聽我的說話，但是誰還沒有對我持著這般嚴肅和正經的態度。現在這位先生竟親自跑到我的寓所裡來了。他坐下以後，說道：「我看出您具有極大力量的性格，因為您在冒險做著的事情上。不怕為真理服務，為了自身的真實，忍受大眾對您的普遍的賤視。」「您也許過分誇獎我，」我對他說。「不，我並不過分，」他回答我，「您要知道做這種舉動比您所意想的困難得多。我就是為了這一點，才感到驚訝，所以跑到您這裡來了。假使您對於我的也許不雅觀的好奇心不嫌討厭，請您對我描寫一下，假使您還能記住，在決鬥的時候您決定請求饒恕的那一分鐘上，您究竟有什麼感觸？請您不要把我的問題當作輕浮的舉動，相反地，我提出這類問題，自有一種祕密的目的，以後我也許可以對您解釋出來，假使上帝願意使我們兩人再接近些。」

他說話的時候，我向他的臉上直看，忽然感到對他的強烈的信任心，使我發生異乎尋常的好奇，因為我感到他的心靈有一種特別的祕密。

「您問我在向仇人請求饒恕的時候，究竟有什麼感觸，」我回答他，「但是我最好先對您講還沒有對別人講過的一切事情。」於是就對他講我同阿法那西耶發生了那件事情，又如何對他叩頭的話。「從這上面我自己可以看見，」我對他下了結論，「到了決鬥的時候我比較感到輕鬆些，因為我在家裡已經開始了，既然走上了這條道路。那麼以後的一切不但不見困難，甚至顯得快樂，而且高興。」

他聽到以後，善意地看了我一下，說道：「這一切十分有趣，我還想到您府上來談話。」從那時起差不多每天晚上他都到我這裡來。假使他也對我講起他自己的狀況，我們可以接近得多。但是他從來一句話也不提自己的事情，老是向我盤問關於我的事情。雖然如此，我還是很愛他，把我一切的情感全都向他和盤托出，因為我心想：他的祕密於我有什麼關係？就這樣也可以看出他是正直的人。此外，他這人態度頗為嚴肅，和我年齡並不相近，卻時常跑到我這青年人那裡來，不嫌厭我。我從他那裡學會了許多有益的事情，因為他具有高超的智識。「生命是天堂這一層，」他忽然對我說，「我早就想到了，」忽然又補說道：「我想的也就是這層啊。」他看著我微笑。他說：「我還比您更加相信，您以後會知道是什麼原因。」我聽見他說，自己尋思：「他一定想對我說出什麼心事來。」他說：「天堂藏在我們每個人的心底，現在它就在我的心裡隱伏著；只要我願意——明天它真的會來，而且永遠會來的。」我一看：他帶著感動的心情說話，祕密地對我看望，似乎在詢問我。「關於每個人除去自己的罪孽以外，還替別人擔錯一層，您的判斷是完全對的，可感動的是您竟能這樣完滿地把握這種意思。真是對的，在人們瞭解這意思的時候，對於他們臨到了天國，並不在幻想裡，卻是實在的天國。」我當時憂愁地對他喊道：「這情形在什麼時候實現？還會不會實現？不會單只成為幻想嗎？」他說：「您已經不相信了，您宣傳著教義，自己卻不相信。您要知道，這個幻想無疑地會實現的，您必須相信，但是不在現在的時候，因為一切行動都有自己的法則。這事是屬於精神方面的、心理方面的。如欲重新改造世界，必須使人在心理方面自己轉上另一條路上去。除非你實際上做了每個人的弟兄，四海皆兄弟的制度是不會成立的。人類永遠不會藉任何科學和任何利益舒適地均分財產和權利。每個人都嫌少，大家全將怨艾、妒忌、互相殘害。您問，這一切何時實現。實現是會實現的，但是必須先經過一個孤立的時期。」「什麼孤立？」我問他，「那就是現在到處主宰著的，特別是在我們的世紀裡，但是全時期還沒有完全結束，末日尚未來到。因為現在每人都趨向著使自己的個性隔得越遠越好，願意在自己身上感到生命的充實，但是努力的結果，不但沒有取到生命的充實，只成為完全的自殺，因為人們不但未取得自我決定的充實，反陷入完全孤立之境。我們這世紀，大家全分成單位，每個人都隱進自己的洞穴裡面，每人互相隔離，互相躲藏，把自己所有的藏起來，結果是弄得被人們推開，自己又去推開人們。每人在暗中積聚財產，心想我現在有了財力，得到保障，而這些瘋子們不知道越積得多，便越加深陷進自殺性的無力裡去。因為他已慣於希望自己一人，教自己的心靈不信他人的幫助，不信人和人類，只為了怕銀錢和已收到的權利重又喪失而戰慄。現在人類的智性已到處開始懷著訕笑，不願瞭解，個性的真正保障並不在於孤立的、個性的努力，而在於社會的合群。但是這種可怕的孤立的末日一定快要來到，大家得立即瞭解，他們互相孤立是如何不自然的事。等到時代的風氣一成，人們將奇怪竟這樣長久地坐在黑暗裡，不見光明。於是神子的旗幟即行在天上出現……但是在那個時候以前，終歸應該將旗幟保藏，可是偶然總有一、兩人忽然舉出例來，將心靈從孤獨中引到博愛的業績上面，哪怕甚至被罩上了瘋僧的尊號。這是為了使偉大的思想不致消滅的緣故……」

我們兩人連著幾晚就作這種熱烈歡欣的談話。我甚至和朋友們疏淡起來，不大出外交際，而且人們對我的時髦也開始過去。我說這話並沒有責備的意思。因為人們還繼續愛我、歡迎我；但是時髦確乎是世上最有權威的帝王，這是應該承認的。我歡欣地望著我的祕密的訪客，因為除了欣賞他的智識以外，還預先感到他自己存著一點心計，預備實行也許是偉大的業績。我在外表上從不對他的祕密露出好奇，絕不直接或用暗示詢問一下，也許這一點使他高興。後來我看出他自己也似乎開始發出想告訴我什麼事情的渴切的願望。至少在他每天來造訪我起一個月以後，已經顯出來了。「您知道不知道，」他有一天問我，「城裡面對於我們兩人開始發生好奇心，奇怪我時常到您這裡來；但是隨他們去吧，因為一切將很快地解釋出來了。」有時，極度的驚擾忽然侵襲著他，發生這些情形時他永遠立起來，走了出去。有時，長久，而且似乎透徹地看著我——我心想：「他此刻就要說出來了。」但是他忽然停頓了一下，說起已經熟悉的、尋常的話來。他還時常說自己頭痛。有一天，甚至完全出乎意料之外地，在他說了許多熱烈的話語以後，我看見他忽然臉色發白，臉完全歪曲了，還盯看著我。

「您怎麼啦？」我說，「是不是不舒服？」

他怨訴自己頭痛。

「我……您知道不知道……我……殺死了人。」

說完以後，微笑了，臉色白得像粉筆。他為什麼微笑？——在我還沒有弄明白以前，這念頭忽然先刺進我的心裡。我的臉色也發白了。

「您這是什麼意思？」我對他喊。

「您瞧，」他回答我，還掛著慘白的微笑，「我花了許多代價，說出第一句話來。現在說了出來，似乎走上路了。我可以往前走了。」

我許久時候不相信他，而且也不是一次就相信，只是在他到我那裡來了三天，把一切詳細情節告訴我以後才相信的。我把他當作瘋子，但是結果到底相信了，顯然帶著極大的憂愁和驚訝。他犯了極大的、極可怕的罪，在十四年以前，對一個有錢的女太太，年輕、貌美，是地主的寡妻，在我們城裡有自己的住宅，預備進城居住之用。他對她感到極大的愛情，向她表示愛慕，勸她嫁給他。但是她的心已屬於另一位高貴的職位不小的軍官，那時他正在出征，但不久即將回來。她拒絕了他的求婚，還請他不要再到她家來。他停止前往以後，因為熟悉她家裡房屋的佈置，夜裡從花園裡爬上屋頂，溜進她的房間裡去，冒著被人家發覺的極大的危險。然而凡是冒著特別的大膽幹出來的犯罪反而時常可以成功，這是常有的現象。他從天窗裡走進閣樓，順著閣樓的小梯走下去，到僕人的屋裡去，明知道小梯終端的那扇門由於僕人的疏忽，並不永遠鎖牢的。他希望這一次也這樣懈怠，恰巧就撞上了。他溜進僕人的屋裡以後，就在黑暗裡闖入她的臥室。室內點著神像前的油燈。她的兩個丫頭好像故意似的，沒有稟明主人，偷偷地走到一條街上的鄰家，赴命名日的宴會去了。其餘男女僕人睡在下層樓的僕室和廚房內。他看見沉睡的情人，熾燃出一股情慾，然後有一陣復仇的、吃醋的恨意佔據他的心胸，他竟忘其所以，像醉人一樣，走進前去，把刀子向她的心上直刺，使她叫喊也沒有叫喊一聲。隨後又用最奸惡的心計把一切佈置得使人家疑心到僕人身上去：他取了她的錢包，從枕下掏出鑰匙，打開她的五斗櫃，取了一點東西，照呆笨的僕人所做的那個樣子，留下了有價證券，只取一點錢，又取了面積大些的金器，而面積小的，卻貴重十倍的東西卻棄置不顧。他又取了一點東西，留作自己的紀念，但是關於這以後再說。他做完了這件可怕的事情以後，就從原路走出。無論在第二天發生轟動的時候，或是以後的任何時候，誰也沒有想到對於真正的兇手起一點疑心！況且誰也不知道他對她的愛情，因為他永遠是有沉默和不好健談的性格，也沒有好友可以傾抒他的心事。大家只是把他當作被害人的朋友，甚至還不是親近的朋友，因為他最後兩個星期內並沒有到她家裡去過。立刻疑惑到她的農奴僕人彼得身上，而且一切情節恰巧湊得足以證實這疑惑的根據，因為這個僕人知道，而且死者也不隱瞞，她想把他交出去當兵，補充她的農人們應徵兵役的數額，為了他沒有家室，而且品行很壞。人家又聽說他在喝醉的時候，在酒店裡狠狠地說著恐嚇的話語，口口聲聲要殺死她。在她被害死的兩天以前逃跑了出去，住在城裡沒有人知曉的地方。兇案發生後的第二天，在城外的大道上，發現他醉得死沉沉的，口袋裡放著一把刀子，右掌不知道為什麼原因染了血漬。他說是從鼻裡流出來的，但是沒有人相信他。女僕們所犯的錯，是她們擅自出去赴宴，臺階方面的大門，她們回家以前，沒有關好。此外，還有許多相類的細節，竟因此把這無辜的僕人下獄。他被捕了，就要加以審判。但是一星期後這個被捕的人恰巧得了熱病，竟在醫院裡昏迷不醒地死去。案子就算這樣了結，一切付諸天命，審判官們、上級長官、整個社會，大家全都相信犯罪的就是這個病死的僕人。於是刑罰隨著開始了。

那位神祕的訪客，現在是我的知己，告訴我，他起初甚至完全不感到良心的責備。他曾有許多時候感到苦痛，但不是為了這，卻只是由於遺憾，因為他殺死了心愛的女人，她現在已不可復得，殺死了她，隨著就是殺死了他的愛情，而情慾之火還留在他的血裡。然而關於流下來的無辜的血，關於殺人一層，他當時幾乎沒有想過。他想到他的犧牲品竟能成為別人的太太，這使他感到無法忍耐，因此他的良心上有許多時候深信他是不能不這樣做的。僕人的被捕，起初使他有點不安，但是不久得了病，隨即死去，他這才放下心去，因他的死（他當時推論著），顯然不是為了被捕，或者由於懼怕，卻是為了他在逃跑的幾天內，喝醉了酒，整夜睡在潮濕的地上，因此得了感冒所致。他所偷的東西和銀錢不大使他感到慚愧，因為（他還是那樣推論），他偷竊的用意不是為了錢財，卻是為了躲避嫌疑。而且所偷的數目不大，他不久就將全部數額，甚至還加添了許多，捐給我們城裡創辦的慈惠院。他特地這樣做，以安慰他的良心，暫時確乎使他安心了一些——他自己對我這樣說。他著手辦理公務，自己要求充任困難、麻煩的差使，這差使佔去了兩年工夫，為了他的堅強的性格，差不多忘掉了所發生的事情；在憶到的時候，努力完全不去想它。他又著手辦慈善事業，在我們城裡創辦了不少機關，捐助了許多金錢，還到京城裡去活動，在莫斯科和彼得堡被選任各種慈善團體的委員。然而以後到底懷著痛苦的心情沉思起來，到底沒有力量支持了。他當時愛上一位有智識的、美麗的女郎，不久娶了她，心想結婚可以驅走孤獨的煩惱，在走上新的道路，盡心履行對妻子和兒女的義務以後，就可以脫離舊日的回憶。但是恰巧發生了和這期望相反的情形。在結婚後第一個月內，一個念頭不斷地驚擾他：「妻子現在愛我，但是假使她知道了便怎樣呢？」她後來懷了孕，告訴他的時候，他忽然慚愧了；「我現在給予生命，但也奪去了生命。」孩子生下來了：「我怎麼敢去愛他們，教育他們，怎麼能對他們談論道德？我曾做了殺人流血的事情。」孩子們長成得很美麗，想時常愛撫他們：「但是我不能望著他們天真無邪的、明朗的臉龐，我是沒有這個資格的。」後來被殺的犧牲品的血，她的被害的年輕的生命，苦喊著復仇的血，開始威嚇他，而且哀苦地進入他的幻想裡去。他開始做可怕的夢。但是因為他具有堅定的心，許久時候忍挨住痛苦的煎熬。「我將用祕密的痛苦贖取這一切。」但是這希望是枉然的，痛苦越來越加強烈了。社會裡因為他從事慈善事業對他很恭敬，雖然他們十分懼怕他的嚴肅陰鬱的性格，但是人家越恭敬他，他越覺得無從忍耐。他對我承認，他曾經產生自殺的念頭。但是隨著又發出了另一幻想——他起初認作不可能，而且瘋狂，以後竟黏牢在他的心上，無從脫拔的幻想。他的幻想是這樣的：站起身來，走到群眾前面，向大家宣佈，自己殺了人。他懷著這個幻想過了三年，在各種不同的形式裡發著這幻想。最後他從整個心靈裡相信，他在宣佈自己的犯罪以後，一定可以治好自己的心靈，永遠安靜下去。但是相信了以後，心裡感到恐怖，因為應該怎樣執行呢？忽然發生了我的決鬥的事件。「我看著您，現在決定了。」我看了他一眼。

「難道說，」我對他喊，擺著兩手，「這樣小小的事件會生出您的決意來嗎？」

「我的決意已經產生了三年，」他回答我，「您的事件只是給了一個衝動。我看著您，自己責備，還羨慕您。」他竟嚴肅地對我說。

「沒有人相信您，」我對他說，「過了十四年了。」

「我有證據，很大的證據。我可以提出來的。」

我當時哭了，吻他。

「您給我決定一件事情，一件事情！」他對我說，好像現在一切都繫在我的身上似的，「妻子和孩子們！妻子也許要愁死，孩子們雖然不會喪失貴族的頭銜和財產——但永遠成為罪徒的孩子們。在他們的心上將留下如何的紀念，如何的紀念！」

我沉默著。

「是不是同他們離開，永遠離開，永遠，永遠？」

我坐在那裡，默默地低聲唸著禱詞。我終於站起身，我開始覺得可怕。

「怎麼樣？」他看著我。

「去，」我說，「對人們宣佈。一切將成為過去，唯有真理遺留下來。孩子們長大後，會明白，您的偉大的決意裡有多少高貴的性格。」

他當時從我那裡走出去，似乎確已有了決意。但是以後有兩個星期以上到我家裡來，每晚連著來，老是不能決定。我的心被他折磨著。來的時候意志堅決，感動地說道：

「我知道天堂對於我即將臨到，我一宣佈以後，立刻就會臨到。我有十四年在地獄裡。我願意受痛苦。我將接受痛苦，開始生活。現在不但我的鄰人，連我的孩子們都不敢愛。天呀，孩子們也許會明白我對於我的痛苦付出了多少的代價！上帝不在力量裡，而在真理裡。」

「大家都會瞭解您的苦行，」我對他說，「現在不會，以後會瞭解的，因為您為真理服務，最高的、不在地上的真理……」

他離開我的時候，好像得了安慰，但是第二天又忽然惡狠狠地來了，面色慘白，說話帶著嘲笑。

「每次我走進來的時候，您永遠懷著好奇心，看我『是不是又沒有宣佈？』您等一等，不要太看不起人。這不像您所料想似的容易辦到。我也許並不想實行。那時候您會不會出首報告？」

我不但沒有帶著輕率的好奇心看他，甚至連看也怕看他。我被折磨得像生病的樣子，我的心靈充滿了眼淚，甚至夜間失眠了。

「我剛才從妻子那裡來，」他繼續說，「您明白不明白，妻子是什麼？我離開的時候，孩子們對我喊：『再見吧，爸爸，快回來同我們唸兒童讀物。』不，您不明白這個！別人的災害是不容易瞭解的。」

他的眼睛閃爍著，嘴唇抖跳著。忽然舉拳擊桌，桌上的東西跳躍起來。那樣軟性子的人，第一次發出這種脾氣來。

「有需要嗎？」他喊著，「用得著嗎？這件案子裡誰也沒有被判罪，誰也沒有為了我而被判處徒刑，那個僕人是病死的。至於我殺人流血，那麼已經被痛苦的折磨所懲罰了。而且人家不會相信我的，任何我提出來的證據也不會有人相信的。有宣佈的必要嗎？有這必要嗎？為了殺人流血，我準備一輩子挨受折磨，只要不使妻子和孩子們遭受打擊。使他們和我一塊兒毀滅是合理的嗎？我們不會弄錯嗎？真理在哪裡？這些人們會不會瞭解真理，加以珍視和尊敬呢？」

「天呀！」我心想，「到了這種時候還想到人們的尊敬！」我當時起初可憐他，真願意和他分擔命運，只要能使他得到輕鬆。我看他好像瘋了似的。我害怕起來，不但從我的智性裡，而且從生活的心靈上，瞭解這決意有如何的代價。

「您決定我的命運嗎？」他又喊。

「快去宣佈，」我對他微語。我的聲音失去了效用，但是我堅決地發出微語。我從桌上取了一本福音書，俄文的譯本，翻出《約翰福音》第十二章，第二十四節給他看。

「我實實在在地告訴你們，一粒麥子不落在地上死了，仍舊是一粒，若是死了，就結出許多子粒來。」我在他來訪以前剛好讀了這一節。

他讀完了，說道：「實在的，」但是苦笑了一下。「是的，」沉默了一會，他又說，「在這種書裡可以遇到許多可怕的事情。把它硬塞給人家是容易的事。誰寫的？難道是人寫的嗎？」

「聖的神靈寫的。」我說。

「說空話容易。」他又冷笑，但是已經差不多懷著怨恨。我又取起《聖經》，翻了一下，把《希伯來書》第十章第三十一節給他看。他讀下去：

「落在永生上帝的手裡真是可怕的。」

他讀完後，把書一扔。全身甚至抖索了。

「可怕的一節，」他說，「無須說，一定是您有心挑選的。」他從椅上立起來，說道：「告別吧，我也許不再到這裡來了……我們在天堂上相見吧。這樣說來，我已有十四年『落在永生的上帝的手裡』——這十四年應該是這樣想的。明天我將請求這手放了我……」

我想抱他，和他親吻，但是不敢——他的臉變成扭曲，看著難過。他走出去了。「天呀，」我心想，「這人要去做什麼事呀！」我當時跪在神像面前，為他向聖母哭泣，向救苦救難的聖母哭泣。我含淚跪著祈禱，足足有半小時的工夫，已經是深夜，大約十二點鐘模樣。我一看。門忽然開了，他重又進來。我驚訝起來。

「您到哪兒去了？」我問他。

「我，」他說，「我大概忘了什麼……好像是手帕……也許一點也沒有忘掉，您讓我坐一下吧……」

他坐在椅上。我站在他前面。「請你也坐下。」他說。我坐下。坐了兩分鐘，盯看著我，忽然冷笑了一下，我記得很清楚的，後來就站起來，緊緊地抱我，吻我……

「你要記住，」他說，「我第二次如何到你這裡來的。你要記住。」

他初次用「你」字稱呼我。他說完就走了。「明天呀！」我心想。

那事情果真發生了。我在那天早上不知道明天恰巧是他的生日。最後的幾天，我不大出門，所以一點也不知道。每年這一天他家裡有許多賓客，全城都聚攏來。這一次也是賓客滿堂。吃過飯以後他在中央立著，手裡握著一張紙——上官廳的呈文。因為長官全在那裡，他當時對賓客們朗讀那張呈子，裡面把他犯罪的情節詳細敘寫了下來：「我是像怪物一般，把自己從人群裡驅逐出來，因為上帝降臨到我身上，」他結束這節呈文，「我願意吃苦！」他當時把十四年來保存著，可以證明自己的犯罪的東西全放在桌上：被害人的金器（他為了脫卸嫌疑偷竊來的），從她的頸脖上摘下的小金盒和十字架（小金盒裡有她的未婚夫的像片），還有一本日記、兩封信：未婚夫給她的信，報告她自己快要回來，和她的覆信——她起始寫，沒有寫完，放在桌上，預備再郵寄出去。他把這兩封信抓在身邊——為了什麼？為什麼保存了十四年，而不加以銷毀，當作物證似的加以銷毀呢？當下發生的情形是這樣的：大家都十分驚訝，而且駭怕，誰也不願意相信，雖然大家帶著異常的好奇，聽完了一切，但是把他當作病人所說的話，幾天以後大家竟完全決定這不幸的人發了瘋。長官和審判廳方面不能不把這案件進行偵查，但是不久就停止了：雖然所提出的物證和信札大有考慮的餘地，但是當時決定，假使證件是確實的，那麼也不能單根據這些證件提出最終的控訴。此外，他既是她的朋友，她也許會把這些東西親自給他，或者委託他代存。我聽說這些東西經被害人的許多朋友和親屬核對過，確是屬於她的，並沒有可疑的地方。但是這件案子，到底是注定不該了結清楚的。過了五天以後，大家曉得這個受痛苦的人得了毛病，有性命之憂。他得了什麼病——我不能解釋，聽說是心臟的跳動失調，後來大家才知道，為了他的夫人堅決的主張由幾位醫生會議檢查他的精神狀態，所下的結論是確有瘋狂的徵兆。雖然大家跑來盤問我，我卻一點也不洩漏出來，但是在我打算見他的時候，大家不斷地罵我，尤其是他的夫人責備得最厲害。「這是您把他弄成這個樣子的，」她對我說，「他以前已經十分陰鬱，最近一年來大家全看出他露著特別驚慌的樣子，還帶著奇怪的舉動，又加上你來害他；那全是你向他傳道的結果，他整整的一個月沒有離開你的身邊。」不但他的夫人，甚至全城的人都攻擊我、責備我：「這全是你做出來的呀！」他們說。我沉默著，心上卻很喜歡，因為看出其中一定有上帝的恩惠賜給對自身反抗，對自己懲罰的人。他的瘋狂我不能置信。後來他們允許我去見他，他自己堅決要求和我作別。我走進去的時候，恰巧看見他不但活不了幾天，連幾個鐘頭也數得清的了。他很衰弱，臉色黃黃的，手抖索著，喘不過氣來，但是態度還是和藹、快樂。

「做到了，」他對我說，「我早就渴望和你相見。你為什麼不來？」

我沒有對他說，人家不許我見他。

「上帝可憐我，召喚我去。我知道我就要死去，但是在許多年以後還是初次感到平和。我剛剛履行好應做的事，我的心靈裡立刻感到了天堂。現在已經敢去愛我的孩子們，吻他們。他們不相信我，誰也不肯相信，無論是妻子和我的裁判官都不相信。孩子們是永遠不會相信的。我看出這裡面有上帝賜給我的孩子們的恩惠。我死後，我的名字在他們看來是沒有污點的。現在預先感到上帝，心在天堂上似的快樂……我的義務盡了……」

他不能說出話來，喘著氣，熱烈地握我的手，火燄般地看我。我們談得不久，他的夫人不斷進來窺視。但是他還來得及對我微語道：

「你記不記得，我在半夜裡，第二次到你家去的情形。還切囑你記住，有沒有？你知道我為了什麼事情再回來的？我本來是打算來殺死你的！」

我竟抖索了一下。

「我那時從你家裡出來，走進黑暗裡去，在街上溜來溜去，和自己奮鬥。突然地把你恨到心上忍不住的地步。我心想：『他現在是我的裁判官，唯一的束縛我的人，我不能不去做明天那件受懲罰的事，因為他全都知道了。』我並不是怕你告發（連這念頭也沒有），但是心想：『假使我不自行告發，叫我怎麼能看他的臉呢？』即使你遠在天涯，而且活著，那麼只要一想到你還活著，知道了一切，在那裡裁判我，總是會使我感到無可忍耐的了。我恨你，好像你是一切的原因，負責一切的過錯。我當時回到你那裡去，我記得你的桌子上放著一把匕首。我坐下來，還請你坐下，心裡面尋思了整整一分鐘。假使我殺死你，雖然我不去宣佈以前的犯罪，但是一做了這件兇殺案，我反正是要毀滅的了。然而我當時並沒有這樣想，在那個時候也不願意去想。我唯有恨你，努力打算對你復仇，為了一切的事情。但是我的上帝在我的心裡戰勝了魔鬼。你要知道，你從來沒有離死這樣近的。」

一星期後，他死了。全城的人送他的棺材到墳墓上去。總牧師說了充溢感情的演詞。大家痛惜著說這是可怕的疾病夭折了他的天年。但是全城的人在殯葬他的時候，很反對我，甚至不再接待我。不過有幾個人，起初不多，以後越來越多些，開始相信他的供詞是實在的，重又來拜訪我、盤問我，帶著極大的好奇和快樂：因為人們總是愛正人的墮落和他的受辱的。但是我沒有作聲，不久就完全離開這城市，五個月以後蒙上帝准我走到堅定和莊嚴的大道上去，祝福著我看不見的手指，在指示著這條明顯的道路。這個受許多苦難的上帝的奴僕米哈意爾，從此每天在我的禱詞裡被我提到。

第三章　長老曹西瑪的談話和訓言

五、關於俄國僧侶和它的可能的意義

父和師傅們，僧侶是什麼？在現在文明社會的世界內，有些人在說出這兩字的時候帶著嘲笑的意思，另一些人則當作罵人的名詞。而且越來越多。這是實在的，僧侶階級裡有許多懶漢、貪吃和好色的人，無賴的遊丐。俗世裡有學問的人們說：「你們是社會中懶惰的、無用的份子，你們靠別人的勞力生活，你們這些不識恥的乞丐。」然而在僧侶階級裡有許多馴順、溫良的人，他們渴求隱修，在靜寂裡作熱烈的禱詞。對於這類人不大有人指出，甚至完全處以緘默。假使我說，從這類溫馴的、渴求靜修的祈禱的人們中間也會使俄羅斯的土地得到拯救，他們將如何的驚訝不置！因為他們確乎在靜寂中預備著，「每天，每小時，每月，每年」。暫時，他們在靜寂之中保存著莊嚴的、清潔的、基督的形象，在上帝的真理的純潔裡面，從最古的神父、使徒和殉難著起。在必要的時候，他們會將它照顯給世界上搖動的真實。這是偉大的思想。星從東方照耀出來。

這是我對於僧侶的概念。莫非是虛假的，莫非是傲慢的嗎？你們看一看俗世裡超越在上帝的民眾之上的人們，上帝的容貌和祂的真實對於他們不會變得歪曲嗎？他們有科學，但是在科學裡所有的僅只是情感所及的東西。至於精神的世界，人類本質的最高的一半，則完全被卻拒，被驅趕，還帶著多少的勝利，甚至仇恨。世界宣告了自由，特別是在最近的時代，但是在他們的自由裡我們所見到的是什麼？只見到奴性和自殺而已。因為世界說：「你有了需要，即應予以滿足，因為你有和富貴的人們同等的權利。你不必怕滿足需要，甚至應予加增。」現在世界的學說就是如此。就在這上面見到自由。但是有了增加需要的權利，將得到什麼結果？富人方面是孤立和精神的自殺，窮人方面是猜忌和兇殺，因為給了權利，卻還沒有指示出滿足需要的方法。有人說，世界將越形統一，因為距離的縮短，可以從空中傳達意思，而能聯結成友善的大團體。關於人們這樣的聯合，你們不必相信。他們把自由當作需要的增加和滿足那般的解釋，實在是曲解自己的本性，因為可使自己產生許多無意義的、愚蠢的願望、習慣和離奇的虛想。他們生活著，只是為了互相妒忌，為了淫亂和虛飾。酒席、車馬、高爵、奴僕，被認為是必要的東西，為滿足這必要，甚至可以犧牲生命、名譽和仁愛心，甚至可以自殺，假使不能滿足它。那些不富的人們，他們的情形也是如此，至於窮人方面，暫時還藉酗酒以掩塞需要的無由滿足和嫉妒心。但是不久，血將代替酒的位置，他們被引到這上面去。我問你們：這樣的人自由嗎？我認識一個「為理想奮鬥的人」，親自對我講，在監獄裡禁止他吸煙，他因為不能吸煙受極大的痛苦，幾乎想出賣自己的「理想」，但求給他煙吸。這人說：「我出來為人類奮鬥。」但是這類的人往哪裡去？他能幹出什麼事情來？只能做迅速的舉動，而不能持久。難怪他們不能得到自由，而陷為奴隸，不為博愛和人類的統一服務，反而陷入紛爭和孤立，像那個神祕的訪客和我的師傅在我青年時代對我所說的一樣。因此為人類服務的思想，人類博愛和聯結的思想，在世上逐漸消滅，甚至加以嘲笑，因為他們不能脫離自己的習慣，既然已習慣於滿足自己想出來的無數需要，還有什麼用呢？他已處於孤立之中，所以對於整個的人類漠不相關。他們已達到了將東西越積越多的目的，快樂更見少了。

僧侶所走的路是另外一件事。人們嘲笑守戒、持齋，甚至嘲笑祈禱，然而唯有這樣才能走向真正的、實在的自由的道路：人能戒除多餘的、無用的需要，壓制自己的、驕傲的意志，以持戒自相鞭策，便能藉上帝的幫助達到精神的自由，和隨以俱來的精神的快樂。他們中間誰能理解偉大的思想，實行為它服務——那個孤立的富翁呢？還是從事物和習慣的暴虐中解放出來的人？有人以隱居責備僧侶：「你在修道院裡退隱，拯救自己，而忘卻了為人類的友愛的服務。」但是我們要看一看，誰最為友愛盡力？因為隱居的不是我們，而是他們。然而人們看不到。古時就有民眾的領袖從我們裡面出來，為什麼現在不會出現呢？同樣的馴順溫良的持齋者和沉默者會站起來，幹下偉大的事業。救俄羅斯在於民眾。俄國的修道院從古時起就和民眾在一起。民眾隱居的時候，我們也隱居。民眾照我們的樣子信仰上帝，無信仰的領袖在我們俄國是一點事情也做不下來的，即使他的心很誠懇，他的智慧出眾。這層你們應該記住。民眾遇到無神派，加以克復，就成了統一的、正教的俄羅斯。你們應該珍重民眾，保護他們的心，靜靜地教育他們。這就是你們的，僧侶的義務，因為民眾的心裡是有上帝的。

六、論主與僕並論主僕間精神上能否相互成為兄弟

我不否認，民眾裡面也有罪孽。腐敗的火燄甚至看得出來似的，每小時在增加著，從上面蔓延著。民眾裡也有孤立的現象：發生了富農和重利剝削者，商人希冀多得榮譽，努力裝作有學問的人，卻沒有一點學問，為此卑鄙地忽視古時的習慣，甚至認父親們的信仰為可羞，向公爵的門上走動，而自己僅是一個敗行的鄉下人。民眾沉溺在酗酒裡，不能自拔。對待家庭、妻子，甚至孩子們十分殘忍，全是由於酗酒的緣故。在工廠裡我竟看見過九歲的孩子：瘦瘦的，癆病樣兒，駝背的，卻已經是淫蕩的。悶熱的廠屋，喧鬧的機器，整天的工作，淫蕩的話語，再加上酒，酒，這是不是一個年歲還小的孩子靈魂所需

要的？他需要的是陽光，小孩的遊戲，到處全是好榜樣，再加以一點點的愛情。這一切不應該再有，僧侶們，不應該再有壓迫小孩的事，你們快快地起來說教呀。但是上帝可以救俄羅斯，因為普通民眾雖極淫蕩，不能洗手不幹黑暗的罪孽，但是總還知道他們做了黑暗的罪孽，必受上帝的詛咒，他們所做的是不好的舉動。所以我們的民眾還不斷地相信真理，承認上帝，感動地哭泣。上等階級的人卻不是這樣。他們隨在科學的後面，想單單依靠智識以建設合理的生活，但已不用基督，像以前一般，已宣告犯罪是沒有的，罪孽也是沒有的。照他們的說法本來是對的：因為如果你沒有上帝，那麼哪裡還有犯罪？在歐洲，民眾用武力對富人作反，民眾的領袖到處領他們做流血的事情，教訓他們，憤怒是應該的，但是「他們的憤怒是可詛咒的，因為是殘忍的」，上帝救俄羅斯，已經救過許多次了。拯救將出於民眾方面，由於他們的信仰和謙恭而來。父和師傅們，你們應該珍重民眾的信仰。這不是幻想。在我們偉大的民眾裡，那種莊嚴真實的高貴性格使我一輩子為之驚愕，我親自看見，親自可以證明。我看見了感到十分驚異。雖然他們的罪孽深重，具有貧窮的形式，我還是看見了這一點。他們並沒有奴性，雖然做了兩世紀的奴隸。態度和舉止是自由的，沒有一點氣性。不計仇，不嫉妒。「你有勢，你有錢，你聰明而有天才——好吧，願上帝賜福於你。我尊重你，但是我知道我也是人。就我尊敬你而不加嫉妒一事，看出我做人的高貴。」即使他們不說出來（因為還不會說出來），那麼也會做出來的。我自己看見自己經歷到。你們信不信：俄國人越窮，越低下，便越顯得出莊嚴的真實性，因為有錢的富農和重利剝削者多半已經是墮落的了；許多，許多是由於我們的不勤和不慎而來，但是上帝救祂的人們，因為俄羅斯的偉大在於謙卑。我幻想著，看見似乎已經明顯地看見我們的未來：將來甚至最淫蕩的富人會弄得在貧人面前為他的財產感到羞慚，而貧人看見這謙卑，自會瞭解，而且欣然對他讓步，以和藹的態度答覆他的莊嚴的羞慚。你們應該相信，結果是會這樣的，而且正在朝這上面走呢。平等是應該單只在人的精神的品格裡找見的。而唯有我們中間可以明白這一點。如果我們是弟兄，就會發生友誼的情誼，以前他們是永遠不會均分財產的。我們將保存基督的形象，它將似貴重寶石一般，照耀著整個世界……這是會來的，這是會來的！

父與師傅們，有一次我曾發生一樁可感動的事情。我在遊行的時候，有一天在大省城裡面遇見了我以前的馬弁阿法那西耶。自從我和他分別以來，已過了八年。他偶然在菜市看見我，辨認了出來，跑到我面前顯得太喜歡了，竟奔到我身旁，說道：「老爺，是您嗎？我難道看見的是您嗎？」把我領到家裡去。他已經退伍，結了婚，養下兩個小孩。他同他的太太在菜市擺攤度日。他所住的屋子雖簡陋貧窮，卻還清潔、快樂。他讓我坐下，生起火壺，打發人把妻子叫來，好像我到他家裡去，對於他成為一個佳節似的。他把孩子們領來，說道：「請您祝福他們，神父。」我答道：「我哪裡能祝福，我不過是普通的，謙卑的僧士，我將為他們祈禱上帝。對於你呢，阿法那西耶．伯夫洛維奇，我從那天起，每天為你祈禱上帝，因為一切都是從你而起。」我就盡我的能力對他解釋這個意思。他對我看望，總是不能想像，我是軍官，他的以前的主人，現在竟扮了這個樣子，穿上這種衣裳，在他的面前現露：他竟哭了。「你哭什麼？」我對他說，「你是令我難於遺忘的人，你應該為我喜悅，因為我的道路是喜悅而且是光明的。」他不說許多話，唯有嘆氣，還朝我搖頭，帶著感動的心情。「你的財產呢？」他問。我回答他：「捐送給修道院，我們共同地生活著。」喝完茶以後，我和他告別，他忽然塞給我半個盧布，給修道院的捐款，還把另外的半個盧布塞到我的手裡，匆匆忙忙的說：「這是給您的，給遊方僧士的，您也許有用處。」我收了他的半個盧布，對他和他的太太鞠躬，歡歡喜喜地走出去，路上想道：「現在我們兩人，他在自己家裡，我走著路，大概全在嘆氣，又快樂地嘻笑，心裡很高興，搖頭回憶，如何上帝領我們前來相見。」我從那時起便沒有看見過他。我做過他的主人，他做過我的僕人，現在我同他和愛地親吻，精神上十分高興，人之間發主了偉大的人類的聯結。我對於這一點想了許多時候，現在我這樣想著：對於偉大和坦白的聯結到了時候會到處發生在我們的俄羅斯人中間一層，有什麼不能理解呢？我相信一定會發生，而且時間已臨近了。

關於僕人，我這要在後面補說幾句：我在青年時候常對僕人們發脾氣：「廚婦燒的菜太燙，馬弁沒把衣裳刷得乾淨。」但是開我茅塞的是我的親愛的兄長的思想，我在童年時常聽他講道：「我配不配使別人侍候我，就為了他們的貧窮和愚魯，使我支配他們？」我當時很奇怪，何以這樣普通的思想，明晰異常的思想，在我的腦海裡發現得如此遲慢。世界誠然沒有僕人是不可能的，但是應該設法使你的僕人在精神方面得到自由。比他不做僕人的時候還自由些。為什麼我不能做我的僕人的僕人，並且讓他看見，在我的方面並無驕色，而他的方面並無懷疑呢？為什麼不能使我的僕人做我的親屬，把他收在我的家庭之內，而引為快樂呢？甚至現在還可以辦得到，作為將來的、人類偉大團結的基礎，在那個時候人將不尋覓僕人，且不願將同樣的人當作僕人看待，像現在的樣子，相反地，將用全力成為大眾的僕人，照《新約》的辦法。人到了後來會在光明和慈愛的勞績中尋到他的快樂，而不在像現在那樣殘忍的快樂裡尋覓——例如在貪食、淫蕩、虛飾、驕傲、嫉妒性的彼此競爭之中。難道這只成為夢想嗎？我深信絕不是夢想，而且時間快近了。有人笑著問：時間何時可到？有點像可以到嗎？我想我們將和基督同行解決這偉大的事。世界上，人類的歷史裡，有多少理想，在十年以前還認為不可思議，竟能在祕密的時間到臨的時候，忽然發現出來，在整個大地上風行。我們這裡也是這樣，我們的民族將對世界微笑，所有的人們將說：「建築師拒卻的石頭成為主要的牆基了。」應該反問嘲笑的人們自身：假使我們在那裡幻想，那麼你們什麼時候可以藉著自己的智慧，不靠基督，而蓋好自己的房子，建設合理的生活？如果他們自己說他們也是往聯結的方向走去，那麼實際上只有最平凡的人們能相信，他們的平凡是可以使人驚異的。實際上他們的幻想比我們厲害。他們想在拒卻基督以後，建設合理的生活，結果必將流血遍地，因為血可以召來血，拔出劍來的人將被劍所傷害。如無基督的聖約，人們必將互相殘殺，到世上只剩兩人為止。這最後的兩人也不能互相對峙，於是最後的第一人將殘殺最後的第二人，以後再殺死自己。這一定要應驗的，假使基督的聖約不說為了馴順謙卑的人們，這期限將縮短得多。我在決鬥以後，還在穿軍服的時候，就在交際社會中談起對於僕人的意見，我記得大家都奇怪我。他們說：「莫非應該請僕人坐在沙發上，給他倒茶嗎？」我當時答道：「為什麼不能呢？有的時候為什麼不能呢？」當時大家全笑了。他們的問話是無意的，我的答語是不清楚的，但是我想裡面多少有點真實。

七、論祈禱、愛情和與外間接觸的問題

青年人，不要忘卻祈禱。在你的祈禱裡，如果它是誠懇的，每次必閃出新的情感，而情感裡含著你以前不知道，而重新使你鼓舞的新思想：你將明白，祈禱就是教育。你應該記住，每天，而且在可能的時候，你必須反覆誦禱：「主，願你寬恕今天站在你面前的一切人們。」因為每小時，每一剎那間，地上有數千人脫離生命，他們的靈魂站在主的面前——太多的人們和地分離的時候都是孤立的，沒有人曉得的，處於憂愁和煩惱之中，因為無人憐惜他，甚至完全不知道他們：究竟活著沒有。也許，你的祈禱，為他的靈魂安息的祈禱，從大地的另一角落裡升到上帝的座前，雖然你不知道他，他也不知道你。恐怖地立在上帝面前的他的靈魂在那個剎那間將如何歡悅地感到，還有一個為他祈禱的人，還有一個愛他的人留在地上。上帝慈悲地望著我們兩人，因為假使你可憐他，那麼上帝更要可憐他，比你慈悲而且和愛到無數倍的上帝。他將看在你的份上寬恕他。

兄弟們，你們不要懼怕人們的罪孽，要愛在罪孽裡的人，因為這是神的愛情表示，這是地上的愛的高峰。你們應該愛上帝創造的一切東西，整體和每粒砂子。愛每張樹葉，每條上帝的光。愛動物，愛植物，愛一切的事物。你如愛一切的事物，便能理解上帝在事物裡的祕密。一旦有了理解，便可每天無休止地得到越來越多的認識。你終於將用整個的、全世界的愛，愛全世界。你們應該愛動物：上帝給予牠們思想的始端和無抗拒的快樂。不要加以攪亂，不要折磨牠們，不要奪去牠們的快樂，不要反對上帝的思想。人，你不要對於動物露出驕傲的態度，牠們並無罪孽，而你卻一出世就用你的偉大糟蹋大地，留你的污穢的痕跡在你後面——差不多我們中間每人都是如此的！——你們應該特別愛小孩，因為他們也沒有罪孽，像安琪兒一般，他們活在世上，為了使我們和愛，為了洗淨我們的心，好比對於我們的一種指示。侮辱小孩的人是可悲的。阿菲姆神父教我愛小孩：他生性沉默和藹，雲遊的時候用施捨來的零錢買下糖餅，分散給他們；他這人是不能從小孩的身邊走過而不露精神的感動的，他的性格是如此的。

一個人對於某種思想有時感到懷疑，特別是看見了人們的罪孽，便自問道：「用強力加以克服呢？或者用馴順的愛。」你永遠應該決定：「用馴順的愛。」你能永遠這樣決定，便可征服整個世界。馴順的愛是一種可怕的力量，最具強烈，沒有和它相比的東西。你應該每天、每小時、每分鐘省察自己，使你形象具有莊嚴的樣子。你走過小孩的身旁，惡狠狠地走過，說出難聽的話語，懷著憤怒的心靈；你也許沒有看見嬰孩，而他看見了你，你的形象，那樣難看而不誠實的就會留在他的孤立無助的小心裡面。你並不知道，也許你這樣是將壞惡的種子扔進他的心裡，使它增大起來，全是因為你在孩子面前不加檢點的緣故，因為你未在自己身上養成精細的、積極的愛。愛是教師，但是必須懂得如何獲到它，因為它難於獲得，須付出很貴的代價，從事長久的工作，還經過長久的時間。至於偶然是每人都會愛的，連兇手也能愛的。我的兄長向小鳥請求饒恕，這似乎並無意義，卻是真實的。因為一切像一片海洋，一切在流著、接觸著，在一個地方搖動一下，就會在世界的另一端生出響應，向小鳥請求饒恕固然瘋態，但是小鳥們可以感到輕鬆些，嬰孩和在你身旁的一切動物也是如此，假使你自己比你現在還莊重些，哪怕一點點也可以。一切像一片海洋，我對你們說。那時候你將開始向小鳥祈禱，懷著整個的愛，似乎發出欣悅，祈求牠們赦免你的罪。你必須珍重這種欣悅，無論人們覺得它如何的無意義。

我的朋友們，你們應向上帝請求快樂。像小孩那樣，像天上的鳥那樣快樂。不要讓人們的罪孽在你的作為裡攪亂你。不要怕它磨盡你的事業，阻礙你的事業成就。不要說：「罪孽是萬能的，邪惡是萬能的，惡劣的環境是萬能的，而我們是孤獨的、無力的，惡劣的環境會磨蝕我們，不使我們成就福利的事情。」你們應該避開憂鬱，孩子們。自救之道就是把住自己，使自己成為人們的罪孽的負責者。這是實在的，因為你只要使自己成為誠實的對一切的負責者，你立即看出這確是這個樣子的，你確是對一切的，對一切物犯了過錯。你如將你的懶惰和疲乏推到人們身上，結果，你必須領受撒旦的驕傲，對上帝生怨艾之心。關於撒旦的驕傲，我以為我們在世上是很難加以理解的，因此極易發生錯誤，在領受它的時候還以為我們做了一點偉大的、美麗的事情。我們的天性中有許多最強烈的情感和行動，我們在世上暫時還不能加以理解，你不要受了誘惑，不要以為這可以做你的辯解，因為永恆的裁判者問你的是你已能理解的一切，而非不能理解的東西，你自己會深信這一點的，因為那時候你可得到正確的理解，而不會爭論的，我們在地上好像在那裡流蕩，如果我們的前面沒有珍貴的基督的形象，我們也將遭到滅亡，完全迷路，像人類在洪水前的樣子。地上有許多東西被隱藏著，不使我們知曉，但是代替了它，賜予我們的是對於我們和另一世界，另一崇高多山的世界，有密切關係的一種祕密的、珍貴的感覺。我們的思想和情感的根苗不在這裡，而在另一世界裡面。哲學家們說，事物的實體無從在地上加以理解，就是這個緣故。上帝從另一世界裡取了種子，在地上播種，使祂的花園長成，一切可以長成的東西全都長成了，但是被長成的東西是單單依靠和神祕的另外的世界互相接觸的情感以生存的。假使這情感在你的心上軟弱下去，或竟消滅，則你心中所長成的一切也將滅亡。於是你開始對生命冷淡，甚至恨它。這是我的見解。

八、能不能做同類的人們的裁判官？——信仰到底

你應該特別記住，你不能做任何人的裁判官。沒有人能在地上裁判罪人，除非他自己悟到他和站在他面前的人同屬罪人，而他對於站在面前的人所犯的罪也許比任何人都多。在他悟到這層的時候，才能成為裁判官。形式雖然瘋狂，但這是實在的。因為假使我自己公正，也許不會有站在面前的人。你如能將你面前，受你的良心裁判的罪人所犯的罪自行承受，就應該立刻接受下來，自己替他受苦，而把他赦免，不加責備，甚至假使法律派你做他的裁判官，你應在可能的範圍內做這類的行為，因為他一走以後，將自行懲罰自己，比你的裁判還酷烈。假使他毫無感覺地退走，還要笑你，你不必受他的誘惑，那是因為他的期限還沒有到，到了時候自然會到的，即使不到，也是一樣，不是他，便有別人替他認罪受苦，並且責備自己，控訴自己，真實便被完成了。你必須相信，一定要相信，因為一切的信仰和一切的聖徒的信仰就在這個上面。

你應該不停歇地做去。假使夜裡睡覺時憶到：「我沒有履行應該做的事」，那麼應該立即起身去履行。如果你的周圍都是惡狠，而無感覺的人們，不願意聽你的說話，就跪在他們面前，請求他們的饒恕，因為他們的不願意聽你的說話，究竟是你的錯。如果你不能同兇惡的人們說話，可以默默地，忍著羞辱，侍候他們，永遠不喪失希望。假使大家離開你，用強力驅逐你，那麼獨自剩你一個人的時候，應

該跪在地上，吻它，用眼淚浸濕它。它由於你的眼淚會生出果實，雖然你處於孤寂之中，誰也不會看見你，聽見你。你應該信仰到底，即使甚至弄得大家在地上迷了道路，而你一個人還守著信實：你就把犧牲品送來，獨自留在那裡頌讚上帝。如果你們這樣兩個人聚在一起——那就是整個世界，活潑的愛的世界，和愛地互相擁抱，頌讚上帝；因為即使只有你們兩個人，但是上帝的真實卻因此實現了。

假使你自己犯了罪孽，而為了你的罪孽，或你的突來的罪孽，甚至發愁得要死，那麼可以替別人歡喜，替正直的人歡喜，為了你雖犯罪，而他的行為卻極正直，且不犯罪而歡喜。

如果人們的惡行使你憤怒，而且發生無可克制的憂愁，甚至抱復仇的願望，那麼你應該對這情感懷懼，你立刻就去為自己尋覓苦難，好像是你自己對於人們的惡行犯了錯處似的。你應接受這苦難，忍耐一下，你的心便可得到安慰，你將明白是你自己的錯處，因為你本可給惡徒們點燈，作為一個無罪的人，而竟沒有點。如果點了，那麼你的燈光可以給別人照路，而做惡事的人也許在你的燈光之下不至於做錯事了。即使甚至你點了燈，而看到人們甚至在你的燈光之下也不得救，那麼你應持以堅定，不要疑惑天上的光明的力量；你應該相信，若現在不得救，以後必將得救的。即使以後不得救，他們的兒子們必得救的，因為你雖死而你的光不死。正直的人退走，他的光明留了下來。人們永遠在拯救的人死後才得救的。人類不接受他們的預言者，痛敲他們，但是人們愛他們的殉難者，尊敬被磨難的人們。你為整體而工作，為未來做事。你永遠不要尋覓獎賜，因為沒有這個，你在地上的獎賜已經很大了。那就是唯有正直的人可以獲得的精神的喜悅。你不怕尊貴的人們、強有力的人們，卻應該做一個有智慧的人，永遠做一個沉靜的人。你應該知道尺寸，知道時間，加以研究。在孤獨中留下時，你應該祈禱，匍匐在地，吻它，吻著地，實行沒有止歇，沒有饜足的愛，愛一切人、一切物，尋覓喜悅和它的瘋狂。用你的喜悅的眼淚浸潤大地，愛你的眼淚。不要以這瘋狂為羞恥，應該加以珍重，因為這是上帝的，偉大的贈賜，不是贈予許多人，卻賜予被選擇的人們的。

九、論地獄與地獄的火——神祕的討論

父與師傅們，我曾想到「地獄是什麼？」的問題。我的見解以為它是「由於不能再愛而得的痛苦」。有一次，在無窮盡的、不能用時間和空間衡量的存在裡，有某一個精神的生物在出現於世時被賦予一種能力可以使他對自己說：「我也是的，我也愛。」一次，只有一次，給予他積極的、活的愛的一個剎那，就為了這個給予地上的生命，跟著是時間和期限，而結果這有幸福的生物拒卻了無價的賜贈，不予珍愛，露出訕笑的眼神、冷淡的態度。這個人離開大地後，看見天國，和亞伯拉罕結婚[1]，像寓言裡所說的一般，談到關於富人和拉撒路的事情[2]。他視察天堂，可以到主前去，但是使他苦惱的是他到主前去的時候，沒有愛過任何人，且將和愛過他的而為他所賤視的人們相接觸。因為他看得很清楚，自己說：「現在我有智識，雖已想愛，但在我的愛裡已無勞績可言，已無犧牲可言，因地上的生命業已完結，亞伯拉罕不會用活水的點滴（那就是重新用地上的、積極的生命的贈賜），冷卻精神的愛的酷烈火燄，這火燄現在在我心裡熾燒著，而在地上曾加以賤視；連生命和時間都不再有的了！雖願為他人犧牲性命，但已不可能，因為可以為了愛犧牲的生命業已過去了，現在這生命和存在之間已隔了深淵。」他

1 編註：此處應為「交談」，而非「結婚」。
2 編註：此寓言指的是出自〈路加福音〉第16章的故事：乞丐拉撒路依靠從富人桌上掉下的零碎食物充飢，而拉撒路和富人先後死去之後，富人在陰間見到拉撒路在亞伯拉罕的懷中，富人央求亞伯拉罕讓拉撒路去「用指頭尖蘸點水，涼涼我的舌頭」，以解救他的痛苦。

們談起地獄的物質的火燄；我不去研究這祕密，也感到駭怕，但是我以為物質的火燄如確有其事，應該覺得高興，因為我這樣幻想，在物質的磨難裡，哪怕是一剎那間也可以使他們忘卻可怕的精神的磨難。奪去精神的磨難是不可能的，因為這磨難不是外在的，而在人們的內心裡的。即使能奪去，我以為因此更加感到不幸。天堂上的正義的人們看見他們磨難，雖可予以赦免，召喚到他們的身旁，發出無盡的愛，但因此將更增加痛苦，因為將更加強烈地引起對於有反響的、積極的、可感謝的愛的火燄的懷念，這愛現在已是不可能的了。我在畏葸的心裡想到，這個不可能的感覺最後可以使他們看到輕鬆，因為接受了正義的人們的愛，既不能有所償報，則由於服從和馴順的行動，終於將得到以前忽視的積極的愛的一種形狀，取得和這愛似乎相同的行為……朋友們，可惜我不會把這意思明白說出。但是地上自己殘害自己的人們是可悲的，自殺者是可悲的！我以為比他們再不幸的人是沒有的了。有人對我們說，為他們祈禱上帝是罪孽的，教堂公開地責備他們，但是我在內心的祕密之中想，還是可以替他們祈禱的。基督絕不為了愛生怒。我一生在內心裡為他們祈禱，我對你們懺悔，父與師傅們，現在每天也在祈禱。

有的人在地獄裡還是驕傲而且兇狠，雖已有了無可辯駁的智識，和對於無從抗拒的真實的冥察；有些可怕的人們整個地委身於撒旦，和他的驕傲的神靈。對於這類人，地獄是甘心情願的消耗不盡的，他們是自願的殉難者。因為他們自己詛咒自己，詛咒上帝和生命。他們以惡意的驕傲為養命之源，好像沙漠中的饑者開始從自己身上吸取自己的血。他們永遠不會滿足，他們會拒卻恕宥，詛咒召喚他的上帝。他們不能不懷著怨恨審察上帝，而且要求生命的上帝應予消滅，上帝應該消滅自身和祂所創造的一切。他們將在怒火裡永遠熾燒，他們渴求死和無在。但是他們得不到死……

阿萊克謝意．費道洛維奇．卡拉馬助夫的筆記到這裡完結了。我重複一句：這筆記不完全，並且是零零碎碎的。傳記的材料只包括長老的最初的青年時代。他的這些學說和意見顯然是在不同的時期內，由於各種形式的衝動而說出來的，現在湊在一處，似乎成為一個整體。長老在最後的數小時內親自說出什麼話語，沒有得到確定，但是這次談話的精神和性格，如和阿萊克謝意．費道洛維奇從以前的訓話裡所記戴下來的兩相比較，即可知其梗概。長老的圓寂是完全突如其來的。因為雖然那些在最後的晚上聚集的人們十分明白他已離死很近，但也不能料想會如此突然地到臨的；相反地，他的朋友們，我在上面已經說過，看見他那天晚上好像精神極佳，而且愛說話，甚至相信他的健康裡發生了顯著的改善，哪怕即使僅只是極少的時間。以後大家奇怪地傳說著，甚至在他死前五分鐘也不能預見出來。他忽然感到胸內似有劇烈的痛楚，臉色發白，兩手緊緊地伏在心的部位上面。大家全從座位上立起來，奔到他的面前去；他雖受著痛苦，卻還含笑看著他們，輕輕地從躺椅垂坐到地板上面，跪了下來，臉伏在地上，兩手伸展，似乎懷著喜悅，吻地，祈禱（照他自己教訓的辦法）輕聲而且喜悅地將靈魂交給上帝。關於他的圓寂的消息立刻在庵舍裡飄過，飄到了修道院。和死者親近的人們，還有按照古代儀節應該收拾他的遺體的人們，和全部僧侶大家聚到教堂裡去，以後傳說，在天未破曉時，長老圓寂的消息已傳到城裡。早晨時候，幾乎全城的人都談論這事，有許多人奔到修道院來。關於這些事我們下一卷再敘，現在只願意預先補說一句：那就是一天還沒有過去，就發生了對於大家都出乎意料之外的，而且從在修道院的範圍和城裡所生的印象看來，似乎十分奇怪、驚慌而且無所措手的事情，至今在過了許多年以後，我們的城裡還留下對於這驚慌的日子的極靈活的回憶……

第七卷　阿萊莎

第一章　腐味

圓寂後的長老曹西瑪的遺體，預備照規定的儀節落葬。僧士和隱修士死後照例不洗。《大聖禮記》上說：「僧士中赴上帝寵召時，由被選定的僧士用溫水擦拭他的遺體，先用希臘的海棉在死者額上、胸前、手足和膝上畫十字，別無其他手續。」這一切由帕意西神父自行辦理。擦拭後給他穿上僧士的服裝，罩上外套；照例稍微剪開，罩成十字的形式。頭上套頭巾，頭巾上有八角形的十字架。頭巾是張開來的，死者的臉龐用黑紗蒙住。一尊救主神像，放在他的手上。到了早晨就這樣將他移盛棺中（這棺以前早就預備好了）。大家打算把靈柩在修道室裡安置一天（就在過世的長老接見僧侶和俗人的第一間大屋裡面）。因為死者職位是修道司祭，所以修道司祭和輔祭們不應該在他旁邊誦讀《詩篇》，而須誦讀《福音書》。在做完了追悼祭以後，岳西夫神父立刻開始誦讀；帕意西神父本欲親自誦讀整整的一晝夜，然而這時他和住持神父兩人正很忙碌，而且操心，因為在修道院的僧侶中間和從修道院的客店裡，還從城裡大批來到的俗人中間，忽然開始發現一種前所未聞的，甚至「不適宜」的騷亂和不耐煩的期待的情緒，而且這情緒越來越強化。住持和帕意西神父竭盡全力，在可能的範圍內安慰這些張皇忙亂的人們。在日光完全降臨的時候，從城裡來的人中竟有攜帶病人，特別是帶小孩子們的——似乎特地期待這個時刻，顯然希望那種立治百病的力量將毫不遲延地發現出來，照他們的信仰應該是這樣的。到了這時候才發現，我們大家甚至在圓寂的長老在世時，就如何把他認作一定無移的、偉大的聖徒。趕來的人們裡並不完全是普通人。這些信徒們那樣匆遽而且明白地表露出來的偉大的期待，甚至帶著不耐煩，幾乎要求的樣子，在帕意西神父看來無疑地是一種誘惑，這誘惑雖然為他預感到還不很久，但實際上竟超越了他的期望。他和騷亂著的僧侶們相遇時，甚至責備他們，對他們說：「這種期待立刻有偉大事情發生的情形是一種輕浮的舉動，只有俗世人是可能的，而我們不應該這樣。」但是沒有人聽他，他不安地注意到這情形，不過在他自己的方面（如果正確地加以回憶），雖然對於十分不耐煩的期望深致憤激，認為那是輕浮與忙亂的舉動，但私衷上，在心靈的深處，幾乎也和那些騷亂的人們一樣地期待著，這是他自己不能不承認的。雖然如此，他對於有些他所遇到的人感到特別地不愉快，由於某種預感而引起他極大的疑惑。他從擁擠在死者修道室裡的人群中間，懷著心靈的憎厭（對於這，他當時深自咎責），看見拉基金，或遠方來的渥勃道爾司基修道院的客人（他還住在此地修道院裡），也混在裡面。帕意西神父不知為什麼緣故，忽然把他們兩人當作可疑的人物——固然看得出這情形來的不止這兩人。在騷亂的人們中間以渥勃道爾司基的僧士最顯得忙亂，在任何的地方都可以看到他：他到處詢問，到處傾聽，到處和人耳語，帶著一種特別神祕的神色。由於所期望的一切的久未實現，他的臉容成為極不耐煩，而且似乎煩惱。至於拉基金，以後才知道是奉了霍赫拉闊瓦夫人的特別委託，老早就到庵舍裡來的。這位心善而無性格的女人，自己既不能走進庵舍裡來，在一覺睡醒，知道長老圓寂的消息以後，忽然發出熱烈的好奇心，當時就打發拉基金到庵舍裡來，吩咐他觀察一切的事情，立刻將所發生的一切用書面向她報告，每半小時報告一次。她把拉基金認作虔信的青年人。他很會同一切人投合，而且會依照每人的願望加以奉承，假使他在這人身上看出於自己多少有點利益的時候。這一天天氣晴朗，許多到修道院裡來燒香的人們聚在庵舍的墳墓附近。這些墳墓全堆聚在教堂的周圍，還散放在庵舍的各處。帕意西神父在庵舍裡巡走時，忽然憶起阿萊莎，差不多從那天黑夜起，早就看不到他。剛憶到他，立刻在庵舍的最遼遠的角落裡看到了他，看見他坐在柵欄旁邊，一個在古遠的時代就死去，而以苦行者著名的修道僧的墓碣上面。他坐在那裡，背朝庵舍，臉朝柵欄，好像躲在紀念碑後面似的。帕意西神父逼近過去的時候，看見他兩手掩臉哭泣，雖沒有聲音，卻極悲苦，整個身體悲咽得震顫不止。帕意西神父在他身前站了一會。

「得啦，親愛的兒子，得啦，好朋友，」他終於帶著深刻的感情說，「你為什麼這樣？你應該歡喜，不要哭。你不知道今天是他的日子裡最偉大的一天嗎？現在他在那兒，在這時候，你只要想一想就明白了！」

阿萊莎看了他一眼，露出淚流得浮腫像小孩一般的臉，但是一句話也不說，立刻扭轉身子，重新用兩掌掩住臉兒。

「這也許是好的，」帕意西神父憂鬱地說，「你就哭吧，基督賜給你這些眼淚。」「你的和悅的眼淚只是精神的休息，使你可愛的心取得快樂。」他自言自語地說著，在離開阿萊莎，和藹地想他的時候。他連忙離開，因為感到他再看他，也許自己就要哭的。時間過去了，修道院的禮拜和追悼的儀式依次舉行。帕意西神父又看見岳西夫神父在靈前，便又從他那裡接下去誦讀福音書。但是還沒有過下午三點鐘，就發生了我曾在上卷終結時提到的那件事情，我們裡面誰也沒有料到，並且和大眾的期望背道而馳的事情，關於這事情的詳細而瑣碎的描寫至今還在我們城裡和四郊極活潑地回憶著。在這裡我還要自行補充一句：關於這個無聊的、可誘惑的事件，使我幾乎憎厭地回憶著，實際上這只是極空虛，而且是自然的事件，而我自然本可以在我的故事裡忽略過去，不予提及，假使它不在強烈的、一定的程度之下，影響到我的小說裡重要的，卻是未來的主角阿萊莎的心靈方面，似乎造成他心靈裡的轉變和改革，使他的理智得了震撼，即又加以根本的鞏固，一輩子走向某種一定的目的上去。

現在言歸正傳。在天亮以前，長老預備殯葬的軀體已放進棺中，抬到第一間屋子，就是以前會客室裡的時候，在棺旁的人們發生了一個問題：屋裡應不應該開窗？但是這個經某人偶然不經意地提出的問題，並沒有人置答，且幾乎沒有人注意到。只有幾個在場的人們曾私自忖度，在這樣的聖徒的身上期待腐爛的氣味真是萬分荒誕，對於發出這問題的人的少信仰和淺薄的思想，深致惋惜（假使不致博他人的嘲笑）。因為大家期待的是完全相反的東西。午後不久，就開始發出一點什麼，起初進進出出的人們只是默默地放在自己心裡，甚至每人顯然懼怕將各自開始發生的念頭告訴任何人，但是到了下午三點鐘光景，竟暴露得太明顯而且無可推翻。這消息當時一下子飛遍整個庵舍，飛到所有進香的客人身旁，立刻闖進修道院裡，使修道院裡的全體僧眾、十分驚訝，後來過了極少的時間竟然抵達城裡，使一切的人們，無論信徒或非信徒，全部騷亂起來。不信仰的人們很高興，至於信徒們中間有許多人甚至比最不信仰的人們都高興得多，因為「人是愛正義的人的墮落和他的受辱的，」這是故世的長老在他的一次訓言中親自說出來的。事情是因為從他的身上開始漸漸地發出越來越被人們聞到的腐味，到了下午三點鐘已經現露得太見清切，漸漸地越來越加強了。在我們的修道院的過去的歷史裡，早就沒有，而且甚至不能想到這樣粗魯地放肆的，在別種情形下甚至不可能的誘惑，像隨著這事件之後在僧侶的本身團體中間那樣發現出來似的。在後來，甚至過了許多年以後，有些明白事理的僧侶們憶起這一天的詳細情節的時候，對於誘惑竟能達到這般程度一層，深為駭異。因為在這以前，常有過著聖徒的生活的僧侶們死去，他們的神聖為眾所共見，全是畏懼上帝的長老，然而從他們的低卑的棺材裡面也發出和一切死人身上自然出現的一樣的腐味，但是這並不引起誘惑，甚至一點點的騷亂。自然，在古代有些聖者是我們的修道院裡至今還活潑地遺念著的，他們的遺骸據說並不發出腐味。這事實使僧侶們發生感動和神祕的影響，便留在大家的記憶裡，當作一樁莊嚴奇麗的事情，還看作一種誓約，從他們的墳陵上將來一定有更大的榮耀，只要由於上帝的意志時間來到了以後。他們中間特別保留著紀念的是活到一百零五歲的長老約伯，著名的苦修者、偉大的持齋者和緘默者。他於本世紀的第十年代就已圓寂，修道院裡時常持著異乎尋常的、特別的尊敬把它的墳墓指給初次來拜的香客們看，還神祕地加上一些偉大的希望的話（那個墳墓就是早晨帕意西神父看見阿萊莎坐在上面的）。除去這位古代的長老以外，還使人們懷念著的是圓寂未久的偉大長老瓦爾騷諾非。曹西瑪長老就從他手裡接受了長老的爵位，他在世時，到修道院裡來進香的香客們簡直把他當作瘋僧看待。傳說這兩人躺在棺材裡，像活人一般，葬的時候完全不朽爛，在棺材裡他們的臉龐甚至好像發出光芒。有些人甚至固執地回憶，從他們的身體上顯然散出一陣陣的香氣，不管這些回憶如何具有啟迪的意味，總是難於解釋那種直接的原因，何以曹西瑪長老的靈前竟會發生如此輕浮、離奇而且惡意的現象。至於在我個人的方面，我以為在這上面有許多別的，許多合併著發生影響的不同的原因。譬如說，其中之一是對於長老制的深種著根苗的仇恨，在修道院裡許多僧侶們的腦筋裡深深地隱藏著，把它看作流毒的新鮮事情。自然最主要的是對於長老的神聖發生的嫉妒。這神聖在他的生前就植立了確定的基礎，禁止反駁的。雖然去世的長老不僅以奇蹟，且以愛吸引許多人，在他的周圍似乎建立整個的愛他的人們的世界，卻因此產生更多的嫉妒他的人，甚至殘酷的敵人，明的和暗的，不但在修道院裡的僧侶們中間，甚至在俗世的人們中間也是如此。例如說，他並未加害任何人，但是「為什麼大家把他當作聖者看待呢？」單只這一個問題，逐漸重複起來，終於產生了無數的極不饜足的仇恨。我想，許多人聽見了他的軀體上發出腐味，而且還發得這樣快——因為他死去尚未滿一天——所以感覺無上的快樂，就是為了這個原因。此外在忠事長老，並且十分尊敬他的人們中間，立刻發現了一些人，幾乎為這事件感到了侮辱，受了個人方面的氣惱。這件事情的發展有如下面的情形。

腐味一發現後，從走進死者的修道院裡來的僧侶們的臉色上，就可以斷定他們的進來具有什麼用意。一進來，站了不久，就連忙出去把這消息對等在外面的一群人證實。等候的人們裡面，有的憂鬱地點頭，但是另有些人甚至不願隱瞞他們的喜悅，在他們的惡狠的眼神裡明顯地發露出來，而且竟無人責備他們，無人揚舉善良的話語。這是很奇怪的事情，因為在修道院裡對去世的長老懷著耿耿的忠心的究居多數，顯然上帝自己容許少數的人在這一次臨時佔了上風。不久，外面來的客人們，大半都是智識份子，也到修道院裡，充當偵探的角色。普通的人進來的不多，雖然有許多人聚在門外。無疑地，在三點鐘以後，外來的訪客們越聚越多，就是為了那件使人誘惑的事件。有些人也許這一天本來不會來的，不打算來的，現在竟特地跑來；其中有幾個是極大的角色，但是在外表上儀節尚未破除，帕意西神父帶著嚴肅的臉容，繼續堅決而且明晰地誦讀福音，而且讀的聲音很響，似乎不注意所發生的事，雖然早就看出一點不尋常的事故來。但是有一些語音，開始是很輕的，但是漸漸是堅定的、確定的，達到它的耳朵裡來。「可見上帝的裁判並不和人類的裁判一樣。」帕意西神父忽然聽到這句話。一個外界的、城裡的官員最先說出這句話來。他已經是年邁的人，而且大家都曉得他是很虔信的，但是他說了出來，只是重複僧侶們互相附耳反覆說著的話語而已。他們早就說出這句無希望的話，最壞的是在說出來的時候似乎每分鐘內都發現而且增加某種勝利。但是不久後，甚至儀節也開始不很遵守，似乎大家感到自己有甚至不遵守這儀節的權利。「為什麼這事會發生出來呢？」僧侶中有人說，起始似乎是惋惜的意思，「他的軀體不大乾枯，骨頭旁邊的肉是乾的，從哪裡會出來臭氣呢？」「那就是說上帝故意加以指示。」別的人連忙補上去說，他們的意見立刻毫無爭論地接受下來了，因為他們以為假使和一般有罪孽的死人一樣，會自然而然發出氣味，那麼總要發得晚些，不能這樣匆遽，至少有一晝夜的工夫，但是「這位竟趕在自然的前面去了」，那一定就是上帝和祂的高超的手指。祂在指示著。這個意見顯然是無可反駁的。溫良的修道司祭岳西夫，專掌圖書，是死者生平最愛的人，開始反駁幾個說壞話的人說，「這並不見得如此。」聖徒軀殼的不會朽壞並非正教教會的什麼教條，只是一個意見，在正教最盛的國家內，例如說在阿芬那，對於腐氣並不很感覺不安，他們不把軀殼的不朽認作被拯救的人應受榮耀的主要表徵，卻從骨頭的顏色加以分別，在他們的軀殼多年躺在地下，甚至發爛了的時候。「如果骨頭像蠟一般地黃，那才是上帝賜榮耀給去世的聖徒的主要表徵，如果是黑的，那就是說上帝沒有將這榮耀賜給他——在阿芬那，從古以來正教保存得無可搖撼，而且十分純潔的偉大的地方是這種情形的。」岳西夫神父這樣結束他的意見。但是溫良的神父的話語沒有效果地飛了過去，甚至引起了嘲笑的反駁：「這全是學究氣和新鮮玩意，用不著聽他。」僧侶們自行決定。「我們是遵照老法子的，現在出的新鮮玩意難道還嫌少，能全都模仿嗎？」另一些人說。「我們這裡出來的聖父不比他們的少。他們住在土耳其人中間，一切都忘記光了。他們的正教早就混濁不清，連鐘也沒有了。」最好嘲笑的人們湊上去說。岳西夫神父憂鬱地走開，況且他自己表示的意見並不很堅決，似乎自己也不大相信。但是他不安地看出，開始了很不雅觀的事情，甚至不服從地抬起頭來了。於是一切具有判斷的聲音全隨著岳西夫神父之後沉寂了。似乎湊巧的是，所有愛去世的長老，而且帶著和愛的馴順的態度接受長老制度的人們忽然十分害怕起來，相遇的時候唯有畏葸地面面相覷。至於長老制的敵人，反對新鮮玩意的人們，卻驕傲地抬起頭來。「去世的瓦爾騷諾菲長老身上不但沒有氣味，卻還透出香味來，」他們惡意地提醒著，「但是他的成功並非依靠長老制，卻因為他自身是正直的。」隨著就有責備，甚至控訴的話語加到新近圓寂的長老身上：「他的教訓欠公平，他教訓人說，生命是偉大的喜悅，而不是含淚的馴順。」一些最沒有理解的人們說。「他照時髦的樣子信仰，不承認地獄裡物質的火，」比那些人更加沒有理解力的另一些人們加上去說：「他不嚴守素齋，吃甜東西，櫻桃糖漿當茶喝，而且很愛喝，是女太太們送他的。一個戒律謹嚴的僧士應該喝茶嗎？」另一些嫉妒的人們說。「他高傲地坐在那裡，」懷著惡意的人們殘忍地回想著，「自認為聖徒，人們跪在他面前，他視作應該的事。」「他濫用懺悔的神祕禮，」反對長老制最激烈的人們用惡狠的微語添上去說，這句話竟出於輩份最老，對於禮拜上帝一事最嚴肅的僧侶們口中——他們全是真正的持齋者和緘默者，在長老活著的時候常守沉默，但是現在忽然張開了大嘴。這是十分可怕的事，因為他們的話語對於年輕的、還無定力的僧侶們具有強烈的影響。「聖西里魏斯特洛」修道院來的渥勃道爾司克的僧士傾聽著這一句話，一面深深地嘆氣，點頭：「顯然費拉龐特神父昨天判斷得很對。」他心裡想。說到那裡，恰巧費拉龐特出現了。他的出現似乎就為的是加深人們的震動。

我以前已經提過，他很少從蜂房旁的木造修道室裡出來，甚至教堂裡也許久未去，大家照瘋僧的樣子對他一切寬容，不將大眾應遵守的章程加以束縛。但是說實說，大家對他的寬容，甚至是由於多少必要的關係。因為對於日夜祈禱的持齋者和緘默者（甚至還跪著睡覺），強以普通的規律相繩，而他自己並不願意加以服從，甚至似乎面子上不好看。「他比我們大家神聖得多，履行規律上最艱難的事，」那時候僧侶們一定要這樣說，「至於不到教堂裡去，那是因為他自己知道什麼時候可以去，他有他自己的規律。」大概就是為了這些流言和誘惑，費拉龐特神父才被人家放任了。大家全都知道，費拉龐特神父最不愛曹西瑪長老，現在忽然有消息傳到他的修道室裡來，說是「上帝的裁判並不和人們的裁判一樣，甚至趕在自然的前面去了」。可以料得到的是渥勃道爾司克的客人首先跑去報告這消息。我也曾提過，堅定而且牢固地站在棺材前面讀聖經的帕意西神父雖然不能聽見而且看見修道室以外所發生的事情，但是在心裡卻把主要的一切猜透得毫無錯誤，因為他深知道自己的團體裡的內容。他並不感到不安，卻在等待將再發生的一切事情，一無恐怖的心情，用透徹的眼神注視騷動的未來的結果，這是在他的有智識眼光裡早就料得到會有的。忽然，在外室裡一陣異乎尋常的、顯然擾亂秩序的喧聲使他的聽覺吃了一驚。大門敞了開來，門限上發現了費拉龐特神父。在臺階下面聚了許多伴他前來的僧士，裡面還隔著外界的人們，甚至從修道室裡都看得很清楚。伴他前來的人們沒有進來，也沒有升到臺階上去，卻站在那裡等候費拉龐特神父往下說什麼話，做什麼事，因為他們雖然壯著膽子，卻多少帶著恐怖，他們還預感到他們不是無所謂而來的。費拉龐特神父在門限旁邊站住，舉起手來。渥勃道爾司克的客人一雙尖銳的、好奇的眼睛向他的右手裡窺望著。他是唯一忍耐不住的，由於他的極大的好奇心，隨著費拉龐特神父從小梯上走了進來。除他之外，別的人們，在門帶著響聲敞開來的時候，由於突然而來的驚嚇，反而擁擠著往後倒退。費拉龐特神父朝上舉手，忽然喊道：

「驅走趕掉！」立刻依次朝四方鞠躬，用手對修道室的四牆和四角畫十字。費拉龐特神父的這種舉動，伴他前來的人們立即瞭解，因為他們知道無論他走到哪裡去，永遠是這樣做法，在不驅走不清潔的鬼靈以前，是不會坐下來，說一句話的。

「撒旦出去呀！撒旦出去呀！」他畫一次十字，便重複一遍，「驅走趕掉！」他又喊了。他穿著粗糙的袈裟，腰際繫著一根繩子。他的裸露的胸上長滿了斑白的毛茸，在麻織的襯衫底下窺望，腳完全是光裸的。他剛開始揮手，在袈裟底下帶著的沉重的鐵錘就搖撼而且發響了。帕意西神父中止了誦經，挺身向前，站在他面前等待著。

「你為什麼進來，純潔的父？你為什麼破壞秩序？為什麼激動馴順的羊群？」他終於說，嚴厲地看著他。

「我為什麼來？你問為什麼？你有什麼信仰？」費拉龐特神父喊，裝出瘋的行徑，「我跑來驅趕你的客人們，那些壞鬼。我看我不在這裡，竟聚了許多。我要用樺樹掃帚把他們掃走。」

「你驅趕不清潔的鬼靈，也許自己在為他服務，」帕意西神父毫不畏縮地續說，「誰能說自己：『我是神聖的？』是你嗎，父？」

「我是不清潔的，不是神聖的。我絕不坐在椅子上面，讓人家像對偶像似地膜拜！」費拉龐特神父又喊叫起來，「現在人們破壞神聖的信仰。你們去世的聖者，」他手指棺材，朝人群裡說，「他是不承認鬼的。他給人家吃藥，藉以驅走小鬼。所以你們這裡就積聚了許多，像角落裡的蜘蛛一般。現在他自己也發臭了。我們看出這是上帝的指示。」

在曹西瑪長老活著的時候，這事是確實曾經發生過的。僧士中有一個人開始夢見不潔的神靈，以後白天醒著的時候也看見了。他懷著極大的恐懼把這事對長老說出來，長老勸他實行不斷的祈禱和加強的持齋。但是這並不見效，於是勸他一面不放棄持齋和祈禱，一面吃藥。當時許多人極為震動，互相搖頭私語——其中最厲害的是費拉龐特神父，當時就有幾個好批評人家的人連忙跑去把長老這種特別情態下的「不尋常」的命令報告給他聽。

「出去吧，父！」帕意西神父用命令的口氣說，「不是人裁判，卻是上帝裁判。也許在這裡我們可以看到一種『指示』，是你、我和任何人都沒有力量明白的。出去吧，父，不要激動馴順的羊群。」他堅決地反覆說著。

「他不照規律持齋，所以出現了指示。這是很明顯的，隱瞞它才是罪孽！」這個受了無理性的努力所吸引的狂信者不肯就此罷休，「他嗜好糖果，女太太們放在袋裡送給他吃，又愛喝茶，崇拜肚腹，用甜東西塞到裡面去，又用驕傲的思想填塞他的腦筋……因此出了這個可羞的事……」

「你的話語太淺薄了，父！」帕意西神父也抬高嗓門來了，「我對於你的持齋和苦行，深為敬佩，但是你的說話卻極淺薄，像外界的輕躁而且童稚的少年所說的一樣。你出去吧，父，我命令你。」帕意西神父大聲喊出這句話，作為結束。

「我會出去的！」費拉龐特神父說，好像有點懷著羞慚，但是沒有脫去倖怒之色，「你們這些學者！你們靠著你們的智識傲視我的寒酸。我來到這裡，沒有什麼學問，到了這裡把所知道的全忘光了，上帝自己保護我這小人，抵擋你們的詭詐……」

帕意西神父站在他的前面，堅決地等候著。費拉龐特神父沉默了一下，神氣沮喪地忽然用右手的手掌摸臉，朝過世的長老的靈柩望著，唱歌似的說道：

「明天他們將在他身旁唱誦《扶助者與保護者》——佳妙的讚詩，但是我死的時候，對我唱誦的只是《生活如何甜蜜》——一首小小的雅歌而已[1]，」他含著眼淚，惋惜地說著，「你們驕傲，擺架子，這是空虛的地位！」他忽然像瘋子一樣地叫喊，迅快地從臺階的石級上走下。下面等候的群眾搖動了：有的立刻跟在他後面，但是另有些人遲疑著，因為修道室的門還是敞開著，帕意西神父跟著費拉龐特神父走到臺陛上來，站在那裡觀察著。然而感情激動的老人還沒有做完一切的事情：他走了二十步路，忽然身向落日，高舉雙手——好像有人把他砍倒似的——摔落地上，發出高聲的呼喊：

「我的主戰勝了！基督戰勝了落日！」他拚命的呼喊，手向太陽高舉，臉伏在地上，放聲痛哭，向小孩一般，哭得全身抖慄，手臂在地上伸展著。大家全奔過去，傳出了呼喊，應答的哭聲……一種瘋勁吹遍到所有的人身上。

「這個人是神聖的！這個人是有正理的！」發出了不畏葸的喊聲，「這個人應該充當長老。」另一些人惡狠狠地說。

「他不會做長老的……他會拒絕的……他不願意為可恨的新鮮花樣服務……不至於倣效他們的蠢事。」另一些聲音立刻發出來。這情形將得到什麼結局，是難於想像的，但是恰巧這時候招呼做禮拜的

---

1 作者原註：僧士和苦行僧的軀體從修道室裡抬到教堂裡去，在誦經以後再從教堂抬到墳地的時候，唱頌雅歌《生活如何甜蜜》（*What Earthly Joy*）……唯如死者為修道司祭，則唱誦讚詩《扶助者與保護者》（*Our Helper and Defender*）。

鐘擊響了。大家忽然開始畫十字。費拉龐特神父也立起來，畫了十字，走到自己的修道室裡去，毫不回頭看一看，繼續還在呼喊，卻喊著

完全不相連貫的話。有幾個人跟他走開，人數不多，但是大多數的人全散了開來，忙著做禮拜去了。帕意西神父把誦經的事情交給岳西夫神父繼續下去，自己走出來了。他是不會受狂信者的瘋狂的呼喊所搖撼的，但是他的心突然發愁，有點特別的煩惱，他自己感到了。他停了步，自問道：「為什麼我會發愁到精神頹喪的地步？」他立刻帶著驚異的心情瞭解到他的突然的發愁顯然是由於一個極小的、特別的原因而起：原來他在剛才擁擠在修道室門旁的群眾中間看到了阿萊莎，記起他一看見他，當時立刻在自己心裡感到似乎有一點痛苦。「難道這個年輕的人會在我的心裡佔據這樣重要的位置嗎？」他突然驚異地自行詢問。在這時候阿萊莎恰巧走過，好像忙著到什麼地方去，但不是朝教堂的方向前去。他們的眼光相遇了。阿萊莎趕快挪開眼睛，向地上垂視，單單從青年人的神色上看來，帕意西神父就猜到他的心裡現在發生了強烈的變化。

「連你都受了誘惑嗎？」帕意西神父忽然問，「難道你和那些少信仰的人們在一起嗎？」他悲切地補上去說。

阿萊莎止步，似乎遲疑不決地看了帕意西神父一眼，重又迅速地挪開眼睛，重又朝地上垂視。他側身站立，臉不轉到詢問的人的方面。帕異西神父注意地觀察著。

「你忙著到哪兒去？敲鐘做禮拜呢，」他又問，但是阿萊莎又不回答。

「是不是離開庵舍？為什麼不問一下，不受祝福呢？」

阿萊莎忽然發出了歪曲的笑。眼睛奇怪地，很奇怪地朝發問的神父掃去，朝他以前的指導人，以前的心靈領袖，他心愛的長老臨死時才將他付託的那個人掃去，忽然仍舊不予置答，搖了搖手，似乎甚至

連尊敬也不暇顧及，舉著迅快的步伐從庵舍裡走到大門那裡去了。

「你還要回來的！」帕意西神父微語，帶著悲傷的驚異目光送著他。

第二章　那個時間

帕意西神父在決定他的「親愛的男孩」將重行回來的時候是沒有錯的，甚至也許已經捉獲到了，雖然並非全部，卻總是極銳利地捉獲到了，阿萊莎精神上的情緒的真正意義。而且老實說，我自己現在也難於明晰地傳達我的小說裡這個為我所寵愛，而且年紀還輕的主角的一生中這個奇怪的、不確定的時間的確實意義。對於帕意西神父向阿萊莎提出的苦痛的問題：「你難道也和那些少信仰的人們在一起嗎？」我自然可以替阿萊莎確定地回答：「不，他不和少信仰的人們在一起。」不但如此，這裡甚至完全相反：他所有的不安也就是由於他的多信仰而發生的。但是不安總是有的，總是發生過了，而且是十分苦痛，甚至在以後過了許多時候，阿萊莎還把這苦痛的一天認作他一生中極困難而且運定的日子。假使有人直率地問：「他的一切煩惱和驚慌莫非只是因為他的長老的軀體不但不能立即為人們治病，反而老早就遭了朽爛而起的嗎？」那麼我可以直截了當地回答：「是的，確乎是如此的。」我但求讀者不要忙著過分嘲笑我的青年人的純潔的心。我自己不但不願替他求恕，或者用他年紀尚輕，以前讀書太少等等的話語，為他的真率的信仰辯白而且求恕，我甚至要做相反的事，堅決地聲明，我對於他的心的本性感覺誠懇的敬意。無疑地，有的青年人謹慎地接受心的印象，不會做熱烈的愛，而只是溫和的愛，雖也有正確的理性，但從年齡上看來是過於考慮的（因此是賤價的），這樣的青年人我以為可以避免我的那位青年身上所發生的一切，但是在另一些情勢之下，受某種情感的衝決，即使這情感是無理性的，卻只要是由於偉大的愛而起的，總要比完全不受情感的衝決可尊敬些。至於在青年時代，更應如此，因為時常考慮過多的青年是靠不住的，他的價值太便宜了——這是我的意見！有理性的人們或許要呼喊：「但是不能使每個青年人都有這樣的迷信，你的青年人不能做其餘別人的模範。」對於這，我還是這樣回答：是的，我的青年人有信仰，神聖的、莫可搖撼的信仰，但是我並不替他請求恕罪。

我上面雖曾聲明（也許聲明得太匆遽了），我不替我的主角辯白、求恕，並且解釋一切，但是我看到有一點事必須加以解釋，以為繼續敘述之用。我要說的是這裡並不是所謂奇蹟的問題。這裡並不是淺薄的、不耐煩的對於奇蹟的期待。阿萊莎當時並不是為了某種成見的勝利，需要奇蹟（這並不是如此），也並不為了以前的、先入為主的某種觀念——不，完全不是的：這裡最先的，立於最先地位上的是面目，只是面目——那就是他的心愛的長老的面目，他尊敬到崇拜地步的真人的面目，事實上是全部的愛，在那時候和以前的整個年頭隱藏在這個純潔的青年的心裡對於一切人、一切事情的愛，有時候似乎全都聚在——有時候甚至不合理的——專特地聚在現在圓寂的、他所心愛的長老的身上。實在說起來，這個人許久時候立在他的面前，成為一個無可爭辯的理想，他的青年的力量和一切趨向不能不專特地朝這個理想走去，有時候甚至到了忘掉「一切人、一切事物」的地步。（他以後自己憶起，他在這痛苦的一天內，完全忘掉了長兄特米脫里，他在前一天還是那樣關心而且煩惱著的；他還忘了將二百盧布送給伊留莎的父親，也是他前一天打算熱心地履行著的。）然而他所需要的不是奇蹟，只是「最高的公理」，這公理他相信業已受了損害，因此使他的心突然殘酷地受創。但是何以在阿萊莎期望中的「公理」會從進展的歷程中取得了奇蹟的形式，立刻希望從他所崇拜的導師的遺骸身上發出來的奇蹟的形式？要知道，修道院裡一切的人們全是這樣思想而且期待著的，甚至阿萊莎平日崇拜的一些人也是如此，例如帕意西神父就是的。所以阿萊莎毫不疑惑地將自己的幻想套入大家全套著的形式裡去。而且在他的心裡早已如此安排著，在修道院的生活的整個年頭的時間內。他的心已經取得了這樣希望著的習慣。他渴望著的是公理，公理，不僅是奇蹟，現在這個人，在他的希望中本應在全世界一切的人之上高高地被抬舉著的——這個人不但沒有得到他應得的名譽，竟忽然被降貶了身分，而且受了侮辱。為了什麼？誰加以裁判的？誰能這樣加以判斷？——這些問題立刻熬煎著他的無經驗的、童真的心。他不能不懷著侮辱，甚至以狠毒心情而加以承受的是這位真人中的真人竟受了那般淺薄的、地位比他低的群眾的訕笑和惡毒的嘲弄，即使並沒有奇蹟，即使並沒有奇怪的事情可以宣佈出來，沒有立即期待著的事情可以表白出來——但是為什麼竟暴露了這樣的不名譽，為什麼竟發生了這樣的恥辱，為什麼這樣匆遽的朽爛，竟「超過了自然」——像一些惡毒的僧士們所說的那般？為什麼有所謂「指示」，剛才他們同費拉龐特神父那樣得意洋洋地舉出來的？為什麼他們相信甚至取得了舉出來的權利？天道和它的手指在何處？為什麼它「在最需要的時間」內竟藏起自己的手指，（阿萊莎想）何以自身情願服從盲目的、啞口的、無憐憫的自然的法則？

為了這，阿萊莎的心中滲出滴滴的血，自然我以前已經說過，最先立在他面前的是他在世上最愛的一個人的面目，這面目已蒙受了「恥辱」，這面目已被降貶了「身分」！即使我的青年人的怨訴是淺薄而且沒有判斷力的，但是我應該第三次重複著（我預先承認也許我也是帶著輕心的淺薄），我樂於使我的青年人在這時候成為不很有判斷理智的人，因為凡是不愚蠢的人永遠會有時候走到理智的方面去的，假使在這種特殊的時間，青年人的心上還沒有愛，那麼何時才有愛呢？在這種情形之下，我還不願對於某種奇怪的現象置諸緘默——這現象在這個運定的、弄得阿萊莎莫名其妙的時間內，雖然像閃電一般，卻總歸發現在他腦筋裡面。這個新發現的、閃電似的東西就是現在阿萊莎在不斷地記憶著的昨天同兄長伊凡談話所得的某種痛苦的印象。也就是這個現在縈繞著他。並不是他的心靈裡基本的、原始的所謂信仰有什麼動搖。他愛他的上帝，無可搖撼地信仰祂，雖然對祂突然地怨訴，但總有由於回憶昨天同伊凡的談話而來的一種模糊的、痛苦的、惡毒的印象忽然現在重又在他的心靈裡蠕動，拚命地向上面衝出。在天色已完全發黑的時候，拉基金從庵舍裡穿過松林到修道院裡去，忽然看見阿萊莎躺在樹下，臉伏在地上，動也不動，似乎睡熟了。他走近過去，叫他一聲。

「你在這裡嗎，阿萊克謝意？難道你也……」他露出驚訝的神色說著，但是沒有說完就停住了。他想說：「難道你也到這地步了嗎？」阿萊莎不看他，但是從他的某種行動的姿勢上，拉基金立刻猜到他聽見而且瞭解他的話。

「你怎麼啦？」他繼續驚訝。

但是驚訝在他的臉上已開始代以微笑，越來越多地浮現了嘲笑的神色。

「你聽著，我已經找你兩個多鐘了。你忽然從那裡溜走。你在這兒做什麼事？你來了什麼傻勁？你看一看我呀……」

阿萊莎抬頭，坐起來，背靠在樹上。他沒有哭，他的臉容顯出悲哀，但是眼神裡卻見到煩惱。他不朝拉基金看，卻向旁邊看望。

「你知道，你的臉色完全變了。你以前那種出名的溫和一點沒有了。對誰生氣嗎？有人欺負你嗎？」

「去你的！」阿萊莎忽然說，仍舊不看他，疲乏地揮手。

「喔唷，我們竟成了這樣了！完全像普通的人們那樣喊起來了。你還是安琪兒裡的一個呢！阿萊莎，你真使我驚訝，你知道，我這是誠懇地說著。我早就對於這裡的一切不生驚訝。我總是把你當作有學問人看的……」

阿萊莎終於看了他一眼，卻有點神情不屬的樣子，好像一切還不大瞭解似的。

「難道你只是因為你的老人發臭的緣故嗎？難道你正經的相信他會開始做出奇蹟來嗎？」拉基金喊，又轉入極誠懇的驚訝中了。

「我曾經相信，現在相信，而且願意相信。你還要什麼？」阿萊莎氣惱地呼喊。

「一點也沒有什麼。見鬼，現在是連十三歲的小學生也不會相信這事的。真是見鬼……現在你對你的上帝生氣，反叛，他沒有給你升職，在節期日沒有賞賜勳章！唉，你們這些人呀！」

阿萊莎似乎瞇細眼睛，長長地看著拉基金，眼睛裡忽然閃耀著什麼……卻不是對於拉基金的憤恨。

「我不對我的上帝反叛，我只是『不接受祂的世界』而已。」阿萊莎忽然發出一聲歪曲的冷笑。

「你怎麼不接受這世界？」拉基金對於他的答話尋思了一下，「這是什麼愚蠢的意思？」

阿萊莎沒有回答。

「不必再談空話了，現在講正事吧。你今天吃過東西沒有？」

「我不記得……大概吃過了。」

「從你的臉色上看來，你應該吃點東西才好。看著你真覺得可憐。你一夜也沒有睡。我聽說，你們那裡舉行著會議，以後又發生了許多亂七八糟的事情。我想，你大概只吃了一小塊聖餐麵包。我的口袋裡帶著香腸，剛才從城裡動身到這裡來的時候取在身邊，以備萬一之用，但是你不會吃香腸的……」

「把香腸拿來吧。」

「啊！你居然這樣了！那麼說，完全成為叛變、巷戰！老弟，這種事情是不必加以輕視的。你到我這裡來。……現在我自己也想喝一點燒酒，太累乏了。燒酒你不敢喝嗎？……也能喝嗎？」

「燒酒也可以喝。」

「哈，哈！妙極了，老弟，」拉基金野蠻地看著，「不管是這樣或那樣，燒酒或是香腸，這是一個有趣的好機會，不能加以錯過的！我們走吧！」

阿萊莎默默地從地上站起，跟拉基金走了。

「你的老兄伊凡要是看見了，那才要驚訝呢！再說，令兄伊凡·費道洛維奇今天早晨動身到莫斯科去了，你知道嗎？」

「我知道的。」阿萊莎毫無感情地說。他的腦海裡忽然閃出兄長特米脫里的形象，但只是閃過了一下，雖然他憶起了一點什麼事情，很急忙的事情，不能一刻遲延的，一種義務，可怕的責任，但是這回憶不能對他引起任何印象，沒有達到他的心坎裡，立刻從記憶裡飛走，忘卻了。但是阿萊莎以後許久時候才憶起到這件事情。

「令兄伊凡有一次批評我，說我是『無才的，自由主義的麻袋』。你也曾有一次忍耐不住，對我暗示，說我是『不誠實的人』……隨他們去吧！現在我要看一看你們的才能和誠實。（拉基金說完這句話，好像在那裡自言自語，聲音很低微。）喂，你聽著！」他重又大聲說話了，「我們不彎到修道院，順著小路一直進城去……唔！我恰巧還要到霍赫拉闊瓦家裡去一趟。你想一想：我寫了一封信，告訴她一切所發生的事情，她居然立刻就回我一封信，用鉛筆寫的（這位太太真愛寫信），說『她料不到像曹西瑪長老那樣可尊敬的長老竟會做出這類的行為！』就是那麼寫著『行為』兩個字！她也是生氣了。你們都是這樣的！等一等！」他又突然喊了出來，忽然止步，扶著阿萊莎的肩膀，也讓他止步。

「你要知道，阿萊莎，」他銳利地看著他的眼睛，整個身子處於忽然侵襲著他的新念頭的印象之下，雖然表面上自己也在笑著，但是顯然怕發聲說出這個新穎的，突然襲來的念頭，他還是不能置信現在他看見在阿萊莎身上具有的，對於他奇怪而且預料不到的情緒，「阿萊莎，你知道我們現在最好到哪裡去？」他終於畏葸地懇求地說出來。

「一樣的……隨便到哪裡去都好。」

「我們到格魯申卡家裡去，好不好？你去不去？」拉基金終於說，甚至全身由於畏葸的期待而抖索了。

「我們到格魯申卡家裡去好了。」阿萊莎立刻安靜地回答，這對於拉基金是那樣的出於預料之外，他料不到有這樣迅速而且安靜的回答，使他幾乎倒退了幾步。

「唔！……好呀！」他驚訝得喊出來，但是突然，緊緊地抓住阿萊莎的手，迅速地牽著他朝小路上走去，心裡還是十分懼怕阿萊莎將消失決意。他們默默地走著，拉基金甚至怕說出話來。

「她真是要十分喜歡，十分喜歡的……」他吶吶地說，卻又沉默了。他領阿萊莎到格魯申卡家裡去，並非為了博得她的快樂；他是一個正經的人，沒有對於自己有利的目的是不會做任何什麼事情的。他現在具有雙重的目的，第一層，是復仇的，那就是看到一個「真人的受恥辱」，看到阿萊莎「從聖徒墮落到罪犯」，這是他預先就感到欣悅的事；第二層，他還有一點物質上的，對於他十分有利的目的，等到下面再詳敘一下。

「如此說來，那個時間來到了，」他自己快樂而且惡狠地想著，「我們可以把它一把抓住，把握這時間，因為它對於我們是很適當的。」

第三章 蔥

格魯申卡住在城裡最熱鬧的地方，教堂的廣場附近，商人的寡妻莫洛作瓦的房子裡面，格魯申卡向她租下了在院子裡的一所不大的木質的邊房。莫洛作瓦的房子很大，是石頭建造的，有兩層樓，陳舊而且樣式很不雅觀。女房東，一個年老的女人，自己住在裡面，身邊有兩個姪女，也是很老邁的姑娘。她並不需要將院內的邊房出租，但是大家都知道她讓格魯申卡做她的房客（還在四年以前），單單是為了取悅於她的親戚，商人薩姆騷諾夫，格魯申卡的公開的保護人。聽說這好吃醋的老人把他的「寵婦」放在莫洛作瓦的家裡，原意在於依靠老婆婆的銳利的眼睛，以監督新房客的行動。但是不久這銳利的眼睛成為一無用處的東西，結果是莫洛作瓦甚至不常和格魯申卡相遇，並不實行監督，使她討厭。誠然，自從老人把這十八歲的女郎，畏葸的、含羞的、優雅的、細瘦的、凝慮的、沉思的女郎送到這所房子裡以來，已經過了四年，從那時候起，時光流逝了許多。我們城裡對於這位女郎的來歷知道得很少，而且不大清楚；到了最近也沒有知道得多些，即使在很多的人開始注意阿格拉菲納．亞歷山大洛夫納四年來所變成的那樣「絕世美貌」的時候也是如此。只有一些傳說，說她在十七歲上曾受了某人的騙，彷彿是一個軍官，之後立刻就被拋棄了。這軍官離開了她，然後在他處結婚，使格魯申卡獨自留在恥辱和貧困的境遇之中。又有人說，格魯申卡雖然確實被他的老人從貧困中救拔出來，然而她的家庭是純潔的，她似乎是僧職的家庭裡出身，一個額外的教堂執事或是和這相類的職位的人的女兒。於是四年之間，這個深於情感的、被侮辱的、可憐的孤女，一變而成為一個臉頰紅潤，身軀豐滿的俄國美人，具有勇敢和堅決的性格的女人，驕傲、大膽，明白銀錢的用處，富於企業心，吝嗇而且謹慎，用一些合理和不合理的方法，積到一筆小資財，像人家所說的那樣。唯有一件事情為大家所深信，那就是格魯申卡是難於接近的，在四年以來，除去她的保護人，那個老頭子以外，還沒有一個人能以博到她的垂青為誇傲的。這是確定無疑的事實，因為曾有不少想獲得這垂青的獵豔者，特別在最近的兩年以內。但是一切的嘗試都是徒然的，有些追求者不能不往後退走，甚至帶著滑稽和恥辱的結局，就為了這有特殊性格的年輕女人方面堅定和嘲弄的抗拒。大家還知道，這位年輕女人，特別在最近的一年以內，置身於所謂「投機」的事業以內，居然發揮了極大的能力，以後有許多人稱她作十足的猶太人。她並不是做重利盤剝的事情，但是例如說，大家都知道她有一個時候確曾和費道爾．伯夫洛維奇．卡拉馬助夫合夥，用極小的價錢收買期票，每一個盧布給十個戈比，以後就照期票的面額每十個戈比取到一個盧布。薩姆騷諾夫是有病的，最後的一年內雙腿已腫得不能動彈。他的妻子已經死了，把幾個成人的兒子們管教得十分專制。他的資產很多，卻吝嗇成性，而且十分頑固。他對待這位被保護的女人起初非常嚴厲，還絲毫不客氣，像那些嚼舌的人們所說的「用素油」煎熬似的，但是以後到底落在她的強烈的勢力之下。格魯申卡一面自己解放出來，一面卻在對他的忠實上，又暗示給他一個無限的信仰。這位能幹的老事業家（現在早已去世），也具有特殊的性格，主要的是十分吝嗇，而且性情像燧石一般的堅定，雖然格魯申卡戰勝了他，他沒有了她便無從生活下去（最近兩年確是如此），然而他到底沒有分給她很多資財，即使她以完全和他脫離相威嚇，他也是不會變更宗旨的。他分給她的只有小小的資財。這事傳揚出去以後，大家都覺得奇怪。「你是一個不會受挫折的女人，」在他分給她八千盧布的時候，他這樣對她說，「你自己會想法子的。你知道，除了每年的津貼照舊以外，直到我死為止，你不能從我那裡得到一點錢，而且遺囑裡也不會再分給你的了。」他的話真算數！死了以後，真是把所有的財產全部遺給幾個一輩子管教得像奴僕一般的兒子們，還有媳婦和孫子、孫女們，而遺囑裡甚至沒有提到格魯申卡一字，這一切情形以後才知道。不過他幫了格魯申卡不少的忙，給她出主意，應該怎樣增加「自己的財產」，並且還把生意的「道路」指點給她。費道爾．伯夫洛維奇．卡拉馬助夫起初同格魯申卡為了一件偶然的「投機生意」發生了關係，結果是自己也意料不到，竟無頭無腦地戀上她，甚至像發了瘋似的，這使當時已經病得很厲害的老人薩姆騷諾夫大笑不止。應該注意的是，格魯申卡同她的老頭子在他們相識的全部時間內，十分地公開，甚至似乎對於一切心事都能公開，這大概僅只對於世上唯一的人是這樣的。到了最近，在特米脫里．費道洛維奇忽然懷著他的戀愛的心思出現的時候，老人停止笑了。相反地，他有一次曾正經而且嚴肅地勸格魯申卡：「假使從父子兩人中間選擇一人，那麼應該選老頭子，但是必須讓這老壞蛋娶你，而且預先把一些財產轉到你的名義上來。同上尉絕不可以來往，沒有路可走的。」這是那位老色鬼自己對格魯申卡所說的話，當時他已預感自己的死亡，果真在說了這勸告的話以後，隔了五個月就死去了。我還要順便說，雖然我們城裡當時甚至有許多人知道卡拉馬助夫父子間離奇的、醜惡的，以格魯申卡為目標的競爭的情形，但是她對於他們父子兩人所處的態度的真正意義，卻很少有人能瞭解。格魯申卡的兩個女僕（在發生了慘劇以後，這慘劇的詳細情節以後再敘），後來在法庭上供稱，阿格拉菲納．亞歷山大洛夫納接待特米脫里．費道洛維奇，單只是為了恐懼，因為他威嚇要殺死她。她有兩個女僕，一個是年紀蒼老的廚婦，還是從父母的家裡帶來的，身體有病，耳朵幾乎發聾；另一個是這老婦的孫女，年輕活潑的女郎，二十歲左右，是貼身侍候格魯申卡的。格魯申卡很吝嗇地生活著，處於不很富裕的環境裡面，她所住的邊房裡只有三間房子，由女房東佈置了一些一八二〇年式樣的，古色古香的紅木傢俱。拉基金和阿萊莎走到她家去的時候，天色已完全發黑，但是房間裡還沒有點燈。格魯申卡躺在客廳裡一張拙笨的大沙發上面，這張沙發的靠背是紅木的，十分堅硬，蒙著皮子，早就磨破，而且有破洞。她的頭下放著兩只白色的、鵝絨的枕頭，是從她的床上取來的。她直躺著，挺直著身子，動也不動，兩手插在頭後。她穿扮好了，似乎在等候什麼人，穿著黑綢衣裳，頭上戴著輕鬆的、帶花邊的三角披巾，很有樣子，肩上披著絲邊的圍巾，用一只厚重的金別針繫住。她確實在等候什麼人，躺在那裡，似乎感到煩悶和不耐煩，臉色有點發白，嘴唇和眼睛熾燒著，右腳尖不耐煩地叩擊沙發上的扶手。拉基金和阿萊莎剛出現，就發生了一陣小小的騷亂，從外屋裡就聽見格魯申卡迅快地從沙發上跳起來，忽然驚懼地喊道：

「誰在那裡？」但是娘姨迎接客人，立刻回報太太說：

「不是他，另外的，不要緊的。」

「她是怎麼啦？」拉基金喃語著，攜手引阿萊莎到客廳裡去。格魯申卡站在沙發傍邊，似乎還帶著驚嚇。一束濃厚的深棕色的髮辮突然從披巾裡脫落出來，落在她的右肩上面，但是她沒有注意到，沒有加以整理，只顧得審看客人們，辨清他們是什麼人。

「這是你嗎？拉基金？你把我嚇得要死。你同誰在一塊兒？誰同你在一塊兒？老天爺，你把這一位領來了！」她看清了阿萊莎，喊叫了起來。

「你叫他們取蠟燭來呀！」拉基金用一種放肆的態度說，彷彿他是這家裡極熟的相識和親近的人，甚至握有支配一切的權利似的。

「蠟燭……自然是蠟燭……費娜，你給他取蠟燭來呀……你竟挑這個時間領他到這裡來！」她又喊，看了阿萊莎一眼，便對著鏡子，迅快地用兩手整理她的辮髮。她似乎不滿意。

「難道我沒有巴結上嗎？」拉基金問，一下子幾乎生了氣。

「你把我嚇了一跳，是這樣的事，拉基金，」格魯申卡含著微笑轉身對阿萊莎說，「你不要怕我，好阿萊莎，我真是十分喜歡你來，你是我的不速之客。拉基金，你可把我嚇壞了，我心想是米卡闖進來。你知道，我剛才騙了他，和他賭誓，要他相信我。其實我撒了謊，我對他說，我到我的老頭子，庫齊瑪．庫齊米奇家裡去，坐一晚上，同他點錢，一直到夜裡。我是每星期要到他家裡算一晚上的帳的。我們把門鎖住，他打算盤，我坐在那裡記帳。他只信賴我一個人。米卡真相信我在那裡，其實我現在躲在家裡——坐在那裡，等候一個消息。費娜怎麼會把你們放進來的？費娜，費娜！快跑到大門。開一開，四面探望一下，有沒有上尉？也許躲在哪裡張望，我怕得要死！」

「什麼人也沒有，阿格拉菲納．亞歷山大洛夫納，我剛剛向四面八方都張望過了，我還每分鐘從鑰匙孔眼裡張望一下，自己都害怕得抖索。」

「窗板關上了沒有，費娜，還應該把窗簾放下來——這就對了！」她自己放下沉重的窗簾，「否則他看見燈光就會跑進來的。阿萊莎，我今天真怕米卡，你的老兄。」格魯申卡大聲說話，雖然露出驚慌，卻似乎又帶著近乎一種歡欣的心情。

「為什麼你今天這樣懼怕米卡？」拉基金探詢，「你好像從來不怕他，他老是依從你的。」

「我對你說，我在等候一個消息，一個金色的信息，所以現在最好不要米卡在旁邊。他一定不相信我是到庫齊瑪．庫齊米奇那裡去的，我感到這層。大概現在正坐在費道爾．伯夫洛維奇花園的後面看守著我。他既然在那邊守住，便不會到這裡來，這樣更好些！庫齊瑪．庫齊米奇的家裡我真的去過的，米卡自己送我去的，我說我要坐到半夜，讓他一定要在十二點鐘的時候送我回家。他走了，我在老頭子家裡坐了十分鐘，就跑了回來，我真害怕——我拚命的跑，怕遇到他。」

「你穿扮好了想到哪裡去？你戴了這樣奇怪的頭巾！」

「你自己才是奇怪的呢，拉基金！我對你說，我在等候一個消息。這消息一來，我馬上跳起來，飛走，你們在這裡從此看不見我了。我這樣打扮，為的就是先行預備好。」

「你要飛到哪兒去？」

「你知道得太多——便會老得快些。」

「真是的。滿身是喜悅……我從來沒有見你這個樣子。你穿扮得像是赴跳舞會似的。」拉基金向她上下打量。

「你對於舞會明白了多少？」

「你又明白多少呢？」

「我可是見過舞會的。前年庫齊瑪·庫齊米奇娶媳婦，我曾從樓廂上看望。拉基金，我怎麼盡同你說起話來，放著這樣的王子在一旁站著。這真是貴客！阿萊莎，好人兒，我瞧著你，真不能相信；老天爺，你居然會到我家裡來的！我對你說實話，我沒有料到，沒有猜到，以前也從來不能信你會來的。雖然現在已和那個時間不同，然而我還是很喜歡你到這裡來！你坐到沙發上來，就是這裡，對了，我的年輕的月亮。真是的，我似乎還不能集中我的思想……拉基金，假使你昨天，或是前天領了他來！……我真是歡喜。也許現在好些，在這時候，不是前天……」

她迅快地坐在阿萊莎坐的沙發上面，和他並坐，帶著堅決的欣悅的神情看著他。她果真喜歡，並不是說謊。她的眼睛熾燒。嘴唇發笑，卻是善心的、快樂的笑。阿萊莎竟沒有料到她的臉上有這般良善的臉容。……在昨天以前，他不大遇見她，對於她懷著恐怖的見解，昨天又為了她對於卡德鄰納·伊凡諾夫納的兇惡而狡黠的舉動，得了劇烈的震撼，而現在忽然看見她是似乎完全另一種的，令人意料不到的人。無論他怎樣被自身的憂愁所折磨，他的眼睛不由得注意地停在她的身上。她的一切姿態似乎從昨天起也變到完全好的方向上去：語音裡幾乎完全沒有昨天那種可憎的甜蜜味道，那種嬌柔的、矯揉造作的行動……一切簡單而且坦白，她的行動迅快、直率，而且有信心，但是她十分興奮。

「老天爺，今天一切事情都發現了，真是的，」她又咕咕咕咕地說起來，「我真是喜歡你，阿萊莎，我自己都不知道，你可以問，我真是不知道。」

「你竟不知道你喜歡的是什麼？」拉基金冷笑了一下，「你以前為什麼盡纏住我說：你領他來呀，你領他來呀，你是有用意的。」

「以前我另有用意，現在是過去了，時間不同了。我想請你們吃點東西。現在我心情好，拉基金。你也坐下，拉基金，為什麼站著？你已經坐下了嗎？不用怕，拉基金是不會忘掉自己的。現在，阿萊莎，你瞧他坐在我們對面，生著氣：為什麼我沒有在請你以前先請他坐下。我的拉基金真是愛生氣，真是愛生氣！」格魯申卡笑了，「你不要惱怒，拉基金，今天我脾氣好。你為什麼坐在那裡，帶著發愁的樣子，阿萊莎，是不是怕我？」她帶著快樂的嘲笑望著他的眼睛。

「他有憂愁的事情。他沒有升職。」拉基金發著低音說。

「什麼升職？」

「他的長老發臭了。」

「怎麼發臭？你亂嚼什麼舌頭。你想說出什麼難聽的話來。閉上嘴，傻瓜！阿萊莎，你讓我坐在你的腿上，就是這樣子！」她忽然像閃電似地跳了起來，一邊笑，一邊跳到他的膝上去，像一隻和藹的小貓，右手溫柔地圍抱他的頸脖，「我要把你弄快樂一下，我的虔敬上帝的男孩兒！不，難道你果真允許我坐在你的膝上，不生氣嗎？你一吩咐——我就跳下來。」

阿萊莎沉默著。他坐在那裡，生怕動一動，他已經聽到了她說的：「你一吩咐——我就跳下來」的話，但是不去回答，似乎死過去了。然而他的心裡現在並沒有像那個在角落裡陰惡地觀察著的拉基金所能預料到，所能想像到的一切。他心靈裡的偉大的憂愁吞沒了在他心裡可以產生出來的一切感觸。假使在這時候他能自行取得完全的理解，那麼便能自行猜到他現在穿著最堅強的胄甲，足以抵抗任何的誘惑和試探。他的心靈狀態雖處於這樣的模糊的無感覺中，他的憂愁雖然這樣壓迫他，他到底不由自主地對於在他心裡產生著的一種新的、奇怪的感觸深致驚訝：這個女人，這個「可怕」的女人現在不但不使他發生以前那樣的恐懼，以前每次有一個女人在他的心靈裡閃過使他發生任何的遐思的時候，他心裡產生出來的那種恐懼——相反地，他最怕的那個女人，現在正坐在他的膝上，擁抱她，忽然引起他完全另一種的、料想不到的、特別的情感，一種不尋常的、偉大的、純粹的，對於她的好奇的感覺，而且毫無懼怕，沒有一點點的恐怖——這就是極主要的，而且不由自主地使他驚訝的地方。

「你不要盡說些空話，」拉基金喊，「最好拿出香檳酒來，你自己應該知道你欠了債！」

「真是欠了債！阿萊莎，我答應他在領你來的時候，除去其他一切之外，給他開香檳酒喝。取香檳酒來吧，我可以喝的！費娜，費娜，把香檳酒拿來，米卡留下的那瓶，快點！我雖然吝嗇，總要開一瓶，並不是為你，拉基金，你是一隻蘑菇，而他是王子！現在我的心靈雖然不是充滿著這個，但是無論如何，我也可以同你喝一點酒，想鬧一鬧酒！」

「你究竟有什麼事情？什麼『信息』？可以問一聲嗎？是不是祕密？」拉基金又懷著好奇的神情，轉到這個題目上去，努力裝出不注意有許多小叱責不斷地飛到他身上來的樣子。

「唉，這不是祕密，你自己也知道的，」格魯申卡忽然煩慮地說，頭轉到拉基金方面，身子稍稍離開阿萊莎一點，雖然還繼續坐在他的膝上，手抱著他的頸脖，「軍官來了，拉基金，我的軍官來了！」

「我聽說已經動身，難道已經這樣近了嗎？」

「現在到了莫克洛葉，他將從那裡打發一個人來，他信上這樣寫，剛才我接到的。我坐在這裡等那個人來。」

「原來如此！為什麼在莫克洛葉？」

「說來話長，這對於你已經夠了。」

「現在米卡怎麼辦——唉，唉！他知道不知道呢？」

「知道什麼！完全不知道！如果知道，一定要殺人的。我現在完全不怕他的刀子。你閉上嘴，拉基金，不要對我講起特米脫里．費道洛維奇：他把我的心全搗碎了。我不願意在這時候想這件事情。我可以想小阿萊莎，看小阿萊莎……你儘管笑我好了，好人兒，儘管快樂，笑我的傻勁，笑我的快樂……真是微笑了，微笑了！那樣和藹地看望。你知道，阿萊莎，我老以為你為了前天的事，為了那位小姐生我的氣。我當時像一隻惡狗，我是的……到底發生這樣的事是很好的。又壞，又好。」格魯申卡忽然憂鬱地冷笑了一聲，一種殘忍的點線忽然在她的冷笑裡閃出，「米卡說她曾喊著：『應該把她用籐條抽打！』當時我很氣她，她喚我去，想戰勝我，用巧克力糖騙我……不，發生這樣的事是很好的，」她又笑了，「我就是怕你生氣……」

「真是的，」拉基金忽然帶著嚴正的驚訝的神情插上去說，「她真是怕你，阿萊莎，怕你這小筍雞。」

「對於你，拉基金，他是一隻小筍雞，真是的！……因為你沒有良心，真是的！你瞧，我從心靈裡愛他，真是的！你相信不相信，阿萊莎，我從整個心靈裡愛你？」

「你這不要臉的女人！阿萊莎，她竟對你講起愛情來了！」

「怎麼樣，我是愛他！」

「那麼軍官呢？莫克洛葉來的金色的信息呢？」

「那是一件事，這又是一件事。」

「這真是女人的玩意兒！」

「你不要使我生氣，拉基金，」格魯申卡熱烈地跟上去說，「那的確是一件事，這又是一件事。我愛阿萊莎是用另樣的方式。阿萊莎，以前我確實對你懷著狡猾的念頭。我是一個低賤的人、暴躁的人，但是有的時候，阿萊莎，我把你看作我的良心。我心想：像我這樣壞的女人，必定要被他看不起的。」前天我從小姐家裡回來的時候，曾這樣想過。我早就注意到你，阿萊莎。米卡也知道，我對他說過的。米卡也瞭解的。你信不信，阿萊莎，真是的，我有時看著你，感到慚愧，對自己慚愧……我怎麼會想你，從什麼時候起的，我不知道，也不記得……」

費娜走進來，端了一只盤子，放在桌上，盤子上面放著一瓶打開塞子的酒，和三只斟滿了酒的杯子。

「香檳酒拿來了！」拉基金喊，「你極興奮，阿格拉菲納．亞歷山大洛夫納，而且心不在焉。你可以喝乾一杯酒，起來跳一下。唉，她們連這點事也不會做，」他補上去說，審視著香檳酒，「老太婆就在廚房裡斟好了，瓶子也放上塞子，暖暖的。好了，就這樣馬馬虎虎喝吧。」

他走進桌旁，取起杯子，一口喝乾，再斟了一杯。

「香檳酒是不常喝到的，」他說，舔了舔舌頭，「現在，阿萊莎，端起杯來，顯一顯自己的本領。我們為了什麼喝酒，為了天堂的門，好不好？格魯申卡，你也取起杯子，你也為天堂的門乾一杯。」

「什麼天堂的門？」

她端起杯子，阿萊莎也端起來，喝了一小口，就把杯子放下。

「最好不要喝了吧。」他輕聲微笑了。

「居然誇過大口的！」拉基金喊。

「既然這樣，我也不喝，」格魯申卡跟上去說，「我並不想喝。拉基金，你一人喝了整瓶吧。阿萊莎喝，我才喝呢。」

「來了小牛犢的溫柔樣子！」拉基金嘲笑起來，「竟自己爬到他的膝上去坐著。他的心裡也許有憂慮，然而你有什麼？他反抗他的上帝，預備吃香腸……」

「怎麼啦？」

「他的長老今天死了，曹西瑪長老，神聖的。」

「原來曹西瑪長老死了，」格魯申卡喊，「老天爺，我竟不知道！」她虔信地畫了十字，「老天爺，我怎麼啦，我現在竟坐在他的膝上！」她忽然懼怕得喊了出來，一下子從阿萊莎的膝上跳下，挪到沙發上去了。阿萊莎懷著驚異長長地注視了她一會，臉上似乎有點發光。

「拉基金，」他忽然大聲而且堅定地說，「你不要取笑我，說我反抗我的上帝。我不願意對你懷什麼惡意。所以你也應該發出一點好心來。我喪失了寶物，那是你從來沒有過的，所以你現在不能裁判我。你最好看一看她：你看見她不是把我宥恕了嗎？我到這裡來尋覓一個惡毒的靈魂——是我自己想投奔到這上面來，因為我是卑賤、惡毒的人，然而我找到了一個誠懇的姊妹，找見了一個寶物——愛的靈魂……她剛才把我宥恕了……阿格拉菲納·亞歷山大洛夫納，我講的是你。你現在把我的心靈恢復了。」

阿萊莎嘴唇抖索，呼吸緊促。他止住了。

「好像是她救了你！」拉基金惡毒地笑了，「她想吞吃你，你知道嗎？」

「等著，拉基金！」格魯申卡忽然跳起來，「你們兩人都不要說話。現在讓我全說出來：阿萊莎，你不要說話，因為你這類的話語會使我感到慚愧，因為我是惡狠的人，不是好人。——我就是這樣的人。你呢，拉基金，你也不要說話，因為你盡說謊。我本來有一個壞念頭，想把你吞吃，現在你可是在那裡說謊，現在完全不是那麼回事……我完全不願意再聽到你說那種話了，拉基金！」格魯申卡帶著不尋常的驚慌的心情，說了這一段話。

「真是的，兩人都發瘋了！」拉基金說，驚奇地審看他們兩人，「兩人都是瘋子，我好像進入了瘋人院似的。兩人互相都感到軟弱，立刻準備哭泣！」

「我立刻要哭，立刻要笑！」格魯申卡說，「他稱我姊妹，我以後永遠也不會忘記的！只是有一點，拉基金，我雖然惡狠，卻到底施捨過一根蔥的。」

「什麼蔥？見鬼，果真發瘋了！」

拉基金對於他們歡欣的神情深為驚訝，而且感到生氣，雖然他也能猜想到，他們兩人現在恰巧遇到了足以震撼他們的心靈的一切，這是一個人一生中不常有的情形。但是拉基金對於自身的一切固然有極銳敏的瞭解，而對鄰人的情感和感觸的瞭解卻很粗魯——一部分由於他年輕無經驗，一部分是由於他的自私。

「你瞧，阿萊莎，」格魯申卡忽然對他神經質地大笑起來，「我這是對拉基金誇口，說我施捨過一根蔥，卻不是對你誇口，我對你說這話，另有用意。這只是一個故事，卻是好故事，我這在兒童時代，我的瑪德連娜講給我聽的，她現在還在我家裡充當廚婦。這故事是這樣的：話說有一個農婦死了。她生前性格非常惡劣。她死後沒有留下一件善行，鬼把她抓去，扔到火湖裡面。她的守護的安琪兒站在那裡，心想：讓我記憶出她的一件善行，好對上帝去說話。他記了起來，對上帝說道：「她曾在菜園裡拔了一根蔥，施捨給一個女乞丐。」上帝回答他：「你就取那根蔥，往湖裡遞給她，讓她抓住，牽她出來，如果能從湖裡牽出來，便讓她到天堂上去，如果蔥一斷，那女人只好留在湖裡，像現在一樣。」安琪兒跑到農婦那裡，遞給她一根蔥，說道：「你抓好了，等我拉你出來。」他開始謹慎地拉她出來，本來可以拉得出來的。但是在湖裡的別的罪人們看見有人牽她，便大家抓住她，想同她一塊兒被牽拉出來。這女人是非常壞脾氣的人，她用腳踢他們，說道：「人家在那裡拉我，不是拉你們，那是我的蔥，不是你們的。」她剛說完了這句話，蔥斷了。女人落進湖裡，直到今天還被煎熬著。安琪兒哭著走了。這個故事是這樣的，阿萊莎。我記得爛熟，因為我自己就是那個最惡狠的農婦。我對拉基金誇口說我施捨了蔥，而對你便有兩樣說法：我一生單只施捨了一根蔥，我的善行只有這一點點。你以後不必誇獎我，阿萊莎，不要把我當作好人，我是兇惡的，十分兇惡的，你再加誇獎，便使我十分慚愧。讓我向你完全懺悔一下。阿萊莎，你聽著：我真想引誘你到我身邊來，所以盡纏住拉基金，答應給他二十五盧布，假使他能把你引到我這裡來。等著，拉基金！」她迅步走近桌旁，打開抽屜，掏出皮包，從裡面取出一張二十五盧布的鈔票來。

「真是無聊！真是無聊！」感到不愉快的拉基金喊著。

「你把債款收了下來吧，拉基金。想來你不至於拒絕，是你自己請求的。」說著便把那張鈔票扔過去了。

「還能拒絕嗎？」拉基金用洪響的低音說著，顯然感到慚愧，但還裝出大模大樣的神氣，遮掩慚愧，「這錢是於我們有用的，傻子們是為了使聰明的人得利而存在著。」

「現在不許作聲，拉基金。現在我所說的一切話不是為你的耳朵而發的。你坐在角落裡，不許作聲，你不愛我們，就不作聲好了。」

「我為什麼愛你們？」拉基金咬牙說，隱匿不住惡狠的神色。他把二十五盧布的鈔票塞進口袋裡面。他對著阿萊莎深懷慚愧。他本打算以後才取錢，不使阿萊莎曉得，但是現在竟惱羞成怒了。在這時間以前，他雖然受了格魯申卡許多針刺的話，卻認為不去和她反唇相譏是較合適的，因為顯然她對他具有一種權力。但是現在他生氣了：

「愛是有所謂而發的。你們兩人對我做了什麼好事呀？」

「你應該無所謂而愛，像阿萊莎那樣地愛人。」

「他為什麼愛你？他對你有什麼表示，竟使你這樣大驚小怪的？」

格魯申卡站在屋子中央，熱烈地說話，聲音裡聽得出歇斯底里性的音調。

「不許作聲，拉基金，你一點也不明白我們的事情！以後你不許對我稱呼『你』，我不許你。你的膽子竟這樣大起來了！你就坐在角落裡，不許作聲，做我的奴僕。現在，阿萊莎，我要對你一個人說出實在的話，讓你看見我是如何的一個下賤的人！我不對拉基金說，對你說。我想害你，阿萊莎，這是千真萬確的，我完全決定好的。我甚至用金錢賄賂拉基金，讓他領你來。我為了什麼想這樣做呢？阿萊莎，你是一點也不知道的。你看見我就背轉身子，走了過去，垂下眼睛。我卻瞧了你一百次，向每個人打聽你的情形，你的臉容遺留在我的心裡。我心想：他看不起我，連看都不願意看一下。後來我感到我自己也奇怪起來：我為什麼竟怕這小孩？我把他一口吞下去，再笑一聲。我完全生氣了。你相信不相信，這裡的人誰也不敢說出，或者想一想，到阿格拉菲納·亞歷山大洛夫納家裡來做什麼壞事。我只有老頭子一個人。我和他發生了關係，賣給他了。撒旦為我們做主結合，而別的人是沒有的。但是我一看到你，就自己決定：我要把他吞吃下去。我吞吃了下去，再笑起來。你瞧，我真是惡毒的狗，而你竟把牠認作姊妹！現在這個侮辱我的人來了。我坐在這裡，等候信息。你知道，這侮辱我的人在我的心上是如何的，五年以前，庫齊瑪帶我到這裡來的時候——我坐在那裡，躲著人，不願意人家看見我、聽見我的說話，瘦瘦的，傻裡傻氣的，坐在那裡直哭，連著許多夜不睡覺，心裡想：『他現在在哪裡，我的害人精？一定在跟別的女人一塊兒笑我，我只要能夠見到他，什麼時候遇見他，一定要報復的，一定要給他一個報復！』我在夜裡黑暗之中伏枕痛哭，反覆地思想，故意撕裂我自己的心，將惡怒灌輸進去：『我一定要對他報復，一定要對他報復！』這是我時常在黑暗裡喊出來的話。後來突然憶到我並不能對他做出什麼事情，而他現在正在笑我，也許完全忘卻，不再憶到，我就從床上跳到地板上面，流出無力的淚，全身抖索，直到天明才止。早晨起身的時候，心裡比狗還惡狠，準備吞下整個的世界。以後你瞧，我開始積錢，成為沒有憐憫性的人，而且發了胖。你以為我變得聰明了嗎？不對的，整個世界裡誰也看不見，而且不知道，在夜幕垂下來的時候，我還是五年以前的小女孩一樣，有時候躺在那裡，咬牙切齒，整夜地哭泣。盡想著：『我要對他，我要對他！』這些話你聽到嗎？那麼你現在會瞭解我的。一個月以前，我忽然接到一封信：他的妻子死了，所以他動身前來，希望和我見面。當時我的呼吸窄狹起來，老天爺，我必然想到，他一來，對我吹一聲哨子，喚我一聲，而我就會像一隻挨了揍的小狗一般，像做錯了什麼事似的，爬到他的面前去！我心裡想著，自己也不相信自己：『我是下賤的女人，或者不是下賤的女人？我跑到他面前去呢？或是不跑去？』在一個月內，我自己對自己生怒的情形，比五年以前還壞得多。你現在看見，阿萊莎，我是一個如何惡狠而且兇蠻的人。我現在把實在的話全對你表白出來了！我同米卡開開玩笑，為了不跑到另一個人的身邊去。你不許作聲，拉基金，你不配來裁判我，我不是對你說的。我在你們沒有來以前，躺在這裡等候，想著心事，解決自己的命運。你們從來不會知道，我的心裡是什麼情形。阿萊莎，請你對你的小姐說，請她不要為前天的事情生氣！……全世界上沒有人知道我現在是什麼情形，而且也不能知道的……所以我也許將帶了一把刀子前去，我還沒有決定……」

格魯申卡說出了這番「可憐」的話，忽然按捺不住，沒有說完，就用手掩臉，投身到沙發的枕頭上面，像小孩一般嗚咽起來。阿萊莎從座位上立起，走到拉基金面前。

「米莎，」他說，「你不要生氣。你受了她的侮辱，但是你不要生氣。你聽到她剛才說的話嗎？不能夠對人的心要求太多，應該慈悲些……」

阿萊莎在抑止不住的激烈的心情裡說著這幾句話。他必須發抒自己的思想，所以他朝拉基金說話。假使沒有拉基金，他會獨自叫喊出來的，但是拉基金訕笑地看了他一眼，阿萊莎突然止住了。

「昨天你的長老給你裝上了彈藥，現在你拿你的長老的彈藥朝我身上亂放了。」拉基金說著，帶著仇恨的微笑。

「你不要笑，拉基金，不要訕笑，不要談論故世的長老，他高出世界任何人之上！」阿萊莎喊，語音裡帶著哭聲，「我不是用裁判者的資格對你說這話，我自己也是被裁判者中間最後的一人。我怎麼能和她相比呢？我懷著幻滅的意念走到這裡來，說著：『隨它去吧！隨它去吧！』這是由於我的悲怯的心情而來，然而她在遭了五年的苦難以後，只要有一個人首先跑來，對她說這一句誠懇的話——她立刻寬恕一切，忘卻一切，哭泣起來！那個侮辱她的人回來了，召喚她，她便寬恕一切，歡歡喜喜地忙著到他面前去，不拿刀子，絕不會拿的！不，我不是這樣的人。我不知道米莎，你是不是這樣的人，我卻不是這樣的！我今天得了這個教訓……她的愛高出我們之上……你以前從她那裡聽到過她現在所講的一切話語嗎？不，你沒有聽見過；假使你聽見了，早就會瞭解一切的……讓另一位前天受了侮辱的女人，讓她也寬恕了她吧！她一知道，一定會寬恕的……她會知道的……這個心靈還沒有得到馴靜，應該寬宥她……也許有寶藏在這個心靈裡面……」

阿萊莎沉默了，因為他喘不過氣來。拉基金雖然心裡十分憤怒，卻也看著他驚訝起來。他從來沒有料到靜靜的阿萊莎會說出這類話的。

「辯護師出現了！你戀上了她，是不是？阿格拉菲納．亞歷山大洛夫納，你的那位吃素齋的人果真戀上你了，你戰勝了！」他喊著，發出傲慢無理的笑聲。

格魯申卡從枕上舉起頭來，看了阿萊莎一眼，含著和愛的微笑——這微笑在她的由於剛才流出的眼淚忽然有點腫起來的臉閃耀著。

「你放下他吧，阿萊莎，我的小天使，你瞧他是什麼樣的人，何必找這樣的人來說話。米哈意爾．渥西帕維奇，」她朝拉基金說，「我想向你請求饒恕，因為我罵了你一頓，現在又不想了。阿萊莎，你到我這裡來，坐在這裡，」她帶著喜悅的微笑向他招手，「就是這樣，就坐在這裡，你對我說一說（她拉他的手，微笑著窺望他的臉）——你對我說，我愛那人不愛？愛那個侮辱我的人不愛？你們沒有來之前，我躺在黑暗裡面，一直追問自己的心：我愛他不愛？你替我解決一下，阿萊莎。時間到了，該怎麼樣，便怎麼辦吧。我究竟原諒他不原諒呢？」

「你已經原諒了。」阿萊莎含笑說。

「真是已經原諒了，」格魯申卡憂鬱地說，「這真是低賤的心！為我的低賤的心喝一杯！」她忽然從桌上抓起一只酒杯，一口氣喝乾，還把杯子高舉，揮手扔到地板上面。酒杯砸碎了，發響。在她的微笑裡閃出一種殘忍的痕跡。

「但是也許我還沒原諒，」她似乎威嚴地說，眼睛垂視地上，似在自言自語一般，「這個心也許剛剛準備原諒。我還要和心奮鬥一下。你瞧，阿萊莎，我竟愛上了五年來我的眼淚……我也許只愛我所受的侮辱，並不是愛他！」

「我真不願意處在他的地位上面！」拉基金說。

「你不會的，拉基金，你絕不會處到他的地位上去的。你可以給我縫靴子，拉基金，我讓你做這類事情。像我這樣的人，你是永遠得不到的……他也許也得不到……」

「他嗎？那麼你為什麼裝扮得這樣漂亮？」拉基金故意地逗她。

「你不必拿裝扮漂亮的話取笑我，拉基金，你還不知道我的整個的心！憑我高興，我會把漂亮的衣服撕去，立刻撕去，現在就撕，」她響亮地喊叫，「你不知道，拉基金，穿這樣漂亮衣服是為了什麼原因？也許我會到他那裡，對他說：『你看見過我這種樣子沒有？』他離開我的時候，我只是一個十七歲的，細瘦的、癆病腔的、好哭的女郎。我要坐在他身旁，給他灌迷湯，讓他全身發燒：『你看見我現在的樣子嗎？』我要對他說，『你這就很夠了，老先生。到口的饅頭，竟溜走了！』漂亮的裝扮也許就是這個意思，拉基金，」格魯申卡帶著惡毒的笑聲說，「我是瘋狂的，阿萊莎，憤怒的。我要把我的漂亮的衣服撕去，把我自己弄成殘廢，毀損我的美貌，燒炙我的臉，用小刀割破，出去討飯，憑我高興，我現在可以任何地方都不去，憑我高興，我明天就把庫齊瑪送給我的一切東西和銀錢交還給他，自己一輩子去當零工！……你以為，拉基金，我不會這樣做，不敢這樣做嗎？我會做的，我會做的，現在就可以做，只是不要惹惱我……我可以趕走他，輕視他，不見他！」

最後的一句話她用歇斯底里的聲音喊了出來，但是按捺不住，又用手掩臉，投到枕頭上面，又嗚咽得全身抖索。拉基金從座位上站起來：

「是時候了，」他說，「天色已晚，修道院裡不放人進去的。」

格魯申卡竟從座位上跳了起來。

「阿萊莎，莫非你想走嗎？」她帶著悲切的驚訝喊叫起來，「現在你叫我怎麼辦！你使我全身激動，折磨我，現在又讓我整夜一個人留在這裡。」

「不能讓他在你這裡過夜嗎？只要你高興——可以的！我一個人先走！」拉基金惡毒地嘲笑著。

「不許作聲，你這惡靈魂，」格魯申卡憤恨地對他呼喊，「你從來沒有把他一來就對我說的話語說過。」

「他對你說了什麼話呀？」拉基金氣惱地喃語著。

「我不知道，一點也不曉得，他對我說的是什麼話，這是對著心說的，他把我的心翻了轉來……他是第一個憐惜我，唯一的人！小天使，你為什麼不早些來呀？」她忽然跪在他面前，似乎瘋狂一般，「我一輩子等候著你這樣的人，一面等候，一面知道有一個人會走來，寬恕我的。我相信我這種人也有人愛的，我這種壞脾氣的人，不單只為了那種可羞恥的愛！……」

「我對你說了什麼話呀？」阿萊莎回答，和愛地微笑，俯身就她，溫柔地拉住她的手，「我遞給你一根蔥，一根極小的蔥，如此而已，如此而已！……」

說完以後，自己哭了。在這時候外屋忽然發出響聲，有人走進外屋；格魯申卡跳起身來，似乎異常害怕的樣子。費娜呼喊著，喧鬧著，跑進屋裡去了。

「小姐，小姐，帶信的人來了！」她快樂地呼喊，喘不過氣來，「一輛馬車從莫克洛葉派來接您，馬夫帖莫非意駕了三匹馬來的，現在換了新馬呢……信，信，小姐，這裡有一封信！」

信就在她的手裡，她一面呼喊，一面從空中搖晃著那封信。格魯申卡從她手裡一把搶下，往蠟燭邊去。這只是一張便條，幾行字，她一下就讀完了。

「叫我呢！」她喊叫出來，滿臉發出慘白，臉龐由於病態的微笑而彎曲了，「吹了一小口哨！爬來吧，小狗！」

但是唯有在一剎那的時候，她似乎處於不決定的情勢之下，血突然翻湧到她的頭裡，兩頰烘得熱燒。

「我要去的！」她忽然喊，「五年的光陰！告別了吧！告別了吧！阿萊莎，命運決定了……去吧，去吧，你們大家現在全離開我吧，我不再見你們了！……格魯申卡飛進新的生活裡去了……你不要記著我的舊惡呀，拉基金。我也許往死亡上走去！唉！我彷彿喝醉了！」

她忽然離開他們，跑到臥室裡去了。

「她現在顧不了我們呢！」拉基金喊，「我們走吧，否則，也許又要發出女人腔的喊聲，我聽這些帶著眼淚的喊聲也已經夠膩了……」

阿萊莎讓人家像機械似地帶了出去。院子裡面停著一輛馬車，馬卸除了，人們持著燈籠行走，十分忙碌。三匹新鮮的馬被牽進敞開的大門裡去了。阿萊莎和拉基金剛從臺階上走下，格魯申卡的臥室的窗突然開了，她發出響亮的嗓音朝阿萊莎的背後喊道：

「阿萊莎，替我向令兄米欽卡問好，告訴她，不要記我這壞女人的仇。你還把我親口說的話轉告他：『格魯申卡落在一個壞人的手裡，而你這正直的人反而落了空！』你還可以加上去說，格魯申卡只愛了他一小時，只有一小時的工夫愛過的，他應該一輩子記住這一小時，格魯申卡吩咐他一輩子記好了！……」

她用充滿嗚咽的聲音結束這段話。窗關上了。

「唔！唔！」拉基金笑著說，「這可讓令兄米卡愁苦一下，還要讓他一輩子記好。真是殘忍極了！」

阿萊莎一句也不答，好像沒有聽見似的，他迅快地在拉基金身旁行走，似乎非常急迫，他似乎在渾忘中，機械似地行走。有什麼東西突然扎了拉基金一下，好像有人用手指觸摸他的新鮮的創處。剛才他把阿萊莎領到格魯申卡那裡去的時候，完全料想不到會發生這樣的事：發生了完全不同的事情，不是他所深致期望的事情。

「他是波蘭人，她的那位軍官，」他說著，還在壓制自己，「而且他現在並不是軍官，他在西伯利亞海關上當差，中國的邊卡上。他大概是一個瘦弱的小波蘭人。聽說他已經丟了差使。一聽到格魯申卡現在有了錢，便回來了——一切的奇蹟就在這個上面。」

阿萊莎又似乎沒有聽見。拉基金忍不住了：

「怎麼樣，救了那個女罪人了嗎？」他對阿萊莎惡毒地笑了，「把娼婦引到真理的路上去了沒有？驅走了七個小鬼，是不是？我們的奇蹟，剛才期待著的奇蹟實現了！」

「不要說了，拉基金。」阿萊莎應聲回答，心靈裡懷著悲哀。

「你現在為了剛才的二十五的盧布『看不起』我嗎？意思是說把真正的朋友出賣了。其實你不是基督！我也不是猶大。」

「唉，拉基金，你要相信，我連這個也忘記了，」阿萊莎喊，「你自己提醒我的……」

但是拉基金已經完全生氣了。

「鬼把你們一切人拿去了吧！」他忽然大喊，「真是見鬼！我為什麼同你打起交道來了，從此我不願意再和你見面。你一個人走吧，那是你的道路！」

他堅決地轉到另一條街上去，把阿萊莎一人留在黑暗裡面。阿萊莎走出城外，順著田野到修道院裡去。

第四章　加利利的迦拿

阿萊莎回到庵舍裡的時候，照修道院的習慣，時間已經很晚，看門人從另外一扇門裡放他進去。九點的鐘聲已打過——是過了大家都極驚慌的一天以後普遍的休息和安謐的時間。阿萊莎畏葸地開門，走進長老的修道室裡——現在他的靈柩就放在裡面。除去孤獨地在靈柩邊讀《福音書》的帕意西神父和年輕的沙彌勃洛菲里以外，修道室內並無別人。勃洛菲里被昨天夜裡的談話和今天的忙亂弄得十分困乏，已在另一間屋子的地板上熟睡，做著堅實的、年輕的夢。帕意西神父雖然聽見阿萊莎走了進來，卻甚至不朝他看一眼。阿萊莎折身到門口右面的屋角落裡，跪下來，開始祈禱。他的心靈充溢著，卻似乎極模糊。沒有一個感覺太鮮明地露出來，相反地是一個感覺擠出另一個感覺，形成一種靜寂的、平勻的循環，然而心是甜蜜的。說也奇怪，阿萊莎自己並不引以為奇。他又看見這個靈柩，裡面關著之於他珍貴的死人，但是他的心靈裡並沒有像剛才早晨那樣的哀哭的、痛楚的、磨難的憐惜在內。他剛走進來，就對靈柩下跪，像朝見聖物一樣，在他的腦筋裡和他的心裡閃爍著快樂。修道室的一扇窗敞開著，空氣是新鮮、冷冽的，「這麼說來，既然決定打開窗戶，氣味一定是更加強烈了。」阿萊莎想。然而對於臭味的念頭，剛才在他看來還是那樣可怕而且不名譽，現在並沒有勾起他剛才的煩悶和憤恨來。他開始靜靜地祈禱，不久自己感到他是近乎機械地祈禱著。零亂的雜念在他的心靈裡閃爍，像小星一般，一熾即滅，而代以另一粒小星，但是心靈裡主宰著一種整個的、堅定的、使人慰藉的心情，他自己也感覺到。

他有時開始熱烈地祈禱，他極願意感謝和愛……但是剛剛開始祈禱，忽然轉到什麼別的事情上去，凝想了起來，竟把那禱詞和打斷他的事情完全忘卻了。他開始聽帕意西神父所誦讀的《聖經》，但是因為太疲倦，漸漸地打起盹來……

「第三日，在加利利的迦拿有娶親的筵席，」帕意西神父讀著，「耶穌的母親在那裡。耶穌和他的門徒也被邀赴席。」

「娶親？……娶親……」阿萊莎的腦筋裡像狂飆般旋轉著，「她也有幸福……赴宴席去了……不，她沒有帶刀子，沒有帶刀子……這只是『可憐』的話……唔……可憐的話語是應該加以寬恕，一定是的。可憐的話語可以安慰心靈……如沒有這些話語，人們的憂愁將更加難堪。拉基金到胡同裡去了。拉基金在想他所受侮辱的事情的時候，永遠走進胡同裡去，……至於道路……道路是寬闊的、直線的、光明的，水晶般的陽光在他的盡頭……啊？……還讀著什麼？」

「……酒用盡了，耶穌的母親對他說：他們沒有酒了」……阿萊莎聽著。

「不錯，我竟放了過去。我本不願放過去的，我很愛這一段。這是加利利的迦拿，第一件奇蹟……這是奇蹟，這是有趣的奇蹟。基督感到的不是憂愁，而是人們的快樂。他在初次創造奇蹟的時候，便幫助了人們的快樂。……『凡愛人的必愛他們的快樂』……圓寂的長老時常反覆說出這句話，這是他的一個最主要的意思……沒有快樂是不能生活的，米卡說……是的，米卡說的……一切真實和美麗的東西永遠充滿了寬恕一切的精神，……這又是他說的……」

「……耶穌說：婦人，我與你有什麼相干？我的時候還沒有到。他的母親對傭人說：他告訴你們什麼，你們就做什麼……」

「做什麼……這是快樂，一些窮人，很窮的人們的快樂。自然是窮人，既然甚至在娶親時都沒有酒喝……歷史家說格尼薩萊斯湖旁和附近地方，當時分住著極貧窮的人民，窮得無從想像到的人民……當時在場的另一個偉大的人物的偉大的心（就是他的母親）知道他的降臨並非單只為了成就偉大的，可怕的業績。她知道他的心也能容納那些黑暗的，黑暗而不狡黠的人們的坦白而且不聰明的快樂——他們是那樣和藹地邀請他赴他們的簡陋的喜筵。『我的時候還沒有到。』他說時懷著靜謐的微笑（一定對她溫馴地微笑了一下……）實際上，他的臨到地上，難道就是為了在窮人的喜筵上增添葡萄酒嗎？然而他就照了她的請求去做了……他又讀下去了……」

「……耶穌對傭人說：把缸倒滿了水，他們就倒滿了，直到缸口。」

「耶穌又說：現在可以舀出來，送給管筵席的。他們就送去了。」

「管筵席的嚐了那水變的酒，並不知道是哪裡來的（只有舀水的傭人知道）。管筵席的便叫新郎來。

「對他說：人都是先擺上好酒，等客人喝足了，才擺上次等的。你倒把好酒留到如今。」

「但是這是什麼？這是什麼？為什麼屋子移動著……是的……這是娶親，喜事……自然是的。哪裡來了客人，新婚夫婦就坐在哪裡，一群快樂的人們……那位聖智的管喜筵的在哪裡？他是誰？誰？屋子又移動了……誰從大桌上立起來？怎麼……他也在這裡嗎？他在棺材裡面……但是他也在這裡……站起來，看見了我，走了過來……天呀！……」

是的，他到他面前來了。他到他面前來了，那個乾瘦的小老頭子，臉上長著細皺紋，喜悠悠的、輕聲地笑著。棺材已經沒有了，他穿著昨天客人聚集攏來談話的時候所穿的衣服。他的臉露出在外面，眼睛熠耀著。這麼說來，他也在喝喜酒，也被邀請赴加利利的迦拿的喜筵……

「親愛的，我也被邀請，我也被邀請，」靜靜的語聲在他頭上傳播著，「你為什麼躲在這裡，看不見你……你也到我們這裡來吧。」

他的語聲，曹西瑪長老的語聲……他在那裡叫喚，還能不是他嗎？長老用手扶起阿萊莎。阿萊莎站了起來。

「我們在那裡快樂，」乾瘦的小老頭子繼續說，「我們喝新酒，新的、偉大的快樂的酒，你看，有多少客人？那邊是新郎、新娘，那邊是管筵席的，嚐飲著新酒，你為什麼對我詫異？我遞了一根蔥，就是這裡。這裡有許多人每人只遞了一根蔥，只有一根小蔥：我們的事情怎麼樣？你是靜靜的，你是我的溫和的小孩，你今天給一個苦饑的女人遞了一根小蔥。開始吧，親愛的，開始做你的事吧，溫和的，……你看見我們的太陽，你看見它了嗎？」

「我怕……我不敢看……」阿萊莎微語。

「你不要怕他。他的莊嚴顯得可怕，他的高臨顯得可驚，然而他是無窮盡的慈悲。出於愛，他的形象裝得和我們一樣，同我們一齊快樂，為了不使客人們的快樂縮短，將水變成酒，等候新的客人，不斷地召喚新人，而且永恆地召喚。又取來新酒，你瞧，把缸取來了……」

阿萊莎的心裡有點燒炙，有點東西忽然把他塞滿到痛楚的地步，歡欣之淚從他的心靈裡迸出……他伸出手來，喊叫了一聲，醒了……

還是棺材，敞開的窗，靜靜的、鄭重的、清晰的讀《聖經》的聲音。但是阿萊莎已經不去聽讀經。奇怪的是，他睡熟時是跪著的，而現在竟站立著。他忽然像從位置上掙脫似的，堅決而且迅快地跨了三步，一直走到棺材旁邊。肩頭甚至碰了帕意西神父一下，也沒有注意到。帕意西神父的眼睛離開了書本，舉起來對他看了一下，但是立刻又移開，明白了在青年人的心裡發生了奇怪的事情。阿萊莎朝棺材看了半分鐘模樣，朝那個被覆蓋著的、不動的、在棺材裡伸展著的死人看著——他的胸前放著聖像，頭上戴著插八角形的十字架的頭巾。他剛剛聽見他的聲音，這聲音還在他的耳朵裡響著。他又傾聽了一下，還在等候語音……突然地，他堅決地折轉身子，從修道室裡走了出去。

他在臺階上也沒有止步，迅快地走下去。他的充滿著歡欣的心靈渴求自由、面積、寬度。佈滿靜寂、光耀的繁星的天空，寬闊而且無從窮矚地覆掩在他的頭上。從天頂到地平線，還不很清切的銀河幻成兩道。新鮮的、靜寂不動的黑夜，覆蓋在大地上面。白色的塔巔和金黃的教堂尖頂在青玉色的天上閃爍。屋旁花壇裡美麗的秋花沉睡到早晨。大地的靜寂似乎和天上的靜寂相融合，地上的祕密同群星祕密相接觸……阿萊莎站在那裡，看著，忽然被砍倒似地，倒在地上。

他不知道為什麼擁抱它，他自己也弄不清楚為什麼他這樣抑止不住地想吻它，吻它，他帶著哭聲吻著，流下許多眼淚，而且瘋狂似地賭誓要愛它。「向大地濺灑你的快樂的淚，愛你的眼淚……」這句話在他的心靈裡發響。他哭什麼？他在歡欣中哭著，甚至為了天空中閃耀的繁星而哭，「並不為瘋狂發羞。」所有無量的上帝的世界裡來的一切線脈全聚在他的心靈裡面，這心靈不斷地抖顫。「和另個世界溝通。」他想寬恕一切，為一切寬恕。不為自己，而為一切人，為世上萬物請求原諒。至於「我呢，是有別人來代表請求的，」他的心靈又發響了。他在每一剎那間，明顯地，可觸摸似地感到有什麼堅定的、無可搖撼的東西，像蒼穹一般，進入他的心靈裡去。似乎一種理想在他的腦筋裡主宰著——而且永世、永生地主宰著。他倒地時是軟弱的少年，站起來時卻成為一個堅定的戰士，在這歡欣的時間裡，他忽然意識到，而且感覺到了。阿萊莎以後一輩子永遠不能忘卻這個時間。「有什麼人在這時候走進我的心靈裡去了，」他以後說，堅決地相信自己的話語。……

三天以後，他離開修道院，為了履行去世的長老的遺言，他命令他「到塵世上去混跡」。

國家圖書館出版品預行編目資料

卡拉馬助夫兄弟們(上下冊不分售) / 杜斯妥也夫斯基(Фёдор Михáйлович Достоéвский,著; 耿濟之譯. -- 初版. -- 臺北市 : 商周出版 : 城邦文化事業股份有限公司 ; 英屬蓋曼群島商家庭傳媒股份有限公司城邦分公司發行, 民112.07
面： 公分(iFiction)
譯自 : Братья Карамазовы
ISBN 978-626-318-771-9(平裝)
880.57 112010149

卡拉馬助夫兄弟們：上冊（上下冊不分售）

原著書名 / Братья Карамазовы
作者 / 杜斯妥也夫斯基(Фёдор Михáйлович Достоéвский)
譯者 / 耿濟之
責任編輯 / 嚴博瀚

版權 / 吳亭儀、林易萱
行銷業務 / 周丹蘋、賴正祐
總編輯 / 楊如玉
總經理 / 彭之琬
事業群總經理 / 黃淑貞
發行人 / 何飛鵬
法律顧問 / 元禾法律事務所　王子文律師
出版 / 商周出版
城邦文化事業股份有限公司
臺北市中山區民生東路二段141號9樓
電話：(02) 2500-7008 傳真：(02) 2500-7759
E-mail：bwp.service@cite.com.tw
發行 / 英屬蓋曼群島商家庭傳媒股份有限公司城邦分公司
臺北市中山區民生東路二段141號11樓
書虫客服服務專線：(02) 2500-7718・(02) 2500-7719
24小時傳真服務：(02) 2500-1990・(02) 2500-1991
服務時間：週一至週五09:30-12:00・13:30-17:00
郵撥帳號：19863813　戶名：書虫股份有限公司
E-mail：service@readingclub.com.tw
歡迎光臨城邦讀書花園 網址：www.cite.com.tw
香港發行所 / 城邦（香港）出版集團有限公司
香港灣仔駱克道193號東超商業中心1樓
電話：(852) 2508-6231　傳真：(852) 2578-9337
E-mail：hkcite@biznetvigator.com
馬新發行所 / 城邦（馬新）出版集團 Cité (M) Sdn. Bhd.
41, Jalan Radin Anum, Bandar Baru Sri Petaling,
57000 Kuala Lumpur, Malaysia

封面設計 / 萬勝安
排版 / 梁燕樵
印刷 / 韋懋實業有限公司
經銷商 / 聯合發行股份有限公司
電話：(02) 2917-8022　傳真：(02) 2911-0053
地址：新北市231新店區寶橋路235巷6弄6號2樓

■2023年（民112）7月初版1刷
定價 920 元

Printed in Taiwan
城邦讀書花園
www.cite.com.tw

ISBN：978-626-318-771-9(平裝)